U0117136

北京大学光华管理学院　张红霞教授　江明华教授
隆重推荐

★★★★★

全球MBA核心教程·国际权威出版机构推荐
典型核心案例·经典分析权威阐述

服务管理

商学院
基础管理
丛书

《财富》500强成功经典

Services Management: An Integrated Approach (second edition)

〔比利时〕巴特·范·路易（Bart Van Looy）　保罗·格默尔（Paul Gemmel）　洛兰德·范·迪耶多克（Roland Van Dierdonck）　著

吴雅辉　王婧　李国建　译

中国市场出版社
China Market Press

图书在版编目（CIP）数据

服务管理/（比）路易，（比）格默尔，（比）迪耶多克著；吴雅辉，王婧，李国建译.
—北京：中国市场出版社，2006.9
ISBN 7-5092-0077-6

Ⅰ.服...　Ⅱ.①路...②格...③迪...④吴...⑤王...⑥李...　Ⅲ.服务业-企业管理
Ⅳ.F719

中国版本图书馆 CIP 数据核字（2006）第 086437 号

著作权合同登记号：图字 01-2006-4642

书　　名：	**服务管理**
著　　者：	〔比利时〕巴特·范·路易　保罗·格默尔　洛兰德·范·迪耶多克
译　　者：	吴雅辉　王婧　李国建
责任编辑：	郭爱东
出版发行：	中国市场出版社
地　　址：	北京市西城区月坛北小街 2 号院 3 号楼（100837）
电　　话：	编辑部（010）68034190　　读者服务部（010）68022950
	发行部（010）68021338　　68020340　　68053489
	68024335　　68033577　　68033539
经　　销：	新华书店
印　　刷：	北京佳信达艺术印刷有限公司
开　　本：	787×1092 毫米　1/16　34.5 印张　736 千字
版　　次：	2006 年 12 月第 1 版
印　　次：	2006 年 12 月第 1 次印刷
书　　号：	ISBN 7-5092-0077-6/F·41
定　　价：	80.00 元

本 书 预 览

本书系统、深入地论述和分析了当今关于服务管理的前沿课题，具有一些形式新颖的、内容翔实的其他相关书籍所无法取代的独有特色。

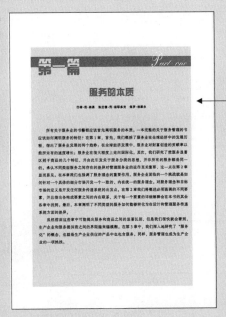

篇首概述

每篇开篇部分有对该篇主要内容的总体论述，概要陈述篇章构成和层次框架，引出对各章主题的深层次论述。

"引言"

"引言"统领每章开篇，结合实例简明地陈述主题，指出每章旨在阐述的核心内容以及章节布局。

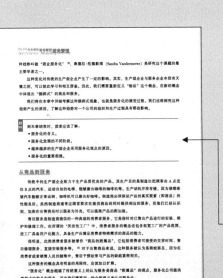

"目标"

"目标"以要点的形式列出读者在读完每章后应了解的内容和能够讨论的问题。

图形和表格

"图"和"表"中有关于各种比例、层次关系以及过程、模型、结构框架等的描述，非常直观地向读者介绍与服务相关的方方面面的内容。

翔实的案例

书中有与各章内容密切相关的实际案例，理论与实际相结合，探讨问题和解决方案，让读者从实际出发，加深对有关服务内容的理解。

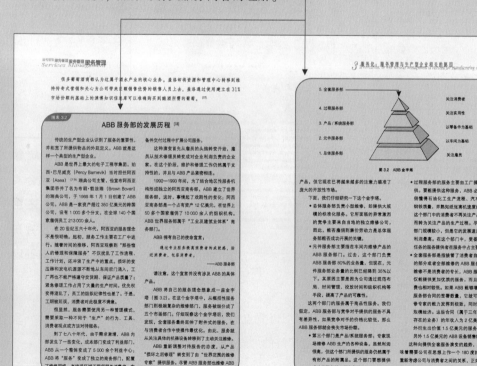

图片

书中采用了一些广告图片来形象地说明文中所提到的问题。

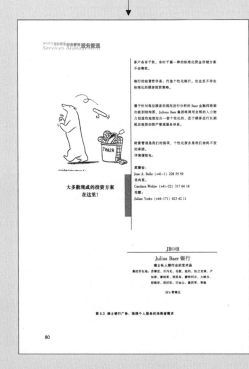

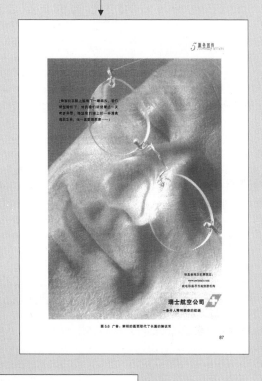

"结论"

"结论"对每章内容进行概括和总结，让读者更加明确每章所表达的主旨。

复习和讨论

"复习和讨论题"针对每章内容，以要点的形式列出读者需要回顾和讨论的问题，强化对每章内容的理解。

参考和阅读资料

"附录"

"附录"部分提供了对本书篇章内容的补充阐述资料。

"注释和参考资料"提供了每章注释部分的资料来源。"进一步阅读资料"向读者推荐可参考阅读的文章或书籍。

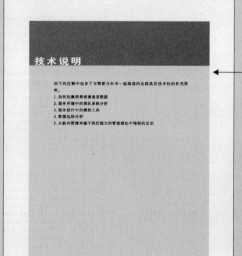

"技术说明"

"技术说明"分类给出了需要读者与本书一起阅读的具有技术性的补充说明资料，包括数据分析、方法介绍、模拟工具等。

CONTENTS

目　录

目 录
Contents

LIST OF FIGURES

图 目 录

LIST OF TABLES

表格目录

LIST OF EXHIBITS

图表目录

关于作者

沃纳·布鲁格曼（Werner Bruggeman）比利时根特大学（Ghent University）经济系和鲁汶根特管理学院（Vlerick Leuven Ghent Management School）研究管理会计与控制的教授，也是财务与金融研究中心的主席和贝尔美公司（B&M）的合伙人。

德克·布伊恩斯（Dirk Buyens） 鲁汶根特管理学院的教务长和合伙人。作为一名教授，他领导着人力资源管理系。其感兴趣的主要领域是战略性人力资源管理、组织发展和战略性职业管理。

寇恩拉德·迪拜科瑞（Koenraad Debackere）鲁汶天主教大学（Catholic University of Leuven）技术创新与管理方面的教授，比利时荷语鲁汶大学（K. U. Leuven）研究与开发中心的总经理。他的主要研究兴趣包括行业的创新战略和创新管理以及为支持行业的创新对政府政策的开发。

麦利逊·德鲁尼（Marion Debruyne）艾摩利大学（Emory University）格兹祖塔商学院（Goizueta Business School）（美国亚特兰大）市场营销学的助理教授。在这之前她是西北大学（Northwestern University）凯洛格管理学院（Kellogg Graduate School of Management School）和沃顿学院（Wharton School）（宾夕法尼亚大学）的一名访问学者。她从根特大学获取应用经济学博士学位、市场营销学硕士学位和化学工程学士学位。其研究领域包括竞争反应、组织模仿和新市场的开发。

帕特克·德·佩斯麦克（Patrick De Pelsmacker） 安特卫普大学（University of Antwerp）和根特大学营销学教授，安特卫普大学管理学院院长。

史蒂文·戴兹米（Steven Desmet） 在根特大学研究应用经济科学，在那里他一直是运营管理、服务运作管理、服务业生产率和质量方面的研究助理。目前他在 IBM 业务咨询服务事业部工作，从事顾客关系管理研究，主要关注顾客服务和现场服务领域。

科恩·戴维汀克（Koen Dewettinck） 与鲁汶根特管理学院人力资源管理研究中心有

关。他持有根特大学劳动与组织心理学硕士学位，已发表"服务部门人力资源管理的研究"、"欧洲人力资源管理的比较"和"基于劳动力市场的研究"。从 2001 年 11 月份以来，科恩已成为比利时爱克斯姆公司（ICM）的博士研究员。他的博士学位项目主要研究员工授权过程及其与服务员工绩效的联系。目前，科恩是俄亥俄州克里夫兰市凯斯西储大学（Case Western Reserve University）魏德海管理学院（Weatherhead School of Management）营销与政策研究系的访问学者。

克里斯托夫·德·沃夫（Kristof De Wulf） 拥有安特卫普大学的 MBA 学位，主要研究应用经济科学。他是鲁汶根特管理学院的合伙人，并领导学院的能力营销中心。他的主要研究领域是顾客关系管理、网络营销、品牌管理和数据库营销。

蒂姆·杜哈明（Tim Duhamel） 专门研究在线营销战略的比利时调查与咨询公司——InSite 咨询公司的创始人之一和 CEO。该公司向那些想优化与客户间关系的公司传递关于如何增加价值的研究和建议。

德里·费姆兹（Dries Faems） 持有化学工程硕士学位，鲁汶天主教大学应用经济系的研究员。他的研究领域主要是组织研究、人力资源管理、创新管理和组织内部协作。

保罗·格默尔（Paul Gemmel） 根特大学服务与医院运作管理学教授。他的研究领域是不同服务部门的运作管理，例如医疗保健和银行业。他是鲁汶根特管理学院一个研究医院管理的研究中心的创始人和科技顾问。

维姆·格瑞兰斯（Wim Grielens） IBM全球服务事业部的高级顾问。他在应用通信技术、协同和入口技术以提高运作效果方面有多年的经验，专攻协作过程的分析。他拥有应用经济学的硕士学位。

弗莱德·格罗曼（Wilfried Grommen） 微软欧非中东（EMEA）地区总经理，在这些地区他掌管全面的网络应用。在此之前，他是一家从事流程服务和电子金融解决方案的金融服务公司 Capco 的创始人之一。弗莱德的专长是在 IBM 职业服务事业部发展起来的，在那里他领导技术能力的培训，包括互联网、中间设备、软件工厂和系统管理方面的活动，每一项都在几个大型项目中得到应用。自从那以后，他成为 IBM 西部区域资本市场的行业服务执行官，领导着多达 300 多人的咨询团队。弗莱德获得鲁汶大学土木工程和电子机械工程微电子专业的理学学士学位。

艾米·希尼（Aimé Heene） 根特大学和安特卫普大学战略管理领域的教授，Flemish 战略协会创始人之一和秘书。他已经成为复旦大学中欧管理中心的研究员。其主要研究基于胜任能力的战略管理和社会盈利和公共组织的管理。

克里斯·克罗斯（Krist'l Krols） 鲁汶根特管理学院世界级制造中心的经理。在与其他制造企业密切合作中，她承担着对比利时工业中以可能性、条件和实际状况为焦点的技术主题的研究。

佩德罗·麦森斯（Pedro Matthÿnssens） IBM 全球服务事业部的证券与资本市场团队的业务开发经理。他获得比利时鲁汶大学古典文学的文学硕士学位，并在安特卫普大学计算机语言学习中取得了优异成绩。

尼尔斯·斯盖利威尔特（Niels Schillewaert）鲁汶根特管理学院市场营销助理教授，此外也是专门从事电子商务的研究与咨询公司——InSites 咨询公司的管理人之一。他在根特大学获得博士学位，并在进行博士工作期间，在宾夕法尼亚州立大学（美国）学习。尼尔斯的研究已经获得一些奖项，并发表在主流科技期刊上。

沃特尔·斯蒂文斯（Walter Stevens）拥有 12 年多的咨询经验，特别是管理层培训与开发、胜任能力管理、组织开发和人力资源政策制定方面的经验。能力培训网（The Competence Network）的创始人之一，这是一个富有经验的专业人士的网络，他们拥有共同的价值观，如尊重、真诚和正直，在组织和人力资源管理领域向顾客传递价值。

史迪范·史蒂莫科（Stefan Stremersch）在根特大学学习应用经济学并在蒂尔堡（Tilburg）大学取得博士学位。他目前是荷兰鹿特丹大学营销学助理教授和研究员，主要研究新产品成长和高新技术产品的营销。

杰瑞·范·丹·博格（Joeri Van Den Bergh）在布鲁塞尔福莱克商业大学（VLEKHO）学习应用经济学，在鲁汶根特管理学院成为营销学硕士，目前是电子商务研究与咨询公司 InSites 的经营合伙人。

泰恩·范登博斯奇（Tine Vandenbossche）在根特大学获得哲学硕士学位。她是鲁汶根特管理学院能力管理研究中心的科技协调人，正在准备一个关于欧洲人力资源管理的硕士项目。

洛兰德·范·迪耶多克（Roland Van Dierdonck）（根特大学）民用工业工程师，哈佛大学商业管理博士。他是洛桑（Lausanne）国际发展管理学院（IMD）的助理教授、美国北卡罗来纳大学教堂山分校（University of North Carolina，Chapel Hill）的访问学者、欧洲工商管理学院（INSEAD）（法国）和鹿特丹管理学院（Rotterdam School of Management）以及其他各种学院和大学的访问教授。他是鲁汶根特管理学院的合伙人和教授。其主要兴趣是供应链管理、制造业战略和服务业运作管理。

巴特·范·路易（Bart Van Looy）从 1996 年初到 1997 年末负责鲁汶根特管理学院的服务管理中心。先前，他是人力资源管理和组织行为学领域的顾问。他获得比利时荷语鲁汶大学的博士学位，目前正在该大学的企业家精神与创新国际研究中心（INCENTIM）研究创新过程，这是一个跨越多学科的集中研究创新战略、创新政策和知识密集型企业的研究中心。

季诺·范·奥塞尔（Gino Van Ossel）鲁汶根特管理学院和鹿特丹管理学院市场营销学访问教授。他是鲁汶根特管理学院零售与贸易营销研究中心的主席。在这之前，他是服务管理研究中心的高级研究员。其研究领域大体上是服务管理，特别是零售与贸易营销。

库尔特·沃威尔（Kurt Verweire）在荷兰鹿特丹大学以"比利时和荷兰金融集团绩效的实证分析"为题获得博士学位。从 1992

年起，他一直在鲁汶根特管理学院工作，致
力于研究金融服务行业的战略和营销问题。
他是鲁汶根特管理学院的助理教授。其研究
领域主要集中在金融服务一体化，金融集团，

银行业、保险业和投资业的一体化以及绩效
管理。库尔特·沃威尔也是 MBA–FSI 国际教
学计划课程的主任。

绪 言

读者可能看到了《服务管理》封面上的一句话：一种综合方法。这本书起源于鲁汶根特管理学院服务管理中心发生的持续的争论和研究努力。第一个争论点是服务和服务管理的概念。人们往往接受来自于制造环境的已经得到确认的见识和诀窍，并把它们应用于服务业中。然而服务确实存在着一些特有的特征，从而带来特殊的挑战或需要特殊关注，例如：首先，服务的无形性为沟通和营销带来特殊的挑战；服务的同时性，即消费者出现在服务传递过程中，意味着员工的情感和行为与消费者的服务质量感知有直接关系。服务易逝的本质给管理服务传递系统和可利用能力带来严重的影响。其次，服务是过程，需要综合的协调的方法；运作的服务传递系统、雇员和消费者都必须相互协调以便以无缝的方式传递价值。

对服务的特殊本质和服务管理的认识激发一些企业与鲁汶根特管理学院共同建立起一个论坛，以探索和深入地讨论服务管理的独特本质。这个研究中心从一开始就采取一种涵盖多学科的方法；具有工程技术、营销或组织行为学研究背景的人们都参与进来，而且学院派和从业者共同参与讨论。在过去的几年中，研究中心已经组织了顾客满意度、信息技术、授权、服务利润链、创新、绩效管理、能力管理和等候队列等主题的研究，而且远远不止这些。深入的案例研究和调查研究已经成为这些探索努力的一部分。

在共同协作的这些年中，有一个问题已经很明显，也就是需要一种综合方法来解决服务问题：运作的服务传递系统，员工的胜任能力、行为和情感，消费者需求和偏好都需要得到平衡，从而形成一种均衡的配置，最终将为所有利益相关人创造价值。按照这种方法，我们为本书建立如下结构：

第一部分，我们探讨了服务的本质和服务业在当今经济发展中的重要作用。由此引出第一个指导框架——服务理念，以及对其构成要素的描绘（第 1 章和第 2 章）。此外，我们论证了服务和服务管理的定义也正在成为对生产企业重要的主题（第 3 章）。

第二部分集中论述消费者。我们考察消费者满意、消费者忠诚和最终的收益率之间的至关重要的联系（第 4 章）；探讨测量消费者满意度的各种方法，和通过投诉管理和引入服务水平协议以及服务承诺提高消费者满意度（第 7 章和第 8 章）；在第 5 章和第 6 章论述了宣传服务和为服务定价涉及的问题。

由于员工在传递服务质量中扮演着决定性角色，因此在本书的第三部分，我们考察了这个至关重要的角色背后潜藏的动态剧本（第 9 章）。接下来我们逐步展开论述了胜任能力的概念及其开发、协作的重要性和授权的相关性（第 10、11、12 章）。最后我们将焦点放在与岗位设计和一线员工绩效有关的具体问题上（第 13 章）。

在第四部分，我们转到与设计和管理服务传递系统有关的主题上（第 14 章）。由于服务是无形的，因而具有时效性，不存在储存服务的可能性。通常设计和管理恰当的能力将会直接影响到服务业的收益率水平。因此我们用一章的篇幅着重论述了与能力管理相关的方法和技术，也论述了与能力管理有关的概念，如收益管理（第 15 章）。本书的第四部分还论述了选址和设施管理问题（第 16 章），并且探讨了信息技术在服务传递过程中可能扮演的角色（第 17 章）。

第五部分致力于研究具有较为综合和动态性质的主题：设计恰当的绩效管理系统（第 18 章）；通过创新更新服务理念（第 19 章）；跨国界扩展服务（第 20 章）；以及进一步延伸的定义服务战略（第 21 章）。

当然，我们不能包罗万象，涵盖与服务管理所涉及的不同主题有关的全部问题。相反，我们努力突出那些与服务的本质直接相关的要素，或者在服务管理中担负重要作用的要素。本书将服务的各个构面置于关注的焦点，从而成为其他那些只关注职能范围或领域的管理教程的补充。

巴特·范·路易

保罗·格默尔

洛兰德·范·迪耶多克

2002 年 9

于根特大学

ACKNOWLEDGEMENTS

致 谢

《服务管理》一书问世了，这是服务管理研究中心的工作成果。没有服务管理研究中心，我们也不可能写出这样一本书，所以我们非常感激服务管理研究中心合伙人在财务上和知识上的大力支持，这些合伙人包括：瑞士阿西亚·布朗·勃法瑞集团（ABB）属下的ABB服务事业部；比利时最大的集电力、煤气、有线电视于一身的比利时电力集团公司（Electrabel）；创建于1822年，现属于富通集团（Fortis Group）的法国兴业银行（Generale Bank）；领导世界电梯和自动扶梯市场的瑞士迅达电梯（Schindler）；现并入康柏（Compaq）的迪吉多计算机有限公司（Digital Multivendor Customer Services）。

读者只要看一看目录和作者数目就会明了完成这本书绝不仅仅出自于编者的努力。我们感谢他们为这本书贡献的时间和知识，感谢他们面对我们的意见和建议时所表现出的耐心，感谢他们坦诚地随时与我们探讨话题。一些人以各种方式对这本书作出贡献，远远不止撰写各个章节。在写作本书第1版时，史蒂文·戴兹米一直保持沉默，但是至关重要的是，他是幕后英雄，随时准备解决出现的问题。安·库普曼（Ann Coopman）（第1版）和伊莎贝尔·德·占克（Isabelle De Ganck）（第2版）总是处理没完没了的草稿和改写后的草稿，一路下来总是保持着好心情。季诺·范·奥塞尔在服务管理研究中心的前几年中发挥着关键作用，并在鲁汶根特管理学院营销系担当出色的召集人。斯特拉顿·布（Stratton Bull），特别是安妮·霍金森（Anne Hodgkinson）（第1版和第2版）是整个写作过程中的"影子写手"，以一种极具弹性的和顾客导向的方式小心谨慎地检视我们的语言质量。瑞贝卡·泰勒（Rebekah Taylor），瑞切尔·欧文（Rachel Owen）和所有其他涉及的培生教育集团的同僚也为我们提供了有意义的意见、建议和必要的支持，从而使这本书进入最后的阶段。谢谢他们对这本书所做的那些宝贵的贡献，谢谢他们在整理这本书时给予的协作。最后，非常感谢尼可（Nicole）、薇莉（Veerle）和路克瑞斯

（Lucrece）给予的源源不断的支持和耐心（第 1 版和第 2 版），这本书也承蒙他们提供给我们的各种机会才得以完成。

巴特·范·路易

保罗·格默尔

洛兰德·范·迪耶多克

第一篇

服务的本质

巴特·范·路易　　洛兰德·范·迪耶多克　　保罗·格默尔

　　所有关于服务业的书籍都应该首先阐明服务的本质。一本完整的关于服务管理的书应该如何阐明服务的特征？在第 1 章，首先，我们概括了服务业在全球经济中的发展历程，指出了服务业发展的两个趋势：在全球经济发展中，服务业对财富创造的贡献率以前所未有的速度增长；服务业在很大程度上走向国际化。其次，我们研究了使服务显著区别于商品的几个特征，并由此引发关于服务分类的思想，并非所有的服务都是同一的。承认不同类型服务之间存在的差异对管理服务业的运作至关重要，这一点在第 2 章显而易见。在本章我们也强调了服务理念的重要作用。服务企业面临的一个挑战就是如何针对一个具体的细分市场开发一个一致的、内在统一的服务理念。对服务理念和目标市场的定义是开发任何服务传递系统的出发点。在第 2 章我们将概述必须强调的不同要素，并且指出各构成要素之间的内在联系，关于每一个要素的详细解释会在本书的其余各章中找到。最后，本章阐明了不同类型的服务如何能够转化为在设计和管理服务传递系统方面的差异。

　　虽然前面这些章中可能提出服务和商品之间的显著区别，但是我们很快就会看到，生产企业和服务提供商之间的界限越来越模糊。在第 3 章中，我们深入地研究了"服务化"的概念，也就是生产企业供应的产品中也包含服务。同样，服务管理也成为生产企业的一项挑战。

第 1 章

服务的本质

史蒂文·戴兹米　　巴特·范·路易　　洛兰德·范·迪耶多克

引言

忙碌了一整天之后，约翰·刘易斯（John Lewis）饥肠辘辘，特别想吃比萨饼，当他正要打电话预订一份比萨饼外卖时，突然意识到其他方式也能满足他对比萨饼的需求。

1. 到超市购买制作比萨所需的配料如面粉、蘑菇等，自己动手做。这个方法最廉价，大约只需要花 2 英镑。

2. 或者，在超市花 3 英镑买一份冷冻比萨。

3. 叫一份比萨饼外卖，这种方式将使费用增加到 4 英镑。

4. 去经营比萨外卖的那家餐厅吃同样的比萨，大约花费 4.25 英镑。

5. 到一家新开张的名为黎归（Ligui）的意大利餐厅用餐。顾客们在餐厅中，一边坐在铺着餐布的桌子旁享受服务，一边倾听着现场乐队演奏意大利音乐。但这种选择并不便宜。可以想象，仅仅点一份比萨外加一杯酒就需要花 15 英镑。

这些选择让约翰很头疼，不知道应该如何权衡。他不清楚不同选择之间的区别，不知道支付高价后自己能得到哪些附加价值。根据所学的经济学课程可以知道，面粉、蘑菇等属于"商品"类，餐厅属于"服务"类。约翰尤其感到迷惑不解的是，在从购买配料到光顾意大利餐厅的过程中，他已经实现了从购买商品（即有形物品）到购买服务之间的跨越。

毋庸置疑，听一次报告或者上一堂课属于接受服务。但是如果讲座被录制成磁带销售，这应该属于商品还是服务？消费者购买一份比萨（商品）和在餐厅（服务）吃同样的比萨，二者之间有何区别？购买卡车与租赁卡车又有什么区别？IBM 公司属于生产型企业还是服务组织？……

本书主要讲述服务管理，读者需要清楚服务之所以成为服务的原因所在，服务与商品的区别所在。本章将涉及以下问题：服务与服务之间存在差异，各种服务之间区别何在，以及这些区别对服务管理产生的影响。首先，我们说明服务对经济增长的重要性及服务增长背后的驱动力。

接下来，我们探索服务的特征并试图给服务下一个定义。然后以服务的无形性和同时性等特点为出发点，对服务进行分类，并完善相关的服务分类体系。

到本章结束时，读者应该能够了解：

- 服务对世界经济的重要性和贡献。
- 服务业增长的驱动力。
- 服务区别于商品的特征。
- 服务特征的管理意义。
- 服务分类体系及各类服务之间的关联。

服务业的重要性与日俱增

经济学家倾向于将产业划分为三个（有时分为四个）部门：

- 第一产业——农业、林业和渔业。
- 第二产业——工业部门，包括煤气、矿产和制造业、电力、水利和建筑业。
- 第三产业——服务部门。

一些经济学家提到了第四产业的演变，但是对于服务业应该属于第三产业还是属于第四产业仍存在一些争议。一些经济学家认为第四产业应该包括更多的智能型服务，另一些经济学家则认为，第四产业应该包括社会服务或者非商业服务。本书在提及服务部门时，指一种涵盖宽泛的商业称谓，实际上包括了第四类部门在内的全部服务部门。

一般来讲，可以区分出以下服务类别：

- 配送服务包括交通运输、通信、贸易。
- 厂商服务包括投资银行、保险、工程、会计、簿记、法律服务。
- 社会服务包括医疗护理、教育、非营利性组织、政府机构。

● 个人服务包括旅游业、洗衣、娱乐服务、家政服务。 [1]

服务业对财富创造的贡献

长期以来，经济学家和哲学家就加倍关注服务部门对经济的贡献。20 世纪后半叶的经济学家认为服务属于低级生产力或服务属于非生产力；纵观整个经济史，这种观点一直存在，不同的历史时期经济学家都存在着这样的担心：由工业型经济向服务型经济的转变会导致经济增长停止。有引文为证：

> 生产力是指附加于某一特殊物品或可销售商品并实现其价值的劳动力。非生产力通常是指一经使用便消失的劳动力。
>
> ——亚当·斯密，1776 [2]

> 服务和那些在形成的同时就消失的商品一样，当然不属于财富总量。
>
> ——马歇尔，1920 [3]

将经济作为科学来研究的创始人之一——亚当·斯密在著作《国富论》中提到：劳动只有增加了物品的价值时才属于生产力的范畴。牧师、律师、医生以及贸易中涉及的劳动都不属于生产力。马克思和列宁在贸易属于非生产力方面持相似的观点，这就解释了为什么原苏东社会主义国家很少关注服务和服务产业。

今天多数的经济学家都同意这样的观点：服务业对经济发展作出了巨大的贡献，例如厂商服务业对提高生产部门的效率产生积极的影响。价值的创造不仅仅局限于商品的生产和消费，通过服务提高国民的生活质量同等重要，同样属于价值创造。我们实际上可以把这看做服务业的重要性与日俱增的背后的驱动力之一，我们将在以后解释这个问题。

在当今的大多数国家里，服务业对就业和 GDP 的贡献最大。纵观历史，情况并不总是如此。几个世纪以来，食品生产（即农业和家畜养殖业）一直是世界上主要的经济活动；对于很多发展中国家来说，尤其是非洲亚撒哈拉地区的国家，经过几十年发展，国民经济也明显有了向第三产业转变的迹象，但是食品生产至今仍然是国家主要的经济活动。18 世纪后半叶工业革命过后，欧洲的第二产业在经济活动中的比例开始增加，后来这种情况逐渐扩展到世界其他地区；到 19 世纪初，第二产业已经成为世界经济中所占比例最大的产业；服务部门长期以来一直稳定增长，在 20 世纪 50 年代成为 GDP 的主要贡献者。

虽然服务部门在世界经济中的重要性经历了稳定的增长过程，服务部门的增长已经成为各国普遍存在的经济现象，但是发达国家和发展中国家服务部门发展的差别很大。

让我们仔细看看这些数据：

首先，从发达的市场经济开始（见表 1.1）。目前，服务业在这些经济体中平均占到 GDP 的 70%。

表 1.1　部分发达国家中，服务部门 * 对 GDP 的贡献率，1970—1999 (%)

	比利时	法国	日本	荷兰	英国	发达国家平均值	欧洲发达国家平均值
1970	56	—	47			53	55
1980	66	64	54	65		59	62
1990	69	70	56	68	67	64	68
1999	73	—		74	74	71	71

* 服务部门的定义摘自国际工业分类标准，即批发和零售贸易、餐厅旅店（分区 6）；交通、仓储、通讯（分区 7）；金融、保险、不动产、商务服务（分区 8）；通讯、社会、个人服务（分区 9）。

资料来源：UNCTAD (2001) Handbook of Statistics on CD-ROM; United Nations Conference on trade and development; United Nations, New York and Geneva: UNCTAD, Table 5.3.

表 1.2　部分东欧国家中，服务部门 * 对 GDP 的贡献率，1980—1999 (%)

	保加利亚	匈牙利	波兰	罗马尼亚
1980	32	34	—	—
1990	31	46	44	30
1999	62	—	65	53

* 服务部门的定义见表 1.1。

资料来源：UNCTAD (2001) Handbook of Statistics on CD-ROM; United Nations Conference on trade and development; United Nations, New York and Geneva: UNCTAD, Table 5.3.

　　原东欧社会主义国家的情况稍有不同（见表 1.2）。总体来说，这些国家服务部门的发展遵循发达市场经济的模式，即服务业的相对重要性日益增加。但是，服务部门占 GDP 的实际比例仍低于发达市场经济的水平。大多数这类国家到 20 世纪 60 年代 [4] 仍存在大量的剩余农业人口，如在保加利亚和罗马尼亚，农业部门直到现在仍然非常庞大，导致这种现象的主要原因是，制造部门在社会主义时期得到太多的优先发展权。这些国家认为某些服务业部门属于非生产力或称之为资产阶级经济，只鼓励发展数量有限且符合社会主义观点的几种服务活动，如社会保障、教育、科学和体育运动。这种服务业属于非生产力的观点严重阻碍了厂商服务和个人服务的发展，而这两种服务又是市场经济中服务部门增长的重要源泉。这就是和发达市场经济相比，这些国家中的某些服务业（如金融、保险）至今仍然发展不足的原因。原东欧社会主义国家普遍缺少厂商服务，很多经济学家认为这是导致这些国家经济停滞的主要原因之一。 [5] 在 20 世纪最后 10 年期间，原东欧社会主义国家随着社会主义制度的解体和向市场经济的顺利过渡，服务部门对经济的贡献快速增长。

　　发展中国家的情况更加不同（见表 1.3）。在发展中国家中，服务部门在国民经济中虽然也正在逐步占据重要地位，但是不同国家中，服务部门的发展水平和发展速度明显不同。一些国家，特别是非洲亚撒哈拉地区的国家，农业部门仍然在经济中占主导地位。另一些国家中，虽然第二产业是国民经济中规模最庞大的部门，但服务部门是发展势头最强劲的经济部门。厂商

表 1.3　部分发展中国家中，服务部门＊对 GDP 的贡献率，1970—1999 (%)

	布隆迪	中国	埃及	印度	墨西哥	发展中国家平均值
1970	19	24	42	34	55	41
1980	25	21	45	37	57	41
1990	25	31	52	41	64	48
1999	30	33	51	46	67	51

＊见表 1.1。

资料来源：UNCTAD (2001) Handbook of Statistics on CD–ROM; United Nations Conference on trade and development; United Nations, New York and Geneva: UNCTAD, Table 5.3.

服务是发达国家的经济中增长最快的部门之一，但是在发展中国家中，厂商服务的发展明显滞后。目前，在发达国家中，厂商服务创造的产出约占 GDP 的 20%；在低收入的发展中国家中，厂商服务在 GDP 中仅占约 5%，在高收入的发展中国家中，厂商服务所占 GDP 的比例也不超过 10%。[6]

服务业对于国民经济的重要性日益增长，还可以从服务部门就业人员数量上看出来。图 1.1 表明一些发达国家的服务部门对就业率的贡献。

如今，发达国家中超过 2/3 的员工就业于服务部门。美国的服务部门在就业率排行榜中名列前茅，1999 年中有 3/4 的员工就业于服务部门。

服务部门的重要性不断增长已经成为必然。我们已经从机械操作工人占多数的工业社会转变到服务工人占多数的后工业社会。[7] 第二产业的主导地位随着服务部门的兴起而逐渐走向衰落。在接下来的章节中，我们将简要解释这种现象的原因。

服务业增长的驱动力

在众多促进服务部门增长的因素中，我们很难精确地指出某个决定性因素。各种因素联合起

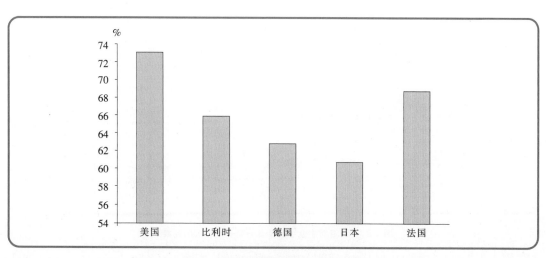

图 1.1　服务部门对就业率的贡献，1999

作用，共同导致服务部门的重要性与日俱增。不过，通常情况下，下面这两组因素所起的促进作用最大：

- 消费者收入增加和社会的变化共同导致了对服务的大量需求。
- 公司专业化程度提高和技术进步产生了新式服务，尤其是厂商服务。

收入变化对购买行为的影响

19世纪的统计学家厄恩斯特·恩格尔（Ernst Engel）观察到这样一种现象，即恩格尔法则：人们在相对贫穷时，不得不把收入的全部或大部分用来购买生活必需品，如食品和住所。当收入增加后，虽然食品花费会相应增加，但人们并不会把全部增加的收入都用来购买食品，因为对食品的需求最终会饱和。实际的情况是，随着收入的增加，人们的收入中用于购买食品费用的比例逐渐减少，购买服装、娱乐、个人护理、旅游和奢侈品的费用比例增加。人们收入越高，收入中食品花费的比例就越低，服务花费的比例就越高。

在20世纪的最后几十年里，在很多国家中，国民的可支配收入不断增加。人们对社会服务和个人服务（如休闲、个人健康护理、旅馆和饭店）的需求也日益增加。为了满足人们不断增长的服务需求，类似健身服务这样的新式的服务业得到发展。著名的马斯洛需求金字塔理论解释了这一现象（见图1.2）：当人们的基本需求和补充需求有区别时，人们在满足其他需求（如休闲）之前首先要满足自己对食物和住所的需求。如果数以万计的人连最基本的需求都不能被满足，那么针对第二类需求的服务也将很难售出。

社会和人口统计特征的变化

许多服务曾经是由消费者自我服务或者自愿履行的，现在外包给服务商，例如，餐饮、洗

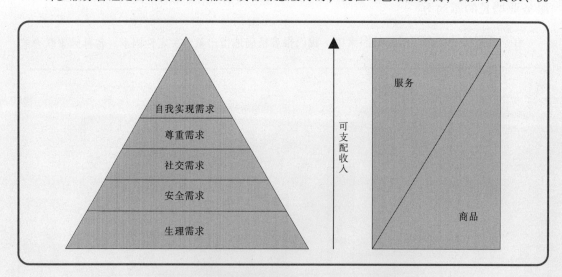

图1.2 马斯洛需求金字塔及其与可支配收入的关系

熨和美容服务都是如此。

那种传统式的父亲在外工作，母亲当家庭主妇，外加两个孩子的家庭模式正在逐渐消失。现在，传统家庭正在被双收入家庭所取代。在这种新型的家庭中，双亲的闲暇时间较少，很多家务外包给了服务提供者：例如家庭成员去餐厅用餐、雇人洗车而不是在家里吃饭或洗车等。而且，妇女在劳动力市场上的百分比升高增加了对幼儿日常护理和女佣的需求。这种现象有时被戏称为"请人洗衣"，即人们不再自己洗衣服而是出钱雇专人来洗，这么做不仅增加了服务部门的产出，还产生了很多满足新生代人群不断变化的需求的新型服务。这些双收入家庭由于收入较高，花费在服务上的钱也相对较高，这符合恩格尔法则。

第二个趋势是，人类寿命的普遍延长导致了灰色人口的产生，于是对疗养院、健康护理服务和专门旅游机构的需求增加。这些服务最初是自愿性质的，后来逐渐演变成职业性的服务产业。

第三个趋势是，生活的错综复杂使法律顾问和所得税顾问的存在成为了必然。 [8]

厂商服务的重要性日益增加

可支配收入的增加和消费者行为的变化促进了服务业的增长。如今，家庭在服务业中所起的作用已呈下降趋势。 [9]

在20世纪60年代，社会服务为提高服务部门就业率作出的贡献最大，社会服务包括健康护理、教育、军队服务等主要由政府打着国家福利的旗号提供的服务。但是到了七八十年代，这些服务部门的增长就放慢了，厂商服务逐渐成了服务业中增长最快的部门。 [10] 厂商服务与直接针对最终消费者的服务不同，它属于商品和服务生产过程中都需要的服务。制造业和服务业对厂商服务的需求大量增加，于是大量提供厂商服务的公司应运而生。例如某公司会雇佣法律顾问解决自身的法律问题，雇佣咨询公司解决自身的管理问题，雇佣广告公司解决宣传问题。厂商服务包括：维护、数据处理、交通、研究开发和监督等。厂商服务的增长并不意味着它将取代制造业。恰恰相反，它为生产型企业能够生产出更具有价值增值性的产品作出了巨大贡献。厂商服务为生产型企业生产商品提供了便利。

然而，应该注意的是,服务部门对经济的日益增长的贡献至少在部分上归因于工作的重新分类。许多生产型企业以前自己执行这些工作，而现在它们向服务企业外购这些服务。因此，尽管以前这些工作被看做对生产输出的一种贡献，现在由服务企业所提供的同样的作业被认为是对服务输出的一种贡献。

技术进步

技术进步，特别是微电子和电信技术的进步，也是经济增长的动力之一。尽管信息技术与日益增长的服务业之间没有直接的联系，但却为服务业向多样化发展创造了可能性，促进了新型服务行业的产生。 [11] 技术进步也使电信、软件开发、工程学等服务部门的诞生具有了可能性。

技术演变还对服务传递方式产生了影响（如在银行业、购物和交通业中）。新型技术创造了规模经济和范围经济，使全新的产品可以在已建成的网络或系统中以微乎其微的成本自由流通。[12] 我们将在第 17 章中详细说明信息技术的影响及互联网的应用。

服务的特征

给服务下定义并不是一件简单的事。曾经有学者试图通过规定服务不是什么而来定义它，如奎恩和伽格诺（Quinn and Gagnon）是这样定义服务的：

服务实际上就是指原始产出既不是产品也不是结构物的一切经济活动。[13]

科特勒（Kotler）则给服务下了一个更加确切和真实的定义：

（服务是）一方可以提供给另一方的，本质上无形但并不导致参与者和所有权转移的一切行为或利益。[14]

这个定义暗示了服务以无形性为中心。格朗路斯（Grönroos）给服务下了一个更具普遍性的定义：

服务就是发生在消费者、服务业雇员、物质资源或商品、为消费者提供问题解决方案的服务提供者所在的系统之间的，通常（但不必须）多多少少具有些无形性的一项或一系列行为。[15]

读者在仔细阅读这个定义后会发现，服务是以无形性和同时性为特征的一种过程或行为。

- 简单地说，无形性指服务交易的结果不像商品交易，不会发生所有权转移，服务是一种过程或者行为。
- 同时性是指，服务的提供者和消费者在服务实现的过程中都起了重要的作用。服务的生产和消费相互交织，服务在消费者和提供者之间交互作用的同时产生。

因此，我们可以这样定义服务：

（服务是）一切无形的且意味着实现服务提供者与消费者之间交互作用的经济活动。

无形性和同时性还包含了服务的其他深层次特征：

- 无形性包含了易逝性。商品可以定时生产出来之后被储存，然后在适当的时间从货架上取下来销售。服务则不行，服务不能被存储。
- 同时性包含了变化性。服务的提供者和消费者需要在服务传递过程中的某一时间点上发生交互作用，这就产生了变化的可能性。消费者、服务提供者、周边环境甚至是交易那一瞬间都是服务变化性产生的根源。服务的变化性不断增强已经成为了服务传递系统的

表 1.4　服务与商品的区别

服务	商品
● 一种行为或过程	● 一件具体物品
● 无形性	● 有形性
● 生产消费的同时性：消费者参与生产	● 生产和消费分离
● 变异性	● 同质性
● 易逝性:不能储存	● 可以储存

一个特征。

表 1.4 列举了商品与服务的区别。

密切关注服务

无形性

各种涉及商品与服务区别的著作都经常会提及服务的无形性。商品被制造，而服务被执行，它是一种消费者不能随身带回家的举动或行为，消费者能带走的仅仅是服务带来的影响。当消费者去看电影时，虽然并不能把享受到的服务带走，但却从看电影的过程中得到了放松，留下了深刻的印象。服务传递过程不涉及所有权的转移，而商品交付过程会涉及所有权的转移。

服务在本质上是无形的，服务不能被触摸，不能被品尝，不能被嗅到，亦不能被看到，这与货物的物质实质或有形性形成了鲜明的对比。服务除了其物理性质上的无形性外，也很难被人们领会，因此，服务在精神上也是无形的。[16]

服务种类不同，其无形性程度就不同。就像很少存在100%完全有形的商品一样，也很少存在100%完全无形的服务。很多提供物 [17]（包括商品和服务）都具有无形性和有形性的混合特征，可以按无形性由低到高的顺序排序。例如，在快餐店中，有形成分即食品起着重要的作用。在三星级酒店中，雇员的举止、就餐氛围和酒店形象等更加无形的成分，与食品同等重要。服务也包含"起促进作用的商品"，即包含有形成分，汽车出租就属于这种情况。由租赁公司所提供的金融服务和具体的物品——车——之间存在着内在的联系。教育服务中所用的书籍也属于这一类。

无形性的意义

服务的无形性使消费者在购买服务产品之前（甚至在购买之后）很难（有时根本不可能）判断产品质量。如果消费者看不到，听不到，感觉不到，闻不到，又品尝不到某件物品，那么他在购买之前如何试用？为了澄清这个问题，泽特汉姆尔（Zeithaml）[18] 对产品性质进行了划分：

1. 探究性。消费者在购买产品之前能够判断出好坏。产品的探究性品质包括：颜色、价位、手感、味道等。正是由于某些产品具有这种特性，消费者在购买香水之前可以闻其气味，在购买衣服之前可以鉴别其颜色和款式。

2. 体验性。消费者只有在购买之后或在消费过程中才能清楚产品的味道、耐用性等属性。体验性产品中最典型的就是理发，消费者在理发前没有能力评价发型的好坏，只有理发结束之后，才知道对新发型是否满意。

3. 信誉性。消费者即使在购买或消费之后，也无法评估产品的好坏。例如当消费者从车库开车出来时，并不知道刹车是否失灵。区别信誉性产品和体验性产品的标准很主观。如果消费者对车足够了解，不费吹灰之力就知道刹车状态是否良好，这种情况下，刹车属于体验性产品；但由于大多数消费者并不具备相应的技能，此刻，刹车就属于信誉性产品。

服务具有无形性的特征，这意味着体验性和信誉性在服务中占主导地位；在有形物品中，则是探究性占主导地位（见图1.3）。消费者在购买衣服和轿车之前可以先试穿或试用，但在很多服务中，特别是在那些由职业家和专家提供的服务中，信誉性品质占主导地位。例如，多数患者不具备判断医生诊断的正确与否的能力，他们仅凭医生的信誉就诊。

在服务中信誉性品质占主导地位，这一点具有极其重要的意义，特别是在服务营销方面。消费者在消费之前不能判断服务的好坏，因此，服务企业为消费者提供一些线索，以便消费者知道可以期待享受到什么标准的服务，这一点很重要。服务企业的营销策略家需要提供可靠的证据证明自己的服务产品确实具有竞争力。为了方便消费者购买前对服务作出评估，他们还面临着如何解决将"有形成分无形化"的难题。[19] 例如，咨询公司有"着装法则"，目的就是为了避免给顾客留下严肃性、职业化、技术专家的印象，这些特征都是与服务企业所提供的服务本质相连的。

对产品制造商来说，如何将"无形成分有形化"则需要使用另一种完全不同的策略。制造商在与消费者沟通中需要强调物品无形的一面。正如拉什顿和卡尔佐（Rushton and Carlzon）所

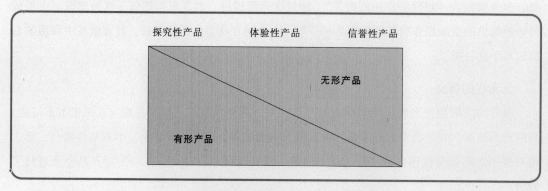

图1.3 无形产品与有形产品的不同特性及相关重要性

观察到的：

> 由于位于有形产品核心位置的是一些可靠的、客观存在的成分，于是，商家和消费者在鉴定或评价某种产品能交付什么价值的时候，都不由自主地踏入了无形性的领域。[20]

很多轿车制造商在产品的广告宣传中就遵守这条原则，例如，宝马汽车集团的广告语是"超越的快感"，SMART 的广告语是"创造极限"，沃尔沃的广告语则是"智者之驹"。

努力寻求无形性与有形性之间的平衡，不仅仅是宣传的问题，还具有重要的策略意义。我们讲到服务化时（即生产型企业通过提供包含服务的业务而扩展经营范围），这个问题就一目了然了。服务型公司的做法恰好相反，他们通过在提供的服务中包含有形的成分，竭力突破"销售能力"的局限性。这种观点将在服务战略（见第 21 章）中作深入的讨论。

同时性

服务的第二个普遍特征就是生产和消费具有同时性。商品先被生产，再被消费；服务是在生产的同时被消费。消费者参与服务的生产过程，服务一经生产出来就被消费掉了。例如，当参加讲座的时候，学生一边听讲座一边学习，在听讲授者作讲座的同时消费这项服务；飞行员在驾驶飞机的同时，运输了乘客；电影上演时，观众在观看，等等，这些都是服务生产和消费具有同时性的例子。需要强调的是，服务中生产与消费重叠的程度由于服务种类不同而存在很大的差别，在银行业和汽车修理业中这种重叠程度最小，在医院或新式餐厅中重叠程度最大。服务的生产与消费发生重叠意味着在服务传递过程中存在人员接触：服务人员与消费者在服务传递过程中发生交互作用。商品的生产和消费可以分离，所以商品在交付过程中就不存在人员接触。服务的同时性特征使人的因素在服务中尤为重要。

因此，我们必须密切关注与消费者直接接触的雇员，他们代表公司的形象，他们的言行举止直接与公司形象挂钩。对于某些特定的服务，例如娱乐和职业性服务，消费者不仅期望享受到高品质的服务，而且对服务的提供者也有强烈的兴趣。消费者希望为自己提供服务的是高级会计、大厨或顶尖教授，而不是"任何合格的人"。

在另一些情况下，需要消费者和雇员具备同等的"教育程度"。某些服务的好坏不仅取决于服务提供者的表现，还取决于消费者本身的配合能力。如果消费者不能明确告知税务顾问正确的信息或不能准确地说明所需的发型，那么，结果一定会让消费者感到失望。

服务具有的同时性需要消费者也必须出现在服务的场所。服务提供者必须使消费者感到服务具有亲和力，容易接近。所以，不是全部的服务都能进行简单的"交易"，服务和一定的"场所"有关。正如贝特森（Bateson）所说：

"如果麦当劳向福特和宝洁取经，建造占地庞大的资金密集型工厂，这对于麦当劳来说毫无意义；如果密歇根拥有年产 10 亿个汉堡的生产能力，这对于世界其他地方正在排队焦急等

待买汉堡的消费者来说于事无补，因为消费的场所很重要。" [21]

不同的服务企业需要经过研究，制定出适合自身发展的国际化战略。我们将在第20章讲到国际化这个问题。

变化性

服务的变化性与隐藏在服务执行过程中的可变性有关。我们已经阐明，服务是一种包含同时性的过程。但是，根据雇员不同、消费者群的特殊性，外部物理环境不同甚至在一天中不同的时间段内，服务也有很大程度的区别。也就是说，服务的变化性与隐藏在服务执行过程中的可变性有关。

服务的变化性总体而言有三种来源：

1. 服务雇员。多数服务都需要雇员与消费者发生交互作用。但是人不可能像机器那样每天不犯错误地重复着同一个动作。因此，服务变化性的第一个来源就是存在于服务传递系统中的雇员。雇员有时候会犯错误；雇员的行为有意识或者无意识地也会发生变化，比如雇员在情绪低落时，很可能用不友善的方式对待消费者。所以，比起商品交付，服务传递过程更具变化性，雇员的行为变化使服务具有变化性，这一点可以从航班管理人员的话中得到证实：

   航空公司可以要求机组员工行动一致，步调一致，但不同员工提供的服务在质量上可能存在天壤之别。服务质量在很大程度上取决于员工的情绪，航空公司没有能力控制员工的情绪，它只能尽量积极地调动员工的情绪。 [22]

2. 消费者。每个消费者感受到的服务质量都不一样。不同消费者的思想状况、个人情况等都不相同，这不仅会极大地影响消费者的个人行为，还会影响消费者对服务质量的评价。另外，某个特定的消费者还受其他消费者的行为和表现的影响。

3. 环境。一些外部因素也可以影响消费者对服务的评价。这些外部因素的例子有，消费者去迪斯尼游玩的时候碰上了雨天还是晴天；消费者去银行时是否已有一长队的人在等待；飞行中飞机是否经常出现颠簸等。这些外部因素不仅会对消费者造成很大的影响，而且很难被服务提供者控制。

服务的变化性给服务管理出了一个大难题：如何维持和提供给消费者一种均衡的服务感知质量。 [23] 即使是在某种高标准的服务产品中，也存在变化性，例如麦当劳的吉士汉堡。服务本身的复杂性让服务企业很难通过控制服务传递过程的全部参数来保证持续高质量的服务产出。例如，仅仅由于消费者类型、周边环境、社会认可度的不同，在相同的配料、相同的时间、相同的温度下，巴黎的麦当劳提供的服务与伦敦、东京、纽约等地的麦当劳提供的服务在很大程度上也具有不同。服务传递过程存在变化性，这使消费者感到购买服务的不确定性增加，风险性增强。那么，作为服务企业，应该如何确保持续提供高质量的服务呢？

服务企业的一个选择就是向制造业取经，通过增强质量控制，防止被检测出的"劣质服务"到达消费者。但是，对服务进行质量检查要比对商品进行质检困难很多。首先，服务在本质上是无形的，服务企业应该如何对无形的产品进行检测？其次，服务的生产与消费具有同时性，这使服务在被消费之前难以接受任何形式的检测。因此，多数情况下，在消费者"消费"服务之前，"劣质服务"很难被检测出来。

服务企业可以通过设计服务提供者与消费者发生交互作用的场景，达到降低变化性的目的。服务组织中融入了生产型企业的原则和技术，服务企业对雇员进行培训，使雇员与顾客接触时行为保持一致，提高雇员们行为的同质性。例如生产型企业的工人在生产过程中普遍穿着制服，麦当劳的成功在很大程度上也是基于这点考虑的。[24]

但是这种来自工业中的质量监测手段缺乏个性，消费者实际上接受到了并不希望得到的标准化服务包，所以这种手段的使用在服务业中已经呈现出下降的趋势。减少变化性的另一个方法就是对这种变化性进行深入研究，完善并加强服务策略。比如比萨饼连锁店把消费者喜好作为应对服务变化性的出发点，允许消费者自由选择甜点。这就是设计服务传递系统使之迎合消费者的不同喜好的表现。

因此，变化性对于服务传递系统意义深远。当人们意识到服务还具有易逝性时，事情就变得更加复杂了。

易逝性

服务具有无形性的同时，还受生产和消费的同时性限制。服务不像商品那样可以储存，服务一经生产，就必须被消费掉，否则就变得毫无用处。如果飞机带着空座飞离地面，售票服务就停止了；航空公司不能先存储空座位，然后改天接着出售。对于摆有空桌子的餐厅，缺少机器修理的维修工程师，没有顾客光临的美发师来说，也是同样的道理。正如拉夫洛克（Lovelock）所言：

> 服务组织中未经使用的服务能力除非消费者（或需要服务的其他人）当场接受它，否则这种服务就像打开了水龙头却没有塞子的水槽，都被白白浪费掉了。[25]

如果消费者对某项服务的需求保持不变，就不会出现任何问题。如果某个从纽约到巴黎的航班，每天固定有150名旅客，航空公司就会制造出一架刚好有150个座位的飞机，如此一来，一个座位都不会浪费。但消费者对服务的需求不是持久不变的，对大多数服务来说，事实恰好相反，不仅消费者需求相当不稳定，而且经常很难预测消费者需求。例如餐厅需求的高峰期一般出现在中午和晚上；公共交通服务的高峰期出现在上下班前后，水管工最忙碌的时候是在第一次霜冻时。服务的不可存储性使服务需求的不稳定性超过商品。当商品供大于求时，剩余部分可以被存储；当供不应求时，可以出售事先存储的商品，以平衡消费者需求。对商品来说，存储可以缓冲需求的不稳定性。但对服务来说却不是这样。

能力管理决定了服务的需求管理，我们将在第15章中讲到能力管理。

服务分类的作用

服务和商品不同：服务的无形性和同时性中又包含了变化性和易逝性。这些特征给管理服务传递过程出了一些特殊的难题，影响商业决策、雇员管理和服务企业如何运营等问题。但服务之间又存在区别，管理快餐店与管理银行有区别，管理美发沙龙与管理咨询公司也有区别。因此，首先我们需要提高对服务的认识，然后通过一个完善的引导框架，考虑服务这些不同特征的管理意义。

首先，我们需要对服务进行分类。从不同角度可以对服务进行多种分类，但由于具体分析的问题不同，服务的各种分类角度之间的相关性也会随之改变。例如，在考虑雇员与消费者的接触中雇员应该具备的技能时，需要着重考虑消费者与前台雇员之间关系的性质，而不应该强调服务无形性的程度。再比如，服务企业在检测信息技术对服务传递过程中的影响时，需要考虑不同交换瞬间各自的特征，而不应该考虑时间变化引起需求的波动。

在图表1.1中，我们从不同角度列举服务的分类。

图表 1.1

服务分类的方法

无形性程度

这种分类方法已经被广泛地讨论过。一切服务都可以按照无形性由低到高进行排列。无形性程度越高，消费者就越不容易评估服务质量的好坏。由于无形产品不能被仓储，这就给服务操作系统带来了挑战。无形产品也很难标准化生产，服务质量在很大程度上取决于提供服务的雇员的表现。

与消费者接触的程度

接触程度高的服务组织具有一个普遍的特征：消费者对服务的需求说来就来，刻不容缓。服务操作系统的缺陷会对消费者产生即刻而直接的影响。[20]雇员与消费者之间的交互作用要求雇员既要称职又要平易近人。因此，要挑选并培养符合这些标准的雇员，以便前台雇员和

后台雇员相互协调，做好本职工作。

同时性程度

这个维度与前面提到的服务具有同时性略有区别，同时性程度在这里是指服务的生产和消费可以在消费者不参与的情况下同时发生。例如，家庭银行或者电话银行就无须消费者与服务提供者面对面进行接触。本章开始时已经对这个分类方法的影响做过说明。

变化性程度

雇员和消费者都是服务变化性的来源。因而，雇员与消费者接触程度越高，服务的变化系数就越大。将服务操作系统标准化可以降低这种变化性。

易逝性程度

这种分类方法与无形性和同时性程度紧密

相关。商品成分越少，生产与消费的重叠程度越高，易逝性就越高，这些物品就越不可能被存储。因此，就更不容易通过能力管理来管理服务操作系统。能力管理本身将对雇员和消费者产生影响，例如，管理的目标可能是为了缩短消费者的等候时间，与此同时，这种管理还会使雇员更加灵活地应对消费者。

时间变化引起需求波动的程度[27]

这种维度与前面各维度相关。消费者对服务的需求变动越大，服务中的能力管理就越重要。这个问题在餐厅和饭店中要比在银行和保险公司中更敏感。

服务用户化程度[28]

服务不像商品那样可以从"货架"上大量购买，服务应该为消费者量身打造。特别是在生产和消费大规模重叠时，更需要服务提供者为消费者提供量身定制的服务。职业性服务组织、医院、高档餐厅的服务都属于用户化服务。这些情况下，需要雇员提供因人而异的服务，而不是提供标准化服务。

劳动力密集程度[29]

服务部门不同，劳动力密集程度就不同。其中，通讯公司、娱乐公司、医院和交通公司的劳动力密集程度相对比较低。尽管医院雇佣有大量的员工，但同时也配置了相当数量的价格不菲的设备，因此就相应地增加了资本密集度。职业性服务和个人服务的情况恰好相反，属于劳动力密集程度高的行业。劳动力密集程度不同，面临的问题也不同。劳动力密集程度低的服务部门经理需要考虑资本决策、技术进步和能力管理。而劳动力密集程度高的服务部门经理们需要首先关注包括培训、雇佣、奖赏等内容的人力资源管理。

服务方向：面向人或设备[30]

个人服务、酒店、餐厅和学校等的服务接收者是人；而商品运输、会计、洗衣等则把服务对象瞄准了有形或无形物体。此分类的管理意义在于，以人为本的服务需要消费者出现在服务提供的现场，因此雇员需要具有差异性技能。

服务部门的分类应该理论联系实际，分类还应该产生能激发管理行为的新观点。现在，我们就仔细看以下一些具体的分类。

服务分类应该理论联系实际，仅仅为了把服务部门划分成几个类别而进行的分类是没有意义的。相反服务分类应该能够产生激发管理行为的新观点。现在，我们就仔细看以下一些具体的分类。

无形性和同时性

服务分类的第一个角度是基于无形性和同时性，我们在定义服务时这两个特征位于支配地位。（见图1.4）

矩阵的右上角表示纯粹意义上的服务，即具有高度无形性和同时性的用户化服务。典型的劳动力密集型服务，例如职业性服务，就属于这一类。左下角是最有形的服务，例如CD和书，以至于人们经常混淆这类服务与商品的区别。

我们从这个分类中了解到，随着无形性的增加，服务营销策略也要随之改变，从强调无形成分变化到强调有形成分。随着同时性的增加，消费者与服务提供者之间的交互作用也增加。

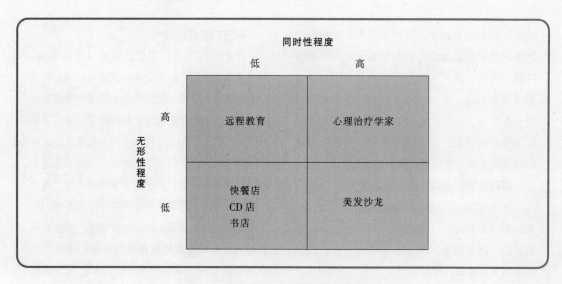

图 1.4 服务分类：无形性和同时性的角度

雇员必须要称职，对待消费者的态度要友善，必须具有良好的沟通技能。当我们在第 20 章（国际化战略）中区分服务企业不同的国际化战略时，会用到这种分类。 [31]

梅斯特分类框架：将接触程度与用户化合二为一

尽管梅斯特（Maister）的这个分类框架是为职业性服务企业量身定制的，但对于其他不同类型的服务企业也具有普遍的适用性。这一分类把接触消费者的程度和服务过程用户化的程度作为基础。据此划分出了传统的 2×2 矩阵，总计四种情况：药剂师类、护士类、脑科医生类和心理治疗学家类（见图 1.5）。 [32]

药剂师类：在这类服务中，消费者希望得到严格按照技术标准且费用最低廉的服务。服务

	标准化过程 （执行）	顾客专业化过程 （诊断）
与消费者接触程度高 价值在前台交付。前台是指雇员与消费者发生交互作用时。	**护士类** **主要技能**：在预先设定好的程序中，让顾客感受到舒适而亲和的服务。	**心理治疗学家类** **主要技能**：实地对复杂而具体的问题作出诊断。
与消费者接触程度低 价值在后台交付。消费者只在意服务的结果。	**药剂师类** **主要技能**：管理一支低成本运营的服务团队。	**脑科医生类** **主要技能**：创造性、创新性地解决那些独一无二的问题。

图 1.5 服务分类：梅斯特分类框架

要严格符合相关规范，服务过程标准化，雇员与消费者接触程度低。例如在银行零售业务中，顾客需要及时了解自己账户的状态，使用最便捷的提款方式，可能的话，手续费不要太高，最好分文不收。去药房开一剂阿司匹林的情况也与之类似，消费者希望购买老字号药厂的药品，或按照传统工序生产的药品，消费者并不希望使用新药或新产品。消费者信赖制作过程、制作体系和制作技术的工业化观点相当适用于这种类型的服务。

护士类：这一类服务也很常见，其标准化服务程度也很高。但是，为了使消费者满意，我们需要重新考虑这类服务中的消费者接触程度。

梅斯特这样解释道：

> 护士类服务提供的是相对传统（或成熟）且不需要太高创新水平的服务。与药剂师类服务不同之处在于：它不仅强调雇员的服务能力，还强调雇员提建议和做向导的能力。例如患者希望在接受护理的同时接受相关培训："被及时告知病情发展的情况；清楚治病方法及依据；参与病情诊断；在接受治疗的全过程中，患者需要护士的陪护和交流。总之，患者需要的是前台的顾问，而不是后台技师。"

对这些服务的交互作用瞬间给予足够的重视至关重要。护士都是同等优秀的，但是某些医院企图忽略这一点以便降低人力成本。从医学的角度来看，简单的产业化医疗很可行，但是患者却不希望接受这样的治疗。所以，服务组织要高度重视这类服务中雇员与消费者之间交互作用的瞬间。

脑科医生类：这类服务的特征是，顾客专业化程度高，但雇员与消费者交互作用程度低。税务专家、律师或医生等职业性服务都属于这一类。服务的提供者要提供给消费者能解决复杂问题的技巧。消费者不熟悉服务传递过程中涉及的专业知识，他们不参与技术性决策过程，对消费者来说，享受到这种服务，获取问题的解决方案就足够了。这类服务组织需要具备职业性的技术技能、创造性并保证始终处于服务领域的前端。

心理治疗学家类：此类服务具有高深的职业性技能，与消费者接触程度高。在接受这类服务时，消费者希望（甚至必须）参与决策过程。例如，只有当患者亲身参与到心理治疗的过程中，支付医疗费才有意义。对一些咨询公司来说，同样如此。例如，顾客需要加入与管理公司的合作,共同商讨如何使公司重新步入正轨，参与决策。

这个分类框架告诉我们，服务类型不同，对服务管理起重要作用的因素就不同。[33] 服务提供者与消费者交互作用的本质发挥着至关重要的作用。因此，在开发一个更为系统的框架来研究管理行动之前，我们要讨论最后一个分类方案，这个分类方案是以消费者和服务提供者之间的接触性质和密度的不同为基础的。

米尔斯和麦奎利斯(Mills and Margulies)的著作：集中看服务的本质和接触密集程度

同时性即消费者和服务传递系统之间发生的交互作用，它既是服务的特征，又是服务分类的基础之一。服务种类不同，服务的本质或交互作用的程度就不同。例如顾客去银行取钱时与银行雇员之间发生的交互作用，就和顾客与建筑师之间发生的交互作用存在着很大的差别。米尔斯和麦奎利斯 [34] 看到了这些差别，他们围绕着三种交互作用对服务进行了分类：维护式交互作用类服务、任务式交互作用类服务和个人式交互作用类服务。

下面，我们仔细看一下米尔斯和麦奎利斯定义的这些交互作用。

维护式交互作用类服务

当顾客从银行账户中取钱时，他/她与银行雇员之间发生交互作用，这种交互作用很直接、时间短且相当标准化。这种交互作用基本上是没有实际意义，它仅仅是银行雇员对待顾客的一种礼貌性社交行为。顾客在这种交互作用中，最关心的是便利性和舒适性。银行雇员与顾客之间交换的信息量很少，但顾客输入的信息相当重要，因为只有顾客自己才知道自己真正需要什么，这些信息有助于雇员顺利完成本职工作。维护式服务组织中的雇员很少有机会独立作出判断，即使有机会，作出的独立判断本质上通常都很简单。正是由于这个原因，决策小组可以同时为数量相对较多的顾客提供服务。雇员和消费者之间的直接接触程度低，没有必要让某个特定的雇员长期地为某一个顾客提供服务，因此允许服务组织大规模调整雇员，允许人员流动。 [35] 很明显，梅斯特分类框架中的药剂师类服务与这一类型的交互作用类服务有关。

任务式交互作用类服务

消费者与建筑师发生交互作用属于任务式交互作用类服务。任务式交互作用类服务在服务交换中存在不确定性。这种不确定性指，虽然消费者知道自己需要何种服务，但他们在总体上不太确定应该如何获得这种服务，或者应该如何满足自己的需求。顾客不知道解决问题所需的必要技巧，而这种技巧只有服务提供者才具备。这种情况下，交互作用类服务在很大程度上以将要执行的任务为中心。

总体而言，因为消费者对于即将到来的问题没有充分的了解，所以由消费者所提供的信息不是很重要。加上信息广泛流动性强使服务关系持续的时间相对较长。服务中，消费者与雇员之间发生交互作用的时间比较集中，但这种关系会在不经意间停止。雇员作出决定的过程很复杂，例如，某工程公司估算完工时间。有时候，还需要想出新颖的方法去解决一些不寻常或独一无二的问题。

在任务式交互作用服务类型的公司中，存在着权力不平等，顾客位于非独立的地位，雇员控制相对多的信息。此类服务的服务关系集中，而广泛的技术性过程又意味着价值转移，所以，在此类服务中，更换雇员的现象不是很普遍，员工稳定性高。很明显，此类服务和梅斯特定义的脑科医生类型的服务有类似之处。

个人式交互作用类服务

心理治疗学家类服务属于个人式交互作用类服务。在个人式交互作用类服务中，不仅存在着不确定性，还存在着模糊性。模糊性是指消费者虽然在寻找某个问题的答案，却不清楚与此问题相关的其他问题。顾客/消费者通常不清楚或者不确定哪种服务最能迎合自己的兴趣，不知道相应补救措施。雇员在这种情况下，为顾客/消费者提供个人服务。例如，有情感问题的顾客在不了解问题严重程度的时候，可能向咨询公司寻求帮助。在这种信息的基础上，消费者和服务提供者合作，共同解决问题的模糊性。服务提供者的职业技能很重要，除了需要具备任务式交互作用类服务中的技术性专业知识以外，服务提供者还需要具备个人技能、社会技能和应变能力等。

这种交互作用类服务的本质复杂，职业服务提供者在交互作用的过程中占主导地位，顾客/消费者处于从属地位。师生关系、医患关系中这一点尤为明显。交互作用是私人性质的，顾客提供的信息通常都属于个人隐私。因此，这些服务组织在雇员与顾客的关系建立起来之后，通常不再更换雇员。 [36]

个人式交互作用类服务企业是服务组织中机动性最大的部门。机动性是指每项任务每件事情都需要不同的解决方法，需要雇员作出完整且具有判断性的决定，雇员工作自主性也很强。在这种环境中很难确立标准和方针。

不同类型的服务需要不同的管理方式。即使是同一类型的服务，也可能有不同的管理方式：作为一名顾问，你可以将自己定位在技术专家的位置上，这属于提供任务式交互作用类服务。你还可以定位在综合问题的解决者的位置上，这属于提供个人式交互作用类服务。不同的选择将影响服务组织的组成和构建。我们将在后面的章节中阐明这个问题。

结论

毫无疑问，服务与制造产品或"商品"不同，这二者的区别在于，服务的生产和消费具有无形性和同时性。当管理服务企业时，需要牢记这些服务特征。

我们已经讲过服务特征对宣传、产品定位、消费者交互作用等营销问题有影响。这些特征对服务操作和技术系统，尤其是对能力管理、过程改进、设施管理领域都具有深远的意义。人力资源管理的相关性也取决于服务传递系统的特征。本章还简单涉及了一些策略性意义，例如增长、国际化和集中性。我们将在后面章节中仔细论述这些问题。

读者还应该记住，不同的服务之间有区别。我们从不同的角度区分了不同种类的服务，同时这些角度也是服务分类体系的基础。这些分类体系对于如何管理不同的类型的公司提出了新的见解。

服务与商品存在区别，但这些区别并不意味着我们能够轻易区分开服务企业和生产型企业。生产型企业在产品中加入了越来越多的服务成分。我们将在第 3 章中谈论这种现象。

复习和讨论题

● 讨论下面这段讲述制造业和服务业对经济的相对重要性的引言。

近年来，人们经常讨论制造业和服务业对经济的相对重要性及二者之间的关系。一些人认为，制造业的衰落和向服务业的相应转移最终会使经济不堪重负，因为服务业的存在很大程度上依赖于制造业。如果没有制造业，服务部门将崩溃。另一方面，财富论坛中有一个强有力的例子，证明了服务业是经济增长的主要驱动力。不是服务业追随并支持制造业，实际的情况是，服务业的基础设施完备且发展状况良好的国家和地区吸引了大量制造业的加盟。

(资料来源：经济合作和发展组织，2000)

● 在米尔斯和麦奎利斯著作的基础上，讨论维护式交互作用类服务、任务式交互作用类服务和个人式交互作用类服务在操作系统、人力资源管理方面对服务管理的影响。

注释和参考资料

[1] An overview of the classification can be found in Browning and Singlemann (1978) .

[2] Smith, A. (1976) *The Wealth of Nation*. Reprinted 1991. Loughton, Essex: Prometheus Books.

[3] Marshall, A. (1920) *Principles of Economics*. Reprinted 1997. Loughton, Essex: Prometheus Books.

[4] Caselli, G.P. and Pastrello, G. (1992) 'The service sector in planned economies of Eastern Europe: past experiences and future perspectives' , *The Service Industries Journal*, Vol 12, No 2, Apr.

[5] Illeris, S. and Philippe, J. (1993) 'The role of services in regional economic growth', *The Service Industries Journal*, Vol 13, No 2, Apr, 3–10.

[6] Daniels, P. W. (1993) *Service Industries in the World Economy*. Oxford: Blackwell Publishers.

[7] Hishorn, L. (1988) 'The post -industrial economy: Labour, skills and the new mode of production' , *The Service Industries Journal*, Vol 8, No 1, Jan, 19–38.

[8] Schole, W. F. and Ivy, J. T. (1981) *Marketing: Contemporary concepts and practices*. Boston, MA: Allyn and Bacon.

[9] Caselli, G. P. and Pastrello, G. (1992) , op. cit.

[10] Elfring, T. (1989) 'The main features and underlying causes of the shift to services', *The Service*

Industries Journal, Vol 9, No 3, July , 337–356.

[11] Daniels, P. W. (1993) , op.cit.

[12] Quinn, J.B. and Cagnon, C. E. (1986) 'Will services follow manufacturing into decline?' , *Harvard Business Review*, Nov–Dec, 95–103.

[13] Ibid.

[14] Kotler, P. (1997) *Marketing Management: Analysis, planning, implementation and control.* Englewood Cliffs, Nj: Prentice-Hall.

[15] Grönroos, C. (1990) *Service Management and Marketing: Managing the moments of truth in service competition.* Lexington: Lexington Books, P. 27.

[16] Bateson, J. E. G. (1977) 'Do we need service marketing?', in Eiglier, P., Langeard, E., Lovelock, C. and Bateson, J. (eds) *Marketing Service: New insights.* Cambridge: Marketing Science Institute.

[17] The word 'offering' is used here instead of 'product' to stress the difference between this and goods. In the remainder of the book we shall use the word 'product' to refer to services and goods.

[18] Zeithaml, V. A. (1981) 'How consumer evaluation processes differ between goods and service' ,in Donnelly, J. H. and George, W. R. (eds) *Marketing of Services.* Chicago: American Marketing Association, pp.186–90.

[19] Levitt, V. A. (1981) 'Marketing intangible products and product intangibles' , *Harvard Business Review*, May–June.

[20] Rushton, A. M. and Carson, D. J. (1985) 'The marketing of services: managing the intangibles' , *European Journal of Marketing*, Vol 19, No 3, 19–40.

[21] Bateson, J. E. G. (1989) *Managing Services Marketing.* Orlando: The Dryden Press.

[22] Rushton, A. M. and Carson, D. J. (1985) , op. cit., p. 37.

[23] Grönroos, C. (1990), op.cit., p. 30.

[24] Interested readers are referred here to the work of Levitt who pioneered this approach in the 1970s and is still worth reading. See Levitt, T. (1972) 'Production-line approach to service', *Harvard Business Review*, Sept–Oct, 41–52 and Levitt, T. (1976) 'The industrialisation of service', *Harvard Business Review*, Sept–Oct, 63–74.

[25] Lovelock, C. (1981) 'Why marketing management needs to be different for services', in Donnelly, J. H. and George, W. R. (eds) *Marketing of Services.* Chicago: American Marketing Association, p. 5.

[26] Chase, R. B. (1981) 'The customer contact approach to services: theoretical bases and practical

extensions', *Operations Research*, Vol 8, No 4, 696–706.

[27] Lovelock, C. (1988) *Managing Services: Marketing, operations and human resources.* Englewood Cliffs, NJ: Prentice-Hall.

[28] Haywood-Farmer, J. (1988) 'A conceptual model of service quality', *International Journal of Production and Operations Management*, Vol 8, No 6, 19–29.

[29] Schmenner, R. W. (1986) 'How can service businesses survive and prosper?', in lovelock, C. (ed.) *Managing Services: Marketing, operations and human resources.* Englewood Cliffs, NJ: Prentice-Hall, pp. 25–36.

[30] Thomas, D. R. E. (1978) 'Strategy is different in service businesses', *Harvard Business Review*, July–Aug, 158–65.

[31] Vandermerwe, S. and Chadwick, M. (1989) 'The internationalisation of services', *The Service Industries Journal*, Vol 9, No 1, 79–93.

[32] Maister, D. H. (1996) *What Kind of Provider Are you?* Boston, MA: Maister Associates, Inc.

[33] It shoud be clear that Maister's typology does not define specific services but rather different market segments.

[34] Mills, P. K. and Margulies, N. (1980) 'Towards a core typology of service organisations', *Academy of Management Review*, Vol 5, No 2, 255–65.

[35] Ibid. p. 263.

[36] Ibid. pp. 263–4.

进一步阅读资料

Edgett, S. and Parkinson, S. (1993) 'Marketing for service industries–a review', *The service Industries Journal*, Vol 13, No 2, 19–39. This article gives a detailed review of the literature on the characteristics of services. It focuses on the four main characteristics –intangibility, simultaneity, heterogeneity and perishability, Each characteristic is explained in depth and implications for service management are discussed.

Kingman–Brundage, J., George, W. R. and Bowen, D. E. (1995) 'Service Logic: achieving service system integration', *International Journal of Service Industry Management*, Vol 6, No 4, 20–39. This article advances the multi–dimensional nature of a service management. The service logic model provides a common language for a cross–functional discussion of service issues, by using the three management functions active in the creation and delivery of services: marketing, operations and human resources. Decisions taken in one domain cannot be considered in isolation from the other domains.

Levitt, T. (1972) 'Production–line approach to service', *Harvard Business Review*, Sept–Oct, 41–52. Service companies can learn a lot from manufacturing companies. If companies could stop thinking of service as servitude and personal administration, they would be able to improve its quality and efficiency drastically.

Lovelock, C.(1988) *Managing Services: Marketing, operations and human resources.* Englewood Cliffs, NJ: Prentice–Hall. This excellent book on service management devotes a chapter to service classifications. Besides explaining a number of classifications in detail, it also contains a literature review on service classifications.

Maister, D. (1997) *True Professionalism.* New York: The Free Press. An excellent discussion of the service concept and its managerial consequences for different types of services.

第 2 章

定义服务理念

保罗·格默尔　　巴特·范·路易　　季诺·范·奥塞尔

引言

马丁·范德比尔（Martine Vanderbilt）正惬意地靠在一间乡村小茅屋的栅栏上，一边喝着清爽的啤酒，一边感受着仲夏夜拂面的微风。马丁去年买下了这间小屋，然后利用周末的时间收拾和装修。虽然算不上行家，但他亲手完成了大部分工作，因此省下了一笔不小的装修费用。

经过几个月不懈的努力，曾经破旧不堪的小茅屋终于变成一间名副其实的度假小屋了！

看着这间小屋，他想起了装修过程中经历的种种不易：

他曾经接连好几个晚上把自己关在一家室内装饰店里，废寝忘食，耐心地看店员调油漆，同时专心向店员学习喷涂技术。

同事迈克尔听说马丁正在自己动手装修小屋，很不以为然，跟他打赌说：马丁,你根本不可能亲自装修浴室！

马丁非常不服气，他积极地向 DIY 商店职员寻求帮助，仔细钻研《水管工入门》……这一学习过程使他受益匪浅，不但掌握了不少实用的装修技巧，还轻松地解决了不少装修难题。

结果不言而喻，当然是马丁赌赢了！

复活节周末过后，马丁才真正开始装修小屋。他不仅借来堂弟的小货车运输装修材料，还经常光顾一家装裱堂皇、价格低廉的建筑材料商店。居然创下了一天之内连续往返了五次的纪录，每次都满载而归！

当马丁忘了买某种型号的螺丝钉，或者砂纸已经用尽时，他会飞奔到离家不远的一个五金店，那里的东西售价虽然不低，但为了能够尽快继续工作，他也只好采取就近原则了。

我们在第 1 章中讲过：服务是一种过程，比具体商品更具无形性；服务企业要想售出服务，就首先需要清楚服务产品的特征。

本章的主要内容如下：受服务变化性影响，服务企业要想获得商业成功，就必须树立完善的服务理念。

读者还需要注意一点：消费者具有多样性，能够同时满足每名消费者需求的商店实际上并不存在。

目标 到本章结束时，读者应该了解：

- 服务企业需要创建服务理念的原因。
- 服务企业如何定义服务理念。
- 服务企业如何执行服务理念及其执行过程的三个步骤。

需要服务理念的原因

有人仅把服务当做一种体验或过程，所以将服务定义为"制造中的产品"。但在服务传递中，服务产品的所有权并不会在某个确定的时间点上发生转移；服务与其他有形产品一样，也强调产品要能满足不同的消费者需求。消费者需求在有形产品中可以转变成具体的（技术性）产品特征和规格，同时这些产品特征和规格也是产品生产、产品完善和产品营销的基础。但是这些具体的规格对于服务产品来说有如空中楼阁一般是不存在的。服务部门需要明确"服务产品"的本质或"服务理念"。

在工业部门中，产品的制造者、生产者、分销者很少有机会直接接触消费者，他们仅能通过最终（有形）产品间接地影响消费者需求。服务部门却不然，服务传递系统与雇员都属于服务产品中不可分割的一部分。服务传递系统包括雇员能力、雇员表现、雇员态度等因素，它与雇员一样，能直接影响消费者需求的实现。

服务理念对服务管理也具有极其重要的意义。因为在不同的服务传递系统中，虽然雇员与消费者直接接触的程度不同，但是每套服务传递系统都与消费者或消费者的需求直接挂钩。

服务理念容易被人曲解，其原因有两个。

第一个原因来自雇员本身。服务无处不在，加上服务业中雇员的行为，特别是前台工作人员，又具有一定程度的自主性，这两个因素共同作用导致雇员在行为、能力、态度等方面发生不同程度的变化，这些变化又在一定程度上影响雇员理解和推行服务理念。

第二个原因来自于消费者本身。以 DIY 店为例：当消费者来 DIY 店征求意见时，如果数量本来就有限的雇员都积极地为消费者提供建议的话，则会产生两个可能结果：其一是，雇员们光顾着给消费者提供意见，却忽略了自己的本职工作。其二是，商店为了增加营业额，不得不增加销售人手，这样自然就提高了人力成本，商店因此会在价格上丧失优势。DIY 店尚且如此，其他部门亦然。我们再以很受学生欢迎的国际商学院为例说明一下。一些学生选择国际商学院的目的不是想研究管理学，他们的动机很单纯——只想在国外待一段时间，这就导致学生中有的不愿意努力学习，有的根本不具备出国所必需的（语言）技能。即使在例如地中海俱乐部（Mediterranee）这样备受人们关注的机构中，雇员也面临着同样进退两难的境况：应该用何种态度对待那些不接受地中海俱乐部度假观的旅游者？服务人员为了使这些消费者感到满意，他们的行为很可能会偏离服务组织已树立的服务理念。

服务理念就是这样逐渐被人们曲解的。

为了避免发生类似的情况，服务企业需要尽量把服务理念明朗化，明确本公司的服务理念对于消费者或雇员的具体含义。

如何定义服务理念

根据哈佛商学院服务管理专家赫斯凯特（J.Heskett）[1] 的著作，任何服务理念都必须要能回答出以下三个问题：

- 服务企业所提供的，为消费者、雇员和企业产出的结果所表示的服务的重要组成要素。
- 目标分割市场、总体市场、雇员和其他人员如何感知到这些组成要素。
- 服务理念对服务设计、服务传递和服务营销的作用。

对于引言中的主人公马丁而言，DIY 店所提供的服务的重要组成要素有：低廉的价位、繁多的产品、值得信赖的质量等。很明显，DIY 店的服务理念与室内装饰店的服务理念也不同，对后者来说，提供有效的建议和帮助比提供低价位对消费者更具有吸引力。

服务最终是由雇员提供的，特别是由那些与消费者发生交互作用的雇员提供的，所以服务企业的服务理念在能满足消费者需求的同时还要能满足雇员的需求。从这个角度上讲，服务理念必须包括一套经由多数雇员一致同意的通用价值观。所以，赫斯凯特所谈到的雇员感知这一点具有重要的意义。

服务企业在定义服务理念时还需要在服务设计、服务传递和服务营销方面作出以下方面的努力：保证充足的商品补给，保证商品种类繁多，雇佣称职员工，强调自助式销售，将店址选择在交通便利的地段等。

很多公司在定义服务理念时都包含了"提高雇员自尊，增强雇员满意度，加快自我发展，

图表 2.1

SMART 的服务理念：强调停车需求

作为戴姆勒－奔驰和 SMH [2] 的合资企业，SMART 公司在 1997 年最后一个季度推出了一款名为"SMART"的新型轿车。伴随着这款新车共同诞生的是这样一种明确的服务理念——车型小，灵活性强。为了配合宣传并与这种服务理念遥相呼应，SMART 公司使用了"超越极限"这样的广告语，并完善了相应的停车空间理论，即这款新车所需的停车空间比其他任何型号车都小，它甚至可以泊于停车场内的夹缝中。即便当停车场中一丝空隙也没有时，它还可以停靠在火车站、飞机场或市中心等专门停靠 SMART 车的停车场中[3]。这种服务理念不仅反映在停车理论上，还反映在公司的创新性销售观上：新车依靠名为"SMART 中心"的独立自主性销售网络进行销售，而不是依靠向进口商大量出口新车。为了使这个自主性销售网络能够彻底迎合消费者的需求，SMART 选择了与专业化的商家合作。

提高服务灵活性"等内容。[4] 服务企业考虑到了维修工人和家政工人普遍缺少自尊和对工作的满足感这个事实，因此，在要求雇员提高对消费者尊重程度的时候，首先要求雇员增强自尊，增强雇员对工作的满足感。ISS 公司就是这样做的。

所以，服务企业在定义服务理念时，必须要特别考虑服务理念对雇员技能和对雇员性格的要求：

- 技能。雇员所需要具备的技能必须符合服务部门相应的标准。例如，投资经纪人根本就不需要负责处理日常的金融交易，因为这些任务不值得浪费他们宝贵的时间。

- 个性特征。雇员的个性特征决定他们是否能继续留在组织中发挥作用。例如在 ISS 公司中，那些不能提高自尊的雇员很可能会因此丢了饭碗。

服务企业在定义服务理念时需要考虑到的因素有：服务系统的其他组成要素及消费者、雇员对这些要素的感知，服务企业需要随时根据消费者的需求变化及时调整服务理念。例如，对于消费者属于不同年龄段的某餐厅来说，如何选择为消费者普遍接受的音乐以及适宜的音量是一件颇具挑战意义的事情。

服务企业在定义服务理念时，必须保持服务系统中前台和后台的一致性。[5] 单纯地考虑前台的需要，而忽略了后台要求的服务理念绝不是成功的理念；反之亦然。例如医院日常门诊中经常出现这样的问题：通常前台护士和行政人员从上午 9:00 工作到下午 5:00，但是后台医生的作息时间并不总是严格遵守这个时间表，他们时不时地就会需要加班。一旦加班成了定式，这就会成为医生对工作产生不满的源泉。所以，服务组织需要协调前台雇员和后台雇员的工作时间、倒班时间、雇员的社交技能、服务质量控制系统、外部环境等因素，使服务系统中前台和后台保持一致性。

除了上述因素之外，服务理念还要能明确地表达出服务企业需要雇员提供什么标准的服务，消费者可以期望获得什么标准的服务。地中海俱乐部的成功在一定程度上取决于拥有一个表意明确的服务理念。消费者访问地中海俱乐部网站的时候，首先要选择一个最适合自己身份（已婚、单身或未婚）的头像。地中海俱乐部还通过这个网站清晰地表达出了自己的度假观。只有当地中海俱乐部的雇员（被戏称为 GOs [6]）充分相信这种度假观时，地中海俱乐部的服务理念才能真正得以实现。

服务理念一旦被定义，它将影响服务传递系统的每个构成要素。

推行服务理念

服务理念的推行程度很难掌握。因为不仅消费者和雇员的需求具有变化性,而且这二者之间的交互作用也会产生变化。服务企业要想成功推行服务理念，有三点需要特别注意：市场细分、定位消费者目标市场和设计服务传递系统。其中，设计服务传递系统不仅包括规范服务操作，明确所需的技术，还包括考虑雇员作用和雇员能力。

市场细分

消费者不同，他们的需求和期望就不同；因此，我们需要对消费者市场进行分析，细分出不同的消费者细分市场。每个细分市场中，还可以根据不同的消费者需求层次再细分为若干子市场。一个消费者细分市场要尽量与其他消费者细分市场区别开来，并（也应该）区别对待。例如，基于消费者不同的旅游目的，可以将旅游市场相应地细分为商务旅游和娱乐旅游。

细分消费者市场时，通常要涉及两组变量：

- 追求利益。
- 消费者特征。

利益包括消费者利益和商家利益两层含义。原则上，消费者利益是划分消费者市场最重要的标准。不同的消费者群有不同的需求，理应区别对待；服务系统中的各个细分市场也要根据不同的消费者群建立与之相应的服务理念，并尽量保持服务系统内部的一致性，使归属于同一细分市场的消费者受益程度相同。追求利益原则上也是商家做市场细分时首先考虑的一项。

除此之外，商家还需要考虑到服务系统的操作变量和消费者的购买观。 [7]

从管理角度而言，服务系统需要配备一个能够把具体消费者划拨到具体细分市场中去的指示器。因此，商家努力把各利益细分市场与消费者特征（例如地理位置、社会人口状况）相匹配。商家通过判断消费者的年龄、性别，组织购买者的规模和行业等，首先对消费者的需求作出总体评估，然后把消费者归属到相应的消费者细分市场中去。

但是，追求利益与消费者特征这两组变量越来越难以相互匹配。例如，购买状态是消费者特征之一。购买状态划分标准表明，同一消费者的不同需求取决于他的购买状态。引言中马丁·范德比尔在不同时期中就处于不同的购买状态下。购买状态有以下几种：

- 挖掘灵感。在这个阶段，消费者不清楚应该如何解决问题，于是，他们展开市场调查以获得解决问题的灵感。他们会光顾商品繁多的店铺，包括各种时尚店。对处于这个阶段的消费者来说，店员所提供的服务和店员提供的建议同等重要。这就是马丁·范德比尔在购买油漆时光顾室内装饰店的原因。

- 工作艰巨。喜欢 DIY 的消费者会发现，自己正面临着一项以前从未接触过的全新工作。需要具备特殊配置的材料和渊博的技术知识才能完成这项工作。所有的消费者都像马丁·范德比尔一样，希望在风险最低的情况下，获取最实用的建议，购买到质量最佳的材料。

- 批量购买。消费者偶尔会需要大批量的 DIY 材料，量大总金额自然就高，这时，材料的价格就成了摆在消费者面前的首要问题。商品单价每降低一个百分点，总价就会大幅度下调。引言中马丁之所以会开着堂弟的小货车，直奔售价低廉的商店，其原因就在这里。

- 迫切购买。当 DIY 消费者发现忘了买某材料或某材料已用完的时候，他们最关心的问题不再是价格，而是能否尽早继续工作。正是由于这个原因，所以马丁经常光顾价格高但是离家近的街头小店。

购买状态这个消费者特征与市场细分高度相关。我们在研究 DIY 零售业时发现，除了日常购买之外，还存在四种不同的消费者购买状态。表 2.1 清楚地展示了消费者处于不同购买状态下，对各种类型商店的期望值。

定位目标市场

每个消费者细分市场中的消费者需求都存在明显的不同，服务企业在提供服务时也要作相

表 2.1 各种购买状态下，消费者对 DIY 商店不同的期望值

商店特征	消费者购买状态				
	紧急购买	批量购买	工作艰巨	习惯购买	获取灵感
1. 商店位置近	√			√	
2. 尽快买到自己所需的商品	√				
3. 清楚商店的经营范围	√			√	
4. 商店的商品价格低		√		√	
5. 消费者所需商品在商店中有足量的存货	√	√	√	√	
6. 商店售后服务良好			√		√
7. 同种产品有几款供选择			√		√
8. 商店购物气氛愉悦，装潢赏心悦目					
9. 商店出售最新款产品					√
10. 商店出售高质量产品			√		

应的变动，尽量为顾客量身定制。我们不可能定义出一个适用于所有细分市场的标准化服务理念。

公司在分析不同的消费者细分市场时，必须注意到以下两个因素：细分市场的整体吸引力及其在服务组织中的竞争力。细分市场的整体吸引力取决于细分市场规模及其提供服务的方式。细分市场在服务组织中的竞争力反映了与竞争者相比，本公司愿意低价销售的程度及超过竞争对手的机会。各细分市场与服务组织整体之间在主要职能、目标、资源等方面还需要彼此协调，达成一致。

首先，定位意味着选择。DIY 连锁店将目标市场定位于那些愿意亲手试做每件物品的消费者。虽然 DIY 连锁店可以拥有庞大的销路、琳琅满目的商品、极具竞争性的价格，雇有训练有素反应敏捷的职员，并且职员拥有高度的洞察力，总会适时出现在消费者身边，但与此同时，这样做将导致成本激增，而在增加成本的同时却很难发生价值增值。如果再加上面临更为强劲的竞争对手，DIY 连锁店的处境就会更加艰难。所以 DIY 连锁店很难与大型购物中心相竞争。

银行部门也是如此，在服务成本相同的情况下，较之传统银行，新型金融机构可以获得更大的成功。

- 迫切购买。商家越来越倾向于出售耐用性消费品，消费者可以直接从商家手中申请到购车、购电视或购置家具的贷款。由于购买的迫切性，消费者更愿意选用较为便利的一站式购物，根本不会理会银行的贷款。在这种情况下，银行的消费者信贷处于持续下降的趋势。

- 习惯购买。新型银行提供了银行直通车业务，即家庭银行业务。直通车业务可以低成本运营，不需要设分支机构，消费者在家中就可以低廉快捷地处理常规性银行业务。传统银行也提供了银行直通车业务，完善了现有的经营渠道，成功地应对了来自新型银行的威胁。

- 批量购买。对于债权认购和标准的中型投资来说（例如，债券和存款抵押金超过 10 000 欧元的金融行为），金融机构提供竞争性的价格比提供良好服务质量更能赢得消费者的青睐。某些专门性的金融机构主营这些特殊金融产品，例如，比利时龙内斯信贷 (Lyonnais)，荷兰的海博协克机构 (Hypotheker)，同时，这些金融机构还拥有传统银行不具备的低成本销售系统。

- 工作艰巨和挖掘灵感。比利时的帕里贝斯 (Paribas) 等一些专门银行和投资顾问机构开创了一种传统银行中不存在的、几乎不设分支机构的销售渠道。这些金融机构把目标市场定位于有钱顾客，他们认为每一个拥有大量资产的顾客都有可能成为潜在的投资者。基于这点考虑，这些金融机构不是邀请顾客光顾银行，而是亲自登门拜访顾客。对于此种情况，传统银行的应对措施是：在银行中单独为有钱顾客设立一个部门，提供类似的上门服务。

其次，定位需要相应的宣传战略做支持。服务企业在制定宣传战略时应该特别注意，创建适度的消费者期望值，并确保把目标消费者引入运转正常的服务传递系统中。在某些情况下，可以直接（或间接）地通过选择机制来定位消费者。

创新性服务传递系统

服务的本质决定了消费者需求和雇员需求的变化性都很大；所以，一个明确的服务理念要有独创性，否则就很难完善和满足具有变化性的服务传递系统的要求。麦当劳快餐店、贝纳通（Benetton）和地中海俱乐部等都是服务业中"创新性公司"的典型，这些公司拥有规范定义的消费者细分市场，并严格按照各个细分市场中消费者的不同需要或期望来设计服务。

还有一点需要明确：创新并不意味着缩窄产品范围，有时却恰恰相反。例如，比利时根特市某立体影院在创新的同时，就成功地拓宽了经营范围。[8]

20 世纪 80 年代初，在其他影院接二连三地倒闭的情况下，比利时某企业家却连续创建了 12 家立体影院。所有人都预言：这些影院的寿命不会持久。但事实刚好相反：这个企业家获得了巨大的成功！他创建了"选择"这个新型的服务理念，影院服务传递系统的整个过程都注重选择性，观众不是因为具体想看哪部电影才去电影院，而是进入了电影院之后再决定看哪部电影。这个企业家在比利时和欧洲的其他城市如法炮制，结果同样获得了成功。

创新性服务传递系统面临的主要问题有：如何保持服务传递系统中不同组成要素之间的连贯性，如何保持服务传递系统时间上的连贯性。其中，又包括：

- 向雇员宣传服务理念，选择、培训雇员。服务组织在不可能（或不便于）控制顾客情感的情况下推行服务理念时，需要尽力做好内部宣传，首先必须让雇员熟知服务理念，针对雇员的内部宣传与针对消费者的外部宣传同样重要。雇员要清楚自己在推行服务理念时所起到的作用。例如，SMART 公司通过仔细挑选合作商或培养合作商使之融入 SMART 文化，以消费者需求为出发点，创造性、创新性地处理消费者的各种需求。

- 区分前台雇员与后台雇员。消费者会出现在服务传递系统（前台）中，这就限制服务企业设计服务传递系统的自主性；前台雇员与后台雇员所需具备的技能有明显的区别，这也降低了服务企业创新的机会。所以，服务企业在服务理念的基础上制定服务政策时，必须保证前台与后台雇员行为一致。

引导框架：纵览服务理念的主要组成元素

我们在前面已经说明，服务管理的全部内容都集中在定义和推行服务理念这个问题上。服务管理所涉及的全部内容的基础是：我们为谁提供什么价值。图 2.1 概括了服务传递系统的构

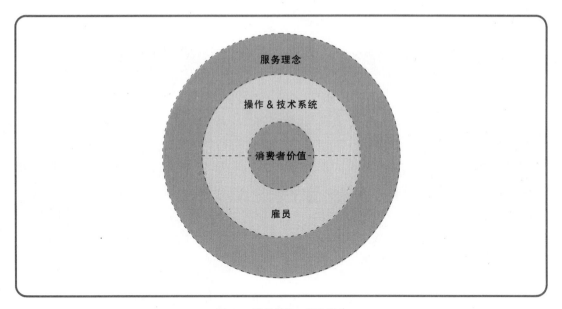

图 2.1　引导框架：服务理念

成区域，其中心位置就是这个所谓的"价值"。

　　要想给消费者价值下定义，先要弄明白以下一系列问题：公司为了创造这个价值需要具备什么因素？公司要交付头脑中存在的服务，需要具备哪些技术？需要雇佣什么素质的员工？员工需要具备何种技能？如何选择合适的宣传战略？公司应该推行国际化，还是应该通过创新深化最初的灵感来经营？实际上，在定义和推行任何服务理念时，都需要解决这些问题。

　　幸运的是，在这众多的问题中有规律可循。

　　一般来讲，任何服务传递系统都由三个区域构成：消费者、操作（包括技术）系统和实际执行服务的雇员。其中，每个区域又包括了各自不同的组成元素。

　　为了保证服务传递过程的持续性，服务企业需要按照综合的方式设计和协调这三个构成区域。这又一次强调了一个前后一致、完备、创新且能总揽全局的服务理念的重要性。图 2.1 描绘出了这种逻辑：核心圈表示消费者价值，中圈表示操作、技术系统，以及实际提供服务的雇员。一个完备的服务理念是这几个构成区域的有机统一体。

　　刚才提到，服务理念的每个组成区域又包含了各自不同的组成元素，图 2.2 列出了一些重要的组成元素，我们将在本书后面的章节中详细讲述与这些组成元素相关的问题：我们从消费者价值中引出了消费者满意度和消费者忠诚度这两个概念（第 4 章），服务宣传战略（第 5 章）和服务定价（第 6 章），如何衡量消费者满意度、处理消费者投诉（第 7 章），如何通过消费者服务承诺和服务水平协议使消费者价值更加有形化（第 8 章）。

　　对于实际提供服务的雇员，我们首先要讨论雇员在价值创造中起到的作用（第 9 章），接下来，我们谈论胜任能力的本质及相关问题（第 10 章），服务中的协作（第 11 章）。我们还将

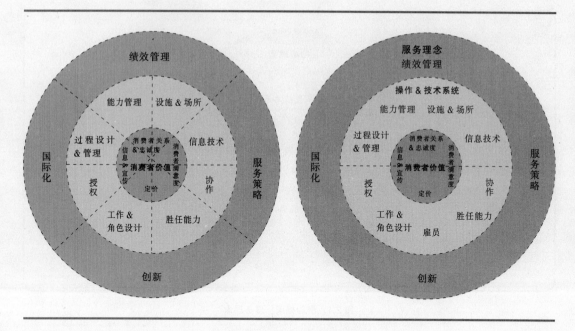

图 2.2 服务理念：主要组成元素

详细阐述授权的概念（第 12 章），讨论在服务背景下如何最小化角色压力（第 13 章）。

在操作系统层面上，我们强调过程设计（第 14 章）、能力管理（第 15 章）、服务设计和服务设施场所（第 16 章），并考察（信息）技术的作用（第 17 章）。定义并完善出一个稳定的服务理念本身就会涉及相当多的问题。如果以绩效衡量系统为基础，成功地推行服务理念就变得简单易行多了（第 18 章）。任何服务理念都要符合时代的发展，因此需要管理创新（第 19 章）。除此之外，在完善服务理念的过程中，当服务跨越国界时会出现一些问题，我们将在第 20 章中讲述围绕国际化所出现的各种问题。我们需要从战略的高度审视服务理念，所以，在本书即将结束时，我们会讨论战略管理及对服务环境的特殊意义（第 21 章）。

服务理念各具特色的原因

有一个主题在本书中反复出现，贯穿本书始末，这就是：组成服务传递系统的各元素及各个元素的相对重要性。在第 1 章中，我们给服务做了分类，从分类中可以看出，服务种类繁多，形式各异。我们在第 1 章末讨论了米尔斯和麦奎利斯著作中三种服务的区别，即维护式交互作用类服务、任务式交互作用类服务和个人式交互作用类服务。这种分类反映出了服务传递过程的核心，本书将通篇使用这个框架，并通过案例来说明服务传递过程的特殊本质在整体上如何影响服务传递系统的设计。

维护式交互作用类服务与服务业雇员—消费者之间"标准化"的相互影响作用有关，我们用这种标准化的相互影响引出相应的服务传递过程；服务传递过程会形成标准化服务，在某些情况下，甚至还会形成自动化服务。

个人式交互作用类服务与此大相径庭，虽然个人式交互作用类服务定义中包含了大量的不确定性，但是实际上，强调这种模糊性是服务传递过程追逐价值增值的重要组成部分。个人式交互作用类服务的这种本质，说明了个人式交互作用类服务不适合使用自动化的服务，比如使用技术自动化就不太合适。为了更具体地说明这一点，我们比较了一下银行业的传统零售业务被银行中功能完备的技术密集型金融咨询——自助式银行技术和家庭银行技术银行业所取代的程度。

网络时代的到来对后类服务的影响远远大于前类；如今，工业国家大多数的银行都提供网络银行服务；顾客可以通过网络查询付款状况和账户明细。换言之，维护式交互作用类服务更适合使用自动化。但在个人式交互作用类服务中，例如在决定某项投资战略是否适宜这样复杂的金融服务交易中，在风险面前如何考虑职业选择、家庭状况、个人态度及偏好等问题上，自动化服务就不常见。我们将在第17章中讲到，个人接触可以更好地处理这类复杂的服务交易。

因此，服务领域的信息技术及其发展在维护式交互作用类服务中比在个人式交互作用类服务中使用频繁。

我们将在接下来的章节中谈论与营销、操作系统和人力资源相关的问题。服务传递系统的构成区域随着服务的变化而变化，但这并不意味着前者的特征由服务交易决定。服务企业的战略还将影响服务传递系统各个构成区域的相对重要性。实际上，在本书的后面章节中这个问题将更加明朗化，尤其是在谈论战略时（第21章），我们会发现，这二者的适当混合是服务传递系统的本质与服务企业争取竞争性地位相互影响的结果。

结论

服务业的本质要求服务企业特别关注各个消费者细分市场及消费者需求，一个清晰的服务理念要能准确表明出"服务理念的具体含义"和"如何推行服务理念"。

定义服务理念不仅需要划分目标细分市场，还应该强调服务组织中的服务营销、人力资源管理和操作管理等问题。我们将在本书第二、三、四部分中分别讲述管理涉及的问题和管理过程。我们会详细讲述服务传递过程的本质，并利用这个本质和服务组织的竞争性战略来定义适当的服务传递系统。我们将在本书的第五部分讲述服务理念的战略问题。

SMART轿车的经验表明（见图表2.1）：服务理念并不是服务企业的专利。服务理念在有形商品的产品定位过程中也起着重要的作用。这是服务管理适用于制造业的一个迹象——见第3章。

- 没有明确服务理念的服务企业能否在市场中获得成功？请举例并说明原因。
- 对服务传递系统的设计影响最大的因素是服务传递系统的本质还是公司的战略定位？请说明原因并举例证明你的观点。你是否知道某些服务设计独具匠心（并取得成功）的公司？

注释和参考资料

[1] Heskett, J. L. (1986) *Managing in the Service Economy*. Boston: Harvard Business School Press and Heskett, J. L. (1987) 'Lessons in the service sector', *Harvard Business Review*, Vol 65, No 2, Mar/Apr, 118–26.

[2] SMH is known for, among other things, the watch brands Omega and Swatch.

[3] Although SMART is a product, the service concept underlying SMART illustrates the blurring boundaries between products and services, as will be explained in chapter 3.

[4] Heskett, J. L. (1987), op. cit.

[5] Van Dierdonck, R. and Brandt, G. (1988) 'The focused factory in service industry', *The International Journal of Operations and Production Management*, Vol 8, No 3, 31–8.

[6] GO: 'Gentil Organisateur' or Gentle Organizer.

[7] A more thorough discussion od segmentation criteria can be found in any standard marketing book. One example is Kotler, P. (1997) *Marketing Management, Analysis, Planning, Implementation and Control*. Englewood Cliffs, NJ: Prentice-Hall International.

[8] Van Dierdonck, R. and Brandt, G. (1988), op. cit.

进一步阅读资料

Heskett, J. L. (1987) 'lessons in the service sector', *Harvard Business Review*, Mar/Apr, 118–26.

This article gives a thorough discussion on the role of the service concept in creating a strategic service vision that integrates operations and markeing.

Kotler, P. (1997) *Marketing Management, Analysis, Planning, Implementation and Control*. Englewood Cliffs, NJ: Prentice-Hall International. This marketing book covers the themes of segmenting and targeting.

第 3 章

服务化：服务管理与生产型企业相关的原因

史蒂文·戴兹米　　洛兰德·范·迪耶多克　　巴特·范·路易

引言

2002 年，一项针对德国和比利时经营主管们的调查报告显示：超过 90%的生产型企业相信，发展服务业对维护和改善公司的竞争地位具有推动作用。

2002 年夏季，IBM 吞并了普华永道的一家咨询子公司——Monday咨询公司。这桩金融吞并案例巩固了IBM 在 IT 服务业中的龙头地位。2001 年，IBM 全球总销售收入为 350 亿美元，位于世界首位；电子数据系统(EDS) 以 220 亿美元位居第二；富士以 170 亿美元位居第三；HP/ 康柏以 150 亿美元位居第四；其他服务企业的服务收入为，埃森哲 110 亿美元，凯捷(Cap Gemini) 90 亿美元。[1]

IBM 全球服务部在世界范围内雇佣了大约 150 000 名员工，相比之下Monday咨询公司只有约 30 000 名员工。这种规模对于 10 年前靠卖硬件谋生的生产型企业 IBM 来说，确实可喜可贺。

我们在前两章中明确讲述了服务的特征。这些特征可能给人留下一种错觉，使读者认为制造业中的产品与服务业的服务存在着天壤之别，本书仅适用于国民经济中的第三产业或与服务部门相关的公司。其实这是不正确的观点。

传统观点认为，生产型企业仅仅提供产品，服务的重要性极低。这种偏见已有所改变，生产型企业所提供的服务同样重要，现在已经有越来越多的公司提供产品和服务一体化业务。这种趋势叫做"商业服务化"[2]，桑德拉·范德默维（Sandra Vandermerwe）是研究这个课题的最主要学者之一。

这种变化对传统的生产型企业产生了一定的影响。其实，生产型企业与服务企业本没有天壤之别，可以彼此学习和相互借鉴。因此，我们需要重新定义"物品"这个概念，在新的概念中体现出"捆绑式"的商品和服务。

我们将在本章中详细考察这种捆绑式现象，也就是服务化的演变过程。我们还将探究这种趋势产生的原因，了解这种趋势对一个公司的组织和生产过程具有哪些影响。

目标 到本章结束时，读者应该了解：

- 服务化的含义。
- 服务化发展的不同阶段。
- 越来越多的生产型企业采用服务化观点的原因。
- 服务化的重要前提。

从商品到服务

传统中的生产型企业致力于生产品质优良的产品。其生产目的是制造出把顾客由 A 点送往 B 点的汽车、运动自如的电梯、能够磨出咖啡的咖啡机等。生产动机并没有错，因为谁都希望汽车能够正常运转，咖啡机可以磨出好咖啡。制造商必须保证产品的真实要素（即商品）的性能良好。虽然制造商通常应顾客要求在提供商品的同时提供相应的服务，但他们已经认识到，如果在出售商品时以服务为补充，可以提高产品的附加值。

售后服务是制造商提供的一种典型的消费者服务，它是指针对已售出产品进行的安装、维护和修理工作。在所谓的"灵活性工厂"中，消费者服务的概念还包含拓宽工厂的产品范围，使工厂具备用户化能力，具备生产出满足消费者特殊需求的商品的能力。

很明显，此类消费者服务被看作"商品的附属品"，它包括消费者可接受的交货时间、售后修理服务、直接安装服务等。[3] 对于出售商品来说，这种服务被认为是画蛇添足，因为在消费者或者销售人员的脑海中，售后干预经常与产品的缺陷紧密相关。

这种服务的概念具有明显的局限性，应该加以扩展。

"服务化"概念超越了传统意义上的认为服务是商品"附属品"的观点，服务化公司提供捆绑式的商品和服务。因此我们需要用一种全新观点来认识服务化：

> 管理必须突破将制造（或商品生产）与使商品具有存在可能性和有效性的服务相分离的想法。[4]

重新定义"产品"意味着我们将用全新的观点审视消费者的需求。我们不再认为服务是商品附属品，而是专注于研究某件具体产品能够解决什么问题，提供什么服务。于是，我们经常会得到这样的结论：解决方案不仅包括商品和某些附属性服务，硬件只是解决方案的一部分。公司通过提供捆绑式商品和服务，来提供问题的解决方案。商品和服务在满足消费者需求的过程中都作出了贡献。

我们以一家名为辛德勒（Schindler）的瑞士电梯和升降机公司为例来说明这个问题。辛德勒公司不再把自己看做纯粹的电梯和升降机制造商，它认为公司从事的是保证建筑物中居住者的流动性的业务。辛德勒公司在测定一栋大楼需要多少部电梯时，不仅需要设计、生产和安装硬件设施，还要给消费者提供模拟工具，计算运输模式，履行预防性维护，降低时间下限，甚至在服务协议中增加保证安装时间下限的条款。很明显，这需要整个公司的思想在战略高度上有所转变，从全新的角度考虑辛德勒产品。

下面我们从商品与服务之间关系的不同角度讲述一种检测方式：

- 纯粹的商品制造商或提供者。
- 提供附属服务。
- 信奉服务化的理念。

通常，这三者之间存在着内在的进化过程，如图 3.1 中所描述：某公司最初只限于提供纯粹的商品；然后，发展到把服务作为商品的附属品一起出售；在最后一个阶段，公司认可服务的内在价值。

服务化的原因

生产型企业越来越倾向于给消费者提供优良的服务，其原因何在？一般来讲，原因有两个。首先，单纯的商品已经不再能满足多数消费者的需求，消费者需要更多相关的服务，这一点强调的是潜在的服务需求。其次，公司提供比竞争者更优秀的服务可以使本公司的产品对消

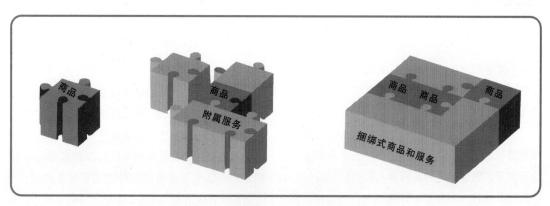

图 3.1 商品和服务：三个演变阶段 [5]

费者更具吸引力，使消费者能将本公司的产品与竞争对手的产品区分开来。

满足消费者需求

今天的消费者需求中包含了更多的服务需求。例如，消费者不仅需要购置计算机或汽车，还需要获得机器可以正常运行的保证。消费者需要产品的使用更具人性化，易于修理，制造公司最好在提供产品的同时提供 24 小时信息咨询台。消费者不仅需要某种产品，更需要相应的服务，以便可以最大程度地从购买中获益。最终，当消费者对服务的这种需求被满足时，服务对消费者来说比商品的实用性更强。但这并不意味着产品有形要素的重要性降低了。

我们给物品赋予了"捆绑式的商品和服务"这层新的含义，满足了消费者的期望，但是，却可能对服务产生误解或者导致服务提供不当的后果。不少服务提供者不清楚某些服务应该通过标准化捆绑还是选择性捆绑来提供，甚至所需要的费用都不甚明确。他们不考虑消费者需求，只是一味地将某些服务简单地叠加到产品中。[6] 我们在第 2 章中谈到的服务理念的观点对于这个捆绑式的定义和理解服务的概念具有重要的意义。

消费者除了考虑是否提供捆绑式服务，还会考虑产品生命周期。他们不再单纯看重产品的购买价格，还关心与产品生命周期相关的其他费用，比如包括燃料费、零部件和供给品费用在内的使用费、产品维修费等。对于大多数产品特别是耐用消费品来说，购买价格仅仅占产品周期中整体价格的一小部分。例如，轿车的购买价格平均仅占轿车全部费用的 1/4。其他费用有：燃料费、维修费、保险费、税费等。汽车公司会提供相应的服务来降低这些后续费用，这也是公司的一种竞争性策略。

奔驰汽车公司意识到了这一点，在卡车广告中恰到好处地稍加利用：销售部经理建议潜在消费者在选择汽车之前，首先考虑一下奔驰汽车的节油系统、租赁或金融条款，特别是奔驰系列汽车的实用性、优质的产品和优质的售后服务，在此基础上再计算其他额外费用，也就是汽车的使用费用。[7] 他们提醒消费者，卡车的购买费用仅占卡车寿命全部费用的 15%。

图表 3.1

考洛拉的销售方案 [8]

考洛拉（Colora）是一家位于比利时境内的油漆特许经营连锁店，我们从它的成功经历中获益良多。

假设作为消费者，你需要粉刷新家的起居室墙壁。于是，你去当地的 DIY 商店购买涂料和刷子，成百上千种涂料映入眼帘，你没什么经验，想找人出主意；环顾四周，却连参谋的

人影都找不到。

将这种情况和典型的考洛拉连锁店比较一下吧：考洛拉店的油漆品种齐全，雇员训练有素，随时准备给消费者提供意见。他们能够根据消费者对起居室墙壁的描述，判断出最合适的涂料；如果消费者对这种建议不满意的话，考洛拉连锁店的雇员还可以跟随消费者至家中，

现场分析，提供建议。

考洛拉连锁店的经营管理层意识到，很多走进涂料店或者 DIY 商店的消费者不仅仅是想购买一把刷子这么简单，他们想寻找解决问题的方法。为了迎合消费者的这种需求，考洛拉连锁店在销售商品的同时，把问题的解决方法也销售给消费者。也就是说，考洛拉连锁店不仅出售产品，还出售满足消费者需求的服务。

这就是考洛拉连锁店成功的关键：雇员在向消费者提供可靠的技术知识的基础上，同时出售商品和服务。

寻求差异性

传统的生产型企业之间的竞争主要是产品质量的竞争。只有凭着优质的产品，企业才能在竞争中赢得消费者的青睐，增加销售收入。现在，竞争已经转移到了另一个层次上——服务的竞争。很多制造商在商品制造方面仅具有微弱的优势，产品极易被模仿，专利对产品的保护性作用也很小，产品在质量和性能方面越来越类似。制造商们发现在商品层次上很难与竞争对手拉开差距，要想与竞争对手有所区别，就需要在其他方面动脑筋。调查显示：当被问及公司应该如何保持长久性的竞争优势时，接受调查的 138 家德国公司经理们中，有 76.9% 的人谈到服务的重要性，他们说，提供比竞争对手更优秀的服务是公司主要的竞争优势所在。[9] 这个数字比提及产品质量、技术/创新、价格/性能、通讯/形象等的百分比高很多。

计算机产业的发展过程正好吻合这一趋势。现在，计算机业中计算机速度、容量或其他品质方面的竞争尤其是商业市场上的竞争已经很少见了，竞争主要集中在服务方面，例如操作人性化、售后服务良好等。早在 1985 年，IBM 就在播出的广告中如是说："如果每个人都选用 IBM 终端，那么原因只有一个——IBM 的服务是最好的。"

但这并不是说物品的有形元素不再重要。当每个制造商都能制造出质量优、性能高的计算机时，有形元素已经不再具有差异性，所有的产品都是"合格品"；只有能够提供优质服务的制造商才是"最终赢家"[10]。

所以在竞争中，制造商们必须首先制造出质优产品，然后再考虑从别处盈利。满意的消费者对制造商之间展开的相互竞争不再热心，他们已经将注意力从关注产品转移到了关注服务上。所以，制造商在提供商品的同时提供服务可以使产品具有显著的差异性，创造出更多满意而忠诚的消费者。

制造商把服务当做竞争工具可以制造转移成本，提高市场准入的门槛。[11] 为消费者提供长期服务可以使其他竞争对手进入市场的费用提高且程序变得复杂，从而有效地将竞争对手拒之门外。

提供商品的同时提供服务还可以防止竞争对手洞悉到自己的竞争优势，从而使竞争优势更持久。我们在讲到服务战略（见第 21 章）时，会详细讨论这个问题。

实现转变

显而易见，向服务化转变将给公司产品提供差异性机会。但是，仅仅重新定义服务和商品，了解服务带给公司的潜在利益是远远不够的。我们需要努力认识到服务化带来的挑战，例如相关信息系统需要各就各位，需要配置称职的组织机构，发展适当的技能，等等。

建立消费者信息系统

为了赢得消费者的青睐，提高消费者服务质量，公司需要更加透彻地了解消费者及消费者需求，及时作出反应。

瑞士阿西亚·布朗·勃法瑞公司（Asea Brown Boveri，ABB）的迈得沃特分部（Metrawatt）就采用这种策略。迈得沃特分部设有一个计算机数据库，存储着每名消费者的相关信息，包括联系方式、购买类型、购买频率和所需的维修形式。然后利用这些信息确定预防性维修的时间表，即使消费者在没有签署维修合同的情况下，也可以获得预防性维修服务。凭借着这些信息，公司可以在产品出现故障之前及时与消费者取得联系。公司还利用这些消费者信息预测维修高峰期来临的时间。我们在第 4 章中讲到关系营销时将详细说明这一点。

组织服务传递系统

传统观点认为，消费者服务战略几乎不会对生产系统产生影响。消费者服务系统仅仅是对生产系统起支持和缓冲作用的一个子系统，消费者被认为是生产系统的破坏性因素。在生产系统中，工人直接与消费者接触会降低工作效率，因此生产系统应该避免工人直接与消费者接触，尽量把生产过程与周边环境隔离开来。

当从商品生产向商品服务一体化生产转变时（见图 3.1），服务的一个重要特征——生产和消费具有同时性，至少具有部分同时性，导致消费者和生产系统之间的交互作用增强了。这一转变过程也需要经理们的头脑作一个相当大的转变。1992 年，一项针对美国跨国公司经理人的研究 [12]（包括一系列对 80 名高级经理人的深入采访和 388 名高级经理人的小组讨论）结果表明：如何处理雇员与顾客之间不断增加的交互作用是服务化过程中遇到的最大难题。他们认为，公司面临最严峻的挑战就是如何迎合消费者的双重身份——消费者和共同生产者，设法管理不断扩大的消费者参与。

在由生产型企业向商品服务捆绑式生产公司的转变过程中，无论是对前台雇员而言，还是对于整个服务设计支撑链而言，消费者都应该被推到更加显著的位置上去。我们需要一个可以直接将工厂内部与外部消费者相连的简单的开放系统。[13] 正如蔡斯（Chase）所说："工厂的高墙不再限制生产" [14]。

这不仅对实际生产具有意义，对于公司的组织结构同样具有重要意义。传统中的制造业被分为制造、营销和销售、产品开发、区域支持等部门，这种划分越来越不实用。这种纵向划分结构应该被衔接消费者与提供者的横向划分所代替。尤其是，如果将制造和营销这两种功能割裂开来，会严重阻碍消费者需求的满足，因此，我们需要重新评估制造业。

制造部门不仅要与上游部门例如研发部门相结合；还应该与下游部门相结合。这样做很有必要，不仅因为前台雇员的重要性不断增加，还因为我们需要把消费者需求与组织机构的能力直接紧密地连接起来。

由于消费者在更大程度上参与操作系统，所以组织机构中的前台范围将不断扩大。

让适当的技能就位

服务化将导致越来越多的雇员与消费者接触，这就需要雇员在技能和行为方面有所转变。我们要注意培养与消费者接触的雇员的人际关系技巧。工厂的工人除了要具备技术性知识外，还必须擅长交流，对消费者的需求高度敏感。雇员的脑海中必须有服务定位的概念，也就是说雇员要具备一种有益的、彻底的、全面的、合作的态度。[15]

多数服务的生产和消费具有同时性，这一点意味着与消费者相接触的雇员需要具备在主管缺席的场所下及时作出判断和决定的能力，这一点与将大部分时间花在顾客公司里的区域服务工程师的情况类似。我们应该授予雇员更多的权力，以便使他们能迎合消费者兴趣，现场作出决定。我们将在第14章中详细讲述授权的观点。

虚拟工厂

服务化就是更加注意所提供物品的服务因素，服务化可能最终导致虚拟工厂[16]的产生。总体而言，虚拟工厂是：

> 通过适当利用外部能源而达到将材料和各种成分转化成消费者价值目标的工厂。

由于消费者本身就属于重要的资源，因此，虚拟工厂在控制资源网络时，理所应当要把消费者划拨到自身的势力范围之内。当产品性能加强时，生产型企业有必要"控制"相关部门，但不是"拥有"。例如瑞士 ABB 公司控制了消费者的备件仓库，而不是简单地据为己有。

在很多案例中，单纯的制造能力对竞争所起的作用越来越小。更多的生产型企业将部件制造转包出去，将注意力集中在上游部门提供的服务或下游部门真正的制造活动中去。这种行为最终导致了虚拟工厂的产生。

如果公司产品中所包含的服务元素代表公司主要的竞争优势，那么，传统的生产型企业最终会将产品中的有形组成部分转包出去，将精力完全集中在产品的服务组成上。美国最大的酒水制造商和经销商——盖洛葡萄酒厂（E&J Gallo Winery）的经验表明：虚拟工厂没有人们想象中那么难以实现。盖洛将专门用于造酒的葡萄生产外包出去：

很多葡萄酒商都认为这属于酒水产业的核心业务。盖洛却将资源和管理中心转移到维持传奇式营销和关心为公司带来巨额销售优势的销售人员上去，盖洛通过使用建立在 31% 市场份额的基础上的渊博知识信息库可以准确购买到酿酒所需的葡萄。[17]

图表 3.2

ABB 服务部的发展历程 [18]

传统的生产型企业认识到了服务的重要性，并拓宽了所提供物品的外延定义。ABB 就是这样一个典型的生产型企业。

ABB 是世界上最大的电子工程学集团。珀西·巴尼威克（Percy Barnevik）当时担任阿西亚（Asea）[19] 瑞典公司主管，他宣布阿西亚集团吞并了名为布朗·勃法瑞（Brown Boveri）的瑞典公司，于 1988 年 1 月 1 日创建了 ABB 公司。ABB 是一家资产超过 350 亿美元的跨国公司，设有 1 000 多个分支，在全球 140 个国家雇佣员工 213 000 余人。

在 20 世纪五六十年代，阿西亚的服务理念不是很明确。起初，服务工作主要在工厂中进行。随着时间的推移，阿西亚观察到"那些恼人的修理和保障服务"不仅扰乱了工作流程、工作计划，还冲淡了生产中的重点。损坏的变压器和发电机源源不断地从车间后门涌入，工厂再也不能严格遵守交货期、保证产品质量了；紧急修理工作占用了大量的生产时间。优先权变得混乱了，员工的组织纪律性也差了。于是，工期被延误，消费者对此极度不满意。

很显然，服务需要使用另一种管理模式，需要采取一种不同于"生产"的行为、工具、消费者观点或方法对待服务。

到了七八十年代，由于需求激增，ABB 内部发生了一些变化，成本部门变成了利益部门，ABB 从一个整体变成了 5 000 余个利益中心：ABB 将"服务"变成了独立的商务部门，配置了维修网络，直接派区域工程师服务消费者，在备件交付过程中扩展公司服务。

这种演变首先从雇员的头脑转变开始，雇员从技术修理员转变成对企业利润负责的企业家。在这个阶段，维护和修理工作仍然属于支持性的，并且与 ABB 产品紧密相连。

1992—1993 年间，为了结合地区性服务机构形成独立的阿西亚商务部，ABB 建立了世界服务部，这时，事情起了戏剧性的变化：阿西亚商务部是一个占有资产 12 亿美元，在世界上 50 多个国家雇佣了 10 000 余人的组织机构。ABB 世界服务部属于"工业及建筑业体系"商务部门。

ABB 拥有自己的使命宣言：

> 通过专业服务提高消费者的成就感，贴近消费者，包容消费者。

——ABB 服务部

请注意，这个宣言并没有涉及 ABB 的具体产品。

ABB 将自己的服务理念想象成一座金字塔（图 3.2）。在这个金字塔中，从概括性服务部门到极端复杂的维修部门，服务被细分成了五个市场部门。仔细观察这个金字塔后，我们发现，全套服务最终延伸了附件式的服务，在与消费者合作中使操作最优化。由此，服务就从关注具体的机器设备转移到了主动关注维修。

ABB 重新调整对待服务的态度，从产品"损坏之后修理"转变到了由"世界范围的维修专家"提供服务。尽管 ABB 服务部也维修 ABB

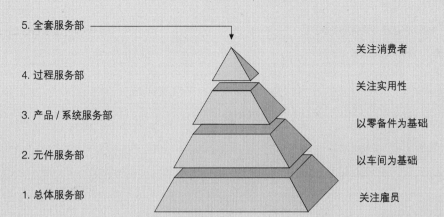

图 3.2   ABB 金字塔

产品，但它现在已将越来越多的注意力瞄准了庞大的开放性市场。

下面，我们仔细研究一下这个金字塔。

- 总体服务部负责小型维修，即提供大规模的标准化服务。它所面临的异常激烈的竞争主要来自当地的独立维修公司，因此，能否雇佣到廉价劳动力是总体服务部能否成功开展的关键。

- 元件服务部主要指在车间内维修产品的 ABB 服务部门。过去，这个部门负责 ABB 服务部 80% 的业务量，但现在，元件服务部业务量的比例已经降到 35% 以下。其原因主要是因为公司通过规范布局、时间管理、投放时间和组织机构等手段，提高了产品的可靠性。

这两个部门的服务属于商品性服务。我们假定，ABB 服务部与竞争对手提供的服务不具有差异性，如果竞争对手的价格比较低，那么 ABB 服务部就会丧失市场份额。

- 第三个部门是产品/系统服务部：专家现场维修 ABB 生产的各种设备。虽然利润很高，但这个部门所提供的服务仍然属于有形产品的附属品。这个部门要想提供成功的服务就必须有备件。

- 过程服务部的服务主要由工厂操作员提供。要能提供这种服务，ABB 必须要雇佣懂得石油化工生产流程、汽车制造、钢铁质量，并熟知纸张离机速度的专家。这个部门中的消费者不再关注产品本身，而转为关注产品的生产过程。尽管这个部门规模较小，但是它的发展速度最快，利润最高。在这个部门中，受委托完成任务的服务提供者在服务中占主要地位。

- 全套服务部是指接管了消费者自己进行的部分或者全部维修的 ABB 服务部门。维修不是消费者的专长，ABB 服务部不仅能提供更加优质的服务，而且总体花费也相对较低。如果 ABB 能够增加全套服务部合同的签署数量，它就可以将维修专家的能力发挥到极致，同时，实现规模经济。这些合同（属于三年前并不存在的业务）的年收入为 2 亿美元，另外衍生出价值 1.5 亿美元的服务，产生另外 1.5 亿美元的 ABB 设备销售额。

这种向提供全套服务演变的趋势，再次意味着需要公司在思想上作一个 180 度的转变，重新考虑公司与消费者之间的关系，正如图 3.3 所示。

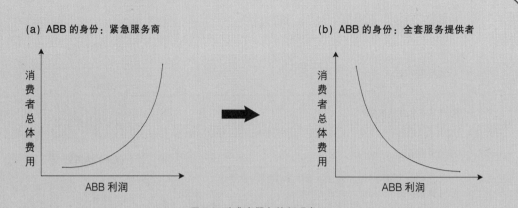

图 3.3 消费者服务的新观点

直至 20 世纪 80 年代，阿西亚服务部仍然扮演着消防员的角色——产品出故障后才会匆匆赶到消费者那里，帮助解决问题，从消费者的损失中获利。但是，这种提供全套服务的新观点把公司与消费者之间的关系调整到了双赢的位置（见图 3.3）。ABB 服务部凭借着全套服务合同，使消费者操作变得简单易行；通过在产品设计和发展阶段提供向导，为消费者创造了价值，增加了产品的实用性。消费者获得的服务附属价值与 ABB 服务部的利润紧密相连，消费者的总体费用与 ABB 服务部的利润负相关。

同样，ABB 服务部还为签署发电机元件服务管理合同提供了自由呼吸的空间。ABB 服务部长期对消费者购买的发电机质量负责，并时刻保证发电机运转状态良好。ABB 服务部和消费者的目标都是增加产品的有用性，这种做法是一个双赢的过程，优化了双方的盈利能力。

这种强调关注消费者需求的服务理念，意味着 ABB 服务部不仅对本公司生产的机械负责，更是提供相关服务；对于消费者拥有的任何一款机械，ABB 服务部都将提供同样品质的服务。现在，ABB 服务部中约有 60% 的服务对象是非 ABB 产品。ABB 服务部顺应这种演变，最新推出了一种名为"全球服务代理"的服务，即为那些不设世界性售后服务的制造商提供售后服务。

从这个案例中很容易看出，ABB 服务部的服务经历了连续性的演变过程：起初，服务不受重视，后来服务逐渐增加，例如提供培训、全天候提供备件服务、帮助平台等。当 ABB 服务部稳健步入全套服务合同时代时，服务的"业务"已经比起初时宽泛多了，涵盖广泛，从低级的电机维修到具备维修全部 ABB 设备或非 ABB 设备的高级功能（见图 3.4），这些都属于 ABB 服务部的服务范围。

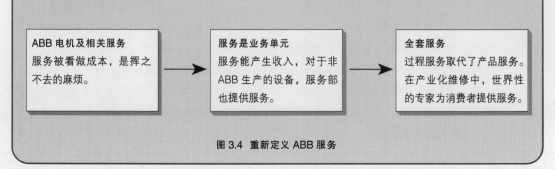

图 3.4 重新定义 ABB 服务

结论

我们发现，生产型企业和服务企业传统意义上的分界线已经变得模糊。原因是生产型企业在所提供的商品中加入了越来越多的服务成分——这种趋势就是服务化。这种向服务化发展的趋势要经过三个演变阶段：提供纯粹的商品，增加服务供给，提供捆绑式的商品和服务。

两个因素共同促使了服务化的产生和发展。其一，消费者需要更多的服务来满足自身需求。其二，服务化意味着生产型企业应该认识到，要想具备防御性竞争优势，就必须对消费者的需求了如指掌，并将消费者需求与员工技能、人力储备、知识库以及价值链上的其他资产相连接，以便能够在向消费者提供的产品中，包含更多的服务。

一套有效的服务传递系统需要具备的前提有：消费者信息系统、运行良好的综合服务传递系统、适当的雇员能力与技巧。

服务管理不仅与服务企业的经理人有关系，也与生产型企业的经理人有关。商品中服务成分不断增加，这种趋势将持续下去，没有意识到这一点的制造商在未来几年中必将遭遇挫折。

复习和讨论题

- 生产型企业在不提供任何服务的情况下，是否可以生存下去，并说明原因。
- 如果情况恰好相反，服务企业是否也应该开始考虑提供服务的同时提供商品，请说明原因，并举例说明。

注释和参考资料

[1] Figures from *The Economist*, August 2002.

[2] Vandermerwe, S. and Rada, J. (1988) 'Servitization of businesses:Adding value by adding service', *European Management Journal*, Vol 6, No 4, 314–24.

[3] Bowen, D., Siehl, C. and Schneider, B. (1989) 'A framework for analysing customer service orientations in manufacturing', *Academy of Management Review*, Vol 14, No 1, 75–95.

[4] Quinn, J. B., Doorley, T. L. and Paquette, P. C. (1990) 'Beyond products: Service-based strategy', *Harvard Business Review*, Mar–Apr, 58–68.

[5] Van Dierdonck, R. (1993) *Post Lean Manufacturing: The importance of servitization.* Fourth International Forum on Technology Management. Berlin, Oct.

[6] Anderson, J. C. and Narus, J. A. (1995) 'Capturing the value of supplementary services' *Harvard Busines Review,* Jan–Feb, 75–83.

[7] Mathe, H. and Shapiro, R. D. (1993) *Integrating Service Strategy in the Manufacturing Company.*

London: Chapman & Hall, P. 23.

[8] Adapted from De Personeels Gids *De Standaard,* 18–19 Oct 1997.

[9] Simon, H. (1991) *Service Policies of German Manufactures: Critical factors in international competition.* Research Report, Bonn: UNIC, in Mathe, H. and Shapiro, R. D. (1993), op cit, p. 39.

[10] A 'Qualifier' is a quality your product must possess in order to even be considered by the customer.However, possessing such a quality will not give you any advantage over the competition. Only 'order winners' have that. For instance, a car with zero defects the first year is a qualifier, while one offering free air conditioning might be an order winner.

[11] Vandermerwe, S. and Rada, J. (1988), op. cit.

[12] Martin, Jr., Claude, R. and Horne, D. A. (1992) 'Restructuring towards a Service Orientation: the Strategic Challenges', *International Journal of Service Industry Management,* Vol 3, No 1,25–38.

[13] Chase, R. B. (1991) 'The service factory: Λ future vision', *International Journal of Service Industry Management,* Vol 2, No 3, 60–70.

[14] Ibid.

[15] Bowen, D., Siehl, C. and Schneider, B. (1989), op. cit.

[16] De Meyer, A. (1992) 'Creating the Virtual Factory', *INSEAD Research Report,* Dec.

[17] Quinn, J. B., Doorley, T. L. and Paquette, P. C. (1990), op. cit.

[18] Based on an internal working document of ABB authored by J. Coene and B. Jonkers and 'Percy Barnevik's global crusade', *Business Week* (1993), 6 Dec, 59.

[19] On 1 January 1997, Göran Lindahl became president and CEO of ABB. Percy Barnevik still works at ABB as chairman of the board.

进一步阅读资料

Chase, R. B. (1991) 'The service factory: a future vision', *International Journal of Service Industry Management,* Vol 2, No 3, 60–70. This article gives an excellent description of the service factory as opposed to the manufacturing company. The requirements and new roles for the organization are discussed.

Levitt, T. (1980) 'Marketing success through differentiation of anything', *Harvard Business Review,* May–June, 83–91. In this article, Levitt discusses the attributes of products (both goods and services) that give the marketer the opportunity to differentiate the product form its competitors. The total product concept is introduced in which the product is divided into the generic, expected, augmented and potential product.

Vandermerwe, S. and Rada, J. (1988) 'Servitization of businesses: Adding value by adding service', *European Management Journal,* Vol 6, No 4, 314–24. This is a definitive article since it introduces the notion of servitization. The traditional vision of products being either goods or services makes room for the bundle concept.

Vandermerwe, S. (1993) *From Tin Soldiers to Russian Dolls: Creating added value through services* . Oxford: Butterworth-Heinemann. This book from one of the leading authorities on servitization provides a good insight into its hows and whys.

第二篇

消费者逻辑学

季诺·范·奥塞尔　保罗·格默尔　巴特·范·路易

　　当一个公司设计和管理服务时，花时间了解它的消费者非常重要。公司都在努力促使消费者在预先很难评价服务的情况下考虑购买。此外，由于消费者参与到生产过程中，这是更为亲密的活动，而不仅仅是购买一项商品。服务企业必须找出它的消费者的需求和动机。

　　毫无疑问，服务营销的最重要的关注点就是建立和维护客户关系，因此第4章专门阐述所谓的"关系营销"。在服务情形中建立和维护客户关系与消费者满意、消费者忠诚和收益性紧密联系、相互作用的原理直接相关。

　　在服务企业和其消费者之间建立起信任，一个重要的问题就是"使无形成为有形"。这是服务营销所涉及的需要解决的事项，通过明确地宣传服务和设定适合服务企业竞争定位的价格水平可以达到这个目标。这两项营销任务将分别在第5章和第6章进行讨论。

　　在服务宣传中最重要的活动就是沟通。必须开发一个服务理念，然后以一种明确的一致的方式进行沟通，以减少消费者在服务情形中承担的购买风险。一个好的沟通策略包括关于沟通渠道和工具以及沟通计划的决策。服务的生产与消费的同时性意味着传递系统本身（特别是雇员）是一个非常重要的沟通工具。

　　定价是服务营销的另一个很"有形的"方面。在第6章中，我们开发了一个框架，用以对服务企业的服务产品进行定价，讨论了四个步骤，包括：定价目标、定价策略、定价结构和定价水平/技巧。定价策略的选择对服务管理的其他许多方面具有影响。不仅服务企业的竞争地位受定价影响，而且价格水平也可以被用来管理需求，以便使需求同企业的服务能力相匹配。

　　在第7章中，我们考虑了消费者满意度，并着眼于消费者对服务的期望同服务企业传递服务中的实绩之间的匹配，讨论了各种测量消费者满意度的方法。

虽然满意度分数能够给出关于消费者如何评价服务企业的产品的有用信息，但不满意分数是更为重要的信息。积极主动地激发消费者表达他们的抱怨是保持消费者忠诚的一个值得的战略。在第7章中，我们也讨论了如果有必要，如何建立一个投诉管理系统，以鼓励消费者投诉。

消费者满意度在很大程度上取决于服务员工对顾客期望的理解。这就是为什么一些服务企业正在通过使用服务承诺或者服务水平协议使绩效标准更为明确，这是第8章的主题。在这种情况下，服务商在消费者可能期望获得的服务水平或质量方面作出承诺，而且有时通过一种损失赔偿来支持这种承诺。这样的安排提供给服务商追踪服务过失和持续改进服务的机会，在维持服务企业与消费者之间的长期关系上也是十分重要的。

通过这一篇的内容，我们能够明了的是，消费者保持力对于服务企业很重要，这是由于顾客终生价值的作用使消费者保持力和收益率之间有一种正向关系。不能将消费者与服务传递系统分隔开，正是消费者同服务传递系统之间的重要关系成为有效的服务管理的关键。

第4章

关系营销

克里斯托夫·德·沃夫

引言

渴望在一天之内变成富有的人将贫穷一年。

——里奥纳多·达·芬奇

建立消费者满意度、消费者忠诚度和获取收益不是在第一天作出决定，在第二天就可以实现的立竿见影的事情。服务企业只有建立和维持与消费者之间亲密和/或持久的关系才能获取收益。这就是说，服务需要强力关注关系营销。关系营销取代了更为传统的交易定位的营销观点，用大力强调通过完善和维持关系创造消费者价值的观点取而代之。本章属于介绍性的章节，找出了服务企业需要注意与有利可图的消费者之间建立关系的原因所在，公司业绩与传统的参数（例如市场份额、成本结构或公司规模）之间的联系在逐渐减弱。通过主要调查结果的揭晓，我们将指出消费者满意度、消费者忠诚度和公司收益率之间是如何彼此紧密相关的，并解释原因，然后指出为什么发展关系与此问题相关。

目标 到本章结束时，读者应该能够了解：

- 服务营销独树一帜的特征：建立和维持关系的重要性，即关系营销。

- 服务利润链模型突出了消费者满意度、消费者忠诚度和收益率之间的密切关系。
- 如何计算消费者生存期价值。
- 在增强消费者忠诚度的过程中，不同的关系营销策略的作用。
- 在完善公司策略时，详细了解消费者购买模式的重要性。

关系营销：旧瓶装新酒

我们在过去的几十年中见证了营销的各种不同的侧重点。如果说 20 世纪 50 年代是大众营销时代，70 年代是市场细分时代的话，那么 20 世纪 90 年代就是个性化营销的起源。今天我们看到，关系理念正在逐渐被人们所接受，关系理念可以被定义为直接导致建立、完善、维持成功交换关系的一切营销行为。[1] 关系营销本身并不是什么新理念，存在于两百多年前的朴素营销观点就是通过关系来实现营销的。1790 年，雅各布·施韦普斯（Jacob Schweppes）在日内瓦创建了一家以自己的名字命名的饮料公司，他与当地的医生建立起了亲密的关系，以便医生在给穷人开药方时发出他的发酵式矿泉水。

我们通过大力关注创造消费者价值而再次强调了传统的交易型营销观点。总体而言，营销经理们在交易营销中关注日销售额和年均最低/最高销售额。关系营销对商家提出的挑战是如何把服务质量、消费者服务和营销统一起来以产生长期互惠的消费者关系。[2] 小型银行就是一个很好的例证，他们深知要使某些顾客的账户达到收支的平衡点需要花费 6 年的时间。在英国，争取得到 150 000 位学生/年轻人的新账户需要花费 300 万英镑的广告费用，还要耗费包括鼓励费用、邮寄费用、计算机成本费用和行政费用在内的另外每人 20 英镑。基于这点考虑，小型银行普遍采纳了账户保留的长远观点。

由于中间商的权限不断增强，通讯和信息技术的发展使个人消费者可以更加直接地与中间商、制造商接触，所以关系营销的重要性也会不断增加。技术进步可以让卖方了解到个人消费者的需求，直接与消费者接触，对消费者的喜好迅速作出反应，为消费者提供差异性的产品或服务。除此之外，重复性购买不断减少、竞争压力不断增加和服务经济的持续增长增加了关系营销的使用频率。技术、社会和经济发展也鼓励商家重新定位注意力：

- 技术进步。信息技术的进步允许我们收集、存储和控制不断增加且增加速度越来越快的原始数据。E5 时尚（E5 Mode）是比利时的一家时尚店，它建立了一个能够实时跟踪消费者需求模式的信息系统。每个消费者都持有会员卡，会自动登记消费者购买衣服的一系列信息。E5 时尚公司拥有存有 200 万余条消费者信息的数据库，每条信息都记录有 100 多个消费者属性。这个数据库使公司能够针对影响消费者需求的因素进行深入研究，在产品和消费者属性之间建立关联。E5 时尚使用数据库来计算产品总量，例如在一年之内售出了多少条裤子。数据库还可以让他们了解一些更详细的消费者信息，例如

"领子上有纽扣的衬衫"和"领子上没有纽扣的衬衫"哪一款更好卖。E5 时尚每天都要分析数据库，某些产品存货的变化会迅速反映出需求模式的改变。

- 社会进步。爱护社会环境和不断增强的个性化是一个普遍的趋势。今天的消费者已经意识到并开始维护个性，也希望得到他人的认可，消费者希望有人来聆听和尊重自己。对保护措施的接受让消费者想要寻找一个安全而熟悉的环境，已经有越来越多的消费者在抱怨和抗议自己的期望没有得到满足。

- 经济的发展。经济的发展改变了竞争层次和商人对营销所持的观点。在过去的 10 年中，销售渠道、商品、服务的总量都出现了爆炸性的增长，商品和服务二者之间的界限正在逐步消失，例如英国一家名为特易购的大型超市连锁店就同时出售个人计算机。据尼尔森 (Nielsen) [3] 估算，法国市场每天都会出现 100 件新商品，在洗发水商品中销量位居第一的海飞丝仅占 9%的市场份额，油气销售业绩排第二的德士古公司 (Texaco) 在美国油气市场中仅占 7%的市场份额，销售业绩最佳的埃克森 (Exxon) 也不过才占有 8%的市场份额。天联广告 (BBDO) 对世界上 28 个国家的消费者进行了调查，这些人中 2/3 认为 13 种不同品牌的产品和服务在质量上并不存在差异性。

这些进步正促使当今的经理人重视关系营销，即去创建并维持价值关系。下面的例子说明了一些公司是如何重视关系营销的 [4]：

- 科罗拉多有一家名为自由旅行 (Free Spirit Travel) 的旅行社，它给经常旅游的游客们配置了一名特别的旅游经纪人，以便协调游客的全部旅游日程。例如顾客偏爱的付款方式、喜爱的秘书的名字、喜爱的航班和酒店等信息都被用电子文档的形式存储在顾客的资料中。

- 喜达屋 (Starwood) 连锁旅店的数据库中存有 1 300 万余个顾客名字，其中 400 万~500 万人是经常性顾客。所包括的顾客属性有：住店日期、社会地位、曾住过的其他旅店及在过去的 12 个月中住店的总费用。这样，喜达屋就可以不再使用工业化中一刀切的促销方法，而是把每 1 000 名消费者细分为一组，为同级别的顾客量身定制电子邀请函。贝拉 (Berra) 说："在这一天即将结束的时候，拥有将数据库分类的能力就是拥有了可以增加顾客忠诚度和公司收益率的能力。""因为你开始找到了一定程度上可以为自己所用的策略，那么你在下个阶段将面对的是一些数量有限的顾客分类，真正可以把目标对准的一小部分群体。并且，你还知道自己营销的对象都具有高度回应的喜好。" [5]

- 美信银行 (MBNA America) 是美国一家婚姻信用卡发行银行。美信银行的高级执行官们需要不断地从不满意的消费者身上学习。每个高级执行官每个月都要有 4 个小时的时间待在一个特别的"倾听"房间里，亲自监控消费者服务热线，接听消费者要求撤销其信用卡的电话。

- 为了满足车队经理们的需要和要求，埃克森美孚（ExxonMobil）发行了埃克森美孚车队规划卡。这个规划为经理们提供了许多条颇具价值的提议，比如：如何更大程度地控制司机的开支，如何购买到便宜的燃料，为与业务相关的产品和服务提供折扣、创新性技术等。埃克森美孚在全国范围内设有 16 000 家分店，为车队经理们提供了便利。 [6]

- 哈利–戴维森（Harley-Davidson）创建了在世界范围内拥有 200 000 余名成员的哈利车主俱乐部。除了摩托车俱乐部，哈利—戴维森还开办了保险公司，拥有一家旅行社，创办了紧急救援服务，创办了两本杂志，开设了会员竞争和 750 余个地方性分会。

将消费者满意度、消费者忠诚度和收益率联系起来

消费者满意度、消费者忠诚度和收益率三者彼此紧密交织，服务关系营销最重要的一点就是它与这个原则具有直接的联系。服务企业为消费者创造价值是产生消费者满意度和忠诚度的主要动力，这是赫斯凯特以及其他人 [7] 创建的"服务利润链模型"中最重要的要素之一（详见第 9 章）。在这个模型中，收益率、消费者忠诚度、消费者满意度、雇员满意度、雇员生产率和雇员忠诚度之间都彼此相关联（见图 4.1）。赫斯凯特等人对几个成功的服务组织进行分析后发现，服务能力或内部服务传递系统的质量直接影响雇员满意度，即雇员满意度高会导致雇员流动率低和生产率高，而雇员流动率低和生产率高又对外部服务产生了积极的影响。价值高的外部服务导致消费者满意度高，高的消费者满意度又会增加消费者忠诚度，高度的消费者忠诚度会增加生产率、营业额和利润。外部服务的价值越高，消费者满意度和消费者忠诚度就越高，增长率、营业额和利润就越高，内部服务的质量和雇员的满意度也会相应地提高。

本章余下部分将着重讨论服务利润链模型的右半部分（左部分将在第 9 章涉及）。在讨论使消费者满意度与消费者忠诚度关联的动机前，我们将首先定义这两个概念，然后详细解释这

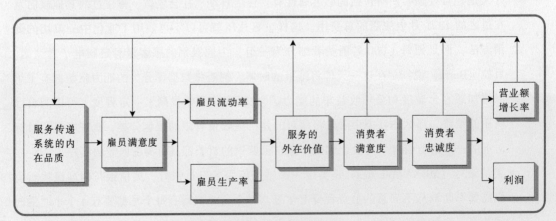

图 4.1 服务利润链 [8]

两者与收益率的关系。接下来探讨提高消费者满意度和消费者忠诚度的潜在策略，并描述如何设置目标，以及衡量和评估满意度和忠诚度的策略。

定义消费者满意度和消费者忠诚度

我们通常这样定义消费者满意度：

消费者对公司、产品或服务的期望值以及他所感知到的公司表现、产品或服务之间的差距。

如果消费者所感受到的公司表现符合或"高于"消费者的期望值，那么，消费者就会感到满意。否则，就感到不满意。这就是服务组织需要适当处理消费者期望值，以减少消费者误解本服务组织提供服务的原因所在。

消费者忠诚度的定义是：

以长期性（依靠重复性购买、购买频率、支出款额或其他指示器）的积极购买模式和被公司及其产品、服务积极态度所驱动为特征的消费者行为。

由于消费者态度很难衡量，融资或实践公司通常把消费者保留率作为衡量消费者忠诚度的指示器。但是消费者的态度和行为在不同情况下存在很大的不同（见图 4.2）。

- 真正意义上的忠诚的消费者愿意尝试特殊的服务、场所或品牌。
- 虚假意义上的忠诚的消费者的购买行为比较冲动，受便利性或习惯驱使，即在条件适当时购买。
- 潜在意义上的忠诚的消费者是指那些由于没有其他选择而不得不购买此种商品的消费者。20 世纪 70 年代，IBM 拥有其他竞争对手难以超越的尖端技术，因此拥有数量最多的消费者。但是今天，人们从精神上再也不会接受某种产品具有显著的优越品质这一事实，从商业角度而言，商家再也不能凭借产品的品质来束缚消费者了。
- 零度忠诚度。总是会存在某些并不忠诚于某一个公司或者品牌的消费者。

图 4.2 矩阵中所示的忠诚度类型与不同类型的消费者关系密切相关：频繁型交互作用与长期型关系相关，深度型交互作用与亲密型关系相关。前者侧重强调消费者的购买类型，后者侧重强调存在于消费者忠诚度中的个人态度。服务提供者与消费者之间的关系越密切，消费者的态度就会越积极。

消费者满意度与消费者忠诚度的关系

研究消费者满意度应该成为管理服务传递过程不可分割的一部分。尽管很多公司是基于某种特别的考虑才进行这种研究，但确实有一些公司坚持衡量消费者满意度，兰克施乐（Rank Xerox）就是一个众所周知的例子。施乐为了达到"100%消费者满意度"，在过去几年中对 480 000 名消费者进行了追踪调查，询问消费者满意度。施乐很清楚，消费者满意度仅仅增加或者减少1%都会对调查结果产生重大的影响，比如在英国只有8%的消费者对于通过直接邮

		购买模式	
		积极	消极
态度	积极	真正意义上的 消费者忠诚度	虚假意义上的 消费者忠诚度
	虚假	潜在意义上的 消费者忠诚度	零度消费者忠诚度

图 4.2　消费者忠诚度的不同角度 [9]

资料来源：Dick, A.S. and Basu, K. (1994) *Journal of the Academy of Marketing Science*, 22 (2)，99–113. Copyrigh© 1998 Sage Publications. Reprinted by permission of Sage Publication Inc.

购买到的商品和服务不满意，但由于英国是一个年销售额达 120 亿英镑的市场，存在 8%不满意的消费者就意味着公司在 5 年之内将减少 50亿~100 亿英镑的收入。IBM 也深知消费者满意度每增加 1%，每 5 年的销售额就会增加 5 亿美元。

人们普遍认为消费者满意度会自动转变成消费者忠诚度，满意度和忠诚度之间确实存在微妙的联系。很多项针对消费者满意度的调查研究表明，有 90%接受调查的消费者介于"满意"与"非常满意"之间，这些消费者中又有 30%~40%的人会重复购买产品或服务。施乐发现，"极度满意"的消费者的重复性购买率比"一定程度"上满意的消费者要高出 6 倍。导致二者之间这种微妙联系的原因有以下几个：

1. 消费者肯定与否定的感受可能共存。消费者可能对某家公司感觉良好，但却不满意其中的某一项服务。

2. 与服务不直接相关的因素也起重要的作用。例如当某个消费者已经坐在了某家餐厅等候时，朋友却临时有事不能共进晚餐，这名消费者以后可能再也不愿意来这家餐厅用餐了。这种情况下的消费者流失就不是餐厅的错了。

3. 满不满意是消费者自己陈述的，所以消费者满意度在很大程度上受回答者所处的不稳定状况或临时条件的影响。

4. 我们也可以用不同水平的消费者承诺来解释消费者满意度与忠诚度之间的巨大差异。表现出基于计算的承诺的消费者认为从贵公司获得的价值高于从竞争对手处获得的价值，而那些表现出情感式承诺的消费者能够真正与服务提供者建立起深厚的关系。虽然，基于计算的消费者对贵公司所提供的服务会感到非常满意，但是当贵公司所提供的服务可以轻易被竞争对手模仿时，这些消费者就变得不再那么忠诚了。相比之下，基于情感的关系更容易预防竞争者的行为。"频繁型交互作用"和"深度型交互作用"与基于计算的承诺和基于情感的承诺的观点相类似。

这些衡量消费者满意度的微妙区别经常暗示我们应该衡量消费者保留率而不是衡量消费者满意度（见第7章）。详细阐明衡量标准并不意味着拒绝接受消费者满意度这个标准，消费者满意度对于消费者是否重视公司的主张提供了极具价值的参考信息，因此相对而言较为可信。

消费者忠诚度和高度的消费者满意度（即消费者喜爱度）之间确实存在着密切的联系。这就是说公司不仅要满足消费者的期望值，还应该努力使用某种其他方式来使消费者"兴奋"。图4.3展示了消费者保留率和消费者忠诚度之间的关系。极度忠诚的消费者只存在于喜爱区中，这里也包含了极度满意的消费者。传教者是指那些极度忠诚、喜爱度高或者极度满意的消费者。恐怖分子对公司来说非常不利：这些消费者不放过任何一个对公司带给他们的不愉快经历进行投诉的机会。损失区包括低度满意的消费者，他们的忠诚度并不算高。漠然区的消费者不是真正意义上忠诚的消费者：他们只拥有中等满意度。

在公司发生危机中或发生故障时消费者满意度的好处就体现出来了。每项服务都不可避免地会出现这样或那样的错误，即使是最优秀的服务企业也不能避免发生类似于偶尔的航班误

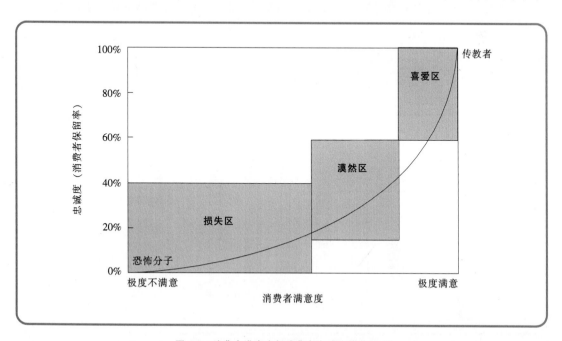

图 4.3　消费者满意度与消费者忠诚度的关系 [10]

点、牛排烧焦或者邮件丢失这种情况。尽管服务企业不能阻止这些问题发生，但他们依然能够听从消费者的意见并尽量挽回损失。这就是很多服务组织在消费者投诉上下大力气，努力完善操作和管理投诉系统的原因所在（见第 7 章）。

消费者生存期价值：与公司收益率相关

美国的一项研究 [11] 发现，公司半数的消费者将在 5 年内流失，损失率为 10%~30%；公司半数的雇员在 4 年内流失，损失率为 15%~25%。按照这个速度，不忠诚会导致公司 25%~50% 的业绩受限。不忠诚导致英国公司损失 1 000 亿英镑销售额，这些公司为了重新吸引消费者和弥补销售额损失又要损失掉 1 000 亿英镑。我们应该如何解释消费者忠诚度和公司业绩之间这种显著的关系呢？下面有两种意见供参考：

1. 以提高忠诚度为目标的补救策略：消费者保留率越高，在消费者数量同样多的情况下，销售额就越高。

2. 时间越长，消费者越有利可图：由于生产率和成本优势，除了具有可靠的利润基础外，单位消费者的营业额也会增加，公司运营成本将下降；同时还会引起消费者更为积极的口头宣传，消费者对价格的敏感度也会因此而降低。[12]

通过认识和衡量这两个变量就可以计算出消费者生存期价值。这个价值代表了在一段时期内（通常是 4~5 年），由消费者带来的净现值。通过计算消费者生存期的平均价值，可以计算出公司应该花多少资金来吸引一名潜在的新消费者。最基本的观点是把消费者看做人力资本投资：初始时亏损是为了以后能够增加销售额（见图 4.4）。[13] 一位忠诚的比萨饼消费者在其生存期内可以为比萨饼公司带来 5 600 英镑的收入，一位忠诚的凯迪拉克车主在其生存期内可以

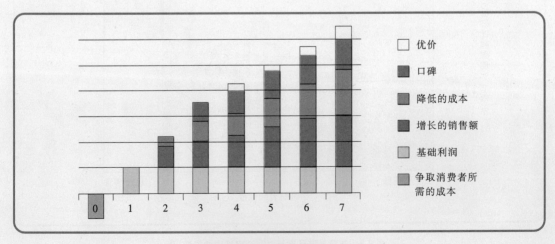

图 4.4 利润与消费者保留率的关系

资料来源：Reprinted by permission of Harvard Business School Press, The Loyalty Effect-the hidden force behind growth, profits and lasting value, Reichheld, F. F., Boston, MA (1996)，p.39. Copyright © 1998 by Brain & Company, INC.

轻松地创造出 232 000 英镑的价值。如果消费者每周购买价值 70 英镑的食品，而且对购物的超市足够忠诚，那么在今后的 10 年中，这名消费者将在此超市消费 36 000 英镑。一位中等频率（一月一次）穿梭于美国海岸之间的乘客在 5 年之内可以为航空公司创造 15 000 英镑的收入。对于曼彻斯特一家新开张的报商来说，一名每天都来此购买《时代》和《星期天时代》报纸的消费者在其生存期之内的价值是 10 000 英镑。一个新生婴儿在出生后的第一年中能够用掉价值 1 000 英镑的一次性尿布。

按照下面的简单描述可以计算消费者生存期价值：

- 选择一组消费者，这组消费者在过去（四五年前）相同的时间内必须属于经常性消费者。
- 通过计算出这些消费者中有多少在一年之后仍然继续购买来计算消费者保留率。如果数据足量，按同样的方法计算第 2 年的保留率。否则可以估算，通常公司的消费者损失率约为 50%。
- 确定这些消费者的年均消费额。
- 确定服务企业的收入中有多少属于直接成本。
- 计算商业贴现率，一般情况下是市场利率的 2 倍。
- 将全部的这些数据输入电子数据表，计算出在 5 年生存期之内的消费者价值。
- 试作一些假定分析，即试着预测几种市场情形对消费者生存期价值的影响。
- 让电子数据表处于活动状态。试算几种市场情形之后，与电子表格结果对照，提高公司的预测能力。

遵循这些步骤可以得到一张类似表 4.1 的表格。

表 4.1 生存期价值计算示例

收入	第 1 年	第 2 年	第 3 年	第 4 年	第 5 年
消费者	1 000	400	180	90	50
保留率 （%）	40%	45%	50%	55%	60%
年均销售额（美元）	150	160	170	180	200
总收入（美元）	150 000	64 000	30 600	16 200	10 000
成本					
成本（%）	50%	48%	46%	44%	42%
总成本（美元）	75 000	30 720	14 076	7 128	4 200
利润					
总利润（美元）	75 000	33 280	16 524	9 072	5 800
贴现率（20%）	1	1.2	1.44	1.73	2.07
净现值利润（美元）	75 000	27 733	11 475	5 244	2 802
累计净现值利润（美元）	75 000	102 733	114 208	119 452	125 056
成存期价值（净现值）（美元）	75	103	114	119	125

我们针对表 4.1 作如下假设：

- 假设过去忠诚的消费者在将来持续保持忠诚度不变，那么这将导致消费者保留率每年都增高。

- 如果消费者忠诚度增高，消费者的年开销则随之增加，这将导致年均销售额增加。

- 忠诚消费者所需的运营管理较少，不需要花费成本来吸引消费者，这就导致年成本率降低。

- 假设贴现率为 20%。

布赖恩咨询公司（Brian & Co.）研究了很多不同行业中的消费者保留率与生存期价值之间的关系。针对美国信用卡行业的研究表明，如果一名信用卡消费者在第一年之后就退出，公司业务平均会损失 21 美元。如果公司可以将这名消费者留住 4 年，他/她对公司的净现值贡献就升至约 100 美元。如果信用卡公司将消费者损失率由 20% 降至 10%，则消费者生存期将由 4 年升至 10 年，消费者的生存期价值至少将翻一番——从 134 美元升至 300 美元！[14]

作为美国婚姻信用卡的发行者美信银行还发现，消费者不满意度每降低 5 个百分点，平均消费者价值就会增加多于 125 个百分点。布赖恩咨询公司（顾问）调查表明，如果消费者数量每年增加 5% 左右，各部门提升的收益率将从 25% 到 85% 不等（见图 4.5）。在信用卡和存款业务中降低消费者不满意度，对提升收益率的效果尤其明显，分别为 75% 和 85%。

但是我们并不是要保证每名消费者都是忠诚的消费者。理查赫德（Reichheld）强调说，关键是让消费者各就各位（Reichheld，1996）。消费者在忠诚度、收益率及对服务组织是否"适宜"方面都存在差别，不同的消费者创造出的收益也不同。[16]

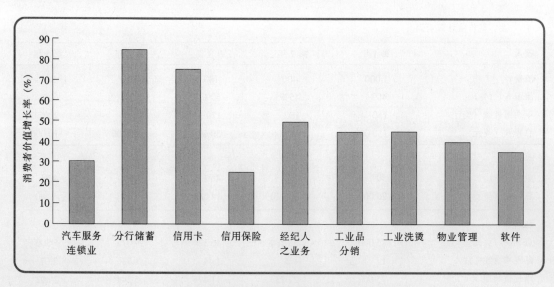

图 4.5 消费者不满意度每降低 5% 所增加的消费者价值（收益率） [15]

资料来源：Reprinted by permission of Harvard Business School Press, *The Loyalty Effect–The hidden force behind growth, profits and lasting value*, Reichheld, F. F., Boston, MA (1996), p. 36. Copyright © 1998 by Brain & Company, INC.

美国快递信息管理部副主席詹姆斯·范德·布顿（James Vander Putten）说，在零售业中，最优秀消费者的消费额比其他消费者高出16%，在餐饮业中高出13%，航空业中高出12%，旅馆/汽车旅馆业中高出5%。因此，不能建立那种消费者忠诚却不具收益率的关系。

数量上相对少的消费者为公司创造了相对高的销售额——这就是帕累托法则，根据这个法则，公司应该将80%的时间和精力花费在20%的消费者身上。在银行零售业务的数据库中，有50%的消费者不具收益性是一件很常见的事。但是，如果对当前不具收益率的某个账户进行投资的话，没有人知道这名消费者以后能否为银行创造出源源不断的收益。奥格威（Ogilvy & Mather Direct）的调查结果表明，让变幻无常的消费者变得忠诚要比让忠于某一品牌的购买者改变购买习惯，转而购买另一个新的消费者可以信任的品牌要难得多。忠诚的消费者可能很难争取过来，可是，一旦争取到了，他们值得这项投资。因此，如果运营一种奖励那些争取到消费者的销售人员的系统要当心——最容易争取到的是那些潜在忠诚度最低的消费者。争取到具有收益性消费者的秘密在于，不是寻找对价格敏感的消费者，而是寻找并奖赏忠诚的消费者。不同产业的实践经验表明，被人介绍来购买商品的消费者要比被广告吸引来购买的消费者的前景好，在标准价格下购买商品的消费者要比促销时的购物者更佳，反对冒险的消费者要比尝试型的消费者更佳，长期关系比短期关系更佳。 [17]

如何增加消费者满意度和消费者忠诚度

在某公司的消费者关系中，消费者可以从潜在消费者发展到消费者、主顾、支持者，最后到达阶梯的顶端，即拥护者（见图4.6）。拥护者在服务组织中地位牢靠，根深蒂固，他们不仅

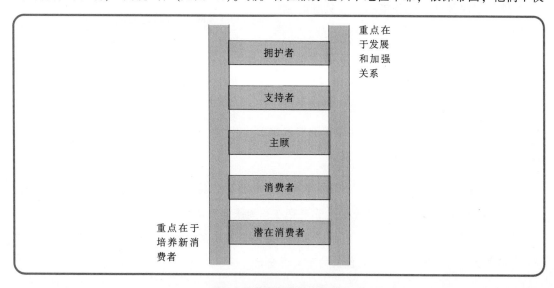

图 4.6 消费者忠诚度阶梯 [18]

资料来源：From Jenkinson, A., *Valuing Your Customers: From Quality Information to Quality Relationships Through Database Marketing*, 1995, McGraw Hill Book Co. Ltd., reproduced with the kind permission of McGraw-Hill Publishing Company.

是忠诚的长期购买者，还会通过良好的口碑宣传来积极影响其他人。商家通常仅仅满足于将可能性消费者发展成消费者，并就此止步。消费者关系管理中最大的漏洞就是认为忠诚是由销售自然产生的结果。这好比最理想、最浪漫的恋爱关系是二人经过一系列步骤之后步入婚礼的殿堂，这种永久性的幸福同样也适用于关系营销。只有当消费者可以在忠诚度阶梯中被进一步提升和培养时，消费者的真正价值才能得到证明。任何一个公司的目标都应该是尽量鼓励消费者位于这个阶梯的更高一层。在这个阶梯中，每上升一级就代表了公司与消费者之间的相互承诺增加一级。为了达到提升消费者级别的目标，公司需要采取一些特殊策略来加强与消费者之间的关系。

坚实的关系营销的第一个必要条件就是要确保消费者不从这个忠诚度阶梯中滑落出去。为了达到这个目标，提供水平和质量高的消费者服务尤为重要，公司通过提供比竞争对手更为优越的服务将会争取到忠诚的消费者。很多研究都想证明这样一点：总体而言，由于感受到服务问题和缺少重视 [19] 而更换服务提供者的消费者，要比受价格和竞争性行为的影响而更换服务提供者的消费者人数高出五倍。表 4.2 表明了麦格劳–希尔 (McGraw-Hill) 调查和论坛调查结果。

斯堪的纳维亚航空公司（简称 SAS）前总裁简·卡尔松 (J. Carlzon) 是最初在履行服务或产品承诺中推行消费者接触理念的管理者之一。他意识到在一次飞行中，斯堪的纳维亚航空公司每年 1 000 万的顾客中的每个人与平均 5 个雇员接触大约 15 秒钟。他称这些服务接触为"关键时刻"。斯堪的纳维亚航空公司从年亏损 800 万美元的失败者转变成年盈利 7 100 万美元的成功者的一个重要因素是它关注那 5 000 万个"关键时刻"。

但是，仅仅保证消费者一直处于阶梯的同一级别是远远不够的。公司应该尽量提升消费者级别。麦肯锡所载的一篇文章中如是说：

表 4.2　消费者与服务提供者关系破裂的原因

(a) 论坛调查结果

原因	百分比
搬家或死亡	4
个人关系	5
竞争对手行为	9
对产品不满意	15
缺少接触、漠不关心、态度恶劣	67

（b）麦格劳–希尔调查结果

原因	百分比
出现更好的产品	15
出现更便宜的产品	15
缺少接触和个人关注	20
服务及被关注的质量太差	49

　　　　我们的教训反映了这样一个简单的事实：杰出的营销总是源于公司懂得在盈利的情况下如何满足消费者需求。这种情况普遍存在：如果消费者的每次购买行为都显示出忠诚，那么很多零售商就提供打折或奖品。但是，这些零售商所提供的服务却没有按照不同消费者的品位、购买模式或对公司价值的不同而变化。 [20]

关系营销的案例在当今的商务实践中随处可见。例如丽兹酒店 (Ritz-Carlton) 以其个性化的迎客方式和送客方式（适当使用消费者的名字）而闻名。航空公司用于提高消费者忠诚度的策略有赠送给最有价值的乘客航行公里数作为鼓励，这些消费者同时会得到认可并享受到特殊待遇。但是总体来说，以下两种关系营销还是有区别的 [21]：

第一层次关系营销

这一层次的营销依靠价格刺激来保证消费者忠诚度，因此，通常被称为"第一层次关系营销"。第一层次的关系营销主要通过价格刺激和省钱机制来奖励消费者以保证消费者忠诚度。例如商家通过赠送飞行里程、免费礼物、个性化的优惠券等有形奖励来重视消费者光顾。无论竞争对手想通过增强服务、价格竞争还是商品打折来吸引消费者，贵公司都可以通过增加积分来增加消费者忠诚度，这在住旅店、买电影票和洗车中最常见。

但这一层次仍然被认为是营销的最低层次，因为价格可以轻易被竞争对手模仿。回报消费者的计划通常被认为是短期的最廉价的促销工具并且回报率极低。例如促销手机时使用积分点可能对增加销售有帮助，大约会增加25%的销售额，但是在消费者类型高度混杂的情况下就没有什么用处。美国快递针对特定的消费者群使用名为"成员里程优惠计划"，增加了20%多的营业额。优惠计划确实能激发消费者的购买行为，即增加消费者保留率，但是却不能改变消费者的态度，即无法改变消费者忠诚度。

尽管消费者可能被促销活动吸引，而不被产品或服务吸引，但是真正意义上的消费者忠诚还是来源于产品的差异性。由此看来，忠诚度不能被购得，而必须赢取。[22] 有这样一则美国笑话很经典地指出利用优惠措施刺激消费者忠诚度的弊病。

一个老人经常被一群孩子们侮辱，孩子们骂他又蠢又丑又老。老人并没有反驳，而是把这群孩子召集起来，对孩子们说："明天要是你们中间有谁接着骂我的话，我就奖励他1美元。"孩子们觉得既高兴又新鲜，第二天骂得更起劲了，每个人都得到了1美元作为奖赏。

于是，老人又说："要是明天你们其中有谁接着骂我的话，我就奖励他25美分。"孩子们想，白白得到25美分也算是件不错的事啊，于是，第三天接着骂老人。作为奖赏，他们都得到了25美分。

接着，老人很抱歉地说道："明天接着骂我的人，我只能奖励他1美分了。"

"就1美分？门儿都没有！"孩子们生气地走开了。

故事到此就结束了。

同样，当商家撤掉了促销的优惠政策时，消费者的反应立即就会冷淡下来，销售业绩马上就回到了促销前的水平。不再提供优惠政策也是消费者不满意的来源，他们会因此转而购买其他商品。威斯敏斯特国家银行（National Westminster Bank）曾制定过这样一条政策：消费者每消费10英镑就可以得到1个积分点，再消费20英镑又可以得到1个积分点。但是，接下来呢，银行应该怎么做？再比如，当壳牌公司停止向荷兰消费者免费发放现金代用券时，消费者的抗议如此强烈以至于壳牌公司不得不重新发放。所以，第一层次营销只适用于维护式交互作用类服务 [23]，任务式交互作用类服务和个人式交互作用类服务的消费者可以从更为高级的优惠中受益（见第 6 章）。

第二层次关系营销

关系营销的第二个层次强调的是与消费者进行常规性沟通所涉及的社交方面。这种社交技巧通常与名为"第二层次关系营销"紧密相连。总体而言，买卖双方之间通过沟通增强了对对方行为的预测，通过澄清各自角色增加了受益性行为的可能性。除此之外，沟通还能发现相似点、鼓励信任、增强特殊地位、增强亲密感。而且，差异性极强的沟通还能积极地影响公司与消费者之间的关系。谢斯和帕维蒂亚 (Sheth and Parvatiyar) [24] 在其著作中指出，"关系营销中本来就暗含着重视消费者和消费者选择这层意思，也就是说对于所有的消费者不能一视同仁。"服务的本质为服务企业提供了各种机会，服务企业可以将这种关系用户化并捕捉相关信息，以便服务企业可以更加准确地做到具体问题具体分析。我们看一下这个简单的例子：某人打电话给当地的花店，要在母亲生日那天为母亲预订一束鲜花。[25] 第二年，他在母亲生日的前三周就收到了一张从同一花店寄来的明信片，提醒他道：您母亲的生日即将到来。并写明了他去年为母亲购买的鲜花品种及价格。他今年只需打一个电话，花店就会把一束美丽的鲜花按时送到母亲门前。做这种常规意义的统计只需要一台电脑即可。当个人服务能力与电子数据处理能力相连的时候，关系用户化就会给消费者留下深刻的印象。加利福尼亚的丽兹酒店将客人登记卡上的全部信息都储存了起来，当客人再次光临时，客人信息就会马上从前台接待员的计算机终端显现出来，客人上次预订的房间号、饮用的威士忌、看的报纸以及吹风机都可以提前存储，以供参考。

为服务营销制定目标

通常人们都认为"经理们只需将注意力集中在公司的宏观策略上就行了，没有必要把精力浪费在具体的衡量系统上"，但是，只有通过使用正确的衡量系统（详见第 5 章），一项健全的策略才能真正实现。公司需要明确衡量什么，如何宣传价值，如何引导雇员想法以及如何阐明衡量优先权问题。

经理们在谈论公司目标时，总是会涉及利润、投资回报、市场份额、增长率或其他金融方面的指示器。这些指示器的来源只有一个，即消费者。所以，商家们需要考虑的不是市场份额而是消费者份额。

假设你是这样一个经理：如果你拥有 10% 的市场份额，那么，消费者每花费 1 英镑购买你的商品，你就会赚到 10 便士。可能市场中每名消费者用于购买你的产品或者服务上的数额都相同，每个消费者在每 10 次消费中就有一次购买的是你的产品。这就意味着你将拥有这些消费者创造的 10% 的业务。但是，也存在这样的可能，即你的业务来源于那些每进行 10 次消费就有 5 次购买你的产品、数量仅占你消费者市场份额 20% 的消费者。[26]

你作为经理，在每次制定计划前，都需要对公司前景和消费者制定出一些尽量具体的目标：

- 你期待公司前景如何？
- 你想要消费者做何种转变？
- 你想要保留哪类消费者？
- 你想要发展哪类消费者？

除非你十分相信自己的直觉和经验，否则，你收集到的关于消费者过去的购买行为的信息将对你制定计划给予极大的帮助。很多公司通过消费者讨论和重复性购买研究来收集这种信息。越来越多的公司都在探究在消费者部门、购买行为和其他信息基础上分析现有的消费者资料。

我们可以在实际购买模式的基础上利用消费者级别图，按照消费者数量、购买次数、最近的购买、人口统计和心理简介以及对销售额或利润的贡献率等，相应地对消费者进行分类。可以使用消费者金字塔（见图 4.7）来推测每张消费者级别图中的消费者类型和数量。消费者金字塔代表着消费者的库结构，这个库结构由以下部分构成：高级消费者、中级消费者、普通消费者、潜在消费者和持怀疑态度的消费者。通常，在数量上仅占全部消费者人数 10% 的顶级消费者会创造 60% 的销售额，带来超过 60% 的利润。当考虑到营销费用和为消费者服务的费用时，这些费用通常会被均摊到各级消费者身上。没有人愿意用 70% 的预算支出仅仅换取 20% 的

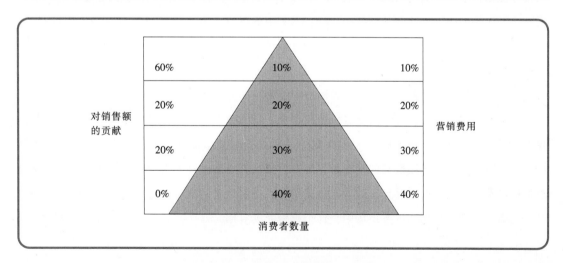

图 4.7 营销费用在各消费者部门中的分布

资料来源：From Jenkinson, A., *Valuing Your Customers: From Quality Information to Quality Relationships Through Database Marketing*, 1995. McGraw Hill Book Co. Ltd., reproduced with the permission of McGraw-Hill Publishing Company.

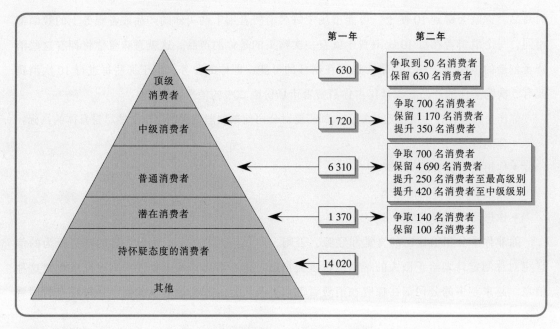

图 4.8 制定营销目标：一次针对一名消费者

资料来源：MSP Associates Amsterdam, Curry, J., Wurtz, W., Thys, G. and Zylstra, L. (1998) *Customer Marketing–How to improve the profitability of your customer base.*

利润，所以，按照消费者创造的价值（即对销售额的贡献率或创造的利润）来重新分配营销费用是具有经济意义的。

我们假设，将创造 3 500 英镑年销售额的消费者（630 人）定义为高级消费者，将年创造 1 400 英镑至 3 500 英镑收入的消费者定义为中级消费者（1 720 人），将平均每年带来不到 1 400 英镑收益的消费者定义为普通消费者 (6 310 人)，在剩下的消费者中，还有 14 020 名潜在消费者和 1 370 名持怀疑态度的消费者。针对图 4.8 中的各级消费者，都要制定一个明确的目标：多少人应该被吸引加入本级别，多少人应该继续停留在本级别，还有多少人应该被提升到上一级别。例如，我们针对普通消费者的目标是：再吸引 700 名新消费者，保留已有的 4 690 名消费者，另外，提升 420 名消费者至中级消费者级别，提升 250 名消费者至高级消费者级别。

另一种定目标的方式是将消费者价值模型化。价值模型建立在消费者忠诚度和消费者价值这两个基本变量之上。2×2 矩阵（见图 4.9）表示的是最简单的价值模型。价值模型的基本原则是：保留价值高且忠诚度高的消费者，提升价值低且忠诚度高的消费者，争取价值高且忠诚度低的消费者，放弃价值低且忠诚度低的消费者。在消费者的潜在价值和消费者忠诚度都能得到合理衡量的商业市场和服务市场中，这个模型尤其有用。

结论

今天，崭新的营销环境和信息技术的进步又让关系营销重获生机。

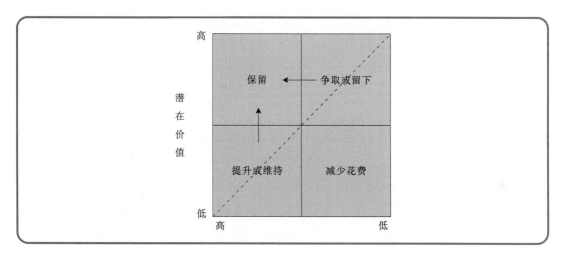

图 4.9 价值模型 [29]

资料来源：From Jenkinson,A., *Valuing Your Customers: From Quality Information to Quality Relationships Through Database Marketing*, 1995. McGraw Hill Book Co. Ltd., reproduced with the kind permission if McGraw-Hill Publishing Company.

虽然消费者满意度和消费者忠诚度之间没有直接的关系，但二者都是极为重要的概念。消费者满意度与消费者忠诚度密切相关，消费者满意度每增加 1%，就能使未来五年的销售额大量增长。消费者不满意对销售额的负面影响程度大抵与此相同。因此，鼓励消费者投诉对服务企业是有好处的（见第 7 章）。

消费者忠诚度与公司收益率之间联系紧密。提高消费者忠诚度不仅可以增加公司的业务量，还会增加消费者的个人购买量。我们可以通过计算消费者生存期价值来衡量消费者忠诚度为公司创造的价值。为消费者提供高质量的服务是提高消费者满意度和消费者忠诚度的主要驱动力。同样，雇员满意度、公司收益率和雇员忠诚度与价值创造的有关结论也密切相连。

公司如何才能提升消费者级别呢？多项调查表明，由于服务质量差、不受重视而导致消费者更换服务提供者的几率是基于价格原因而导致更换的 5 倍。服务企业除了要遵守服务承诺、与消费者保持接触之外，通常还需要做到：与消费者建立起学习型关系、实在地回报忠诚消费者。但是，仅用实在的利益来答谢消费者并不是一项长期的支持性策略。

同时提高消费者满意度、消费者忠诚度、公司的收益率，最基本的前提条件是，通过超值满足消费者的需求使消费者喜出望外。我们将在本书第二部分的其他章节中讲述如何创造出适当的消费者期望值，如何鼓励服务组织满足或超值满足消费者需求。

复习和讨论题

- 有人可能认为，在通常情况下，忠诚的消费者给公司创造的利润较少，原因之一是，忠诚的消费者期望利用自己的忠诚从公司得到回报。你的观点是什么？回报是否等同于"低收益率"？请说明原因，并说明在何种情况下这种说法是正确的。

● 在决定消费者关系管理是否具有收益性时，需要哪种类型的数据？这在消费者关系管理数据库方面又指什么？

注释和参考资料

[1] See Morgan and Hunt 'The Commitment-Trust Theory of Relationship Marketing', *Journal of Marketing* July 1994, Vol 58, No 3, 20–38 (1994, p. 22).

[2] Christopher, M., Payne, A. and Ballantyne, D. (1994) *Relationship Marketing: Bringing quality, customer service and marketing together.* Oxford: Butterworth-Heinemann (2nd edn).

[3] Nielsen is a company which tracks how many products are being sold in retailing through inventory checking.

[4] Reichheld, F. F. (1996) *The Loyalty Effect–The hidden force behind growth, profits, and lasting value.* Boston: Harvard Business School Press.

[5] 'Marketers of the next generation: Jim Berra' *Brandweek;* New York; Apr 8, 2002; Mike Beirne.

[6] 'ExxonMobil Corporation introduces new fleet card program Fleet Equipment'; Lincolnwood; Mar 2002; Anonymous.

[7] Heskett, J., Sasser, E. W. and Schlesinger, L. (1997) *The Service Profit Chain.* New York: Free Press.

[8] See Heskett et al. (1997); Heskett, J. L., Jones, T. O., Loveman, G. W., Sasser, W. E. and Schlesinger, L. (1994) 'Putting the service profit chain to work', *Harvard Business Review,* Mar–Apr, 164–74.

[9] Adapted from Dick, A. S. and Basu, K. (1994) 'Customer Loyalty: toward an integrated conceptual framework', *Journal of the Academy of Marketing Science,* Vol 22, No 2, 99–113.

[10] Source: Heskett *et al.* (1994), op. cit.

[11] Reichheld, F. F. (1996), op. cit.

[12] Ibid.

[13] Reichheld, F. F. and Sasser, W. E. (1990) 'Zero defections: quality comes to service', *Harvard Business Review,* Sep–Oct, 105–11.

[14] Reichheld (1996) , op. cit.

[15] Ibid.

[16] See in this respect also the article of Dowling (2002) Customer Relationships Management: in B2C Markets, Often Less is More. California Management Review, 44, 3.

[17] Reichheld (1996), op. cit.

[18] Jenkinson, A. (1995) *Valuing Your Customers: From quality information to quality relationships through database marketing.* London: McGraw–Hill.

[19] It is clear that paying more attention to customers requires resources; hence one should focus on increasing attention in so far as one is able to compensate for the efforts this requires; for a further extension of this point, we refer as well to the work of Dowling. Op.cit.

[20] Child, P., Dennis, R. J., Gokey, T. C., McGuire, T. I., Sherman, M. and Singer, M. (1995) 'Can marketing regain the personal touch?', *The McKinsey Quarterly,* No 3, 113–25.

[21] Based on De Wulf, Kristof, Gaby Odekerken-Schröder, and Dawn Iacobucci (2001) 'Investments in Consumer Relationships: A cross–country and cross–industry exploration' *Journal of Marketing,* Vol 65, No 4, 33–50.

[22] Molenaar, C. N. A. (1995) 'Loyaliteit kun je niet kopen', *Tijdschrift voor Marketing,* Nov,24–7.

[23] The definition of these different types of services is to be found in Chapter 1.

[24] Sheth, Jagdish and Atul Parvatiyar (1995) 'Relationship Marketing in Consumer Markets: Antecedents and Consequences', *Journal of the Academy of Marketing Science,* Vol 23, No 4, 255–71.

[25] Peppers, D. and Rogers, M. (1993) The One-to-One Future. Building business relationships one customer at a time . London: Piatkus.

[26] Peppers, D. and Rogers, M. (1993), op.cit.

[27] Jenkinson, A, (1995), op.cit.

[28] Curry, J., Wurtz, W., Thys, G. and Zÿlstra, L. (1998) *Customer Marketing–How to improve the profitability of your customer base.* Amsterdam: MSP Associates.

[29] Jenkinson, A. (1995), op.cit.

进一步阅读资料

Dowling (2002) 'Customer Relationships Management: in B2C markets, often less is more', *California Management Review,* Vol 44, No 3. In this article, Dowling is rather critical regarding applying the idea of relationships 'anytime, anywhere'. As such, this article becomes very valuable in terms of pinpointing the how and when of relationships marketing. A 'must check' for anyone interested in developing profitable relationships with their customers.

Peppers, D. and Rogers, M. (1993) *The One-to-One Future: Building business relationships one customer at a time.* London: Piatkus. The core theme of this book is customer-focused thinking. Using many examples, Peppers and Rogers show that the one-to-one future offers the best chances to build up long-term relationships with customers.

Reichheld, F. F. (1996) *The Loyalty Effect—The hidden force behind growth, profits and lasting value.* Boston: Harvard Business School Press. This book describes how the performance of the firm is linked to the loyalty of the customers, employees and investors. The general message is to create a maximum customer value.The statements are supported by figures from diverse business sectors which focus on loyalty.

第 5 章

服务宣传

帕特克·德·佩斯麦克   杰瑞·范·丹·博格

引言

本章主要讲述服务的宣传。首先，我们说明一下服务宣传独具特色的原因。然后，看看服务宣传管理的基本构成，在此基础上，我们将引入服务特有的宣传模型。

目标 到本章结束时，读者应该了解以下问题：

- 服务宣传的特征。
- 宣传的必要条件：宣传过程、宣传效应、宣传与消费者需求、宣传与服务理念的联系。
- 宣传中常犯的错误。
- 服务传送过程及在此过程中宣传的必要步骤。
- 宣传计划的指导框架。

服务宣传独具特色的原因

服务的特征决定了服务宣传的相应准则。[1] 这些准则与服务无形性和同时性的特征有直接的联系。

服务具有无形性，这使消费者无法在消费服务之前对服务的质量作出评估（在第 1 章中已经提到），但是这并不意味着消费者在参与服务传送过程时未曾试图评估服务。消费者习惯寻找证明服务质量良好可靠的"线索"，在寻找过程中会注意到服务的有形组成成分。基于这点考虑，服务宣传就必须尽量给消费者提供一些可以反映消费者需求、消费者关注的、具体可见的线索。例如，服务企业可以通过附录提供服务所使用的器材，或者通过创建本公司服务理念的个性化象征，让消费者了解这种线索。

消费者获取产品信息的另外一种方式是参考其他消费者的经历。在需要消费者频繁参与的服务种类中，即对于那些劣质服务的负面影响相当广泛的服务，消费者特别容易接受口碑宣传。因此服务宣传可以通过以下几种方式来利用消费者的这种倾向：

- 凭借消费者推荐，即说服消费者将自己感觉满意的经历传达给其他消费者。
- 把意见领导者作为广告的目标。
- 利用口碑宣传积极影响潜在消费者。

不仅是服务的无形性这个特征对服务宣传起着决定性作用，服务的其他特征在服务宣传中也起着重要作用。服务的生产和消费具有同时性，意味着服务传送过程本身就属于服务宣传过程的一部分。所以，考虑或设计服务传送的外部环境和雇员形象同等重要。

服务是一项需要双方当事人相互合作彼此协商的行为，所以服务的内部宣传和外部宣传也同等重要。服务提供者的素质尤其会影响到服务的质量。言语粗鲁或态度傲慢的服务员就是服务中的败笔；反之，则会成为服务中的亮点。这就是说，服务宣传的目的不仅只是说服存在于服务系统外部的消费者来购买某项服务，宣传还应该对存在于服务系统内部的雇员起到鼓励作用，因为与消费者接触的雇员是宣传中重要的"第二观众"。宣传要保证这种对内宣传与对外宣传具有一致性；否则，服务系统内外部之间的不平等将产生冲突。

服务宣传的一项重要原则就是要在能力范围内作出承诺。公司的雇员会关注公司的广告并会受影响，有时这种影响是积极的，有时是消极的。当服务企业在宣传中作出的承诺超出了公司自身能力范围时，就为日后出现问题埋下了隐患：如果满怀期望的消费者看到宣传之后遇到让他们失望或态度欠佳的服务人员时，消费者的热情将大打折扣，更糟的是，这些消费者会把自己的不愉快的经历传递给其他人，这样，马上就会产生另一批不满意的消费者。所以，言过其实的宣传会导致消费者的期望值过高，从而极易引起消费者不满意；与此同时，服务人员也会因为得不到充分的支持而对所在组织的服务理念感到不满。

服务宣传的特性决定了我们在制定解决这些问题的引导框架之前，必须要先看一下宣传行为的基本构成。

宣传的基本构成

因于宣传是一种沟通，因此我们首先看一种基本的沟通模型。

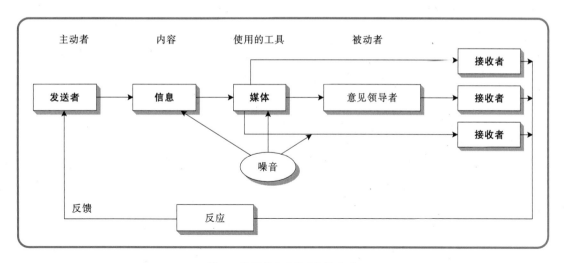

图 5.1　沟通的两阶段流程模式 [3]

资料来源：Adapted with the permission of The Free Press, a division of Simon & Schuster, from *Personal Influence: The part played by people in the flow of mass communications*, Elihu Katz and Paul Lazarasfeld. Copyright © 1995 The Free Press; Copyright renewed 1983 by Patricia Kendall Lazarasfeld and Elihu Katz.

由于服务的无形性需要消费者通过寻找线索来鉴定服务质量，所以在宣传的基本模型中会涉及一个重要的概念：参照群。

沟通过程

沟通过程的总体模式是两阶段流程模式 [2] （见图 5.1）。沟通涉及两方：发送者和接收者。发送者是指欲将某种信息传递给接收者（即目标群）的商家。

沟通的第一个阶段是，发送者对所要传达的信息进行编码，使之变成传递符号，如词语、声音或插图等。这些符号经过各种媒体之后重新变成信息。媒体是面向个人或面向大众的宣传渠道。当信息被接收到后，接收者就需要解码。解码是指参照群和/或接收者试图理解所接受到的各种符号。

参照群是指对消费者的决定产生影响，并使消费者的决定朝某个方向发展的个人、由个人组成的团体或组织机构。请注意以下两种团体之间存在区别：

1. 成员群体（例如，银行的全部顾客）和非成员群体（例如，某顾客所属的保险公司之外的其他保险公司的全部顾客）。

2. 积极群体（例如，被列为榜样并能激发某项行为的消费者群）和消极群体（其行为丝毫不被他人效仿的消费者群）。

沟通活动需要把上述两组参照群都列为目标群。由于意见领导者多数都是新产品的创新人群或早期接受人群，因此属于重要的目标群体。他们对新产品的引进起重要的作用，很值得说服他们来试用某项新产品。例如，早期的电话商家和今天家庭银行商家都把目标市场对准了具有创新性的人群；网上银行的最初使用者也是新媒体的早期接受人群。

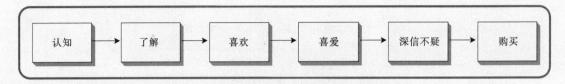

图 5.2 消费者接受过程：拉维奇和斯坦纳模式

资料来源：From *Journal of Marketing*, published by the American Marketing Association, Lavidge, R.C. and Steiner, G.A.., 1961, Vol 25, pp. 59–62.

但是，由于"噪音"，整个过程也会出现偏差，所谓"噪音"是指在发送者和接收者之间造成干扰的所有因素。例如，刊登广告的商家与广告公司之间可能存有误解，商家的竞争对手可能也在同一媒体上作宣传，或者宣传的环境不理想等。

沟通的效果

通常沟通的目标是让消费者产生某种共鸣。沟通效果的模式 [4] 大多都假定存在三种效果：

- 在认知阶段，消费者了解到某种产品的存在并开始了解产品。
- 在情感阶段，消费者对产品产生了积极的态度，他们可能会喜欢这种产品。
- 在行动阶段，消费者试用并接受这种产品。

尽管营销的最终目标是说服消费者购买产品，但是宣传的效果却是阶梯式渐进的。由于在不同的阶段消费者的决定不同，因此，商家需要使用适当的信息引导消费者。

最常见的宣传模式是拉维奇和斯坦纳（Lavidge and Steiner）模式 [5]，这个模式把消费者的接受过程划分了六个阶段。

1. 意识阶段：消费者知道产品的存在，能辨认出该产品并能叫出该产品的名称。

2. 认知阶段：消费者能够把产品与其鲜明的特征或宣传的优点联系到一起；换句话说，消费者对该产品有一个评价。

3. 喜欢阶段：消费者对产品产生了好感。

4. 偏爱阶段：消费者对产品情有独钟。

5. 确信阶段：消费者对产品深度信任，以至于每次购买都倾向于购买该产品，不理会其他产品。

6. 购买阶段：消费者经常购买该产品。

这种模式所假设的广告效果的顺序依次是"了解—喜欢—购买"。对于消费者高度参与的产品，即对消费者来说很重要的一些产品分类以及消费者感到具有高风险的产品，这种模式很准确。但对于那些消费者参与不频繁的产品可能存在一定的偏差。在后者中可能出现其他一系列的效果。例如，"不对称归属"层次就是这样一种选择式模式。宣传目标在这种选择式模式中也有区别，消费者行为的阶段如下。

- 品牌意识。

- 购买。
- 熟悉/态度。
- 重复购买。

在这种模型中，虽然建立消费者的品牌意识仍是产品宣传的目标，但是与消费者高度参与的情况相比，对于那些想要试用某类产品的消费者来说具有这种品牌意识就已经足够了。通常了解与喜爱这二者之间形影相随，消费者在试用了某种产品之后，会了解这种产品，然后会喜欢上这种产品，接着，消费者会重复购买这种产品。这一过程告诉我们，宣传策略中的广告目标是建立品牌意识，而不是建立消费者认知和赢得消费者好感；鼓励试用型购买在消费者参与不频繁的产品中比在消费者高度参与的产品中更为重要。[6]

沟通的内容

沟通当然需要具备有一定的内容，越是贴近消费者需求，收效就越明显。我们在第 2 章中探讨过服务理念，服务理念需要服务企业明确描述出自己所提供的服务。这些需要构成了设计服务宣传的最基本的出发点。正如图 5.3 所示，Julius Baer 银行努力寻求和建立用户化并以此作为沟通的出发点。

决定沟通内容需要考虑到消费者购买服务的动机，服务企业应使用何种暗示诱发和赢得消费者的购买欲。

为了得到这些问题的答案，我们首先要清楚消费者需求。当然，如果从购买某件具体的商品或服务的角度来研究消费者的购买动机，我们会发现各式各样、名目繁多的购买动机。例如，人们去餐厅用餐的原因可能是为了图省事、吃爽口的食物、合理的性价比或者愉快的就餐气氛等。如果深入研究人们为什么投保或开设账户，其具体原因那就更加不胜枚举了。

值得庆幸的是，我们可以对这些多如牛毛的购买动机进行分类。

一种方法是将这些购买动机分为积极性动机和消极性动机。当今的消费者不再简单被动地购买某种商品了，消费者还想在购买过程中寻求快乐与享受。[7] 广告商据此又将消费者动机划分为：宣传性购买动机和交易性购买动机（见表 5.1）。宣传性动机即消极性动机，交易性动机即积极性动机。[8]

表 5.1　消费者需求：积极性购买动机与消极性购买动机的区别

宣传性购买动机	消极性购买动机	解决问题
↕		回避问题
		维持状态稳定
		好奇
↕	↕	享乐
交易性购买动机	积极性购买动机	

资料来源：Based on Rossiter, J.R. and Percy, L. (1987) *Advertising and Promotion Management*. New York: McGraw Hill, and Fennell, G. (1978) 'Customers' perceptions of the product-use situation', *Journal of Marketing*, Apr, 38–47.

客户各有千秋，有时千篇一律的标准化资金存储方案不会奏效。

银行的经营哲学是：打造个性化银行。在这里不存在标准化的顾客投资策略。

善于针对每位顾客的现况进行分析的 Baer 金融师将画出级别结构图，Julious Baer 集团将调用全部的人力物力创造性地制定出一套个性化的、适于顾客进行长期税后投资的资产管理服务体系。

财富管理是我们的强项，个性化服务是我们始终不变的承诺。
详情请致电：

苏黎世：
Jose A. Belle （+41-1）228 55 59
日内瓦：
Candaca Wehbe （+41-22）317 64 18
伦敦：
Julian Yorke （+44-171）623 42 11

**大多数现成的投资方案
在这里！**

JBcoB

Julius Baer 银行

瑞士私人银行业的艺术品

集团所在地：苏黎世、日内瓦、伦敦、纽约、法兰克福、卢
加诺、摩纳哥、根西岛、蒙特利尔、大峡谷、
棕榈岸、洛杉矶、旧金山、墨西哥、香港

SFA 管辖区

图 5.3 瑞士银行广告：强调个人服务的消费者需求

这些广义的区别是由芬奈尔（Fennell）[9] 最先使用的，她还指出了它们与宣传活动的相关性所在。她将消费者的购买动机分为 5 个基本类：解决问题性动机、回避问题性动机、常规性消费动机、兴趣动机和感官愉悦动机。很明显，前两个动机属于消极性购买动机；常规性消费动机处于积极和消极之间，这就是说消费者对产品本身没有什么兴趣，这些产品仅仅被消费者看做日常生活中不可或缺的一部分。兴趣动机和感官愉悦动机属于积极性购买动机，消费者在购买时是为了寻求娱乐、新奇、享受或感官上的欢愉。图 5.4 所展示的泰国国际航空公司的广

在泰国，我们拥有 3 600 多个平滑如绸的绿色机场。

泰国新增了 200 多个高尔夫球场，多数都可以达到世界级标准。查询一下泰国皇家高尔夫度假村吧，然后，再来光顾一下我们的机场绿地。
平滑如绸。

图 5.4　强调交易性需求的广告

告强调的就是交易性需求。

下面我们引用一个外出就餐的例子区分这几种动机。

- 解决问题性动机。假设你每天都早出晚归，工作异常忙碌。某天，你答应给孩子们做一顿晚餐，可是回家又晚了一个小时，你发现孩子们在喋喋不休地抱怨，妻子带着一副"你总是回来这么晚"的表情审视着你。现在，你面临着的问题是如何管理自己的时间。以下几种方法可以帮助你解决困境：带领全家去餐厅或快餐店用餐，订一份中国菜外卖或比萨外卖。很多服务的提供者不断地完善自身的服务理念，在服务宣传中都有"30分钟内送货上门"的承诺，以迎合消费者的这种需求。

- 回避问题性动机。如果你想找个安静的地方看场电影或看电视的足球赛转播，那么，你可以在前一天晚上就主动带着妻子和孩子一起去吃一次家庭晚宴。作为交换条件，你第二天晚上就可以在家里安静地看电视了。这样一来，对于孩子们来说你既保住了做父亲的尊严，对于自己来说愿望也得到了满足。

- 常规性消费动机。你决定在公司的餐厅吃午饭可能基于以下两点考虑的：菜价不贵；同事们都在那里吃午饭。

- 好奇性动机和享乐动机。例如，去某家柬埔寨餐厅尝个鲜属于好奇性动机，去意大利餐厅品尝名副其实的意大利佳肴属于享受性动机。

这些例子还表明，对于同样的产品或服务，一些消费者的购买动机属于消极性动机，另外一些消费者的购买动机属于积极性动机。消费者的购买动机取决于消费者的个人情况如个人喜好、以前的购买经验、自我概念等，个人背景如家庭和/或职业情况、环境因素等，市场变量如各种品牌的商品、产品营销和宣传、口碑宣传等这三者之间复杂的交互作用。[10]

我们需要找出驱使不同的人群购买某项服务的原因所在。这样我们就回到了第2章中所讲述的市场细分、市场定位的问题上。市场细分和市场定位是定义宣传的出发点，通过完善服务理念所强调的消费者需求也是定义宣传的出发点。我们注意观察一下周围的饭店：一些饭店靠上菜速度快来吸引消费者，一些饭店的优势在于营造出了一种家的氛围，一些饭店靠时尚的异域风情来吸引消费者，还有一些饭店的卖点是口感独特的食物。

不同的消费者需求需要不同的服务理念，不同的服务理念需要的宣传内容也不同。在明确了服务理念中所强调的消费者需求之后，就要着手进行宣传了。但是，在实际中，仅仅把这条简单的原则作为宣传的出发点就会在服务宣传中犯一些常规性的错误。常见的错误详见图表5.1。

服务营销中的宣传策略

我们已经知道了宣传的几个基本组成，了解到服务宣传的一个重要出发点是服务理念。接

图表 5.1

沟通过程中易犯的错误

服务企业要想成功地将头脑中想要宣传的信息传播出去，就要避免以下几种宣传中常见的错误。犯这些错误的原因是由于消费者需求与商家根据消费者需求划分的目标市场之间不相符，信息的表达或传送方式不正确。

- 分散了消费者的注意力。公司要想进行有效的宣传，就不能过度分散读者/听者/观众的注意力。例如在广告中使用性感美女或使用幽默广告看起来更具有亲和力，但睿智华丽的广告模特吸引了人们大部分的注意力，消费者可能不会十分注意广告所宣传的品牌或信息。广告效果因此受到影响。

- 目标定位错误。为了达到理想的宣传效果，把信息传达给选定的消费者群，如何选定和使用媒体就显得至关重要。广告商必须了解哪种媒体最能准确而有效地把信息传达给目标消费者。例如某公司的目标消费者是繁忙的生意人，那么这个公司就不应该选择在下午去客流量极大的购物中心发放宣传单，这样做会极大地浪费宣传资金和时间。因为，那里并不存在公司的目标消费者。

- 时间地点选择错误。广告何时（即在广播或电视上的播出时间）、何地（即刊载广告的媒体）播出，与广告本身的创意同等重要。商家为了能在最适宜的时间和地点做广告，必须对收视率有一定的研究，以便清楚地了解目标消费者将在哪个时间段收看电视节目。

- 广告内容冗杂。广告中常犯的一个错误就是在一条广告中刊登了太多的宣传信息。消费者在一则广告上平均只会停留2秒钟的时间。这就是说，广告要一目了然。在一条广告中只强调一个或两个卖点就足够了。广告中常犯的另一个错误是，广告中宣传的言语过于复杂，不容易读懂。消费者对此类广告视而不见，这种广告根本不能引起读者/听者/观众的注意。[11]

- 分辨率不够。要想使潜在消费者能迅速地识别出商家的身份，需要在广告中包含强烈的身份识别标记；否则，读者/听者/观众将认为这是某知名品牌的广告，这种现象被称为"品牌混淆"。例如，针对"品牌混淆"[12]的研究表明，在自己的广告中使用与知名品牌相同的宣传色，将会使消费者产生极大的误解。

下来，我们需要知道应该用什么方式来宣传服务才能获得最佳的宣传效果。服务是一种过程，所以，我们首先就来介绍一个将服务过程的不同阶段与具体的宣传工具连接起来的模型。

- 单项宣传或广告。
- 公共行为宣传。
- 双向沟通或个人接触。
- 以出售为目的的宣传。
- 口碑宣传。

将服务宣传与服务消费过程连接起来

从宣传的角度来看，服务消费过程可以分为以下几个阶段 [13] （见图 5.5）。在定位或认知阶段，（潜在）消费者收集宣传信息，对服务提供者们进行评价，作出选择，并与所选的服务提供者接触；在联合和说明阶段，他们定义问题，探究相关的解决方案，就一种或几种解决方案达成协议；在操作阶段，服务提供者给消费者提供真实的服务；在结束和评估阶段，服务提供者与消费者之间交互作用的关系结束，消费者将头脑中期望获得的服务与实际接收到的服务进行对比，作出评估，调整自己对服务的期望值。

上述各个不同的阶段可以使用不同的宣传媒体。

- 单项媒体宣传。包括传统营销中的宣传方式：广告、促销、赞助、直接营销等。这个阶段之所以被称为单项宣传，是因为消费者接触不到服务提供者。定位阶段会经常用这些单项媒体来影响消费者使之进入服务消费过程的下一个阶段；说明阶段同样可以使用这些宣传工具。例如打印出某公司邮寄订单目录。

- 交互作用的媒体。新技术系统例如互联网或电话银行允许消费者在不产生人事接触的情况下与提供服务的组织机构直接接触。这种双向媒体宣传在操作阶段作用尤其明显，例如网上购买机票。在其他过程中同样可以使用这些宣传工具，如通过电子邮件让消费者认识新产品。

- 大众宣传及赞助活动。这是指与信息收集有关，旨在更广泛的群众中创造服务企业所需要的企业形象的有关活动，包括消费者和意见领导者。

- 个人信息。包括前台雇员与消费者之间的交互作用。个人信息在服务消费的整个过程中

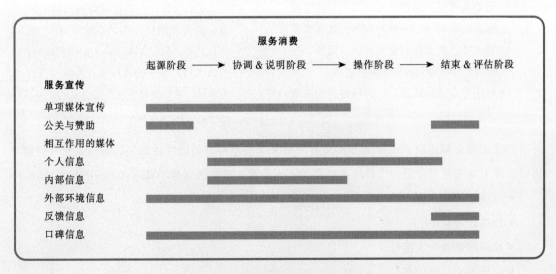

图 5.5 服务传递过程与相应的宣传渠道 [14]

资料来源：Based on Pieters, R., Roest, H.and Koelemeijer, K. (1995) 'Ze zei mener tegen me. Servicecommuniatie in Serviceconsumptie', *Tijdschrift voor Marketing*, Oct, 30–45.

都具有重要的意义。人事接触有助于将无形的服务有形化，允许消费者在整个服务传送过程中相应调整自己的期望值。

- 内部信息。这包括在雇员间传递的各种信息，属于服务宣传中不可分割的一部分。服务生产和消费的同时性意味着发生在消费者与服务提供者之间的服务传送是服务宣传过程中最重要的组成部分之一。内部宣传有助于使广告中所包含的宣传与实际服务传送中所传递的宣传表意一致。

- 外部环境信息。包括与服务消费的外部环境有关的一切宣传信息。这些宣传对于包括定位阶段（消费者在这一阶段普遍缺少有形线索）在内的消费的全过程来说都意义重大。在定位阶段中，有形性的内部元素很重要，例如音乐、温度、装潢，外部元素例如停车空间、着装等个人因素也会向消费者传递一些宣传信息。

- 反馈信息。消费者在消费了服务之后，可能会对公司管理或前台雇员的某些表现存在不满，甚至会将这种不满情绪传递给其他消费者或第三方如消费者机构。所以，服务企业需要构建一个在消费者评估过程中起积极作用的信息反馈系统，例如，使用意见箱、评分卡或设立消费者服务部（见第 7 章关于衡量消费者满意度及投诉管理部分）。

- 口碑宣传。我们在前面已经提及，服务无形性的本质使消费者在消费服务之前很难判断出服务的质量和效果。因此，消费者之间在彼此交换经验的同时也会积极请教有经验的人。这种口碑宣传贯穿于整个服务传送过程。

下面，我们详细讲述这几个关键的问题：

单向宣传和广告

广告的宣传发送者即广告商详细地说明宣传的内容并为宣传付费，广告传播的大众传媒包括电视、收音机、报纸、杂志、广告板/广告牌、影片等，其中最客观的是大众化宣传。广告也经常被服务部门当做一种向顾客、潜在消费者、雇员宣传服务的有效工具。

研究表明，消费者很期望获取服务广告宣传之外的信息，虽然服务企业的产品宣传与制造公司做广告都需要强调相应的消费者需求，但是二者在宣传内容和广告推广等方面都有区别。

内容不同

巴特勒和艾伯纳瑟（Butler and Abernethy）[15] 最近针对 550 名消费者对事先列明的 25 种商品/服务宣传信息的重要性进行了排序。其中，有 10 条宣传信息对服务广告起的作用最大，包括电话号码、营业时间、服务范围、雇员能力、从业经验、关注及帮助人员、资格独立、安全性、解决问题能力。简而言之，其中有 3 个因素对服务广告起了重要作用，即价值观、员工和实用性。

艾伯纳瑟和巴特勒 [16] 还针对服务业是否真正地使用这些宣传信息做了研究。他们区别分析了纯粹服务型公司如金融服务、酒店、语音服务等，服务/商品混合型公司如硬件软件商、航空公司、汽车修理等，以及制造公司如制衣厂、食品厂、车厂、家具厂等。表5.2列明了在广告中上述宣传信息的使用频率。

纯粹服务型公司在广告中很少包含"可触摸性"的宣传信息。服务生产和消费具有同时性使消费者与服务提供者之间的接触远远高于制造公司，这一点意味着消费者需要获取服务企业地址、联系电话、经营时间这类宣传信息。

服务/商品混合型公司也学会了在广告中加入这类宣传信息。服务广告所具备的另一个显著特征就是：在广告中很少涉及价格。这是因为多数服务是为消费者量身定制的，因此很难计算出标准价格。由于服务产品的购买风险大于商品，所以服务广告需要使用一定的保障条款。表5.2表明，混合型公司在广告中使用保障条款的频率最高，纯粹服务型公司使用的频率相对比较低。

表 5.2 调查结果：某些宣传信息在报纸广告中出现的频率

	服务	服务+商品	商品
可触摸性	35.5%	71.8%	60.4%
产品成分	16.1%	57.3%	51.4%
电话号码	50.5%	25.2%	8.5%
公司地址	7.5%	0.0%	1.1%
产品价格	19.4%	73.8%	78.7%
保障条款	18.3%	39.8%	15.8%
付款方式	2.2%	22.3%	15.6%

资料来源：Abernethy,A.M. and Butler,D. (1992) 'Advertising information: services versus products', *Journal of Retailing*, Vol 68, No 4, 411–13.

荷兰一家名为天联广告 [17] 的广告代理机构证实了巴特勒和艾伯纳瑟的调查结果，并指出，服务企业在广告中更多地强调公司形象。一个鲜明的公司形象可以增加服务产品的有形性和明了性，降低消费者的购买风险。

推广方法不同

天联广告调查后认为服务企业推行广告与制造公司的不同之处在于：

- 服务企业在广告中较多地使用文字，较少地使用图像。究其原因主要是服务的无形性使消费者很难理解某项服务，由此公司需要使用较多的解说词以减少消费者的购买风险。
- 服务企业在广告中总是使用较为单调的色彩。究其原因主要有两个：一是为了节约宣传费用，二是为了使广告看起来更显庄重和正式。
- 服务企业在广告中使用较长的标题。这也是为了能够更好地解释服务的无形性。

另一方面，在给服务产品做广告时良好的创意比长篇的解说词有效得多。有时仅仅一个画面会胜过千字的解说。如图5.6所示，瑞士航空公司的广告就表明了这个原则。

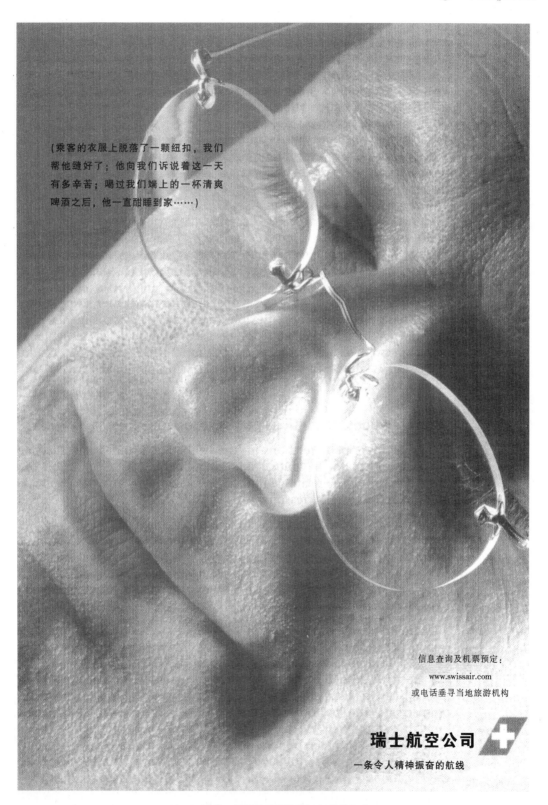

(乘客的衣服上脱落了一颗纽扣，我们帮他缝好了；他向我们诉说着这一天有多辛苦；喝过我们端上的一杯清爽啤酒之后，他一直甜睡到家……)

信息查询及机票预定：
www.swissair.com
或电话垂寻当地旅游机构

瑞士航空公司 ✚
一条令人精神振奋的航线

图 5.6 广告：鲜明的画面取代了长篇的解说词

服务企业应该选择那些目标消费者容易接触到并且可以较好地支持公司宣传目的的媒体。报纸上通常刊登的是最新事件和发生在消费者周边的事情。报纸的这种特征使它成为服务企业经常使用且宣传效果较好的一种宣传媒体。服务通常是严肃的事件，而且消费者很想在一定程度上能够控制诸如贷款、投资、保险、保健、司法审判等服务。服务商应该尽量在广告中为消费者提供确定性的信息。报纸对于消费者来说以其严肃性和真实性成为了有效的消息来源。杂志也具有与报纸类似的性质，但是比起报纸，消费者阅读杂志的速度要慢得多，这样杂志上刊登的广告就可以复杂一些，例如文字篇幅更长一些。杂志同样能够定位于那些选择性的目标群，并被用来将信息准确地传达到目标消费者。虽然杂志的阅读率没有报纸高，但是它也不失为一种很好的宣传方式。

人们打发闲暇时间最常见的行为就是看电视。电视是一种非常感性化、更加容易接近消费者、更有利于树立公司形象的一种媒体。

针对于年轻的目标消费者群，广告商通常使用收音机播出广告。收音机比较被动，但也是一种较为感性化的媒体，同样为服务提供者提供了可以对市场进行细分的机会。

相比之下，广告牌属于高度可视媒体，不便于刊登大量的文本信息。这也许就是这种媒体不太受服务广告商欢迎的原因。但是多杜（Donthu）[18]调查研究表明，利用广告牌刊登服务类广告比刊登商品类广告收效更为明显，尤其是印在色彩鲜明广告牌上的方向标会给人留下极为深刻的印象，例如请在下一个信号灯处左转的符号。

服务商通常使用报纸和杂志来宣传新产品，因为这类媒体的灵活性高，并能大量刊登解说词。电视和收音机的播出时间需要提前预订，因此灵活性较差。老字号产品和驰名品牌通常通过电视和收音机做宣传。在做产品推销和公司形象宣传时也经常使用电视。

公关、展览和赞助

帕尔默（Palmer）将公共关系定义为"经过缜密的、有计划的、长期的努力来建立和维持一种彼此间的默契关系"[19]。它是一个用于优化服务企业与群众的关系的技术集。公共关系对服务部门来说很重要，其原因有二：

1. 服务企业需要通过宣传来维护良好的公司形象。

2. 消费者评价服务质量的标准较为主观，通常凭借个人经历，这种评价会以口头传播的方式在消费者中间迅速扩散。公共关系可以确保服务企业在此过程中处于积极的位置上，并可以防止对公司或公司产品/服务不利的谣言蔓延。

还需要注意的一点是由于服务具有同时性，所以服务企业的每一名员工都应该对公共关系负责。我们将在本书的第三部分中讲述员工的重要作用（尤其是前台员工的重要作用）。

科特勒和阿姆斯特朗（Kotler and Armstrong）[20]将"公开性"定义为"为了达到满足消费者需求的目的，用来保护公司消费者或潜在消费者阅读、观看或聆听的社论空间（即无须付费的空间)"。新闻事件、出版物、新闻发布会等都是鼓励公开性的手段。一方面公开性花费不高，报道的篇幅较长，消息独立并且来源可靠。但另一方面，服务企业没有能力控制公开性的程度，因此，公开性极易产生消极的影响。所以与重要的公共关系人物和新闻媒体搞好关系是一件非常重要的事情。

服务企业还会经常参加展览会，但是目的却不是急于出售服务，而是创造品牌认知。参展商的出发点是使无形的服务有形化，降低服务传送的风险，对服务作出易于消费者接受的明确解释。服务企业还可以通过适当的组织活动来获得新闻界的注意来提高人们的认知，这也是一种免费宣传的方式。

服务商深知当今的消费者更关心文化发展、环保、全民福利等问题，于是他们积极地赞助相关机构和活动。很多服务商都积极赞助文化发展，因为文化是公司素质、庄重性和重要性的外在表现。赞助体育活动对服务商来说也极具吸引力，它增加了公司抛头露面的机会，对于改善公司形象、扭转消费者的消极评价都起到了积极的推动作用。赞助还为服务提供者提供了细分目标消费者市场的可能性。服务企业通过选择合适的赞助活动可以有效地接近目标群。例如通过赞助音乐会，服务商可以有效地接近年轻人这一消费群体。

个人宣传

个人宣传是"为了最终可以售出服务产品而向一个或者多个（潜在）买主作出的口头陈述和/或证明"，其目的是出售服务。个人宣传通常被认为是"服务营销的中流砥柱"，个人宣传的重要性可以从以下几个方面体现出来。

- 消费者难以评估服务质量。
- 购买服务存在风险。
- 与无形的服务相比，购买有形的商品更让人心情愉悦。
- 服务企业的公司形象将在很大程度上影响消费者的购买决定。
- 服务价格的可比性低。
- 销售人员对消费者的影响程度高。
- 广告的作用较小，针对个人的宣传作用更大。
- 某些服务需要消费者的积极参与。
- 销售人员的举止影响消费者满意度。
- 通常需要销售人员打消消费者的疑虑。

个人销售能够履行两个功能，以促进服务的更有效的销售：

- 服务作用：通过前台工作人员了解消费者需求和向消费者提出建议，可以更好地调整注意力的重心（即第1章中涉及的服务的变化性）。
- 监督作用：针对前台工作人员洞悉到的消费者需求变化和发现的问题，随机应变地应对。

此外，与其他传递信息的工具相比，个人宣传有自身的优点，它有利于在公司与消费者之间建立良好的信任关系。因为雇员经常会了解到消费者的一些私人信息，所以雇员与消费者之间更容易形成亲密的关系，这种亲密的关系又将导致消费者忠诚。因此跨区销售的机会也会出现。凭借着这种比较亲密的个人接触，雇员能够发现消费者的其他需求、提供相应的服务信息。而实现这些的先决条件是充分了解全部范围的服务和不同种类的消费者需求。

当然，服务商与消费者之间的这种亲密关系不会随着某项服务产品的售出而终止。消费者把自己接触的雇员当做服务企业的化身，当做所购买服务商品中不可分割的一部分。

对于消费者来说，雇员代表服务企业的形象，属于服务商品的有形组成部分。因此，消费者更容易对雇员作出评估。

这对于协调前台和后台的工作人员具有深远的意义。例如，前台接待人员了解到了消费者需求，与消费者很谈得来；但是后台雇员却出具了错误的证书或开具了错误的发票，这样一来前台雇员的努力就付之东流了。因此，服务企业需要配备良好的雇员协调机制，雇员素质要高，服务过程中不同的环节之间需要彼此衔接好。公司在出售每一项服务之前，都要首先做好内部协调。

周边环境：销售场所的重要性

贝特森对销售场所、存储场所、办公场所或产品销路作了评价。[21] 公司的建筑风格、室内温度、设施陈设、装修色调、装饰品摆设等都以非文字的形式向消费者传达着某种信息：服务企业对消费者进入服务企业时的言谈举止提出了哪些要求。

由于消费者会在服务提供的现场出现，因此服务企业的各种设备也在很大程度上影响消费者对服务质量的评价，影响消费者对公司形象的印象。[22] 正是由于这个原因，服务企业通常会把办公地点选在宽敞明亮的写字间。据说消费者最后的购买决定取决于他们迈出最后三步时的感受。这就表明了消费者在迈出这最后三步时所接受到的信息很重要，具有极强的说服力。

另外，销售也应该好好安排一下：海报、宣传册、销售人员的服饰等外在因素要引人注目，以便消费者事后可以想起这则广告（第16章设施和场所中也将提到这一点）。

口碑宣传

口碑宣传既可靠又具有相对独立性，是服务宣传的重要渠道之一。我们在本章开始时讲到口碑宣传受其他宣传工具的影响。虽然这样，但它影响消费者购买决定的程度比广告等其他宣传工具所起到的作用都大。但是，服务商很难控制和监督口碑宣传所传播的具体内容。消极性的口碑宣传的传播范围是积极性传播的范围的 2 倍，正所谓"好事不出门，坏事传千里"。

因此服务企业要创造出积极的口碑宣传，让消费者感到自己的问题已经被接受，服务企业正在解决自己的问题，提供诚恳而实际的解决方案。服务企业对于口碑宣传还可以采取一种前摄的方法：鼓励（潜在）消费者交流经验和交换观点。可以举行迎合消费者兴趣的讨论会、消费者会议、专题讨论会等。现在已经有了创建特别的部门来积极影响这个领域消费者行为的公司。[23]

确立合适的传播组合方式

上述这些信息宣传方式统统被叫做"传播组合"，传播组合是指服务商必须努力找出各种宣传方式合适的搭配比例，混合使用这些宣传方式，以便达到最佳的宣传效果。适当的搭配方式对于宣传活动是否取得成功影响巨大。每种宣传工具都具有自身的优缺点，在耗费上也存在不同。

我们经过前面的讲述了解到，传播组合中单个元素的效用对服务产品宣传和商品产品宣传影响不同。调查表明，在服务购买和商品购买的过程中，不同的信息传播方式对消费者购买行为的影响不同（见图 5.7）。[24]

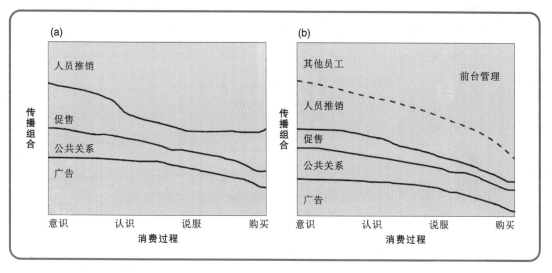

图 5.7 传播组合中的各个要素对商品 (a) 和服务 (b) 的相对重要性

资料来源：Tettero, J.H. and Viehoff, J. H. (1994) 'Marketing voor dienstverlenende organisaties', *Beleid en Uitvoering*. Deventer: Kluwer.

在服务环境中，前台管理和员工是典型的信息传播工具。消费者缺少购买服务的冲动说明，促销活动更适合用来宣传商品而不是宣传服务。某些促销活动可以使消费者产生购买欲望，这就解释了为什么商品曲线会向上弯曲。虽然服务企业会试图通过促销活动来刺激消费者的重复性购买行为，平衡供求。但是使用公开性和公共关系这两种手段来促销服务更为常见，因为服务企业需要通过鲜明的公司形象来补偿服务产品缺少的有形性。将此推广至物理环境或周边环境、口头信息中也同样适用（虽然本调查中并没有包含这些因素）。由于服务具有无形性的特征，所以比起购买商品，消费者在购买服务时会更多地考虑到服务设施的场所、设计（见第 16 章）和雇员外表等因素。消费者通过推理可以分辨出不同类型的服务。在米尔斯和麦奎利斯对服务划分的三种类型的服务中（见第 1 章），情况也是如此。在维护式交互作用类服务中，消费者的不确定程度最低，适用于这类服务中适当的宣传工具搭配与适用于商品的宣传工具搭配极为相似（见图 5.7）。在任务式交互作用类服务与个人式交互作用类服务中，个人信息、口头信息的相对重要性比较高。

最后，我们需要强调的是，在传播组合中各种信息方式彼此之间具有一定的内在联系。由于服务机构所提供的服务都具有同时性这一特征，这就是说，服务企业在设计和管理服务传送系统时需要本着一种全面的观点。例如公司通过做广告和公关获得了良好的信誉时，销售人员就更容易将某项服务售出。如果广告配合店内宣传，效果就更加明显了。如果消费者信任前台雇员的能力，那么他们就会信赖广告中所宣传的公司服务；反之亦然。因此，我们需要设计和操作综合而全面的宣传服务传送系统。下面，我们看一下起草宣传计划需要注意的要点。

起草宣传计划

制定宣传计划的不同阶段如图 5.8 所示。

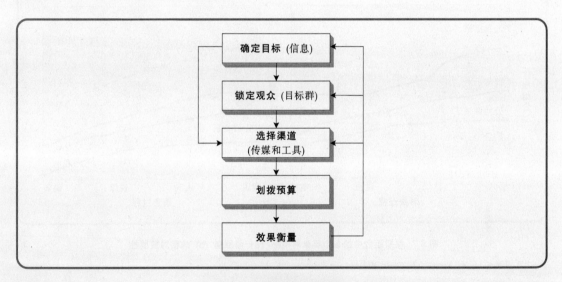

图 5.8 起草宣传计划的步骤

确定目标

宣传计划的目标或者叫做需要传达的消息，取决于一系列因素。首先，一项营销宣传活动的目标需要针对某一个特定的效应级别，如：

- 创建对产品目录的需求。
- 建立品牌认识。
- 传播信息。

- 发展消费者的赞许态度、购买意图、促进购买行为、鼓励试用型购买。
- 诱发消费者忠诚。
- 提高消费者满意度。

而且，实际的产品特征或利益取决于所宣传产品的优缺点、产品所瞄准的目标消费者群和产品的定位决策。换言之，由于服务理念在消费者的头脑中占有一席之地，所以服务企业首先要建立自己的服务理念，然后在此基础上制定相应的宣传策略。

在进行服务宣传时，服务企业应该以公司身份、公司的实际形象及二者之间的差别为基础，制定相应的宣传目标。宣传的目的是使公司形象符合公司的身份。所以活动中宣传的信息要以公司形象属性为基础。公司形象的属性包括：公司身份的各个方面、重要的形象侧面和公司想要着重强调的部分。公司的宣传目标大多都是长期性和形象维护性质的。这些活动的最终目标是为服务企业创造出商誉。

锁定观众

宣传目标的本质很大程度上取决于目标群。营销宣传中的消费群可以分为：最终消费者、意见领导者、参照组或分销渠道的成员。在公司宣传过程中，观众在本质和数量上的变化性很大。事实上，公司很有兴趣在包括政府、潜在雇员、竞争对手、消费者、地方社区、媒体、雇员、供货商、股东、分析家、群众等数量巨大的观众中建立良好的商誉。不同观众的重要性也不同，宣传计划中应该选择出最重要的观众。对于大多数公司来说，以下两类观众最重要，即媒体和公司雇员。因为对于其他的观众来说，这些人属于中介群。内部信息和与媒体之间的信息极为重要，特别是在个人接触和商业信誉对服务质量起决定作用的环境中更是如此。

选择渠道

接下来需要选择的是宣传渠道和宣传工具。我们已经讲过了宣传媒体和宣传工具，在这里需要再强调一次"媒体即信息"。这就是说宣传中使用的工具和媒体必须要保持所传达的信息、目标消费者群的一致性；这二者需要相互支持。除此之外，还需要制定一个符合宣传活动目标的严格的时间表。

划拨预算

决定宣传预算的方法有很多种。但很多公司仍然沿用"销售额百分比"、"资金实用性"或"模仿竞争对手"这种旧式的预算决定方法。这些预算方法有很多缺点，例如它们不能把预算与需要解决的宣传问题联系起来。制定宣传预算时最常用的方法是"目标—任务法"，这种方法明确定义了宣传目标，在明确宣传目标的基础上决定出需要使用的媒体和宣传工具。使用这种方法时，宣传目的要明确，而且需要投入一定的资金。

效果衡量

宣传运动的效果可以用直接或间接这两种方式来衡量。直接衡量法是指衡量宣传运动本身：目标群成员是否对宣传信息有印象，目标群能否想起自己看过的信息，目标群能否回忆起消息中包含的重要元素，目标群是否明白这些元素，是否相信这些元素。尽管直接衡量可以为衡量宣传效果和进一步的宣传活动提供有用的数据信息，但是间接的品牌级别衡量或公司级别衡量更加实用。[25] 在间接衡量中，宣传活动对产品或公司产生的效果不是通过直接数据体现出来的，而是被估算出来的。当某项宣传活动达到了预定的目标时就是有效的。在对品牌的认知程度、熟悉程度、消费者态度、公司形象、购买意图方面，比较某产品或某公司在做宣传前后的不同情况，可以集中衡量宣传效果。效果衡量的结果，加上必要的市场调查和消费者调查，将为下一次宣传活动提供参考，以便服务企业制定出新的宣传目标，或对现有的宣传目标作相应的调整。

结论

本章我们讨论了服务宣传的基本特征。服务的无形性和同时性影响服务宣传，为了使无形的服务有形化，我们需要注意口头信息和内部信息的作用，并且通过协调使内外部信息保持一致。

我们还讲了宣传过程的基本组成。成功的服务宣传应该以服务理念为基础。在服务传送过程中，宣传活动需要搭配使用不同的宣传方式；服务传送过程的本质对服务宣传也起了一定的作用。本章在即将结束时涉及了制定宣传计划的一个基本框架。

复习和讨论题

- 贝纳通（Benetton）以其宣传产品的独特方式闻名于世，请考虑并说明贝纳通的观点与服务的相关性，请说明原因和适用时间。
- 外部物理环境对于服务交易具有重要的作用。外部物理环境对于不同类型的服务和"服务消费"的不同阶段的重要性是否同等重要？并说明原因。

注释和参考资料

[1] George, W.R. and Berry, L. L. (1981) 'Guidelines for the advertising of services', *Business Horizons*, July–Aug.

[2] Katz, E. and Lazzarsfeld, P. F. (1955) *Personal Influence: The part played by people in the flow of mass communications.* New York: Free Press.

[3] Ibid.

[4] Colley, R H. (1996) *Defining Advertising Goals for Measuring Advertising Results.* New York: Association of National Advertisers.

[5] Lavidge, R. C . and Steiner, G. A (1996) 'A model for the predictive measurements of advertising effectiveness by " further reading"', *Journal of Marketing,* No 25, 59–62.

[6] Batra, R., Ray, M. L. (1983) 'Advertising situations: the implications of different involvement and accompanying affect responses', in Harris, R. J. (ed) *Information Processing Research in Advertising.* Hillsdale, NJ: Lawrence Erlbaum.

[7] See Warr, P., Barter, J. and Brownbridge, G. (1983) 'On the independence of positive and negative effect', *Journal of Personality and Social Psychology,* Vol 44, No 3, 644–51.

[8] Rossiter, J. R. and Percy, L. (1987) *Advertising and Promotion Management.* New York: McGraw-Hill.

[9] Fennell, G. (1978) 'Customers' perceptions of the product-use situation, *Journal of Marketing,* Apr, 38–47.

[10] See Fennell (1978), op. cit. for a more extensive discussion.

[11] An exception here are ads aimed at creating confusion by not being very clear. As the reader is puzzled, this enhances the amount of cognitive processing devoted to the ad.This has a positive impact on memory retention, However, it is clear that these ads are working at the level of creating awareness, as they do not address a specific need directly. However, they do create a positive attitude within the segment of interest to opportunity seekers.

[12] De Pelsmacker, P. and Van den Bergh, J. (1997) *Merkverwarring in printreclame* (Brand confusion in print advertising). Research Paper 6, Marketing Communications Centre, The Vlerick School of Management.

[13] Bas e d on pieters, R., Roest, H. and Koelemeijer, K . (1995) 'Ze zei meneer tegen me. Servicecommuniatie in serviceconsumptie', *Tijdschrift voor Marketing,* Oct, 30–45.

[14] Ibid.p.34.

[15] Butler, D. D. and Abernethy, A. (1994) 'Information consumers seek from advertisements: Are there differences between advertisements for goods and services?', *Journal of Professional Services Marketing,* Vol 10, No 2, 75–91.

[16] Abernethy, A. M. and Butler, D. (1992) 'Advertising information: Services versus products', *Journal of Retailing,* Vol 68, No 4, 398–419.

[17] FHV/BBDO(1983).

1891 George Batten sets up the first agency engaged in the compilation of advertisements.

1928 George Batten decides to join up with threesome Bruce Barton, Roy Durstine, and Alex Osborn, and thus BBDO is born.

1962 Giep Franzen, Nico Hey, and Martin Veltman introduce a new business concept in which a horizontal relationship between creativity and marketing forms the basis for its service proposition. 1970 BBDO starts the expansion of its network outside the confines of the United States, and is the first to cooperate with FHV, This cooperation forms the basis for participation with other creative and locally strong agencies throughout the whole world. 1981 FHV/BBDO is the first full service agency in the Netherlands, offering a total range of integrated communication disciplines. 1997 FHV/BBDO transform s into a creative marketing agency, covering the full range of all marketing and communication disciplines.

FHV/BBDO is a full service communication agency based in The Netherlands. Since 2000 it has been known by the name FHV Group.

[18] Donthu, N. (1994) 'Effectiveness of outdoor advertising of services', *Journal of Professional Services Marketing,* Vol 11, No 1, 33–43.

[19] Palmer, A. (1994) *Principles of Services Marketing.* London: McGraw-Hill.

[20] Kotler, P. and Armstrong, G. (1991) *Principles of Marketing.* Englewood Cliffs, NJ: Prentice–Hall

[21] Bateson, J. (1992) Managing Services Marketing: Text and readings. Chicago: Dryden Press.

[2 2] Bitner, M. J. (1992) 'Servicescapes: The impact of physical surroundings on customers and employees', *Journal of Marketing,* No 56, Apr, 57–71.

[23] For example, DECUS, a customer organization set up by Digital. DECUS publishes a magazine and regular conferences and workshops are held related to all sorts of IT issues of interest to customers. Through DECUS, Digital is keeping in touch with customer needs and considerations, and is playing an active role in the word-of-mouth communication process.

[24] Tettero, J. H. and Viehoff, J. H. (1994) 'Marketing voor dienstverlenende organisaties', *Beleid en Uitvoering.* Deventer: Kluwer.

[25] *Source:* Ibid. p. 118. Jacoby, J. and Chestnut, R. W. (1978) *Brand Loyalty: Measurement and management.* New York: Ronald Press/John Wiley.

进一步阅读资料

Butler, D. D and Abernethy, A. (1994) 'Information consumers seek from advertisements: are there differences between advertisements for goods and services?', *Journal of Professional Services*

Marketing, Vol 10, No 2, 75–91. This and the previous work cover particular points of interest for the promotion of services.

Fennell, G. (1978) 'Customer's perceptions of the product-use situation', *Journal of Marketing,* Apr, 38 –47. This work includes a clear treatment of the distinction between informational and transformational needs.

George, W. R. and Berry, L.L. (1981) 'Guidelines for the advertising of services', *Business Horizons,* Jul–Aug.

Rossiter, J. R. and Percy, L. (1997) *Advertising and Promotion Management* (2nd edn). New York:McGraw-Hill. This book provides a comprehensive insight into promotional issues.

第 *6* 章

服务定价

麦利逊·德鲁尼　　史迪范·史蒂莫科

引言

乔治·多尼（George Downey）是经营电信业务的某跨国公司的商务部经理，他现在正在制定下一年度的商业计划。公司决定进军回报率极高的网络存储市场，这不仅是一个新市场，而且这项工程还将开拓公司在未来市场竞争中的地位。乔治·多尼的当务之急就是对这项将于明年投产的新工程做好规划。

同事们、合作者在进行了数次讨论和和会议商谈之后，在大多数问题上达成了一致。最后有待解决的只剩一个问题：产品的价格问题。财务主管的观点很明确：要提高单位产品的回报率。这样做无疑就需要尽量抬高产品单价。但是销售部经理认为定高价极为不妥：当越来越多的竞争对手涌入这个市场时，公司只有通过低价战略，在提供常规服务的同时提供新型服务才能占领大部分市场份额。还有人认为产品定价应该因消费者部门不同而异，即产品在面向不同的公司和消费者时，应该允许一定的价格变动。

纷繁的意见让商务部经理乔治·多尼觉得情况很棘手，他面临着一系列亟待解决的问题：到底产品应该定高价还是定低价？在价格确定之后，其他竞争对手的反应会如何？高价位能否保证高的销售额？一种产品卖高价是否会对公司的其他服务产生影响？能否允许产品折价销售；若可以的话应在何种情况下允许折价销售？应该按月收取固定定金还是按小时收取……

本章试图通过总体上层层递进的定价决策框架，为以上这些问题提供答案。

目标

到本章结束时，读者应该能够了解到：

- 定价目标是服务定价的基础。
- 与某一目标相匹配的三种基本定价策略——成本、消费者（价值）和竞争（3C 策略）。
- 策略选择（本部分可略读或跳过）——由于消费者价值在时间上具有不稳定性，所以服务定价要能反映出这种不稳定性。
- 确定定价结构、实际价格水平、何时使用短期促销式刺激价格及原因等决策。

定价决策框架

引言中的问题困扰着很多服务商。营销学中的"4P"（4P 是指产品、渠道、价格和促销）原则中，尽管定价与公司收益密切相关，但是最不受人们关注。

我们利用图 6.1 所示的定价结构图来演示价格对收益的杠杆效应：价格每降低 5%，收益将减半，即从 10% 降至 5%。为了保证等量的收益，需要将销售额提升 20%。考虑到价格弹性 [1] [2]，我们发现：当价格降低 5% 时，要想增加 20% 的销售量，就必须使价格弹性大于 -4。而比利时国内可口可乐的价格弹性仅为 -0.44，这个数字的经济含义是，价格每降低 1%，将导致销售量增加 0.44%。

除了价格对收益具有杠杆效应之外，价格还会影响消费者满意度和消费者忠诚度，对长期收益具有潜在的影响。调查研究 [3] 表明：定价问题是导致消费者更换服务提供者（在核心服

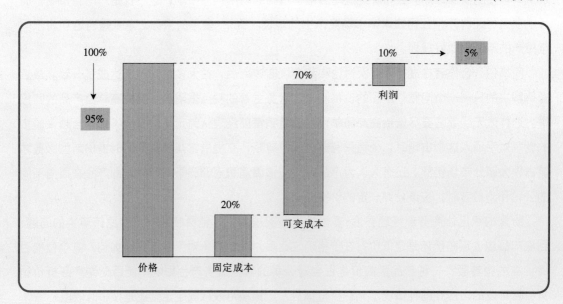

图 6.1 定价结构图

务失误和不成功的服务接触之后）的第三位原因，定价包括价格、费用、手续费、罚金、赠券及优惠性价格等。当被问及"更换服务提供者的原因时"，有超过30%的接受调查者如是回答："因为价格，比如价位高、价格上涨、价格不公平或欺骗性价格等。"

　　尽管定价对于公司来说属于重量级问题，但是由于在定价过程中会涉及一系列其他彼此不相关的问题，所以服务商很少按照定价结构图或创新性方案来解决定价问题，引言中的乔治·多尼也遇到了类似的情况：他需要考虑的定价问题与其他一系列问题相关，虽然这些问题都与定价存在着或多或少的联系，但是却不能用模式化的方法逐个解决。于是，乔治·多尼陷于左右为难的窘境就不足为奇了。

　　服务提供者要想作出行之有效的定价决策需要斟酌决策过程的不同步骤。图6.2表明了服务产品或商品产品在定价时所必需的几个步骤。[4]

　　服务商需要解决的首要问题是：通过定价策略要达到什么具体目标。这个问题看起来似乎多此一举，但是在实际中却经常被忽略。定价决策的第一步就是服务商明确通过定价要达到的目标。有了明确的目标才能摒除出现在定价早期阶段的其他干扰问题。乔治·多尼只需稍微考虑一下目标就不会受其他问题困扰了。事实上每一项定价都可以从目标的角度考虑。乔治·多尼应该考虑的是，工程已经投产后的目标是希望立即占领市场，还是希望逐步占领市场。

　　定价过程的第二步是确定定价策略。公司当然可以随着实际情况的变化而变更产品的价格，但是定价策略为定价某条生产线的全部产品或定价公司的全部产品提供了总的指导方针。

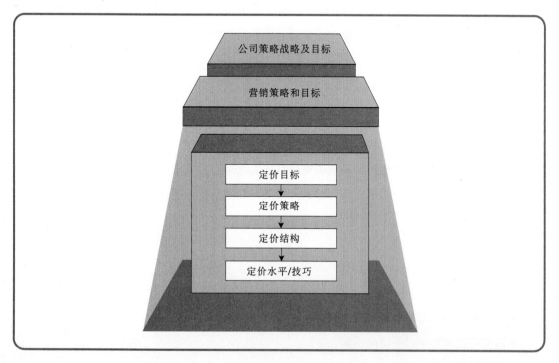

图6.2 定价过程

定价策略建立在三个主要的决定因素基础之上，这三个决定因素分别是成本、消费者和竞争对手，又被称作 3C 策略。本章将在后面的各节中分别讲述这三个因素。

明确了定价的目标和策略之后，第三步是定价结构。这是指服务提供者需要回答以下问题：

- 针对服务的哪一方面定价。
- 价格应包含的因素。
- 定义价格的基础。
- 消费者是否会产生分化。
- 付款条件。

假如你是某餐厅经理，那么你对食品和饮料分开计费，还是将饮料费包含在饭菜费中？你对服务另外收费，还是点菜费中已包含了服务费？你提供自助餐还是按菜量多少收费？你的餐厅是否对学生优惠？结账时你是否只接受现金？等等。

这些问题都是定价结构要回答的问题。建立了定价结构，产品定价水平和定价技巧才有需要满足的框架。定价水平是服务的实际售价。定价技巧是指某段时期内的产品促销价或价格的短期变更。

因此，服务商在经过确定定价目标、定价策略、定价结构、定价水平和定价技巧这几个步骤之后，才能制定出一项完整的价格政策。很明显，定价不能脱离营销学 4P 中的其他 3P 而单独存在。服务定价要建立在服务营销策略的基础之上，并与服务营销策略中的其他行为保持一致性。如图 6.2 所示，定价过程比营销的整体策略还重要，并与营销的其他行为相互影响。现在，我们就详细地阐述定价过程的各个步骤以及服务定价中涉及的各种问题。

定价目标

我们再回头看一下引言，这次请注意销售部经理与财务主管之间的争论。他们的争论集中在定高价还是定低价上。由于目标明显不同，所以二人看起来似乎不太可能在定价问题上达成一致。这两个人很有必要先探讨出一致的定价目标，然后再进一步讨论定价策略。

利润最大化并不总是公司的主要目标。公司还有其他目标，例如：

- 稳定市场。
- 获得需要的市场份额。
- 长期利益最大化。
- 短期利益最大化。
- 避免抢了公司其他服务部门的饭碗。
- 快速将边缘竞争对手清除出局。
- 领导同行价格。

- 避免价格战。

- 增加交易量。

- 宣传公司形象。

- 迅速取得投资回报。

- 挤出新的市场进入者。

- 调节需求。

- 保护关键客户。

- 充分利用剩余能力。

这些定价目标大体上可以归为两类：短期技巧性动机和长期策略性动机。例如为了更好地利用公司现有的资源而暂时降低产品价格的策略就不如为了公司能有一个更好的未来而将价格定在某固定水平上，以便逐渐获得希望的市场份额的策略。

服务企业在选择定价目标时通常受存在于市场内的各种约束的影响。服务企业提供以下服务：

1. 提供受政府法规管辖的服务。例如，铁路、邮局、大学。

2. 提供自身约束的服务。例如，律师、医生。

3. 提供由市场机制决定的服务。例如，保洁服务、酒店、餐饮。

提供第一类服务的公司以完成某项具体的社会任务为出发点，必须接受政府法规的管束，受政府扶持。社会目标和政治目标共同影响这类服务的定价目标。例如比利时政府决定采取措施管制臭氧污染。众所周知夏天是臭氧污染最严重的季节，因此政府为了降低汽车的使用率，为铁路运输提供了特殊的餐旅补助，这样做就大大刺激了铁路运输。于是，火车票的定价目标以环保目的为出发点，降低臭氧污染，而不再是使铁路部门的利润实现最大化；这种定价也具有一定的政治目的，即在大众当中建立良好的政府形象。

提供第二类所谓自我约束性服务的公司则是努力打拼出一片稳定的市场，提倡价格公平。他们的定价策略需要兼具持续性和稳定性的特点。例如医生协会、社会保障机构及政府之间经过协商之后，医生们会同意使用通用价目表。

提供最后一类服务的服务商处于完全自由开放的市场中，服务企业的定价目标多得数不胜数。在这种情况下，定价目标主要受公司总体战略和目标的影响。如果公司倾向于采取利基战略，那么就需要相应的定价目标与此战略相呼应，在这种情况下最大化市场份额则不是一个有用的定价目标。如果公司遵循一种成本领先的战略，那么，最大化市场份额将是一个合适的定价目标。

当前的市场状态也会对定价目标产生一定的影响，这就需要公司对当前的市场和市场中的竞争对手了如指掌，定价目标兼顾实用性和灵活性。

定价策略

定价策略为价格决策建立了一个总的指导框架并决定着设定价格的方法。定价策略建立在三个主要的决定因素之上，这三个因素分别是：成本、消费者和竞争对手。接下来我们将分别说明三种不同的定价策略：成本导向的定价策略、消费者导向的定价策略和竞争导向的定价策略。尽管它们属于三种不同的策略，但是公司在定价时可以混合使用，取长补短。

另外，在定价过程中还需要考虑到政府法规中有关限价的规定。

成本导向的定价策略

商家定价的通常做法是使价格与产品或服务的成本保持一致。这就是说他们定价时集中主要精力考虑提供服务所耗费的成本。莫里斯和富勒（Morris and Fuller）共同进行的一项调查表明，经理们考虑和估算工业中的服务价格时会更多地考虑到成本因素，很少从消费者或者竞争对手的角度考虑。[5] 利润式定价和目标回报式定价是最常用的两种成本定价方法。

利润式定价是从成本的角度考虑定价的最简单的方式。价格等于服务成本加固定的毛利。计算价格的方式如下面公式所列：

$$价格 = \frac{单位成本}{1-期望毛利率}$$

例如，单位成本为1 600英镑，期望毛利率为20%，则产品定价为：

$$\frac{1\,600}{0.8} = 2\,000 \quad （英镑）$$

目标回报式定价建立在期望的投资回报率（即ROI）的基础之上：

$$目标回报价格 = 单位成本 + \frac{期望的投资回报率×投资}{期望售出的产品数量}$$

例如，投资总额为1 000 000英镑，期望的投资回报率为15%，期望售出的产品数量为1 000，则产品定价为：

$$1\,600 + \frac{1\,000\,000 × 15\%}{1\,000} = 1\,750 \quad （英镑）$$

成本定价策略既快捷又简单，能够反映出公司在需要保证一定的利润水平情况下所需要制定的最低产品价格。从这个角度而言，成本定价策略具有一定的实用性。但是，从营销角度来看，成本定价策略具有很多不足之处：

- 如果仅仅把定价建立在成本的基础之上，那么，定价目标就仅仅是达到某一利润水平，因为某一利润水平是价格公式中不可分割的一部分（期望毛利率和投资回报期望率）。正如上面所阐述的，企业还有许多其他定价目标，对于这些目标来讲，成本定价策略不是有效的。

- 成本定价策略需要估算出可能售出的产品数量。很明显，影响可能售出的产品数量的不仅仅只有价格这一个因素；还需要考虑到需求价格弹性的影响，当价格弹性较高时，使用可能售出产品的销售额来估算价格毫无意义。

- 服务业经理还需要考虑到价格需求交叉弹性。价格需求交叉弹性是指一项服务的价格发生了变化所引起的另一项服务需求的相对变化。对于与第一产业服务和粗加工产品相联系的附加服务来说，这种交叉弹性意义重大。例如，消费者对计算机培训的需求在很大程度上会受由于新型计算机价格波动所引起的对计算机需求变动的影响。

- 成本定价策略的前提是，假设提供某项产品或服务所耗费的成本与此产品或服务的价值直接相关。但是由于各服务组织生产效率不同，不同服务组织生产同种服务所消耗的成本也有差异。这样，服务成本在更大程度上反映的是不同服务组织的生产效率，而不是由各个组织所提供服务的价值。通常，不同的服务组织可以通过提供相同的服务，为消费者创造相同的价值。但是如果各个服务组织都按照各自的内部成本结构定价，那么相同的服务产品在价格上也会存在差异。

- 成本定价策略极度重视组织内部，完全不考虑外部市场状况。可是事实上，消费者并不看重服务组织提供某项服务所耗费的内部成本，他们只注重自己接收到的利益和价值。如果定价只以成本为基础，却忽略了市场需求，那么这样的定价会与消费者愿意支付的价格相去甚远。

由于服务的本质具有无形性，所以我们很难衡量发生在服务传递过程中的费用。因此，监督和追踪每项服务的价格就变得很重要了（见第 18 章绩效管理）。服务成本不是一个静态概念，规模经济和学习效应都会对服务成本产生影响，使成本随着时间的变化而变动。

从以上所列的有关成本定价策略的不足之处可以看出，服务过程中所耗费成本并不是定价服务的唯一决定因素，然而，细致地关注成本很重要，这不仅因为成本决定服务的底价，还因为我们可以通过成本监督和成本分析知晓提供各项服务所需的不同成本。服务提供商在定价时能够考虑提供一项服务的成本，但是同时也需要联系服务实际提供给消费者的价值。换言之，定价策略还应该以消费者价值为基础。

消费者导向的定价策略

消费者导向的定价策略以市场为基础。因为价格是否公平最终由消费者来评价，消费者通常把价格作为购买和评估服务的首要标准，所以，价格要与服务实际提供给消费者的价值相当。让消费者感知到物有所值。

一些服务商把价值衡量简单地等同于衡量服务特征和利润的混合体。这在很多情况下都与消费者所感知的服务价值不相符。消费者定义价值的方式通常有以下四种 [6]：

- "价值就是低价格。"一些消费者将价值等同于低价。他们认为损失的货币就是他们最显著感知到的价值。

- "价值就是我想从服务中得到的东西。"一些消费者认为他们从服务中得到的利益是价值最重要的组成部分。

- "价值就是付费后感受到的服务质量。"一些消费者认为价值是一种公平交易，是支付货币之后换取的服务质量。

- "价值是用我放弃所换来的东西。"一些消费者不仅会分析服务质量和所接受到的利益，还会考虑为了获得这种服务，自己除了支付货币以外所牺牲的其他东西如时间、努力等。

综上所述，消费者的感知价值是：

消费者在用自己放弃所换来的基础上，对服务效用的总体评价。

定价服务的关键是确定服务带给消费者的感知价值。泽特汉姆尔使用图 6.3 这个模型，研究了"感知价值"这个概念。显而易见，感知价值与一系列其他概念有关联。

1. 内在属性与外在属性。服务的不同属性会对消费者的感知价值产生不同的影响。下面我们以体育活动中心为例说明这一点。体育活动中心的各种属性有：名称、营业时间、适宜开展运动的类型、地点、停车便利性、基础设施、教练的专业资格等。

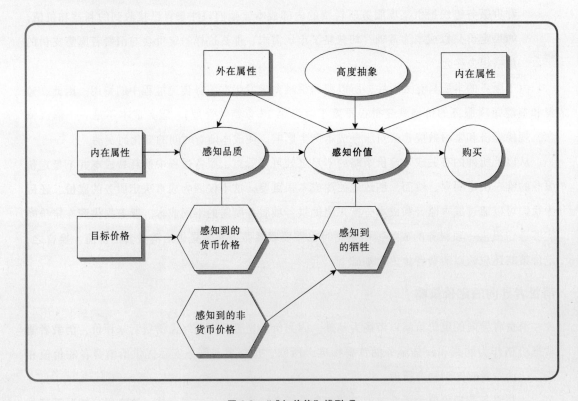

图 6.3 "感知价值"模型 [7]

资料来源：Zeithaml, V.A. and Bitner, M.J. (1996) *Services Marketing*. Reproduced with Permission of the McGraw-Hill Companies.

内在属性与外在属性有区别。内在属性只有当服务的本质发生变化时才会发生改变，内在属性是服务的一部分。在体育活动中心的例子中，基础设施建设和指导教练的专业化技能属于内在属性。外在属性实际上并不属于服务中不可分割的一部分。从这个意义上讲，外在属性不是服务的重要组成部分，属于决定服务传递框架的第二位因素。目标定价和品牌名称都属于重要的外在属性；体育活动中心的宣传广告也属于外在属性。

2. 客观价格与感知价格。客观价格是指服务的实际标明价格。消费者有时会忽略明码标价，有时会曲解标价，甚至有时根本不在意价格，这样就导致客观价格与感知价格有差别。例如，一张车票的售价是 1.12 欧元，但乘客感觉用 0.87 欧元就能购得一张车票。

服务商还需注意，消费者除了支付货币价格之外，还支付了非货币价格。货币价格应该已经考虑到非货币价格并对此作出适当的补偿。非货币价格的主要来源是，服务的生产和消费相互重叠，需要消费者参与。消费者需要花费一定的时间和精力才能接受到服务，在这个过程中涉及了机会成本和便利成本。机会成本是指消费者选择做这件事的时候就被剥夺了做其他事情的可能性。消费者为了选择合适的服务，还需要花费时间和精力，这就是搜寻成本。在服务的选择、消费和评估过程中，消费者会被不确定性困扰，这属于心理成本。由于服务具有无形性的本质，导致消费者所耗费的搜寻成本和心理成本相当高。

下面我们以某消费者去餐厅用餐为例，分别说明这些非货币成本。

——寻找中意的餐厅（搜寻成本）。

——不确定此餐厅的价格/质量是否合意（心理成本）。

——进入餐厅（便利成本）。

——等候就餐（机会成本）。

3. 感知到的牺牲和服务品质。消费者感知到的货币价格与非货币价格共同构成了消费者感知牺牲，它包括消费者为了获得服务而必须放弃的全部东西。这些牺牲是与由服务内在品质、品牌名称和由消费者感知到的货币价格决定的感知质量相比较而存在的。例如体育活动中心的顾客根据指导教练的技术水平、基础设施建设状况（内在属性）、体育活动中心的声誉（品牌名称）以及价格水平来判断体育活动中心提供服务的质量。

4. 高度抽象。高度抽象也会影响消费者感知到的价值。高度抽象是指诸如声望、个人发展、性能等抽象属性和服务利益。例如，做美发对消费者来说，意味着美丽、个人护理和享受。消费者感知到的价值不稳定，随着其他决定性因素的变化而变化。例如广告定价是服务的外在属性，它也对消费者感知到的价值有影响。

服务提供者也能影响消费者感知到的服务质量，我们以市场研究为例说明这一点。市场研究针对的对象不是那些对商品的强势和可能性存在疑义的消费者，主营市场研究的公司只有依赖那些懂得如何运用市场研究、懂得且相信市场研究价值、熟知市场研究在营销策略中地位的商人才能得以生存。这就是服务商需要区分服务的真实价值和潜在价值的原因所在。真实价值是指消费者在此刻感受到的价值。潜在价值是指服务商通过一系列持续的营销努力之后，消费者获得的价值。例如，消费者可能需要具备更高的教育程度才能够充分地理解从某项服务中获得的利益。服务无形的本质使服务商很难解释服务的用途和消费者能够具体获得的利益。

以价值为基础的定价基础是：消费者的"感知价值"在制定价格过程中意义重大，这种价值可以传达给消费者某些确定的价值信息。贝瑞和雅达夫（Berry and Yadav）[8] 发现，实际价格影响消费者感知到的价格，如图6.3所示。他们二人发现，根据价值对买者的意义可划分出三种截然不同的定价策略。这三种定价策略的目标都是捕获和宣传服务价值。

- 以满意度为基础的定价。
- 关系定价。
- 效率定价。

以满意度为基础的定价

以满意度为基础的定价消除了消费者购买服务时的不确定性。这种策略的主要目标是确保消费者在购买服务时不误入歧途。通过几种定价方式可达到这一目的：

- 以利润为驱动力的定价。服务企业可以明确标出那些直接让消费者受益的服务方面的价格。定价的基本原则是：当价格的衡量单位对消费者来说比较合理，价格与服务商提供的利益密切相关，消费者就会感到确定性增强，自然就会感到满意。以利润为驱动力的定价适用于消费者感受到的不确定性很强的职业性服务企业，尤其是提供法律咨询等按小时收费的公司。由于费用与利润不直接相关，所以不能够提前作出某项法律程序的成本利润分析。当服务企业根据交付的利润制定相关的服务价格时，特别是在诉讼案件结果具有不可预测性的情况下，例如按照索赔到的金额的一定百分比收取费用（即利润），那么，消费者在寻求法律帮助中所感受到的不确定性因素会大大降低。

- 无涨落价格的定价。当然，在一些情况下消费者或多或少地清楚他们将要获得多大利益，但是对要支付的费用仍然不确定。为了消除这种不确定性，双方需要事先商定好价格。只有在较之消费者通常期望支付的费用而言，不变价格对消费者具有吸引力，并且服务企业通过高效率合理化的成本结构为不可预见的成本支出预留了缓冲时，这种定价才具有使用意义。例如在结果可预见程度较高的诉讼案件中，律师行也可以不使用以利润为驱动力的定价策略，而使用这种无涨落价格的定价策略。

- 服务承诺。这些承诺属于以满意度为基础的定价范畴，是以价值为基础定价的极端情况。类似"如果不是百分之百满意，则不需要付款"[引自汉普顿旅馆（Hampton Inn）]的声明，以保证高水平感知价值的服务传递（见第8章）。

关系定价

关系定价鼓励消费者与可以为自己带来利益的服务企业建立长期的关系。这种定价策略应该与无涨落价格的定价区分开来。后者关注某一个计划的价格，而关系定价则鼓励消费者延长购买时间，提高购买量。关系营销中两个至关重要的定价问题分别是：长期合同和价格绑定。

- 长期合同。这种合同不仅为消费者与服务商缔结长年关系提供了价格和非价格的角度的刺激因素，消费者亦可将买卖双方的关系转变成建立在相互信任和合作基础上的同盟性伙伴关系（即"双赢"的理念）。

- 捆绑式价格。其目标是通过出售两种或者多种商品/服务的绑定商品，增加销售额而不是延长消费者的购买时间，延续与消费者之间的关系。本章随后在强调定价结构决策时将讨论捆绑式价格。

效率定价

效率定价以理解成本和管理成本为基础，其目的是降低服务成本，继而降低消费者的购买成本。"效率定价者"必须持续努力以消除非增值活动，并通过不断发现其中的问题以合理化服务流程。如此一来，服务商就可以基于考虑成本而标出最低价。麦当劳是使用效率定价的典型例子，麦当劳在提供服务时通过合理化流程大大降低了成本。我们在介绍成本为基础的定价时曾谈到，理解成本对于服务企业而言不是一件容易的事情，提高效率的努力可能对服务传递的质量产生消极的影响。

图表 6.1

在产品生命周期的全过程中定价创新型服务

服务的消费者价值具有不稳定性，它随时间的发展而变化，不同的消费者细分市场部门的消费者价值也各不相同。服务商在给一项新服务定价时应该对这一点烂熟于心，熟知价格随时间和服务产品生命周期如何演变。

例如，引言中的主人公乔治·多尼正在考虑网络市场的定价，他需要考虑的首要问题应该是用低价位打入市场，达到立即占领市场的目标，还是使用高价位，把目标锁定于某一特定的消费者群？这些都是围绕着两种定价策略选择出现的问题——撇油定价策略和渗透定价策略。

撇脂策略

撇脂策略的特征是：给产品生命周期的每一个阶段都规定一个最高价格。撇脂策略的基本前提是假设总是存在一个更愿意为服务支付高价钱的消费者群，这些消费者所感知到的服务价值相对来说比较高。针对此消费者群的服务定价的单位贡献率最大。服务产品生命周期的鼎盛时期过后，价格将回落，产品将逐渐赢得那些愿意支付较低价格的消费者的青睐。当产品生命周期继续发展时，市场就逐步被开发出来了。

撇脂定价策略的优点如下：

- 可以使服务产品整个生命周期中的总体利润达到最大。服务商在产品周期中每一个阶段都索要最高的价钱，这样就完全挖掘出了每个消费者细分市场的感知价值。

- 撇脂定价支持公司的长期发展，可以逐步占领市场。
- 引导性的价格不仅宣传了品质形象，让消费者感到安心，而且消除了消费者对产品性能的任何怀疑。由于价格本身就是消费者洞察产品价值的线索，并影响消费者的感知价值。还能维持消费者心中高品质服务的印象，这一点非常重要，因为服务无形性的本质而使消费者在购买前很难对服务作出判断。
- 由于单位贡献率较高，所以投资回报加快。
- 初始时的高价为日后降低打下了良好的铺垫。
- 公司在开始打入市场时遭受的冲击较少，仅有部分潜在消费者愿意支付引导性的价格，这样对公司必要能力的要求就很有限，服务商在初始阶段并不需要具有完备的能力，公司各种能力可以在日后逐步建立。

但是撇脂定价策略也是有缺点的：

- 撇脂定价的风险较高。因为高价服务可能不会被消费者接受。
- 由于边际收益和潜在增长率较高，所以市场的吸引力较大，这就刺激了新的市场进入者进入这个市场。

由于利润高会导致一批新的竞争对手进入这个市场，靠撇脂定价的服务商在进入某个服务市场之后能够立即发觉竞争的严峻所在。虽然在初始阶段定低价可以阻止一些竞争对手进入这个市场，并可以避免价格战，但是这样做会对价格造成很大的压力。比利时的手机电话市场就是一个绝好的例子。比利时电信一直在垄断期限保护伞的庇护下开发产品和提供服务，当第二个提供商 Mobistar 进入手机电话市场之后，比利时电信马上迅速下调本公司产品的价格，显而易见，比利时电信使用的是撇脂定价策略。

渗透策略

低价引进某项新产品，迅速占领市场，这种定价策略就叫做渗透性定价，其用途是在较短的时间内占领较大的市场份额。如果这种服务能够迅速被竞争对手模仿，渗透性策略可以使商家获利。如果需要消除消费者试购某项服务时产生的踌躇不定，可以尽可能将服务产品价格定得很低，甚至免费提供某项服务。引入自动提款机（ATMs）就是基于这一点考虑的。开始时，很多银行免费提供这项服务；当消费者大规模普及时——这也是 ATM 网络得以长期存在的基础，于是很多国家开始对这种服务收费了。

使用渗透策略需要具备一些前提条件，如何处理渗透性策略也很重要。

- 市场需要能够迅速接纳某项服务，考验阶段较短。
- 需求弹性要较高，价格低时的需求旺盛。如果需求不随价格变化，那么低价只能降低服务商的收益率，定低价就没有意义了。
- 服务商应该知道，低价可能将诸如质量次、价值低这样的信息传达给消费者。这一点再加上消费者在购买服务之前（即使是在购买之后）很难对服务进行评估的事实会让消费者产生疑虑和不确定感。这不但与商家的意图背道而驰，还抑制了对产品的迅速、大规模的接受过程。以市场研究为例：没有人需要成本仅为 100 美元的市场研究，这个价钱意味着研究不仅不彻底而且也不专业。
- 公司在打入市场初始时就需要具备用来维持市场迅速发展的各种必要能力。

竞争导向的定价策略

这种定价策略完全建立在公司实际竞争地位和确定所期望获得的竞争地位的过程中。使用这种定价策略的目的，是在竞争的环境中确定公司在竞争中所期望获得的地位。竞争地位可以通过以下几种定价策略确定：经验曲线定价、现行比率定价、价格信号和价格指引。

经验曲线定价

让我们考虑一下受经验影响的竞争市场的情况，例如图 6.4 所示的网络存储市场。

当 A 公司按照或者低于现价定价某产品时，B 公司和 C 公司的消费者由于受低价格刺激，会转向购买 A 公司的产品。这样就使 A 公司迅速获得了更多的销售经验，赶超竞争对手，进而将竞争对手驱逐出局。除此之外，A 公司利用低价还能鼓励更多的消费者进入这个市场，这就为 A 公司实现规模经济提供了可能性。

经验曲线定价是指价格等于或者低于当前成本。下列几种情况可以使用这种定价：

* 经验效应较高。
* 公司比竞争对手的经验丰富。
* 消费者对价格敏感。

现行比率定价

这种定价策略是使价格与当前市场中最普遍的价格持平。在某些服务市场中，需求对价格极度敏感，如果某公司的定价比竞争对手高的话，一方面有丢掉饭碗的可能性，另一方面还会引起对手进行报复。这种定价策略又分为朴素现行利率定价与复杂现行利率定价，这二者之间有区别。[9]

在朴素现行比率定价中，公司不需要分析需求或者成本，机械地将本公司的价格与竞争对

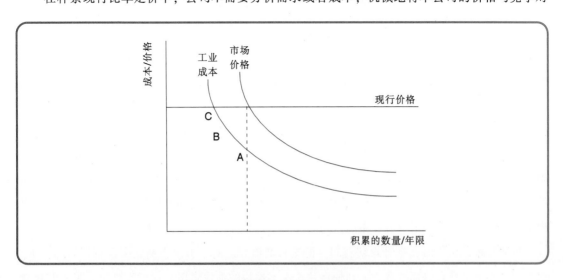

图6.4 竞争性市场中公司的位置图

手的价格持平。例如，聚集于某个繁华的旅游地带的各家餐厅为了吸引对价格敏感的消费者，在现行比率定价的基础上，餐厅会推出"每日特价菜"，低价出售那些具有本店特色、竞争性不太强的菜肴。

在复杂现行比率定价中，当某一个价格引领公司确定了价格之后，其他竞争对手的价格马上效仿跟随。这一点在银行部门中最为常见，当引领银行确定了某个具体的部门（抵押贷款部、存款部等）的利率时，其他的小银行的利率便纷纷效仿跟随。

服务企业使用现行比率定价有两个好处：

1. 简单性。比起按照在服务环境中很难衡量的消费者价值或者成本来定价产品，现行比率定价更加简单易行。

2. 稳定性强。现行比率定价可以避免发生价格战。

价格信号

由不同服务企业所提供的同一种服务在质量和总平均成本上均有区别。我们假设某项服务仅存在两种质量水平：高质和低质。提供这两种质量的成本分别是 100 美元和 120 美元。服务企业可以选择使用以下策略：

1. 将低质的服务定价为 100 美元。

2. 将高质的服务定价为 120 美元。

3. 将低质的服务定价为 120 美元。

第三种选择就叫价格信号。

要想使价格信号成为一种可以使用的平衡策略需要具备三个前提条件[10]：

• 比起可以获知的质量信息，消费者应该更容易获得价格信息。很多服务企业都符合这种情况，这是因为服务内在的无形性让消费者很难获知有关服务质量的信息。

• 消费者非常需要这项服务，这样他们才甘愿冒着没有高质量保障的风险来购买这项高价服务。

• 必须有足够数量的见多识广、懂质量、愿意高价购买高质量服务的消费者存在。这就充分保证了价格与质量之间存在积极的相关性。这样，那些信息相对而言比较闭塞的消费者才会从价格中推断质量。

餐饮业就是同时满足这三个条件的典型服务行业。通常，消费者可以从放置在餐厅大门口的菜单上获知价格信息，但却很难获知有关饭菜质量的信息。虽然如此，仍然存在数量不菲的、懂质量的消费者，这样就保证了价格与质量之间存在积极的相关性。最后，尽管存在一定程度的风险，但是很多消费者还是愿意购买高质量的服务。

尽管这种定价策略会提升短期利润，但是长期而言，对于大多说商家来说将是一种灾难。被价格愚弄的消费者将愤然离去，到处传达这次不愉快的消费经历，这样就增加了服务商赢得新消费者的难度。同时，由于消费者经常受愚弄，服务也不可能获得忠诚消费者。但是对于某些服务商来说，即便是长期使用价格信号策略还是有利可图的。来宾甘愿被欺骗也会进入佛罗伦萨的少女比萨店或者威尼斯河畔的卡纳尔戈兰蒂（Canal Grande）餐厅，因为坐落于旅游胜地的餐厅并不需要通过赢得消费者忠诚来维持收益。它们需要的仅仅是当来宾到这旅游胜地游玩时让生意火上一把，无须获得消费者忠诚和积极的口碑宣传。

价格指引

价格引领者对服务传递的市场价格施加主要的影响，价格引领者通过价格上升或下调为市场的价格水平和定价方式指明了方向。价格引领者通常也是市场引领者，是某个服务部门最大的服务出售公司。例如，抵押贷款部的价格引领者将决定抵押贷款的利息率。当竞争对手的行为出错时，引领者将对其进行强烈谴责。引领者的其他特征如下：

- 引领者通常都是低成本的制造商。
- 引领者拥有四通八达的销售渠道。
- 引领者通常位于服务业发展的技术最前沿。
- 引领者的财政储备相当丰富。

在服务环境中处理激烈的竞争

在某些服务部门中，固定/可变成本率相对较高，边际利润贡献率几乎与收入持平。在存在竞争的前提下，降价会马上被竞争对手效仿，很可能导致激烈的价格战；由于价格将对公司利润产生重要影响，价格战将产生毁灭性的后果。发生在英吉利海峡的暴风骤雨般的价格战就是这样一个例子：在英吉利海底隧道建成之后，消费者渡过海峡所需要支付的价格狂跌。渡船、航空公司和隧道这三个竞争对手各显神通，纷纷使用各种低价手段竞相吸引潜在消费者，以至于消费者如果选择乘渡船过海峡，他们所需支付的费用几乎为零。这次价格战几乎没有给各个竞争对手带来什么好处。没有一个价格可以持久存在，竞争对手总在不断地压低价格。这也对消费者的感知价值带来了致命的伤害，持续的降价扭曲了消费者感知到的穿越海峡所需要的正常费用。服务提供者在向消费者传达的信息中不断地强调价格，这也在无形中增加了价格敏感度。[1]

在价格战中必须密切监视两个因素：安全防卫和机动性。如果使用进攻性策略的话，有效阻止敌人进攻的安全防卫措施就显得尤为重要。需要安抚好主要消费者，因为公司的大部分商务都是针对这些人开展的。用军事术语来说就是，集中主要力量击败主要敌人。用帕累托术语来说就是，保留消费者库中20%的消费者将售出数量上占80%的服务。在这种情况下，歧视性价格可以给公司带来收益。除了安全防卫之外，机动性也是发动价格战中需要注意的一个因素。这是因为，事先安排好的计划会随着实际情况的变化而发生改变。

通常，参与价格战的各方都不会从价格战中获益。因此，防止价格战的发生就变得与发动价格战同等重要了。公司可以从以下两个方面作出努力，防止价格战发生。

1. 威胁。使竞争对手明确，一旦使用了价格作为攻击武器，马上就会得到报复。

2. 价格协议。直接或者间接的价格协议可以为协议签订方增加利润。价格协议排除了垄断性市场中各竞争对手之间的价格竞争情况。

比利时电信业就是说明第二种情况的一个绝好的例子。直至 1996 年为止，Proximus（比利时空中通讯公司）是比利时唯一一家手机经销商。当名为 Mobistar（法国电信公司）的第二家手机经销商低价打入比利时市场时，Proximus 将价格降低调整到高于 Mobistar 定价 4 个百分点的水平上。降价和 Proximus 施加的压力共同表明全球数字移动电话市场足够大，这两个竞争对手可以在不发生价格战的情况下共存。Mobistar 也声称在任何情况下都会尽量避免发生价格战。

在不同的价格策略中寻找平衡

考虑价格策略时，价格的三个决定性因素（成本、竞争对手和消费者价值）都需要得到重视，忽视了任何一个因素都将犯下严重的错误。

提供服务所需的成本决定了服务定价的底限。消费者的感知价值决定了服务定价的上限。竞争对手的价格是一个温和的变量，服务提供者可以据此在成本和消费者价值之间寻求平衡。但是想要知道这三个因素具体是如何影响定价的，就需要从定价目标的角度加以考虑。

为了澄清这一点，让我们回到本章开篇时的情形中去。乔治·多尼负责某电信公司通过开拓网络存储扩张业务的事宜，他必须要制定出价格。假设乔治·多尼的目标是实现利润最大化，那么他就应该将目标消费者锁定于拥有最高感知值、愿意高价购买网络连接的消费者细分市场部门。这样一来，他可以忽略市场增加率，不断地寻找具有高感知值的消费者。这种定价方式在垄断的情况下较为理想。但当越来越多的竞争对手涌入市场、抢夺各自的市场份额时，毫无疑问，价格将会承受越来越大的压力。当网络存储普及的时候，消费者的感知价值将受到严重的破坏，持续低价将加速这个破坏过程。

另一个假设的营销目标不是使利润最大化，而是尽快占领市场。在这种情况下，就应该把价格确定在底限水平上。乔治·多尼的目标就应该是获得最大的市场份额，在可以承受的范围内尽量压低价格。为了占领市场，乔治·多尼不仅需要使用低价战略，还需要消除消费者的疑虑，例如设立一段免费使用时期。

无论乔治·多尼选择了何种定价目标，有一点他绝对不能忽视：他需要在营销策略这个整体中考虑定价策略。市场细分过程、定价目标决定和市场决定了谁是公司的消费者、谁是公司的直接竞争对手。乔治·多尼通常会从目标消费者群的角度来考虑服务价值，研究同一消费者市场部门中竞争对手的行为。这也意味着定价策略必须与服务策略、暗含的服务理念保持一致。

服务传递过程的本质在决定定价策略的过程中也起到了一定的作用，定价策略要符合本书在前几章中讨论的各个问题。请回忆一下第 1 章中米尔斯和麦奎利斯框架,维护式交互作用服务、任务式交互作用服务和个人式交互作用服务之间存在区别。在服务交易的过程中,服务在不确定性和复杂性的程度上存在区别。维护式交互作用服务具有标准化的本质,这意味着以成本为基础和以竞争为基础的因素将决定定价策略的最终结果,因为在这类服务中,较容易比较成本,竞争盛行。这一点在第 17 章中将更加明朗化,这类服务多为资本和技术密集型服务。这就给了我们灵感,可以强调使用如图 6.4 所画的经验曲线定价。这种定价在任务式交互作用服务中很少见,在个人式交互作用服务中出现的频率就更低了。后两种服务以高度不确定性或模糊性为特征,其定价符合泽特汉姆尔画出的动态图 (见图 6.3),这两类服务的内在、外在属性与维护式交互作用服务有所不同,且服务的本质更加无形。 [12] 在这两类服务中,消费者很少为某项交易或结果付费,费用直接取决于服务提供者提供服务所耗费的时间,例如顾问服务和职业咨询服务。这些现象与这两类服务传递过程不确定性的本质直接相关,可以使预算透明(例如按小时/按天计费),投入具有变化性与过程的其他因素最终将产生不同于一般的消费者感知价值。所以公司要想在定价策略中寻找平衡,就需要同时考虑竞争性策略和服务传递过程的本质。

政府限制定价的政策

我们在上面说过,可以从三个角度研究一项价格决定:成本的角度、消费者的角度和竞争的角度。在西方多数经济体中,目标在于保护消费者的政府政策在定价策略的选择过程中也起到了至关重要的作用。理论上,经济学普遍认为竞争是使消费者支付较低价格的最有效的方式。在实践中,比起商品来说,服务商更容易在一种不存在竞争的环境中提供服务。这就导致了西方的很多政府不得不直接干预定价决定。政府干预有以下几种形式 [13]:

- 价格协议。由于很多服务具有垄断性的本质,各个公司可以通过价格协议提高收益率。价格协议排除了竞争存在的可能性,导致消费者不得不支付更高的价格。很多欧洲国家在本国的法案中和欧洲立法 (《罗马条约》第 85、86 条) 中宣布这种行为违法。英国于 1986 年宣布:英国四个最大的赌马经营者之间达成的不在价格上相互竞争的行为违法。比利时政府也制定了汽油售价的上限。

- 垄断性价格。政府还会避免某些服务出现竞争。为了使价格保持在一定范围之内,政府会利用规章制度规定某些服务企业的定价水平和定价结构。英国电信、英国煤气和地方的供水公司分别受电信管制条例、煤气管制条例和供水管制条例的限制。《罗马条约》第 86 条明文禁止通过索取不公平的垄断性价格进行市场开发。

- 价格宣传。政府可以具体规定宣传价格的方式。例如比利时政府通过了《保护消费者法案 1991》,规定宣传中涉及的价格都应该是含增值税价。对于金融服务,政府还特别规定了借贷率和汇率等。

- 搭售式销售。很多政府都意识到某些形式的捆绑式销售（详见本章后几节），特别是一些搭售式销售会对公众造成潜在的伤害，于是政府强制限制公司使用这些销售技巧。受反竞争压力所迫，美国通过了《克莱顿法案》，欧盟通过了《欧洲委员会指令》，这些法案限制使用捆绑式销售。

定价结构

定价结构需要同时考虑产品、消费者以及对价格水平有影响的购买特征。

价格歧视

价格歧视是指对同一产品的不同消费者细分市场索价不同。应该把价格歧视与价格差异区分开来，后者是指服务商由于经济因素，例如收到大量额外订单而索要较低的价格。价格歧视也不应该与需求管理混淆，因为价格歧视并不意味着将需求调整至需求的非高峰期，而是利用对价格敏感的消费者部分增加利润，获取更多的业务。

服务提供者可以使用不同的价格敏感度在不同的细分市场之间索取歧视性价格，向那些对价格变动不甚敏感的消费者索取高价，向那些对价格敏感的消费者索取低价。只有满足下列条件时价格歧视才可行：

- 不同消费者细分市场对价格的敏感程度不同。
- 不同消费者细分市场之间彼此可以区分，存在可以索取不同价格的机制。
- 不同消费者细分市场之间严格分开，即属于某低价消费者细分市场的个人无权使用另一消费者细分市场提供的服务。
- 消费者细分市场的规模足够大，使用价格歧视有利可图。
- 价格歧视策略的成本不超过增加的收入。
- 使用不同的价格不会让消费者产生混乱的感觉。
- 竞争有限（垄断的情况更适宜）。 [14]

服务受时间限制的本质使价格歧视的存在具备了可能性。通常情况，可以在一天之内不同时间段中索要不同的价格，因为需求受时间限制。例如，铁路公司在交通高峰期价格较高，这是因为通勤者不能将对铁路运输的这种需求移至交通非高峰期。铁路公司从这种价格歧视中获利。

还需要注意，价格歧视并不是代表着利润增强机制。例如基于社会因素考虑，提供给年长的公民、未成年人和家庭成员庞大的消费者折扣是一种很常见的现象。

常规价格决策

进行常规价格决策时需要研究两个因素：价格的一致性（price consistency）和底价。

服务无形性的本质使我们不能轻易比较不同服务商提供的服务。因此服务价格本身所传达的信息就是服务提供者所提供的服务水平。服务商在给不同的服务或产品定价的时候，头脑中要始终牢记定价的总体靶位，这就叫做价格的一致性。试想如果某消费者发现五星级的酒店早餐的标价仅有 1.95 美元，这将给他带来多么大的疑惑啊。

底价意味着将不同类别的产品划分到不同的价格范围。例如服装店中雨衣的售价分别是 200 美元、150 美元、120 美元。使用这种定价方式的服务提供者可以通过提供不同的价值（即性价比）建议将销售最大化。例如，万豪酒店集团规定了四种不同的价值建议：万豪侯爵（溢价—高级质量）、万豪（高价—良好质量）、汽车游客旅馆（中等价位—标准质量）和小型旅馆（低价—低质量）。万豪酒店集团通过提供面向各个消费者细分市场的服务，扩大了消费者基数。当消费者提升或降低自己的消费层次时，万豪酒店集团的这种做法还消除了遗失消费者存在期价值的可能性。

给补充性服务定价

通常，提供补充性商品或服务的公司从消费者主要购买行为中（比如购车）获得的利润率较低，但从补充性商品或服务中（比如汽车零备件或者维修）获得的利润却相当高。除非有在这方面比较聚焦的竞争对手低价出售这些补充性商品或服务，否则这种定价观点的收益性很高，例如在工业市场中，虽然有时候安装服务的利润率极低，但是安装费可以通过利润率高的维修服务获得补偿。这种技巧就叫做安装的库管理。较低的安装利润率会提升销售（渗透性），这就扩大了公司的安装数据库，数据库的扩大为服务部门拓宽了潜在市场。服务具有较高的利润率，这将吸引新的商家不断涌入这个市场，因此原有的服务商不得不建立并维护自身的竞争性优势以便获取高的利润率。

捆绑式价格

捆绑式价格是指使用一个特殊的优惠价格营销两种或者两种以上的商品和/或服务，这种定价方式通常叫做优惠定价。[15] 它是开发潜在利润较大市场的一个强有力的工具，也是经营多样性产品和/或服务的企业使利润最大化的一个强有力的工具。

融信用卡、支票账户、存款证、消费者信贷为一体的捆绑式账户已经成为很多银行的顶梁柱。这种捆绑式账户最大的卖点是便利性。除了营销的角度，这些账户还旨在降低一般管理费用和吸收新存款和放贷的支撑成本。[16]

制定捆绑式价格的方式有两种：单一捆绑式价格和混合捆绑式价格。

1. 在单一捆绑式价格（或搭售式销售）中服务和/或商品捆绑在一起共同出售，不能分开单独出售。只有当公司拥有捆绑销售中某个元素的垄断权时，才可以使用单一捆绑式价格。

2. 在混合捆绑式价格中，消费者有权选择整体购买捆绑商品，或者单独购买捆绑商品中的任何一种商品。尽管这种捆绑可以采取较为简单的、将服务作为附属品出售的方式销售，但在通常情况下，如果消费者选择购买捆绑商品会获得一定程度的优惠。混合捆绑式价格有两种 [17]：

——在混合引领捆绑式价格中，一种或者多种服务/商品的价格会有优惠，捆绑商品中其他的元素则按原价销售。例如，某些影剧院承诺以入场券为凭证停车可以享受一定的优惠。但是与混合合作形式相比，这种捆绑式价格在服务业中并不常见。

——混合合作形式是指消费者同时购买不同种服务时只需支付一个单价。位于比利时的德杰纳拉勒（De Generale）银行于 1994 年引进了格洛博（G-Globle）俱乐部服务，免费为俱乐部成员提供为数不少的银行交易，而且包括欧洲货币支票在内借贷卡服务月收费仅为 5.58 欧元。经检验证实，银行每年对拥有会员卡的成员的收费要比非会员多 24.79 欧元。这个数字比酒店、餐厅和旅游机构用来补偿优惠的额度要高得多。尽管德杰纳拉勒银行从这捆绑式的价格中获益匪浅（俱乐部 1996 年拥有 150 000 名会员），但是这并不意味着每个银行都可以从相同的行为中获益。德杰纳拉勒银行的两个最大的竞争对手 BBL 和 ASLK 银行已经声明他们在可预见的将来并没有拷贝德杰纳拉勒银行这种捆绑式行为的想法。

只有在满足以下条件时这种捆绑式价格的观点（单一或者混合）才能创造利润：

1. 政府管制条款中允许捆绑式价格。例如搭售式销售在欧洲很多国家中都是违法的。

2. 消费者通过捆绑式销售获得的价值高于单个购买所获得的价值。这里的价值是指消费者用放弃所换取的部分。以下几种情况满足上述条件：

——消费者相信便利的一站式购买可以为自己节省时间和精力。

——对于捆绑式商品或服务，缺少购买经验的消费者认为购买捆绑式商品的风险较小。

——捆绑商品在价格上存在一定的优惠。

3. 消费者需求极为相似。因此一种捆绑式商品就可以满足多名消费者的需求。当消费者需求不同时，捆绑式商品就很难满足消费者需求了，这就为其他更加聚焦型的公司创造了机会。

单一捆绑式价格在计算机和软件行业比较常见。通常个人计算机和已安装的软件包同时出售。如果消费者倾向于使用另一个厂家的软件的话，那么这种捆绑式商品就没有增加消费者价值，最终会导致消费者支付高价和/或服务商获得较低的利润率。这种情况下，消费者会转向更加聚焦于非捆绑式的服务商。

但这并不是说直接控制这些元素中某个元素、控制专利权可以大大降低使用单一捆绑式价格的风险。

成功的单一捆绑式价格可以从不同的角度增加公司利润，支持公司在竞争中的地位。首先，它可以使公司获得成本优势，特别是针对标准化的捆绑式商品而言，因为用于制造标准化的捆绑式商品成本比根据顾客要求制造的商品或服务的成本要低得多。其次，当使用捆绑式价格策略时，可以将捆绑式的价格用作歧视性措施，根据消费者不同的购买行为，对不同的消费者细分市场索取不同的价格。最后，捆绑式价格可以提供消费者需求的总体解决方案，使公司有能力提供差异性产品或服务。

需求管理

服务无形性、同时性、易逝性的性质加上能力限制意味着公司需要一种行之有效的方法来管理需求，以便使利润最大化。服务业中有很多需求曲线随着时间变化，遵循天、星期、年、季节、循环或者随机曲线形式。这些需求波动增强了对能力管理的需要（见第 15 章）。例如在铁路运输服务中，工人和学生需要在规定的时间内到达工作地点或学校，这就出现了运输高峰期。名胜古迹地区在旅游旺季对旅店的需求要高于淡季，但是管理能力则比较固定。名胜古迹地区的需求曲线表明，旅游旺季的需求曲线比淡季的需求曲线对价格的敏感度低。

通过价格敏感度制定价格可以达到利润最大化。在旅游高峰期，一晚的房价很可能是淡季房价的双倍。因此，旅店通过效果良好的能力效用管理，可以从那些选择物价便宜的旅游淡季来旅游的消费者身上获得更高的利润。

当不同的消费者细分市场遵循不同的需求时间曲线时，锁定这些消费者市场并扩张其他市场分割的业务也可以显著地提高收益率。开发其他的市场分割通常需要使用不同的价格。例如快餐店下午的能力效用十分低，但这个时间段却是孩子们举行聚会的首选时间。合理安排孩子们的聚会可以提高快餐店的能力效用，增加快餐店的收益率。麦当劳就是这样做的。当然，定价决定也会对这些额外业务产生极大的影响。第 15 章在深度讨论能力管理时，将在更广泛意义上的领域管理背景中强调需求管理。[18]

定价水平和技巧

定价水平是指某项服务包括一切促销行为在内的实际标明价格。价格技巧包括短期的促销性刺激价格。这些促销行为的目的各不相同，可以通过调整促销式定价使之符合实际的目标。以下是促销式目标和相应的补充式行为：

- 数量上的优惠。服务提供者对批量购买的消费者提供优惠。例如消费者每多雇佣一辆卡车，运输公司都会提供一定的优惠。

- 暂时性优惠。即轮班式的价格优惠，价格在某段时间内或者每隔几天会有优惠。例如客流量大的中心地带在客流低谷时会有所优惠，旅馆在周末也会打折。

- 促销优惠。这种优惠是为了鼓励试用性购买行为。某项服务会在某段时期内把价位定得很低，以便吸引新的消费者。

由于消费者缺少具体精确的参考价格，所以服务很难使用促销式定价。如果不存在服务定价透明度的话，促销式定价就很难为服务所用。这种透明的价格信息取决于以下三个因素：

1. 价格信息的有效性。消费者能否获得有关某项服务性能的信息？

2. 获取上述信息的成本。为了获取这种信息需要消费者做什么？

3. 价格信息的清晰性。消费者能否理解这种信息？

利用上述三个变量还可以定义出另一个重要的标准：竞争性服务的可比性。

1. 服务结果的信息具有可比性。消费者能否获得有关某项服务性能的信息。

2. 比较服务所需要的成本。为了比较不同服务商提供的服务消费者需要做什么。

3. 比较的清晰性。当消费者拥有必要的信息时，是否可以使用任何一种可能的方式进行比较。

上述这两个标准——服务信息的透明度和信息结果的可比性——的组合共同创建了一个代表了全部服务的框架（见图6.5）。

那些易于进行比较、价格信息高度透明的服务适合使用优惠定价。这些服务的消费者更容易获知参照价格，并将优惠价格与参照价格进行比较。价格信息透明度低的优惠定价属于有问题的定价。价格的优惠部分的清晰度较高（通常没有给服务提供者带来什么实在的好处），给区分不开优惠价格和正常价格的消费者带来了困惑。对于那些可比性较低的服务而言，因为服

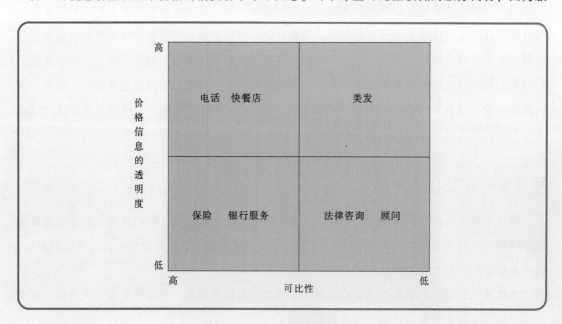

图 6.5 代表实施优惠定价标准的矩阵

务结果事先不可预测，所以获得对服务的质量保证对消费者来说更重要。

图 6.5 所示的框架不仅仅用来决定使用优惠定价的时机。公司使用优惠定价的目标是通过优惠定价而增加收入，并假设低价对销售具有积极的影响。事实上价格优惠的用处取决于市场中存在的竞争以及服务提供者定价时自身的脆弱性。

很明显，在价格信息透明度高、可比性强的市场中将产生激烈的价格竞争，服务提供者不得不降低价格（为了保留或者引消费者）或扩大销售额。图 6.5 所示的矩阵提供了避免这个怪圈的方式，使优惠价格没有用武之地。

1. 降低价格信息的透明度。创建复杂的价格结构是降低价格信息透明度的一种行之有效的方法。与此同时，这样做有孤身作战的危险，因为这样增加了充满了期望的消费者的不安全感，德杰纳拉勒银行采取了使用格洛博俱乐部的观点，一方面通过给一系列捆绑式服务提供一个清楚的固定价格，增加了价格的透明度；另一方面，个人服务不再具有差异性，消费者对于服务的成本不甚明了。

2. 降低所提供服务的可比性。服务提供者通过提供与竞争对手有区别的服务来降低服务的可比性。为消费者量身打造服务是提供差异性服务的一个途径。当服务商完全按照消费者的具体要求提供服务时，消费者就没有比较不同服务提供者的可能性了。

根据上述框架，有两种方式可以避免强大的价格压力：通过定价过程隐藏价格信息；通过服务提供过程隐藏价格信息。

结论

本章为读者介绍了在定价过程中起作用的各个主要因素的概况。

我们需要花点时间考虑一下定价过程的初始阶段。在定价前明确通过定价想要达到的目标是有必要的，而商家们在考虑定价时通常忽视了这一点。

区分定价目标、定价策略、定价结构、定价水平和定价技巧对定价过程中有很大的帮助。虽然这些元素都是针对一次定价过程而言，但却是基于不同的角度考虑定价的。

在定价策略方面，需要考虑到成本、竞争对手和消费者的经验值。服务传递过程的本质将影响这些元素之间的关联。我们有必要知道成本产生的原因，确定定价策略与总体的营销策略必须保持一致。定价在定位某个消费者细分市场、决定公司在竞争中的位置时是一种有价值的工具。服务商最头疼的问题是无法确定消费者价值，从而采取相应的政策反映这种价值。消费者价值是动态的，在谈论创新产品定价时这个问题就变得明朗起来。

通过所提供的差异性产品预测竞争对手的举动、避免价格战是重要的战略战术技巧。用于管理市场动态的规章制度也是一个需要考虑的问题。

最后，明确的价格比任何优惠活动都更重要。

- 率先打入市场为服务商部署不同于竞争对手的降价策略提供了可能性。服务商在各种情况下的首选策略分别是什么？

- 捆绑式定价不仅很流行，而且极具争议性（例如微软）。捆绑式定价在何种情况下合适且可接受？

- 电子商务环境中的定价尤其困难。你认为网络零售服务最合适的定价方法是什么？各方分别应该支付哪部分价款？可以使用捆绑式定价吗？

注释和参考资料

[1] Considering that the fixed costs can be spread over a larger volume, an increase of 20 percent in volume will be sufficient to cover the price decrease.

[2] Price elasticity is defined as the ratio of the relative change in volume to the relative change in price:

$$\text{Elasticity}=((\delta V/V)/(\delta P/P)).$$

Depending on the price elasticity of the service, the total demand will vary more or less according to the price. If the price elasticity is high, the demand will increase relatively more than the price decreases, and vice versa.

[3] Keaveney, S. M. (1995) 'Customer switching behaviour in service industries: An exploratory study', *Journal of Marketing,* Vol 59, Apr, 71–82.

[4] Morris, M. and Cantalone, R. (1990) 'Four components of effective pricing', *Industrial Marketing Management,* Vol 19, 321–9.

[5] Morris, M. H. and Fuller, D. A. (1989) 'Pricing an industrial service', *Industrial Marketing Management,* Vol 18, 139–46.

[6] Zeithaml, V. and Bitner, M. J. (1996) *Service Marketing.* New York: McGraw-Hill, pp. 496–8.

[7] Ibid.

[8] Berry, L. and Yadav, M. (1996) 'Capture and communicate value in the pricing of services', *Sloan Management Review,* Summer, 41–51.

[9] Giletta, M. (1992) 'Prix: de la maîtrise des prix à la maîtrise des coûts', *Vuibert Gestion,* P.22.

[10] Tellis, G. J. (1986) 'Beyond the many faces of prices: An integration of pricing strategies', *Journal of Marketing,* Vol 50, Oct, 146–60.

[11] Garda, R. and Marn, M. (1993) 'Price wars', *McKinsey Quarterly,* Issue 3.

[12] A point we will further explore in Chapter 17.

[13] Palmer, A. (1994) *Principles of Services Marketing.* New York: McGraw–Hill, pp. 257–8.

[14] Bateson, J. E. G. (1989) *Managing Services Marketing.* The Dryden Press, p. 363.

[15] Guiltinan, J. P. (1987) 'The price bundling of services: A normative framework', *Journal of Marketing,* Vol 51, Apr, 74–85.

[16] Radigan, J. (1992) 'Bundling for dollars', *United States Banker,* Vol 102, No 9, Sept, 42–4.

[17] Guiltinan, J. P. (1987), op. cit.

[18] Yield management is the process of allocating the right type of capacity to the right kind of customer at the right price so as to maximize revenue or yield-Kimes, S. E. (1989) 'Yield management: A tool for capacity–constrained service firms', *Journal of Operations Management,* Vol 8, No 4, Oct, 348–63.

进一步阅读资料

Berry, L. L. and Yadav M. S. (1996) 'Capture and communicate value in the pricing of services', *Sloan Management Review,* Summer , 41–51. This article focuses on the specific aspects of pricing for services and deals with the characteristic features of services compared to physical products and how you can take these into account in pricing.

Dolan, R. J. and Simon, H. (1997) *Power Pricing.* New York: The Free Press. This is the most recent and comprehensive book on pricing. Highly recommended.

Leszinski, R. and Marn, M. (1997) 'setting value, not price', *The McKinsey Quarterly,* Issue 1. This is a very interesting article on the issue of value-based pricing with clear real–life examples.

第 7 章

消费者满意度和投诉管理

季诺·范·奥塞尔　　史蒂文·戴兹米　　保罗·格默尔

引言

　　由于一项市场调查研究的结果，使家庭连锁快餐的管理提上了日程。当调查者们仔细观察来自于两个不同地方的对色拉新鲜度是否满意的调查结果时，他们惊讶地发现其中一个地方的被调查的消费者对餐馆色拉的新鲜度表示不满意。这个结果完全出乎该餐馆管理层的意料之外。实际上，即便假设这家餐馆用质量低下的色拉供应消费者，由于每日供餐数量比其他餐馆高出大约 40%，需要频繁地补充新的色拉，那么这家餐馆的色拉客观上也应该是两个地方的色拉中较为新鲜的。

　　于是调查者向餐馆的管理者们展示了关于两家店色拉的照片。引发消费者不满的色拉来自于连锁店中最古老最成功的餐馆之一。之所以说它古老是因为它的服务环境：装饰物陈旧不堪而且灯光暗淡。在这些环境里色拉仅仅是看起来不新鲜。而在另外那些近年来相对开放的餐馆中，色拉呈现出来的样子使人们感觉很新鲜。

　　本章将向读者介绍关于服务满意的框架，据此能够将各个不同的概念如服务质量、消费者满意度、消费者投诉和服务恢复等联系起来。我们还将进一步讨论消费者满意度的衡量以及更详细地讨论关于投诉管理的相关内容。

服务管理 服务管理 服务管理 **服务管理**

目标 到本章结束时读者应该能够讨论如下问题：

- 服务质量和消费者满意度的区别。

- 服务业中消费者满意度的衡量为什么重要。

- 建立消费者满意度衡量系统的基础——衡量什么、衡量谁的满意度、合适的组织单位以及如何确定基准。

- 关键时刻。

- 感知质量如何分解成质量维度。

- 如何执行系统的消费者投诉处理程序。

- 如何降低投诉门槛及降低投诉门槛的好处。

- 快速恰当地反应消费者投诉的重要性。

- 公司是怎样通过产生改良方案和改进消费者定位而从消费者投诉中获益？

服务质量和消费者满意度

消费者满意度和服务质量之间有明显区别，认识到这一点很重要。服务质量是人们通过长期的、全面性的评价而形成的看法或态度，而消费者满意则指一次性的对特定交易的判断。消费者满意水平是指消费者在接受某一特定服务时对服务质量的感知效果与期望值之间的差异水平。这也说明对消费者满意度的衡量需要消费者的体验，而对质量的评估则不需要这些。[1]

消费者感知的服务质量也许有别于实际的服务质量。病人可能会对他的一次看病的服务很不满意，因为他觉得医生对这个足以致命的疾病没有花足够的时间进行诊断，他不能够理解医生为什么只花了仅仅两分钟就给出一个能够影响一个人命运的诊断。但是如果从医学的角度来看这个诊断是完全没有问题的。这就引发出技术质量和职能质量或者说"消费者感知到的"和"服务是如何提供的"之间的区别：

后者即职能质量是最重要的方面，与在交换事项中发生的心理作用有关。它基于消费者的感知因而极为主观并且包含着消费者在交易过程中获得的所有暗示。[2]

这些暗示不但来源于服务者本身，也基于消费者对整个服务环境的感知（见第16章"服务背景"）。泰坦尼克号上的乘客为船上的装饰物感到非常愉快，如果当初这艘船到达了目的地，绝大多数乘客都将很满意。但是如我们所知，船务人员由于缺乏在布满冰山的海洋中驾驶如此大的一艘船的经验而导致该船沉没。如果当初没有发生这一沉船事件，那么消费者将永远不会感知到船员缺乏能力（技术质量的一个方面）。因此服务质量的好坏不能以消费者是否满意为标准。技术质量是基于人的才能以及传递质量良好（专业的）的服务体系的，它也必须是可以监控的。在制造行业，监控过程能力是最早的质量管理基本原则之一。由于服务过程的可变性，人们认为过程能力在服务行业具有一定的局限性。尽管如此，我们仍然认为技术质量在许多服务环境中是主要方面，因此本书单设一章来阐述过程管理（见第 14 章），并且将着重强调雇员在实现服务质量中的作用。

在尝试解释期望服务质量和感知服务质量之间的差距时，柏拉所罗门（Parasuraman）等人提出一种由四种因素构成的"差距模型" [3]：

- 管理者的认知与消费者期望之间的差距。例如，实地服务工程师有时非常了解消费者的需要，但是这类信息并非总是能够反馈给公司，从而导致管理层对消费者期望了解不足。从长期来看这可能会导致实地服务工程师这一层级上的角色冲突。
- 管理者的认知与由这种认知转化的服务质量规范之间的差距。服务质量规范（被郑重载入质量管理体系中如 ISO 9000）与消费者期望的质量标准不一致。
- 服务质量规范与实际的服务提供之间的差距。由于各种资源的缺乏，使员工不可能完全达到质量规范的要求。其他一些有助于消除这种差距的因素有团队合作、员工——岗位匹配、技术——岗位匹配、认知控制、绩效监控制度、角色冲突和角色模糊。 [4]
- 实际的服务提供与组织沟通的方式之间的差距。广告这种外部沟通方式对缩小这种差距很重要。

通过以上讨论，我们得出结论：消费者满意是一个主观概念，不仅因为它是一种感知，也因为不同消费者的期望大不相同。对引言中案例的研究清晰地解释了这一点。任何一个想评估自身实绩的组织都应该区分开衡量消费者满意度、消费者感知服务质量和技术质量。由于服务固有的同时性和无形性，这种区别对其来讲尤其重要。在一个生产环境中，至少在那些产品的有形部分占主导地位的部门中，进行这种区分有些不恰当。

本章特别讨论了消费者满意度衡量。这种衡量是一个（平稳的）绩效衡量系统（将在第 18 章中阐述）的一部分。

关于服务满意的一个框架

我们可以把满意与不满意看成是一个连续统一体的两端，满意和不满意决定于期望质量与服务绩效的比较结果。如果服务的绩效达到了消费者的期望值则消费者是满意的。当服务质量超过了消费者的期望值，则服务提供者因为获得了一位愉快的消费者从而也处于好的发展形势中。当消费者感知的服务质量低于期望值消费者就会不满意。

服务满意框架（见图 7.1）表明只有一部分不满意的消费者会投诉，其他人则不会投诉。公司应该将消费者投诉视为珍宝，因为消费者投诉提供了对公司持续改进有用的信息以及挽回消费者的机会。得到满意解决的投诉者往往会比那些一直对公司的服务满意的消费者更容易成为公司的忠诚消费者。通过消费者投诉管理保持消费者能够比吸引新消费者创造更多价值。

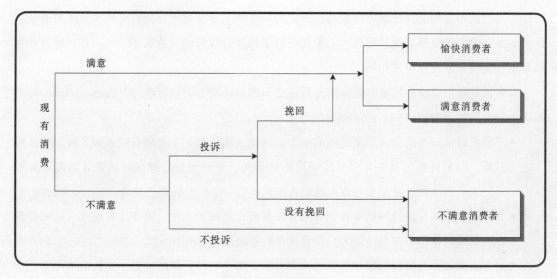

图 7.1 服务满意框架

资料来源：Based on J.M. Hays and A.V. Hill (1999) 'The market share impact of service failures', *Production and Operations Management, An international Journal of the Production and Operations Management Society*, Vol 8, No 3, pp.208–20.

那些没有进行投诉的消费者不能够挽回。这些消费者会告诉每一个人这个公司的服务有多差，正是这些人极大地损害了公司的利益。

消费者满意管理以及由此产生的消费者满意度衡量和消费者投诉管理是公司提升消费者忠诚度、增加利润的战略的组成部分。正如前面所讨论的，可以采取如下措施：减少消费者流失、服务恢复和增加重复购买。除此以外，一个公司还可能通过消费者向其他人推荐的方式增加销售。本章将讨论达到服务满意的基石——消费者满意度衡量和消费者投诉管理。

衡量消费者满意度

引言

衡量消费者满意度是一项重要的管理活动，因为这是一种事后管理。然而衡量仅仅是开端。那些想减肥的人们在同重量和热量的无休止的斗争中，往往是一开始购买磅秤放在浴室里，再买一本有"如何实现四周内减掉 10 公斤而不必饱受饥饿之苦"这类题目的书。然而，结果是那些自己称重和阅读一些所谓成功减肥方法的人们很少能够减掉体重。大多数靠控制饮食减肥的人们虽然有真诚的减肥愿望，但是由于缺乏意志不能抵抗住美食和饮料的持续诱惑而减肥失败。这就是"体重监控家"成功的奥秘所在。"体重监控家"给予会员和肥胖的会员伙伴聚会的机会，而不是仅仅坚持控制饮食的方法。在每周一次的聚会中，每个人都被邀请站到磅秤上去，这种方法将使会员产生一种追求和别人同等的压力，从而维持自己的减肥努力。

组织经常会犯和减肥者同样的错误。管理者们苦读书本，频频出席关注消费者的研讨会。

他们把消费者满意度衡量系统作为关注消费者所作努力的一部分，并且耗费巨资购买尽可能最好的"磅秤"——非常复杂的消费者满意度衡量系统。然而通常情况下，书本、会议和测量系统并没有引发理想的改进方案。这些组织和肥胖者一样缺少意志。所以组织也可以通过在内部引发一种追求和别人同等的压力而从"体重监控家"的方法中获益。同时需要注意以下几个有代表性的问题：

- 对特定组织单位而不是整个组织进行消费者满意度衡量。
- 让每个人都获取有关消费者满意的测量数据以便产生追求平等的压力和组织内部良性竞争。
- 将经理对员工的鉴定评价同消费者满意度数据结合起来。

衡量消费者满意度的另一个原因是这样做能够使记分卡平衡。因为，正如后面章节中我们讨论的那样，绩效评估系统往往有利于财务状况评估，从而具有一定的缺陷。

确立基准的必要性

要想使一项措施的实行能够带来效果，需要有一个参考点——员工或公司据以判断其实绩是好的还是坏的，是改进了还是恶化了的标准。换句话来讲，基准就是要求达到的水平。

在消费者满意度衡量中最普遍采用的基准主要有：

- 过去时间内的发展情况。
- 不同的组织单位（如部门、子公司、事业部）。
- 竞争。

过去一段时间内的进展表明了组织关注消费者的努力是否得到了回报。因此大多数消费者满意度衡量系统都评定组织改进的速度。由于只有在过去的衡量指标是标准的情况下才有可能进行比较，所以应该尽可能谨慎地使用消费者满意度衡量指标。事实上，定期调整衡量系统将会阻碍比较。但是这并不意味在某个时点上不能使用与改进方案或者员工个人或者团队绩效有关的临时性的绩效衡量指标。

一个服务组织通常有不同的部门经营用于多种场所的设备或者在不同的地方拥有服务单位。这为贯彻组织内部单位之间的定点赶超提供了可能性。一些专业技术如数据包络分析已经被进一步发展用于执行这种定点赶超。[5] 为了使组织的所有业务单位自发地、积极地提高消费者满意度，有必要进行跨越不同服务单位的消费者满意度衡量，以引发追求与别人同等的压力和组织内部良性竞争。

在一个竞争环境中，做得比竞争者好的组织可能比一个一味追求最高绩效的组织获利更多。因此组织普遍的做法是，针对竞争者在实质绩效和改进速度方面的消费者满意度评分进行定点赶超。

衡量谁的满意度？

这个问题看起来很容易。难道不是衡量消费者的满意度吗？回答是肯定的。但是我们对所有的消费者感兴趣吗？哪些才是我们这里所指的消费者？

我们已经解释愉快的消费者会对服务组织产生忠诚并向其他人推荐，而不满意的消费者会转向其他组织的服务以及散播消极的口头广告。因此在消费者满意度衡量中，焦点应该放在不满意消费者和愉快消费者的满意率上，而不是平均满意度分数上。由此也产生了这样一个问题：公司应该计算其平均消费者的满意率还是代表公司最高营业额、潜在营业额或利润的消费者的满意率？

重点消费者还是全部消费者？

如果帕累托原理适用于这里，20%的消费者创造了公司80%的销售额和利润，那么取悦这20%的消费者要比取悦于另外80%的消费者重要得多。然而如果公司从其所有消费者中选取了一个有代表性的样本，调查结果主要反映的将是那80%消费者的满意度，而由他们带来的生意仅仅占公司的20%。关于公司是否应该仅调查它最大消费者还是一个有争议的问题。另外还有一点，这些大消费者实际上接受了和小消费者一样的服务。

公司在决定应该调查哪些消费者时，应该遵循如下方针：

- 愉快消费者的百分比。能够将重点的愉快消费者从其他消费者中分离出来计算其百分比是一件令人愉悦的事。这些客户越是重要，就越要给予更多的特别关注。也许甚至有必要花费大量资金用于取悦个别消费者。把那些钱花在重要消费者身上通常要比花在普通消费者身上更加有利可图。实现重点消费者的愉悦是对付竞争者的最好的防卫手段。另一方面，由于愉快消费者的满意度象征着公司被推荐的潜力有多大，所以监督全部的愉快消费者的百分比是有用的，尽管这并不绝对必需。
- 不满意消费者的满意率。引发不满意的原因对于大消费者和小消费者通常是一样的。结构性地改进服务过程和服务提供通常会对所有消费者有利。但是，由于大消费者数量有限，仅仅分析重点的不满意消费者也许不能很好洞悉产生消费者不满意的根源。这就是为什么调查全部消费者比仅调查重点消费者能提供更多的关于需要改进领域的信息的原因。然而一个不满意的大消费者给公司造成的威胁要比一个不满意的小消费者造成的威胁大得多。因此计算重点的不满意消费者的百分比是值得的。此外，与此同等重要的是，识别不满意消费者是服务恢复程序的第一步，组织必须确保能够识别出不满意的重点消费者。

谁是真正的消费者？

在组织购买情形下，另一个需要回答的问题是"谁是消费者？"在组织同组织的买卖中，常见的决策制定单位由在购买过程中涉及的所有个人组成。公司必须决定他们想了解的是决策制定单位的哪些成员的满意或不满意程度。这些决策制定单位的个人执行着下列一项或多项任务：

- 使用者——将要使用商品或服务的组织成员。

- 发起者——提出和要求购买的人。

- 影响者——影响购买决策的人，他们协助确定产品规格，提供方案评价的情报信息。

- 买主——有正式职权选择供应商的人。

- 决定者——那些最后决定选择哪个供应商的人。

- 批准者——有正式职权批准决定者所提方案的人。

- 采购者——没有决定事情的正式职权，只是实际进行采购的人。

- 信息控制者——控制市场信息流的人，尤其是有权阻止销售员、跟销售有关的邮件和销售材料与决策制定单位成员接触的人。

总的来说，消费者满意度衡量首先应把注意力集中在决策制定单位中对供应商的选择影响力最大的成员身上。当这些成员不满意时会转向其他供应商，当他们感到愉快时则会重复购买。不过，长期来看，这些人的满意与否也会受到决策制定单位其他成员的影响。尽管花费时间和财物取悦其他成员通常无利可图，但是从长期来看，如果不能预防其他成员产生不满意，就会造成消费者流失。

衡量谁的绩效？

在为衡量工具进行细节上的设计前，需要回答的另一个问题是：应该衡量哪个组织单位的绩效？最近一些研究表明对组织整体的绩效衡量产生的结果不能够提供有针对性的有关业绩改进的信息。衡量的组织单位越小，所提供的信息越丰富；不幸的是，这样做所要付出的努力和费用也将按比例增加。

例如在小额银行业务中，可以假定消费者对银行的实际产品（如储蓄存款账户）的满意度在所有的分部中是一样的，因为在银行内部这些产品是标准化的。然而，不同分部的产品传递（产生）不同水平的服务。因此，不同分部的消费者对服务的满意度是不一样的。在决定将要对哪个组织单位的消费者满意度进行衡量时，应该考虑三个要素：

- 消费者了解的组织单位。消费者仅仅会对他们感知的单位进行判断。

- 管理单位。致力于改进绩效的组织想搜集有关一个主管和他的职员的数据。这时管理单位可能是整个组织（最高管理层和所有员工），也可能是最小的单位（基层主管及其下属），或者是介于两者之间的管理单位。

- 成本。前面已经提及，我们衡量的组织单位越小，衡量工作变得越昂贵。由于成本方面的原因，我们跨越组织界线，计算普遍水平上的消费者满意分数。不过这些测量结果被证明毫无用处，因为它们没有揭示出对改进方案有用的问题。

统计数据的编辑整理涉及到选取最小级别的样本以作分析。通常可以将数据联合起来用于较大单位的测量，但是决不能将数据进行分解用于次级单位的测量。

衡量什么？

因为消费者满意能够产生消费者忠诚，消费者忠诚最后有可能导致消费者向其他人的推荐，所以一个消费者满意度衡量应该包括三个方面：全面满意、消费者忠诚和向他人推荐。

全面满意

调查者应该向消费者提出明确的问题，以了解消费者对组织绩效的全面满意度。在测量满意度时，应该将一些人所称的"关联满意"和"交易满意"区分开。交易满意指对最近接受的某一核心服务产生的一种满意的心理。关联满意则是对整个组织的总体上的满意的感觉。例如，一个商学院可能会提出这样的问题："您对刚才参加的课程是否满意？"也有可能问："你对我们的商学院总体上感觉如何？"当然，在关联满意和交易满意衡量中存在着联系。

然而，情况往往是，组织仅仅报告消费者满意平均值，最好的情形也就是以标准差作为补充。毫不奇怪，这些分数表明，从平均水平上看消费者对组织提供的产品是满意的。在实践中情况也总是这样的，因为不满意消费者会转向其他组织购买产品，从而使这类消费者在调查样本中只占有限的比例，满意的消费者实际上占了样本的绝大部分。

消费者忠诚

在建立消费者忠诚度衡量过程中，我们需评定消费者满意度与消费者忠诚度的关系。在观念上最终是能够评估个别改进方案对消费者忠诚度的影响程度的。这种评估将证明用于提高消费者满意的投资是正当的。然而衡量消费者忠诚度并不是一件容易的事。在存在多个供应商的情况下甚至很难定义什么是消费者忠诚。

让我们从最简单的情形开始，即消费者只从一个供应商那里购买产品的情形。在这种情况下，消费者或者是忠诚的（全部从一个供应商那里购买），或者是不忠诚的（根本不从该供应商那里购买）。如果该公司拥有数据库并且调查是不匿名的，则公司能够将消费者满意度得分与消费者忠诚有关的历史纪录联系起来。在所有其他情形下，定义并衡量消费者忠诚则变得困难得多。如果消费者从不同的供应商那里接受同一种服务，那么或者根据消费者的意向或者根据其行为来定义忠诚。

- 意向。如果消费者认为某供应商是他们的首选供应商时，消费者对于这个供应商就是忠诚的。例如，几乎没有人在一家商店购买所有衣服，也没有人总是去一家餐馆用餐。因此一家快餐连锁店如此定义忠诚消费者：想光顾快餐连锁店时总是去这类连锁店中的一家餐馆的人。

● 行为。显然更有说服力的忠诚概念是以消费者的真正购买行为为基础的。最典型的衡量标准是该消费者从他的钱包中拿出多大份额的钱用于购买本公司的产品，或者公司在消费者的交易中占有多大比例。另一种可供选择的衡量方法是观察一个商业网点的消费者来访次数，而不是看实际花费。在平均销售额趋于稳定的工业企业，上面两种衡量方法会产生相同的结果。

最后一种选择是根据消费者从公司购买了什么产品给消费者记分。

在这些复杂的情形下，将消费者满意度衡量与公司数据库联系起来总不是个解决办法。即使公司跟踪消费者的消费情况和访问次数，并非一定能获取关于消费者购买习惯和对竞争者访问次数的信息。因此很难测定消费者的忠诚。

为了衡量忠诚度而设计的一些问题往往有所偏倚和夸大实际的忠诚，原因是回答问题者想取悦测量者并且没有真正的购买经历。这也意味着通过利用上述问题衡量忠诚度来论证投资于提高消费者满意的可行性不无风险。然而提出这些问题还是有一定意义的，因为我们有把握假定：随着时间的推移，平均起来看，测量误差是稳定的。因此，可以进行趋势分析和忠诚度与其他因素之间的关系分析。

推荐

愉快消费者可能会介绍其他消费者到你的服务组织。因此将消费者满意度衡量和忠诚度衡量与这些推荐联系起来很有意思。然而，把衡量同实际的推荐联系在一起即便有可能，也是非常困难的。普遍做法是衡量推荐的意向来代替实际推荐行为。

特定服务属性的衡量

需要进行特定服务属性的衡量以对全面满意度、忠诚度和推荐的衡量进行补充。服务的属性越多，整个服务就越能够被分解，可以根据两种类型的框架进行分解：关键时刻和服务的质量维度。

关键时刻

在确定需要衡量的服务属性时，最普遍的方法是在整个服务过程中跟踪消费者，将消费者体验到的关键时刻列出来，产生全面详细的服务属性列表。不过，这种以属性为基础的消费者满意度衡量方法有一个主要的缺陷，即包括了过多的服务属性以及过多的问题，从而导致做了大量的无效工作直至筋疲力尽。因而真正的挑战是简化这种全面的服务属性列表，使其更为简洁明了，切实可行。

如此多的消费者满意度衡量工作都耗时太长的主要原因是，经理们为了获得可以遵照行事的衡量结果而困惑。他们认为纠正行动是用来处理服务的特定属性方面的问题的，而不是用来处理整体服务的，因此他们想覆盖服务的所有属性。他们忽略的一个事实是，在不断进行中的消费者满意度衡量中，仅仅因为花费高昂，就不可能在服务的所有属性的细节上都引发直接的纠正行动。

服务质量维度

另外一种先列出量表然后再衡量服务特定属性的方法是将服务分解成服务质量维度。任何服务提供者都应进行市场调查努力测定其消费者的核心需求是什么。这些服务质量维度与这些需求相关。

许多调查者曾努力探索哪些维度影响着消费者感知到的质量。他们不仅努力识别这些维度，并且给这些维度分配权重。在一个理想的模型中，不同的质量维度应该构成一个涵盖广泛的综合体。在这个综合体中，通过一个或更多的维度能够解释各种质量感知的区别所在。模型也应该是具有普遍意义的，也就是说尽管不同的维度有不同的权重，但是对于一系列不同的服务部门都应该是合理的。此外这些维度应该是互不相关，或者至少它们衡量着服务质量的不同属性。这些维度也应该是同质的、明确的。最后，维度的数量应该有限。

从一开始我们就必须承认，满足所有上述标准的模型目前还不存在，不过，我们将描述一种似乎已经被普遍接受的模型——Servqual 模型。

Servqual 模型

Servqual 模型是由柏拉所罗门、泽特汉姆尔和贝瑞 [6] 发展出来的，并且已经有人提出将其作为一种质量衡量工具。最初研究者们列出 10 项服务质量维度：可靠性、响应性、能力、便利性、谦恭、沟通、可信性、安全性、理解或了解消费者以及有形体现。图表 7.1 对每个维度进行了定义并且给出相应的一些例子：

图表 7.1

服务质量的 10 个组成部分

（1）可靠性指行为的一致性和可依赖性。也意味组织执行已允诺服务的可信赖性和精确性的能力。涉及的特殊事例有：

- 坚持正确的记录。
- 在指定的时间提供服务。

（2）响应性指员工提供服务的积极肯干的程度。包括：

- 立即邮寄交易通知。
- 很快回复消费者的电话。
- 提供迅捷服务（如快速安排约会）。

（3）能力指拥有提供服务所需的技能和知识。如：

- 服务员工的知识和技巧。
- 支持组织运作的员工的知识和技巧。
- 组织的调查研究能力。

（4）便利性指可接近和容易联系。主要包括：

- 能够以电话方式很容易理解服务。
- 等待服务的时间不会过长。
- 经营时间的方便性和服务设施摆放的方便性。

（5）谦恭指与人交往的礼貌、尊重、细心和友好（包括接待员、电话员等）。例如：

- 为消费者的财物考虑。
- 清洁整齐的外表。

(6) 沟通包括以消费者能够理解的方式向消费者传达信息，并且同时做消费者的听众。这也许意味公司必须根据不同的消费者调整沟通方式。例如：

- 介绍所提供的服务和服务费用。
- 向消费者解释服务与费用之间如何权衡。
- 向消费者保证某问题将会被解决。

(7) 可信性指可信赖、可相信和诚实性。意味着在内心里要为消费者的最大利益着想。以下是对可信性有贡献的方面：

- 公司的名誉和声望。
- 对外联系人员的个性特征。

- 推销的程度。

(8) 安全性指摆脱危险、风险和不确定性。包括：

- 人身安全。
- 财产的安全和机密。

(9) 理解或了解消费者指努力了解消费者的需求。包括：

- 获悉消费者的特别要求。
- 给予个性化关心。

(10) 有形体现指服务的物质体现：

- 物质设施和人员的外貌。
- 服务的用具和器材。
- 服务的物质表现如塑料信用卡。

资料来源：Francis Buttle (1996), 'Servqual: review, critique, research agenda', *European Journal of Marketing*, Vol 30, No 1, pp.8–32.

上面这张列表是根据一组针对服务提供者和消费者的研究结果绘制的。后来研究者们发现沟通、能力、谦恭、可信性和安全性之间有十分密切的相关关系，因此将它们合并成一个维度，并称之为保证。与此类似，他们发现便利性和理解之间也高度相关，这两个维度也被合并为一个维度即移情。

这样就产生了著名的被广泛使用的服务质量的五个维度：

- 有形体现——实体工具、设备、人员和通讯材料的体现。
- 可信性——执行已允诺服务的可信赖性和精确性的能力。
- 响应性——帮助消费者和快速提供服务的主动程度。
- 保证——员工的知识和礼貌，以及他们传播信任和信心的能力。
- 移情——对消费者照顾，个性化的关心。

研究者们声称上述五个维度十分具有普遍性，能够适用于广泛范围内的服务部门。

在上述具有先导意义的工作之后，又有许多人曾经试图在多种多样的服务环境中能有同样的研究发现。一些研究者证实了这些研究发现以及这个服务质量测量模型。但是，大多数人却失败了。因为要找到同样的具有普遍性的五个维度特别困难，也就是说，柏拉所罗门的研究并没有考虑到各种各样的次维度。另外，这五个维度的全面性也并不总是能得到承认。换句话来讲，服务质量作为一个结构是否能够由这五个维度构成让人怀疑。一项研究表明 Servqual 模型中的维度可能特别适合于工业企业。[7]

对 Servqual 模型的维度的批评还涉及更多的基本方法问题，甚至概念问题，如在这些维度中存在着概念上的不一致。例如"有形体现"和"响应性"是两个完全不同的概念。有形体现是一整套服务的一部分，毫无疑问，有形体现的"质量"（外观、可用性、工作特性如舒适等）和人员的"质量"（外表、能力、关心等）一样影响着消费者的感知质量。同人员一样，有形体现不是一个质量维度，而是一个影响着诸如可靠性、可信性等质量维度的重要要素。另一个概念问题涉及这类质量维度的同质性。例如，我们很难理解一些维度之间如谦恭和能力怎么能够相互关联并且被划到一个属类中，因为这两个概念是如此不同。[8]

尽管有如此多的针对 Servqual 工具的批判，这个工具在多种服务业中已经被用于衡量服务质量，如医疗保健、零售连锁、银行、快餐等服务业都有采用。图表 7.2 是一个利用 Servqual 工具衡量某核医学门诊部服务质量的例子。

不同服务属性的相对重要性

柏拉所罗门及其同事也发现可信赖性在所有的服务背景中是最重要的质量维度。然后依次是责任心、保证、移情，最后是有形体现这个最不重要的维度。这个研究发现也遭到质疑。许多研究者都没有能够发现同样的结果。

约翰逊斯顿（Johnston）及其同事声称他们所提出的质量因素不具有普遍的重要性。[11] 不过他们发现各种维度能够被分成三类：一些维度属于起主导作用的满意因素；一些属于起主导作用的不满意因素；其他的则同时具有影响满意和不满意的作用。如果一个质量维度的实际执行情况或者消费者期望的特征没有出现导致了消费者不满意和消费者投诉行为，那么我们称它

图表 7.2

一个核医学门诊部的服务质量衡量 [9]

一项包含 22 个问题的调查在 2001 年被用来衡量病人所认知的服务质量。[10]总共 416 个病人收到了调查问卷，其中 259 份问卷被完成并返回（回答率 62%）。通过因素分析，很明显这些项目能够划归到五个质量维度中。在表 7.1 中显示了这些质量维度、每个维度包含的项目以及每个项目得分的均值和标准差，有四个项目由于遗漏值太多而在分析中被剔除。

当我们观察分析结果时，首先要注意的一点是，在这项调查中的质量维度与基本的 Servqual 框架有所不同。因为，一般认为不同的服务环境有不同的质量维度。

另一个注意的要点是这里只对消费者感知的质量进行了测量，而消费者期望质量故意没有测量,因为关于当消费者感知的质量已经测量之后再测量期望质量是否有价值存在着很多争议。

被调查的病人们给有形体现——保证和方便这两个维度最高分数。他们感知到营业时间的方便和工作人员对病人非常关心。得了最低分数的项目集中在响应性这个维度上。病人感知到他们没有得到即时服务,他们也不知道什么时候能接受服务。病人们在医院流动门诊面临的一个问题是候诊时间。要想更好地服务消费者，管理层必须对响应性这个维度给予更多关注。

表 7.1　核医学门诊部消费者感知质量测量结果

病人感知服务质量的项目分析	
维度的构成项目	感知质量的平均值和标准差 (SD)
有形体现——保证	
有最新式的设备	5.99 (SD=1.04)
实体设施赏心悦目	4.88 (SD=1.60)
员工外表整洁	6.13 (SD=0.91)
实体设施与服务合和谐	5.17 (SD=1.49)
为你解决问题时的真诚	5.99 (SD=1.07)
员工让你感到可信任	5.95 (SD=0.99)
员工给你一种安全感	6.08 (SD=0.93)
可信赖性	
履行承诺的事情	5.50 (SD=1.38)
在答应的有效时间内提供服务	5.35 (SD=1.56)
响应性	
随时告诉你何时提供服务	4.68 (SD=1.88)
提供立即性的服务	4.65 (SD=1.83)
员工提供帮助的心甘情愿	5.77 (SD=1.44)
从来不会因为太忙不回答你的问题	4.61 (SD=1.83)
移情	
给予特别关注	5.01 (SD=1.68)
员工给予私人关心	5.35 (SD=1.52)
员工理解你的特别要求	5.03 (SD=1.57)
方便	
方便于你的营业时间	5.65 (SD=1.41)
真心为你的最大利益考虑	5.90 (SD=1.40)
没有包括在分析中的项目	
员工在第一次就正确提供服务	
部门保持记录精确	
员工始终如一保持礼貌	
员工从大学医院得到足够支持	

资料来源：Stefanie De Man, Paul Gemmel, Peter Vlerick, Peter Van Rijk and Rudi Dierckx (2002) 'Patients' and personnel's perceptions of service quality and patient satisfaction in nuclear medicine', *European Journal of Nuclear Medicine and Molecular Imaging*.

为不满意因素，这类因素的较高水平是不会赢得消费者的称赞的。如果出现这样相反的情况：一个质量维度的高水平的实绩引起消费者强烈的满意感觉，而其低水平的实绩并不一定造成负面感觉，则称其为满意因素。例如，在一个关于银行的研究中，人们发现细心周到、关怀爱护和友好待人是满意因素，而正直、可信赖、易得性和服务功能等为不满意因素。责任心既是满意因素也是不满意因素。

将消费者满意度衡量与其他消费者反馈结合

人们常犯的一个错误是将消费者满意度衡量同所有其他的消费者反馈隔离开来，孤立对待。如果首要的目标是改进方案，那么将其他各种信息资源加以利用会取得最好的结果。满意度衡量几乎不能揭示某一个水平的消费者满意的潜在驱动因素或者直接原因。如果15%的消费者对船上的供餐评价很低，仅仅利用统计数据是很难鉴别真正原因的；与此类似，如果15%的消费者对供餐感到愉快，其原因也是不明确的。

利用其他消费者反馈信息能够很好地揭示原因所在。

1. 公司收到的消费者投诉与表扬。一切投诉或者表扬都将有助于解释什么是可能的满意因素和不满意因素。对于不同的组织单位，一方面，将投诉与表扬进行对比，另一方面借助于满意度得分能够非常好地揭示原因（本章将进一步讨论消费者投诉以及对表扬进行简要论述）。

2. 调用服务承诺。邀请消费者让他们解释为什么请求给予服务承诺，并且将这些解释与消费者满意评分结合起来分析，就能够更精确地洞察消费者满意评分潜在的驱动因素。本书又单独安排一章来讨论服务承诺这个题目（见第8章）。

3. 消费群体和定性市场调查。请求消费者明确讨论优点和不足，以及他们喜欢什么，不喜欢什么。这样能够以更为定性的方式获取有价值的信息。

4. 一线员工。显然，在评估需要改进的领域是什么或者最不需要改进的是什么时，一线员工能够提供非常有用的信息。

综合框架

将上述各方面加以综合考虑，我们能够建立有关消费者满意绩效评估的调查内容的计划。

1. 组织的战略绩效评估。与这些战略性绩效评估有关的问题提供了将在组织的平衡计分卡（将在第18章讨论）中使用的关于消费者满意度的数据。这些问题应该是以统一形式提出的而且是涉及较长时期的问题。

2. 组织单位的战略绩效评估。被评估的组织单位也有自己的战略绩效评估。之所以称为是战略性的是因为它们反映了组织单位的核心活动、功能和过程。这些问题也应该是以统一形式提出而且涉及较长时期。这些组织单位的战略绩效评估至少在部分上与整个组织的战略绩效评估一致。不过，它们通常更为详细，反映了服务的更多属性。

3. 与改进方案有关的评估。战略绩效评估可能会引发有关服务特定属性的改进方案。为了监控改进方案的效果，应该将一些暂时性的更为细致的有关改进方案及其涉及的特定服务属性的战略绩效评估包括进去。考虑到不同的组织单位的改进方案可能不同，这些临时性的战略绩效评估也应该反映这些区别。

4. 评定竞争者绩效的评估（可选择）。这类战略绩效评估应该只包括关于组织在与对手进行竞争中做得如何这样的问题。一些临时性的评估对这些有关竞争的问题没有益处，因为回答者将提供过于繁琐的信息。

5. 评定服务的不同的属性的相对重要性的评估。（可选择）如前所述，在特定情形下，间接地评估有关服务属性的相对重要性是有可能也是明智的。

6. 可自由回答的问题。为了以一种更为定性的方式澄清真实的分数应该将这类问题包括进去。这些问题对于战略绩效评估较为笼统的措辞是一种补偿，特别是在如果没有为这个特定的绩效评估设计改进方案的情况下更是如此。例如，如果只询问一个关于航班服务员服务的普通问题，那么"你希望在将来哪些方面能够做得更好一些"这样一个自由回答问题也许会产生一些额外信息，能够揭示在此服务中产生的不满意的本质或其原因。而且对有关每个服务属性的更为详细的问题的缺乏是一种补偿。这样可以使问题的数量减少一些。

7. 针对回答者的问题。这些问题有很大的价值，调查者能够根据这些问题按照回答者的购买者/使用者的社会地位和社会统计特征对回答者进行划分。

如果遵循这个框架最终会导致调查中包括的问题太多。因此可以选择其中的一些问题，也就是说不用在所有的调查中都包括所有这些问题。例如，在有关服务属性的相对重要性的调查中使用 50%的上述问题是可以的，而在关于竞争的绩效衡量中可以从另外一半问题中进行选择。这种方法有一个缺点就是应该保证回答者的数量是问题数量的二倍。这就意味着或者将样本规模增加一倍，否则在衡量中对最小单位的分析可能不能产生具有统计意义的结果。

投诉管理

引言

著名的荷兰歌唱家范妮莎乘某航班公务舱从库拉索岛飞往荷兰。当她为丈夫要一份葡萄酒，为自己要一份番茄汁和少许巴斯科辣椒时，航班服务员回复说巴斯科辣椒和葡萄酒只有在头等舱才能获取，他不能违反规定。引起一阵骚动之后，服务员又大声说既然她买不起头等舱机票就不能享用头等舱的饮料。当航班高层管理者得知这件事后，他们向歌唱家道歉并送来一瓶葡萄酒和一瓶辣椒。然而与此同时又通告服务员这个规定仍然不变。[12]

本章后面的部分将涉及如何管理消费者投诉，即投诉管理系统的建立。在继续讨论如何建立系统的消费者投诉处理程序之前我们将讨论降低消费者投诉门槛的好处和快速恰当反应的重要性。在最后探索如何利用消费者投诉为改进方案指明方向以及投诉如何影响组织对消费者的定位。

为什么管理投诉?

上述的事例也许没有被国际新闻媒体当成炒作的材料,然而它却充分说明了投诉的重要性以及如何处理投诉。

- 保持消费者。既然投诉表明了消费者的不满意,那么组织处理投诉的方式就取决于组织是想留住投诉的消费者还是放弃这些消费者。此外,由于消费者不满意很可能会导致对公司有负面影响的抱怨的传播,公司处于危险中的收益要比投诉消费者带来的收益多。

- 持续改进。如果服务过失对于消费者来讲很重要,他们会不怕麻烦进行投诉。因此,投诉提供了关于什么对消费者最重要以及特定服务过失出现的次数的有价值的信息。一次投诉就是一份珍宝,因为它提供了组织进行学习和持续改进的机会。

- 建立一个关注消费者的组织。高层管理者处理投诉的方式向全体员工表明考虑消费者满意和消费者保持很重要。

生产与消费的同时性导致服务过失的产生,进而产生不满意的消费者和(或)投诉的消费者,甚至可能不仅仅如此。造成的结果自然是消费者转向其他组织的服务。著名的技术辅助研究计划(TARP)的调查表明,经历过服务过失的消费者中,表示一定(可能)再次购买(向他人推荐)的消费者的比例大大低于没有经历过服务过失的消费者中这类人的比例(见图7.2)。[13]

在服务业中对投诉的处理是一个更加困难的管理问题。因为高达90%的消费者会直接向提供给他们服务的员工投诉,所以组织不应该仅限于对一个主要的消费者服务部门进行投诉处理

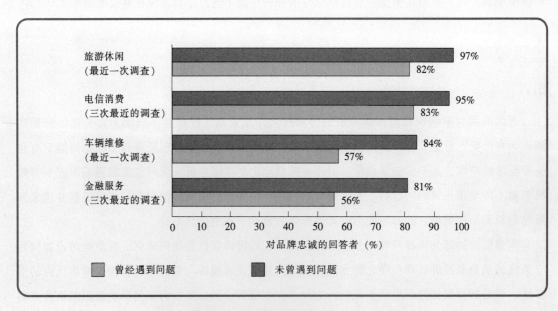

图7.2 不同服务部门中对品牌忠诚的消费者的百分比 [14]

资料来源:TARP (1986) *Consumer Complaint Handling in America: An update study.* United States Office of Consumer Affairs.

技巧的培训，而应该对所有与消费者接触的员工进行培训。

最后，组织潜在的损失远远超出流失不满意消费者的损失。一个抱怨的消费者口头传播的坏消息可能是满意消费者传播好信息的两倍。

所有这些问题都应该引起服务组织对投诉的重视和对投诉管理的系统化。

降低投诉门槛

投诉管理的第一步是鼓励不满意消费者进行投诉。如果他们不投诉，服务提供者就不知道现有的消费者不满意，进而也就失去了进行服务恢复的机会。那些不进行投诉的不满意消费者可能会"用脚投票"，转向另外一个服务提供者。几项研究已经揭示真正进行投诉的消费者仅仅是"冰山一角"。在不同的研究中投诉的提交率仅有9%这么多。因此投诉管理的目标之一是使投诉的数量最大化（而使实际服务问题的数量最小化）。

确实已有研究表明在遇到过服务问题的消费者中，投诉者比非投诉者更有可能重复购买，即使投诉并没有完全得到解决。同样的技术辅助研究计划很清楚地说明了这一点（见图7.3）。

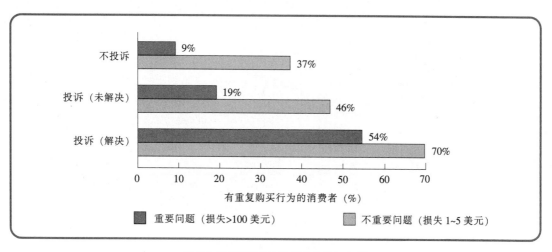

图 7.3 不满意消费者的重复购买行为 [16]

资料来源：TARP （1986） *Consumer Complaint Handling in America: An update study.* United States Office of Consumer Affairs.

遇到过服务问题的消费者是否投诉取决于多个因素：

- 问题的特征。消费者更有可能对一些严重的问题和（潜在的）财务损失较大的问题投诉。这在一定程度上受商品或服务的类型、所涉及的事物和消费者的阅历的影响。
- 消费者的特征。那些社交活跃、对产品质量下滑敏感以及之前有一定经验（主要是和其他公司）的自以为是和自信的人们更有可能投诉。虽然平均来看投诉者都有较高收入，相对年轻，受过良好教育以及拥有较高的职业身份，但社会人口特点仍然是次重要的因素。
- 预期的赔偿。消费者也会在投诉的麻烦和预期的成果之间进行权衡。如果消费者知道在哪里投诉，如何投诉，相信投诉能够得到回应，并且预期投诉的结果具有价值，那么投诉的提交率会大大提高。

- 投诉的门槛高度。门槛的高度是由在投诉中消费者感知到的身体、情绪或金钱上的烦恼（或鼓励）的程度共同构成的。

服务企业应该通过提高消费者对补偿的期望值和降低投诉门槛来鼓励多数沉默的不满意消费者表达自己。降低投诉门槛的最普通的方式如下：

1. 设立消费者与组织进行接触的明确通道；或者

2. 不管消费者是否遇到问题也主动地邀请他们进行投诉。

1996 年在比利时的 350 家服务公司中进行的一项调查研究 [17] 表明消费者投诉卡片和调查是最普遍采用的方法（见图 7.4）。然而让人感到震惊的是，超过三分之一的公司没有采用任何方法降低投诉的门槛。

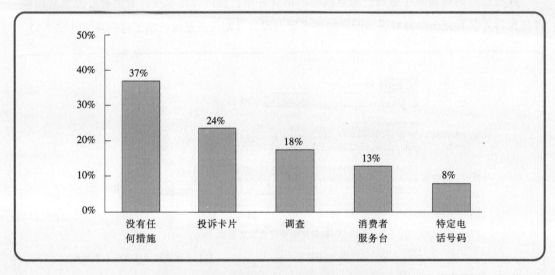

图 7.4 服务组织使用的降低投诉门槛的各种方法的比例

消费者与组织接触的通道

设立一个可以免费拨通号码的呼叫中心，这是一种选择。还有其他一些选择，如在旅馆的房间里或餐馆的桌子上放置投诉卡片，员工主动去拜访消费者，做一些符号和欢迎辞指导消费者到投诉处理办公室，另外在店铺里处理简单的投诉也是一种非常有效率的方式。

主动邀请消费者有所反应

不管消费者是否遇到服务问题，他们也可能会被主动邀请有所反应。例如比利时梅塞德斯（Mercedes）在它的消费者满意调查中明确询问消费者是否遇到服务问题。如果消费者希望梅塞德斯能与他们联系，考虑他们所遇到的服务问题或者需要解答的疑问或者他们关注的一些事情，梅塞德斯则让他们填写自己的姓名和联系方式。

类似地，比利时兰克施乐给所有的消费者发送卡片，鼓励他们进行投诉。大约 2.5% 的消费者返回了卡片。其中将近 80% 的回答者是投诉消费者，而他们在此之前并没有投诉过。其余 20% 的回答者中部分是兰克施乐已知道的现有的投诉消费者，部分是询问为什么会收到这种卡片的消费者，因为他们基本上是满意的。

过于明确地向消费者恳求投诉有可能引发本来不会存在的投诉。有时管理者担心消费者可能会变得在一些琐碎的事项上要求过多。他们认为应该不惜代价地避免对次要问题的投诉的刺激。既然这些问题是不重要的，可以把没有投诉的消费者看作是满意的；一旦消费者对这些问题进行投诉，他们就期望能够得到恰当的解决。如果投诉没有得到恰当的解决，这些消费者会变得比原来没有投诉时更加不满意。简言之，经理们认为在出现不重要的小问题情况下应该"莫惹是非"。没有真的实验证据来证明这种担心的正确性。技术辅助研究计划的研究表明一个不满意的非投诉消费者要比一个没有收到恰当反应的不满意的投诉消费者忠诚得多。但是，另一方面，一个收到恰当反应的投诉者会变得非常忠诚。[18]

这种现象有时被称作挫折效应，即如果结果是积极的，则情感的表达能够提高满意程度，但是如果结果是消极的，就会产生更高程度的不满意。

因为把焦点放在一些负面问题上会鼓励对组织的消极感知的产生，所以公司实行恳求投诉有下降趋势。鉴于此邀请消费者投诉通常要以一种更加策略的方式进行。例如投诉处理部门改名为"消费者服务"，从而避免给外界留下一个不得不处理大量投诉事件的不可信赖的公司形象。与此类似，投诉卡片常常被称为建议或消费者反馈卡片。另外一个更为策略的做法是不仅提供给消费者投诉的机会也给他们表扬的机会。

快速反应

消费者对投诉处理的满意或者不满意的关键在于组织对投诉的回应时间。一项正规调查表明只有 8% 的德国人愿意在提请投诉之后的一周内等待答复。[19] 因此只有通过快速反应才能获得消费者对投诉处理的满意。有几个要素有助于实现快速反应：

- 预期投诉。
- 授权与一线员工。
- 确认收到投诉。
- 安排路线。
- 区分优先顺序。

预期

如果服务提供者意识到某个问题以同一种方式影响着一些消费者,就能够通过预期投诉增加服务恢复的机会。在这些消费者与公司进行联系之前公司主动与他们进行联系。这样做不仅有益于及时采取措施，而且在服务恢复努力中考虑到了潜在的非投诉消费者。预期投诉对于如下几种情形尤其恰当和可行：

- 新型服务。新型服务的消费者背叛的可能性远大于已有服务的消费者背叛的可能性。例如 1995 年新的布鲁塞尔航空集散站开通时，极其复杂和全自动化的行李处理系统不适合于其他小型航站发行的行李标签。结果那些行李不能自动从行李传送带上移开，而只能借助于人工，消费者要等上一小时是常事。经营者应该能够预期到这些问题，如果的确如此也就能够避免大批消费者的愤怒。

- 复发问题。通过追踪所有投诉的本质和发生次数，组织能够评定哪些问题值得采用标准化解决方法。例如，航空公司出现丢失或损坏行李的事件如此频繁，以至于所有的经营者在法律上一致同意给予标准水平的赔偿。

- 可预见的问题。20 年前，我们要在立陶宛开一个培训研究会，已经订好从布鲁塞尔到哥本哈根的机票，在那里将换乘一架斯堪的纳维亚航空公司（以下简称 SAS）班机去往维尔纽斯。不幸的是，布鲁塞尔到哥本哈根的航班晚点。最坏的情况是恐怕我们会错过转乘的飞机而且将晚到会议 24 小时。最好的情况是希望我们能够改换航班以赶上在哥本哈根转乘的飞机，但是我们的行李是无论如何也不能准时到达的。然而航班乘务员已经向 SAS 预告了我们的麻烦问题，而且让我们感到非常吃惊的是，一个 SAS 雇员正在大门处等着我们。他把我们带到停机坪上的一辆车上，问我们行李是什么样的，并把行李从飞机上找到。然后他驱车送我们到转乘的飞机，这时其他消费者已经在陆续登机。雇员打了一个电话，并把我们的行李放到传送带上装载上飞机。最后，他向我们道歉，因为来不及为我们找登机通道，以至于我们必须在车里一直等到其他消费者都登机完毕。

授权一线员工

我们将在第 12 章讨论授权的问题。授权意味着给服务员工足够的权力，使他们处理无法预料的情形如投诉。

确认收到投诉

尽管即刻解决投诉更好，但是有时找到一个解决方案并决定恰当的赔偿可能要花很多时间。在那些情况下，通知消费者公司已经收到他的投诉并且正在处理是至关重要的。理想的确认是向投诉者详细说明处理投诉的人的姓名和电话号码以及可望得到最后答复的最终期限。

美国《广告时代》[20] 进行了一项实验。26 家汽车公司收到了同样的投诉信。只有 2 家公司在一星期内设法解决，15 家公司在第二个星期有所反应，而 7 家公司根本没有任何反应。这个结果得到了我们在 1996 年 1 月份目击的一个实验的支持。

我们的一个学生向 80 家公司发送了作为诱饵的投诉信，然后非常细心地监督这些公司如何作出反应。[21] 图 7.5 给出了关于这些公司反应迟滞的总的看法。六个星期后 29% 的公司没

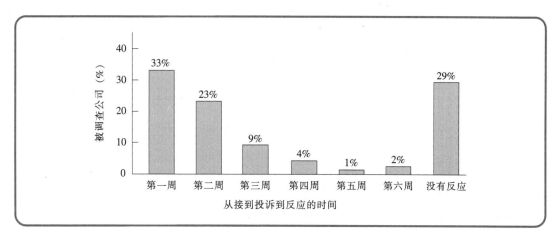

图 7.5 公司对投诉作出反应所花费的时间

有作出任何反应，只有三分之一的公司在一周内进行了答复。这个结果与我的一个荷兰朋友的经历形成鲜明对照。他将一封投诉信寄给麦当劳的荷兰子公司的总部，第二天就收到了回应电话。这个电话是发生事情的那个餐馆的经理回复的。当经理获悉确实发生的事情后，征求投诉者意见，问他为了方便起见是否愿意接受一次免费餐的优惠券作为补偿。之后的第二天优惠券就邮寄到了。

最快的反应方式是打电话。在图 7.5 标明的调查只有 28% 的反应是通过电话进行的。三分之二的反应是通过邮局，而 5% 的公司真正派出一名销售代表。有趣的是大约三分之一的电话反应是在不知道投诉者没有在信中留下电话号码的情况下进行的。这表明一些公司已经开始不辞辛苦地做自我检查。

安排路径和区分投诉的优先次序

服务的生产和消费的同时性使组织内部任何一个层级的人都能收到投诉。因此，即使组织授权给一线员工而且尽可能多地预期投诉，收到投诉的人也并非总是能够处理这些问题。在那些情况下，当投诉最后被传递到不得不解决它的人或部门时已经浪费了大量时间。此外，对于某些投诉应该给予优先考虑，所以不同投诉的安排程序不同。

确定一个投诉是否应该得到优先安排权的准则是看其是否为处于危险中的收益，主要由以下几个因素决定：

- 问题的特征。出现的问题越严重消费者转向其他服务提供者的可能性越大。另外，曾经经历过严重服务问题的消费者通常要求更多。因此对这类投诉优先对待也许是正当的。
- 消费者的特征。重要消费者相对于不太重要的消费者能够带来更多的销售额和利润。所以重要消费者的投诉值得优先处理。
- 投诉者的预期行为。不仅转向其他服务的消费者本身会产生收益损失，而且他们制造的消极的口头广告和（或者）招致的诉讼费用也会给组织带来收益损失。通常对那些会带来新闻曝光、找消费者协会或者诉诸法律等威胁的投诉要优先安排解决。

另外，建立起关于如何处理严重性投诉的指导性说明是非常重要的。对那些非常严重的投诉的处理方法通常不同于传统的投诉处理系统所采用的方法。有一些组织教导一线员工将非常严重的投诉通报给上级主管。

实际反应

投诉者不仅需要组织的快速反应，而且也期望得到恰当的补偿。消费者通常按以下三个准则判断补偿是否适当：

- 赔偿。消费者期望组织能就他们所遇到的或所经历的问题给予赔偿。
- 真诚。组织应该关心消费者及其所遇到的问题，消费者需要组织认真对待他们。
- 后续工作。如果组织在处理投诉之后鼓励消费者提供反馈，则消费者对于投诉处理的满意度将会提高。

赔偿

组织准予赔偿时要在赔偿给组织带来的成本和收益与赔偿对于消费者的公正之间进行权衡。

组织的成本与收益

组织准予赔偿是为了保持消费者和避免消极的口头广告。因此赔偿总是应该小于收益损失。评估收益损失可能需要评估投诉者的生存期价值（见第 4 章和第 6 章）。对重要消费者的赔偿要高于对一般消费者的赔偿。

为了阐释这个问题，我们可以看一个例子。家具商店收到一个关于崭新的皮制睡椅上有划痕的投诉。如果这个投诉消费者想要一个新的睡椅，那么这个消费者将来的购买是不太可能补偿家具店这张新睡椅的成本。因此家具店不可能给这个消费者新睡椅，但是商店会为消费者修复好有划痕的睡椅。然而在某些情况下，公司应该为消费者换掉这张睡椅，因为公司也应该考虑消极口头广告的成本。无可否认，评估这种成本要困难得多。

对消费者的公平性

遇到了服务问题的投诉者想要得到赔偿，而且这个赔偿必须能让他感到是公正的。图 7.6 列示出一些赔偿类型和公司使用这些赔偿手段的频率。[22]

确立一个公正的赔偿并不容易，特别是当投诉涉及不到钱时更是如此。另外，对于各种服务来讲，并非总是能够选择重做或修理。例如，如果一次用餐让消费者不满意，那么餐馆可以不收费，但是如果同样的问题发生在飞机上又怎么样呢？退还全部费用给消费者就属于过度赔偿。什么是公正的赔偿？

对一些不太重要的投诉，很多公司可能只想进行道歉。但是如果道歉之后没有切实的结果，

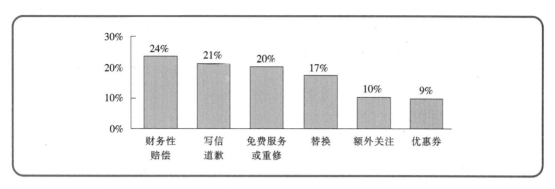

图 7.6 服务组织使用的赔偿类型

这只会让消费者感觉是不真诚的表现。因此建议向不重要的投诉消费者提供象征性的赔偿。

例如，两年前我们向一次培训会议的参与者邮寄了个案研究。由于一些特殊原因造成包裹上的邮票价值不足，因此这些会议参与者必须付足不到一个欧元的邮资。我们担心如果把钱还给他们会把事情弄糟，因为钱的数量微不足道，归还这点钱可能会冒犯一些人，而且我们不想仅仅用这种方式表示歉意。后来，我们决定制作一些看起来如同巨大邮票的优惠购物券，这些"邮票"的面值代表了我们对自己的罚款。最后一天我们把这些优惠购物券分发给会议参与者，并解释我们为给他们带来的不便表示赔偿，他们可以用这些购物券去享受酒吧的免费饮料。这种表示得到他们的感激，因为他们明白我们不辞辛苦制作了这些购物券。

对于一些较为严厉的投诉，发行一些只有服务提供者才能兑现的优惠购物券能够提供高于退付方式的利益，因为消费者必须再次使用公司的服务以兑现购物券。此外优惠券给公司带来的成本通常低于实际的退付成本。也许消费者们发现财务赔偿是最公正的解决方案。

在判断赔偿的公正性时，考虑消费者经历的不便也是重要的。如果一个消费者的衣服在餐馆里被染污，仅仅赔偿干洗这些衣服的花费不能够弥补洗这些衣服所花的时间和努力。另外，表示道歉如在财物赔偿之外免费赠送一瓶饮料能够起到奇妙的效果。

由于收益损失不同，如果消费者得到不同的赔偿可能会感到不公平。总的来说，如果消费者相信赔偿提供者是按照公司的程序办事而且没有给哪一个消费者特别恩惠，那么他们会认为得到了公平对待。

最后要考虑的一点是准予赔偿不应该受消费者是否有理的影响。如果消费者感到是销售者的过错就会想要得到赔偿。销售者可能会努力说服消费者这不是他的责任，但是如果销售者的说服不成功，消费者就会产生不满。另外，管理层的决策也要以组织的成本效益权衡为指导。对于一个不合理投诉的赔偿也许会保留一个否则就会流失的消费者。

真诚

如果一个组织以 0.1%的出错率运转，意味着每 1 000 个消费者中有一个消费者会遇到服务问题。然而这一个消费者所感觉到的是百分之百的出错率。这个 0.1%的统计数据不能让人十分信服。那个消费者期望公司真诚而富有同情心地解决这个特别问题。这不是一个简单的努力行为。每一个消费者都认为自己的问题是独特的，而且应该优先得到解决。而投诉处理者可能认为这是一个常规情况，或者甚至认为这是一个非常特殊的情况因而可能忽略。因此，组织如何处理消费者投诉，是在特定的消费者服务部门内进行还是由一线员工处理，是一个组织问题。

一线员工

一线员工应该掌握对付愤怒的消费者的社交技巧。这些社交技巧部分是与生俱来，部分是通过培训得以发展的。因此，社交技巧是在招聘一线员工时的一个挑选准则。进一步培养这些技巧的最好方法是模拟真实情景和角色扮演。例如荷兰皇家航空公司在全世界为其员工组织了实习班，以提高各项技巧如创造性和沟通技巧。全体乘务员模拟真实情景，并将角色的表演录制下来事后讨论。

专门的投诉处理者

那些需要处理大量消费者投诉的组织设立了专门的投诉处理部门，与一线员工分开。在这些投诉处理部门工作的投诉处理者不仅要拥有上面所提到的所有技能，而且他们还要有额外的技术技能。他们应该对整个组织，对传递给消费者的服务，对存在于整个服务传递系统中的过程都有一个清晰的认识。

例如地中海俱乐部酒店的投诉处理需要有关各部门如运输、销售与市场部门的信息，也包括有关当地乡村的信息。因此答复消费者投诉需要对整个地中海俱乐部酒店的运营有一个广泛的理解。在地中海俱乐部酒店，是通过工作轮换达到这个目标的。 [23]

总体来看工作轮换是有用的方法，因为大多数投诉处理者工作几年后都会忍受着精力耗尽的痛苦，并且已经形成对公司的非常消极的印象。在英国航空公司人们在投诉处理部门工作的时间最多不超过两年。工作轮换对保持投诉处理的质量是必不可少的。投诉处理者工作几年后再转移到其他部门也提高了公司整体上的对消费者问题的敏感。替换这类人员的更好的做法是通过公司内部招募，因为这项工作需要了解公司的整体运营。

在技术的和社交的技巧之间找到平衡点很重要。在比利时旅游业中进行的一项调查表明，8 个公司中有 7 个在它们的投诉处理部门仅仅安排了律师作为职员。这标志着其对投诉处理持一种自我保护和好辩的态度。 [24]

既然投诉处理中的服务非常重要，而且对投诉处理的要求又极为苛刻，就只有通过雇佣高品质的人员来达到目标。因此一些组织发现将投诉处理看做晋升的台阶是一种非常有效的吸引和确保高质量员工的手段。

集中还是分散接收和处理投诉

一个组织并非总是能够控制投诉的接受地点，因为这将由消费者作出决定。不过组织可以引导消费者作出决定。可以在当地接受投诉（当地的机构或商店里），由一线员工或者消费者服务员工受理，或者集中由消费者处理办公室受理。因此，在这里一个重要决策是应该鼓励消费者到中心处理部门投诉还是向提供服务的一线员工投诉。同样将消费者的问题委托给一个中心部门的专家还是尽量委派一线员工代表来解决也是一个重要决策。

收集投诉

将投诉集中起来能够加强控制。记录、分类和追踪投诉的处理更加容易。此外，在口头投诉情形下，将沟通工作委托给在处理愤怒消费者方面受过培训的专家能够产生更好的服务质量，也有助于降低投诉的门槛。例如，消费者可能不愿意将消费者投诉卡片投进餐馆或商店里面的意见箱，更喜欢将卡片邮寄到一个中心地址。此外，将投诉直接提交给中心处理部门也满足了大多数消费者想向高级的权威机构投诉的愿望。

那些需要面对很多投诉的组织有时候成立专门的消费者服务台。这些服务台给消费者在当地进行投诉提供了鼓动，同时也向消费者提供了投诉处理专家。

解决投诉

正如已经讨论过的，由专家处理消费者投诉能够带来好处，即专家有对组织运营的广阔的视野和更好的技能。然而也有一些不利之处。这些"专家"经常要找来一线员工让他们说明消费者的背景以及调查确实发生了什么事情，这样做可能造成不必要的耽搁。而让一线员工自己处理消费者投诉能够让他们更深切地意识到传递良好质量服务的重要性。所以将投诉处理特别是将一些不严重的问题的处理移交给一线员工是有道理的。如果投诉是严重的，则建议由中心部门来处理。另一个集权的原因是很多投诉非常相似，这就允许采用标准化处理方式以实现大规模处理带来的经济节约。

由此可能存在四种可行的方案（见图7.7）。在某些情况下，这四种方案在一个组织内部同时出现，不过通常一种情形或某一种投诉处理类型占主导地位。

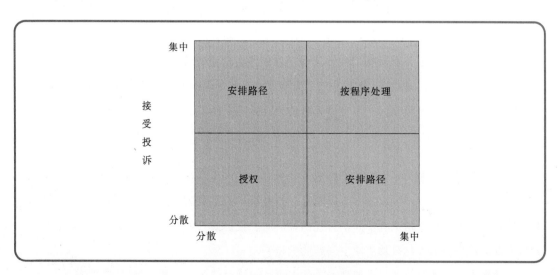

图7.7 集中与分散接收和处理投诉

后续工作

不是所有消费者都对投诉处理的方式很满意。所以当组织给予消费者赔偿之后，通过增加某种后续工作努力加大服务恢复成果。向消费者发送关于服务恢复的通知。此外，衡量消费者对投诉处理的满意的程度将有助于调整投诉处理程序本身。投诉的后续工作可以是详尽的也可以是选择性的。收到大量投诉的公司有时只对最为严重的投诉或者集中接受的投诉增加后续工作。投诉处理的后续工作有如下几种方式：

1. 首要的后续工作包括在投诉处理之后打电话或写信给消费者，提醒他的投诉是如何处理的以及实际的赔偿是什么。提醒消费者能够提高消费者忠诚度，特别是如果投诉处理得非常快速和（或）赔偿让消费者感觉到是非常公正的情况下更是如此。这种类型的后续工作应该努力去探知现在的一切是否符合消费者的愿望。如果是这样，提醒消费者是有效果的，否则组织就要付出第二次服务恢复的努力。

2. 一个更有力度的做法是在一定程度上根据消费者的投诉性质与消费者进行沟通，让消费者得知组织已经采取纠正措施防止类似服务问题再次发生。这样做不但会产生消费者对组织更大的专注，而且给消费者一个更加深刻的不断努力提高服务质量的良好公司形象，也许能够获得消费者更高的忠诚度和积极的口头宣传。

3. 最后一个选择是衡量消费者对投诉被处理方式的满意情况。这样又一次鉴别出不满意消费者，使组织再次努力进行服务恢复。此外消费者可能会认为衡量工作是组织关心消费者、关注消费者投诉的一种表现。因为考虑到关于投诉处理过程的满意与全面消费者满意之间的对照，这个选择也是很有趣的。

设计投诉处理系统

许多服务组织根据特别的依据处理投诉。无论何时接到一个投诉，它们都进一步查明真相然后处理这个投诉，没有遵循任何清晰的程序。这种方法有两个主要的缺点：

1. 同样的投诉可能没有得到同样的处理。这也许会让消费者感到组织的不协调和紊乱。

2. 在投诉处理过程的合时、效率和效力方面没有任何学习改进，而不断重复着同样的工作。

因此我们建议公司建立起一个全面综合的投诉处理系统。

追溯根本原因

投诉管理不仅仅是为了保持住不满意消费者和避免产生消极口头宣传而对个人投诉的简单处理。投诉也应该激发产生改进方案以消除导致投诉的根本原因。当一个投诉涉及的事件对消费者是如此重要以至于消费者不辞辛苦提出投诉时，投诉对公司来讲尤其有价值。这就解释了为什么投诉数量的最大化有助于减少问题的数量。

追溯根本原因涉及扩展投诉处理安排的事项，这通过三个主要的步骤进行：

- 根据投诉的本质进行分类。
- 分析收益损失。
- 执行改进方案。

建立以消费者为导向的组织

任何投诉管理体系的最终目标是建立起以消费者为导向的组织。组织对待投诉者的方式更是其如何对消费者进行定位的征兆。组织的消费者定位实际上强有力地影响着组织文化，因为它是一种信号，让全体员工明白高层管理者把什么放在第一位和关注的事情是什么。

因此组织的管理体系应该包括下面的投诉处理绩效评估：

- 投诉的数量、投诉与表扬的比率和（或）限于那些集中收到的投诉的比率。
- 处理投诉的速度，通常以投诉处理所需的平均天数以及超过平均天数的投诉的百分比表示。
- 消费者对投诉处理过程的满意。
- 从投诉分析中产生的（成功的）改进方案的数量。

通过在董事会议上讨论这些统计数据，并发表在年度报告中或者内部刊物上，以及把那些处理消费者投诉成绩卓著的员工评选为"最佳员工"，投诉管理将在整个组织内部得到认真对待。

通过与图表 7.3 的鲜明对照，一个航空公司服务员告诉我们他们公司的管理层对她处理投诉的方式如何作出反应。尽管她应该被授予对消费者进行补偿的权力，但是她非常不情愿这样。主要原因是在以前的两次场合中，当她给消费者发放了优惠券后，她的主管向她要了一份关于事件的确切情况的详细报告。她期待着因为向消费者提供了良好服务而得到赞扬。但是结果她感到她不得不保护她自己。

另外高级管理层监督由每个小组发行的优惠券的数量。各组的优惠券若发行太少，则或者

图表 7.3

整个公司都介入

荷兰惠普使用投诉卡片的方法是达到这个目标的一个很好的例子。其所有的消费者都收到一张黄色卡片，上面写着：

我给惠普这张黄色卡片是因为我不满意。请与我联系。

卡片必须被返回来交给总经理看。让员工和消费者都感到非常惊讶的是，董事会的成员轮流给投诉的消费者打了电话。消费者既惊讶又兴奋，而且一些消费者立即解释说这个问题并没有重要到需要董事介入的程度。

这件事对员工的影响更深刻。如果投诉重要到值得最高管理层花费时间和给予关注，那么的确所有的员工都应该将消费者投诉看做需要优先解决的事情。

说明达到了经营无差错的状态（不可能），或者说明在对消费者进行赔偿方面过于严格。

结论

本章以一个综合的服务满意框架为基础，集中讨论了与服务满意有关的两个方面：衡量消费者满意度和处理消费者投诉。

衡量消费者满意度（以及遵照衡量结果行动）受益于基准的确立。建立一个消费者满意度衡量系统时需要考虑的其他至关重要的问题是决定衡量谁的满意度以及考虑谁的绩效。借助于一些指导性原则来解决这些问题时，首先要考虑衡量的究竟是什么：全面满意、消费者忠诚度和推荐以及对服务特定属性的衡量。为了制定一个可行的行动步骤，收集有关竞争者的消费者数据或许也是很有趣的事，将这些发现与不同的片断联系起来，并与其他（消费者的）信息进行整合。同样，本章给出如何让本组织的消费者满意度衡量系统运作的计划。

在本章中，我们也全面地考虑了为什么要管理消费者投诉以及如何管理。服务的同时性和口头广告的重要性使投诉管理对于服务业尤其重要。设计一个适当的投诉管理方案包括：降低投诉门槛，快速反应，给出恰当反应以及投诉处理系统化。投诉管理的最终目标是通过追溯投诉的根本原因和改进服务创造一个更高程度的消费者导向的服务型组织。

复习和讨论题

- 根据图表 7.1 服务质量的 10 个组成部分列表，讨论这些组成部分在一个特定服务环境中（如餐馆、银行或者邮局）意味着什么内容。
- 在核医学流动门诊部案例中（图表 7.2），谁是真正的消费者？目前的这种衡量消费者满意度的方法是否是一个恰当的方法？你是否应该使用其他消费者反馈绩效衡量？
- 为什么以一个系统化的方式记录消费者投诉是很重要的？
- 在投诉处理和和履行服务承诺（见下一章）方面有一些常见的争论点。通过阅读下一章识别这些常见的争论点。

注释和参考资料

[1] Caruana, A., Money, A. H. and Berthon, P. R. (2000) 'Service quality and satisfaction–the moderating role of value', *European Journal of Marketing,* Vol 34, No 11/12, 1338–53.

[2] Ibid.

[3] Parasuraman, A., Zeithaml, V. A. and Berry, L. L. (1985) 'A conceptual model of Service quality and its implications for Future Research'. *Journal of Marketing,* Vol 49, 41–50.

[4] Zeithaml, V. A., Berry, L. L. and Parasuraman, A. (1998) 'Communication and Control processes

in the delivery of service quality', *Journal of Marketing,* Vol 52, Apr, 35–48.

[5] See Chapter 18 for more details on these techniques.

[6] Parasuraman, A., Zeithaml, V. A. and Berry, L. L. (1985)'A conceptual model of service quality and implications for further research', *Journal of Marketing,* Vol 49, Fall, 45–50; and Parasuraman, A., Zeithaml, V. A. and Berry, L. L. (1988) 'Servqual: A multiple item scale for measuring consumer perceptions of service quality', *Journal of Retailing,* Spring, 22–40.

[7] Asubonteng, P., McCleary, K. J. and Swan, J. E. (1996) 'SERVQUAL revisited: a critical review of service quality', *The Journal of Services Marketing,* Vol 10, No 6, 62–81.

[8] For a further critical review of Servqual, see Buttle, F. (1996) 'Servqual: review, critique, research agenda', *European Journal of Marketing,* Vol 30, No 1, 8–32.

[9] De Man, S., Gemmel, P., Vlerick, P., Van Rijk, P. and Dierckx, R. (2002) 'Patients'and personnel's perceptions of service quality and patient satisfaction in nuclear medicine', *European Journal of Nuclear medicine and Molecular Imaging,* Vol 9, No 29, 1109–17.

[10] It is important to note that in this study only perceptions are measured and no expectations. There is a lot of scientific discussion about whether or not it is useful to measure expectations.

[11] Johnston, R. (1995) 'The determinants of service quality: Satisfaction and dissatisfaction', *International Journal of Service Industry Management,* Vol 6, No 5, 53–71; and Johnston, R., Silvestro, R., Fitzgerald, L. and Voss, C. (1990) 'Developing the determinants of service quality', *Proceedings of the first International Research Seminar in Service Management,* La londes les Maures, France.

[12] *Het Laatste Nieuws,* 5 Aug, 1989.

[13] TARP (1986) *Consumer Complaint Handling in America: An update study.* United States Office of Consumer Affairs.

[14] Ibid.

[15] Ibid.

[16] Ibid.

[17] Bourgeois, S. (1996) *Klachtenmanagement in de dienstensector* (Complaint management in the service sector). Unpublished final paper, University of Ghent, Faculty of Economics.

[18] TARP (1986) op. cit.

[19] Meyer, A. and Dornach, F. (1995) *The German Customer Barometer: Quality and satisfaction.* German Marketing Association and German post AG.

[20] Kauchak, T. (1991)'A Little service please! ', *Advertising Age,* 21 Jan, S8–S10.

[21] Blontrok, V. (1996) *Klachtenbehandeling in België. Een empyrisch onderzoek* (Complaint

Handling in Belgium: An empirical investigation). Unpublished paper, De Vlerick School voor Management.

[22] Bourgeois, S. (1996), op. cit.

[23] Verhaeghe, K. (1996) *Klachtenbehandeling in diensten: een profielschets van enkele sectoren* (Complaint handling in services: a profile of some service sectors). Unpublished paper, De Vlerick School voor Management.

[24] Ibid.

进一步阅读资料

Hart, C. W. L., Heskett, J. L. and Sasser, Jr, W. E. (1990) 'The profitable art of service recovery', *Harvard Business Review,* Jul–Aug.

Maister, D. (1993) *Managing the Professional Service Firm.* New York: The Free Press. In his book on professional service, David Maister devotes a chapter to satisfaction measurement. Highly recommended for the 'personal–interactive' type of services.

TARP (1985) *Consumer Complaint Handling in America : An update study.* A how–to–do–it manual for implementing cost effective consumer complaint handling procedures. United States Office of Consumer Affairs, September 30. To my knowledge, no good books on complaint management do exist. Further reading should definitely include this work, although there is a significant overlap with the contents of this chapter.

Zeithaml, V. A., Parasuraman, A. and Berry, L. L. (1990) *Delivering Quality Service: Balancing customer perceptions and expectations.* New York: The Free Press. This book on service quality introduce s the so –called Servqual method of assessing customer satisfaction, which has been the standard in satisfaction measurement in services for years. Today its methodology has been challenged, but it still functions as an interesting source of inspiration in listing service attributes to be covered in a satisfaction survey.

第8章

服务承诺与服务水平协议

季诺·范·奥塞尔   保罗·格默尔

引言

　　1989 年荷兰电话公司需要作出改变，不能再像原来那样经营下去。欧盟各成员国解除了对欧洲电信业的管制，废除了所有的竞争限制。由于在大多数欧洲国家里，荷兰电话公司享有国家垄断权，结果造成通话费用高、等待电话线路开通和（或）电话线路维修的时间长等问题。荷兰政府将快速通话业务私有化，目的在于使大部分政府变革项目获得最大的成功机会。快速通话业务将要更加以消费者为导向以面对未来市场竞争的挑战。全面质量管理成为快速通话业务的核心价值。消费者满意度衡量和市场调查有助于管理层监控消费者对快速通话服务的感知情况。

　　五年之后，尽管这些努力在服务传递上有显著的改进，但是服务水平仍然不可靠，而且消费者感知到的快速通话服务绩效没有事实上的情况好。荷兰电话公司管理者作出一个大胆的决策，即向消费者承诺到从 1995 年 2 月份起实现 3 个工作日内接通新电话的目标（是 1994 年 3 月该项服务所用时间的 40%）。与此类似，荷兰电话公司还打算承诺所有的电话线维修将在一个半工作日内完成（是 1994 年 3 月所用时间的 70%）。如果不能遵守承诺将向消费者退还两个月的基本服务费。

　　管理层坚信建立这样一种特别的服务承诺将有助于驾驭组织朝向更高水平的消费者满意度前进，而且将引发在服务水平和服务可靠性的改进上的大跃进。[1]

在追求消费者满意的事业中，每个组织都努力使组织传递的服务与消费者的期望服务一致。由于这在很大程度上依赖于组织员工的努力，所以消费者满意度也主要依赖于员工对消费者满意的理解。

服务承诺和服务水平协议是两个相互关联又不同的概念。服务承诺与服务水平协议之所以吸引了很多公司，是因为它们使有时候抽象的服务理念反映为具体而可衡量的绩效水平。

一项服务承诺向消费者许诺了一定水平的服务质量并辅之以赔偿作为一种激励。这种特别承诺的特别之处是它所许诺的往往超出人们通常所期望的范围。[2]

一项服务水平协议是由服务提供者与其消费者所签署的法律文件，就消费者的最低可接受的服务水平进行定量形式的约定。

组织通过向员工传达这种绩效标准能够真正将注意力集中于那些对消费者最重要的事情上。此外，由于服务承诺和服务水平协议使服务更加"可触知"，因而成为重要的沟通工具，这种工具有利于消费者调查的进行，而且通过减少消费者在购买中的认知风险使购买过程更加顺利。服务承诺或者服务水平协议的存在有助于消费者产生服务可信赖性的感知，而服务可信赖是消费者满意的最重要的决定因素之一。

借助于服务承诺和服务水平协议，服务质量变得可衡量。这使所有的服务缺陷能够追踪并且引发未来的改进方案。

目标 到本章结束，读者应该能够讨论如下问题：

- 服务承诺的构成内容和特别服务承诺的含义。
- 服务承诺的作用。
- 如何履行服务承诺。
- 服务水平协议的核心特征。
- 服务水平协议的构建基石以及何时使用。
- 内部服务承诺和服务水平协议以及如何实行。

服务承诺

这一部分将讨论服务承诺的重要构成内容以及使用服务承诺可能带来的利益。组织以赔偿作为一种激励，致力于外部营销效果和内部改进的追求。对服务承诺的履行也给予特别的关注。重要的不仅是使组织渴望的改进达到最大化，对一旦发生服务问题给予赔偿的承诺所固有的风险进行管理也非常重要。

一项服务承诺给予消费者一个富有意义的许诺，并且详细指明了一旦组织没有履行服务承诺消费者所能获取的赔偿和行使这项权利的程序。这其中的每一个要素对于保证服务承诺的成功都同等重要。

承诺

通过引入服务承诺，组织给予其消费者一个富有意义而可靠的许诺。在引言案例的研究中，荷兰电话公司承诺在三个工作日内接通新电话以及在一个半工作日内完成电话线路的维修。这个承诺对于欧洲电信消费者是具有重大意义的，因为这些消费者的最大愿望之一就是缩短等待时间。根据两个尺度可以将许诺进行分类。根据其内容可以分为全面满意承诺和特殊承诺。根据其向消费者传达的信息，分为明示承诺和隐性承诺。

承诺的内容

一个好的承诺对于消费者是意义深远的，也就是说超出了消费者通常的期望。在全面满意承诺和特殊承诺之间存在着明显的区别。

最有力度的服务承诺类型是全面满意承诺。在这种情形下消费者被承诺获得全面满意。例如，一个培训学院向参加其课程的学员保证，他们会对服务满意否则他们将获得赔偿。与此相似，假日酒店（Holiday Inn）提出一项"好客承诺"：

> 我们向您承诺，在您与我们一起度过的日子里，我们将竭力达到您对假日酒店期望的高标准。如果有任何让您不满意的事情，请毫不犹豫地告诉我们……因为您不希望为不满意的服务付费。

绝对的全面满意承诺几乎不存在，主要原因是服务提供者们担心这种承诺会被其消费者滥用（见本章后面部分）。

最普通的服务承诺类型是特殊服务承诺，它将焦点置于一个或多个服务属性之上。提供这种服务承诺主要有两个可能的原因：

1. 有可能核心的消费者满意标准能够被压缩为一个特定的服务属性。例如，联邦快递承诺所有从欧洲发往美国的信件和包裹都将在第二天上午 10 点之前送达。因为隔夜交货的可靠性是唯一的最重要的质量标准，所以承诺仅限于这一服务属性。

2. 被消费者滥用的风险和传递服务质量的不可信赖有时会阻碍组织提供全面的消费者满意承诺。因此他们在一个或几个对消费者意义深远的服务属性上给予承诺。

荷兰电话公司将其承诺看做通往全面满意承诺的艰难旅途的第一步。通过聚焦于电话接通和电话线维修项目，使对电信消费者重要的特定服务属性得到了承诺。

有时候，传达关于为达到承诺的服务水平而实施的服务过程改进的信息是值得的。例如，一个向其消费者承诺不超过 5 分钟等待时间的银行，也可以在其承诺中表明银行已经将在高峰期工作的出纳人员增加一倍，从而获取消费者的信任。 [3]

在对承诺进行界定时，公司应该极为谨慎不要对人们总是期望的服务属性进行承诺。否则会向消费者发送一种错误信息，因为这种承诺传递了一种信号，即服务问题比消费者的正常期望更容易出现。不过，这种承诺带来的害处还没有一个范围太局限的承诺带来的害处大，也就是说后者只针对不重要的服务属性进行承诺，或者限制条件太高，排除了出现服务问题的所有原因。如汉莎航空公司（Lufthansa）承诺，如果没有由于天气或空中交通控制问题而造成的耽搁，那么其消费者能够正常乘坐转接班机。然而正是上述两方面问题导致95%的飞行耽搁。此外，只有在所有班机，包括转接的班机都是汉莎航空公司的情况下，这个承诺才适用。[4]

组织必须小心对待一项服务承诺的附加信息，因为这些信息可能会被错误地认为是承诺本身的一部分。这并非说有条件的承诺从来不会成功。荷兰电话公司在其承诺中排除了由于罢工和自然灾害所引起的服务问题，但这是其消费者可以接受的，因为这些原因确实属于例外。

承诺的传达

组织可能明确地向消费者传达承诺；另外，也可能定义一项承诺而不向消费者传达。这样的隐性承诺没有明示承诺有力，但是它们提供了某些利益。

明确的服务承诺是大家最熟知也是最有力的类型。它们被清晰明确地传达给消费者。消费者因为承诺可能选择这个服务提供者而不是另外一个服务提供者。此外，承诺可以降低投诉的门槛，并因此而成为关系营销战略中的极好工具。

隐性的服务承诺是最没有力度的类型，因为承诺没有被明确地传达给其消费者。因此，产生的积极效果很少。营销效果仅限于就投诉的消费者进行的服务恢复的利益。同样，赔偿的数字也低于明示服务承诺的赔偿数字。因此，较少数量的赔偿对于积极的改变不是一个有力的刺激。那些较小数目的被报告的服务缺陷为改进方案提供的也是较少的信息。

不过隐性的服务承诺的确也提供了某些利益：

1. 它们减少了经历过多赔偿的危险，因为一个服务缺陷担负的危险太大。在荷兰电话公司的例子中，服务承诺从1994年12月开始运作，而在1995年2月普通大众才知道这个服务承诺的存在。荷兰电话公司选择进行为期两个月的测试期，在这期间服务承诺仅仅是隐性的。如果赔偿大得无法承担，仍然有可能在不引起负面公众影响的前提下撤除承诺。

2. 它们的使用防止了消费者对权利的滥用。一家比利时的图书光盘连锁店使用了一种隐性的无条件的消费者满意承诺，即所购买的任何图书和光盘无论何种原因，甚至不能提供购买凭据都可以退货并退款。然而，为了避免被消费者当做图书馆，可以无代价地借最新图书和光盘，这家零售店选择使用隐性承诺。

3. 通过传达承诺，一个组织事实上在预示服务问题可能会出现。在汉莎航空公司的服务承诺中，公司向其消费者保证他们的行李将与他们一齐到达。尽管这对消费者来讲是意义深远的，因为确实时而会有行李丢失的事情。但是这样可能会使汉莎航空公司的消费者产生一种感觉，即汉莎航空公司与其竞争者相比可能发生更多的丢失行李的问题。在这种情况下使用隐性承诺更恰当。

似乎专业性服务必须特别小心不要发送错误的信息。在这样的服务中消费者开始时可能会迷惑不解为什么有必要首先宣布承诺。

传达服务承诺的效力取决于信息的来源，特别是如果一个公司有出现服务缺陷的历史时更是如此。一个在服务质量方面名声不好的服务公司很难发送可靠的信息。 [5]

赔偿

如果公司没有遵守承诺，消费者将收到一种赔偿。这种赔偿会鼓励消费者传送关于所有服务缺陷的信息，从而产生双重效果：

- 服务恢复。根据承诺要求赔偿的消费者很少会转向其他服务提供者，所以服务恢复成为可能。

- 服务质量改进。消费者的每一项要求不但提示了关于质量误差及其产生原因的信息，而且为了避免未来的赔偿，全体员工都参与到改进方案中。

为了达到服务恢复，赔偿必须是对消费者富有意义的。赔偿应该能够补偿消费者所遭受的全部损失和不便。它应该使消费"完整"。

例如，如果一份联邦快递的发往美国的信件或包裹没有在第二天10点前送达，就会对消费者免收费用。然而这种赔偿对于该消费者来讲不是解决问题的办法，因为其在另一端等待接收的伙伴没有收到承诺的交货。对联邦快递公平起见，我们不得不强调要找到一个可以接受的解决办法不是容易的事。一方面，这个迟到的递送事件已经发生，而且无法改变这个事实。另一方面对损失的补偿也是非常困难。对消费者造成的实际损失很难评估，因为损失既可能很小也可能非常大，而且在某些情况下损失可能大到会对联邦快递的财务结果造成冲击，例如，运输用于移植的人体器官的情况。

与此形成对照，荷兰公共汽车服务组织 Interliner 提供的赔偿使其消费"完整"。它承诺乘坐其汽车的旅客能够顺利转乘汽车或火车。同前例一样，退款不足以补偿错过转乘车的旅客的损失。所以每一个由于 Interliner 造成的晚点而导致的不得不等待15分钟以上乘坐下一趟转乘车的旅客都可以乘坐出租车到达目的地，而费用由 Interliner 负担。

有时某项赔偿费用的数额也可能过高了。达美乐比萨饼店（Domino's Pizza）承诺，其消费者如果在30分钟内还没有收到预订的比萨饼，则享受免费待遇。但是令达美乐吃惊的是，利用这项服务承诺的人比想象的少得多。市场调查表明消费者感到送货员很可怜。他们担心如果不支付比萨饼的钱送货员就可能被解雇，因此他们拒绝了这种赔偿，结果这个服务承诺没有引发期望的关于迟到送货的顾客反馈。所以，达美乐将赔偿降低为折扣，如果预订的比萨饼在30~45分钟之间送到，则给消费者价格上的折让。只有在送货迟到了15分钟以上时才给消费者退款或送上一只新的比萨饼。结果消费者现在感觉到这是"罪有应得",并开始利用这种服务承诺,向达美乐提供了关于迟到送货的实际次数的有用信息。

行使程序

服务承诺的最后一个组成内容是行使程序。消费者如何通报组织其没有履行承诺?他们必须做哪些事情收取赔偿?

行使程序应该或者是很容易的或者是服务提供者积极主动的。荷兰 Hoogvliet 超级市场和比利时迈驰(Match)超级市场都承诺简短的结算时间。如果消费者排在了等待结算的队伍的第三位(Hoogvliet)或者第四位(迈驰),那么消费者就不必付款(Hoogvliet)或者享受很大折扣(迈驰)。

行使程序本身是两者的主要区别所在。在迈驰,消费者不得不站到队列外面并且需要按一个铃,这样就使所有人的注意力都集中到了这个"正在投诉的"消费者身上。社会压力阻碍了消费者去按铃。这个承诺几乎不曾被利用而且等待结算的排队也没有缩短。与此不同,Hoogvliet 的消费者不需做任何事情。如果消费者发现自己是第三个排队等待的人,那么收银员会主动告诉他们货品免费。

一个容易行使的无条件承诺的最好范例是爱尔兰公司昆恩超市(Superquinn)的疏忽卡片体系。昆恩超市是大都柏林地区最主要的连锁超市。参加其被称为"超级俱乐部"的忠诚挽救系统的所有消费者定期性地收到一种卡片。这种卡片向消费者说明昆恩超市疏忽的每一个时机,即产生服务问题的时机,消费者只需向任何一个员工指出了这个服务问题就能够得到价值约 1 英镑的 30 个积分点的奖励。

这个承诺提供的是无条件满意。因为消费者能够自己定义哪些属于疏忽的范畴。但是为了进一步帮助其消费者,昆恩超市列举了十项属于疏忽的事例。包括出售过期商品,结算价与商品标价不符,手推车不平稳以及已经没有存货的水果和蔬菜的标签等问题。

荷兰电话公司的承诺的行使也是主动性的。每次电话接通或维修之后,荷兰电话公司都要给消费者打售后服务电话。在打电话过程中,公司努力估计消费者的满意度。如果公司没有遵守准时接通和维修的服务承诺,则会立即通知消费者取得赔偿。

服务承诺的作用

服务承诺能够为不同的目的服务。首先,这样一种承诺对组织的运作和员工有重要的内在效应。赔偿促成了以遵守承诺为焦点的改进方案。同样地,承诺已经被证明是指导组织朝向消费者满意度最大化目标前进的高度有效的手段。

这种内在效应应该间接地转变为营销利益,更确切地说是消费者忠诚度的提高和积极的口头宣传。一些组织也通过承诺来减少消费者的认知风险。通过对某种特定的结果进行承诺,组织希望增加收益和获得新的消费者。承诺向外界传达了一个可靠的供应商的形象。承诺的一个附加作用是通过针对服务问题的服务恢复而提高消费者的忠诚度。

对组织的运作和员工的内在效应

服务承诺的好处在很多方面与投诉管理系统相似。赔偿和方便的行使程序降低了消费者报告服务问题的门槛，并且抓住了进行服务恢复的机会。此外，这些服务问题被报告并分析，用以建立改进方案，消除问题产生的根本原因。

服务承诺似乎比投诉处理程序更为有效。赔偿是对出现的每一个服务问题进行的惩罚，并且似乎能够动员所有员工进入到预防服务问题的状态中。如果假日酒店的客人们普遍不满意或者达美乐的许多比萨饼都送货迟到，它们只有歇业。正如财捷（Intuit）的创始人斯考特·库克（Scott Cook）提出的那样，"他们在没有安全网的情况下操作。"承诺是管理层向员工传达顾客满意至上理念的非常有效的方式。[7]

服务承诺相对于投诉管理系统的第二个优势是，承诺有助于突出显示哪些服务属性对消费者最重要。特别是特殊承诺更有这个优点。由于承诺与服务的某些属性有关，所有的员工都将参加关注这些服务属性的活动。

荷兰电话公司的例子清晰地表明实施一项服务承诺所产生的运作效果。该公司于1994年2月作出推行服务承诺的决策，首批措施在1994年3月执行。经过在四个地区进行的引导阶段后，于1994年12月在全国范围内开始暗中实行。1995年2月份该公司向社会公众公布了其服务承诺。服务水平的提高是惊人的（见图8.1）。

与组织的质量概念联系不明显，或者是将注意力放在对消费者不太重要的服务属性上的承诺可能会向员工传递一种错误信号。同样，无论如何不应该建立针对零缺陷运营目标的承诺。

例如达美乐的服务承诺，这个服务承诺向消费者保证30分钟内将预订的比萨饼送到消费者指定的地址。然而耐人寻味的是，该承诺可能会怂恿送货员不顾个人安全而达到30分钟送

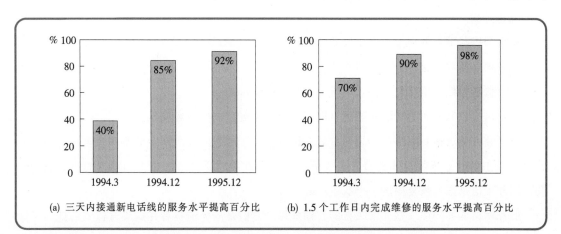

(a) 三天内接通新电话线的服务水平提高百分比　　(b) 1.5个工作日内完成维修的服务水平提高百分比

图8.1 荷兰电话公司引入服务承诺的效果

达的目标。此外，送货的耽搁可能是制作比萨饼过程中或其他非送货过程的原因所造成的。对于此类问题达美乐已经提出一个非常简单的解决方案。

1. 只向距离出口 8 分钟行驶路程的消费者上门送货。

2. 准许送货时间为 10 分钟（或者保留 2 分钟的余地）。

3. 从接受订货到比萨饼被拿出厨房的时间如果超过 20 分钟，则比萨饼被自动粘贴"因晚交货打折"的标签。这样做有三种作用：

——后勤员工直接面对服务问题及由此产生的赔偿。这提高了他们参与服务承诺的程度。

——送货员工不能为了弥补在厨房耽误的时间不顾个人安危加快车速以避免赔偿，比萨饼上的标签说明公司已经给予了惩罚。

——行使程序是服务提供者积极主动进行的。

达美乐的例子也说明了承诺的另一个作用，即明确的绩效标准。这个爽快而无许诺的"快速交货"变成了"20 分钟内完成从接受订货到开始送货"和"10 分钟内完成送货"。所有的员工都确切地知道消费者对他们的期望是什么。

服务承诺的最后一个内在效应是提高员工满意度和对员工更大程度的授权。通过宣传服务承诺，员工感到他们的组织在传递一种高质量和可靠的服务。他们也发现工作环境更加令人愉快因而他们的满意度提高。经常性的消费者反馈促进了员工产生一种被授权的自然的感觉。在没有正式"授权"的情况下，员工被允许、被期望而且也愿意更加主动地投入到避免服务缺陷的努力中和建立改进方案以解决根源问题的活动中。

向消费者承诺达到消费者全面满意的汉普顿旅馆已经调查了承诺对其员工的影响 [8]：

● 69% 的员工说承诺使公司运转情况更好。

● 90% 的员工说承诺激发他们更好地工作。

● 93% 的员工说承诺激发别人更好地工作。

营销效果

概括来讲，下面的因素决定了服务承诺所产生的影响：

● 必须以简单直接的方式阐述承诺。

● 消费者行使该承诺给予的权利必须是容易而值得的。

● 承诺应该涵盖对消费者重要的且属于公司正常可控制的服务属性。

赔偿和方便的执行程序鼓励了消费者表达他们由于服务问题而产生的不满。当行使程序真正是积极主动时，不但更多消费者会投诉，而且投诉者需要付出的努力和承担的压力也最小化。因此承诺是服务恢复中的一个有价值的工具。

服务承诺能够产生一些非常独特的营销效果。它们是减少消费者在购买过程中的认知风险进而吸引新的消费者和（或）新买卖的独特而有力的工具。例如，一些餐馆做广告，他们能够在一小时内供应有三道菜的生意午餐，否则免费。这个承诺减少了那些有时间意识的生意人坐在餐馆里浪费太多时间的危险。与此类似的是一些火车站和机场的餐馆提供的承诺，这些承诺使消费者得以精确地判断他们在火车开动或飞机起飞之前是否有时间用餐。

减少风险对于"高风险"服务尤其有用。在一家低价餐馆用餐所担负的风险小于在一家高价餐馆（即高风险）用餐所担负的风险。一项观察服务承诺如何影响学生对餐馆的选择的调查表明，当低价餐馆保证提供好的用餐体验时，服务承诺有边际附加值，而高价餐馆似乎从服务承诺中获益更多。[9]

风险的程度部分地取决于结果的可预知性以及不受欢迎的结果可能造成的后果的可预知性。与新的供应商打交道和（或）首次购买情形下，结果的可预知性差。因此组织要利用承诺来吸引新的消费者。结果与实际的服务相关：由联邦快递递送的包裹迟到或者由 Interliner 经营的汽车晚点可能有严重的后果。

服务承诺使服务诺言更加可触知，但是有一点要记住而且特别重要：不遵守承诺是服务组织使其消费者失望的唯一的最重要的方式。[10]

执行服务承诺

西班牙国家铁路公司 RENFE 推行了一项服务承诺，答应在任何超过 5 分钟晚点的情况下，给予消费者退款。在承诺推行后的 24 小时内 RENFE 撤销了承诺，原因是由于技术困难已经造成 900 个旅客被耽搁，而给予他们的赔偿总共约 65 000 英镑。除了短期的财务损失外，由于撤销承诺，RENFE 事实上使其不可靠的服务提供商的形象更加深入人心。这显然恰恰与 RENFE 推行服务承诺的初衷背道而驰。

这个事例清晰地阐明履行承诺必须极大限度地谨慎对待。承诺的履行不成功所造成的后果多种多样。最好的情况是一次失败仅仅是资源的浪费。这发生在承诺从来没有撤销或者几乎没有撤销的情况下。因此赔偿是有限度的，但是关于服务问题的反馈也因此是有限的。不能形成建立改进方案的真正鼓励，也没有进行服务恢复的机会。承诺获取的利益是零，而资源已经投入到承诺的概念构思、宣传和执行上。

RENFE 一例解释了最坏的情况。由于过多的服务缺陷率以及由此导致的赔偿使组织遭受巨大的财务损失。最终组织不得不撤销承诺，而因此向其员工和消费者清楚地表明组织无法保证提供可靠的服务。

为了减少风险和增加成功的机会，我们建议如下方案：

步骤 1：评估承诺的影响。

步骤 2：外部分析与承诺的概念。

步骤 3：内部分析和可行性研究。

步骤 4：引导阶段和不言明地执行承诺。

步骤 5：全面履行和后续工作。

现在我们进一步详细地讨论这些步骤。

步骤 1：评估承诺的影响

虽然服务承诺带来的潜在利益很多，但不是所有的组织都能认识到这些利益。在将重要资源交托下属进行服务承诺的构思和履行之前，管理高层应该考虑他们想使组织的竞争地位提高多大的程度。在这里需要重视三个主要的因素：

- 组织正在经营的行业。既然承诺有助于降低消费者的认知风险，那么风险密集行业将比其他行业从承诺的建立中获得更多利益。例如，经常拥有垄断权的共用事业给消费者的感觉是更大程度上的产品导向，而不是顾客导向或绩效导向。因此，荷兰电话公司推行一种服务承诺以扭转在消费者心中的负面形象。一般而言，服务行业是风险高的行业，因为其提供物在一定程度上是无形的，这使消费者在购买前很难判断其质量如何。医疗服务是最根本的例子。病人只有在手术之后才能发觉他是否已经选择了一位好医生。即便这个手术失败了，也很难判断如果选择的是另一个医生是否就能够获得成功。事实上，这个失败的外科医生能够拒绝承担所有责任，因为手术后的并发症是无法预期的。

- 风险的实际水平。这取决于结果的可预知性和服务问题产生的后果。如果你自己露面到旅馆里找一间过夜的房间，你能够请求在作出决定之前先看看这个房间。这样，风险的可预知性远远大于通过旅游机构或网络预订房间所担负的风险的可预知性。你无法事先判断"舒适的看得见风景的房间"事实上是什么样子，只有到达以后你才能够看一看房间是否在夜总会上面，床垫是否满足了你的期望。服务缺陷的可能影响正如结果的可预知性一样重要。一个外科手术可能会导致病人的死亡。没有任何东西能够补偿本可以避免的人的生命的失去。因此影响与赔偿的可能性是明显地联系在一起的。最后，公司也许在一个行业内竞争或者在人们期望不出现服务缺陷或不能接受服务缺陷的部门进行竞争。如前面我们所论述的那样，给予承诺的公司可能实际上发送了一种错误信号。一个明确承诺在损害病人生命的情况下给予赔偿的医生实际上向人们表明了病人确实有招致死亡的风险。在这些情况下，应该考虑采用隐性承诺。

- 组织的绩效。显然承诺仅是可靠供应商的一种选择。对于组织绩效的评判，既要采取一种绝对方式又要与竞争对手进行对比。组织的绝对绩效可以通过服务缺陷的数量来衡量。过多的服务问题将引起过高的赔偿。几项研究已经认可为了避免过多赔偿和负面的公开影响以及消费者商誉的损失，在执行承诺之前提高服务水平的必要性。荷兰电话公司的经验已经表明，建立服务承诺可能会导致服务水平的显著提高。因此判断组织绩效的工作远远不止计算目前的服务水平。判断绩效需要评估承诺所带来的可能的（积极的）内部影响。事实上，情况好的话，服务承诺的确能产出最好的内部利益，但还不是卓越绩效。服务承诺应该成为追求卓越的一种手段。

- 相对于竞争者的绩效。这一点同等重要。既然承诺的概念很容易被其他至少提供相同水平服务的组织复制，所以只有绩效更好的组织才能推行承诺。实际上，最好的执行者或者给予消费者最富有意义的许诺，或者提供最有吸引力的赔偿。

到现在，有一点已经很明确，服务承诺为一个想从良好服务提供者发展为卓越服务提供者的高风险行业的高绩效组织创造了大部分利益。服务承诺使一个组织在比竞争者更好履行的情况下，与其竞争者区别开来。如果所有的或几个竞争者的可靠性不相上下，则组织可能会寻找对消费者最富有意义的服务属性，并在这些属性上力争比其他竞争者履行得更好。这样这个承诺就成为组织使自己脱颖而出的一种手段。

如何看待消费者滥用承诺带来的风险？

由于服务具有生产与消费的同时性本质，所以服务经营者关注消费者滥用而带来的风险很正常。如果假日酒店的一个不满意消费者滥用承诺给予的权利获取免费的住宿，谁也不能强迫他"返还"商品。在有形产品情况下，这种滥用的风险不太重要。例如，如果一个消费者买了电视机后不满意，无条件满意承诺的行使程序要求消费者返还被拒收的电视机。这就阻碍了权利的滥用，因为这个需要电视机的消费者为了获取新的电视机，就不得不遵守程序。

滥用的严重性很难估计。尽管全面满意承诺比特殊承诺更容易被滥用，其实消费者滥用承诺的风险似乎更取决于行业和文化因素。例如，东方航空公司在其百分之百满意承诺实行5个月后不得不撤销，因为对一些服务细节投诉的消费者都收到了全额赔偿。美国一家连锁旅店汉普顿旅馆发现一个客人在一年内行使承诺共计18次。他们将这个消费者列入了黑名单。

另一方面，如果滥用者数量有限，不应该因为小部分的滥用者而惩罚数量巨大的占大部分的诚实的消费者。

如下几种不同的方法用来控制滥用风险：

- 测试承诺。通过一个引导阶段（在下面的步骤4解释）来评估实际滥用的情况。
- 调整行使程序。培训学院向其课程参加者承诺无条件全面满意，假日酒店邀请其消费者在消费服务过程中报告任何的不满意，通过这种方式来努力同滥用承诺的行为斗争。在培训学院，只有参加者在中午前放弃时间为一天的课程时才给予其退款。滥用承诺者惩罚了自己，因为他们拿回了钱，但是不能参加完整的课程。
- 使用隐性承诺。可以通过不向消费者明确地传达承诺来减少滥用的风险。前面曾经提到，不管什么原因，即使没有购买凭据也给予退款的图书和光盘连锁店所使用的就是隐性承诺。

步骤2：外部分析与承诺的概念

一旦高层管理者被提交了一个服务承诺的概念，就可以开始付诸行动了。第一步涉及构思承诺。承诺的最初草稿应该通过权衡消费者的需求与所有竞争者的出价和服务水平来完善。

那些在消费者感知研究和竞争力分析中投资巨大的市场导向的组织，应该发现很容易确定对消费者富有意义的是什么。然而，构思一个承诺可能还需要一些附加信息。

首先，承诺必须是独特的。荷兰电话公司不得不超越"快速"接通电话这样的承诺，确立了三个工作日完成电话线接通的独特承诺和执行标准。此外，承诺经常受一些约束条件的制约。组织有必要进行市场调查以评定哪些约束条件是消费者可以接受的，什么样的赔偿被认为是公正的惩罚以及什么样的行使程序被认为是容易的。

在这一阶段，通常考虑理想的承诺以及其他的假定。荷兰电话公司或许获悉消费者更希望获得无约束条件情况下的 24 小时内接通电话线，以及一年免费服务的赔偿的承诺。然而，在"内部分析阶段"，可能证明这简直不可行。因此测试许诺、约束条件、赔偿以及行使程序的不同变量意义重大。

事实证明定点赶超在外部分析阶段是一个重要的信息来源。例如，荷兰电话公司得知在英国、德国和瑞典存在着同样的服务承诺，最后它们与瑞典同行建立了联盟以学习它们的经验。

为了增加执行承诺成功的机会，让尽可能多的员工参与到承诺的构思中很重要。他们将不但能够提供引起注意的见识，而且他们的及早介入也能够导致最大程度地承担义务。在大型组织中让每一个员工都介入也许不可能，但是至少应该包括意见领导者。

步骤 3：内部分析和可行性研究

一旦对服务承诺包括一些假定进行了设想，内部分析就应该揭示其对组织的盈利能力的影响。

第一步典型上包括计算推行一项服务承诺的预算外支出。将暗示的赔偿乘上目前服务问题的数量，将可选择的绩效标准和约束条件考虑进去，就产生了预期的总赔偿。加上其他不列入预算的额外支出如宣传承诺和培训员工的费用，就结束了内部分析的最初工作。

要想评估潜在的利益困难得多。首先承诺可能通过降低消费者的认知风险而吸引新的消费者；此外，每一次赔偿可能会阻止目前的消费者转向其他服务提供者；承诺也应该导致较少的服务缺陷，并且因此产生更高程度的消费者忠诚以及小于预期的赔偿；经验表明服务承诺也引发减少费用的改进方案；最后，员工满意度可能提高。

当然，在引入承诺之前评估这些利益是一个挑战。似乎在某种意义上来讲，推行一个服务承诺更是信念问题而不是事实和数据。

内部分析可能会揭示出一个过高的服务缺陷率，这表明推行服务承诺仍然不可行。然而，这并不一定意味着一定要放弃关于承诺的想法，而是意味着要发展一个行动计划，将服务的可靠性提高到可以使承诺变为可行的水平。

步骤4：引导阶段和不言明地推行承诺

为了使涉及的风险最小化，组织经常不言明地和（或）在有限范围内推行承诺。例如，荷兰电话公司最初不言明地而且只在四个区域测试其服务承诺，后来在全国范围内（仍然是不言明地）推行。推行两个月后，在全国范围内的广告宣传使隐性承诺变成明示承诺。

这样做的好处是显而易见的。在内部分析阶段进行的成本与利益分析可以在一个真实的情形中进行。应该注意的是此时利益通常被低估，因为承诺仅仅是隐性的。

如果行使程序不是服务提供者积极主动的，那么不言明地测试承诺也许是困难的。测试的结果可能非常有误导性。如果员工在应该遵守承诺的时候没有支付赔偿，那么服务缺陷的数量会被低估很多。

在有限的范围内如仅在一个地区进行明示的测试，能够解决上述问题，然而如果最后的承诺要通过大众媒体传达给消费者，将很难向消费者解释为什么承诺只在测试区推行。引导阶段通常导致对承诺的更好的调整以及全国性的改进方案的建立。

步骤5：全面执行

一旦引导阶段有了合意的结果就开始全面执行承诺。

服务水平协议

一项服务水平协议是由服务提供者与其消费者所签署的法律文件，就消费者的最低可接受的服务水平进行定量形式的约定。[1] 这个定义反映出三个核心特征：

- 它是一个协议，因此需要双方的赞同。这是服务承诺与服务水平协议首要的基本的不同点。承诺是单方面的。服务提供者决定了许诺的内容、约束条件、支付的赔偿和行使程序。当然服务提供者在构思承诺时应该考虑消费者的一些观点，但是不必征求消费者的同意。

  与此不同，一个服务水平协议是双边的。服务提供者和消费者都必须承认它，这需要双方的妥协。例如，在一方面，服务提供者可能许诺达到一定的服务水平，而在另一方面，消费者可能答应提供精确的购买量预报和尊重指定的期限。

  因而，消费者可控制的影响服务提供者的许诺就成为消费者在一个服务水平协议中的许诺，在服务承诺中典型地表现为"约束条件"。

  服务水平协议的"相互性"本质产生的一个重要结果是特制定义。服务水平协议并非是由标准条款构成的标准合同，而是同服务承诺一样，消费者与服务提供者坐在一起就当事人的需求和利益起草的一个协议。

- 服务水平协议详细地说明了最低可接受的服务，这考虑了双方的共同利益。例如，一个供应复印机的公司可能承诺如果复印机出现故障，在消费者需要的前提下其维修员工可以在 60 分钟内随叫随到。这样的承诺确立了一个明确的绩效标准，但不一定是最佳的时间。有些消费者可能认为 120 分钟或 24 小时是可以接受的时间。由于减少响应时间导致较高的费用，服务水平协议使供应者和消费者得以定义最低可接受的服务水平，在这个水平上使双方的总费用达到最小化。一个服务水平协议应该能够防止不必要的和昂贵的"过剩质量"。

- 服务水平协议也量化了服务。它为服务提供者和消费者确立了清晰的绩效标准。例如，一个信息系统供应商可能承诺限定一个多计算机服务的停机时间。在构思这样一个协议时，必须清楚地定义消费者的期望。在这种情况下，需要定义系统的"可用性"：如果其中一台计算机中断运转，系统是可用的还是不可用的？或者是仅有 5% 的用户不能访问它又怎么看这个问题？可用性的时间选择也要给予讨论。平均可用性的数据往往掩盖了系统在真正被需要时常常中断运转的事实。当然就消费者而言，同样需要关于可用性的明晰确定。

表 8.1 概括了服务承诺与服务水平协议的主要区别。

表 8.1　服务承诺与服务水平协议的主要区别

	服务承诺	服务水平协议
消费者的需要	由经营者识别	由消费者传达
许诺	无条件的	协商之后
内容	标准化	定制
责任	服务提供者	服务提供者和消费者
数量	一种承诺针对所有消费者	一个协议针对一个消费者
变化	不经常	根据服务提供者与消费者的同意
消费者的种类	企业同企业，企业同个体消费者	企业同企业
承诺的传达	非隐性服务承诺	通过协商
支付	积极主动地或当消费者要求时	当背离规范时
支付的性质	惩罚	惩罚或奖赏
关于感知的服务传递的反馈	单向的	双向的
反馈的信息来源	行使程序	报告和会议

利用服务水平协议能够使公司更加了解消费者的需求，能够更好地达成消费者的期望。正如服务承诺的推行一样，组织的内部工作步骤应该足够稳妥以保证服务水平协议的可行。服务水平协议也有助于优化配置用于竞争需要的稀缺资源，如通过服务协议避免传送不合理的高水平的服务。最后，服务水平协议应该对保持消费者以及发展与消费者的长期关系有积极的影响。

建立服务水平协议

服务水平协议是一种帮助公司根据交易所要求的质量来传递服务的工具。它提供了关于服务是否按最低可接受的水平传递的客观指示；此外，如果没有按要求传递服务，它规定了如何使服务达到要求的水平。

如下几项应该成为服务水平协议的构建基础：

1. 最低可接受服务水平必须是详细说明的，消费者的许诺也是如此。
2. 遵守共同许诺的程度必须是可以衡量的。
3. 必须追溯服务缺陷的根源和建立改进方案。
4. 应该召开复审会议讨论程序并注意初始的许诺是否需要调整。

何时使用服务水平协议

服务水平协议需要相当可观的资源。首先，它们必须经过构思，然后必须配置衡量系统，最后必须召开复审会议。此外由于服务水平协议是定制的，所以不得不为每一个消费者而重复投资。服务水平协议的制定也依赖于消费者的资源，因为消费者也必须参加启动谈判和复审会议。

结果，由于服务水平协议带来的重要而持久的消费者与服务商的关系，使其产生的利润远远超过费用。消费者与服务商的长期关系为服务提供商创造了高额红利，为消费者产出了高成本的牵连关系。这就解释了服务承诺与服务水平协议的一个重要区别。由于承诺是单方面的行为，能够以一种标准化的样式对所有的消费者实施，所以承诺更适合于大众营销。

执行服务水平协议中的常见缺陷

许多服务水平协议在执行中失败。最常见的错误是认为一旦协议已经签订，工作基本上完成了。而事实上，起草和签署一个协议仅仅是整个工作的第一步。成功与否取决于后来对协议的管理方式。下面这些缺陷经常在执行服务水平协议时遇到。

- 对服务缺陷的不正确对待。因为服务水平协议的目标是在需要改进的领域发展一个沟通的平台，所以应该将服务缺陷看做有价值的管理信息来源，而且必须建设性地进行处理。一个最常见的来自于消费者的错误是消费者将协议看做无条件的承诺。将每一个服务缺陷都提出来，作为其不满意的主要原因。这样就使服务提供一方产生了自卫的态度，从而使其开始将注意力集中在避免服务缺陷的报告上而不是追溯问题产生的根源。当协议被草拟成法律合同时就是产生这类问题的征兆。一般认为合同是具有很强约束力的，而一个服务水平协议是未来共同合作的基础，包括未来对协议本身的复核。
- 不充分的定义和不恰当的衡量。不充分的定义和不恰当的衡量使复审会议的焦点从服务缺陷的根源转移到服务缺陷数据的正确性上。

- 对"可用性"的定义不明确。在前面的多计算机系统的例子中，我们强调了明确定义"可用性"的重要性。如果这个定义是不精确的，需要召开几个复审会议提出更为精确的定义和适合的评估体系。此外，服务提供者和消费者可能对初始协议有不同的解释，所以对定义的调整可能会产生一个不被其中一方接受的协议。

- 不正确的衡量。同样地，不恰当的衡量将导致关于被报告的服务缺陷的数目是否正确的争论。如果协议中包含有关处罚的内容，那么确保衡量的正确性和公正性能够为所涉及的各方接受尤其重要。否则，这个已经耗费相当多资源的协议不能产出初期的利益。最终可能会导致全面失败。有些人已经曲解了这一点，草拟了非常具体而详细的服务水平协议，内容长达 30 页。由于协议不是合同，而是一个沟通的平台，所以清晰和明确性比详细的程度重要得多。一个好的服务水平协议不应该超过一页或两页。

- 缺少共同利益。因为一个服务水平协议对服务提供者和消费者双方都有要求，所以双方必须都从中获取利益。否则，合作一方的承诺会逐渐缩小。

- 缺少高层管理者和一线员工的承诺。服务水平协议是昂贵的。它们需要不断地获取资源。因此高层管理者必须承担起保持协议生命力的义务。另一方面，如果一线员工也参与进来，那么组织将收获利益。通过让一线员工参与构思阶段和复审会议，可以避免仅限于在管理层会议上讨论服务水平协议。

图表 8.1

希库斯的服务水平协议 [12]

安全是我们最基本的需求。特别是从 2001 年 9 月开始，许多公司已经更多地关注创造一个安全的环境。在大多数情况下，安全服务是从外部供应商购买。希库斯（Securis）就是这样一个供应商。

希库斯是于 1985 年成立的比利时航空安全服务公司。在后来的几年内该公司进行多样化投资，涉足永久和移动安全服务。1999 年希库斯被世界安全服务的领袖、瑞典的财产公司塞库瑞达斯保安公司接管。希库斯拥有 4 000 个员工在五个分公司工作。

几年前，希库斯在一个消费者明确要求发展服务水平协议（SLAs）之后将其引入。希库斯只在消费者明确要求的情况下才发展服务水平协议。每一个服务水平协议有 3~5 年的持续

时间并且用以满足消费者的特殊要求。这需要在希库斯和其消费者之间针对需要详细指明的服务水平，需要衡量的质量维度，衡量方法及其结果等进行精深地谈判。结果可能是对服务提供者（希库斯）的处罚或者奖励，这取决于指定的服务水平是否达到。

SLA 中的"A"即"Agreement"（协议）对希库斯非常重要。在谈判中要努力达到双方都可以接受的境地并且取得价格与质量之间的平衡。对希库斯发展服务水平协议非常重要的共同利益方面也被认为是在现实中最难以实现的。

据希库斯的首席运营官说，消费者没有任何同服务水平协议合作的经验，所以会发生消费者趋向于滥用服务水平协议以获取利益的事情。

希库斯的服务水平协议没有指定服务传递

的结果，但是指定了执行协议所需的资源和努力。当供应商在消费者的交易上投入不足时，一个指定结果的协议担负着太大的风险。希库斯对服务水平协议的有限年头的经验和协议带来的结果的不确定性，迫使其采用一个相当谨慎的方法。

只有当公司有适当和有效的质量保证体系时才可能依照服务水平协议中的规范行事。希库斯的管理层确信好的服务质量是用来实现服务水平协议的必要条件。服务水平协议不会导致质量的改进，只能改变对质量的感知。一个服务水平协议对于确保感知质量更加客观非常有用。服务水平协议中指定的绩效评估体系准许对所传递服务是否符合协议中双方同意的水平做一个客观的评价。如果绩效评估结果是积极的，负责执行服务水平协议的业务领导在年终会得到奖励。

希库斯的管理者相信如果服务公司能够证实它能够发展和执行一个有良好机能的服务水平协议，那么协议的使用将给公司带来未来的

竞争优势。服务水平协议对发展消费者同公司的长期关系有积极的作用。这种关系上的透明度和客观性的提高意味着消费者将很少情绪化地对各种服务问题反应。由于转向其他供应商的成本上升，服务水平协议也在两者之间的关系上产生了某种信赖。

一个适当运行的服务水平协议能够产生消费者同服务提供者关系上的信任，并且最后导致更高的消费者忠诚度。但是服务水平协议也是一把"双刃剑"，据希库斯的管理层所言：消费者不但获悉公司正面的信息也获悉负面的信息。消费者必须学会处理这类信息。

问题讨论：

- 希库斯按照自己的方式实行服务水平协议。希库斯发展和执行服务水平协议的实践与理论有什么区别？
- 像希库斯这样的服务公司使用服务水平协议有哪些机会与威胁？

内部服务承诺与服务水平协议

最初的服务水平协议不是在服务提供者和其外部消费者之间发展的，而是在电子数据处理（EDP）部门及其内部消费者之间发展的。信息技术方法时常是由那些来自于"象牙塔"总部专家构想的，而他们不知道其用户真正需要和关注的是什么。那些最终为一切重要功能付出代价的最终用户的不满意促使电子数据处理部门发展服务水平协议，以便加强以（内部）客户为导向。

使内部消费者的概念变得真实很难。尽管其在管理文献中非常流行，但是各种组织已经发现要建立对待内部消费者如同对待外部消费者那样的文化是艰难的。根本的原因是内部消费者没有选择供应来源的余地，内部供应者传统上有垄断权。近年来，组织试图打破这种垄断，或者从外部采办一些辅助功能，或者是允许在能够获得更好服务的前提下从外部供应商购买服务。

因此，大多数服务水平协议和服务承诺都是由所谓"离线"内部服务提供者发展起来，也

就是说由那些为了使内部消费者继续其工作而不需要移交工作的部门发展起来也就不足为奇了。例如，财务会计可能对开发票负责，但是如果发票发送晚了，销售代表们的工作不会直接受到影响。

今天我们正目睹内部服务承诺和内部服务水平协议的再生，即以过程中"传球"为中心的服务承诺和协议。在内部消费者能够进行他们的工作之前，不管何时，即便内部服务提供者正在执行一项必须完成的工作，他们都必须直接贡献于同一工作流程。

从服务提供者到消费者的传球是在进行中将球传给队友。"下一道程序是你的顾客"的思想是由石川（Ishikawa）[13] 在 20 世纪 50 年代提出来的。例如，在银行，如果信用部门没有同意贷款申请，那么联络人员不能写贷款的报价。同样地，如果接待人员没有正确填写贷款申请表，那么信用部门不能同意贷款。

然而，对于过程中传球，外部采购不是正确的选择，因此服务提供者实际上是真正的垄断者。近年来，各种组织已经认识到内部服务承诺和服务水平协议是使内部消费者概念在现实中得以实践的有力工具。

在决定是否使用内部服务承诺或内部服务水平协议时，存在着同外部服务承诺和外部服务水平协议相同的争论：协议需要服务提供者和消费者双方的努力，也消耗更为全面的资源。因此，只有存在大于总费用的明确的共同利益时协议才是有意义的。它们被典型地应用于范围广、对全部费用有重要影响的服务中。

图表 8.2

填补空缺岗位

这是一个有关捷克万豪酒店的人力资源部门内部的"离线"服务提供者同其内部消费者之间的服务承诺的例子。在服务承诺引入的时候，旅馆经营状况很好并且需要经常雇佣新员工以跟上业务发展的速度。然而，各种各样的行政工作阻碍了人力资源部门投入足够时间去寻找并挑选新的员工。结果，因为花费时间太长而使许多空缺岗位没有填补人员。

为了更明确地关注内部消费者的需要，人力资源部门推行了一个内部服务承诺。在空缺岗位被上报的两周内，人力资源部将找到合格的申请者。如果找不到，人力资源部将以自己的预算费用雇佣临时员工。引入承诺之后，空缺岗位的数量从 45 个下降到 4 个。

执行程序

内部服务承诺和服务水平协议同外部服务承诺和服务水平协议的建立机制是一样的。即它们引发关于未依照规范的行为的报告，使错误可衡量并考虑到改进方案。[14]

不过在内部和外部服务承诺和服务水平协议之间存在着非常重要的区别。通过建立承诺和协议的连续步骤，能够清楚地看到这些区别。步骤如下：

- 形成整个组织范围内的承诺。
- 选择服务。
- 识别内部消费者的期望。
- 构思承诺或协议。
- 试运行。

引起全组织范围内的承诺

在正常情况下错误会威胁到组织内部的个人和部门，所以不论什么时候发现错误，追究责任的行为就开始了。因此，常见的态度是掩盖错误，而不是努力寻找潜在的根源以找到建设性的解决方案。阿吉利斯（Argyris）[15] 提出：

> 组织的自卫规则使个人、团体和组织极为可能不会探测和纠正令人为难和具有威胁性的错误，因为这些基本规则（1）回避了这些错误，而且如同那些错误没有发生一样，（2）使这种回避行为不可讨论，并且（3）使其不可讨论性也不可讨论。

因此推行内部服务承诺或者内部服务水平协议的第一步是阐明揭露错误和针对错误进行沟通的必要性，通过错误明确地激活过程改进，同时也应该阐明服务承诺和服务水平协议如何能够帮助达到更好的服务质量。

达到组织范围的承诺的一个常见方法是建立指导委员会，其任务是在组织内部进行概念推广。建议指导委员会要由所有等级的代表组成。中层代表和直线管理者应该和其他员工一起加入，并且至少有一名高层经理。委员会也要管理执行过程。

选择服务

第二步是选择一项服务或几项服务来引导承诺或服务水平协议。由于任何一种新生事物通常都遭到怀疑，所以尽可能快地获得可信性是必要的。因此，通常选择当时非常显著的和看起来能使承诺或协议成功的服务。当传递服务的质量很大程度上受服务提供者不可控制因素的影响时，成功的机会是有限的。此外，当提供服务的部门运行不好时，承诺或协议不可能产生期望的结果。最后，内部服务与外部消费者联系越紧密，越容易评估其影响。

识别内部消费者的期望

这一步是对内部承诺和协议的第一贡献，真正增加了其价值。内部消费者的概念开始变得逼真，因为内部市场调查对内部消费者的期望给出新的洞悉。

这一阶段的利益是众多的。

1. 服务提供者必须考虑他们在对外部消费者的全部服务传递过程中的任务。
2. 内部消费者必须决定他们为了执行其服务需要什么。服务需求被夸大并非是罕见的事。
   然而关键问题是，如果内部消费者的期望得到满足，他们需要采取何种方式才能更好地服务消费者。因此，必须防止传递昂贵的过剩质量。

3. 内部消费者自己经常提出服务改进的建议。

发现内部消费者的期望的最好办法是召开团体会议。一对一的接见是一种补充方法。

构思承诺或服务水平协议

一个服务水平协议的定义必须经过服务提供者和消费者一起构思。因此，区别"期望鉴定"和"概念"阶段总是很难。

由于承诺是单方面的行为，所以服务提供者决定许诺内容、行使程序和赔偿的支付。虽然这些内部承诺的组成内容同外部承诺相似，但是真正的协议则大为不同。

1. 内部服务提供者更可能承诺无条件的全面消费者满意，特别是在引导阶段和过程中传球时。通过在引导阶段无条件的承诺，每一次行使承诺都指示出内部消费者的真正需求。同样地，行使承诺能够提供额外的见识，对内部市场调查的结果进行补充。

2. 通过内部承诺，滥用风险接近于零。

3. 行使程序以需要使用标准的表格为特征。表格应该用来寻找不满意的本质。为了避免内部消费者在行使程序时被要求太多，表格应该设计得非常简单，而且理想上应该体现出行使程序是积极主动的。

4. 在过程中传球的情况下赔偿必须是象征性的。在引导阶段甚至可能忽略赔偿。在外部承诺的情况下，赔偿是对消费者损失的补偿而且必须使消费"完整"。在内部承诺的情况下，赔偿发挥着不同的作用。因为服务提供者和消费者实际上是同事，消费者不太可能让服务提供者来补偿损失。内部消费者也许无意识地期望赔偿是对提供服务的伙伴的一种惩罚。

因此赔偿通常是象征性的，例如，随财务经理的意见，业务经理们或者自行进入工作中（进入计算机），请财务经理出去吃午餐，或者在下一次销售会议上根据财务经理的选择唱一首歌。

在某种情况下，服务提供者因为没有依照规范行事而产生服务问题，让他们成为这些问题的"所有者"是可行的。例如，如果旅馆夜间值班人员没有做好整理顾客账单的准备工作，他们不得不在属于自己的时间里协助早间结账处。

5. 在离线内部服务情况下的赔偿更是一种惩罚，但不是必须的。如果消费者与服务提供者之间的关系没有密切到阻碍消费者行使承诺时，赔偿更是一种惩罚。特别是在大型组织里，组织的辅助功能几乎如同外部供应者。

在万豪酒店的人力资源部可以发现惩罚性质的赔偿。在这个案例中我们曾提到如果空缺岗位在两周内没有补上，人力资源部将以自己的预算资金来雇佣临时员工。该人力资源部还向所有员工承诺他们的工资单是保密的，另外所有对信息的要求将在24

小时内解决。如果没有做到，则给予员工一次二人晚餐的赔偿，费用从部门的奖励基金中支付。

试运行

由于内部承诺和服务水平协议比外部服务承诺及协议涉及的风险小得多，所以很快推行是可能的。不过，在正式推行后进行调整也是必要的。这就是有必要进行试运行的原因。对于服务水平协议，这意味着在最初两个月里复审会议的次数要多一些。对于承诺，赔偿可能被忽略，并不是在推行承诺前努力评估可达到的服务水平，而是简单地推行并且在过程中衡量服务水平。此外，承诺不是结束，初始承诺经常是为了达到消费者的全面满意。在最终的权衡之后，承诺能够被制定得更加明确。

内部承诺和协议的常见缺陷

执行内部服务承诺和服务水平协议的主要风险是，在最初的狂热过后，执行渐渐变弱直至消失殆尽。例如，在仅有象征性赔偿的内部服务承诺的情况下，内部消费者只受到有限的鼓励去行使承诺。对于服务水平协议，需要的努力要多得多。缺少初期成果可能会使服务提供者和内部消费者气馁，因而不再继续参与复审会议。在以下情形下这种渐弱的风险尤其要大：

- 缺少支持组织和（或）一个推进者。建立服务水平协议和服务承诺需要一定的专门技术。通过设立指导委员会，当越来越多的协议或承诺被推行时，这种专门技术逐渐发展起来。此外，通过在内部进行概念推广和正式地要求达到一定成果也可以用来保持执行兴趣。推进者可用来进行日常支持工作，特别是在大型组织里，推进者的作用比得上质量经理或者是向质量经理负责的质量指导。

- 积极性被隔离。如果缺少这样一个组织结构，经常会使承诺和服务水平协议与个别部门的积极性隔离。特别是对于过程中传球来说，通过推行一系列相互关联的承诺或协议，可以使初期的渐弱机会减少。一些组织利用这样综合而渐进的方法作为推行一个外部承诺的准备。

- 缺少日常工作程序的一体化。承诺和服务水平协议经常增加正常的工作量。例如，可能需要额外的报告系统，将它们融合到已有的工作程序中，并且以新的作业取代已有的作业，从而使有关员工的工作量较少受到影响。特别是对于需要服务提供者和消费者的大量努力的服务水平协议，应当在很大程度上以其机制取代已有的报告系统。

结论

服务承诺和服务水平协议有助于发现消费者的期望，是实现消费者满意的有价值的工具。此外，它们使服务的无形性带来的困难得以克服；谈到使无形变得可触知，它们发挥了至关重要的作用。在本章中，我们广泛探讨了在定义和执行服务承诺和服务水平协议时需要考虑的重要问题。显然，两者中任何一个的执行是否成功极大程度上取决于整个组织的共同努力，尽管这听起来好像是陈词滥调。对于组织内部发生的运作与消费者最终所经历的服务盘根错节的本质，我们不能够像详细解释实例和易犯的错误那样给予足够的强调。执行服务承诺和服务水平协议需要贡献及和谐的计划，针对于此我们提出主要的构建基石和执行程序的指导性原则。

服务承诺和服务水平协议都是连接服务传递过程与消费者满意的强有力的策略。它们有助于 [16]：

- 减少消费者购买风险，保证杰出的服务传递。
- 确保充分的服务恢复，以便在质量和价值方面树立更加有利的公司形象。
- 在消费者头脑中建立起出众的服务提供者的有竞争力的形象。
- 增加消费者反馈信息，包括积极反馈和消极反馈。

复习和讨论题

- 服务承诺与服务水平协议的主要区别是什么？
- 查寻一个使用服务承诺的公司的例子并进行评价（如，其是否包含了构成一个服务承诺所必须的所有信息）。服务承诺的目的是什么？是否是有效的承诺？
- 如果你想在你的公司里使用内部服务承诺或服务水平协议，你想从哪种服务程序开始？

注释和参考资料

[1] The PPT Telecom example that we use throughout this chapter has been discussed in Thomassen, J. P. (1996) *Buitengewone service-en tevredenheidsgaranties*, Extraordinary service and satisfaction guarantees). Deventer: Kluwer bedrijfswetenschappen.

[2] Hart, C. W. L. (1988)'The power of unconditional service guarantees', *Harvard Business Review,* Vol 66, No 4.

[3] Marmorstein H., Sarel, D. and Lassar, W. M. (2001)'Increasing the persuasiveness of a service guarantee: the role of service process evidence', *Journal of Services Marketing,* Vol 15, No 2, 147–59.

[4] Lufthansa Airlines, advertisement in the *Wall Street Journal,* 9 Mar 1987.

[5] Ibid.

[6] www.interliner.nl.

[7] 'Customer service: The last word', *Inc. Magazine,* Aug 1992.

[8] Rust, R. T., Zahorik, A. J. and Keiningham, T. J. (1996) *Service Marketing.* New York: Harper

Collins College Publishers.

[9] Tucci, L. A. and Talaga, J. (1997), 'Service guarantees and consumers evaluation of services', *Journal of Services Marketing,* Vol 11, No 1, 10–18.

[10] Kandampully, J. and Butler, L. (2001) 'Service guarantees: a strategic mechanism to minimize customers' perceived risk in service organizations', *Managing Service Quality,* Vol 11, No 2, 112–20.

[11] Hiles, A. N. (1994) 'Service level agreements: Panacea or pain', *The TQM Magazine,* Vol 6, No 2, 14–16.

[12] The case information is based on a study developed by Darline Vandaele in her graduation thesis 'The impact of Service Level Agreement on the operational system of service companies' under the supervision of Paul Gemmel.Many of the information has been captured in an interview with Mr Kris Van Den Briel, COO of Securis.

[13] Ishikawa, K. (1996) Guide to Quality Control, Quality Control, New York.

[14] Hart, C. W. L. (1995) 'The power of internal guarantees', *Harvard Business Review,* Vol 73, No 1, Jan–Feb, 64–73; and Epelman, M. S. (1994) 'Internal service guarantees. A constructive approach to errors', *Proceedings of the 3rd International Research Seminar in Service Management,* IAE, Aix-en-Provence, France.

[15] Argyris, C. (1990) *Overcoming Organizational Defences.* Needham Heights: Allyn and Bacon.

[16] Kandampully, J. and Butler, L. (2001) op.cit.

进一步阅读资料

Hart, C. W. L. (1993) *Extraordinary Guarantees: A new way to build quality throughout your company and to ensure satisfaction of your customers.* AMACOM. Anyone who wants to learn more about service guarantees should turn to this book, which is definitely the most complete work on the topic. It is very accessible thanks to the numerous examples.

Hart, C. W. L. (1995) 'The power of internal guarantees', *Harvard Business Review,* Vol 73, No 1, 64–73.

Hiles, A. (1993) *Service Level Agreements. Managing cost and quality in service relationships.* London: Chapman and Hall. This concise book is of practical help when drawing up service-level agreements. It contains plenty of checklists which help managers to avoid common pitfalls.

Marmorstein, H., Sarel, D. and Lassar, W. M. (2001) 'Increasing the persuasiveness of a service guarantee:the role of service process evidence', *Journal of Services Marketing,* Vol 15, No 2, 147–59.

In this article, the effects of service process evidence, compensation and prior beliefs about the service providers are investigated in the context of service guarantees. It is an example of the kind of research currently being done.

第三篇

服务组织的人力资源

巴特·范·路易

服务是既涉及员工又涉及消费者的过程。服务的同时性形成了雇员的行为、动机、胜任能力、满意度和承诺同消费者的质量感知进而满意度之间的固有联系。因此，人力资源实践在服务运作的管理中发挥着重要作用。我们将在第 9 章全面地讨论这些方面，在这里我们介绍三个重要的概念：胜任能力、协作和授权。这是基于服务的人力资源实践应该从事的三个方面。

在第 10 章中，我们以较为开阔的视野着眼于由胜任能力概念为中心的综合的人力资源框架，从而涉及到胜任能力问题，并探讨了定义和评估胜任能力的各种方法。

当然，并非所有的服务都是相同的（在第 1 章我们已经阐述），因此我们在第 10 章介绍三种不同类型的胜任能力：行为能力、技术能力和个性特征，并把它们同第 1 章所描述的三种不同类型的服务——维护式交互作用、任务式交互作用和个人式交互作用类服务联系起来。胜任能力的开发战略因胜任能力的性质而不同，因此我们总结了一个综合的指导框架，将服务过程的本质、不同类型的胜任能力的相对重要性以及胜任能力开发行为结合在一起。

当谈论胜任能力的开发时，很容易从个体的角度来看待这个过程，而事实上胜任能力的开发具有高度的相关性。我们在第 11 章着重突出了协作关系的重要性，由此完善了关于胜任能力及其开发的观点。

在第 12 章，我们讨论了授权的概念。在这里可以看到两个层级上的授权——个人级别的授权和组织级别的授权。个人级别的授权与动机的概念紧密联系。我们将仔细地考察作为动机驱动力的授权的含义，并且讨论授权对领导的意义。在组织级别上实现授权，重新分配权力、报酬、信息和知识很重要。显然以这样的方式运转的组织将会取得更高水平的雇员满意度和消费者满意度，甚至是更高的收益率。这把我们带回到我们讨论的出发点：人力资源的确对服务业很重要。在第 13 章我们可以找到同样的信息，在这里我们探讨了角色压力的概念及其产生的后果，特别是一线员工通常面临复杂的有时是冲突的要求。这个言论直接来源于标志服务特征的同时性和变化性。因此，角色压力现象成为服务环境中的一个独特的关注点。

第 9 章

人力资源实践在服务组织中的作用

巴特·范·路易　　科恩·戴维汀克　　德克·布伊恩斯　　泰恩·范登博斯奇

引言

想象你正在欧洲一条著名商业街上的大型百货商店购物。

你拿了几件想买的物品走向柜台，心想自己真幸运：柜台前没有别的顾客等着结算，而且有三个员工正在等着为你服务。至少这个想法在你头脑里一闪而过。当你走到柜台前时，你发现她们正在谈论什么。也许这是一个员工会议？

你把所有要买的物品放在你最喜欢（第一眼）的女士前面的桌子上，而且保持着微笑。显然她们正在谈论重要的话题，很难注意到你的出现。一分钟后你的笑容消失了，并且试着小声咳嗽了一下。你过于礼貌了。讨论还在继续，但是现在另外一个员工加入了争论。

"我是不是必须在这里付款？"你最后又试一试，斟酌着用词，以免产生语言歧义。那三个员工中的一个侧过头来，捡起商品，拿出剪刀并且继续和她的同事讨论。你痛苦地叹了口气：至少有了进展。她把商品上的标签用剪刀去掉，堆在一起。工作结束后，把剪刀放在一边，继续讨论她们的话题。

过了一会儿，主导讨论的两个员工走开了；如你所愿讨论结束了。沉默了片刻，两个员工拿起商品开始整理以便能够正好放入袋子里。你已经准备好了信用卡，这时你注意到那些标签还在那里堆着。交谈又开始了。谈论的不是安排店铺空间的新方法，不是工作条件的新变化，也不是致力于提高消费者满意度的首创精神，而是其中一个员工与工作在仓库里的某某的恋爱事件。

你用信用卡敲打着桌子。一个员工看了看。"我可以用信用卡付款吗？"你问道。"当然，"她回答。"什么时候？"你又问。突然有人大声喊一个名字，所有的顾客开始向你这边看。你开始出汗了，并且作出无力的微笑。先前那个离开几分钟的员工又开始向你这边移动，动作很慢，因为这个恋爱故事也必须向这个暂时替补的员工叙述。

现在你开始考虑是不是应该走出这家商店了。可是你犹豫了太长时间。这时有人拾起这堆标签，在拿起第三个标签时好像适当地停顿了一下。因为这个替补的同事需要了解那个恋爱故事的一些细节。

最后，你终于能付款了。你蹒跚着走出商店。到了大街上你打开袋子看你买的衣服。它们看起来非常好，做什么都值得了。忽然你的目光落在你刚刚买的一双袜子上，确切一点是落在标签被剪除的地方，或者说是标签被去除的那个地方的一个大洞上。是剪刀的错。你考虑了一会儿，是否要返回商店找她们算账。这时你抬头看了看天，多么美的天空！将这么美好的一天浪费在一个百货商店里真不值。

服务提供者的人力资源及其工作方式是影响组织绩效的最重要的因素。服务固有的本质使员工的作用与服务传递之间有着清晰的关系。在本章中我们将看到证明和提炼这种关系的几项研究的结果。

这将使我们得以确定对服务环境中的人力资源管理（Human Resource Management, HRM）有重要影响的要素，即胜任能力、协作和授权。关于这三者将在第 10 章到第 12 章中进一步探究。此外，第 13 章将解决角色压力问题，因为这直接与标志服务特征的同时性和变化性的概念相关。

目标 到本章结束，读者应该能够讨论如下问题：

- 服务的本质特别是其同时性是如何说明人力资源实践对服务的重要作用的？
- 雇员的行为和情感与消费者满意之间的关系最终如何影响服务组织的收益率？
- 能够被用作设计相关人力资源实践基础的 HRM 模式。
- 识别服务型组织人力资源实践的关键要素——胜任能力、协作和授权。

服务的本质

在实践中，明确地区分一个服务操作中的服务、提供服务的过程和传递服务的系统、程序是很困难的。服务的一个独特属性是消费者参与服务的生产过程，在第 1 章中我们将此属性称为同时性。服务本身总是包括消费者的行为，因此消费者根据这种交互作用感知服务质量。

同时性作为服务的一个固有特征，意味着服务组织与其消费者之间存在着具有极强渗透性的界线。在服务提供者和消费者之间既有心理上也有身体上的接近。服务员工与消费者常常在一起，彼此观察对方，进行交互作用。因此，员工在工作中所经历的即被传达给消费者。不满意的、无积极性或者沮丧的员工将他们的情感带到工作中，在与消费者交互作用时，将这些情绪传送给消费者。我们都能够讲述关于饭馆里的服务员工的行为如何影响我们对整体服务质量的综合印象的故事。在一些情况下，消费者可能感到自己毕竟接受服务了，所以是幸运的。而在另一些情况下，消费者就餐之后产生一种受宠和被关心的感觉。

斯科内德和鲍恩（Schneider and Bowen）已经广泛地证明了这种关系。[1] 一系列关于雇员在工作中的体验与消费者的服务质量感知之间关系的研究都一次又一次地得出相同的结论。雇员的感觉和行为影响着传递的服务质量：感到满意的人们传递良好质量的服务！

让我们更仔细地看一看他们的研究。为了调查员工对人力资源实践的认知和满意与消费者对服务质量的评价之间的关系，从一个服务企业的 28 个部门收集了数据。雇员可以表达他们对某些方面如工作条件、管理的特征和发展机会等的满意程度。同时独立地收集了有关消费者的服务质量感知情况的数据。研究中的两个要素有密切相关的关系。在这里我们想强调的是这些数据产生于一个公司。在这 28 个部门中服务的类型和全部的程序是一样的。因此，得出的结论是员工满意度的不同造成了消费者对服务质量感知的不同。

赫斯凯特、施莱辛格（Schlesinger）和萨斯（Sasser）[2] 也强调了在哈佛商学院发展的服务利润链模型（在第 4 章中介绍）中雇员满意度与消费者满意度之间的关系。在这里，雇员满意度与消费者满意度之间的关系被称为"满意度镜子"。有大量的经验证据支持这种效应：在施乐和 MCI 通讯公司收集的数据揭示了这两个因素之间的正向关系。有工作热情的员工不但将这种情感通过言辞或非言辞方式转移给消费者，而且也渴望着努力工作，使消费者达到满意。受到这种对待的消费者有交互作用的行为，又进一步提高了雇员的满意度。此外，员工忠诚也是至关重要的；雇员在一个岗位上工作了足够长时间，不但使自身技能达到高水平，而且开始熟悉消费者，了解消费者的特别兴趣和要求。这使他们得以提供更好的、个性化的、用户化的服务。这样产生的更高价值进而又将提高消费者的忠诚度。

因此我们得出结论，在一个服务组织内部发生的大部分事情是无法对与组织雇员相互作用的消费者隐瞒的。达到高水平的服务质量和消费者满意度暗示着也要考虑雇员满意度。

将雇员满意度和消费者满意度与收益率联系起来

尽管在雇员满意和消费者满意之间存在密切联系，但是两者都不是服务组织追求的最终目标。需要将上述两个概念同收益率概念联系起来。否则，愉快的员工创造愉快顾客的概念只能被认为是一个令人愉悦的附加作用，这对于经营企业只是"附加"的而不是最基本的。

在这个问题上,赫斯凯特等人的研究再一次给我们提供了重要的见识。他们将雇员满意度、消费者满意度和收益率在著名的服务利润链中联系起来。分析是从服务的概念开始的 [3]:服务能力影响着雇员的满意度,雇员满意进而导致雇员忠诚,并且影响服务员工为达到生产率和质量要求的努力程度。这些进而影响了为消费者创造的价值和被消费者感知的价值。价值创造将导致满意的消费者以及最终的消费者忠诚,而这种忠诚将对组织收益率作出贡献。

施莱辛格和赫斯凯特 [4] 在描述管理服务中可能出现的不同循环时,非常清晰地论证了服务组织"内部"与"外部"之间的动态的相互作用,即雇员的满意度和行为与消费者对服务质量的感知之间的相互作用。

我们在这里对"失败的循环"进行概述(见图 9.1)。这个循环通常是从组织寻求在短期内削减成本开始。

作为在短期内削减成本的一种尝试,组织从寻找愿意为法定最低水平工资而工作的人开

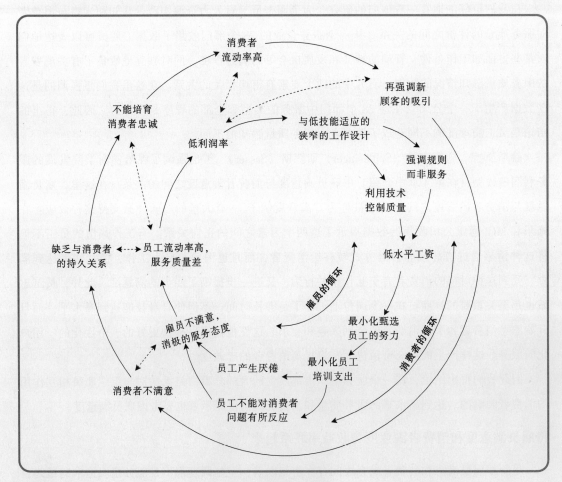

图 9.1 失败的循环模式

资料来源:Reprinted from 'Breaking the cycle of failure in services', Schlesinger and Heskett, *Sloan Management Review*, Spring 1991, by permission of the Publishers. Copyright ⓒ (1998) by Sloan Management Review Association. All rights reserved.

始。由于培训员工需要花费资金，所以工作被压缩成一系列几乎不需要培训就能做的简单而枯燥的工作任务。公司自身的员工——或者处于决策层的，或者在他们自己的岗位上做更多的工作的员工也需要花费时间和努力，所以很容易不觉得烦躁。技术被用来满足某种程度的质量控制。

这其中的原理正如下面所述：

> 当然，人们在这样一个系统中工作时没有真正的主动性，而且的确，他们频繁地离开公司，并且每次都是工作很短时间后离开公司。但是谁在乎呢？没工作的人那么多，而且我们能够很容易地找到新员工。

至此，能够清楚地看到，短期内员工费用也许减少了，但是长期的影响却是灾难性的。雇员的频繁跳槽导致对待消费者的无关紧要的态度，进而使这些消费者产生不好的质量感知，结果又进一步提高了雇员的不满意度，而且导致较低的销售额和利润率。这最终激发下一个削减费用的循环，一切又将开始。

有几个因素解释了公司是如何被"诱惑"进入这个循环的。人们认为技术是使一个公司减少人类行为的不可预知性的救世主，所以一般认为投资于技术比投资于人更重要。然而显而易见的是，尽管未来一些服务行业更多地使用技术，但是对于很多服务业想以技术完全取代人的因素是困难的。我们将在第 17 章研究信息技术的发展与服务业的相关性时进一步讨论这个问题。

据证明，有一些因素如劳动力能力不足，教育体制的失败，以及职业道德等价值观的丧失迫使公司采用了这种方式。我们可能忘记的是，公司的确在社会中发挥着重要作用，公司看待劳动力的观念和见解是自我加强的表现。

或许，产生这样一个失败的循环的最重要的因素是追求短期绩效的压力，以及与此有关的精确信息的缺乏。有太多的公司没有成功地或不能够计算员工流动率对消费者保留率的影响，或者争取一个消费者的费用与保持一个消费者的费用的关系。而工资和培训费用是能够精确计算出来的。只要看一眼账目就可以对短期的节约效果一目了然。尽管对于加强招聘，员工培训与开发以及奖励和重视等都承认是重要的，但是不得不仔细考虑用于这些方面的开支。由于长期趋势的出现要缓慢得多，而且效果不显著，所以经常是经理们在决策时最后才给予考虑的项目。由于很难量化长期事项对即期利益的影响，用于提高劳动力素质的努力就可能被最小化。此外，因为"只有衡量之后才知道如何处理"的观念，这个失败循环里层的部分所带来的影响很少为人所知，或者未被计算。[5]

这些动态关系也能够表现出积极的一面。施莱辛格和赫斯凯特将上面描述的失败的循环模式与其对立的成功的循环模式并置（见图 9.2）。在这里，公司内部的一些运转积极地影响着外部运转情况，反过来也是如此。

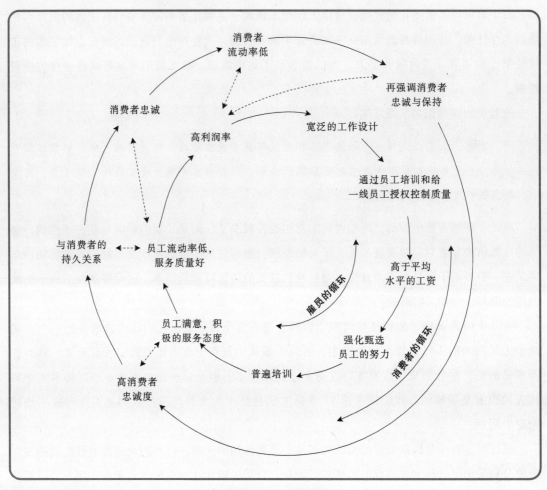

图 9.2 成功的循环模式

因此，没有投入大量努力服务于员工的服务部门的经营，如同发现机油箱里的机油要耗尽而开始加速行驶一样，向前走得越远，带来的灾难越大。

既然管理人力资源是至关重要的事情，让我们看一看在服务组织的 HRM 方面最重要的是什么。

图表 9.1

奥彷舨销售额的增长 [6]

奥彷舨（Au Bon Pain）是位于美国东海岸的法式面包咖啡连锁店。最初店铺经理们的薪水刚刚超过当地市场的平均水平，而且极少有处理店里事务的权力。在这个公司中，经理和雇员如同走马灯似的流入流出，这已是很正常的现象。

为了扭转局面，公司与店铺经理们签订了一个新合同，规定公司与经理就完成的某个目标利润分成，同时给予经理们更改工作程序、员工政策甚至店铺布置的自由。[7] 公司总部开始重新审视自己的角色，不再把重点放在控制上，而是实地指导和协商上。在某些情况下，这样的改变为公司创造了双倍的销售额。

一个当地经理做得更进一步，他开始寻找愿意每周工作 50～60 小时的劳动力。较长的工作时间使他得以将雇员数量降低了 70%，缺勤率降到接近于零的水平（因为缺勤一天意味着失去加班费）。

低技能、入门级的工作岗位的员工流动率下降到 10%，而 200% 的流动率在这一行业是很正常的。顾客们注意到公司的这些变化，开始与那些每天都能与他们见面的柜台后的员工建立了联系，从而公司销售额高涨。他的一线员工为其创造了相当于行业平均水平两倍的收益。

服务业的人力资源管理

什么是人力资源管理

人力资源管理（HRM）的概念形成于 20 世纪 70 年代。最初雇员基本上被看做一种费用，随着人力资本理论的演变，证明了也可以将雇员看做一种资产。在 20 世纪 80 年代后期，由于人性因素在日益严峻的全球竞争的时代表现出实质性的区别，HRM 能够并且应该与公司的经营战略融为一体。这种位置已经得到普遍地承认，并且也成为 HRM 与传统的人事管理的主要区别。传统的人事管理的任务已经从最基本的劳动力管理扩展到更大的、更综合的方面，如组织的文化、新形式培训和促成组织目标的形成等。[8]

在 HRM 领域，有多种不同的模式。我们将对其中的三个模式进行讨论，每一个模式都为我们理解 HRM 提供了有价值的贡献。把这几个模式放在一起考虑，可以为我们描绘一个关于 HRM 的综合框架。

- 密歇根模式的着重点在于 HRM 与企业战略匹配以及 HRM 的构建基础。
- 哈佛模式将我们的注意力引向多样的相关利益主体，并且介绍 HRM 的 4C。
- （英国）沃里克大学的研究产生了关于过程在 HRM 中占有适当位置的观点。

密歇根模式：将人力资源实践与企业要求联系起来

在这个模式中强调了资源这个方面。组织中的人员是一种资源，要以同组织的需求一致的方式对其进行管理。与组织的战略与效益保持一致是至关重要的；我们应该寻找人力资源与企业战略的"匹配点"。HRM 应该与企业的经营目标一致并且具有支持作用。具有支持作用意味着开发适当的 HRM 系统，如人员甄选、绩效评估、薪酬和发展等。[9]

这种思维方式强调了发展战略性的和因情而变的计划的重要性，借助于此，根据所采用的战略来设计人力资源实践。例如，如果一个公司通过革新力求差异化，那么就应该选择有创造性的、具有革新精神的员工，而且公司应该在培养广泛的胜任能力、促进跨职能协作和双阶梯职业生涯规划方面进行投资。

尽管这种方法初看起来很吸引人，但是仍然有其不足之处。这时的 HRM 更是一种被动地反应行为；一旦战略已经确定，人力资源就要去"适应"它。这样的 HRM 方法在很大程度上缩小了人为因素的重要性，即认为在服务环境下最恰当的行为过程是没有必要的。[10] 服务传递的质量将依赖于服务员工对特定服务理念作出的保证。给员工派了一个仅仅需要"依从"的角色好像不是引起这种保证的最好方式。这就是在定义服务理念时（见第 2 章）谈到人力资源的价值和实践的原因。

在这个模式中，战略只不过被看做以一般类别的战略作为合理出发点的理性的程序。[11] 然而一般类别的战略，如成本领先和差异化战略并不像人们所认为的那样彼此完全不相容。此外，战略的过程同其内容一样重要。战略形成和变化经常是战略自身的增值过程，常常不是那么符合推理和逻辑性。在这个变化过程中人力资源实践也发挥着作用。上文将 HRM 定义为人员甄选、绩效评估、薪酬和员工发展，这是一个太狭窄的定义。

因此我们需要用其他模式补充这种观点，从而对所面对的这个复杂的事物作出公正的评价。[12]

哈佛模式：影响 4C 的利益相关者

在哈佛商学院 [13] 发展的模型强调了 HRM 中的人为因素。在这里是如此定义 HRM 的：

> 影响组织与其雇员之间关系的性质的一切管理决策和行为。

这个定义比密歇根学院定义的 HRM 所包含的领域广泛。比尔（Beer）及其同事们定义了四个人力资源政策领域：人力资源流、报酬系统、雇员影响力和工作系统。

1. 人力资源流是由对人员的流入、流出、停留于组织进行管理的活动构成，包括：员工招聘、选拔、配备、开发、绩效评估、晋升和退出等活动。

2. 报酬系统包括与吸引、留住雇员有关的一切内容，主要有工资、激励和利润。

3. 雇员影响力是指（雇员的）威信和职权的水平以及组织对雇员进行设计的方式。

4. 工作系统指工作设计和任务安排的方式以及取得最优结果的技术。

哈佛模式识别了拥有各自利益的不同的利益相关者：股东、管理者、雇员、工会、政府和社区。在不同的政策领域和不同的利益相关者中必须取得的有关成果被称为 4C [14]：

- 义务（commitment）：雇员对自己的工作和组织主动承担的义务。

- 相合性 (congruence)：不同的利益相关者——雇员与其家庭，组织与其目标、股东，社区与整个社会的相合性。

- 胜任能力 (competence)：现在和将来的能力——吸引、保持和发展技能和知识的程度。

- 成本效率 (cost effectiveness)：在工资、利润、营业额、激励、就业等方面采取的特定政策的结果如何，应该在个人、组织甚至是社会层面上考虑成本。

在这个模式中强调了管理者的作用。总经理必须要有一种关于员工如何参与组织和组织如何发展员工的远见或者观点。这个模式结合了所有的利益相关者，也结合了 HRM 和战略的内容和过程，但是它仍然更多地强调根据战略的执行进行综合，而不是根据战略形成进行综合。同样地，这个模式趋向于只在一个方向上移动，也就是说以经理作为驱动力，实现从战略到人力资源实践再到员工行为的移动。沃里克贡献了一个更为和谐的观点。

沃里克：提出以上模式所重视的方面并且重视过程

沃里克大学的学者们 [15] 持一种过程导向的 HRM 观点，这个观点也强调了上述模式所强调的重点。斯帕罗和希托普 (Sparrow and Hiltrop) [16] 以如下方面作为其研究的出发点：

- 不应该将战略看做一种成型的产出物，然后人力资源能够很容易地使自己与其轮廓相符。HRM 的结构、文化或者其他一些领域的变化都可能先于战略的变化，因而形成了组织思索其战略的方式。战略可能在组织内部从下至上也可能自上而下形成。
- 由于战略和 HRM 的变化在较长的时间段内才能出现，所以变化的过程变得同变化的内容一样重要。当对 HRM 产生需求的变化过程完全不是理性的时候，不应该以过度理性的方式设计 HRM 系统。

假定将这些考虑进来，那么由哈佛学者发展的人力资源政策框架就得到了扩展。沃尔克模式采用了与哈佛模式不同的 HRM 的政策领域，将那些使 HRM 与组织成为整体的一切政策领域都包括进来。

在研究组织的变化过程和 HRM 实践时，显然，采取许多不同的路径能够获得同样的最终结果。这些路径总是因具体情况而定并且受组织的历史的影响。在实践中学习是重要的。在成功地履行新的 HRM 实践方面，诸如引起对新实践的承诺、组织内部的动员支援、持续创新等时，这个模式的建议者作出了最大的贡献。

同样地，这个模式在定义需要做什么时，更倾向于描述性的方式，因为对一个公司来讲最好的方法不一定是对另一个公司最好的方法。斯科内德和鲍恩 [17] 在论述招聘程序和雇佣什么样的服务员工时明确地表明了这种观点。他们这样写道：

> ……没有必要雇佣最优秀的人员，但是有必要雇佣能够满足你的消费者的期望和要求的优秀的人员。

这是否意味着有关服务业的人为因素的最近的见解是，一切都将取决于个别情况？对此问题的回答既有肯定的也有否定的：

- 是这样的。因为不存在唯一的最好方法。恰当的行为总是因情况而异。

- 并非如此。知识是能够从别人那里学来的。在为具体情况设计行动方案时，别人的洞悉和理念是有价值的出发点甚至是鼓舞人心的指导方针。不过仍然需要在过程中适应和调整，从而产生新的理念和新的模式。

服务业的人力资源实践：胜任能力、协作、授权

关注能力及其持续发展、建立协作关系和向员工授权是对服务业尤其重要的趋向。三个要素应该在人力资源实践中有所反映。

我们如何得出这个结论？让我们再次回到哈佛商学院。能够记得服务利润链是从左侧的服务能力的概念开始的。赫斯凯特等人 [18] 将服务定义为一些要素的构成状态。

- 向消费者传递结果时的幅度。
- 对一线员工的权力进行明确地界定。
- 出色的岗位培训。
- 运转良好的支持系统，如硬件设施和信息系统。
- 对那些至少在一定程度上由达到消费者满意水平来决定的出色工作给予承认和奖励。
- 严格的招聘和选拔方法。

这个定义从何而来？

这是从雇员与消费者满意度之间的牢固关系引发而来的。在哈佛商学院学者开始调查雇员满意的根源时，在"镜子效应"中描述了这两者之间的关系。一项由施莱辛格和卓尼斯基（Zornitsky）[19] 进行的研究揭示了约三分之二的雇员满意度水平恰恰是由三个因素促成：管理层给予员工满足消费者要求的幅度，服务于消费者的职权，拥有服务于消费者的知识和技能。

当我们观察这些结果时，有两个重要的概念变得清晰：胜任能力和授权。[20] 这是从表9.1最上面三个因素的检验结果得出来的。拥有服务于消费者的职权与幅度是紧密联系在一起的。这两者合在一起读起来像是教科书中所定义的"授权"。知识和技能使"胜任能力"很清晰地出现在我们的脑海中。

因此胜任能力和授权形成了服务能力中人这一方面的核心。因此这两个因素在讨论人力资源实践时也是至关重要的。我们将在第10章和第12章进一步讨论这两个概念。

不过我们也对协作的思想感兴趣。为什么要强调这一概念？首先，服务常常是通过许多服务员工相互作用的方式提供的。协作有助于传递完美无缺的服务。协作经常是服务业中取得成功的先决条件。在某些情况下，明晰的工作安排、任务分配和责任划分也许也能够完成工作，但是正如在第1章广泛讨论的那样，服务具有某种程度的变化性，换句话说，一个服务员工时常会遇到无法预见的或者是陌生的问题，这时来自于其他员工的支援或者员工之间的协作显得至关重要。协作在能力发展方面也发挥着作用。学习和改进的过程也是一种社交过程，这往往

表 9.1　雇员满意的根源

雇员满意度的决定因素	解释力 *
被给予的满足顾客的自由幅度	36.6%
我拥有服务于顾客的权力	19.2%
我有服务于顾客的知识和技能	12.9%
因为向顾客提供好的服务而得到奖励	7.3%
主管或经理对顾客满意度优先考虑	4.2%
生产要求与服务于顾客是和谐的	3.1%
全面管理令人满意	2.8%
安全保险训练令人满意	2.1%
13 种其他决定因素	11.8%
总计	100%

* 每个数字代表由每个决定因素解释的离差的平方占总体 R^2 （所有决定因素与关于做这个工作的能力的总体感觉的样本决定系数）的比例。

资料来源：Schlesinger, L. A. and Zornitsky J. (1991) Reprinted with permission from *Human Resource Planning*, Vol 14, No 2 (1991). Copyright ©1998 by The Human Resource Planning Society, 317 Madison Avenue, Suite 1509, New York.

被忘记。这是值得服务学者和经理们考虑服务的本质时特别注意的方面。

变化性的概念滋生于同时性，它也将我们的注意力转向角色压力现象。尤其是一线员工在这方面是脆弱的。这将在第 13 章中明显地看到这一点。由于服务的同时性本质，服务员工可能会面临冲突的需求。服务员工在日常工作中经常遭遇一种压力，他们既要使消费者满意又要同时达到生产力和质量的目标。美国职业压力协会在这方面的工作做得很深入，直到明确地鉴别出客户服务是美国最能产生压力的十大工作之一。因此讨论这种角色压力现象和解决的措施是有价值的，因为这对雇员的行为和雇员与消费者的态度及意向有直接的影响。

结论

在本章中我们考察了为什么人力资源实践对服务组织重要。由于服务具有同时性特征，产生了"反射"效应，即服务员工的行为和情绪从消费者的质量感知中有所反映，因而影响着消费者满意度。

我们也考察了人力资源实践与服务组织相关的原因。由于服务的同时性特征，产生了"反射效应"，即从消费者的质量感知中能够反映出服务员工的行为和情绪，进而影响消费者的满意度。在考虑由哈佛商学院发展的失败和成功的循环模式时，能够更清晰地看到组织内部的运转与消费者及市场的感知和反应之间的相互作用。在本章中对密歇根、哈佛和沃里克模式的某些细节上进行了讨论，从而确立了三个重要的概念：胜任能力、协作和授权。这三个因素对于服务部门的人力资源实践是关键性因素。此外，角色压力与这些重要概念紧密相关，尤其是与一线员工关系密切，值得我们给予特别关注。这些概念都将在本书第三部分的剩余章节中进一步讨论。

- 虽然人力资源进而 HRM 对价值创造具有重要的作用，仍然有许多公司没有因此采用人力资源实践。为什么存在这种情况？如何才能达到更为普遍的人力资源投资？
- 这里所概述的事物之间相互作用及相互联系的现象源于对服务组织的研究。你是否认为这些研究结果对生产环境同样相关？如果不相关，为什么？

注释和参考资料

[1] See Schneider, B. and Bowen, D. (1985) 'New service design, development and implementation and the employee', in George, W. and Marshall, C. (eds) *New Services.* Chicago: The American Marketing Association; Schneider, B. and Bowen, D. (1993) 'Human resource management is critical', *Organizational Dynamics,* 39–52; and Schneider, B. and Bowen, D. (1995) *Winning the Service Game.*Boston: Harvard Business Press.

[2] For an excellent overview, see Heskett, J., Sasser, W. and Schlesinger, L. (1997) *The Service Profit Chain.* New York: Free Press.

[3] 'Service capability' refers to all elements that constitute the operational service delivery system.

[4] Schlesinger, L. A. and Heskett, J. (1991) 'Breaking the cycle of failure in services', *Sloan Management Review,* Spring.

[5] Given the importance of adequate performance measure, we have devoted a complete chapter to this issue (Chapter 18).

[6] For more details on this example, see Schlesinger, L. A. and Heskett, J. (1991), op, cit.; Heskett, J., Sasser, W. and Schlesinger, L. (1997), op, cit.

[7] Of course, one should stay within certain standard parameters.

[8] For a more extensive and excellent discussion on these developments, see Sparrow, P. and Hiltrop, J. M. (1996) *European Human Resources Management in Transition.* Prentice Hall.

[9] See Tichy, N., Fombrun, C. and Devanna, M. (1982) 'Strategic human resources management', *Sloan Management Review,* Vol 23, No 2, 47–61; and Fombrun, C., Tichy, N. and Devanna, M. (1984) *Strategic Human Resources Management.* New York: Wiley.

[10] In fact, we do not believe in this approach for manufacturing firms either.

[11] Sparrow, P. and Hiltrop, J. M. (1996), op. cit.

[12] Besides the models we discuss here, we refer the interested reader as well as to the ideas

developed by Creed and Miles on HR investment principles, as well as the work of Ulrich on adding value to HR Practices: Miles, R. and Creed, W. (1995) 'Organizational forms and managerial philosophies – a descriptive and analytical review', *Research in Organisational Behaviour: An annual series of analytical essays and critical review,* Vol 17, 333–72; Ulrich, D. (1997a) *Human Resource Champions, The Next Agenda for Adding Value to HR – practices,* Harvard: Harvard Business School Press; Ulrich, D. (1997b) 'Measuring human resources: an overview of practice and prescription for results', *Human Resource Management,* Vol 36, 302–20. Ulrich, D., Brockbank, W., Yeung, A. and Lake, D. G. (1995) 'Human Resource competencies: an empirical assessment', *Human Resource Management,* Vol 34, No 4, 473–95; and Yeung, A., Brockbank, W. and Ulrich, D. (1995) 'Lower cost, higher value: Human resource function in transformation', *Human Resource Planning,* Vol 17, No 3, 1–16.

[13] Beer, M., Spector, B., Lawrence, P., Mills, D. and Walton, R. (1984) *Managing Human Assets.* New York: Free Press; and Beer, M., Lawrence, P., Mills, D. and Walton, R. (1985) *Human Resources Management.* New York: Free Press.

[14] Beer, M., Lawrence, P., Mills, D. and Walton, R. (1985), op. cit.

[15] Hendry, C. and Pettigrew, A. (1986) The practice of strategic human resource management', *Personnel Review,* Vol 15, 3–8; and Hendry, C. (1991) 'International comparisons of human resources management: putting the firm in the frame', *International Journal of Human Resources management,* Issue 2, 415–40.

[16] Sparrow, P. and Hiltrop J. M. (1996), op. cit., p. 16.

[17] Schneider, B. and Bowen, D. (1995), op. cit.

[18] Heskett, J., Sasser, W. and Schlesinger, L. (1997), op. cit., p. 114.

[19] Schlesinger, L. A. and Zornitsky, J. (1991) 'Job satisfaction, service capability, and customer satisfaction: an examination of linkages and management implications', *Human Resource Planning,* Vol 14, No 2, 141–9.

[20] Despite the objections of Heskett et al., we do use the notion of empowerment.

[21] For a very convincing plea for teamwork in professional services, see Maister, D. (1997) *True Professionalism.* New York: Free Press.

[22] Miller, A., Springen, K., Gordon, J., Murr, A., Cohen, B. and Drew, L. (1998) 'Stress on the job', *Newsweek,* 25 April, 40–45.

进一步阅读资料

Schlesinger, L. A. and Heskett, J. (1991) 'Breaking the cycle of failure in services', *Sloan Management Review,* Spring. This article provides a clear account of the dynamic interplay between employees and customers in services.

Schneider, B. and Bowen, D. (1995) *Winning the Service Game.* Boston: Harvard Business Press. An overview of how the human factor is interwoven into the process of delivering services and how HR practices should reflect this.

第 10 章

胜任能力与服务组织

沃特尔·斯蒂文斯　　德里·费姆兹　　巴特·范·路易　　泰恩·范登博斯奇　　德克·布伊恩斯

引言

在前一章里考察人力资源管理的不同模式时，能够清晰地看到人力资源实践需要平衡和综合，以适应特定的情境。此外，胜任能力在服务企业的人力资源管理中发挥着重要作用。因此，我们需要讨论基于胜任能力的人力资源实践的几个方面：有哪些不同类型的胜任能力以及它们对不同类型的服务的重要性如何？如何实现胜任能力的持续发展？我们将在后面进一步详细地加以讨论。不过，首先我们将说明在一个综合的人力资源方法中，胜任能力的概念如何找到它自己的位置。作为对这个整体框架的补充，我们集中精力于一些有关胜任能力的可操作的方法：如何列出胜任能力清单，如何开发胜任能力测验图和怎样评估胜任能力。

目标 到本章结束，读者应该能够讨论如下问题：

- 以胜任能力为基础的人力资源实践的总体轮廓。
- 不同的展开过程的特征及其暗示的内容。
- 如何使胜任能力的概念开始用于操作，以及识别胜任能力和搜集关于已有胜任能力的信息的可行的相关工具。
- 能够区别出来的胜任能力的不同类型，以及它们对不同类型服务的重要性。

- 就个人来讲开发胜任能力的过程。
- 不同开发策略和它们暗示了什么。
- 适合于不同胜任能力的开发策略。

设计基于胜任能力的人力资源实践

基于胜任能力的人力资源框架

人力资源实践对雇员与组织进行着平衡和连结。人力资源实践使组织目标和特征（如组织结构）与工作于组织内部的个人之间进行着相互作用。在过去，组织的特征是讨论的重点，在设计一个可操作的人力资源体系时，大部分努力都放在了工作设计、职务描述、招聘程序等方面。胜任能力概念的引入为在组织需求和员工行使职责之间进行更进一步的平衡提供了可能性。[1] 更明确地说，胜任能力系统能够被进一步发展以连结组织的战略核心能力和员工的个人胜任能力。按照普拉哈拉德和哈默尔（Prahalad and Hamel, 1990）的观点，核心能力被定义为"能够形成组织竞争优势的内部资源的特定组合"，而个人的胜任能力在这里被定义为与有效的工作绩效相关的人的特征，可以把这些胜任能力看做人的行为、习惯和思维的特定方式。这些个人的胜任能力被认为基本上可以总括情境且具有持久性。[2]

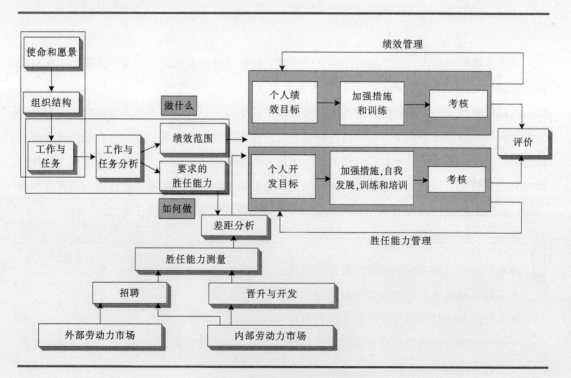

图 10.1 完美绩效与能力管理模式 [3]

资料来源：ⓒ Quintessence Consulting Belgium.

图 10.1 描述了这样一种方法。不但组织的目标和结构，而且个人胜任能力和绩效都在这里找到了自己的位置，发展它们之间的匹配关系是对人力资源实践的一个持续性挑战。

组织的使命和愿景以及其转化成的组织结构最终带给我们的是各种不同的任务和工作。任务和工作并不是同一的概念：任务更直接地与具体活动（如销售计划）有关，而工作（经常）是一组任务的组合。在这里不但要解释需要做什么，即绩效范围，也要指明如何完成和需要哪些胜任能力。

以一个向专业用户推销高级技术系统的销售专家为例。在绩效范围方面，可以规定这个销售专家应该主动和用户讨论这个系统，向用户推销系统，而且要注意建立顾客关系。这些绩效范围可以由特定的绩效目标作为补充，如通过新增销售额来实现某一特定的营业额目标，达到足够水平的消费者保留率和忠诚度（如，至少有二分之一的消费者在下一年再订货）。

然而，这些要素——绩效范围和目标并没有告诉人们如何去完成它，也就是没有指明做这个工作的个人需要哪种胜任能力才能取得成功。因此明确地定义必需的或要求的胜任能力增加了人力资源实践的价值。任务的概念使绩效范围和为取得成果所必须的胜任能力结合在一起。

当清楚地确定了胜任能力之后，再以差距分析作为补充，从而为招聘实践和开发行为提供一个指导框架。让我们回过头来再看我们的销售专家。除了别的能力以外，在这里所要求的胜任能力包括消费者导向、人际沟通能力、移情性、主动性、专业技术和说服力。将对这些胜任能力要求的水平与在招聘或提拔/更换过程中获得的有关人员能力水平的信息进行比较，从而使人力资源部门相关人员得以作出关于雇佣和训练/开发项目的决策。

对要求的胜任能力水平与实际的胜任能力水平之间的差距所造成的紧张情势不仅仅与招聘或提拔/更换相关，因为今天的公司面临着不断加快的变化，所以应该将其作为一项日常工作来进行。这可以通过在"传统"的关注目标实现的绩效管理过程的基础上，补充以胜任能力管理过程来实现。胜任能力管理过程正如图 10.1 的右上部所描述那样，涉及胜任能力水平及其演变过程。

我们刚刚解释了为什么差距分析被看做比较要求的胜任能力水平与雇员实际的胜任能力水平的有用方法，然而这种方法会带来一种"组织刚性"风险。这种风险并非内含于这个系统本身而是内含于战略展开过程的特征中。我们回想一切事情都以组织的使命和愿景为出发点，使命和愿景即我们所称的服务理念（见第 2 章）。例如当一个人为了与所在组织的服务战略一致，而创建自己的胜任能力时，他就担负着风险，即将所需要的能力削减为现在所要求的能力。久而久之造成组织的过分同质性，从而限制了组织适应变化的环境的潜能。

在当今不断变化的环境中，组织为了能够对挑战其竞争地位的变化作出反应，必须在规则的基础上考虑要求的胜任能力。所以组织对前述方法不能过度使用，以至于在组织内部找到的只是那些反映其战略地位的能力。要开拓通往未来的道路除了向"运动场"活动分配一些资源

（见第 19 章关于创新的阐述），还要采取朝向胜任能力的更多以过程为导向的方法。这样一种方法 [4] 超越了很容易被人力资源系统泡制的 "控制" 逻辑。它强调了战略因情而异的本质和战略是一种持续的过程（见前面一章中沃尔克关于 HRM 的观点）。在这个胜任能力框架内更为强调过程导向的观念，其包含如下几点：首先，出现了 "变化能力" 的概念，变化能力与作出改变的能力有关而且重新定义了现有的能力。在组织层次上变化能力引入了诸如双环学习（double loop learning），甚至是学习型组织（learning organization） [5] 的思想。就个人来讲，个人能够很容易地看到学习和创新对胜任能力的重要性。如此考虑，则能够达到稳定或持续（同一性）与创新或变化（弹性）之间的适当平衡。其次，一个更多以过程为导向的方法将通过采纳原理而不是严格的规则获益 [6]，产生的一个直接结果就是战略的变化过程同战略的展开共同向前发展。最后同前面所谈论的一致，过程导向的方法将促进直线管理者与人力资源职员共同努力进行有关胜任能力的定义和实施方案的设计。这样一种姿态将确保系统的中肯、透明和可接受。表 10.1 概括了控制导向方法和过程导向方法的对比中存在的一些重要特征。

　　至此，读者可能会想，"很好，这可能是一个包含了与战略展开过程相关的指导方针的完

表 10.1　胜任能力管理的展开过程表现出来的特征

	控制导向的模式	过程导向的模式
战略		
战略愿景	战略是一种计划过程，目的在于适应（行业）环境，以取得相对静止状态的竞争优势	战略是一种以共同发展为特征的学习过程，竞争优势是一种动态
如何创造战略？	管理者的自主决策	不同利益相关者的相互作用
人力资源管理		
人力资源管理目标	通过设计人力资源工具和反映当前战略的计划，产生人力资源与战略的 "表面" 上的配合	支持和促进战略的定义及战略过程的展开，使组织能够变化
人力资源管理功能	控制（指导、支配和控制）	促进（支持、促进和动员）
能力		
在组织层次上	核心能力是上面所定义的战略的转化	核心能力是组织核心活动根据具体情况的转化，此外 "变化能力" 被引入作为连结稳定性与弹性的操作原则
在个人层次上	是一般意义的个人能力，反映了当前的核心能力，因为忽视了变化和转化的作用而担负一种风险	是特定工作情境中的个人能力，也反映了与胜任能力有关的发展（创新、学习和转换能力等）
能力体系	通过核心能力实现从上到下的战略与个人胜任能力的联接	促进战略进化的变化能力、核心能力和个人胜任能力的相互作用。
被人力资源作为什么使用	控制工具	促进工具

资料来源：Based on Faems, 2001.

整的框架，但是这个方法在实际中如何操作？如何使胜任能力的概念具体化以便成为连结组织目标与雇员行使职责的实用助手以及如何成为人力资源实践的必要组成部分？而且用什么方法识别胜任能力和评价胜任能力？

识别和评价胜任能力

为了使胜任能力的概念能够在实际中具有可操作性，需要借用一个词汇表定义胜任能力、描述能力的等级，也需要适当的技术搜集关于表现出来的胜任能力的信息。

如前所述，胜任能力可以被看做与有效的工作绩效相关的个人的特征。这些特征显示了一个人的行为、习惯和思考的方式。

相关技术包括人员评价中心和行为事件访谈。这两种方法都以具体行为作为出发点，以评估胜任能力的表现。就这一点而论，这两种方法与在评价能力中使用的较为传统的"纸加笔"的工具明显不同，传统的工具如个性调查问卷或者 IQ 测试。并非说这些方法已经过时，在实践中将比较传统的工具和基于具体行为的方法结合在一起使用，将会产生更为全面的洞悉。但是在钻研这些具体的能力评价工具之前，我们必须提到的是要发展一个相关的词汇表或者胜任能力词典。 [7]

识别相关的胜任能力

在这里我们面临两个挑战：对某一特定的胜任能力及其构成要素进行明确地定义，以及在此之后识别某种胜任能力的不同水平。例如，对于消费者服务导向，关注消费者的要求和对此作出反应的心甘情愿的程度是最重要的。在这个胜任能力范围内可以区分不同的能力等级。如表 10.2 所解释。

表 10.2　顾客导向的胜任能力

等级	描述
一级	表现出关心、体谅顾客，举止友善
二级	研究顾客的需要和愿望；花时间洞察顾客问题
三级	采取具体的行动以满足顾客喜好或解决顾客问题
四级	当采取行动时明确地考虑顾客的特殊需要或要求；采取的行动反映出急需解决的顾客问题和顾客的特殊关注事项
五级	向顾客提供关于所采取的步骤和过程的进展情况的反馈
六级	寻找方法，改善以具体的顾客经验、顾客要求和遭遇问题为基础的顾客服务

资料来源：ⓒ Quintessence Consulting Belgium.

如何得到关于这些胜任能力及其等级的描述？

从零开始意味着要付出相当大的工作量。通过观察在特定工作情境下的行为的"模式"或者通过行为事件访谈（见下面），可以尽可能精确地识别和描述反映胜任能力含义的相关行为。列出一些对比的范例是很有用的方法，如谁是消费者导向服务理念的行为榜样？谁又是反面情况的代表？一旦关于相关行为的胜任能力的描述列出来后，需要对其进行级别的鉴定，可以根据强度、完全性或者范围对关于同一胜任能力的不同描述进行排列分等。对于处于争议中的胜任能力的变动程度，需要通过更精细地定义其含义来解决，如对消费者导向的定义（见表10.2）。

这种描述应该是清晰的，尽管简洁，却涵盖了大量的工作：搜集关于相关胜任能力的资料（描述），根据其内容和等级进行分析，或者利用统计方法进行信度和效度的分析。在实践中完全靠人力资源部门自己开发这些种类的定义总是不太可能。因此借助于专业机构或者是能够提供可使用的模型和工具的资源，最后进行修改使其适应特定需求，这是一种明智的做法。

一旦相关胜任能力包括次维度和等级已经定义完毕，就已经做好了开发胜任能力测验图的准备。与一组特定方面的行家和各种角色（管理者、人力资源或质量部门的组织专家、涉及的雇员）一起工作，能够确定不同的胜任能力对于某特定工作的相对重要性和对每一种胜任能力所要求达到的级别。

也可以通过观察来检查最好的实践并将其转化成一个胜任能力测验图。下面给出了具体实例，这是关于在一个分销公司实施此项活动取得的结果的例子。以一个包含 36 种胜任能力的词典作为出发点，由分销公司内部的不同专家鉴定不同的胜任能力对一线员工的行为和任务的相对重要性，以及对每一种胜任能力的要求水平。这个过程反复进行了多次，最后产生了图10.2 所示的胜任能力测验图。在这里通过使专家面对特定行为的不同描述，来决定适当的胜任能力。

过程监控、消费者导向和口头表达在这个公司中是对一线员工重要的胜任能力。发展广阔的视野和分析复杂问题在这里是不太重要的胜任能力。

然后这个胜任能力测验图可以作为人员招聘和晋升/更换过程以及员工开发的指导框架，必须将胜任能力描述与当前实际存在的胜任能力及其程度进行比较。这也需要有关现有胜任能力的资料和搜集相关信息的方法。

在解释如何搜集关于现有胜任能力的信息之前，我们想要强调的是，为了使胜任能力测验图成为有效的日常实践的一部分，必须使其尽可能地与具体工作环境相关。作为一个例子，表10.3 展示了在销售员的胜任能力测验图中使用的三种胜任能力的定义。

尽管初看起来这些定义好像相当不错，但是在销售部内部提出的对这些不同功能的更为详

表 10.3　关于销售员的三种胜任能力的定义

胜任能力	定义
熟悉产品和服务	对产品和所提供服务的相关知识掌握的广度和深度。
有效沟通	以能够带来理解的方式向个人或群体构造和传播思想和信息。
激发信任	给人一种可靠和可依赖的印象从而激发一种信任。

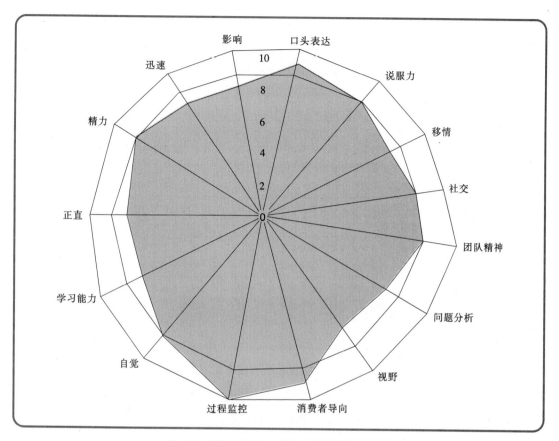

图 10.2 对某分销公司一线员工最重要的胜任能力

资料来源：©Quintessence Consulting Belgium.

细的分析表明，这些胜任能力的定义过于抽象因而有点不实用。毕竟销售部有很多的功能，所以在表10.4中提及了对于其中两个功能——大客户经理和售前顾问的岗位描述。通过与执行这些工作的员工进行行为事件访谈，可以获取关于每个功能所需的上面提及的胜任能力的更为详细的描述。另外在表10.4中也说明了选择性的胜任能力描述。

同最初的定义相比，这些胜任能力描述更加与特定工作岗位相关。此外这些可选择性的胜任能力描述清楚地说明了两种功能内容上的不同，尽管它们都是同一个销售部门的构成部分。因此当组织想执行一个基于胜任能力的人力资源管理系统来提高雇员必须履行的核心活动的效力和效率时，这样一种基于特定工作情境的胜任能力描述更加有用。

搜集已有胜任能力的相关信息

有许多技术可以用来评估胜任素质或者能力。在这里我们将精力集中在一些新的技术上，至少是相对比较新的技术，这些技术关注的是人们所做的而不是他们所说的。既然胜任能力是构成人们的特征的基础，表明了一个人的行为和思想的方式，那么就一定能够在实践中以某种方式观察到它们。通过真实的实践，如行为作为出发点，可以避免比较传统的方法的缺陷（例

表 10.4　关于销售员的三种胜任能力的详细定义

	大客户经理	售前顾问
工作描述	大客户经理负责发展与许多重要客户的关系，定期与这些客户进行联系以努力发掘销售机会。	售前顾问是技术方面的专家，拥有关于公司产品的广泛的知识。
胜任能力 熟悉产品和服务	大客户经理必须拥有足够的关于公司产品和服务的知识，借助于此他能够向客户提供关于公司产品和能够传递的服务的精确描述。	售前顾问必须拥有必须的技术知识，以解答客户或同事关于这些产品的技术问题。
有效沟通	大客户经理必须能够有效地沟通并有效率地管理客户。	售前顾问必须能够有效进行沟通，并且是客户的有效率的技术专家。
激发信任	对外，大客户经理必须能够使客户信服而购买公司全部的综合的解决方案。	对外，售前顾问必须能够使客户信服他负责的产品的技术的优越。
促进	对内，大客户经理必须能够使来自于不同组的同事信服，因而在他负责的项目上投资时间和努力。	对内，售前顾问必须能够促进他负责的产品的改进。

如，把注意力放在全部的个性特点上，可能会导致与眼下的具体工作任务不相关，或者是把说的错当成实际做的)。

　　最直接的对胜任能力作出推断的方式就是观察行为。不过，需要以一种系统的方式观察。在"评价中心"中使用的技术在近些年来盛行。也可以通过访谈试着推知胜任能力的存在。本章在这里对这两种特别的方法再一次进行发展。

评价中心

　　在一个评价中心中，建立起对将要执行的真实角色的模拟。例如，对分销公司的一线员工进行评价的情况下，可以创建一种办公桌的情景，消费者和潜在的消费者可以随便地进入这种情景中，让电话铃在最不可能的时刻响起，等等。通过在这些类型的情景中观察被评价者的真实行为能够评价真实的胜任能力水平。在这里已经定义的胜任能力及其等级是指导框架。将实际行为与那些定义联系起来，开始勾画关于已有的胜任能力的框图。例如，在这样一种模拟情景中，当人们开始将呈现在他们面前的不同要素联系起来时，某一水平的"问题分析"胜任能力就显示出来：他们现在能够将某一问题的不同方面进行联系。

　　虽然这可能听起来相当简单，但在实际中不应该低估这种方法所需要的努力。首先，必须设计一个相应的情景使人们得以进入并表现相关的行为进而表现出胜任能力。设计一个"真实"的情景是一个挑战。其次，将行为观察结果与某明确水平的特定胜任能力联系起来也需要一定的技术：必须尽可能正确地记录行为，然后必须将观察到的行为同与其最贴近的胜任能力进行联系。最后，必须对暗示的该胜任能力的水平进行判断。复杂的行为观察常常需要达到这些要求。这些不同的步骤需要一些技能；对评价者最明确的要求是受过培训。而另一方面，这种方法带来的利益是巨大的：这种方法产出了与被关注的活动高度相关的信息。而同时，避免了评价者对经常不易获得的或者不相关的甚至有时是矛盾的心理学测量数据不理解。这种方法是非常值得推荐的，尤其是用于对一线员工的胜任能力的评价，因为此时的行为是直接被消费者体验到的行为。

行为事件访谈

当然评价中心是一种不便宜的方法，因为如果想获得有价值的信息，需要在时间和其他资源上的大量投资。访谈法在这方面更为"有效率"。近来人们发展了不同的方法试图使上述两种方法的好的一面结合起来，即根据具体行为搜集资料和通过实施访谈获取信息。在这里我们将讨论两种方法：行为事件访谈 [8] 和生活主题采访 [9]。

在行为事件访谈中并不问诸如"你管理多少个人？""你感觉怎么样？"或者"你为什么这么做？"或者"你打算将来做什么？"这样的问题，尽管这些类型的问题可能揭示了有关事实、情绪状态和事实之后的合理化方面的很多信息，但是这些问题对于我们了解真实的技能或者胜任能力没有帮助。行为事件访谈的核心是以被访谈者在其专业活动中所发生的具体事件为焦点。这些具体事件可能是成功的事件也可能是失败的事件（为了得到一个平衡的观点，两种类型都应包括在内）。接下来，问一些对这个事件进行详细描述的问题："发生了什么？""涉及到谁？你是怎么想的？你的感觉？"或者"在事情发生过程中你想做什么？""你实际上做了什么？"以及"这样做的结果是什么？"通过搜集这类被置于具体境遇中的资料，能够评价实际的胜任能力水平。这里的程序大体上与所描述的在评价中心情况下的程序一样。

正如在评价中心情况下，通过将具体的情景录制成录像带来记录观察资料是明智的，在这里将访谈过程录下来也是有价值的。这样做允许访谈者核查结论，甚至得以使不同的不在访谈现场的评价者加入进来，从而在一定程度上消除访谈者的偏见。同样，已录制的资料对于所牵连到的人也是非常有用的：这些资料可以引入到员工开发过程中以使他承认、理解、接受和评定开发的必要。

在这种方法上做一些变更产生的另一种方法是，将焦点放在"生活主题"上：通过识别明星表演者，建立其与众不同的特性与生活主题的联系；在这里将重点放在态度和行为准则（如消费者导向理念，变通性）上而不是技能和特殊知识上。围绕这些生活主题开发的特别问题为支持访谈提供了根据，然后这些访谈被记录下来。转录之后，由专家们对这些访谈进行分析以取得一个生活主题概述。一些公司甚至已经开始利用电话访谈以取得这类资料。尽管这听起来像是一个很有效率的搜集资料的方式，事实上存在着一些缺点。当使用电话访谈时，需要做好准备工作（访谈的结构、情景的类型、根据什么准则决定问一些额外的问题），即意味着在开发方面要付出大量的努力。这种方法更适合于想为同一种工作雇佣大批量人员的情况（如快餐店雇佣 500 名员工），而不太适合只寻找一名特殊员工的情形。此外，这种方法可能忽略了一些一闪而过的信息。虽然这也许减少了一些偏见的影响，但是也意味着没有注意到与（非口头）行为相关的方面的信息。所以，尽管事实上这种方法被越来越多的服务行业尤其是美国的服务行业[10]使用，其相关性仍然取决于特定的工作情景。仅仅依赖这类信息是危险的行为，对每一种技术来讲都是如此。

除了使用评价中心和行为导向访谈以外，许多公司通过调查来测量其雇员的胜任能力水平。在这种调查中雇员必须根据许多问题对自己进行评价，这种评价产生关于雇员对胜任能力测验图上的不同能力的掌握程度的印象。这种方法有相当大的成本优势，但是对这种方法的系统使用需要谨慎，毕竟要防止这种自我评价所带来的所有可能的偏见是不可能的。此外调查的使用意味着时常将工作的环境抽象化，因而这样的调查很难对测验图上强调的胜任能力进行详细和针对具体工作情境的分析。所以这种调查方法会带来一种风险，即不分精华糟粕全盘否定。

迄今为止我们讨论了如何将胜任能力的概念结合到一个完整的人力资源方法中，以及如何识别和评价相关的胜任能力。在这样的背景下我们准备讨论下面的问题：哪些类型的胜任能力对服务业重要以及如何开发这些胜任能力。

适合于服务组织的胜任能力

区别不同类型的胜任能力

广义上讲，胜任能力可以分为三种类型：行为能力，包括技能和知识的技术能力，以及个性特征如动机、特质和自我鉴定。

- 行为能力是最为表层化的能力，包括如礼貌和亲切等特性，是指瞬间表现出来的行为。如与顾客交谈时看着顾客，或者电话交谈时保持微笑以便产生愉快的声音。[11]
- 技术能力指具有执行某项任务或工作所必须的广泛的知识和技能。知识是指一个人所拥有的关于特定领域的信息，而技能是履行某体力或脑力任务的实际能力。例如，外科医生关于神经和肌肉的知识，牙医在不损伤牙神经的情况下补牙的技术，计算机程序员组织成千上万条线路使一台计算机平稳运行的能力，都属于技术能力。
- 个性特征是动机、特质和自我鉴定的综合。动机是推动人们以某种方式行动的力量；其他驱动、指导和选择行为。成就定向就是一个关于动机的例子；成就动机驱使人们设置更多有挑战性的目标并为实现这些目标承担起个人责任。人们相信他们的个人行为是紧要的并且也想实现某些目标。特质或多或少指对境遇或信息的一贯反应；包括从身体素质如良好视力或者充沛精力到较为复杂的心理素质如自我控制情绪或者应付压力的能力。最后自我鉴定涉及个体的自我评价和自我形象，是指个体对自己和他人的认知。与

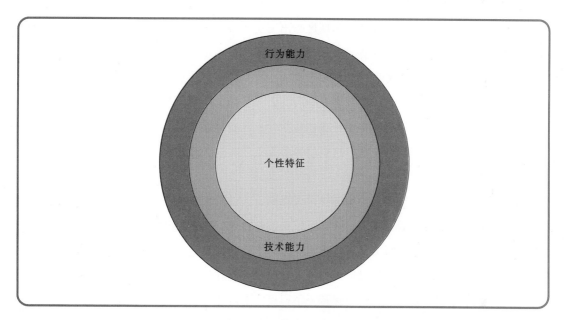

图 10.3 胜任能力的三个层次

那些把服务提供者同消费者之间的交互作用看做一个可能的双赢局势的员工不同，那些把他人尤其是消费者看成是以别人的利益为代价追求自身短期利益的服务员工基本上会以不信任的态度接近消费者。

图 10.3 描绘了胜任能力的不同层次。胜任能力的三个层次在深度上不同。行为能力较为表层化，个性特征真正构成人的核心内容。

当然这三种胜任能力也是相互关联并且相互作用的。个性特征影响技术能力的发展，正如成就动机产生了必需的奉献精神，才得以使一个人成为工程师。采用一种新的行为方式能够导致一个人的自我鉴定的修正。例如某个人只是在她演讲了之后才发现自己有演讲的天赋。因为获得了行为技能，而影响了一个人的自我认同感。

将胜任能力与服务连结起来

这三种胜任能力中的每一种的相对重要性并非对所有形式的服务接触都是一样的。尽管银行出纳员必须具有礼貌的品质和处理客户事务的必要技能，但是通常并不会更深入、更近距离地介入服务事务。在正常情况下，不会期望银行出纳员和快餐店服务员探索世界观，或者为了向消费者提供适当水平的服务而参加与消费者的表达自己观点的或涉及自我形象话题的讨论。而临床医学家、就业指导老师和流程顾问确实需要从事这些方面的工作。他们不但需要有技术专长而且要与消费者近距离接触进行交互作用。此时个性特征发挥着重要甚至决定性的作用。

由米尔斯和麦奎利斯 [12] 发展的服务分类框架（见第 1 章）有助于理解不同胜任能力的相对重要性与服务的本质之间的联系。

读者也许还记得，米尔斯和麦奎利斯区分出三类服务交易：维护式交互作用类、任务式交互作用类和个人式交互作用类服务。

- 维护式交互作用类服务意味着很短时间的交互作用而且任务的复杂性很有限。例如，银行出纳员、旅馆招待员和快餐店或鞋店的服务员的工作。

- 任务式交互作用类服务集中于任务的专门性，在这种服务中，消费者有明确的问题，但没有解决问题的知识和技能。这类服务的提供者需要处理不确定性。这类服务的例子有税务顾问或计算机编程。

- 在个人式交互作用类服务中服务提供者在更个人的层次上更深入地与消费者进行交互作用，厘清、界定和满足需求。这类服务有就业辅导、法律咨询和治疗等。

显然三种胜任能力——行为能力、技术能力和个性特征在这三类服务中都有体现且具有某种程度的重要性。对于向消费者供应汉堡的人，需要具有礼貌的品质也需要有买卖食品的必要的技能。此外当与消费者交互作用时保持一个积极的态度能够促进友好和互助。计算机编程人员必须是技术行家，但是友好和能够考虑消费者的观点对这种工作也是有用的。临床医学家如果有一个成熟和健康的特质将大有益处，但是礼貌和友好的态度以及拥有关于人性的渊博的知识也是基本的。所以不能认为某种胜任能力对一些类型的服务不相关。不过它们对每一类服务的相对重要性是不同的（见图10.4）。

在维护式交互作用类服务中，行为能力起主导作用。技术知识和技能是必需的但重要性要

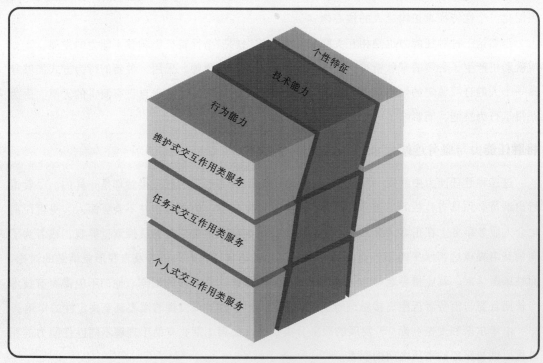

图10.4 三种胜任能力在不同类型服务中的相对重要性

差一些。个性特征只是起一个促进作用。在任务式交互作用类服务中，技术能力发挥主要的作用，而在个人式交互作用服务接触中，服务员工的个性特征则变得同等重要。

然而不应该利用这个框架为整个服务组织设计统一的能力开发策略。例如在银行里，有的员工执行的工作任务属于维护式交互作用类服务，也有一些受过高度专业化训练的员工从事任务式交互作用类服务。分行经理可能甚至担当某些客户的顾问的角色。所以这个框架应该用来考虑不同的胜任能力与整个服务组织内部多种多样的任务的相关性。接下来我们进一步讨论能力的开发。

胜任能力的开发

胜任能力的开发过程包含三个阶段。体验式学习模式清楚地表明成人如果被置于如图10.5 [13] 这样的由四个相互联系的步骤构成的过程中，学习效果是最好的。抽象概念化导致主动的实验，借助于此获得了具体的经验。对这些经验的反思能够产生新的洞悉。

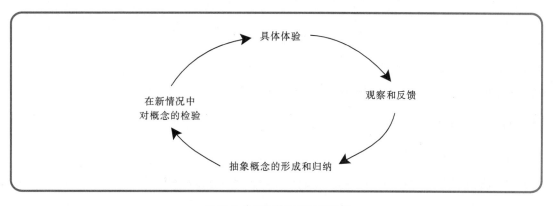

图 10.5 郭普氏体验式学习圈 [15]

资料来源: *Organisational Psychology: Readings on human behaviour in organisations* (4th edition), Kolb, D., Rubin, I. and McIntyre, J. © 1979. Reprinted by permission of Prentice-Hall, Inc, Upper Saddle River, NJ.

此外开发需要具备三种不同的条件：

- 对现有状况的不满（真实情形）。
- 清楚理想的状况是什么（理想情形）。
- 弄清楚从目前的现实转变成理想状态需要做什么。

这意味着就个人来讲，在开发过程中能够获得三个不同的步骤或阶段：

1. 自我评价，包括对开发的必要性的承认、接受和理解。
2. 练习或实施以获取新的胜任能力。
3. 加强措施。 [14]

自我评价阶段包含承认、接受和理解。承认仅仅指学习者需要认可某种胜任能力确实存在以及与他们的相关性。理解指对当前的胜任能力的水平有清晰的洞悉，在承认和理解阶段，个人也会面对接受问题。接受并非总是很明显的，尤其是谈到个性特征。早期在第三世界国家教授成就动机的尝试遭受到试图"洗脑"的批评。批评家以为心理学者们无权"弄脏人们的大脑"。这些心理学家们确信，事实上人们的动机是不能够改变的，除非人们有效地接受了它，也就是说一个人是根据自己的私利来看待改变的。"洗脑"是不能够起作用的。能力学习者必须想要而且付出努力去开发一种新的胜任能力。[16] 因此自我评价涉及对某人自己的胜任能力水平有一个正确的看法。

练习与在模拟的现实情景中进行实验有关，而实施是指在真实的工作场景中对一种新的胜任能力的运用。最后，以加强措施、维持和反馈结束这个循环。对胜任能力的开发依胜任能力的类型而需要不同的努力，这一点也是很明显的。由于胜任能力在深度上的不同，不同类型的胜任能力常常意味着不同的期限和需要不同的开发途径。与行为能力有关的胜任能力常常能够很容易地通过培训获得并且很快地被采用，而对技能和知识的开发则需要较长的时期。个性特征常常最难以开发，因为它们形成和固定于孩童时期和青年时期。

此外，胜任能力战略可能呈现出不同的形式。尽管行为塑造对于开发一个人的行为能力比较恰当，但是对于获取专门技术似乎采用技术培训和教育更为适合。对于个性特征的开发则经常需要更加多变的形式和培训。所以一旦相关的待开发的胜任能力区域确定下来，公司就可以从许多不同种类的培训方式或开发策略中进行选择。

选择合适的开发策略

可以将胜任能力开发看做为获得和提高胜任能力提供机会的一系列活动。这里介绍多种能力开发方法和途径以及对主要类型的胜任能力开发活动的简要看法。

最普遍采用的方法和途径是讲座和程式化教学、行为塑造、角色扮演、团队建设、个人测评项目、个案研究和行为学习法以及模拟或者与在岗培训非常贴近的技工训练等。

讲座和程式化教学

在讲座中，由教师将材料提供给一组学习者，这种方式是高等教育的支柱，因此人们可能对这种方式太熟悉了。讲座的局限性包括：以单项沟通为主，对学习者所处学习圈的阶段、能力和兴趣上的差别不敏感，以及缺少学员的反馈。

尽管这种方法向较大的群体传达了相同的信息，它受到来自于时间和空间的限制，因为学生必须和教师在同一时间参加。近来由于科技的发展使其中一些限制得以克服。课程内容被转化成程式化教学并随后通过电脑、网络等完成。这种方法使学员自行决定学习的进度，而且程式化教学方法给学员提供了一系列任务，使学员能够在培训过程中不时地进行自我测评。另外当学员在培训中前进时能够提供关于对与错的回应。教学内容可以根据一个固定的次序进行或者根据学习者对材料各部分的掌握情况跳过其中某些内容。这些程式化教学借助于电子宣传工具变得越来越可用。

电脑化训练（CBT）包括计算机辅助教学（CAI）和计算机管理教学（CMI）。电脑化训练是通过计算机培训的最普遍的方式，但是在此需要提及其他一些存在的问题。

- 计算机辅助教学是由 20 世纪 60 年代的程式化学习课本开发出来的。在这些应用中，计算机仅仅是提供大批信息以及之后向受训者提问以评价他的掌握情况。
- 计算机管理教学更为复杂一些。在这种项目中，计算机评估受训者的初始能力水平然后提供一套用户化的学习模块和练习。受训者的绩效被经常性地评估，而且培训内容不断地进行调整以保持与学习者的进步一致。

很显然这种步骤和这些方法对于教授技术知识和技巧是最合适的，而不太适合于开发行为能力和个性特征。此外，程式化教学总是局限于已有的知识，而不能预料新的和无法预见的问题。

行为塑造和角色扮演

行为塑造培训方法是基于社交学习理论产生的，这种方法认为大多数人对其他人的行为方式欣赏时，就会观察他人的行为然后进行模仿。通过向他人学习减少了试错学习的必要性。行为塑造培训典型上遵循一个固定顺序的步骤：

1. 培训者介绍一种特别的人际交往的技巧，可能是通过一个很短的讲座传达一些技巧背后的原则。
2. 受训者观看某人正确执行这些技巧的录像带，然后培训人再播放录像带，强调其中的关键原则或者步骤，这些被称为学习点。
3. 受训者通过和其他受训者一起进行角色扮演来练习技巧。
4. 受训者接收关于他们在角色扮演中的行为的效果的反馈。

练习持续到受训者对自己的新技能感到有信心为止。

团队建设和个人测评项目

许多组织投资于团队建设和个人测评项目，以开发个人的能力以及使团队工作更加有效。团队建设经常是以利用调查问卷或与团队成员的个别谈话来收集资料作为起点。培训者要寻找关于各小组在一起工作得如何、存在什么问题以及所遵循的标准的信息。这些信息被总结之后回馈给团队成员以便使他们能够客观地看待他们共同工作的方式并决定如何进行改变。引导者帮助团队成员理解这些回馈信息并开发提高团队工作效率的行动计划。这些计划可能包括对特定技能的培训，如主动倾听、问题分析、团队决策、寻求共识和冲突的解决。当建立自我指导式工作团队时，也常常不采用反馈信息的方式，而是着重强调团体解决问题的能力。

个人测评项目将焦点放在人们在同工作或社会环境进行交互作用时所应用的个性特征上。在这里涉及的方面包括对付压力和小团体，不过一些项目进一步深入到自我形象或者识别以及其如何与功能行为和反功能行为相联系。显然，这些项目对于个人来讲意义更为深刻。接受在这里是至关重要的。

个案研究和行为学习法

个案研究方法是于 20 世纪 20 年代在哈佛法学院开发的一种方法，该方法向受训者提供关于一个组织背景下的一个真实或假设的问题的书面描述。受训者需要阅读案例，识别存在的问题并且提出解决方案。个案研究法有几个用意：

- 它向受训者表明对于复杂的组织问题通常没有容易的解决方案。
- 它帮助受训者认识到对于一个案例可能存在着多个同等正确的观点和可行的解决方法。
- 有助于接受培训的管理者开发他们的解决问题的技能。
- 由于个案研究能够以团体方式进行，当几个人在较长时间内深入地对个案进行探究的同时，也能够开发行为特征和个性特征，然后团队建设、合作、协商和演讲技巧等都将会涉及到。

个案研究使复杂的问题能够以简明的形式解决，但是这种方法使一些问题还有待研究；真正的实践仍然脱离真实的世界。行为学习法试图通过将正式的培训与实践经验结合起来，克服这个问题。行为学习法是一种为中高层管理者开发的以创新方式将在岗培训与职外培训结合起来的越来越普遍的方法。其暗含的思想是正规培训擅长于传达程序化知识（事实），却不能教授学生以创新的方式找出实际中的问题并利用知识解决实际问题；而后者正好对于管理的成功是最重要的。行为学习法通常表现出来的特色是课堂教学连同由一组受训者（或者偶而由个别受训者）进行的实施项目。由于这些项目是实际发生的，所以在"实际生活"和复杂性方面上更为丰富，而另一方面，由于这些项目经常受到时间和资源的限制，所以在内容上没有个案研究丰富。

模拟和技工训练

模拟技术创造了对构成工作场景的要素的仿真，在这里受训者试验各种不同的行为或策略。这种方法目的是使受训者从自己的行为中学习，也通过之后进行的简报会上的小组讨论学习。模拟可以简单到只有两个人的角色扮演或者复杂到通过计算机模拟商业运作过程。

许多体验式训练是为两个以上的人设计的。大规模的行为模拟代表复杂水平的提高，那些模拟涉及模仿一个组织里多达 20 种不同的角色，持续 6 个小时到几天的时间。这种复杂水平的模拟实际上用于总经理而不是较低层级的管理者，因为处理复杂的人际关系和进行决策的技能是能够在这样复杂的情境中学习的先决条件。

另外一种模仿技术是电脑化商业竞赛。商业模拟或者竞赛被定义为建立在一个商业运作模式上的连续的决策训练，在这种训练中受训者的任务是管理模拟的运作。在竞赛中，受训者或受训者团体被要求对组织有关事项进行决策，如研究与开发方面的投资，定价或进入新市场等。根据这些决策，项目提供计算机生成的关于组织如何执行这些决策的反馈信息。根据拥有的当前的这些信息，受训者被要求制定另外一系列的决策，这些决策将在模拟的下一轮运转中运用。这些商业竞赛的主要目标是教授一般的管理技能如决策，确定优先次序，长期规划和有效利用时间、人力和设备等资源。

同在岗培训一样，技工培训需要受训者使用同真实岗位上一样的工具和机器完成整个工作任务。不过，培训是在技工学校或者仅仅为培训设置的独立车间进行的。例如飞行员的飞行模拟器或者汉堡连锁店的试验餐馆。训练者一直在场，而且受训者被保护不会遭受到工作本身所产生的强迫和压力。

在表 10.5 中，显示出不同形式的开发项目与上面定义的不同类型的胜任能力之间的联系。

表 10.5　各种培训方法和它们与不同类型胜任能力的开发的相关性

	行为能力	技术能力	个性特征
行为塑造和角色扮演	×××		
讲座和程式化教学		×××	
团队建设和个人测评项目			×××
个案研究和行为学习法	×××	×	×
模拟和技工训练	××	××	××

当涉及行为能力的开发时，行为塑造和角色扮演是最适合的方法。讲座和程式化教学与技术能力的开发相关性最强，而团队建设和个人测评项目致力于个性特征的开发。其他方法同时对这一系列能力的开发具有一定的相关性。在决定学习的形式时可以以不同开发目标的相对重要性作为指导。在岗培训和学徒培训可以被看做开发不同种类胜任能力的有效方法。

结论

在本章开始我们将胜任能力置于一个综合的人力资源管理模型中，并对一些能够用来将胜任能力概念实施于组织实践的技术和方法进行了描述，包括定义胜任能力的过程和评价中心及行为事件访谈的作用。

在这个背景下，我们比较详细地阐述了胜任能力及其与服务的相关性，区分开三种胜任能力，即行为能力、技术能力和个性特征。尽管三种胜任能力几乎在任何情形中都相互交叉和同时出现，它们的重要性随考虑中的服务活动的类型而不同。行为能力对于维护式交互作用类服务最重要，而技术能力在任务式交互作用类服务中起支配作用，最后，个性特征对个人式交互作用类服务至关重要。

然后我们讨论了胜任能力开发。显然不同种类的胜任能力需要不同的开发方式。将某种胜任能力的相对重要性与提供的服务类型相联系形成一个框架，并对这个框架进行扩展，从而提出与之相适应的各种类型的胜任能力开发行为。

至此我们已经介绍了更为个性化的胜任能力的概念，从而提出能力开发是一种更为个性化的活动。

- 你是否同意某种胜任能力与某些服务岗位不相关的说法（如个性特征对于清洗公司里的服务员工）？如果同意，能否举例说明？
- 人们经常说人是组织的最有价值的资产。这种陈述对服务组织的能力管理产生的结果是什么？这是否也意味着"胜任能力会计学"和"胜任能力估价"即将形成？

注释和参考资料

[1] Possibilities are no guarantees; one can also design competency profiles from a one-way perspective (from the organization towards the individual who has to comply). Acknowledging competencies, however, brings back employees (instead of jobs) in the picture.

[2] Definition adapted from Spencer, L. and Spencer, S. (1994) *Competence at Work.* New York: Wiley & Sons.

[3] Source: Quintessence Consulting Belgium.

[4] See, for instance, Whittington, R. (1993) *What is Strategy and Does it Matter?* London: Routledge; or Hendry, C. and Pettigrew, A. (1986) 'The practice of strategic human resource management', *Personnel Review,* Vol 15.

[5] On single and double loop learning, see Argyris, C. (1994) *On Organisational Learning.* Oxford: Blackwell Publishers; on learning organizations, see Senge, P. (1990) *The Fifth Discipline.* New York: Doubleday.

[6] A point stressed by Janssens, M. and Steyaert, C. (1996) 'Culture & HRM practices: operational and ethical principles'; Tijdschrift voor Economie en Management, Vol 41, No 3, 327–54.

[7] See Spencer, L. and Spencer, S. (1994), op. cit.; Van Beirendonck L. (1998) Beoordelen en ontwikkelen van competencies (Assessing and developing competencies), Acco, Leuven.

[8] See, for a fuller description, Spencer, L. and Spencer, S. (1994), op. cit.

[9] See also Heskett, J., Sasser, W. and Schlesinger, L. (1997) *The Service Profit Chain.* New York: Free Press.

[10] See Heskett et al. (1997), op. cit.

[11] Smiling when speaking on the telephone makes your voice more cheerful.

[12] Mills, P. K. and Margulies, N. (1980) 'Towards a core typology of service organisations', *Academy of Management Review,* Vol 5, No 2, 255–65.

[13] Wolfe, D. and Kolb, D. 'Career development, personal growth, and experiential learning', in Kolb, D., Rubin, I. and Mclntyre, J. (1979) *Organisational Psychology: Readings on human behaviour in organisations.* Englewood Cliffs, NJ: Prentice-Hall.

[14] Adapted from Spencer, L. and Spencer, S. (1994), op. cit.

[15] Kolb, D., Rubin, I. And Mclntyre, J. (1979) *Organisation Psychology: Readings on human behaviour in organisations.* Englewood Cliffs, NJ: Prentice-Hall.

[16] Spencer, L. and Spencer, S. (1994), op. cit.

进一步阅读资料

Spencer, L. and Spencer, S. (1994) *Competence at Work.* New York: John Wiley & Sons. This book provides an excellent overview on what competencies mean and imply for HR practices; besides underlying frameworks and operational methods, this work also contains an extensive competency dictionary.

第 11 章

协作:使工作和学习结合起来

巴特·范·路易

引言

　　艾丽斯遇到了一个问题:她的机器报告了一个自检错误,但是她不太相信。这个机器的控制系统有如此多的部件出了故障,以至于她怀疑是另外的某种问题造成了这些故障。她不愿意接受这么多的故障都是彼此相互独立的事实。我们打算去一个饭馆吃饭,她的许多同事都在那里吃饭,她想试着说服他们当中最有经验的佛瑞德和她一起查看机器,如果行不通的话,再找小组的技术专家试试。她从错误日志和服务日志上拷贝了一些信息并随身携带。在停车场她认出了同事的车,包括她准备求助的那个同事的车……

　　当她引起他和其他人的兴趣时,他们听着这个机器曾经出现的一列问题,并开始讨论噪声问题或者通信问题。她反复说她需要帮助,她不懂这一系列问题,而佛瑞德告诉她机器必须修理。他看了这些日志并告诉她把这个问题作为噪声方面的问题进行解决的方式;他也告诉她不能忽视这个误差代码。他们判断出错误代码所指的机器内的具体的板。她反复地说她需要帮助;他反复说他不帮助她,但是他会告诉她如何解决这个问题。他向她展示如何检查通信线路,他们则对修正持续故障的建议措施之一感到可笑,即一次一个,换掉机器里所有的板。

　　佛瑞德又向她询问错误代码,她告诉了他,并补充说错误代码是持续出现的,机器不能再运转。他说在那种情况下她应该能够立即根据错误代码按照步骤解决这个问题,而不是麻烦他。她再次提醒他以前出现故障的数目和被更换的部件的数量。当她读着错误清单时,他询问了其中一个特别的部件，确实她对那个也进行了替换。另一个技术员指出她那样做只是意味着部件是新的，并不意味着必然起作用。

艾丽斯反复说这个机器一定有什么毛病造成了其他组件的故障；其他技术员都告诉她只要解决这个问题就行了。艾丽斯提醒佛瑞德一些组件在近两个月内已经换了两次了。佛瑞德开始告诉进行噪声测试，然后说如果这个机器根本不能运转她可能就不能做噪声测试。艾丽斯怀疑机器不能运转那么长时间以进行测试，尽管她已经设法读懂这个错误日志；如果不能那样做，她也许能够用其他一些诊断方案。佛瑞德开始告诉她检测通信线路…… (J .Orr) [1]

本章将研究协作的重要性以及协作对服务组织的人员管理的意义。我们将首先着眼于一些关于服务技术员的最新研究资料，这些研究突出了协作的利益。协作使人们找到解决一些初见的或无法预见的问题的方法，也创造和传递知识和见解，或者说协作使人们能够学习。尽管我们以对技术服务员的工作的考察为出发点，但是我们认为这些研究结果也同样与广阔范围内的服务环境相关。学习与协作不仅在建立专业人员的团队的情况下联结在一起，协作也在初学者和学徒的学习过程中发挥着作用。最后，在给定的协作的重要作用前提下，我们将检验这样的协作关系的建立过程。

 目标 到本章结束读者应该能够讨论如下问题：

- 协作与学习的关系。
- 为什么互动是重要的以及对哪种类型的服务重要。
- 由学习所引起的对新来者和学徒的学习过程的明确要求。
- 怎样将协作作为一种重要理念。
- 协作关系的本质和如何发展协作关系。

工作场所中协作的利益

引言中的案例研究取自于奥尔（Orr）[2] 所进行的最近一项研究，这项研究可以被描述为关于服务技术员的一次深入的人类学分析，或者如他所称是一个"现代工作的人种论"。这个研究的确为我们提供了一些有趣的发现。在几年的时间里，奥尔通过参与到复印机技术服务人员的日常活动中，对其工作和行为进行了研究。他的研究发现揭示了协作对服务工作的重要性。与消费者和技术伙伴的交互作用表现出来的特征对技术维修工作的效率有重要影响。

这些研究发现与关于技术员的主要的看法呈鲜明的对照，技术员经常被描绘成孤独地工作在工作场地上的"寂寞的牛仔"，除了服务指南和技术文件外他们的工具就是专门技能和技术。

技术员的工作通常仅被定义为机器的诊断、修理和维护。奥尔认为技术员的工作在社会方面至少和其他工作同等重要:

> ……服务工作的一大部分也许被描述为社会环境的修理和维护更好一些。

在引言案例的研究中,通过奥尔对艾丽斯事件的描述,能够看到技术服务工作的重要性;谈话是艾丽斯所属的技术服务群体的实践的一个重要维度。在某些情况下,诊断是借助于沟通进行的,而且在某些情况下就是在沟通过程中产生的,这个沟通过程包括对所讨论的机器产生一致性的描述。这些描述成为技术员们讨论他们经验的根据。在这些讨论过程中知识和见解被分享,而且新的方法被开发出来。技术员之间进行传奇故事的交流是技术人员保持对机器特性的精通的基本手段。让我们仔细地看一看奥尔所作的观察,以更近一步考察这种现象。

消费者社会化

诊断通常是以消费者据以断定机器出现故障的状况为出发点,然后消费者必须在请求业务通话时描述这种状况。技术员收到关于这个问题的描述,这是消费者与电话接线员通话的结果。在诊断问题时技术员的任务是产生一个令人满意的关于问题的陈述,以便确定一个修理程序。

第一个经历问题的消费者是信息的第一来源。不过,这些消费者在描述机器的状况方面可能需要进行训练。这项工作由技术员来完成,他们鼓励消费者注意那些与机器本身有关的显著的事项并以合适的语言谈论这些事件,合适的语言指技术人员的语言。他们教消费者对机器的状况作出清晰的陈述,从而能够提供一个关于机器状况的连贯的描述,继而使出现的状况得到修补。这种消费者的社会化是社会服务工作的实质部分。技术员将注意力集中于维持他们的消费者与这些机器之间的关系,而这一点又靠技术员与两者之间的关系得以完成。

与同事交流"传奇故事"

对于某些问题,机器没有为之提供直接诊断信息。在这种情况下,就要将从机器和消费者那里收集的信息结合在一起进行诊断。不过这些线索没有清晰地指示出问题产生的明确原因,它们的重要性在于它们显示出机器的行为模式。更确切地说,这样的线索可能提示了进一步调查的领域,以便找到明确的原因。

一些诊断实际上属于"众所周知"类,因为线索与问题行为的联系是长期地建立起来的而且为技术人员所熟知。建立这样一种共同知识的储备是通过技术员们之间交流"传奇故事"完成的。这些故事是一些有关经验的轶事,被技术员们根据具体情况带有技术细节地进行讲述。这些故事开始在技术员中传播,从而使经验成为可再生的和可以再度使用的。

其他一些诊断是比较难对付的。技术员可能发现他们面对着一些具有相似要素的问题,但是这些事实合在一起又不能形成一个清晰的关于问题的描述，正如引言案例中艾丽斯面临的情况。在这种情形下，技术员们几乎总是开始寻找同事，接着就发生了一个叙述故事的循环。在考虑问题的过程中，一些对此问题能有启示的故事被讲述或转述。交流相似经历的故事是反复推敲事实，尝试一些新观点，看是否能够提供其他一些解释的方式。这样一种过程使新的途径和解决办法被开发和创立并同时被传递。因此也可以将这种过程称为"学习"。

不过，在深入研究这种学习理念及其与协作的关系之前，我们应该首先阐明服务文件的作用，人们经常将其看做学习的主要资源。这也使我们能够探讨和建立奥尔描述的动力学的广泛重要性。

服务文件的使用

奥尔的研究清楚地指明与消费者的交互作用和与同事交流信息和讨论问题都是服务技术员的一项重要工作。这与向服务技术员提供支持的普遍做法形成对照，后者强调提供足够的指南或"知识系统"。

根据这些研究结果是否应该认为这些知识系统已经陈旧过时？当然不是；它们发挥着支持性的有价值的作用，但是这种作用总是有限的。当解决在特定使用情境中发生的新问题或无法预料的问题时，服务指南不能代替讨论，也不能提供对机器的全面的认识，而这对建立消费者和技术员的信心是至关重要的。

一个服务指南通常被认为是关于问题机器的相关信息描述的集成。假定无论何时他们就机器出现的问题进行咨询时，技术员都能够通过从指南上获得的信息推断机器故障的原因。然而服务指南不仅仅是机器的描写，一个服务指南是某个人（或人群）向其他人传递信息的手段。

这种指南通常被设计成不但提供关于机器和可能出现的问题的信息，而且指导技术员通过一个最小的决策树找到问题的答案。这类指南的用意在于描述技术员从到达消费者地点到离开那里的所有行为。在谨慎地遵循这些指导的前提下，技术人员将会获得问题的解决方案。这种方式要比技术员仅仅根据自己对机器的理解来推断迅速得多。不过这种指示性的文件仅仅提供了遵循指导所必须的信息，可能遗漏了那些有助于更好理解问题的信息。指南提供的信息的有效性依赖于指南设计者在对实际现场可能出现的问题的正确预期和对这些问题进行准备的成功。这种方法的成功也取决于使用者和技术员对如何使用这种文件的理解以及是否恰当地使用文件。

然而显而易见的是，即便具备了所有这些要素，想独立运作这种指导也是不可能的。与诊断工作相关的知识是不能够在文件中全部列示出来的。服务指南的规定性能力有限，它是由需要使用者根据具体情形进行解释的陈述和指示构成的。问题及其解决方法总是局限于大家已经知道的范围，而在机器和它被使用的情形相互作用的范围之外会出现某些新的问题。

相应地，技术员不可避免地要随时准备解决新的和不曾料到的问题；因此他们必须拓展对机器的尽可能全面广泛的认识。当技术员们使用这些服务指南时，他们将指南试图传递的分析与他们自己关于机器故障的分析进行对比。他们依从那些看起来与他们的假定协调一致的指南指示的路线。如果这样做不成功，那么同事被作为另一个"灵活的"信息资源加以利用。技术员同事也许能够更好地贡献一些新的看法，有助于反复地进行诊断和解决技术问题。

此外，技术员们在追求他们自己的目标过程中使用这些服务文件，他们的目标与这些指南设计者的目标不完全一样。一个技术员的主要目标是保持消费者的快乐，而这包括但不局限于必要的机器修理。这个目标包括使消费者确信形式已被控制住，包括能够告诉消费者机器出了什么毛病，并且说已经修理好以及修理了什么。技术员必须使消费者明白他们已经修理了这个机器，这样使消费者对他们以后能够修理这个机器有信心，从而使需求上升。消费者和技术员都不知道如何以及为什么机器维修体系是不太可能被接受的。这就是为什么"经验轶事"变得如此重要的原因，在传播轶事的过程中，能够对原因与结果的联系进行讨论，并考虑使用具体情境指出解决问题的合理路线。

这些观察也可以被用来设计相关的服务指南。除了用文件证明众所周知的错误和常见问题外，它们也应该为使用者提供关于手边的设备的逻辑的见识和理解。以这种方式构思服务指南，使服务指南对协作过程具有支持性，也是一种补充。这种补充产生了处理无法预见的、新的和具体情境中的问题的重要方法。

协作对服务的广泛相关性

至此，我们听见读者说，所有这些大体上对服务意味着什么，或者特别是对我们的服务操作和雇员意味着什么？这些见识将应用于所有的服务和所有的情形吗？

正如我们已经论述的，交互作用或者协作为解决无法预料的、新的和特定情境下的问题带来了很大的好处。这个思想是确定这些社会动力学对服务的广泛相关性的指导原则。如果你能够事先计划任何事情而且不会面临无法预料的情况或者是不确定的情形，这些动力学就是不相关的。你必须使一切都明确化，将其转化为程序、指示、指南等等，而且确信人们坚持这些。此时协作只有社交、促动或者消遣功能，它不能直接影响工作的执行。

在除了上述情况以外的所有其他情况下，这些动力学是相关的。因此这些动力学对于许多服务情形都是重要的。在第 1 章中我们得出结论，变化性是服务的核心特征之一。无法预料的情形出现时，服务员工需要苦苦思索当前的情形。在这种情况下，获得同事的支持常常是一种有利选择。考虑这样一件事情，一名旅客到机场登记处询问他是否可以改变他复杂的飞行计划的目的地和时间。当你开始为他作改变时，一些其他问题出现了：候机时间将变化，可能会出现行李方面的问题。对于你来讲，在作出合适的行动方案的选择前与同事进行简短的观点交流是非常有用的。或者，想一想为特别顾客服务的 IT 顾问可能遇到新的复杂问题的情景。他们

一回到办公室就可能和同事们讨论解决这个问题的各种可行方案。 [3]

当然，当确定协作对一个特定服务的相关性时，服务的变化程度是一个非常重要的指导方针。米尔斯和麦奎利斯 [4] 的服务分类为我们提供了更为详细的见解。不同类型的服务——维护式交互作用类服务，任务式交互作用类服务和个人式交互作用类服务根据在服务接触中所遇到的不确定性和模糊性水平而不同。

- 对于维护式交互作用类服务，不确定性和模糊性的水平低，因此技术员可以更多地依赖体系、程序或指南。
- 在任务式交互作用类服务情况下，不确定性提高。
- 对于个人式交互作用类服务，对提高的不确定性和模糊性都必须给予考虑。

因此针对后两种服务，描述相关的动力学变得越来越重要。忽视它们将给绩效带来深刻的影响，因为没有考虑学习过程的必不可少的社会因素。 [5] 这一点不但在观察由奥尔描绘的同事之间如何通过交流、讨论和解说经验轶事来扩展已有的知识时表现得很明显，而且在考察初学者或学徒的学习过程时也很明显。

协作在学习中的作用

尽管对学习的常规解释强调内在化，即强调是否从他人或体验中发现和传递知识，然而真正的学习含有更多的含义。学习也含有成为社群里的专业实践者之意。 [6]

社群的概念对理解与学习有关的任何方面都很重要。一个社群可以被看做随着时间的推移人们与活动之间的互动关系的总和，其特征是在良好工作实践的构成方面达成某种程度的共识。各种社群也表现出在兴趣、理论和研究方法方面的一定程度的异质性特征。这类社群的例子有律师、内科医生、工程师或者宰割师。

这样的实践社群是知识存在的一个内在条件，因为它提供了必要的解释性支持。活动、任务、功能和认识不是彼此孤立存在的，它们是广泛的关系系统的一部分。这些关系系统在社群内部出现、繁殖和发展。个体定义了这些关系，反过来又被这些关系所定义。 [7]

因此学习不但包含与特定活动的互动关系，也包含与社群的互动关系。学习意味着成为一个完全的参与者、一名成员、一个完整的人，意味着学会在社会群体中运转，不管是内科医生、工程师，还是同学或者哲学学者或组织行为的学者的社会群体。

成为专业实践者的理想过程是采取由莱夫和温格（Lave and Wenger） [8] 所证明的令人信服的"合理边际参与"方式。合法边际式参与是对一个学习者的独特参与方式的命名。在这种方式下，学习者参与到一个专家的实践活动中，但是只是有限度地参与，并且对结果承担有限的责任。

在实践中当边际参与超越了观望的状态时，能够导致知识的创造。一个展期的边际参与给学习者提供了接受专业实践者的文化的机会。有关社会实践构成内容的一般思想是逐渐聚集起来的:涉及谁,做什么,日常生活是什么样;专家的言谈举止和如何工作;社会群体以外的人们如何与该社会群体进行互动;其他学习者在做什么以及为了成为专业实践者需要学什么。它包括对老前辈如何、何时以及在哪些方面协作、共谋和冲突以及他们的喜好、厌恶、尊重和赞赏等方面的日益提高的认识。在成为专业实践者的过程中,社会实践提供了各种范例,包括师傅、成品和比较进步的学徒,这些是学习活动的基础和动力。这意味着合法边际式参与远远不止给学习者创造初始印象。由此产生的观点是通过对不同任务的变换参与,与不断向前发展的社会实践的互动关系的变化,与社会群体的互动关系的变化来认识实践的发展。

这种参与应该是边际式的。对新来者寄予同专家一样的期望会招致麻烦。参与情形应该反映出边际参与的思想。空间和时间应该分配给对活动的反思和实验。没有这样的反思和实验过程,就不会产生知识的"内在化"。如果学习者没有时间通过反思和与其他学徒或师傅等进行讨论的方式经历体验,这些体验只能是肤浅的。此外,对新来者要求太多太快会导致压力、气馁和许多质量问题。

最后,有机会进行边际参与——拥有完全的权利参与实践涉及的各种活动——体现了"合理"的思想。合理是指学徒应该被允许进入实地或这种实践团体。所以将学习思想引入工作实践包含了很多相互作用、相互影响的特征。假设将新来的人置于同他们的主管或同事的不利关系中,将意味着他们彻底地过度地陷入日常操作中,从而部分地或完全地扭曲了实践学习的前景。

图表 11.1 描述了在一个超级市场中成为屠宰师的学习过程,在这里突出显示了事情是如何变糟的。它为我们提供了许多例子,说明接近的机会是如何被拒绝的。这个中等专业学校及其店铺训练没有对在超级市场中分割零售肉的基本程序进行模拟,更不能使这些工作程序为学徒所理解。这里的在岗培训更称不上是一个提高,反而更糟的是,屠宰师将他们的学徒限制在一些工作上,这些工作使学徒不能进行边际参与。这样新来者由于被阻止进行边际参与实际上几乎没有学到什么。

图表 11.1

屠宰业中失败的学徒 [9]

在英国一个屠宰师的学徒年限是由专业学校的培训和在岗培训共同构成的。这个项目是由屠宰协会发起并在授予证书时告终。这个证书相当于六个月的学徒身份并赋予持有者在岗工作一年半后享受熟练工人的工资和地位的权利。在为受训者获得该证书做准备时,专业学校按传统的路子运作,在课堂上教授书本知识和进行笔试而在店铺中实践。这项工作年复一年地遵循同样的模式,不考虑学徒获取工作中学不到的有用知识的需求。教师教授他们在零售市场工作时使用的并且很容易适应学校背景的技术。例如,学徒学习不在商店里使用的批发切割肉技术并建议消费者如何烹饪。这些技术特别没有销路因此几乎没有人愿意学习。学徒们对店铺学习时期更感兴趣，在那里他们能够熟悉将来在工作中会使用到的设备。然而超级市场中的肉店也有一些对学习无益的工作任务。所学的第一件事就是磨刀，这是一件重要的工作，但只是在过去重要。现在有一家公司定期地将已经磨得锋利的刀运到肉食市场并把已经用钝的刀收集起来拿走。

在工作岗位上，学习的经历随工作环境的特定结构维度不同。一个超市的肉类部经理在考虑了其人事和设备成本的情况下，努力使部门的总销售量创造的价值远远大于批发肉的成本。为了达到这个目标，经理要确保他的熟练工人通过研究简短的重复的任务而能够高效率地准备大量的肉。他雇佣学徒让他们从事那些他们能够发挥更高效率的工作。将熟练工人从工作转移到训练的任务中提高了销售零售肉的短期成本。结果熟练工人和学徒都从事了盈利的任务，以至于学徒很少学到多种工作任务。工作环境的实际布置是学习的一个重要维度，因为学徒通过观察别人和参与能够学到很多知识技能。一些肉食部被如此布置，以便使学徒工作在包装机器上而看不到熟练工人锯切的动作。当一个大型的当地超市的管区经理告诉一个学徒把没有排列好的肉食盘返回给熟练工人时，这个学徒就会感觉到这种隔离：

"我很害怕走进后面的工作室。我感觉自己待在那里是如此不合适。我好长时间没有返回到那里，因为当我在那里时我不知道该做什么。所有那些家伙对切割肉是如此精通，而我什么都不知道。"

当一个学徒到了一个店铺时，他被训练执行一项工作任务，通常是使自动包装机运转的任务。如果他胜任这个工作，他将被安排一直做这个工作直到有另一个学徒来。如果没有新来的学徒，他也许几乎没有中断地从事这个工作几年。如果有新的学徒来，他要训练新学徒学习包装，然后自己学习其他的工作……比较贫穷的地区的学徒相对于富裕地区的学徒有较多的机会参加实践。在肉食销售量很大的地方，在大量的相关工人之间的劳动分工提高了工作效率……在这种情况下，不但学徒而且熟练工人都将很少学习一整套的作业，而掌握一整套的作业曾经是这一行当所必要的本领。

资料来源：Based on Marshall, H. (1972) 'Structural constraints in learning', in Geer, B. (ed.) *Learning to Work.* © 1998 by Sage publications. Reprinted by permission of Sage Publications.

以协作为中心主题

既然我们已经洞察了工作实践与学徒的学习过程的互动，我们可以着手考虑所关注的要点。布朗和杜吉德（Brown and Duguid）的研究工作在这里对我们有所帮助。[10] 在考察了奥尔的工作之后，他们识别出工作实践的两个重要因素 [11]：

1. 使用广泛的讲述。指故事的交流。故事有助于诊断手边的问题而且也成为保存知识的一种手段，因为它们好像是知识库，对传播在社群内部实践者之间的智慧进行积累。

2. 协作理念。讲述过程是集体的而不是个体化的过程。当人们遇到难题时，他们喜欢在一起工作并一起讨论问题。这样使工作成为从协作中获益的内在社会化过程。

布朗和杜吉德在这里对列维·斯特劳斯（Lévi Strauss）提出的拼接（bricolage）理念 [12]

进行了类推:

> ……一个人利用手头东西设法应付问题所需要的不是指导性文件提供的这类局部的、僵化的模式,需要的是帮助特别是协作式的帮助以构建一种灵活的模式,在这个模式中他们自己找到适当处理特别问题的方法。

交流、发展和改编经验轶事在增加知识、专门技术和技巧的过程中都发挥重要的作用。不过这意味着这些轶事的自由流动以及人们的分享、倾听和参加建设性对话的自发自觉。简言之,这意味着协作。因此协作在这里可以被看做使能条件 (enabling condition)。

当总结在合理边际参与的学习过程中起作用的不同要素时,必须强调三个观念:

1. 创造多种学习环境是重要的。对成为专业实践者特别重要的活动范围应该在学习课程上有所反映。工作变换和岗位轮换在这个学习时期是至关紧要的。

2. 应该采取边际参与方式参加多样的活动。时间应该留作对参加的活动的实验和反思。如果体验没有通过反思、与其他学徒或师傅讨论等方式巩固,这些体验非常有可能只停留于表层。当这种"意识创造"过程被短期的需要打断时,就不能建立起彻底的认识。当没有时间用来讨论、反思和讲述轶事时,换句话说没有时间使一切变得有意义时,人们会开始感到不安全和无助,遭受压力,而且将会以他们的令人不满意的认识胡乱应付工作 (因为,这种认识是不完全的),从而又增加了失败的循环的内容 (见第9章)。

3. 最后学习还包含合理性。一个学徒必须被允许参与,获得接近的机会,而这再一次涉及在学徒和师傅或者雇员与他们的主管之间建立协作关系。如果没有协作,对反馈和反思如此重要的善意、耐心和时间也将不存在。

因此协作关系被看做使学习过程向前进展的重要的先决条件。现在我们应该更仔细地看一看协作关系意味着什么以及协作关系如何得以发展。

建立协作关系

协作关系对于学习很重要。以公开、互动、支援和认可为特征的工作关系是学习过程的一个基本要素。这种思想已存在相当长一段时间,而且仍然存在并造成了对实践的严峻挑战。 [13]这里可以区分开不同类型的关系:仅涉及两个人的二元关系,或者涉及更多人的团队导向关系。协作关系的建立根据讨论中的关系的形式稍有不同:

- 就二元关系来讲,信任可以被看做一个整合的概念。
- 至于团队,由于较多当事人涉入,事情要复杂一些。考虑发生在特定情境中的发展过程很重要。

在二维关系中建立信任

基于认识的信任和基于情感的信任有明显的区别。[14]

1. 当人们处于"完全无知"和"完全认识"之间，做他们认为有"充分理由"的事情时，可以将信任看做基于认识的信任。可利用的知识和充分理由是信任行为的基础。任务执行的可靠程度、双方的相似程度和专业证书是积极影响基于认识的信任的因素。

2. 基于情感的信任是指人们之间情感的结合。[15] 这种以情感为基础的信任的决定因素与从合作伙伴的动机中获得的洞悉有关；被认为是亲自选择的而且表明了关心和爱护（与自私自利相反）的行为是对于基于情感的信任的发展重要的因素。基于情感的信任表现出与"组织公民行为"的概念很大的相似性，即行为的目的是在个人工作任务之外提供协助和支援。

这两种概念是发展信任过程中的基石。对信任的发展过程可以识别出四个阶段（见图 11.1）。[16] 认识因素在基于计算的信任和基于知识的信任中起主导作用。与此形成对照，在基于认同的信任和基于差异的信任中情感因素最重要。

- 基于计算的信任可以看做一种计算的结果，这个结果是对创造和维持关系同切断关系进行对比的结果。

- 基于了解的信任与可预言的概念紧密联系，也就是说，对他人有充分的了解以至于能够

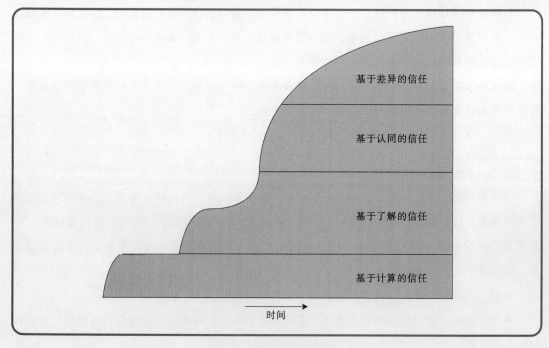

图 11.1 信任的不同发展阶段

资料来源：Adapted from Lewicki, R. J. and Bunker, B. (1996) 'Developing and maintaining trust in work relationships', in Kramer, R. and Tyler, T. (eds) *Trust in Organisations: Frontiers of theory and research*. © 1998 by Sage Publications. Reprinted by permission of Sage Publications Inc.

预期其行为。

● 基于认同的信任涉及认同另一方的愿望和目的：因为双方都有效地理解和懂得对方的需求；这种共识被发展到彼此为对方有效行动的程度。

当关系发展时，信任是从基于计算的信任朝向基于认识的信任再到（可能）基于认同的信任发展。

● 最后，基于差异的信任可以被看做最复杂的形式。建设性的协作意味着重视他人的观点。这样容忍分歧或者处理差异成为共同工作的内在部分。在这点上，完全地认同另一个人不可能是最终阶段，因为学习最终会受另一个人的知识和能力的限制。[17] 差异对于发展新的见解和向前迈进是必要的。在这个意义上来讲，基于认同的信任作为工作关系的一个特征，被进一步向前发展到下一个阶段，在这个阶段中差异被接受并作为发展的出发点。

在团队内部达成协作

团队内部的协作比较复杂，因为涉及较多的当事人，可以将团队的发展过程描述为多个阶段，中间的阶段是协作和信任关系的发展，之后是"有效生产"阶段。[18]

当考虑一个团队如何发展时要记住许多要点。在大多数情况下，一个团队是围绕一个共同目标组建的。协同工作也意味着承担不同的任务和建立工作程序。最后，协同工作也包括人际关系。在图11.2中，将这些要素与团队发展过程中可观察到的不同阶段连结起来。

1. 在第一阶段，对权威的依赖和有关接受及容纳的方面是主要的。当组建一个新团队时，一个众所周知的现象就是每个人都会考虑到其他人对自己的看法，担心自己能否在这个团队中被接受，并想知道需要做什么。这时依赖权威的力量是迈出团队组建第一步的简便方式。此外，在这个阶段中避免了冲突，因为无论团队成员还是监督人都认为被接受要比被拒绝好。

然而，这种表面的融洽不会持续很久。当作为一个团队参加不同的活动时，个别成员开始意识到他们在认同某一种工作方式、某一个自己的任务和团队的活动。从而使他们怀疑成员们是否真的赞同开始时达成的含蓄协议。

2. 因此第二个阶段以反对权威和争辩为特征；成员们对任务问题、控制和操作方式等进行争论而很少注意正在进行的任务。虽然初看这些阶段成效较少，但是它们是获得最后阶段所需要的承诺和接受的重要阶段。此时的挑战是达到一种开放的处理分歧的双向路线。片面使用权力迫使意见达成一致，也许解决了争议中的问题，但是也因此发出一种信号，即返回到最初的工作模式中，这种工作模式承认其他人的技术意见经常发挥垫脚石的作用。在这一阶段"我是对的，你也是对的"的表达是最初步的方式。

3. 到了第五个也是最后一个阶段，信任建立起来，借助于此实现了团队中个人对他人的尊

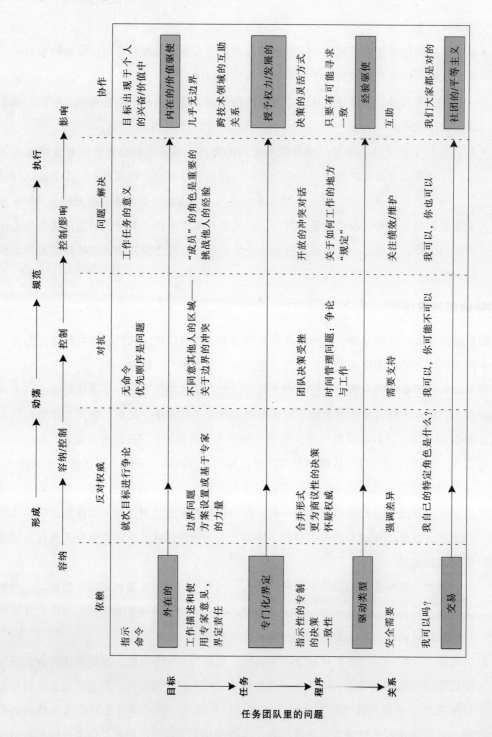

图 11.2 团队发展的不同阶段 [19]

资料来源：Bouwen, R. and Fry, R. (1996) 'Facilitating group development: interventions for a relational and contextual construction', in West, M. (ed.) *Handbook of Work Group Psychology*, Wiley.

重,包括与自己的观点和(或)实际能力不同的人,并且设置了工作的结构,使团队能够高效率地工作。

虽然这个模式显示了直线发展的趋势,但是更应该把它看成是螺旋型的,倒退常常要比前进容易。在第三个阶段挣扎的团队经常由于允许"权威"解决正在进行的争论而"退回"到第一个阶段。此外,到达了第五个阶段也并不意味着团队将保持在那里。这意味着要对团队的前进投入持续的努力。

结论

在本章中我们讨论了协作对服务环境的相关性。协作很重要,因为协作与构造和分享知识有直接关系;协作也与学习相关。这种观点特别是在涉及新的或无法预料的事件的情形下被证明是正确的;在另外的情形下,可以用程序或指南代替(昂贵的)交互作用。然而,服务具有变化性,而且某些类型服务被定义为高不确定性甚或是高模糊性的服务。因此无论是在日常工作中还是在新来者或学徒的学习过程中,协作都值得我们给予关注。最后我们通过讨论这样一种协作关系的发展过程结束本章。

复习和讨论题

- 赫伯特·西蒙(Herbert Simon)曾经说过这样一句话:"一切学习都发生于个人的脑子里。"你是否同意?这个思想如何与这里的组织动态学的框架相联系?
- 如果这些社会动态学确实在知识创造和扩散中至关紧要,那么支持性的人力资源实践可能是什么样子?它如何补足前一章概述的原则?

注释和参考资料

[1] Orr, J. (1996) *Talking About Machines: An ethnography of a modern job.* Cornell University Press, pp. 39–40.

[2] Ibid.

[3] As noted by Weick (1979), ambiguity, or equivocality as he calls it, drives interaction: the more ambiguity one experiences, the more one feels the need to interact with other people to make sense of the situation at hand. As 'universal' laws are rare within social sciences, this might just be one. We highly recommend Weick's work on this topic to interested readers: Weick, K. (1979) *The Social Psychology of Organizing* (2nd edition). New York: Random House; or, more recently, Weick, K. (1995) *Sense making in Organizations,* Sage.

[4] Mills, P.K. and Margulies, N. (1980) Towards a core typology of service organisations', *Academy*

of Management Review, Vol 5, No 2, 255–65.

[5] As Maister stresses again and again when discussing professional services: teamwork is crucial. See Maister, D. (1997) *True Professionalism.* New York: The Free Press.

[6] Lave, J. and Wenger, E. (1991) *Situated Learning: Legitimate peripheral participation.* Cambridge University Press.

[7] Ibid., pp. 50–6, see also Giddens, A. (1984) *The Constitution of Society.* Cornwall: Polity Press.

[8] See Lave, J. and Wenger, E. (1991), op. cit.

[9] Adapted from Marshall, H. (1972) 'Structural constrains on learning', in Geer, B. (ed.) *Learning to Work.* Beverly Hills, CA: Sage.

[10] Brown, J. S. and Duguid, P. (1991) 'Organisation learning and communities of practice: toward a unified view of working, learning and innovation', *Organisation Science,* Vol 2, 40–57.

[11] In fact they also mention a third category; 'social construction'. This latter notion is however strongly linked with the notions of narration and collaboration. It does add the idea of (social) identity— by becoming a member, through exchanging stories and collaboration, one develops one's own identity. This identity also reflects values and visions of the community in which one is participating.

[12] Lévi-Strauss, C. (1966) *The Savage Mind!* Chicago: University of Chicago Press, p. 174.

[13] See, for instance, Argyris, C. and Schön, D. (1974) *Organisational Learning: A theory of action perspective.* Reading (Mass): Addison Wesley. The interested reader is referred to Argyris, C. (1994) *On Organisational Learning,* Oxford: Blackwell Publishers, which gives an excellent overview of more than 30 years of this scholar's work on the relationship between ways of working and collaborating and their impact on learning.

[14] McAllister, D. (1995) 'Affect-and cognition-based trust as foundations for interpersonal co-operation in organisations', *Academy of Management Journal,* Vol 38, No 1, 24–59.

[15] Note the distinction made by Johnson-George and Swap (1982) between reliability and emotional trust. See Johnson-George, C. and Swap, W. (1982) 'Measurement of specific interpersonal trust: construction and validations of a scale to assess trust in a specific order', *Journal of Personality and Social Psychology,* Vol 43, No 6, 1306–17.

[16] The first three stages of this typology have been developed by Lewicki and Buncker (1996) and are based on previous work by Saphiro, Sheppard and Cheraskin (1992). Based on discussions with M. Janssens we added the fourth dimension. The three forms of trust identified by Lewicki and Bunker are: deterrence-based trust, knowledge-based trust, and identification-based trust. See Lewicki, R. J. and Bunker, B. (1996) 'Developing and maintaining trust in work relationships', in Kramer, R. and

Tyler, T. (eds) *Trust in Organizations: Frontiers of theory and research.* Thousand Oaks, California: Sage.

[17] Taking this reasoning to its limits even means that learning is not possible.

[18] Wheelan and Hochberger (1996) depict, for instance, four phases. We are limiting our discussion here to the work of Bouwen and Fry (1996), as they comprehensively integrate the work of their predecessors. See Wheelan, S. and Hochberger, J. (1996) 'Validation studies of the group development questionnaire', *Small Group Research,* Vol 27, No 1, 143–70; and Bouwen, R. and Fry, R. (1996) 'Facilitating group development: Interventions for a relational and contextual construction', in West, M. (ed.) *Handbook of Work Group Psychology,* Wiley.

[19] Bouwen, R. and Fry, R. (1996), op. cit.

进一步阅读资料

Bouwen, R. and Fry, R. (1996) 'Facilitating group development: Interventions for a relational and contextual construction', in West, M. (ed.) *Handbook of Work Group Psychology,* Wiley. These authors offer an excellent overview and integration of the issues involved when trying to develop groups.

Brown, J.S. and Duguid, P. (1994) 'Organisational learning and communities-of-practice: toward a unified view of working, learning and innovation', in Tsoukas, H. (ed.) *New thinking in Organisational* Behaviour. Oxford: Butterworth-Heinemann. These authors offer an excellent overview of the dynamics at play within communities and how social practices affect what is going on.

Lave, J. and Wenger, E. (1991) *Situated Learning: Legitimate peripheral participation.* Cambridge University Press. A must for people interested in the dynamics of learning processes.

Orr, J. (1996) *Talking About Machines: An ethnography of a modern job.* Cornell University Press. This book contains an extensive account of what is involved in the practice of service work nowadays; those interested in the tension between formal and informal practice should not hesitate to read it. It is also recommended to those involved in technical service jobs.

第 12 章

授权在服务组织中的作用

巴特·范·路易　　克里斯·克罗斯　　德克·布伊恩斯　　泰恩·范登博斯奇

引言

在某电脑公司正在进行的变革中，后勤部门的蓝领工人们决定他们要向工程部的同事们那样能够拥有主动权和进行决策。在一次会议之后，他们决定请求上级委任他们自己处理即将进行的仓库迁移事项。他们组建了一个自制的项目组，并且在没有经理干涉的情况下成功地转移了每一件存货，而且更重要的是没有发生任何财务损失。

一家轮胎企业在经过两年的讨论之后，给予蓝领工人在其工作中较多的处理权限和自主权。结果，几个新的小组创建起来，并且在没有管理者的情况下开始工作。在第一个月里，这些半自主的生产小组中的一个小组因为安全原因停用了这些机器。据这些技师们认为，停用这些机器的代价相当于三个管理者的年薪费用。这件事情之后该企业又配备了几个管理者。

一个航空公司的一线员工面临着 30 个旅客排队等候预定在 15 分钟后起飞的跨大陆班机的情况。他知道他只剩 12 个位置了，他也了解将在 10 分钟后离开的超音速协和机仍有空位。此时此地没有上级。最后，在他的安排下 18 个客户乘坐超音速协和机的经济舱实现了这次旅行。

在一个巴西的公司[1]里，雇员可以参与决定他们的工资水平。他们希望依据以下一些方面自己确定合适的薪水：他们能够在其他地方赚取的钱，其他公司类似岗位的薪水水平，他们的朋友和具有相同背景的人赚取的钱，以及他们认为他们维持生活所必需的钱的数量。当这项制度首次施行时，出现问题的仅有六个事例，其中五个涉及人们依照与自己背景相同的人和主管的薪水标准而给自己定的薪水过低。

在一个大型服务组织里，每个雇员都必须在每一年为自己定义工作目标和方向。进行广泛的准备后，所有的雇员聚会两周讨论和整合他们的不同目标和方向。如果管理者和雇员在是否达成某一个目标或从事某一个方向上有分歧，雇员将被允许探索所提议的方向。在六个月的试验期之后，由管理者和雇员共同决策是否继续下去。在刚刚过去的一段时间里，建议目标已经导致了一个新的产品线、两个新的子公司的形成和无数的质量改进以及成本控制。雇员总薪水的15%视其完成自己的目标而定。

这些例子清楚地表明今天的组织正在试验新的协作方式，而且有时在为新的协作方式而奋斗。自主的概念似乎是中心，自主就是指人们在自己的工作环境中能够而且确实自己决策的程度。提高自主性和主动性被称为授权。然而，授权超出个体雇员的特定工作情境的范围。授权包含组织整体，它影响着工作的方式、组织的方式和雇员与主管的关系。不能把授权看做一种"附加"物，相反它意味着在权力、责任、学习与利益的设计上的变化。

授权不是一个全新的概念。过去，我们曾经遇到过像参与管理法、劳动力参与、职业生命质量、自主性对工作满意的作用等概念。不过授权与它们存在显著的区别。对于授权的讨论强调结果。今天的授权本质上是提高公司在质量和消费者满意方面的绩效的方法，而在过去，授权是个体员工收到的均等或较多关注的福利。市场需求快速地响应特定要求，科学技术使信息得以快速传递、组织结构扁平化，以及人们要求更多地参与和自主。一切似乎都指向了当今组织里雇员的更多的、比以往更大规模的参与上。授权是实现这些的支柱。

授权可以在两个级别上达到：

1. 个体雇员与主管之间的关系上。在这一级别上个人动力和领导风格是重要的。

2. 在组织这个广阔的系统级别上。当论及授权时在组织级别上什么是重要的？必须如何构造组织使组织得以授权和加强授权？

本章将对这两个级别进行较为深入的探讨。

 到本章结束读者应该能够讨论如下问题：

- 授权的概念与服务组织的相关性。
- 在个体雇员级别上授权的含义。
- 就领导方式来讲授权包含的内容。
- 在组织整体级别上授权的包含内容。
- 对于组织来讲授权带来的成果。

授权对服务环境的相关性

鉴于服务传递的独特属性，授权似乎对服务组织尤其重要。读者应该记得我们在第 1 章中对服务的同时性的论述。这意味着雇员在消费者的体验和满意度方面发挥着重要的作用。服务也包含变化性，变化性的一部分产生于消费者并且只有在服务传递的当时变得明显。这就意味着雇员在服务接触中需要一定程度的自主。在大多数服务组织中，标准的操作程序不会对每一种消费者同雇员的接触情形进行说明。因此，接待雇员本身在处理与消费者交互作用中发挥着重要的作用。

然而这种自主的重要性根据服务活动也根据跟随的战略而不同。

鲍恩和劳勒（Bowen and Lawler）[2] 开发了一个服务业的应变式授权模型。作为出发点，他们考察许多能够非常成功地传递服务的方式。可以利用连续统一体的概念来描述这些传递方法，在这个统一体中的一端是"生产线"式方法，另一端是"授权"方法。

- 生产线式方法，或者称为传递服务的工业方式，其特征是作业简单，劳动分工明确，以设备和体制替代雇员，以及几乎不给予雇员决策权限。
- 授权方法较少强调为雇员设置体制环境，而是给予雇员较多的判断和自主权。

授权方法能够在服务传递或者出现问题时，对消费者需求快速即时地响应。授权也能够导致更高水平的雇员满意度、更高质量的消费者互动和更高水平的责任承担，从而产生雇员参与、质量改进和创新。

然而授权需要在选拔和培训方面进行较大的投资，这将导致较高的劳动力成本。授权也可能使消费者产生没有被正确对待的印象（因为他们被以一种非标准的方式对待），并且暗示着被泄露秘密和承受一线员工错误决策的危险。[3]

由于这些利益和成本，不能把授权看做进入服务行业的一种最好的方式。鲍恩和劳勒定义了采取应变方法的五个方面，包括战略的、商业的、技术的、环境的和劳动力维度的（见表12.1）。在生产线式方法这一栏中所描述的组织看起来适当，但是将不会从授权中获取利益，

表 12.1 应变式授权

应变方法	生产线式方法	授权方法
基本的经营战略	低成本，高销售	差异化，用户化，个性化
与消费者的关系	交易，短期的	关系，长期的
技术	常规，简单	非常规，复杂
	可预测的，没有意外	不可预料的，许多意外情况
人的类型	X 理论描述的管理者，雇员具有低成长需求、低社会的需求和较弱的人际关系技能	Y 理论描述的管理者，雇员具有低基本需求、高社会需求和很强的人际关系技能

因为成本可能要超出利益。

尽管这个框架提供了关于授权在组织级别上如何重要的指导，我们仍相信授权对于个体雇员来讲，在几乎每一种情境中都是相关的。例如，考虑这样一个例子，这些蓝领工人组建一个自我管理的团队以处理即将到来的仓库迁移事项。在这个项目中他们自主地行动：他们拟定了项目计划，定义了每个步骤，划分任务和分配责任；他们甚至制定预算并且对一些必要的费用支出作出决策。但是，他们的大约85%的日常活动可以形容为日常事务；程序和质量规定依然存在并且要严格遵守。不过在这些雇员中对授权的体验还是很强烈的。

让我们以同样的方式看一看一支消防队的运作方式。当紧急情况出现时，每个人都必须快速行动，并且要围绕一个中心联合行动，也就是说需要有一个指挥官。当房子被烧得坍塌时，还有谁会需要团体讨论来决定如何接近大火呢？不过，在做行动准备或者评价过去的绩效和方法时，每个人的投入都可能是有价值的。在这些时候给予雇员思考、讲话和行动的自由和自主是非常有意义的。

授权：雇员与主管

在个体员工级别上的授权

授权包括给予雇员较多的自主权、较多的自由以作出决定。为什么应该这样做？

在个体员工这个级别上最重要的原因是我们相信自主权激发人们，也就是人们愿意采取主动作出决策，当与他们工作有关的事情被规定时他们更是如此。授权涉及赋予权力，而权力意味着能量，所以可以将授权理解为给人们以能量并增加人们的动力。

然而，动力不仅是自主权问题。内在的工作动力包括个人范围内与产生能量、激情和满意的任务直接相关的各种要素。当讨论个人工作动力时以下五个要素似乎很重要 [4]：

- 意义可以被看做一个工作目标的价值，被个人在与他的理想或标准进行联系时所感知。它意味在个人实际所做和他相信或重视的事情之间有某种符合性。符合程度越高，一个人的动力就会越大。
- 胜任能力必须与个人的信念相关，从而使他能够足以从事被要求的活动，即个人对自己熟练执行任务的能力的自信。胜任能力也与动力有关：个人越是感觉自己是胜任的，他的动力就越大。
- 自我决定与个人在发起和控制行动、工作方法、生产力等方面作决定的意识有关。它涉及个人对他所执行的活动的方式的影响程度，程度的大小又影响了动力。
- 策略性自主与个人影响工作内容的自由有关。自我决定是指对如何工作的影响，而策略性自主指人们能够在多大程度上影响工作的内容，也就是他们工作范围内的活动的内容和方向。本章引言中所述蓝领工人处理迁移事项的案例只涉及操作的自主。一旦关于能做什么的决策制定下来，这些工人就有自由定义迁移项目的组织方式。允许雇员定义自己的目标和方向的服务企业涉及策略性自主。

- 影响可以被看做一个雇员在工作中能够影响结果的程度。它与决定直接工作环境内正在进行什么、部门里发生什么以及如何发生有关。

这五个要素对内在工作动力都有贡献。在个人与其工作有关的体验中，这些要素出现得越多，动力的水平越高。自我决定、策略性自主和影响力与自主有明显的关联。然而动力可以被看做比自主更为宽泛的范畴；它也包括寻找有意义的工作和对自己胜任工作的信心。

因此，当在个体员工级别上讨论授权时，牢记授权与动力有关而且动力的水平取决于几个不同的因素或要素是重要的。这些要素在个人的工作体验中出现得越多，雇员体验到的授权程度越大，并且动力越强。表12.2概括了这五个要素。

表 12.2　作为个人工作动机趋动力的授权的五个维度

意义	个人关于工作任务是否具有个人意义的体验程度。
胜任能力	个人对他执行任务的能力的自信程度。
自我决定	个人对如何执行这项工作的影响程度。
策略性自主	个人对工作内容进行影响的程度。
影响	个人对直接工作环境进行影响的程度。

既然我们识别了在个人级别上授权的构建基础，那么就可以考虑将授权引入实践中。当我们更为仔细地考察授权概念的五个维度时，我们发现这些维度按照以下方式彼此紧密联系：

似乎胜任能力和意义是自我决定、影响和策略性自主的必要的前提条件。在达到高水平的自主性之前必须要先达到高水平的胜任能力和意义。换句话来讲，很少能够看到低水平的意义和胜任能力与中、高水平的自主性结合在一起。[5] 因此，授权能够被描绘成一种金字塔，其地基由胜任能力和意义所构成（见图12.1）。

这些发现具有重要的管理意义，因为当执行与授权直接有关的变化过程时，仅看自主性可能具有欺骗性，也应该具备足够程度的意义性和胜任能力，否则自主性的种子将被播撒在干旱的土壤上。授权是一个渐进的过程，开始于意义的创造和对胜任能力的感觉，并且向着自我决定，影响和策略性自主的水平发展。

授权已被证明对雇员的精神和行为具有显著的影响。[6] 调查已经明确地指明获得较高程度授权的雇员与那些没有被授权的雇员相比较为满意，表现出较高水平地主动承担责任和较高程度地解决问题以及创新行为（见表12.3）。

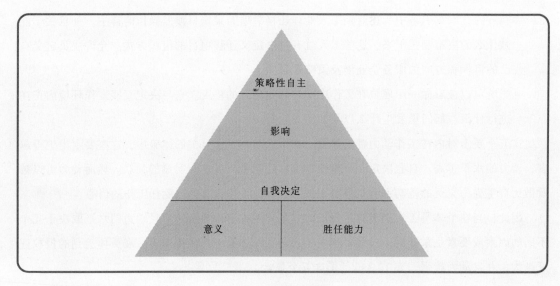

图 12.1　授权金字塔

表 12.3　获得高水平和低水平授权的雇员的对比 *

	低水平授权（平均值）	高水平授权（平均值）
工作满意度	4.39	5.66
主动承担责任	4.61	5.76
创新行为	4.01	5.13

* 以 7 分标度估计变量，当 $p<0.001$ 时差异显著。

领导与授权：一个不可能的结合?

正如我们已经说明的那样，授权可以被定义为个人自主性和自由程度的提高。它涉及给予雇员在决定和行动方面更大的幅度。这是否意味主管们变得过时陈旧？答案是否定的。在雇员与主管 [7] 之间设定目标和发展信任将继续是主管或经理们的工作范围。不过，预期将有新的领导方式被开发；授权对于这种领导方式具有一些意义。

在我们更为明朗考察和界定这种新的领导方式之前，先考虑一个综合的领导模式（见图 12.2）。[8] 领导实践可以看做从完全专制向完全民主转变。专制领导表现出领导者追求对权力和控制的单独拥有；民主领导的特征是在主管和雇员之间分享权力。

还可以把领导方式描述为另一个维度上的变化，即从积极到被动的变化。一个被动的或自由主义的领导者通常不会介入其雇员的日常活动中，因此施加了很少的影响。一个积极的领导者高度介入雇员的活动中，从而导致领导者对雇员的很高的能见度。

这两个维度可以结合在一起构成一个 2×2 的框架，使我们得以更深入地探讨与授权有关的领导的概念。实际上斯蒂沃特和曼茨（Stewart and Manz）[9] 将授权的概念融入了这个框架。

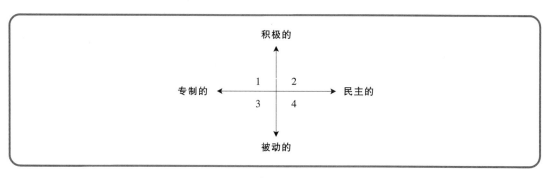

图 12.2 关于领导的综合模式

可以从图 12.3 中看到由它们综合起来的框架。

在图 12.3 中可以看到，一些领导方式似乎与授权的概念不一致：

- 压倒式领导——积极和专制行为的综合——趋向于打消雇员的主动性，因此约束了授权。

积极的	压倒式领导	构造能力式领导
	领导者行为	领导者行为
	● 高压政策	● 指导和鼓励
	● 加固和惩罚	● 委托
	● 专制的决策	● 加固
	● 创发结构	● 文化开发
	团队的反应	团队反应
	● 依从，对怀疑顺应	● 学习，技能开发,团队学习
	结果	结果
	● 从属的团队——团队默许主管的控制	● 自我管理团队——团队控制如何执行工作
领导者介入	无能力式领导	授权式领导
	领导者行为	领导者行为
	● 间歇的创发结构	● 塑造
	● 法令的强制实施	● 跨越边界
	● 心理上的距离	● 援助
	团队反应	团队反应
	● 无指导，权力争斗，挫折	● 自我指导，制定战略计划，自主性
	结果	结果
	● 疏离的团队——团队与主管争夺控制权	● 自我领导的团队——团队控制工作内容及执行方式。
被动的	专制的	民主的

领导者权力导向

图 12.3 领导与授权的整合框架 [10]

资料来源：Stewart, G. and Manz, C. (1995) 'Leadership for self-managing work teams: A typology and integrative model', *Human Relations*, Vol 48, No 7, 747–70.

- 无能力的领导是被动的态度与专制导向的结合体。这种领导方式下，在雇员与他们的主管之间非常有可能出现心理距离。从而导致极少给予指示而只采取法令的领导行为。这样经常给员工造成压力，这当然不是建立信任和支持的良好基础，更不用说授权。

- 构造能力式领导包括在技能开发方面给予鼓励和网络式合作。不过，在这种领导方式下，领导者们仍然保持着对运作的很大程度的控制，因为雇员们依赖于领导者设置总方向。

- 授权式领导是民主方法与比较被动的行为的结合。在这种领导方式下，看起来这些要求都将在以持久的方式向雇员授权中实现。在这里才能够真正谈得上达到了"策略性自主"状态。

图表 12.1 中的墨西哥贝尔公司的故事表明授权可能是设计未来的人力资源实践的一个重要的因素。它给人们动力并且因此对销售额和利润产生积极的影响。然而授权并非能在一夜之间实现。它涉及对领导方法和方式进行严肃地再思考。此外，墨西哥贝尔公司的案例也说明变化并不局限于雇员的动机和主管的管理方式方面。上级与雇员并不是工作在真空世界，他们工作于一个广阔的组织内部。如果没有相当多的培训和开发努力，没有新的操作系统和报酬体系的配备，墨西哥贝尔公司内部发生的变化就不会取得成功。授权意味着在整个组织层次上的变化。

图表 12.1

墨西哥风味连锁快餐店的授权

下面是关于美国一家提供墨西哥风味烹饪的墨西哥贝尔公司所发生的变化过程的叙述，揭示了在授权中涉及的领导方式的变化。[11]

该公司在 20 世纪 80 年代中期引入一种新的市场方法，强调价值理念。价值被理解为以尽可能的最低成本快速、准确、卫生地递送食物和保证食物的合适温度。这种方法首先涉及经理和雇员的思想上的一个转变：质量特征与低成本被看做相互加强的而不是矛盾的两个要素。为了达到这种经营的重新配置，在一些级别上引入了变化。开发出新的生产技术，重新设计了饭馆空间，引进一个充分分散的信息系统，甚至重新制定烹饪法以便于快速递送食物。这些在支持运作系统上的变化由培训和开发努力以及在雇员和经理级别上引入授权得以补充。

在过去，重点强调的是管理责任：在餐馆里发生的任何问题都必须由主管经理解决，不管这个问题涉及技术设备的重要故障还是给顾客少找钱。这种分等级的方法被淘汰了。首要的措施是重新设计餐馆经理和监管几个餐馆的区域经理的工作。过去，区域经理起着一种维持治安的作用——包括戴着白手套视察餐馆的有形物质和对财务账簿进行审计。这方面已经发生极大的改变：控制的范围从 6 家餐馆增加到 20 家餐馆。这意味在管理技能上的转变以及在市场经理的管理方式上的变革，市场经理就是区域经理现在的称呼。训练和发展代替了控制。[12]

这一点只有通过重新定义餐馆经理的角色和胜任能力才得以实现，重新定义之后，餐馆经理的职别变为餐馆总经理。由于经理被授予越来越多的决策权，所以需要具有广泛技能的经理，他们能够照顾到利益和损失，具有决定性作用和拥有所有权。有助于这种转变的培训和支持都是可利用的。补偿和利益机制也被重新设计以便反映这种新的市场方法：基本工资提高，而奖金要素开始反映所有权的思想。这些变化产生了显著的影响：销售额和利润经过五年的时间得以上升（增至两倍或三倍），并且雇员和消费者满意度也得以提高。

在 20 世纪 90 年代早期，这种逻辑甚至通过引入"团队管理单元"（TMUs）得到扩展，团队管理单元是指由得到充分培训、不需专任经理而管理商店的雇员组成的团队。全体人员被看做向消费者传递价值的专家。在全体人员之间创造对问题的共同所有权和解决这些问题的技巧是至关紧要的。团队管理单元的概念在1992 年引入并且被餐馆总经理和市场经理狂热地信奉。到 1993 年年底在 90%的商店里都引入了团队管理单元。这种转变也暗示向胜任能

力开发投入资源；一个餐馆经理必须花费大约一年的时间接受关于如何创造一支自给自足的团队的培训。不过操作这种系统的商店确实提高了绩效。

餐馆总经理的责任也增加了。一旦他们从大多数日常工作（如安排劳动进度，整理库存，对求职者进行面试，掌管现金和到银行储蓄，开关店门）中解脱出来，他们开始承担起一些新的分销渠道的责任。

墨西哥贝尔一直在发展，包括学校午餐项目和大型购物中心餐馆。这些变化所带来的结果是，市场经理的控制范围增加，从每人控制20 家餐馆增加到 56 家餐馆。在这些变化过程中，消费者满意度稳步上升，公司的销售额和利润也一直增加。

授权：组织

当人们没有获得能够激发诸如主动性和自主性行为的环境的支持时，就无法实现对他们的授权。我们不能期望在没有事先创造开发这些行为的环境的情况下，雇员能在其日常活动中表现出奉献精神、责任感、自主性和主动性。在这里所需要的是一个授权的组织。

授权的组织能够促进信息、知识、报酬和权力的分享。[13] 在本章中考虑组织内部个人的主动性时已经讨论了权力问题。那么对于信息、知识和报酬意味着什么呢？

共享信息

信息的共享极为重要，授权不能在人们不了解的情况下进行。为了能够采取正确的决定和行动，雇员需要获得有关知识。有关下列各方面的信息是雇员所需要的。

- 服务理念。雇员需要对他们想要达到的服务理念有一个清晰的认识，也就是公司的目标和价值观（见第 2 章）。如果雇员要依照要求的服务理念行动，那么对这个价值观及它们如何与日常活动相关的充分认识是先决条件。当雇员对公司的质量方针不清楚时如何正确地评价一个不满意消费者的质量评论？

- 整体的服务传递过程。信息不应该局限于个人自己的行使职责范围；雇员应该对整个的服务传递过程和自己在其中的作用有相当的洞悉。否则人们评估他们的行为对最终的消

费者体验的影响会变得很困难。如果不能让雇员获得这种广泛的信息，会使产生问题的风险蔓延至服务传递过程中。

- 过去和目前的绩效以及未来的目标。雇员也有权利获知组织整体的绩效情况。此外，不仅仅与未来如何行动有关的信息很重要；关于当前和过去行动的信息同等重要。如果没有这类信息，雇员将不知道他们是否做得好，即不知道他们的行为是否恰当。

- 目标的设立。目标的设立也很重要。授权不包括给雇员提供信息和之后把一切事情都搁置起来不管。"现在让我们看一看那些被授权的家伙会发生什么事"的态度将是损失惨重的。授权意味着给人们所有相关信息，也给予他们明确的目标以使他们能够取得成功。尽管雇员想要足够大的自由幅度以便能够传递服务结果，他们也希望有一个关于他们权力的清晰的描述。那些知道自己被期望什么以及拥有合适的信息进行达成目标的行动的雇员将被更多地授权。

赫斯凯特、萨斯和斯科内德 [14] 对两种不同的设置目标的模式进行了区分：

1. 在传统的方法下，目标是对允许一个人所做的事情进行界定，所有的其他的事情由管理层讨论，所以只要雇员待在这个"盒子"里面，他们就可以自由地行动。

2. 非传统方法简单地定义需要做什么。超出界定范围的为达到更好结果的额外行为是被允许的，并且只要考虑了"底线"，这种额外的行为还会得到鼓励。在墨西哥贝尔（见图表 12.1）和奥彷版（在第 9 章讨论过 *）中引入的是第二种方法。

这种传统方法对什么是允许的、什么是不允许的进行了相当详尽的定义。重点强调对准则、规定和控制的符合。就这一方面来讲，第二种方法是更受欢迎的方法。不过，第二种方法需要更多的关于雇员的胜任能力、成熟和正直的信息。劳动力的实际状态将决定对这两种方法的选择。为了实现真正的授权，向非传统方法的演化将是必然的趋势。

知识与胜任能力的开发

显然，授权的成功需要拥有广泛技能的具备胜任力的雇员。完美地完成有限数量的工作任务已经不再是足够的。一个人应该能够评价工作的方式，发掘改进的机会，产生并传递思想，在团队中工作，倾听同事的意见以及为获得的结果承担责任。与上述相反的关系也同样成立；如果一个雇主想要雇员开发这些胜任能力，对他们授权是唯一的选择。当然这涉及一个要素的变化甚至是一种改革。

这种改革需要一个广泛的胜任能力基础来支持；涉及技术技能也涉及个人特征和行为特征的培训项目将变得必不可少，也需要大规模地引进经营管理课程。墨西哥贝尔的全体人员必须掌握存货控制技术、劳动进度安排方法或者面试技巧以评估求职者的胜任能力。不过，仅提高

---

* 原文为"在第 11 章讨论过"，经查对应为第 9 章。——译者注

技术技能是不够的；当雇员必须独立地对较为频繁发生的事项决策时，诸如消费者导向和良好的公民行为也是非常重要的。

因此今天的服务企业持续开发其雇员的胜任能力基础很重要。关于开发这些胜任能力的方法在前面的部分中已经进行了研究。在这里再次强调"有益的松弛"的概念很重要。开发能力涉及时间问题（回想在第 11 章当我们谈及"合理边际参与"概念时对"边际"思想的讨论）。组织在重组、压缩规模、削减成本和遵循经济原则的一系列行为过程中，有时会将自己减小到最小限度的水平以至于对未来的发展造成伤害。将组织仅仅看做机械式的结构和只追求即期结果的公司可能停止了自己未来的发展——人的潜能的发展。为了面对未来市场的问题和机遇，雇员需要通晓知识，持续学习，发展挑剔的精神，寻求改进机会和适应变化。这种工作方式只有当组织内存在一些"松弛"时才可行，这里"松弛"指协同工作、考虑将来和学习的空间。当雇员被不断地、完全地占用和体验到操作性活动的压力时，是不可能发展起一个共同学习的过程、发现需改进的领域或者是施展他们全部的才干的。

重新分配报酬

当雇员被要求像当地经理那样工作时，对承认和报酬的重新考虑是必然的事情。这样做有两个原因：

1. 如果旧的业主与雇员的关系仍然在应用，即在不同的利益相关者之间分配同样的劳动成果，则不能期望雇员像负有责任的企业主那样在他们自己的活动领域内全身心地投入到成果的追求中。授权意味着变化的薪水的思想；较大部分的薪水将与成果紧密联系。

2. 扩大胜任能力的基础也将影响基本薪资水平。尽管提高人们的胜任资格和能力本身就是一种报酬，还应该有一些货币报酬，这是由雇员在价值创造过程中日益提高的作用所决定的，是理所当然的。

是否值得授权

不能将授权看成是能够快速完成的事情。[15] 考虑为完成授权是否值得付出诸如重新考虑组织的运作、开发胜任能力、引进新的领导方式等努力是非常重要的。

经验根据似乎表明这样的努力是值得的。贯穿于本书的关于服务价值链的讨论给我们提供了授权与收益率的概念上的联系。服务能力定义了雇员满意，雇员满意又对服务质量和生产率产生积极的影响，而这些又进而影响消费者的满意度和利益。有一些研究已经以经验方式证明了这些联系的坚固性。涉及的能够叫得上名字的几家公司有墨西哥贝尔、西南航空公司、联邦快递。[16]

我们自己的研究资料确定了这种观点。获得较高程度授权的雇员比较满意，能够较多地主动承担责任，因此对生产率、质量和最终的消费者满意、忠诚进而收益率的贡献较多。

给人印象深刻的一项研究是由劳勒等人 [17] 最近从事的有关努力与经营绩效之间关系的研究。在这项研究中涉及大约 40%的《财富》1 000 强公司。

在研究中，对以创造雇员参与为目的的组织的实践与绩效之间的关系进行了系统的调查。关于参与的主动，在致力于分享信息、增加知识、再分配报酬的行为中与组织内部的授予权力的行为之间存在区别。绩效结果在三个水平上被检验：直接结果如质量和生产率，收益率（也可以同竞争者进行比较），以及雇员满意度。尽管在分析中没有包括大量的干预变量，分析结果仍是显著的。在参与程度与绩效的水平之间反复出现强相关的现象。

显然，在较宽泛的级别上集中精力于胜任能力的开发和引入授权理念是有价值的战略。

结论

在本章中我们已经全面地考虑了授权的概念。就个人来讲，授权可以被看做一种不仅仅涉及自主性的动机构建：意义和胜任能力是构建基础，而影响、自我决定和策略性自主完善了这个框架。授权将对雇员与主管之间的关系产生一种影响，包括从积极的专制的管理方式向较为民主的甚至是被动的领导模式转变。此外，授权的影响扩展至等级关系范围之外，授权意味着在整体组织级别上的授权。根据实际的绩效授予权力、分享信息、开发胜任能力和分配报酬是一个被授权的组织的主要构成部分。

很明显，授权不论对个体雇员来讲还是在组织的产出方面都有许多积极的内容。

复习和讨论题

- 你是否同意授权与低技能雇员不相关的说法？为什么？
- 通往授权的路是否最终通往策略性自主（在个体级别上）？
- 在执行方面，你认为以引入或进一步发展组织范围内的授权为目标的（变革）项目的至关重要的前提条件或组成部分是什么？

注释和参考资料

[1] The company referred to is Semco. For a full description of the 'Semco-style', see Semler, R. (1993) *Turning the Tables.* New York: Time Books.

[2] Bowen, D. and Lawler, E. （1992） 'The empowerment of service workers: What, why, how and when', *Sloan Management Review,* Spring, 31–9; Bowen, D. and Lawler, E. （1995）'Empowering service employees', *Sloan Management Review,* Summer, 73–84.

[3] Bowen, D. and Lawler, E. (1992), op. cit.

[4] Four of these dimensions are developed by Thomas and Velthouse （1990）: meaning, competence,

self determination and impact. Spreitzer （1995, 1996） later developed a scale to assess these four dimensions. Recent research on the notion of empowerment added the fifth dimension: strategic autonomy (see Van Looy, B., Desmet, S., Krols, K. and Van Dierdonck, R. (1998). See Thomas, K. W. and Velthouse, B. A. (1990) 'Cognitive elements of empowerment: an "interpretive" model of intrinsic task motivation', *Academy of Management Review,* Vol 15, No 4, 666 –81; Spreitzer, G. (1995) 'Psychological empowerment in the workplace: Dimensions, measurement and validation', *Academy of Management Review,* Vol 38, No 5, 1442–65; Spreitzer, G. （1996） 'Social structural characteristics of psychological empowerment', *Academy of Management Journal,* Vol 39, No 2, 483–504; and finally Van Looy, B., Desmet, S., Krols, K. and Van Dierdonck, R. (1998) 'Psychological empowerment in a service environment', in Swartz, T., Bowen, D. and Brown, S. （eds） *Advances in Services Marketing and Management,* 7, JAI Press.

[5] This relationship between the different empowerment sub-dimensions has been tested in a more rigorous way. Results were statistically significant. For more details the reader is referred to Van Looy et al. (1998), op. cit.

[6] For more details the reader is referred to Van Looy et al. (1998), op. cit. Within this study highly significant differences between high-and low-empowered employees, related to more satisfaction, commitment and degree of innovative behaviour have been found. The sample contained nearly 500 service employees and managers.

[7] Empirical evidence can be found again in Van Looy et al. （1998）, op. cit. Here it became clear that high-empowered employees differed from low-empowered employees in the sense that they had a more precise view of their goals. Also high-empowered employees had more trustworthy relationships with their managers.

[8] This framework was developed originally by Bass and Associates in the early 1990s. Given the wide empirical, validation as well as acceptance, this framework is chosen as our starting point. The interested reader is referred to Bass, B. M. （1990） *Leadership and Performance Beyond Expectations.* New York: Free Press.

[9] Stewart and Manz developed this framework in the context of team functioning. Here some adaptations are made to make the model applicable to the supervisor –employee relationship. See Stewart, G. and Manz, C. (1995) 'Leadership for self-managing work teams: a typology and integrative model', *Human Relations,* Vol 48, No 7, 747–70.

[10] Source: Ibid.

[11] See extensive case studies developed at Harvard Business School （*Taco Bell Corp.,* 9–692–058,

Taco-Bell, 1994, 9 –694 –076) as well as Heskett, J., Sasser, W. and Schlesinger, L. (1997) *The Service Profit Chain.* New York: Free Press.

[12] This doesn't mean, however, that Taco Bell did not monitor the operational performance of the restaurants any more. To ensure adherance to quality standards, different 'safety nets' were installed: a complaint line, mystery shoppers and regular market surveys. Information brought back to the restaurant general managers and market managers was to start working on improvement. Information was also used to assess the appropriate level of bonus.

[13] Lawler et al. (1995) define four characteristics of – what they call –'high involvement' organizations : sharing information, developing knowledge, rewarding performance and, of course, redistributing power. For more details, see Lawler, E. E. III, Mohrman, S. and Ledford, G. (1995) *Creating High Performance Organisations.* San Francisco: Jossey-Bass publishers.

[14] Heskett, J., Sasser, W. and Schlesinger, L. (1997), op. cit.

[15] See in this respect as well the work of Blanchard, K., Carlos, J. and Randolph, A. (2001) *Empowerment Takes More Than a Minute.* San Francisco: Berrett-Koehler publishers.

[16] Ibid.

[17] Lawler, E. E. III, Mohrman, S. and Ledford, G. (1995b), op. cit.

进一步阅读资料

Bowen, D. and Lawler, E. E. III (1992) 'The empowerment of service workers: What, why, how and when', *Sloan Management Review,* Spring, 31–9.

Bowen, D. and Lawler, E. E. III (1995) 'Empowering service employees', *Sloan Management Review,* Summer, 73 –84. These two works provide an excellent discussion on empowerment for service environments.

Lawler, E. E. III, Mohrman, S. and Ledford, G. (1995) *Creating High Performance Organisations.* San Francisco: Jossey–Bass. If you want to see some real empirical evidence that HR practices do make a difference in terms of financial returns, we strongly recommend the work of Lawler et al.

Stewart, G. and Manz, C. (1995) 'Leadership for self-managing work teams: A typology and integrativ e model', *Human Relations,* Vol 39, 483 –504. The work of Stewart and Manz is very revealing in relation to the implications of empowerment for leadership.

第 13 章

一线员工间的角色压力

科恩·戴维汀克　　德克·布伊恩斯

引言

阿瑞安是一个呼叫中心的消费者服务代表。她的经理几乎每一天都要强调在她的工作中最重要的是消费者满意。为了效忠于公司，效忠于她的部门和她的经理，她尽其所能地努力创造消费者满意。例如，当她感觉到一个消费者需要一些关于某一方面的较为详细的信息时，她会非常愿意提供这些信息。然而，阿瑞安没有被认为是最好的执行者，因为根据公司的评估体系，她的平均"电话处理"计数没有达到部门标准……

马克是一个需要经常和重要客户一起吃饭的顾问，之所以这样做是因为他知道吃饭可以加强与客户的关系而且使客户高兴。当马克又一次很晚回到家里时，他的妻子卡罗尔怀疑他是和她结了婚还是和他的客户结了婚……

乔在一家快餐店工作。昨天，一个顾客要了一份不带任何蔬菜的夹饼。他一下子不知道如何回应。餐馆经理曾经告诉他快速供应是对公司的质量服务的解释。经理又加了一句"但是为了使夹饼被快速供应，我们不能考虑顾客的特殊要求"。乔意识到这不是这个顾客等待的回答，但是已经无关紧要了，因为这个顾客已经向餐馆外面走去，大声喊着他要到拐角的小吃店试一试……

安吉拉是一家大型私立医院的清洁女工，她的老板告诉她不希望正当她忙着清扫地面时与来访者谈话。每次当有来访者向她询问某个特殊部门的方向时，她总是感到拿不准该如何回应……

在上述情形中阿瑞安、马克、乔和安吉拉遇到了什么共同的问题？他们都正在面临对他们作为服务员工的角色的不同期望。尽管这些单一的事件可能没有对他们的健康或绩效造成有害的影响，但是他们被来自于不同方面（管理者、消费者、家庭、同事……）的冲突的和不明了的期望逼得不知所措，这种持续的感觉已经给他们造成明显的伤害。人们将那些感觉称作"角色冲突"，这正是本章关注的中心问题。

目标 到本章结束，读者应该能够讨论如下问题：

- 角色压力的概念与服务组织的相关性。
- 就个体员工来讲角色压力的含义及表现的方式。
- 具体工作情境如何影响一线员工对角色压力的体验。
- 如何减轻一线员工的角色压力。

角色压力对服务接触的相关性

一线员工是指参与到服务于消费者的工作中的雇员。这个术语涉及与组织和组织的消费者进行交互作用的专门的服务职位。

在服务的本质一章中我们强调了同时性是服务工作的一个固有的特性。这意味消费者经常是在服务产生的同时参加了服务的生产和消费过程。生产与消费的（至少）部分的交叠意味着在服务的传递过程中存在个人的接触；消费者和一线员工同时参与到服务传递过程中。因此不管是在商定交易还是提供交易后问题的解决和（或）技术支持的工作情境下，一线工作都会涉及来自于组织和消费者的期望。[1] 所以服务的一个重要特性即同时性可能意味存在着多样的有时甚至是冲突的期望。贝特森 [2] 甚至更进一步提出一个服务接触可以被看做由消费者、服务者和服务企业相互争夺支配权而形成的"三角对抗"。他认为一线员工寻求对服务接触的控制作为维护他们精神和肉体健康的手段。而消费者也寻求对服务接触的控制，因为他们不但消费服务，而且促进服务的生产。同时，组织自身也通过政策体系、程序和管理等控制服务接触。服务接触的具体情境可以被看做局部冲突的各方的一种折中的结果，而角色压力就在其中产生。辛格（Singh）[3] 认为，令人满意的管理者与令人满意的消费者、满足生产率要求与满足质量目标之间的明显的冲突形成了在研究和管理一线员工中的始终如一的根本的主题。

定义角色压力

组织里的角色理论

有助于理解组织里的角色压力的一个重要的理论框架是由卡恩（Kahn）等人发展起来的（1964）。[4] 尽管他们的研究是在 20 世纪 60 年代进行的，但是在今天仍然非常具有相关性，尤其是对那些关于一线员工的研究工作更是相关。

最初角色理论将焦点放在社交模式内的交互作用上。角色理论认为这种发生在两个或更多人之间的社交表明了某种模式，这种模式在很大程度上取决于角色期望和每个人采用的真实的角色。因此个体的生活可以被看做他在其所属的组织和团体的特定环境中扮演的一系列角色的总和。这些组织和团体，或者更确切地说直接影响个人的组织和团体的构成微粒共同组成了个人的环境。这些组织和团体（企业、工会、教会、家庭和其他）的特征影响个人的身体和精神状态，并且是个人行为的主要决定因素。

不同种类的角色压力

一个人或者多个人或者团体对某个人的角色需求和执行期望表现为不同角色压力刺激因素的形式。主要有三种角色压力刺激因素，分别是角色冲突（role conflict）、角色模糊（role ambiguity）和角色超负荷（role overload）。

角色冲突

当一个演员感到来自于他负有责任的两个委托方或多个委托方的系列要求不能够会合因而互相矛盾或者不协调，并且都同时强加于他时，角色冲突就出现了。

卡恩和他的同事们对不同类型的角色冲突进行了区分：

- 角色派定者内部冲突是指来自于一个委托方的不同指示和禁令可能互相矛盾。例如，一个管理者要求一个下属取得通过正规渠道不能获得的资料，但同时又禁止违背正规路线。
- 角色派定者之间的冲突指来自于一个角色派定者的压力与来自于另外的一个或更多角色派定者的压力对立的情形。例如，工头承受的来自于其上级的严密监督员工的压力同来自于下属的要求宽松管理的压力就是一种角色派定者之间的冲突。
- 角色之间的冲突指在一个组织中的成员身份产生的角色压力同在其他群体中由成员身份产生的角色压力相矛盾的情形。来自于角色派定者的加班或下班后回家完成的要求可能与来自于其配偶的要求其在晚间专心于家庭事务的压力相矛盾。那么在这个人作为工人的角色和作为伴侣或父母的角色之间就产生了冲突。
- 个人角色冲突。这类冲突可能存在于一个人的需求和价值观同他的环境的要求之间。当角色的要求违背了一个人的价值观或者需求和渴望时就产生了个人角色冲突。

所有这些类型的角色冲突拥有一个主要的共同特征：

一套角色的成员对一个处于焦点上的人施加角色压力以改变其行为，因为这个处于焦点的人已经"在角色内"，已经有所行为，并且已经在这些完全不同的影响力和动机之间维持某种形式的平衡，产生的压力象征着他必须处理新的附加的影响力。从这一点意义上来讲，这些压力威胁着已存在的一种平衡。此外，角色派定者所施加的改变某人的行为的压力越强，对他造成的冲突越大。

角色模糊

角色模糊 [5] 在另一方面可以被定义为关于下列方面的信息缺乏的程度：

- 一个人的责任范围和界限。
- 与一种角色有关的期望和履行其工作责任的方法和行为。
- 哪些期望应该优先考虑，或者哪些角色要素最重要。
- 根据什么标准评估一个人的绩效。

一个组织的每一个成员如果想遵照其工作环境中的成员寄予他的角色期望，必须拥有某些可供其使用的信息。一个人可能对他们的社会的或物质的环境的很多面不确定。组织有一些经常遇到的人们常感觉到压力的模糊领域。辛格和罗兹（Singh and Rhoads） [6] 发现一线员工可能会在组织、经理、其他部门的经理、同事、消费者、家庭的期望以及关于道德行为的期望上体会到不确定。这些作者因此找出了一线员工的工作中的 7 个模糊面（见图 13.1）。例如，一线员工可能会经历对消费者的不确定性：当消费者投诉时，一线员工不知道该如何做；也可能在向消费者提供产品时，不知道该突出其产品的哪些积极品质；最后，一线员工可能也会对如何与消费者交互作用不确定。

角色超负荷

当雇主对一个雇员的要求超过了他在给定时间内能够适度达到的，或者仅仅是雇员感觉到

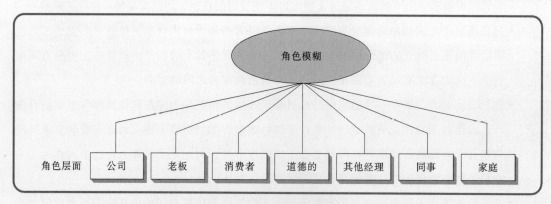

图 13.1 一线员工面临的模糊性 [8]

资料来源：Based on Singh, J. and Rhoads, G. K. (1991) 'Boundary role ambiguity in marketing-oriented positions: a multidimensional, multifaceted operationalization', *Journal of Marketing Research*, Vol 28, August, 328–38.

工作的要求过多时，就产生了角色超负荷。[7]

为了理解角色超负荷，有必要区分数量的超负荷和质量的超负荷。当雇员体验到数量的超负荷时，他完全能够满足角色需要。这时存在的问题是有过多的角色需要（即在给定时间段内有太多的消费者）需要他去处理。如果时间再多一些，或许资源再多一点，这个经历数量超负荷的雇员就能够满足这些角色需要，而当一个雇员经历质量超负荷时，角色需要超过了他的技能和能力。在这种情况下，即便有较多的时间和资源，这个雇员也不能够满足这种角色需要。在质量超负荷情况下，个人的技能和能力不允许他们充分地满足他们的角色需要。

处理一线员工的角色压力

角色压力的破坏性影响

有大量研究将焦点放在角色压力的发生与遭受角色压力的人们的情绪和行为的关系之上。[9] 能够从这些研究中提取的一个结论是角色压力对雇员满意和雇员承诺明显地产生消极影响。此外，研究证明角色压力也消极地影响到雇员留在组织内的意愿。[10] 如果给定在前一章论述的服务利润链背后的思想，甚至可以说过多的压力将会影响消费者的满意度，进而影响消费者忠诚度，甚至影响到收益率。

观察这些行为结果，显然角色压力不但对雇员的生产率而且对这些雇员传递的服务的质量有消极的影响。角色压力和绩效之间的关系已经从关于认知和动机的阐释中得到预示。[11] 根据认知的观点，角色压力阻碍了绩效，因为在角色压力下，个人或者面临从事最有效的行为所需知识的短缺，或者面临一种几乎不可能达成期望的情形。因此，不考虑所花费的努力的数量，行为很有可能是效率低的、被误导的或者不足的。一个动机的观点将预示绩效与角色压力之间消极的相关是因为角色压力与努力—绩效和绩效—期望报酬有消极的相关关系。

考虑到角色压力对服务员工的情绪和行为的破坏性影响，一个特定服务环境中的经理们努力地尽可能地减轻角色压力意义重大。已有研究证明工作环境的不同要素的混合影响着服务员工体验到的角色压力的水平。这些要素与领导、授权和正规化相关。接下来我们先评论那些不同的要素；然后为选择适合您的服务组织的方法提出一些指导。

领导与角色压力

因为主管是一个服务员工的角色履行的必要组成部分，如主管提供给员工关键资源和进行人事激励，所以当考虑角色压力产生的工作情境时重视领导职能是重要的。

关于领导行为的广泛研究已经有几十年的时间。[12] 研究的焦点主要放在对领导者所做的即领导者的行为进行识别和分类。不同的研究者发现了形成领导行为的不同数量的因素，从一至五个因素不等。不过，尽管有时这些因素的名称不同，始终存在领导的两个主要维度：领导

者主动结构和领导者关心。 [13]

领导者主动结构指一个主管指导雇员，提供阐明角色的心理的框架，监控下属的活动和激励他们展示更好的绩效。因此领导者主动结构指的是领导者的任务导向的行为。

而领导者关心是指一个主管创造情感支持的氛围和对下属健康的社会情感关心的程度。因此领导者关心是指领导者的以人为导向的行为。

领导行为的这两个维度都已经被证明对角色压力有影响。 [14] 任务导向的领导行为向雇员提供了关于他们的角色的期望。因而这些行为使领导者得以减轻一线员工间的角色压力。同样地，可以预期任务导向的领导行为在减少一线员工的角色模糊中尤其有效。显然，领导者主动结构有助于阐明角色，但不能减少冲突。单方面地向雇员提供对他们的角色期望可能妨碍了他们解决那些在适应这种发起式领导结构中变得明显的冲突。

以人为导向的领导行为不仅仅提供了社会的或情感的角色，也提供了一种作为工具的或任务的角色。当雇员获知什么样的行为能够获得酬劳时，决定哪些角色期望应该满足，哪些期望应该忽视时的优柔寡断可能就减少了，因而减少了由于对角色优先顺序不明确而产生的冲突。与任务导向的领导行为相比，领导者关心也许包括某种水平的参与（举例来说，主管向下属询问和表示关注），从而提供给下属讨论和解决冲突的机会。

简言之，任务导向和以人为导向的领导行为看起来都有减轻角色压力的影响。因此，当考虑服务经理和其他一些在服务组织内部承担领导任务的人的角色时，不仅他们在能够阐明自己对下属的期望方面训练有素很重要，而且他们也应该认识到明确地表达关注和情感支持能够降低一线员工的角色压力水平。

通过向雇员授权减轻角色压力

如前一章所论述，授权使雇员在很大程度上能够合作、设计和控制服务质量。同样地，授权也可以求助于"参与模式" [15] 和通过执行贯穿于整个组织的分配权力、信息、知识和报酬的实践来达成。这样雇员有采取主动行为的较大的自主权和自由。因此授权方法的奋斗目标是使那些体会到自主并且因此能够在关键服务接触中采取必要行动的、胜任和有动机的雇员满足消费者的要求。

同样地，如果雇员感觉到自己是胜任的，并且发现自己处于如前一章中所论述的能够提供必要的信息和支持的组织中时，授权可能有助于建立一线员工处理服务接触中遇到的不同情况的信心。如果这些条件都不能满足，那么一个人就会因为缺少明确的指导或者关于在各种情况中该如何做的指示而担负着工作压力增加的风险。

通过正规化来减轻角色压力

正规化的思想是对生产线方法的反映，仍然是一种关于服务员工管理的流行的观点。 [16]

服务业的生产线方法建议，一个按工艺流程构想的服务过程是服务于消费者的最好方法。这种方法强调以下几点：

1. 任务简化。

2. 明确的任务分配。

3. 以设备（硬技术）、体系（软技术）或者两者的联合（混合技术）代替人力。

4. 雇员几乎没有决策权。

虽然这种服务业的生产线方法起源于 20 世纪 70 年代，它对当代的服务组织仍然是一种显著相关的观点。麦当劳的服务方法是一个最有说服力的例子。此外，能够被明显识别出使用生产线方法的环境是呼叫中心行业，电话接线员对消费者的回应是非常标准化的。雇员通常非常清楚做什么，并且利用高科技手段提高服务水平。

正规化的思想对这些服务环境很重要。正规化是工作行为被管理细则、政策和程序等正式支配的程度。工作环境正规化的程度将影响服务员工的角色压力。在理论上支配着工作行为的书面规则条例和程序使服务员工明确自己的角色期望。从这个意义上看，正规化应该减轻角色压力，因为它有助于详细指明合理的角色派定者和行为的方式。然而这种减轻效果只是在消费者遵照这些"指示"的情况下出现。通常，像供应快餐这样的服务工作涉及的一线员工属于这种例子。对于其他那些参与到不太标准化的服务中，并且因而必须即时响应消费者的要求或者有时做临时准备的服务员工，书面的规则条例和程序的存在可能会提高他们的角色压力水平。特别是当那些规则条例和程序不适合眼前的情形，而且当这些规定与服务员工拿出来的解决办法冲突时更是如此。

选择正确的方法解决角色压力

授权和正规化反映了关于服务员工管理的两种主要的观点。如上面所描述的，授权和正规化能够减轻或提高服务员工的角色压力感。但是什么时候选择其中一种方法而不选择另一种方法？方法的选择取决于以服务中交互作用的程度为特征的服务接触的本质。读者可能记得在第一章中，米尔斯和麦奎利斯 [17] 将服务的交互作用确定为标志服务特征的重要维度。他们识别出三种消费者与服务提供者之间的交互作用的基本类型：维护式交互作用、任务式交互作用和个人式交互作用类服务。这三种类型的服务交互作用主要根据下列方面而有所不同：

- 消费者和/或服务提供者对最初的问题和可能的解决办法清楚的程度。
- 在服务传递过程中对消费者要求的信息输入量。
- 服务员工作出的判断的数量和类型。

如果我们将这个分类方案与我们的授权结合在一起与正规化进行对比论述，则关于如何讨论不同服务接触中的角色压力的框图就形成了。让我们更仔细地看一个典型的维护式交互作用类服务工作，即餐馆的服务生或服务小姐的工作。餐馆的消费者和服务者都有一个关于服务传递过程的明确的看法。他们都知道最初的问题是什么（消费者饿了或者渴了）和可能的解决办法（服务员能够供应给消费者一系列的盘装食品和饮料）。此外，消费者只需作一下选择并告诉服务员（来自于消费者这一方的信息输入相当有限）。最后，服务者知道一旦消费者作出了选择他应该做什么：必须通知厨房消费者刚刚点的菜，并且应该在服务消费者时尽可能地友好。这样不要求服务员作出许多决策。

上面所描述的餐馆环境中的服务传递过程是相当标准化的。某种固定的方案对所有的服务传递都适用。在这样的环境中，服务员工对这种方案和他应该如何做有一个清晰的概念，这些可以通过向服务者提供一些规定和程序来完成。在这种特定情景中，看起来正规化是减少模糊性和有关服务员工角色的冲突的关键，并且因而成为减轻这些类型服务接触的角色压力的关键。

作为对比，让我们仔细地看一看一个商业顾问的工作。商业顾问与其消费者之间的服务接触通常具有大量不确定性和模糊性的特征。在这样一种个人式交互作用类服务接触中，顾问和消费者对这个具体问题是什么和应该如何解决都不明确。在这种情况下，消费者和服务提供者参加到处理这些模糊的过程中。服务提供者和消费者的交互作用形成了问题的解决方案，也因而形成服务传递过程。在这些情形中，客户的信息输入对于达到一个满意的解决方案非常重要，而且顾问被要求通过一系列复杂的决策来判定如何向消费者提供最好的帮助。

在这些种类的服务接触中，我们能够预期，仅向这些服务员工提供一套详尽的明确规定和程序是不充分的。相反，信赖这个顾问的专业水准，也就是对其授权将是一个更好的选择。那么这个胜任的、被推动的雇员被赋予了行为的自由，其使用个人的知识来判断如何向消费者提供最好的服务。在这些情形中，授权是解决服务员工的角色压力的较好的选择。

现在回到我们最初的问题上，我们可以得出结论，服务的交互作用是在决定如何处理和减轻服务员工之中的角色压力时必须考虑的服务任务的重要方面。我们发展的基本原理是当服务接触是维护式交互作用的性质时，正规化可能是对抗角色冲突的最恰当方法。而服务接触越朝向个人式交互作用类服务发展，授权的方法可能越是减轻角色压力的更好选择。图 13.2 解释了这种思想。

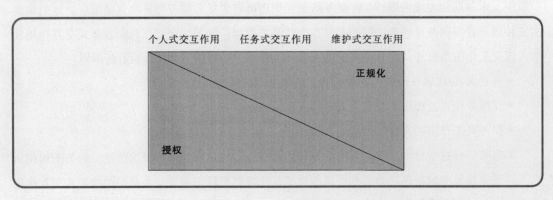

个人式交互作用　　任务式交互作用　　维护式交互作用

正规化

授权

图 13.2　根据服务的交互作用的程度通过正规化或者授权减轻服务员工的角色压力

同事支持对角色压力的影响

正如本书的第一章所提及的那样，服务工作的一个核心特征是它的异质性或变化性。因为服务是消费者和雇员彼此相互作用的过程，服务接触带来较大的差异性风险，这种风险取决于诸如特定雇员或涉及的消费者、实体设施甚至是一天中的时间等环境。这种变化性带来的后果是，一线员工经常面对无法预料的情况。当服务员工需要处理眼前的情况时，正如在有关协作的那一章中所论述的，获得同事的支持经常是一种优势。

确实已有研究证明，服务员工如果有机会同处于相似职位的其他人分享经验并从相似经验中获益，则所经受的角色压力能够减小。[18] 卡恩和他的同事 [19] 认为这些种类的专业和半专业的鉴定可以在一个人面对角色冲突和角色模糊时为他提供可参考的群体支持。他们或者能够提供解决这种压力的技术，或者只是让遇到困难的人放心，让他认识到所遇到的难题与其说是个人能力不足所造成的结果，不如说是从事与消费者交互作用职位的人们共同的命运。

因而，在服务员工的团队之间建立起协作关系是争取角色压力释放并且使雇员满意和提高其生产率的核心问题。不过，正如在第 11 章所论述的，由于在一个工作小组中建立起那样的协作关系将牵涉到较多方面，所以可能会变得复杂并花费一些时间。当一个人想在一个团队中达成协作和同事支持时，应该把这种努力过程看做一个发展的过程，在这个过程中必须逐渐地建立起信任。

结论

本章着重讨论角色压力。角色压力指被那些来自于服务员工与之接触的不同各方（管理者、消费者、家庭、同事等等）的冲突的和/或不明确的期望分裂的感觉。我们已指出这种角色压力对雇员满意度、承担责任的主动性和留在组织的愿望有明显的消极影响。另外，我们讨论了角色压力对服务绩效的负面影响（也就是服务质量和服务生产率）。

鉴于角色压力的危害性影响，我们认为最小化角色压力应该是改进服务绩效的任何战略的核心方面。我们论述了与这方面有关的服务员工的工作环境的四个主要特征：领导行为、正规化程度、授权程度和同事支持。关于领导行为，我们明确了任务导向和以人为导向的领导行为对减轻服务员工的角色压力水平的努力是至关重要的。我们进一步提出，当思考角色压力产生的工作环境时正规化和授权是两个需要考虑的重要方面。尽管我们看到授权与正规化反映了关于服务员工管理的两个不同的甚至是矛盾的观点，但它们都能够减小或增加角色压力。服务员工与消费者进行交互作用的程度被证明是一个重要的工作特征，这种特征能够帮助人们作出决策，选择这两种方法的一种来减轻角色压力。我们强调了同事支持概念，其可以通过一个团队导向的发展的过程得以建立，并能够对减轻角色压力带来重大的贡献。

- 角色压力是否是一个应该被"减小至零"的变量？为什么？

- 对于一些主管，角色压力只是一个个人"问题"，你是否同意？你看过哪些支持这种观点的论据？哪些论据支持相反的观点？这些观点对人力资源实践有什么暗示？

注释和参考资料

[1] Troyer, I., Mueller, C. W. and Osinsky, P. I. (2000) 'Who's the boss? A role theoretic analysis of customer work', *Work and Occupations,* Vol 27, No 3, 406–69.

[2] Bateson, J. E. G. (1985) 'Perceived control and the service encounter', in Czepiel, J. A., Solomon, M. R. and Surprenant, C. F. (eds) *The Service Encounter: Managing employee/customer interaction in the service business.* Lexington & Toronto: Lexington Books, pp. 67–82.

[3] Singh, J. (2000) 'Performance productivity and quality of front –line employees in service organizations', *Journal of Marketing,* Vol 64, No 2, 15–35.

[4] Kahn R. L., Wolfe, D. M., Quinn, R. P., Snoek, J. D. and Rosenthal, R. A. (1964) *Organizational Stress: Studies in role conflict and ambiguity.* New York: John Wiley & Sons.

[5] The reader may recall from the first chapter that one of the main characteristics of personal-interactiv e services, according to Mills and Marguilies' definition of different service types, is ambiguity. Mills and Margulies approach the idea of ambiguity from the perspective of the customer. In personal-interactive services, the customer is typically unaware or imprecise about both what will best serve his or her interest and how to go about remedying a situation about how to perform a role within the organization, from the perspective of the employee.

[6] Singh, J. and Rhoads, G. K. (1991) 'Boundary role ambiguity in marketing-oriented positions: a multidimensional, multifaceted operationalization', *Journal of Marketing Research,* Vol 28, August, 328–38.

[7] Jones, B., Flynn, D. M. and Kelloway, E. K. (1995) 'Perceptions of support from the organization in relation to work stress, satisfaction, and commitment', in Sauter, S. L. and Murphy, L. R. (eds) *Organizational Risk Factors for Job Stress,* Washington, DC: American Psychological Association, pp. 41–52.

[8] Singh, J. and Rhoads, G. K. (1991) 'Boundary role ambiguity in marketing-oriented positions: a multidimensional, multifaceted operationalization', *Journal of Marketing Research,* Vol 28, August, 328–38.

[9] For on overview of evidence on the impact of role ambiguity on employees attitudes and behaviours, see two meta-analytic studies: Jackson, S. E. and Schuler, R. S. (1985) 'A meta-analysis and conceptual critique of research on role ambiguity and role conflict in work settings', *Organizational Behavior and Human Performance,* Vol 36, 16–78; and Tubre, T. C. and Collins, J. M. (2000) 'Jackson and Schuler (1985) revisited: a meta-analysis of the relationships between role ambiguity, role conflict and job performance', *Journal of Management,* Vol 26, No 1, 155–70.

[10] Brown, S. P. and Peterson, R. A. (1993) Antecedents and consequences of salesperson job satisfaction: a meta-analysis and assessment of causal effects, *Journal of Marketing,* Vol 30, 63–77; Fisher, C. D. and Gitelson, R. (1983) A meta-analysis of the correlates of role conflict and ambiguity, *Journal of Applied Psychology,* Vol 68, No 2, 320–33.

[11] Jackson, S. E. and Schuler, R. S. (1985), op. cit.

[12] House, R. L. (1971) 'A path-goal theory of leader effectiveness', *Administrative Science Quarterly,* Vol 16, Sept, 321–9.

[13] Wetzels, M. G., De Ruyter, K. and Lemmink, J. (1999) 'Role stress in after-sales Service Management', *Journal of Service Research,* Vol 2, No 1, 50–67.

[14] Jackson, S. E. and Schuler, R. S. (1985), op. cit.

[15] Bowen, D. E. and Lawler, E. E. (1995a) 'Empowering service employees', *Sloan Management Review,* Vol 37, Summer, 73–84; Bowen, D. E. and Lawler, E. E. (1995b) 'Organizing for Service: Empowerment or Production Line?' in Glynn, W. J. and Barnes, J. G. (eds) *Understanding Services Management,* Chichester: John Wiley & sons, pp. 269–94.

[16] Levitt, T. (1972) 'Production-line approach to service', *Harvard Business Review,* Vol 50, Sept–Oct, 41–52; Levitt, T. (1976) 'Industrialization of service', *Harvard Business Review,* Vol 54, Sept–Oct, 63–74.

[17] Mills, P. K. and Marguilies, N. (1980) 'Towards a core typology of service organizations', *Academy of Management Review,* Vol 5, No 2, 255–65.

[18] See, for example, Wetzels, M. G. (1998) *Service Quality in Customer-Employee Relationships: An empirical study in the after-sales services context,* Doctoral Dissertation, University of Maastricht; Newton, T. J. and Keenan, A. (1987) 'Role stress reexamined: an investigation of role stress predictors', *Organizational Behavior and Human Decision Processes,* Vol 40, 346–68; Schaubroeck, J., Cotton, J. L. and Jennings, K. R. (1989) 'Antecedents and consequences of role stress: a covariance structure analysis', *Journal of Organizational Behavior,* Vol 10, 35–58.

[19] Kahn, R. L., Wolfe, D. M., Quinn, R. P., Snoek, J. D. and Rosenthal, R. A. (1964), op. cit.

进一步阅读资料

Kahn, R. L., Wolfe, D. M., Quinn, R. P., Snoek, J. D. and Rosenthal, R. A. (1964) *Organizational stress: Studies in role conflict and ambiguity.* New York: John Wiley & Sons.

Troyer, I., Mueller, C. W. and Osinsky, P. I. (2000) 'Who's the boss? A role theoretic analysis of customer work', *Work and Occupations,* Vol 27, No 3, 406–69.

第四篇

服务组织的运营管理

洛兰德·范·迪耶多克　保罗·格默尔

　　本书的第四篇将论及与运营管理或物流领域有关的方面和问题。我们将会讨论如下问题：服务传递系统的能力应该有多大，如何确保有效地利用各种类型的能力资源，应该选择哪种服务过程类型，自动化技术特别是信息技术将扮演什么角色，如何为一个服务设施选址和应该怎样设计服务设施等。

　　上述绝大多数问题在工业企业中已经形成文件并得到研究。实际上，20世纪初发起的"科学管理"运动十分关注这些方面。弗兰克·吉尔布雷思（F. Gilbreth）将某些方法（特别是时间和动作研究原理）的使用成功地转移到服务业中，特别是应用到医院中。此后，数不清的致力于解决上述问题的模型被开发出来。至于服务业，一个早期的学派支持将工业的方法应用到服务业中。最著名的倡导者或许是莱维特（T. Levitt），他在《哈佛商业评论》中发表了《流水线方法在服务业中的应用》，在这篇文章中，莱维特阐述的观点是企业应该将工业生产的方法应用到它们的服务活动中。服务企业因而成功地使其服务过程"工业化"，并取得生产率和质量可靠性上的显著提高。

　　然而，盲目地跟随这种工业化的路径可能会带来危险。一个企业有可能很有效率，而最终却死亡，只是因为彻底疏离了消费者（不必提及疏离了雇员）。由于生产与消费的同时性，当处理前面已提及的各种问题时，明确地考虑到消费者很重要。

　　正像斯堪的纳维亚航空公司前总裁简·卡尔松（(J. Carlzon）所说的那样：

　　"我们在使旅客飞翔，而不是使飞机飞翔。"

　　同样，也可以这样说，如果不遵循工业化道路也是危险的。一些服务企业把消费者不在场作为不进行过程管理的借口，有时这样做导致基本的服务过程不适当。当消费者因为指示标记不明找到胜地极为困难时，向山头上的这些滑雪者分发装在镀银盘子里的

小吃所带来的附加价值是什么？ [1]

必须在工业方法和消费者获得之间找到一种很好的平衡，因此我们将要讨论的模型将会从有关营销的文献中获得启示，就像从运作管理文献中获得启发一样。

第四篇以过程管理一章开始。在许多情况下，服务过程不能同服务产品严格区分开来。因此，承认它们相互依赖，以这样的方式去设计和管理服务过程很重要。在第7章中，我们看到可信赖是一个最重要的服务质量维度。为了达到可信赖，必须尽可能地避免服务问题的出现。这意味着必须考虑如何设计服务过程，特别是如何在设计中引入消费者需求和偏好。

过程管理的一个最重要的问题是处理（固有的）过程可变性。尽管服务具有某种程度上的固有的变化性，一个比较系统的过程监控和评估方法能够减少过程可变性。在第14章中将讨论这些问题和其他与过程管理有关的方面。

在第15章讨论了能力管理。能力管理不但对服务企业的财务成功极为重要，而且能力管理的结果对消费者有直接影响。它影响消费者的等候时间，更重要的是，能力是产品的一部分。能力管理不但意义重大，而且由于服务的同时性和无形性，能力管理通常也很难。能力管理不仅包括供应管理也包括需求管理。由于服务业供应与需求管理所涉及的独特问题，通常消费者等候是不可避免的。因而，第15章包括等候心理学这部分内容。这一章以描述两种技术作为结束，这两种技术有助于我们分析能力管理问题：排队理论和仿真。

第16章集中讨论设施管理，由于服务的特殊本质，设施管理是一个重要的运作管理领域，必须将消费者带到服务过程中，或者将服务过程带给消费者。此外，消费者可以"感受"设施。设施是产品的一部分，人们经常通过设施评价所接收或传递的服务质量。本章以对比后台和前台活动作为开始，然后将关注点放在前台部门，着手处理这样一些问题：如何为业务单位选址，如何设计消费者即将接触到的服务背景。

在第17章，我们论及技术尤其是信息技术。信息技术很重要，因为绝大多数服务业的信息交流量很大。因而我们讨论了信息技术可能给服务和服务交易带来的影响，包括信息技术如何使有形市场转变为"虚拟"市场——市场空间。信息技术进步对服务交易的影响将根据一些因素而不同，这些因素主要有：消费者和服务提供商的行为，以及服务交易本身的性质。

第 *14* 章

服务过程设计和管理

保罗·格默尔

引言

　　雅各布教授是一位大学的经济学教授，当他星期一早上迈入办公室时对他的秘书汤姆森说了句"早上好"。但是这个刚刚为雅各布教授工作了三个月的汤姆森先生能够从雅各布教授的脸上看出有什么事情不对。"看样子这事对我不利，"汤姆森先生想，"我做错了什么事？""汤姆森先生，"教授开始说话了，"你看，上周末我拿着那个演示稿参加这个关于全面质量管理的大型讨论发表会，你猜演示之后发生了什么事？至少有三个与会者向我走来抱怨我分发的打印稿的质量。有一页上的六个幻灯片几乎让他们难以看清楚，并且在这些幻灯片中也有打印和拼写错误。这是怎么搞的？简直无法让人接受。"汤姆森感到教授对待自己像对一个不听话的男学生那样。他承认在全面质量管理会议上展示糟糕的幻灯片是让人很尴尬的事，但这真的是他的过错吗？他知道参加会议者喜欢打印稿显现出什么样子？他以为将六个幻灯片放在一页纸上可以减少页数，以免看起来稿子太长。此外，雅各布教授是在会议前两天交给他一份手写的原稿。作为一名新来的秘书，汤姆森先生不会使用他老板的手写稿，并且当遇到困难时他没有人可以请教。恰好他有足够的时间用 PowerPoint 做幻灯片，把它们打印出来然后自己辨认，最后印刷。他困惑如何在将来避免这种情况。至少他知道他也在满足这些消费者的期望中起着重要的但不为人知的作用。

这仅仅是许多可避免错误的服务传递中的一个。很多服务过程的一部分是在后台完成的。在许多情况下，这种后台是一个能够实施质量保证原则的服务工厂。雅各布教授和汤姆森先生如果事先清楚地确定一个好的演示稿的构成要素（如，绝不要把六个幻灯片放在一页纸上），本可以避免他们的问题。在后台就像在一个生产企业那样，质量要遵照执行规范。在服务业中，后台的遵照质量规范的思想没有满足或超越消费者期望的思想重要，这常常导致向那些因为基本服务过程不适当而不能保持住的消费者作出承诺。例如，当一些滑雪者即使发现了一个胜地，但因为糟糕的指示标记而遇到了很大困难时，向他们分发装在镀银盘子里的开胃食品就是一种增加价值的活动。[1] 一个没有正确适当的基本服务过程的服务组织很难满足消费者期望，更不用说超越期望了。

许多服务组织开始认识到过程管理是在追求服务（或商业）卓越过程中的一个薄弱环节。过程管理始终是持续的质量改进的基本关注点。因此在这里将从内部的或业务的着眼点出发对服务组织内的过程（后台和前台）管理进行讨论。这意味着我们将强调"遵照规范"的质量观点并且努力将消费者期望与这种观点融合。

一个恰当的过程管理开始于过程类型的选择。这种选择必须反映服务概念。其次，过程必须被设计为连续的几个任务。当雅各布和汤姆森观看制作幻灯片的过程时，他们会意识到一个重要步骤被遗漏了：雅各布教授检查幻灯片有没有错误。

在一种服务环境中，必须确信消费者的需求和喜好都被设计到这些服务过程中。例如，雅各布教授的幻灯片打印出来在印刷稿上的安排版式十分重要，将六个幻灯片安排在一页纸上使与会者不易阅读。

过程监控是另一个挑战。当一个过程脱离了控制我们如何能知道？消费者投诉当然是一个信息来源（雅各布教授对与会者关于印刷稿质量的投诉的反应），但是投诉能否首先通过监控过程加以避免？一个简单的程序说明书本可以帮助汤姆森了解到不应该将六个幻灯片打印在一页纸上。

应该对过程进行评价。消费者满意和投诉当然是完成这项任务的重要工具。是否还存在与过程更相关并且能够提供更好的关于执行过程的不同步骤的洞悉的评估工具？

持续的过程监控和评价一定能够导致过程改进。某些时候，从零开始重新考虑过程也许是明智的。过程改进和过程再造构成了这种循环。或许从现在开始，雅各布教授能够在计算机上自己编制他的幻灯片，而汤姆森先生能够做最后的安排。

目标 到本章结束，读者应该能够讨论如下问题：

- 不同类型的服务过程和某种过程的选择如何影响服务过程的管理。
- 过程如何被设计成一系列合乎逻辑的、有联系的任务以产生预定的输出。

- 如何监控服务过程，特别是使用 ISO9000 质量管理体系标准。

- 从消费者观点以及从内部质量的观点出发如何评价服务过程。

- 过程再造的必要性。

过程选择

　　一家三星级法国餐馆因为很多原因看起来与一家麦当劳这样的快餐店大为不同。而这两种餐馆又与一家日式风格的芭堤雅 (Benihana) 餐馆 [2] 大为不同，在芭堤雅餐馆里，食物是在顾客面前的木炭火盆烹饪台上准备好的。它们之间的一个主要的区别是过程的类型。法国餐馆具有 "加工车间过程" 的许多特征和功能设计；快餐店具有流水线生产过程的许多特征和流水线设计；而芭堤雅餐馆坚持在准备和供应食物之前将酒吧间里的顾客按每 8 人分批，这似乎更像一种批量处理流程。这些不同之处说明在制造业中对不同流程的区分方法同样适用于服务企业。与在生产型企业里一样，决定过程类型的主要因素是交易量。交易量越大，流水线过程将越适用；交易量越小，越倾向于采用加工车间过程。像管理咨询这样的极端情况下，一个着眼于项目的方法也许是理想的。图 14.1 说明了过程类型与交易量的关系。

　　图 14.1 的矩阵适用于制造业部门时，过程类型是一种多维度的构成物。一些不同的制造业的维度被结合在一起。与过程类型相互联系的一些变量如下：

- 产品线（从窄到宽）。

- （消费者的）定购规模（从大到小）。

- 产品适应变化的程度（从标准化产品到完全定制的产品）。

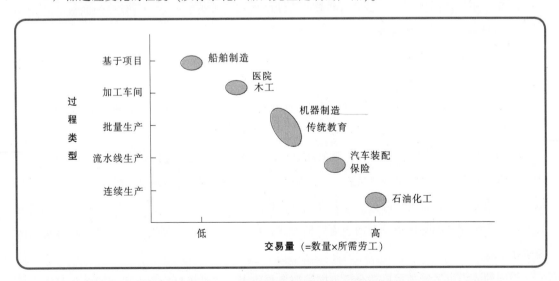

图 14.1　过程类型与交易量之间的关系

资料来源：Silvestro, R., Fitzgerald, R., Johnston, R. and Voss, C. (1992) 'Towards a classification of service processes', *International Journal of Service Industry Management*, Vol 3, No 3, 62–75.

- 创新的程度（从低到高）。

- 自动化程度（从高度自动化到完全手工劳动）。

- 资本密集还是劳动密集。

西尔维斯特（Silvestro）等人 [3] 提出类似的观点，图 14.2 中对他们的结论进行了解释。这些研究者提出以每一天一个有代表性的单位处理的消费者（或消费者档案）的数量作为一个交易量度标准。他们以由下列几个次变量构成的复合变量表示 y 轴 [4]：

1. 以设备或人员为中心。以设备为中心的服务是指那些特定设备的供应是服务传递过程中核心要素的服务。以人为中心的服务是指那些接待员工的供应是服务传递过程核心要素的服务。

2. 每次交易的消费者接触时间。高消费者接触时间指在每次交易中，消费者在服务系统内花费几小时、几天或者几个星期。低消费者接触指每次交易中消费者与服务系统的接触时间只有几分钟。

3. 用户化程度。用户化水平高的服务过程能够根据个别消费者的需求进行适应性的调整。低水平的用户化是指服务过程是不可变的标准化过程；消费者可能被提供几种路线，但是这些路线的可用性是预先规定的。

4. 行使判断力的程度。高水平的判断力是指前台人员在改变服务包或服务过程时无须请示主管而行使判断力。低水平的判断力指只有在主管的认可下才可以改变服务的提供。

5. 增加价值的后台/前台。一个以后台为导向的服务是指前台（与消费者接触）员工占总体员工的比例小的服务，而以前台为导向的服务指前台员工占全部员工的比例大的服务。

6. 聚集于产品或过程。产品导向的服务关注消费者所购买的产品。过程导向的服务强调如何将服务传递给消费者。

将这些变量结合在一起产生一个构成物，将其与处理量结合在一起产生三种类型服务过程：专业性服务、服务车间和大众服务（见图 14.2）。另有一些学者提出第四种类型服务过程，即"服务工厂" [6]。服务工厂与大众服务十分相近，但是与大众服务的区别是资本密集程度很高。

不同类型的服务过程导致了对操作管理、人力资源管理和营销方面的不同挑战。

例如，在大众服务的操作方面，服务规范在向消费者传递服务之前确定。在专业性服务中，服务规范在服务传递过程中与消费者一起发展。 [7] 而大众服务提供者的挑战是识别消费者的需求并使其成为服务过程的一部分，专业性服务提供者的挑战是在服务过程中能够适应变化的消费者需求。医疗界的临床指导有助于更好地实践，但是它们需要与面对内科医师的具体病人的需求相适应。

不同的人力资源管理风格适合于不同的服务提供者，这种风格根据在形成服务接触中雇员投入和参与的程度而有所区别，如社会和人际技能在快餐店中没有在三星级饭店中重要。

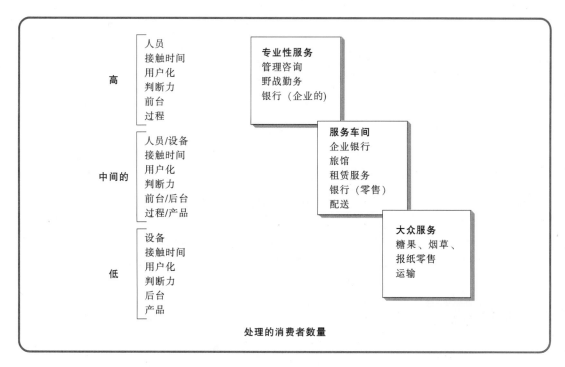

图 14.2 依照西尔维斯特等人的观点，过程类型与处理量之间的关系 [5]

资料来源：Silvestro, R., Fitzgerald, R., Johnston, R. and Voss, C. (1992) 'Towards a classification of service processes', *International Journal of Service Industry Management*, Vol 3, No 3, 62–75.

　　从营销的角度来看，我们回顾服务承诺的一个例子，在这个例子中我们曾指出对于专业服务提供者（如一个内科医师）使用这样一种承诺是危险的，因为承诺可能会造成消费者对服务提供者胜任能力和可靠性的怀疑。在大众服务中，服务承诺（如果正确实施）被认为是推动内部改进和消费者导向理念的竞争优势。[8]

过程设计

　　一个服务过程（作为一系列连续的活动）必须以一种可靠的方式和令人满意的质量水平传递期望的结果。在制造业，系统分析的方法论被用来设计可靠的和令人满意的流程。在服务业很少以系统的方法设计过程。依赖主观判断和过去的经验的糅合随意地使服务成为整体。[9]

　　大量的服务过程设计工作是由休斯塔克（G. Lynn Shostack）完成的，他介绍了一种过程设计和绘图的分析工具，称为服务设计图。为了解释这个方法，用图 14.3 中关于贴现经纪人业务的例子分析，这是一个金融服务过程。[10] [11]

　　第一步是识别共同构成这个服务过程的不同活动。这个客户打电话请求开设一个户头。之后后台人员处理客户的申请并决定准予或拒绝开户。如果客户被同意开户，可以发出不同的订单，获得通知单和收到一张月财务决算单。所有的活动都应该绘制出来，包括客户实际看到的

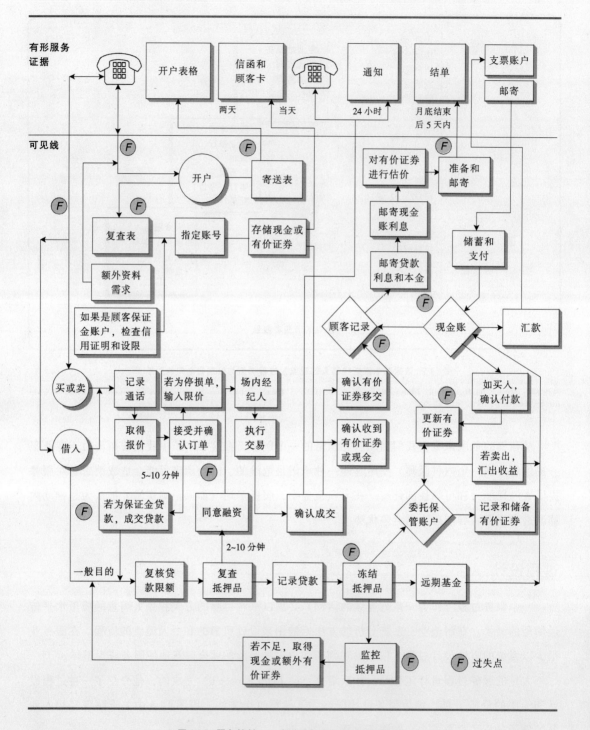

图 14.3 服务接触：一个贴现经纪业务的设计图 [12]

（前台）活动，同时也包括后台活动。在这种方法中后台和前台活动通过一条可见性直线分开，这条线表明客户开始介入服务传递过程的地方。

在服务交易中，与消费者的交互作用是一个影响生产率和质量的非常重要的因素。因此我们应该严格地识别交互作用点，即简·卡尔松（斯堪的纳维亚航空公司前总裁）所称的"关键事件"（the moment of truth）和另外一些人所称的服务接触（service encounters）。消费者是服务传递过程中变化性的一个重要的来源，而且如果过程没有被恰当地设计（如果雇员没有为服务的变化性做准备或者如果雇员没有办法处理它），问题就会出现。

有越来越多的服务研究学者提议使用系统的方法将消费者需求设计到服务过程中。这些从制造业借用的方法之一就是质量机能展开（QFD）。质量机能展开将消费者的需求和喜好转化成组织的业务目标。在制造业环境中，质量机能展开非常流行，因为它创造了工程师与消费者之间的桥梁。这种技术的运用已经大大减少了设计和开发新产品的成本。质量机能展开在服务业的运用相当有限，不过是有前途的。[13] 图 14.4 表述了著名的质量机能展开的例子，即应用于一个汽车服务公司环境的"质量屋"[14]。在这个质量屋中，消费者质量标准与一些服务企业构面——雇员的技能和培训以及资源（装备）的可用性相联系。例如，如果没有合适的装备和有见识的人员就不可能对一个问题进行诊断。消费者的标准是根据 Servqual 的五个维度定义的，这五个维度是：可靠性、响应性、保证性、有形体现和移情（这个图形只显示了可靠性要素）。每个单元的值是以下要素的乘积：

- 相对重要性，指明了这个质量标准与其他标准相比的重要性程度。
- 相关的强度（参见图 14.4 的第二部分，在这里强相关等于 9，中度相关等于 6，弱相关等于 3）。
- 关键事件，指出在某一时段失误点的数量。
- 竞争的水平对比，显示出这些质量标准对竞争者的重要程度。
- Servqual 得分。

例如，由第一行和第二列确定的格子（"正确的问题诊断"和"资源（装备）"）里的数值 76 是这样计算出来的：5×9×2×3×0.28。

一项研究认为质量机能展开对于由航空公司、休闲活动、教育和医疗服务传递的广阔的服务交易尤其有前景。[15] 另外一些学者在评价质量机能展开在服务业中的使用时较为谨慎，他们提出在一个服务环境中的消费者的客观需求是否能够得到客观地定义的疑问。对于将消费者需求转化为服务过程的特征不存在具有魔力的法则。

过程监控

过程可变性是服务环境的一部分。消费者和服务提供者的相互作用以及服务摩擦的影响

消费者质量标准 初级	次级	第三级（服务企业构面）	相对重要性	资源（装备）	资源（人员）	系统能力	家务管理	消费者处理	汽车处理	信息处理	常规—非常规情形	库存	工作人事安排	选拔	技术和人际技能的培训	态度—精神	关键事件	竞争的水平对比	SERVQUAL得分
可靠性	正确性	正确的问题诊断	5	76	76						25		917	25	76	8	2	3	−28
		第一次正确提供服务	5	917	306					917	306			306	917	102	7	8	−37
		正确的账单	5	130						389					389		6	3	−48
	记录保持	关于已完成工作的清晰的综述	5	138						414	138				414		5	4	−46
		更新维护工作簿	5							77					77	26	3	1	−57
	实践承诺	做消费者提及的工作	5	558	558			558		558		62		62	186	62	7	3	−59
		在承诺的时间准备好汽车	5	149	149	149				17		17	149		17	50	5	3	−22
		遵守承诺的约会	5					478		478					478	159	6	3	−59
绝对重要性				1 968	1 089	149		1 036		2 850	469	79	1 060	393	2 554	407			
相对重要性				3	4	10		6		1	7	11	5	9	2	8			

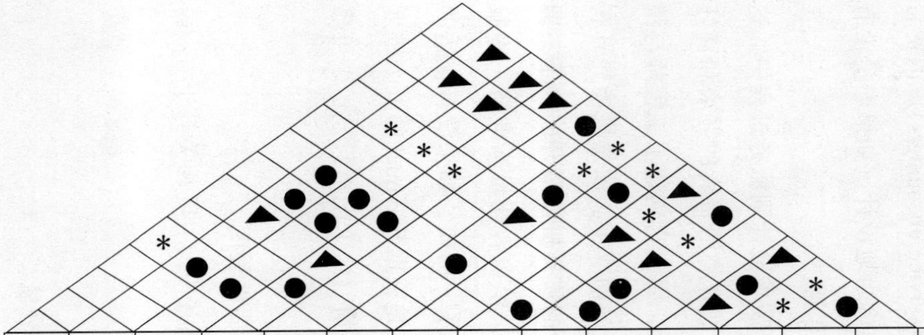

图 14.4 （a） 一个汽车服务企业质量机能展开部分图

资料来源：Ravi S. Bahara and R. B. Chase, 'Service quality development: quality service by design' in Rakesh V.Sarin (ed.) *Perspectives in Operations Management: Essays in honor of Elwood S. Buffa*, Kluwer Academic Publisher, Norwell, Mass., 1993.

(b)

初级	次级	第三级	相对重要性	计划				程序							人事		
				布置	资源（装备）	资源（人员）	系统能力	家务管理	消费者处理	汽车处理	信息处理	常规/非常规情形	库存	工作/人事安排	选拔	技术和人际技能的培训	态度/精神
可靠性	正确性	正确的问题诊断			＊	＊					＊	●			●	＊	▲
		第一次正确提供服务			＊	●					＊	●		＊	●	＊	
	记录保持	正确的账单			●						＊					＊	
		关于已完成工作的清晰的综述			●						＊	●				＊	
		更新维护工作簿									＊					＊	●
	实践承诺	做消费者提及的工作			＊	＊			＊		＊		▲		▲	●	▲
		在承诺的时间准备好汽车			＊	＊	＊						▲	＊		▲	
		遵守承诺的约会							＊		＊					＊	●

＊ 强相关　● 中度相关　▲ 弱相关

图 14.4　(b)　一个汽车服务企业质量机能展开部分图

资料来源：Ravi S. Bahara and R. B. Chase, 'Service quality development: quality service by design' in Rakesh V. Sarin (ed.) *Perspectives in Operations Management: Essays in honor of Elwood S. Buffa*, Kluwer Academic Publisher, Norwell, Mass., 1993.

（见第 16 章）意味着不存在两个消费者被以同样的方式服务的情况。人们认为服务过程具有内在的变化性，但并非服务过程中的所有的变化都是固有的，某些变化可以去掉。服务过程和制造过程一样可能不受控制。问题就是如何发现或者更好地预防过程失控。

控制过程通过实施像 ISO 9000 这样的质量保证体系来进行。一个 ISO 9000 质量管理体系要求将消费者期望转化成质量规范等文件，定义测量方法以及监控服务过程以确保服务符合规范。有越来越多的服务企业实施 ISO 9001 作为它们质量管理首创精神的一部分。比利时的一家保险公司 DVV 由于其中两个部门的缘故在 2001 年通过 ISO 9001:2000 认证，获得证书。它们的质量管理手册对所有的核心的、辅助性的和决策性的过程进行了描述。DVV 认识到统一结构的文件使组织不仅对自己的雇员而且对消费者都更加具有透明度。可以将 ISO 9001:2000 的实施看做使服务理念更加有形化的一种方法。在许多传递维护式交互作用类服务的服务企业中都实施了 ISO 9000 体系，如一些维修、饮食、保险公司。ISO 9000 体系也在一些个人式交互作用类服务（如医疗）中使用，但是在大多数情况下只在后台实施。例如，在一家医院里，只有药房被授予 ISO 9001 认证。

在前台实施 ISO 9000 体系标准的重要性初看起来可能不明显。消费者和雇员通常对服务规范没有共同的认识。因此很难测量与规范是否一致。这并不意味以前台运营为主导的服务企业不能从 ISO 9000 认证中获益。一项研究发现 ISO 9000 认证创造了后台和前台质量管理观的较好的平衡。[18] 质量认证引导一个高接触服务（有大量前台）将其强调重点从片面的外部质量维度（例如由 Servqual 定义的）转变为更多强调外部质量和技术质量的平衡。这种平衡也支持了质量管理政策的一致性和后台和前台中的全面质量观念。

ISO 9000:2000 在服务中组织中的应用采取评估服务传递的绩效评估。衡量消费者满意度和发展一个投诉处理系统在这方面非常有用（见第 7 章）。

在制造业中进行过程监控普遍使用的一种方法是统计过程控制（SPC）。统计过程控制的目标是检查过程变量是否处于正常控制限，如果是这样，说明变量只是由于普通变动因素而变化。这种方法的主要目的是发现变化的特殊因素如装置错误或者一个机器热度过高。图 14.5 显示了一个对全面过程评估进行监控的控制图的例子。某一变量围绕其期望值的变化程度通过过程变量的标准差计算。当该变量值的各个点没有超出事先规定的上下控制限时过程处于控制状态。通常这些控制限的值是通过计算期望值加三倍标准差的值得到的。这意味着只要任意一种行为出现，该变量的值有 99.7% 的可能落在这些控制限之内。有几种不同的控制图，选择哪种控制图取决于使用的过程变量的类型（连续变动变量还是特征变量）和样本规模。为了进一步讨论这些特别的控制图，我们参考广泛的运作与质量管理方面的文献。[19]

控制图在制造业中的使用要远远多于在服务业中的使用。不过，这些图对于一种服务情境

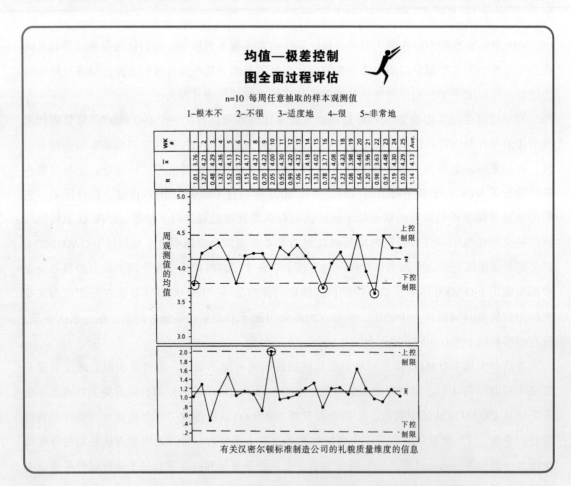

图 14.5 SPC 在监控一段时间内的全面过程评估中的应用 [21]

资料来源：M. Brassard and D. Ritter (1994) The Memory Jogger II, a pocket guide of tools for continuous improvement and effective planning, First Philips Institute for Quality Management, p. 51.

是有用的，例如，如图 14.5 所描述的对一个过程的全面评估的监控，或者鉴别一个储蓄所什么时候等待时间不在控制范围内。[20] 在图 14.5 中应该对第 1 周、第 10 周（见底部的图）第 16 周和第 22 周进行核查以明确为什么这些过程质量特性值落在控制限之外。

过程评估

近年来有几种用于评估服务过程的技术被提出来。例如，绘图描述服务过程和不同的服务接触（如图 14.3 的服务设计图中所描述的）使公司能够识别关键问题和突出不及格或危险点。找出能够出现问题的地方是基本的。能否改进一个行动以防止问题发生？如果出现问题，采取什么办法纠正这种情况？例如，在图 14.3 的设计图中的"寄送申请表"是一个可能的失误点，因为申请表可能被错寄给另一个人。在识别一个失误点时不能忽视消费者的感受或者消费者的解释。如果消费者自己报告某些"没有预料到"的事情发生了，这个失误点被称作关键事件。关键事件分析方法已经被提出。这种方法存在的主要问题是关键事件和服务失误被以同一种方式报告，而且没有考虑服务传递的整体环境。使消费者更加主动参与的一种方法是询问消费者是否在服务设计图中的每一步骤遇到了过失、错误或失误。这种方法存在的问题是消费者只提及他们真正记住的问题和发掘值得一提的问题。此外，这种评价更多以服务设计图为导向而不是以服务过程本身为导向。[22]

一种试图纠正前面所描述的方法的众多缺陷的技术是服务事务分析（STA）。[23] 服务事务分析技术是指由神秘购物者、独立的顾问与消费者一起走过实际服务过程，估定真实的消费者可能如何评价每一个事务。[24] 这些代理消费者除了做这些工作外也解释他们如何得出他们的评定结果。这些解释揭示了服务本身发放出来的有代表性的精细的信息。

图 14.6 是一个关于"印第安纳琼斯与危险神殿倒行冒险活动"的服务事务分析的例子。分析的第一步是定义组织的服务概念，在这里是指巴黎迪斯尼乐园的服务概念。如果没有对服务概念的认识，不可能评价这些冒险活动。接下来，神秘购物者评测过程的每一个步骤（事务），同时给出一些关于每个交易发送的信息的指导。例如，冒险活动入口处的等待时间的指示看起来不太准确，发送了一个对消费者不诚实的消极的信息。

服务事务评估的好处是它比感知的评估更深一步。它尝试理解为什么消费者有一些消极的或积极的体验。在有些情况下，服务事务分析全面揭示了某一个评估没有预料到的原因。

当在过程中发现了影响消费者感知的错误或者失误时，应该采取恢复行动。服务恢复被定义为识别服务失误，有效地解决消费者问题，对问题产生的根本原因分类，并产出能够与其他绩效测量结合以评估和改进服务系统的资料[25]。

这种以过程为导向的服务恢复的定义与质量管理观完全相符，并且因而比投诉处理的范围广阔得多（见第 7 章）。有效的服务恢复识别服务过程中的失误点，启发消费者对一个事件的

服务事务记录单				
组织	巴黎迪斯尼乐园			巴黎迪斯尼乐园的服务概念
过程	印第安纳琼斯与危险神殿：倒行！			骑马倒行穿越丛林和神殿，使万物在头顶旋转
消费者类型	冒险者			
交易	分数			信息
	+	0	–	
●公告诱惑项目		0		只有一个标记："也许寻找也是冒险旅行的一部分？"
●等待时间指示			–	只有指示，但是我们认为根据不很准确，"他们不想说真话吗？"
●装饰	+			"我们真的在丛林中"
●等待路线		0		"这看起来像迷宫，很令人迷惑"
●进入	+			旅客的快速变换和进入角色；"他们照顾我们"
●旅行	+			"这实在是一次冒险"
●旅行终点	+			旅客的又一次顺利转换，"组织得很好"
●退出	+			标记明确，距出口很近，便于找到在外边等待的人
结论：这是一个令人愉快的冒险经历，但是关于方向和等待时间的指示有待改进。				

图 14.6 关于"印第安纳琼斯与危险神殿倒行冒险活动"的服务事务分析

反应（可能是投诉），确定对服务失误的响应，以及分析资料以确定失误和恢复无效的根本原因。其最终的目标是改进服务传递过程。

有一些证据证明有效的服务恢复对消费者满意和忠诚以及雇员满意有影响（见第 7 章）。

预先考虑到服务过程设计中的潜在的缺点并且建立程序防止这些缺点的发生将对消费者的质量感知产生很大的影响。服务恢复看起来是信任和承诺的一个重要的决定因素，但是前提条件是它是非常有效的。[26] 服务恢复也对雇员的行为产生影响。一项研究表明，服务恢复对于雇员是一项在情绪上很难执行的任务。[27] 因此管理者支持雇员减少无助的感觉，以避免对工作满意度的不良影响是很重要的。雇员的消极的感觉可能需要由管理者进行恢复。这被称为内部服务恢复。服务恢复对服务利润链的许多方面都有影响（见第 4 章）：内部服务能力、雇员满意、消费者满意和消费者忠诚。

过程再造

过程再造是"对商务过程从根本上重新考虑和彻底地重新设计以带来绩效的动态的改进"[28]。

过程再造的基本思想是"不受限制地"地思考和重新考虑当前过程的基本假定。

一个想重造过程的公司必须历经 6R：认识（realization）、要求（requirements）、重新思考（rethink）、重新设计（redesign）、重组（retool）和再评估（re-evaluate）。[29] 其中每一个步骤都通过下面的医院 CT 扫描过程得到解释。[30]

认识

在认识阶段，一个公司必须认识到持续的根本的过程改进是在竞争的环境中生存的必要条件。为了使发动过程再造的决策使人信服必须收集资料。没有全公司的支持也不可能进行过程再造。

例如，就 CT 扫描来讲，医师是一个很重要的消费者群。设备的使用方便和检查后快速的信息反馈是这些医师的重要的基本的需求。必须收集关于这些需求的信息。

要求

在改变过程之前，为了满足（或超过）消费者期望，明确地定义组织的使命、愿景、价值观以及最重要的需求是很重要的事情。消费者的呼声必须予以考虑，衡量过程绩效的标准必须确定。这些绩效标准必须与组织的战略一致。平衡计分卡（见第 18 章）是定义这些绩效标准的很有用的方法。在 CT 扫描这种情况下，从财务观点、消费者观点、内部过程观点以及创新和学习的观点来看，绩效标准是投资收益率、现金流、可靠性、医疗诊断的质量、病人满意度、过程创新、利用率、病人之间设备准备时间、通过时间和等待时间等。表 14.1 展示了两家不同医院的 CT 扫描过程的一些运作绩效衡量。医院 B 相对于医院 A 能够向消费者提供更为快速的服务同时获得较高的利用率。

表 14.1　两家医院运作绩效的对比

	医院 A	医院 B
CT 扫描仪的利用率	81%	91%
真正检查的时间占全部时间的比例	23%	34%
全部时间（进屋到出屋）	66 分钟	43 分钟
在 CT 前平均等待时间	23 分钟	13 分钟
设备准备时间	2.48 分钟	1.25 分钟

重新思考

在重新思考阶段，要对组织当前的和现有的工作条件进行研究。对当前的过程进行评价并与目标和期望进行对比，寻找组织内部运营弱点产生的原因和可变性。每一个无益于产品或服务价值的实现的活动或过程被指定为多余的活动或过程。

图 14.7 显示了 CT 扫描过程的不同的组成时间与这些时间的驱动因素之间的关系。[31] 更深

驱动因素	等待运输	运输时间	准备前等待	准备时间	调查时间	等待运输	运输时间
建筑		×					×
预备室				×	×		
设备提供系统			×				
交通系统	×					×	
运输时间			×				

图 14.7 CT 扫描过程中的时间驱动因素

入地研究这些非增值活动、等待和运输是重要的。影响运输时间的一个重要因素是建筑物，特别是电梯的存在（或没有）。在一个病人和雇员需要乘电梯去放射医疗室的高层建筑里，似乎在距离（房间到放射医疗室）和整体运输时间中没有联系。因为运输时间的不可预测，病人被提前送到放射医疗室。

重新设计

一个过程被看做为了产生预定的结果而对一系列有逻辑性的、相互联系的任务的执行。当对最重要的过程进行重新设计时要对每一个任务进行分析。这种重新设计可能是激进的，也就是旧的过程完全被新的过程取代。

在研究 CT 扫描过程时，发现在一些医院，当病人已经躺在 CT 扫描仪下时还在做准备。这种准备时间看起来是整体检查时间中最变动的构成时间。一种可能的解决办法就是设置一个单独的房间，让病人在进入扫描室前在这里做好准备。因为这样显著地减少了在占用扫描仪上的时间的变化性，从而在没有实质上增加等待时间的情况下达到了较高的利用率。

重组

在没有合适的工具（装置、机器和其他关键仪器）之前不可能进行彻底的改变。很明显，安置一个单独的用于 CT 扫描的预备室需要一些医院的空地（在许多情况下非常缺乏）。另外一点是放射科的有效布置对于 CT 扫描仪的有效利用非常重要。在两个扫描室之间安排一个工作室要比将两个扫描室安排在不同的地点更吸引人。

在 CT 扫描仪一例中，在将这些提议的改变在实际中执行前通过模拟以获取一些关于绩效改变的洞悉是有可能的。计算机模拟使生产行为或服务系统被模仿，以便对几种过程的设计进行对比。例如，在生产企业中，在执行流程改变前可以对仓库的布置进行研究。在 CT 扫描一例中可以对引入预备室的效果在真正执行前进行模拟。在许多不同的书中对计算机模拟进行了描述，而且这种工具对存在缓冲的情况如服务场景下的排队或者生产情形中的库存非常有用。

再评估

重新设计和重组之后，要对全过程进行重新评估，以发现是否导致了绩效的提高。这通过吞吐时间、质量、生产率、消费者满意度、雇员满意度、市场份额和收益率等评估标准进行评估。

在执行过程改变之后（如设置一个预备室），重新评估新的过程绩效很重要。

结论

在本章中我们论述了在服务业中开发一种综合的方法设计和管理过程很重要。这样一种综合的方法包括：

- 选择过程类型并了解每种选择的管理重要性。
- 将消费者需求设计到服务过程中。
- 监控过程以减少过程变动性。
- 评估过程并使消费者参与到这项活动中。
- 重新构造过程或重新思考已有的过程。

一种像这样的系统方法必须确保基本过程的适当。一个服务企业只有做到这一点之后才能开始考虑如何超越消费者期望。

复习和讨论题

- 举出一个服务企业的例子（或你所工作的服务企业）并确定主要的过程类型。这种过程类型给过程的设计和管理带来什么后果？
- 讨论在服务企业中使用质量机能展开、ISO 9000 体系标准和统计过程控制的有利和不利之处。在过程类型（大众服务、服务工厂等）与这些工具的可使用的可能性之间有无联系？
- 你如何将消费者需求或消费者喜好融合到过程设计中？
- 服务事务分析与其他评估工具如服务设计图相比的特别附加值是什么？

注释和参考资料

[1] Sheppard, M. and Johnsons, F. (2000) 'Blue Mountain Resorts: the service quality journey', Case Study, Richard Ivey School of Business, 9B00D 16.

[2] Benihana case, *Harvard Business School case study,* 9-673-057, 1972.

[3] Silvestro, R., Fitzgerald, R., Johnston, R. and Voss, C. (1992), 'Towards a classification of service

processes', *International Journal of Service Industry Management,* Vol 3, No 3, 62–75.

[4] Ibid.

[5] Ibid.

[6] Schmenner, R. W. (1995) *Service Operations Management.* Englewood Cliffs, NJ: Prentice Hall, pp. 10–11.

[7] Sikvestro, R. (1999) 'Positioning services along the volume-variety diagonal. The contingencies of service design, control and improvement', *International Journal of Operations and Production Management,* Vol 19, No 4, 399–420.

[8] Ibid.

[9] Ramaswamy, R. (1996) *Design and Management of Service processes: keeping customers for life.* Addison-Wesley Publishing Company, p. 16.

[10] Shostack, G. L. (1985) 'Planning the service encounter', in Czepiel, J. A., Solomon, M. A. and Surprenant, C. F. (eds) *The Service Encounter: Managing employee–customer interactions in service businesses.* New York: Lexington Books.

[11] Many process mapping techniques exits, and process mapping has many other purposes. This goes beyond the scope of this book. The reader interested in learning more about process mapping can refer to, for instance, the structured analysis and design technique and the service logic map. For reference, see Congram, C. and Epelman, M. (1995) 'How to describe your service: An invitation to the structured analysis and design technique', *International Journal of Service Industry Management,* Vol 6, No 2, 6–23; and Kingman-Brundage, J., George, W. and Bowen, D. (1995) 'Service logic: Achieving service system integration', *International Journal of Service Industry Management,* Vol 6, No 4, 20–39.

[12] Source: Shostack, G. L. (1985), op. cit.

[13] Dubé, L., Johnson, M. D. and Renaghan, L. M. (1999) 'Adapting the QFD approach to extended service transactions', *Production and Operations Management,* Vol 8, No 3, 301–17.

[14] Hauser, J. R. and Clausing, D. P. (1998) 'The House of Quality', *Harvard Business Review,* Vol 66, No 3, May–June, 63–73.

[15] Hauser, J. R. and Clausing, D. P. (1998), op. cit.

[16] These scholarly opinions are based on an informal e-mail discussion about QFD with the following people: Mr Frede Jensen, Prof. Glenn Mazur, Dr Lary Menor, Prof. J. A. Fitzsimmons, Prof. A. Johne.

[17] Bahara, R. S. and Chase, R. B. (1993) 'Service quality deployment: quality service by design', in Sarin, R. V. (ed.) *Perspectives in Operations Management:* Essays in honor of Elwood S. Buffa.

Norwell, MA: Kluwer.

[18] Dick, G., Gallimore, K. and Brown, J. C. (2001) 'ISO 9000 and quality emphasis: an empirical study of front-room versus back-room dominant service industries', *International Journal of Service Industry Management,* Vol 12, No 2, 114–36.

[19] Evans, J. R. and Lindsay, W. M. (1999) *The Management and Control of Quality.* South-Western College Publishing, pp. 723–51.

[20] Gardiner, S. C. and Mitra, A. (1994) 'Quality control procedures to determine staff allocation in a bank', *International Journal of Quality and Reliability Management,* Vol 11, No 1, 6–21.

[21] Brassard, M. and Ritter, D. (1994) *The Memory Jogger II, a pocket guide of tools for continuous improvement and effective planning.* Frits Philips Institute for Quality Management, p. 51.

[22] Johnson, R. (1999) 'Service Transaction Analysis: assessing and improving the customer's experience', *Managing Service Quality,* Vol 9, No 2, 102–9.

[23] Ibid.

[24] Johnston, R. and Clark, G. (2001) *Service Operations Management.* London: Prentice Hall, pp. 162–4.

[25] Tax, S. S. and Brown, S. W. (2000) 'Service recovery: research insights and practices', in Swartz, T. A. and Iacobucci, D. (eds) Handbook of Service Marketing and Management, Sage Publication, Chapter 16, pp. 271–85.

[26] Ibid.

[27] Bowen, D. E. and Johnston, R. (1998) 'Internal service recovery: developing a new construct', *International Journal of Service Industry Management,* Vol 10, No 2, 118–31.

[28] Hammer, M. and Stanton, S. (1995) *The Reengineering Revolution: The Handbook.* London: Harper Collins, p. 336.

[29] Edosomwan, J. (1996) *Organizational Transformation and Process reengineering.* St. Lucie Press and the Quality Observer Corporation, p. 5.

[30] Gemmel, P. (2000) *Beheersen en herdenken van processen: op zoek naar de patiënt* (Managing and redesigning processes: looking for the patient). Dossiet Ziekenhuiswetgeving, Kluwer.

[31] Ibid.

进一步阅读资料

Rohit Ramaswamy (1996) *Design and Management of Service Processes: keeping customers for life,* Addison-Wesley Publishing Company, Inc. 424 pp. This is one of the few books discussing design of service processes in depth. Using an overall framework of designing and managing service processes, the author discusses in more depth many of the topics mentioned before: Quality Function Deployment, Service blueprinting, simulation and measuring performance.

Silvestro, R. (1999) 'Positioning services along the volume-variety diagonal. The contingencies of service design, control and improvement', *International Journal of Operations and Production Management,* Vol 19, No 4, 399–420. In this article, Silvestro develops a diagnostic tool for evaluating the strategic coherence of service operations based on the volume-variety diagonal. Several elements are discussed, such as the design of the operations, planning and control and improvement.

第15章

能力管理

洛兰德·范·迪耶多克

引言

　　欧洲迪斯尼乐园（EuroDisney）的股票价值的变化比其他任何事情都更能解释巴黎迪斯尼乐园的困难的导入期。在 1992 年 4 月公园开放后最初的兴高采烈很快就消失了。现在财务重整和管理变革使企业走上了盈利的轨道，但是没有人能否认企业在开始时没有取得设想的成功。是什么地方出了错？

　　照常，这可能是多种因素共同作用造成的结果：财务的、文化的、市场的和许多其他方面的原因。不良的能力管理必然也起了一定的反面作用。这个公园的规划能力是每日最多接纳 50 000 个游客。当达到这个数字后入口大门被关闭，多余的游客被允许在下午的其他时间或晚上进入公园。例如，在最初开放的三个月内，曾经有这样的情况，公园的各入口的大门从上午 11 点到下午 3 点关闭，因为公园的容量已达到饱和；大量的多余的游客被允许在下午 3 点之后进入公园。造成的后果是在某一段时间内有很长的等待的队列[1]和很高的消费者不满意率。

　　虽然可能欧洲人尤其是法国人相对于美国人来说更不能忍受排队而且在排队时不太遵守规则，但是毫无疑问这里出现了接纳能力问题。例如，最高规划能力是 50 000 人。在初期阶段，这里有 29 种骑马诱惑旅行，这意味着在高峰时间每天每次骑马旅行容纳 1 724（50 000/29）人。将这个与佛罗里达迪斯尼世界的 90 000 人的最高设计能力相对照，那里有 72 种诱惑旅行，平均每天每次引导 1 250 个游客。不足为奇，巴黎迪斯尼乐园的游客等候的排队要比佛罗里达的长。对于一个做着重复性的生意和口碑宣传非常重要的组织，这种情况造成了严重的问题。

另一个能力问题是为了不盈不亏每年需要达到 1 100 万游客。这意味着每天大约有 30 000 个游客。考虑到这种生意的高度季节性和 50 000 人的最高规划能力，平均每天接待 30 000 个游客看起来不现实。在巴黎的冬季能够预期达到多少游客？冬季游客不但不得不忍受有时候恶劣的天气，而且还要承受带有侮辱性的伤害。巴黎迪斯尼乐园的经营者得出结论，为了减少费用，在这个季节需要关闭许多诱惑旅行项目。那些游客非常有可能感到上当受骗，因为巴黎迪斯尼乐园的"服务理念"已经被毁灭。

巴黎迪斯尼乐园在它的能力管理上犯了严重的错误。然而这种情况不是独一无二的。能力管理对于几乎所有的服务企业都十分重要。本章的目的在于探讨与能力管理有关的一些问题。我们将识别有代表性的问题并描述一些解决方法或者至少是解决这些问题的途径。

我们以定义"能力"为开始，并识别能力管理的本质，然后继续讨论能力规划方面，也就是确定能力的规模或者解答多大的能力可行。为了理解这些知识，认识能力水平与服务水平之间的关系很重要，所以我们将阐述这两者之间的关系。

我们也谈及能力排定，这与能力规划的区别在于在能力规划中确定能力水平，而在能力排定中确定如何利用已有的预定的能力。在这里我们将看到这种区别有点牵强：在某个能力水平上的能力排定变成较低级别的能力规划，即更为详细的和更为短期导向的能力规划。因此我们将注意力放在一个整合的能力管理体系上，也就是将能力规划和能力排定结合在一起。我们将特别讨论服务需求、规划系统和准时化（Just-In-Time）原则在能力管理中的利用。

一个用于能力排定的办法是影响能力需求以使需求尽可能与能力匹配，这个过程就是能力需求管理。在本章也要对这方面进行论述。

在进行能力管理时，能力不足或者过剩必须予以考虑。能力不足的一个后果是消费者不得不等待。不过正如我们将要看到的，等待不是一个纯粹理性的问题：我们将着眼于能力管理中涉及的心理因素。

我们将以图 15.1 作为本章的开始，在这里对一个检查汽车排放物的组织所面临的问题进行考虑。在本章的全部论述过程中，我们将回到图表 15.1 以便于阐释概念或技术方法的实施，这将有助于我们分析和解决问题。

 到本章结束，读者应该能够讨论如下问题：

- 服务业中能力管理的特殊本质和能力管理重要的原因。
- 给定某一需求模式，确定多大能力可行的方法。
- 面对一个变化的能力需求模式如何安排可利用的能力。

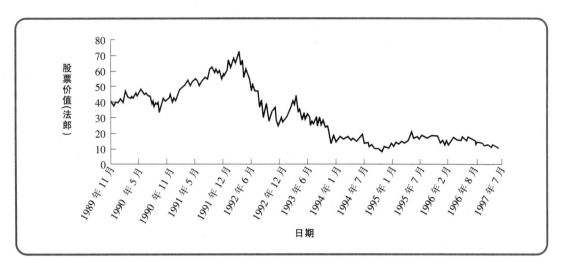

图 15.1　1989 年 11 月—1997 年 1 月迪斯尼股票的价值

- 能力管理如何涉及能力需求的管理，以及如何影响这种需求模式。
- 收益管理的概念。
- 在一个服务组织中等待如何成为必然以及如何管理对等待经历的感知。

能力与能力管理

能力是对输出的一种衡量

能力的概念在我们的日常语言中经常被使用。我家里的蓄水槽的能力是 5 000 升；我汽车的行李箱的能力是 466 升，而汽车能载运五个人；大学的医院有 1 100 个床位；布鲁塞尔到纽约之间每日航班的飞机可容纳 320 个座位；贝尔蒙检查中心有 11 条检查线。这样的能力概念非常贴近于字典里对能力的定义：

容纳、接收、储藏或者接纳某一体积的能力。

这种对能力的定义由于多种原因对于大多数组织都不恰当：

1. 它所指的是输入资源能力：汽车的行李箱、水槽的大小、床位或座位的数目等。它没有告诉我们任何有关输出的信息。输出当然是这些输入资源"能力"的一个函数，但是通常是各种输入资源的特定组合的函数。如，在一家医院里，资源不仅包括床位，还包括护士、手术室和各种资源。

2. 服务时间经常具有内在变化性，所以尽管某一种资源可能通常是形成瓶颈的原因，但是在一些情况下，问题可能存在于其他地方。例如，在贝尔蒙案例中，尽管检查线是瓶颈，登记过程也能够使进行速度放慢，因为有时候由于某种特别原因或者有时候根本没有原因，许多消费者可能需要大量的帮助做这些文书工作。

3. 对能力的传统的输入资源定义缺乏时间维度。它是一个静态的概念，而事实上需要它是一个动态的概念。如果我们不知道消费者停留在餐馆里的时间我们就无法知道餐馆的能力。显然，一个有 120 个座位的餐馆的能力要远远高于每个消费者占用 20 分钟或小于 20 分钟的快餐店，也高于平均每名消费者占用 120 分钟时间的传统的法国餐馆的能力。

为了计算能力，我们必须将时间维度与这些资产的利用适当地结合。因此为了对能力最恰当地表示产生了许多诸如每小时、每天、每周、每月或每年"产量"单位的表示方式。

回到图表 15.1 的贝尔蒙案例中，我们可以说其能力应该表示为"每日汽车"。假定 8 小时工作日并且检查过程是瓶颈，那么我们可以计算出能力是 188.57 每小时汽车或 1 508 每日汽车（见图 15.2）。

图表 15.1

贝尔蒙案例 [2]

凯勒正在作出决定，不得不在他的汽车排放物检查站的能力方面采取一些措施。在这之前的几个月内，消费者同时也包括雇员的投诉数量显著增加。特别是司机们由于在检查站的长时间等候明显变得更加恼怒。交通部甚至转寄给他一打儿的投诉信件。

汽车排放物的检查

自从 1992 年，在保护环境特别是降低夏季臭氧浓度的尝试中对排放物的规范越来越严格。所有的汽车不考虑使用年限，都必须进行各种污染物的构成和排放水平的检查。过去这样的检查是总体技术检查的一部分，对于私人汽车，这意味他们在购买汽车后只需三年检查一次。

已有的车辆检查站不能够处理增长的业务量而且现有的设备与这些更为严格的规范不相适应。新的设备需要高水平的投资而且需要专门的技术来进行操作，所以权威部门决定建立专业化的排放物检查中心，为了限制总投资，限制在每一个大都市地区建立一个检查中心。

凯勒是所有这些检查中心的总经理。对这个任命他非常高兴，特别是交通部门给予他很大程度的自主权。部长和凯勒都想使检查中心成为一个样板。他们尤其想证明要想有效率和

有效益地经营并非一定要实行私有化。凯勒鲜明地撤销了当部长将排放物检查中心同总体技术检查中心断开时出现的政策抵制。后者由私营机构经营。

贝尔蒙

贝尔蒙既是这个国家的最大的城市也是首都。这里有一个为整个都市地区服务的检查中心。前面提到的投诉大部分与这个检查中心有关。在这个中心中共有 10 条检查线用来检测汽车排放的气体。检测本身的时间相当简短：只有 2～5 分钟。但是，很明显检测本身是瓶颈。在这之前的和后面的步骤都属于行政管理类的事务，而且由于自动控制所以进行得非常顺利。这个过程中的两个步骤分别持续 4 分钟和 2 分钟。这些行政管理过程总共涉及 24 个岗位（见图 15.2）。

据估计贝尔蒙城市地区登记在册的汽车大约共有 260 000 辆，所有这些汽车每年至少来检查中心一次。大约 20% 的来访是重复的来访。当一辆汽车没有通过检查时，它必须在两周内再次来这里接受检查。检查中心的营业时间是周日上午 8 点到下午 4 点，每年除了法定假日外共有 50 多个工作日。

需求不是均匀分布于一年之内的。从 1 月份到 5 月份平均需求比年平均需求水平高出大约 10%。在一天之内需求也有明显的波动。高峰出现在营业开始不久的清早。一次检测的变动成本大约是 3 欧元，这其中的大部分（80% 左右）属于直接人工费用。消费者为每次检测支付 8 欧元。

凯勒认为要增加检查线的数目是很困难的。再安装一条检查线需要的投资估计至少要 250 000 欧元。这种额外配备需要的资金没有包括在预算之内。尽管他不想拒绝接受任何特殊选择权，但他确信他必须寻找其他的、更为有创造性的解决方法来解决能力问题。

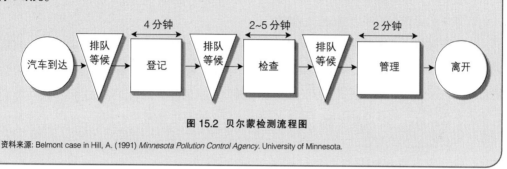

图 15.2 贝尔蒙检测流程图

资料来源: Belmont case in Hill, A. (1991) *Minnesota Pollution Control Agency*. University of Minnesota.

由于时间是能力概念的必要组成部分，通过影响处理时间可以提高或降低能力。在贝尔蒙案例中，如果检测汽车需要的时间增加 20%（从平均 3 分钟 30 秒增加到 4 分钟 12 秒），则检测中心的能力将降低 20%，为 1 257 辆。

这种由处理时间的增加导致能力降低的现象近来在比利时的监狱系统中表现得特别明显。与几乎所有的其他国家一样，比利时监狱过度拥挤（因为能力不足）。为了解决这个问题，比利时司法部采取准予提前假释的政策。这看起来是一个比建造更多监狱更"廉价"的解决能力问题的方案。

固定能力与可变能力

当我们提到能力，通常指的是业务系统的已经固定的或设置好的能力。在贝尔蒙案例中，能力是汽车检查线的数量的函数。不过，为了达到 1 508 每日汽车的能力也需要一个检测员的足够的数量。如果因为某种原因只有 10 个检测员可用，有效的能力将只有 1 370 每日汽车。不过大多数人将能力表达为检查线的数量的一个函数，因为检查线资源比检测员资源更为固定。什么是固定的或者什么是变动的很大程度上取决于时间范围。改变检查线数量需要一个长期观点，因为这样的决策需要关于能力需求的长期预测。同样地，旅馆在没有对下一年或多年的能力需求进行预测的情况下也不能改变房间的数量，因为这类决策需要很大的财务上的承诺并且基本上无法撤销。如果能力需求将仅维持大约一周，大概就没有必要改变检查中心的检查线的数量或旅馆的床位的数量。

从长期来看，当然所有的能力都是变动的。时间范围越短，一个组织就越受制于资源的固定的、有限的能力。从长期来考虑，一个连锁超市将主要关注商店的数量和位置；从短期来看，能力管理将关注以增加物的数量或局部的关闭表现的规模。当时间范围进一步缩小，关注点又进而集中于收银台的数量、营业的小时数和职员配备的一览表。

服务业的能力管理

图 15.3 解释了能力管理的本质。大体上能力管理包括两个决策：

1. 可利用多大的能力（=能力规划）。

2. 如何利用现有的能力（=能力排定）。

这两个问题从不同等级上相互联系，也就是说，对于第一个问题的回答是第二个问题的出发点。也可以在区分时间范围的框架内考虑这个问题。第一个是根据长期的范围提出来的一个能力问题。这限定了第二个问题所关注的较短时间范围的能力问题。例如，一个超市想确定设置多少个收银台。一旦设置完毕，超市开始通过决定职员安排水平和营业时间，也通过尝试影

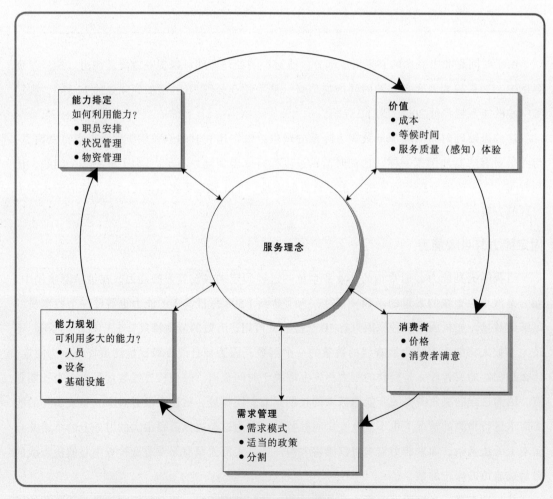

图 15.3 能力管理的本质 [3]

响需求模式来考虑有效地利用这些资源。在贝尔蒙案例中，检查线的数量是可能根据长期的需求模式确定的；在这之后，才能提及像营业时间、职员安排和影响需求模式等方面。

然而，决策不是严格按照这种顺序作出的，在这两个水平上通常有一个很高程度的相互作用。当改变某一时期的营业时间或影响需求模式遇到困难时，公司可能返回到第一个决策阶段调整检查线的数量；或者，一个公司可能得出结论——改变营业时间或影响需求模式比较容易，所以这样做之后，然后再返回去改变检查线的数量。

在服务行业和制造业的能力管理中当然有许多相似之处。我们能够从这些系统中学到很多已经在这些领域得到发展的技术和已经获得的经验。不过有一些特性是我们在服务行业中进行能力管理时必须谨记在心的，这些特性产生于服务的无形性和消费与生产的同时性。

- 无形性意味着服务不能被储存。当没有需求时过剩能力不能得到利用。当那里没有需求时过剩能力就会丧失。输出不能转为存货以便后来出售。一个已经安排一架只乘坐了240名乘客的波音747从阿姆斯特丹飞往纽约的航空公司将永远失去了大约120个多余空座的能力，或者至少失去了这些多余座位的潜在收益。
- 同时性也意味着不能利用存货来平衡供给与需求或者吸收需求的波动。季节性的和随机性的需求波动都是这种情况。需求模式的统计变化不能被保险库存或其他缓冲库存"吸收"：需求模式的不确定性使这种操作系统（部分）不可用。用技术的术语表达就是许多服务业的到达模型是随机的：能力管理必须内在地处理不确定性。和到达模型一样，服务模型是随机的：它处理一个消费者或一个要求所花费的时间具有统计上的变化。这主要是服务的变化性带来的结果。

因此，不确定性是服务业能力管理的一个固有问题。

能力是服务理念的一部分

然而一个服务组织如何回答这两个基本问题将取决于提供给消费者的产品的价值。

同时也意味着能力与需求之间的不平衡对于消费者是可见的并影响着他们。当能力狭窄时，消费者不得不等候。消费者可能会因为长时间的等待变得厌烦，特别是当排队没有得到正确管理时。与此相反的能力过剩也可能对氛围有消极的影响，并且因此也对消费者的质量体验有消极的影响。

在许多情况下，能力可以被看做产品的一部分。体育馆里的气氛受与其能力有关的体育馆里的人的数量的影响很大。在一个有可以容纳100 000人能力而只有10 000名观众的体育馆里观看足球赛与在一个可以容纳10 000人能力且有同样数量的观众的体育馆里观看同样的球赛是完全不同的体验，因而也是完全不同的产品。一个只有三分之一座位坐满顾客的餐馆提供的体验和"产品"不同于一个基本有效利用了能力的餐馆提供的体验或"产品"。一家空荡荡的餐馆也可能会给消费者服务质量差的信号，而一家客满的餐馆会给消费者留下好餐馆的感觉。

在一个飞机环境中情况与此相反。一架满员的飞机给人一种拥挤的紧张的体验，而一架只有一半座位坐满的飞机不但给乘客提供了较大的物质舒适而且投射出安静轻松的氛围。

能力的绝对大小也对消费者有影响或者对消费者对于服务接触的感知有影响。回到我们餐馆的例子，显然，一个有 50 个位置的餐馆比一个有 200 个位置的餐馆给消费者的感觉更亲密、高级和轻松。后者给消费者创造了一种大量生产式厨房的印象；它看起来是非个性化的，而是标准化的。很明显，能力管理的解决方案将影响服务的成本进而影响消费者必须支付的价格。

需求管理

考虑到能力与消费者之间的直接的相互作用，显然能力管理不但要处理供给方面，也要处理需求方面。这意味着在能力管理中，认识需求模式并试着影响它们很重要，因为在短期内调整需求使其符合既定的能力可能更容易或者至少有更高的成本效率。

所有这些因素说明服务行业的能力管理不是一个数字问题或者一个纯粹的技术问题。它是一个被许多无形的、难以量化的方面困扰的、需要对消费者心理有充分了解的问题。当规划服务时，谨记一个消费者将如何"感觉"这个能力很重要。

将能力作为一种战略武器

服务的无形性使取得一个产品的专利权以保护产品不被模仿很难。一种过程有时可能被授予专利，但是当那个过程成功时常常需要另一种手段以保护不被模仿。这就是经济学家们所说的"进入壁垒"。进入壁垒是指使潜在的竞争者进入市场变得困难或者使市场对他们没有吸引力的障碍。一项专利权可以是这样一种进入壁垒。然而，能力和建立能力或不建立能力的方式可能是影响潜在竞争者进入行为的另一个因素。如果一种新的服务是成功的，它将招致模仿。为了防止这样的模仿，有时，服务组织除了快速建造能力，借助于此紧密跟随需求的发展外几乎别无选择。这样，一个创新的企业将它的时间优势（成为第一个）转变成其他的优势，如位置或声誉上的优势；最重要的是，使潜在的竞争者进入市场很危险。如果这样的创新型企业没有资金需求或者缺少快速建立能力的管理能力，它经常借助于特许权经营方式，这种方式不但提供了资本而且也提供了能力管理以管理分散的操作。

显然一个阻止竞争的能力战略不无风险。这种新的服务理念也许只享受暂时的、短命的成功的喜悦。许多主题餐馆已经遭受到这种命运。

能力规划

能力、服务水平和等候时间

在贝尔蒙案例中，消费者抱怨等候时间太长，这对于服务组织不是独一无二的情况。我们

表 15.1　多种类别的等候情景：频率和平均等候时间

	频率（%）	平均等候时间（分钟）
1. 超市、小型商店等的收银台	22.1	7.6
2. 同朋友、商业合作人约会	13.6	22.0
3. 公共交通	12.4	11.0
4. 酒吧、饭馆等	10.6	13.0
5. 交通	9.5	10.4
6. 柜台服务（银行、邮局等）	8.5	7.7
7. 预约服务	5.0	26.0
8. 文化/体育竞赛	2.7	12.1
9. 其他	15.6	19.9

资料来源：Pruyn, A. and Smidts, A. (1992) *De Psychologische Beleving van Wachtrijen*. Erasmus Universiteit. Based on diaries of 243 persons with 3 566 waiting situations.

总是陷入这样的情形，不得不违背自己的意愿去等，而且为等候时间的长度和/或等候时所处的环境感到沮丧。表 15.1 是根据荷兰的一项研究制作的，给出了各种等候情形出现的频率和平均等候时间的概况。许多研究已经指出最终的消费者满意度将在很大程度上依赖于等候时间的长度和消费者如何感知等候。公用事业公司，佛罗里达电力与照明公司（Florida Power and Light）得到的结论是在等候电话的时间与满意水平之间有很明显的相关关系 [5]（见表 15.2）。

表 15.2　等候时间的长度决定的满意度均值等级

均值等级 *	电话等候时间
1.32	少于 30 秒
1.57	30 秒~1 分钟
1.67	1 分钟~2 分钟
2.14*	2 分钟~3 分钟

* 从 1 到 5 范围内，1=非常满意；　　5=非常不满意

ⓒ 1993　American Society for Quality Control. Reprinted with permission..

服务和服务过程的随机性是固有的，因此等候在服务组织中几乎不可避免。然而在能力利用和等候时间的长度之间有显著的关系（见图 15.4）。这种关系通常呈指数曲线形状。

例如，在贝尔蒙案例中，运用排队理论（见技术说明 2），我们能够证明在 90% 的平均能力利用率下，平均等候时间将是 2 分钟零 5 秒，并且处于等候中的消费者的平均数量相当于 5.9。不过当每天或一天的各个时刻的到达率提高 10%，也就是能力利用为 99% 时，可以预期平均等候时间是 29 分钟零 6 秒，等候的消费者平均数量为 90.6 人。

在关于一个比利时银行的研究中，我们能建立起等候时间与能力利用间的清晰的联系。我们制作了很多部门的模拟模型，根据消费者的到达模型和银行在可接受的消费者等候时间方面的服务水平，确定为这些柜台配备职员的最佳数量。图 15.5 描述了一个特殊部门的能力利用

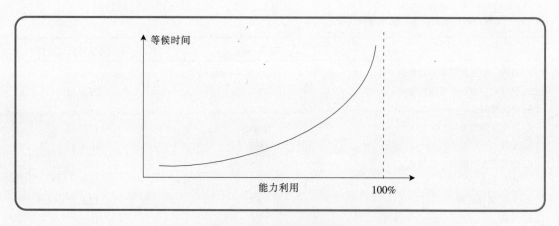

图 15.4　能力利用和等候时间

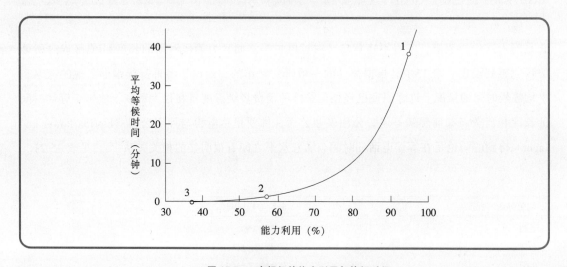

图 15.5　一家银行的能力利用与等候时间

与平均等候时间的关系。在配备三个雇员的情况下，消费者平均等候时间只有 12 秒钟。给定一个只有 37% 的能力利用水平，这种关系十分显著。配备两个职员和能力利用率为 57% 时，平均等候时间略微增加达到 1.4 分钟。从图中我们能明显地看到雇佣一个雇员在消费者等候时间上不可接受。95% 的高能力利用率导致 38 分钟的平均等候时间。在这种情况下看起来可接受的能力利用水平处于 60%~70% 之间，因为超过这一点，消费者等候时间将出现指数的增长。

　　如果消费者被迫等候，他们会感觉总体服务水平是低的，并且变得不满意。在其他情况下，等候简直是不可行的。当一个旅馆房间太少或飞机的座位太少时，消费者必须被打发走。这样，不但因为打发掉消费者而失去了潜在的毛利，而且也因为消费者可能永远不会再来而失去了未来的收入。

　　当消费者能够或者愿意等候时，服务水平可以被定义为：

$$P = 100\% - 过度等候的概率$$

当某消费者不愿意等候时，服务水平可以被定义为：

P = 100% – 不得不打发掉一个消费者的概率

在第一种情况中，什么时候构成过度等候取决于情形。对于一个人拿起电话等待 30 秒钟通常被认为是过度的，而我们中的大多数人愿意在医院里等候 30 分钟看一个特殊的专家。每个组织都必须确定什么是过度等候。

让我们假设在贝尔蒙案例中，等待 20 分钟属于过度等候。在 90% 的能力利用率下，某一消费者不得不等 20 分钟的可能性很小。然而在有 99% 能力利用率的高峰时间，一个过度等候的概率是 54% [6]，导致服务水平为 46%。

确定能力水平

等候成本已知

能力管理的首要问题是给定某一"预期的"的需求模式，应该确定多大的能力。这个决策基本上是在追加能力的成本与高水平的服务价值或服务水平不足的成本之间的一种平衡（见图 15.6）。最佳能力水平非常依赖于两条成本曲线的变化趋势。经济学家将告诉我们只要增加一个能力单位的边际成本低于提高服务水平的边际收益就是有意义的。

在贝尔蒙案例中，一条追加的检查线需要 250 000 欧元的投资。假定这个装备的可使用寿命是 5 年，设备的年折旧成本是 50 000 欧元，必须雇佣一个操作者来运行这个检查线，每小时向操作者支付 15 欧元。标准排队理论（见技术说明 2）告诉我们追加第 12 条检查线将使高峰月份每个消费者的平均等候时间从 5 分钟降至 1.2 分钟。不过假设早上达到高峰期，需求比平均水平高出 5%，那么平均等候时间将从 1 小时降至 2.2 分钟或者赚得 57.8 分钟。然后我们假定追加一条检查线，在 1 月份到 5 月份这段时期内每天上午 8:00 到上午 10:00 运营，成本共计 2 100 欧元（15 欧元/小时×14 周×5 天×2 小时）。50 000 欧元是设备的折旧费，所以增加能力的年总成本是 52 100 欧元。在那段时期内的收益是每名消费者等候时间减少 57.8 分钟。这将

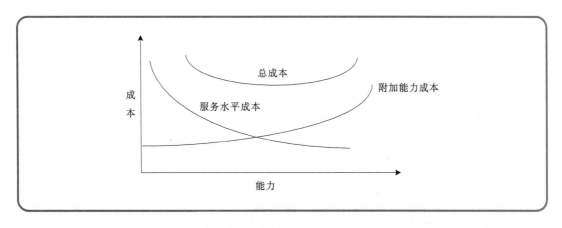

图 15.6 测定能力水平

影响到 26 278 个（= 187.7 高峰期消费者/小时×14 周×5 天×2 小时）消费者。

如果假定"消费者的等候价值"是每小时 12.5 欧元，那么对于消费者增加的价值是：

$$26\ 278 \times \frac{57.8}{60} \times 12.5 = 316\ 430\ （欧元）$$

给定这个价值高于扩大能力的边际成本，则将能力扩大到 12 条检查线是值得的。将能力从 12 条检查线扩充到 13 条检查线的边际成本和前面是一样的，但是在降低等候时间方面的边际收益是平均等候时间降低 1.4 分钟。这时减少等候时间的价值是：

$$26\ 278 \times \frac{1.4}{60} \times 12.5 = 7\ 664\ （欧元）$$

因此，将能力扩大到 13 条检查线看起来不值得。通常很难确定消费者的收益或者一个外部消费者的等候成本。不过，如果我们谈论的是内部消费者也就是组织自己的雇员，则很容易确定成本。例如，在一个大型医院考虑投资增加一个电梯以减少雇员等候时间的情况下，等候的成本仅仅是与等候时间有关的薪资费用。

马克·戴维斯（Mark Davis）执行了一项将等候的成本与增加能力的成本进行权衡的有趣的研究。[7] 他首选建立了一个快餐店中的等候时间与消费者满意度之间的关系。第二步，他确立了消费者满意与消费者的返回行为的关系，并且将收入和利润的增减与之联系起来。将这两种关系组合在一起他能够定义与等候时间有联系的成本函数：

$$w\ (t) = 5.47 + 16.54t$$

在这里等候的成本 w（t）以美元表示，等候时间以分钟表示。

他得出结论每分钟消费者必须等候的成本是 16.54 美元。必须将这个成本与安装能力的成本 C（t）进行权衡。在这种情况下，增加能力是以每小时 7.50 美元的支付增加人员的事情。运用标准排队理论，可能建立起工人的数量与平均等候时间的关系。在公式中将人工成本考虑进去产生了 C（t）与等候时间的关系：

$$C\ (t) = 52.98 \times t^{-0.09}$$

这样总成本为：

$$T\ (t) = 5.47 + 16.54\ t + 52.98 \times t^{-0.09}$$

从图 15.7 能够得到结论，当 t = 0.32 分钟时达到最低总成本。为了达到这一点需要 8 名服务雇员。

等候成本未知

当涉及外部消费者并且不可能确定其等候成本时，有时可以从其他方向着手解决问题。通常确定扩大能力的成本是容易的。如前面所述，理论上只要边际成本低于提高服务水平的边际收益就应该增加能力。如果以平均等候时间表示服务水平，问题就变成判断提高能力的边际成本是否低于降低的消费者平均等候时间总数与每时间单位的等候成本的乘积。用公式

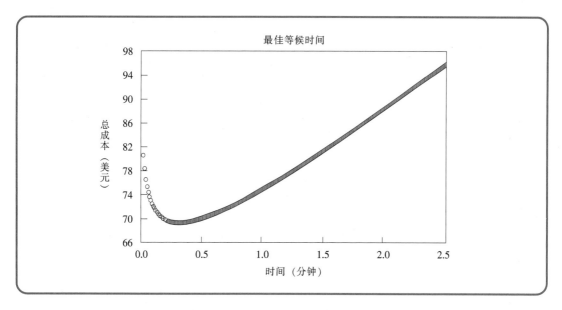

图 15.7 一家快餐店的最佳等候时间

资料来源：*The Decision Sciences Journal,* published by the Decision Science Institute, College of Business Administration, Georgia State University, Atlanta, GA.

表示如下：

$$a < b \times \Delta_w \times N$$

在上式中：

a = 能力扩充的边际成本

b=每时间单位每个消费者的等候成本

Δ_w=每个消费者的平均等候时间的减少量

N=在所考虑的时间范围内平均等候时间将被减少的消费者的数量

只要 $b > \dfrac{a}{\Delta_w \times N}$，能力扩充就是值得的。

如果 $b < \dfrac{a}{\Delta_w \times N}$，则不应该扩充能力。

尽管在许多情况下精确地估计 b 的数值很困难，评价这个数值高于还是低于 $\dfrac{a}{\Delta_w \times N}$ 还是可能的。

例如，在贝尔蒙案例中，我们计算出 $a = 71\ 000$ 欧元，$\Delta_w = 57.8$ 分钟和 $N = 26\ 278$，因此，

$$\frac{a}{\Delta_w \times N} = \frac{71\ 000}{57.8 \times 26\ 278} = 0.047 \text{ 欧元}$$

只要估计 b 高于 0.047 欧元/分钟，能力扩充就可以向前进行。如果估计 b 低于 0.047 欧元/分钟，则不应该考虑能力扩充。

将消费者打发掉

一直到现在我们都假定能力的不足导致等候时间，也就是能够将服务水平同等候时间相联系。在许多情况下，当没有足够的能力时，消费者不能够或不想等候。当消费者看到有一长队在等候时就去邻居一家餐馆。相类似地，当旅馆房间或飞机座位已经全部预订出去后，消费者不得不寻求另一种选择。在这些情况下，能力短缺的成本就是丧失的毛利。在这些情况下可以运用一种边际分析的方法。按照这种方法，需求（D）超过最佳能力水平 C* 的概率等于：

$$P\ (D > C^*) = \frac{C_O}{C_S + C_O}$$

式中，C_O 代表每过剩一个单位的能力的成本，C_S 代表每短缺一个单位的能力的成本。

这里有一个例子用于解释这个概念。在某个位置的一家新旅馆必须确定要提供多少房间。管理层了解到那个地方的需求情况呈正态分布，平均每晚 250 个房间并且标准差为 20。如果在某个特殊的一天旅馆因为房间完全预订出去不得不打发走一个消费者，它将损失 50 欧元的毛利（因此 C_S 等于 50 欧元）。他们也知道如果某一天有一个房间空闲，此时房间空闲的成本相当于每一天的房间资本投资的折旧费与那个房间的维持费（打扫、供热等）之和。这个成本估计为 12.5 美元（因此在这种情况下 C_O 是 12.5 美元）。在这种情况下最佳能力，也就是房间的最佳数量 C* 将满足这样一种关系：

$$P\ (D > C^*) = \frac{12.5}{50 + 12.5} = 0.2$$

换句话讲，旅馆的能力应该处于这样一种状态：给定的某一天的需求高于可利用能力的概率是 20%。统计上的计算告诉我们为了使需求超过能力的可能性为 20%，能力应该等于 267。 [8]

能力排定

给定某一"固定"的或"结构上的"的能力水平，安排出如何一方面利用能力使提供的服务最大化而另一方面使成本最小化是非常重要的。这里假设"固定的"的能力是给定的。此外，为了服务于消费者组织必须提供其他资源，如物资和人力资源。这将借助于"服务资源计划"。服务业人力资源的重要作用意味着正确安排这些资源以便使它们尽可能紧密地与需求模式匹配是至关重要的。图表 15.2 举例说明了麦当劳能力排定的经验。

服务需求计划

在图表 15.1 的贝尔蒙案例中，很明显除了检测线和登记处外，也需要在这些工作站配备人员，还要配备人员从事这些工作站使用的过滤器和文件等的供应工作。

初看起来在这种情况下安排人力资源很容易。每条检查线需要一个检查员，每个办公处需要一个管理员工。然而，考虑到需求模式的季节性特征，为全部检查线和办公处配备人员以达

图表 15.2

麦当劳的能力排定 [9]

在麦当劳，目标就是使一个消费者排队等候的时间不超过 2 分钟而在柜台的时间不超过 60 秒。一个餐馆"生产"食物装入托盘再到订单，或者更确切地说是聚集食物（聚集三明治、油炸食物等）。一个装着三明治的托盘（或者橱柜）将内勤和外勤分开。每个餐馆都有自己的关于一周或一天的销售分布的历史的总看法。表 15.3 和表 15.4 是这些分布的例子。

根据周销售额的历史数据，这些分布情况使餐馆经理有可能预测一天的任何时刻的工作量（以美元表示）。有了这些数据，经理利用表 15.5 显示的方针在每周三确定下一周的职员安排计划。

例如，当估计某一特定时间的销售额是 240 美元时，总共安排八个雇员：两个安排在烤架烘烤，两个安排在柜台，两个安排在快速

表 15.3 一个有代表性的麦当劳分店的周销售分布情况

	周内每天的销售者百分比
星期日	14.0
星期一	12.3
星期二	12.4
星期三	13.2
星期四	14.8
星期五	16.3
星期六	16.8
	100.0

表 15.4 一个有代表性的麦当劳分店一天之内的销售分布情况

几点钟结束	占日销售额的百分比
8:00 a.m.	3.4
9:00 a.m.	4.1
10:00 a.m.	4.0
11:00 a.m.	3.9
12:00 noon	7.5
1:00 p.m.	14.9
2:00 p.m.	9.1
3:00 p.m.	5.0
4:00 p.m.	3.5
5:00 p.m.	5.5
6:00 p.m.	9.1
7:00 p.m.	8.4
8:00 p.m.	5.6
9:00 p.m.	5.3
10:00 p.m.	4.6
11:00 p.m.	3.4
12:00 p.m.	2.5
	100.0

服务窗口，一个安排在橱柜，还有一个负责机动性任务（流动工）。橱柜在实际生产安排中发挥着重要作用（即决定某一特定时刻制作哪种以及多少汉堡。橱柜是厨房里的内勤人员与柜台的和快速服务窗口的外勤人员的工作分界面。当小时销售额超过 240 美元时，需要特别指派一个人"经营"橱柜。这个人需要管理进入橱

表 15.5 麦当劳的职员安排

	雇员总数量	工作站						每小时销售额指标（美元）
		烤架	窗口	开车经过式快速服务	橱柜	油炸锅	流动员工*	
维持营业的最小数量	4	1	1	1	—	—	1	120
	5	1	1	1	—	—	2	150
	6	2	1	1	—	—	2	180
	7	2	2	1	—	—	2	210
	8	2	2	2	1	—	1	240

表 15.5　麦当劳的职员安排（续）

雇员总数量	工作站						每小时销售额指标（美元）
	烤架	窗口	开车经过式快速服务	橱柜	油炸锅	流动员工*	
维持营业的最小数量　9	2	2	2	1	—	2	275
10	3	3	2	1	—	1	310
11	3	3	2	1	1	1	345
12	3	3	3	1	1	1	385
13	4	3	3	1	1	1	425
14	4	3	3	1	1	2	475
15	4	4	3	1	1	2	525
16	5	4	3	1	1	2	585
完全配备　17	5	5	3	1	1	2	645

* 流动员工主要做这些事情：巡视停车场、入口和盥洗室；重新进货；填补空缺。

柜的"产品流"，高声传达顾客需要的汉堡等食物，为顾客打包，以及保持橱柜里食品摆放有序和新鲜。经管橱柜的人凭一定的经验决定多大量的库存适当。例如，当每一个小时销售额在 600 美元～700 美元之间时，要保持 20~24 只汉堡，20~24 份三明治，四分之三到一磅的干酪，6~7 份鱼片等。每种类型的三明治的销售分布都被很好地掌握，而且在一周之内或一天之内都相对稳定。

到百分之百的能力并非总是必要的。可利用的人力资源要与预期的需求相适应，就像麦当劳的餐馆经理所做的那样（见表 15.5）。

完成一次成功的检测需要一些物资，也就是在实际检测过程中需要各种文件和消耗性材料。在这种情况下，这些物资与其他资源相比可能很少。因此管理者不关注对这些物资的优化，确信总会有足够的库存水平，这样将导致高水平的保险库存。在其他情况下，例如在麦当劳餐馆中，这些物资相对重要，因为它们在整个服务的总成本中占有的份额大，而且其新鲜度是一个重要的质量因素。

独立的和非独立的需求

管理服务组织的"其他资源"时需要考虑的一个重要概念是独立、非独立、虚假独立和虚假非独立需求项目。

- 独立需求项目。在超级市场中，在多数情况下，食糖是一种独立需求项目，也就是说对食糖的需求不（直接地）依赖于对超级市场中任何其他商品项目的需求。因此对食糖的需求管理可以独立于对其他资源的管理。
- 非独立需求项目。相反在一个公共饮食服务公司，对食糖的需求取决于膳食的种类和数量。如果在特定时间范围内的膳食的计划产量已知，就可以从这个计划产量中获得对食糖的需求量。

- 虚假独立需求项目。理论上，在飞机上对食糖的需求是一个非独立需求项目，依赖于飞机上乘客的数量和他们对咖啡和茶水的偏好。然而，几乎没有航空公司根据计划的乘客的数量得出对食糖的需求模式。他们总是对飞机供应固定数量的食糖，而不考虑飞机上的乘客有多少。通过预定的飞机上的乘客的数量比较精确地管理食糖的需求所花费的成本可能会高于因为独立管理食糖的需求而承担的过量库存的成本。因此食糖是一个虚假的独立需求项目，要将其当做一个独立需求项目进行管理。

- 虚假非独立需求项目。一个虚假非独立需求项目不直接和决定性地依赖于其他项目的需求，但是二者存在某种关系能够被利用以便较为精确地确定需求。例如，在一个度假胜地，对网球设施的需求能够从这个度假胜地的别墅或平房的数量中获得。

对独立需求项目的管理

当某一资源的需求是独立的或者公司想把某个资源看做一个独立项目进行管理时（也就是说它是一个虚假独立需求项目），并且这个资源是非物资性的资源，如设备和人力资源，前面所讨论的方法可以使用。而当论及物资性的资源时，如超市中的食糖，那么可以使用各种已有的存货管理模型。我们建议读者去读一些权威的有关存货管理或生产管理的教科书以详细了解这些模型。

利用物料需求计划（MRP）逻辑对非独立需求项目的管理

当管理一个非独立需求项目时，可以使用一种类似于在制造业中使用的物料需求计划（或MRP）的被称为"服务资源需求计划"的方法。图15.10描述了在医院中使用这种方法的框架。

这种方法的关键要素是总计划（应用到医院就是病人入院总计划）、资源列表和资源可利用性的数据文件。

- 总计划表达了所谓"终端产品"的已知或预测的需求。例如，在医院环境下，就是病人入院计划或者是病人出院计划。对于航空饮食服务公司而言可能就是特定时间实际或预测的乘客数量。

- 回到医院这种情境，每一种类型的病人能够被分配某一资源列表，这种列表反映了这种类型的病人在他停留在医院期间所消耗的资源的数量和时间选择。为了制作这样的列表，将病人分为不同的群，即所谓的诊断关系群（DRGs or diagnostic-related groups）。在航空饮食服务公司通常订有一个合同，合同中详细指明了每一等级乘客的食物种类。当某一航班各等级的乘客的实际或计划数量已知时，每一类型的食物需求就能够知道，进而对中间产品的数量、配料和人力资源的需求也都能够获知（见图15.8）。

图表15.3说明了物料需求计划这个概念如何在一家新奥尔良餐馆得到执行。

图表 15.3

一家新奥尔良餐馆的物料需求计划 [10]

整个程序是以对每日以货币表示的总预测开始的。这个预测是基于趋势回归分析和一系列说明一周的周期性变化模式的虚拟变量所进行的算术估计。

根据过去八个月各种食物的销售分布，将这个总预测分解为关于菜单上的各种食物的预测。这种预测要为菜单上的 46 种食物都执行一遍，产生一个总生产计划。

要为每一种食物建立一个"产品结构"或"资源列表"（一种烹饪法）。图 15.9 描述了一种关于牛肉面这类食物的产品结构。这种结构不仅包括原料资源，也包括人力资源。这种产品结构同总生产计划一起使组织得以制定某一时间段的资源计划。例如奶油项目 #40011。这导致了所谓整个计划期的奶油需求。

考虑预期的将被递送奶油的订单以及现有的奶油，可以计算净需求，也就是不导致超量库存的应该定购的奶油的数量。考虑交货的提前期和定购的数量，可以计算所谓的"计划订单"，计划订单是必须向奶油供应商发送的订单。

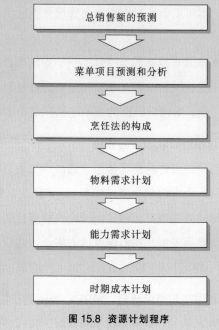

图 15.8 资源计划程序

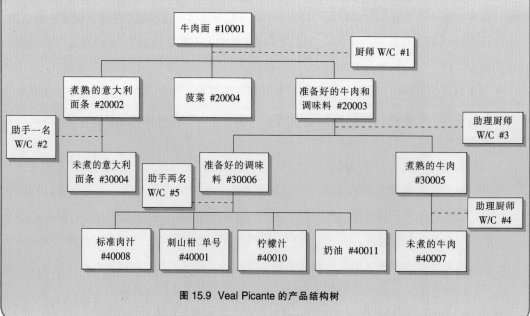

图 15.9 Veal Picante 的产品结构树

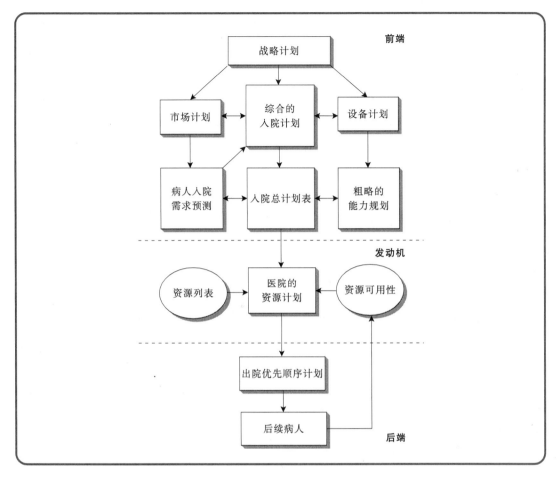

图 15.10 医院资源计划系统

服务资源需求计划方法的好处是使资源的可用性更加综合。资源只有在被需求时才具可用性。当因为某种原因某一特定的资源不可用时，系统告诉我们其他在正常情况下提供同样的终端产品所需要的资源也不被需要。这种方法的另一个好处是将关于需要多少资源和何时需要资源的信息与最终产品联系起来并且被保持到最近时期。[11]

服务环境中的准时化(just-in-time）生产

准时化生产（JIT）是最初在日本制造企业实施的一种生产理念，但越来越为西方的生产型企业使用。按照这种理念，目标是消除浪费，也就是说诸如运输、储藏、质量检测、机器的等待和准备等活动不能为产品增加价值。所有这些非价值增加活动有一个共同点：导致不必要的存货。因此准时化生产以存货为目标，使物料恰恰在需要时递送，即在那个时间"准时化"地以及按照需求的数量被利用。实行准时化生产理念不但导致低存货并进而减少费用和营运资金占用，而且通过促进公司消除非价值增加活动，更进一步减少成本，提供了提高质量和传递服务的可靠性的可能以及提高了传递的速度和柔性。

准时化生产的关键要素是发出工作和购货指令时对所谓的"拉动原则"的实施。利用拉动原则作为发动生产或购买指令的手段的意思是，发动生产或传递某一项目的信号来自于这个项目正被使用或消耗的地方或工作站。这个信号并非来自于中央计划部门，而是来自于下一个工作站。关于这种原则的实施的典型例子是根特的沃尔沃工厂与位于其北面大约15公里的座椅供应商 ECA 的关系。ECA 收到来自于沃尔沃的汽车装备的最后阶段的（电子）信息后开始生产汽车座椅。在这些座位配备到沃尔沃的最后的装配车间前，ECA 有 8 个小时用于生产和传送这些座椅。

服务环境中关于这种拉动系统的例子可以在医院中找到，在这里，中心药房和手术室在药品和物资的传递上有一种拉动关系。一个装满有限数量物资的手推车是沟通手段。只要一个手推车空了，就被推回到中心药房，在这里手推车被装满物资后再被送回到手术室。类似的拉动系统在外部供应商和医院内部各个单位间建立起来，如关于亚麻布的递送。

麦当劳的能力排定系统是另一个拉动系统的例子。当"橱柜"里的三明治的数量下降到某一最低限度时，内勤部门被告知要制作额外的三明治。这个最低限度取决于一天当中的具体时刻，正如前面我们已经描述的那样。

即使物资进而有形的存货是可以忽略的或者不存在，准时化生产原理也同样能够应用于服务。此时准时化生产提及的重点不是存货，那只不过是物资的"队列"，而要关注的是消费者或文件的一个队列。

服务环境中的职员配备和时序安排

在许多服务系统中，人力资源是唯一的最重要的资产而且在服务传递过程中发挥着重要作用。可利用的职员应该按照能够获得优良（或卓越）服务传递的方式配置。这一点在具有内在随机性的服务环境中很不容易达到。

人员计划和安排应该与其他资源的管理相结合而且能够置于一个较大的人力规划的框架内（见图 15.11）。不过，在这部分中我们将人力资源视为一个有点独立的领域。首先，有必要将任务计划和安排分解为不同层次的级别。正如图 15.11 所指示的，最高的级别是战略层级。在这个级别上，确定人力需求，也就是跨年度的时间范围内人力的类型和数量。[12] 关于服务操作系统设计的战略决策对这个决策有严重的影响。其他决策如操作单位的数量和类型以及每个单位将要运作的天数和小时数决定着需要的人力水平。[13]

一旦这些全面的人力需求确定下来，将在一个职员安排计划中每年一次进行调整。这个计划考虑每个部门经理提出的关于配备职员的需求的估计。部门经理利用全面的需求预测和/或对目前工作量的客观估计来确定他部门的职员安排需求。通常地，这发生在每年一次做预算的时候。这些部门级别的估计被综合起来形成一个可以与跨年度的人力需求相比较的公司数据。根据这个信息可以对可利用人员在不同的部门或单位间进行（重新）分配。

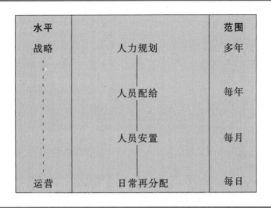

水平		范围
战略	人力规划	多年
	人员配给	每年
	人员安置	每月
运营	日常再分配	每日

图 15.11 人力规划、配给和安置综合框架 [14]

资料来源：Khoong, C. M. (1996), reprinted by kind permission of MCB University Press Ltd.

职员安排计划也应该考虑如何处理预知的某一周期内人力资源需求的波动。可用的人力资源能力应该是可以伸展的（即依靠加班的形式）或者能够获得新的临时的人力资源。这些政策通常内含于一个比较广阔的人力资源管理计划中。

一旦人力资源被分配给一个部门，劳动力时序安排将指定每个被分配的人员在什么时候（在哪一天和什么时间）开始工作（见图表 15.2）。开发劳动力的时序安排在那些承诺通过轮换实现 24 小时内服务传递的服务环境尤其重要，如警察机构。通过指定每个雇员在某一时期的上班和下班的周期，组织努力使能力与短期的需求相匹配。在许多服务组织中，由于必须考虑许多限制条件，一个劳动力时序安排的开发被看做一个十分复杂（和耗时的）的任务：

图表 15.4

一个紧急护理医院的护士配备和时序安排 [17]

一项在美国医院中进行的护士配备和时序安排的研究揭示了护士管理的三个最重要的目标：

1. 达到和提高护理质量。
2. 有一个低水平的护士流动率，拥有感到满意的护士。
3. 通过将职员需求与值班人员的数量匹配公平地向护理人员分配工作量。

这些目标支配着其他目标，如成本抑制和生产率的提高。如何处理护士配备和时序安排问题？

在每年做预算时，护理主任被要求计划下一年的人员需求。护理主任通过如下几方面对护士需求进行估计：

- 收集关于病人医疗天数和入院的资料，有时候是对这些资料的预测。
- 研究护理服务的利用趋势。
- 使用经验。

护理主任也必须确定向不同的护理部门分配多少个护士。尽管每个单位的病人数量是配备人员的一个重要指示，但是护理主任必须明白一个"每日病人"对不同的护理部门意味着不同的内容。一个重要的护理单位相对于一个非重要护理单位需要更高水平的护理资源。为了考虑这些不同，必须知道每个部门的每个病人的平均护理量。这就需要采取开发每种类型病人的时间标准的形式。有一些方法如工作抽样和专家意见法等可以被用来收集时间标准。采用时间标准需要开发病人分类体系，以识别不同类型的病人。除了这些量的不同之外，在一个高强度护理单位工作的护士与一个在非重要护理单位工作的护士相比可能具有不同的资格。

因此一个护理部门在某一时间内的职员安排需求是这类病人所关注的其他因素的函数。这样就使护士主任为一个部门在较长时间范围内（如一年）分配固定数量的护士变得十分困难。变化的需求需要在护士的分配上具有弹性。处理这个问题的一个方法就是利用流动护士储备按照需求进行人员再分配。

职员配备计划明确指定每一个护理单位需要多少个有特定资格的护士。这个计划是护士时序安排决策的一个输入量。护理单位的负责人决定哪些护士在哪一个轮班工作时间工作以及在哪一天工作。一个时序安排政策确定了开发这个安排的规则。时序安排政策包括如下方面的决策：时序安排的时间范围（两周、四周或四周以上），每24小时轮班的数量，护士如何轮换，如何将护士分配到各轮班工作时间，一个护士每班（天）工作多少小时，上班和下班的模式。

一个（传统的）时序安排的例子是八小时一班，五天工作日的循环安排。[18]这些轮班通常是从早上 7:00 到下午 3:30，从下午 3:00 到夜里 11:30，以及从夜里 11:00 到第二天早上 7:30。一个循环的时序安排指的是在经过一段时期后（如六个星期）对自身再复制一遍的时序安排。一些比较复杂的时序安排规则被开发出来，如一天四小时工作，一周四天工作日的循环安排。不同的时序安排政策允许的安排模式和工资率不同，因而执行的成本也不同。[19]

一个有吸引力的时序安排政策看起来是留住护士的一个重要因素；它必须重视个体护士的愿望。一般的要求是连续工作日最多为七天，从不在星期三下午工作，每月只有两个周末工作。这些愿望由于一些像特别休假这样的特别要求而更加复杂。

护士的时序安排是一个有着不同的目标、决策参量和约束条件的计算问题。为了解决这种复杂的计算问题，一些自动化时序安排程序或系统已经被开发出来。

以轮班形式为基础的情况下，会出现一些不可预测的变化，例如，由于突然发生疾病造成的变化。一些政策必须能够用来解决这些日常问题。例如，一个护理部门通过使用加班工作形式、随叫随到员工、外部流动护士市场和护理单位之间的流动护士来解决这些问题。这些再分配机制呈现出某种人员配备和安排的弹性，并且并非都具有同样的成本和利益。显然从医院外部雇佣护士比较昂贵。护理单位之间流动护士也受到某些必需的特殊技能的限制。

1. 可使用的（分配的）员工。

2. 个体员工的关于他们何时想工作的愿望。

3. 在一周或一天的周期内对服务的需求模式。

服务的本质和特征如生产和消费的同时性和保持服务"存货"的不可能性意味着开发一个劳动力的时序安排很重要，在这里能力和需求得到很好的匹配。不平衡在服务员工的工作量的波动中变得明显。已有研究证明在高接触关系的服务中，维持在正常水平之上的工作强度将导致疲劳感、厌倦感增强，最终造成高水平的流动率 [15]，进而对人员的可利用性造成影响。高水平的流动率可能是一个"失败的循环"的起点，正如第 9 章所描述的那样。

为了找出一个适合具体情境的最优的劳动力时序安排，已有许多不同的运作研究模型被开发出来。[16] 劳动力时序安排的复杂性也使其引起自动化决策支持的注意。图表 15.4 描述了一个对护士进行时序安排的软件包的应用。

人力规划框架的最后一个级别是人员的每日再分配，这个是基于雇员突然请病假或未预料的需求高峰而进行的。为了处理这些每日的变化，需要在劳动力的配置和时序安排上保持一定的弹性。

管理需求

到现在为止我们一直假定需求模式是给定的，也就是组织不能够影响需求。然而绝大多数组织进行隐性或显性的努力影响需求模式以达到需求和供给（可利用能力）的更好匹配。有时候影响服务等式的需求这一面要比努力控制供给容易或者花费成本更少。这在诸如航空公司、旅馆和专业化服务组织等具有与服务能力有关的高水平固定成本的组织中必定如此。

影响需求模式

影响需求模式涉及改变自然的需求模式，当消费者没有任何刺激而适应需求的时间或数量时，自然需求模式产生。因此需求管理涉及提供给消费者一种刺激以使他们改变行为，或者说改变需求的驱动因素。所以有效的需求管理包括理解这种行为和需求驱动因素。

理解需求模式

在图表 15.1 的贝尔蒙案例中，有两个"周期性"模式。一种是日模式，在这种模式中，司机们喜欢在清早到达，另一种模式是年模式，在这种模式中，多数司机倾向于在一年的前四个月中开车来做排放物检测而不是在另外八个月来检测。年周期与汽车的购买时间相联系。由于各种原因似乎人们喜欢在一年的前几个月购买新车。只要访问检查站与汽车的购买日期相联系，出现在年初的需求高峰就会持续下去，不管检查站为了使它的消费者在下半年来检测排放物，给予消费者什么样的刺激。为了改变这种年模式，必须将这些日期断开，这需要采取合理的行动。

在贝尔蒙案例中这种情形相当明显，但是在其他情况下并非总是如此。非独立和虚假非独立需求的概念在这种情景下是有用的。对汽车排放物检测的需求可以被看做依赖于汽车的购买的需求。高峰期对火车座位的需求受学校和工作场所放假时间的影响。

需求通常由不同的部分组成，这些部分根据需求的驱动因素而不同，或者在它们对改变需求模式的刺激的敏感度上不同。对于一个门诊所，其需求由两方面构成：一方面是急诊病人，另一方面是在预约的基础上能够被解决问题的病人。一个这样的门诊所对它的需求模式进行了分析，得出的结论是在星期一早上有明显多于其他时间的病人来看病。为避免星期一的过度需求，门诊所采取不允许病人预约在星期一看病的政策。服务能力只用于一些急性病的治疗。

对需求模式的理解不仅仅看能否对其进行影响，而且要看需求模式能被影响的程度有多大。例如，不同的人的价格敏感度是不一样的。旅游者相对于商人对降价更为敏感，如果飞机票比较便宜，他们愿意旅游度过周末。只要生意结束，不管飞机票价格如何，商人通常喜欢待在家里。

在贝尔蒙案例中，至少有两部分人：个体私人和专业人员。一个专业人员如一个卡车司机、出租车司机或者旅行推销员把驾驶他的车作为工作的一部分。统计数据告诉我们清早的需求高峰主要来自于私人汽车驾驶者，而专业驾驶者的日需求模式是更为均匀地分布的。这是因为私车驾驶者必须至少休半天假在一天之中的某时驱车来检查站。但如果他们在清早来检查站就不必占用这么长时间，至多，他们晚一个小时上班。这种"成本"（在浪费时间方面）根据一天当中的时间而不同。对于专业司机，一天之中的这种成本均匀得多，因为它不依赖于一天当中的具体时间或者一个特定的时间空当。

引入价格刺激

价格刺激（或抑制）是改变需求模式的最明显的方式，正如第 6 章已经讨论的那样。滑雪吊索设备在圣诞节和冬季学校放假期间的价格要比其他时间如 12 月份或 1 月份的其他时间的价格贵得多。晚间电的价格低于白天的价格。对于电话会议这种情况也是如此。不过在实行价格刺激之前，首先必须估计价格敏感度，这在许多情况下都是一件不容易的事情。

价格敏感度表达了存在于需求与价格之间的一种关系。在多数情况下，当价格下降时，需求将会上升。需求被认为具有"价格弹性"。当价格较低时，较多的人们被诱惑购买这种产品或服务（见图 15.12）。例如，以图表 16.1 描述的巴黎迪斯尼乐园案例为例，在损失相当惨重的第一年过后管理层采取的行动之一就是降价。

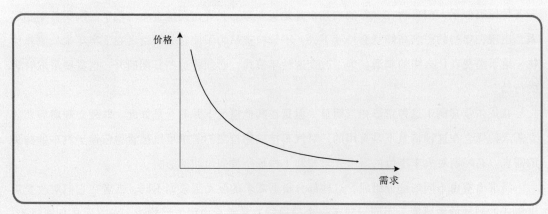

图 15.12 需求曲线

需求可以是非常具有弹性的，如果作一条非常陡峭的曲线（如图15.12所示），说明需求无价格弹性，意味着需求曲线几乎是一条水平线。对于某些产品如奢侈品，需求甚至可能与价格成正相关的关系。

在以低价格做试验前，公司应该认识到市场的不同部分可能有不同的价格敏感度。市场上经常有一部分价格敏感度很高而另一部分却较少具有价格敏感性。如果提供一种价格刺激，不考虑价格敏感度高的这一部分，不用说，低价格敏感度的部分也会从价格折扣中获利而公司因此将失去毛利。

因此关键问题是如何对一个市场进行划分。航空公司的聪明做法是降低费用使乘客（见收益管理部分）旅行度过周末。[20] 比利时铁路为年轻人在交通低谷时间提供了一种所谓"通行证"，因而达到了一种市场分割，否则这些年轻人不一定在低谷期选择乘坐火车。本来在很大程度上依赖于商业旅行者或业务会议的旅馆提供周末特价。

市场分割和价格刺激在某些商业中会变得十分复杂，尤其是如果有一个动态政策情况下更是如此。这将导致收益管理的实践，我们将在本章后面进行阐释。

促进低谷的需求

改变需求模式的另一种途径是促进低谷的需求。这需要寻找不同时期的需求来源。海滨旅馆在每年10月份到来年3月份这一期间为争取商业旅行者或业务会议积极竞争。而一个滑雪胜地将提供广泛的夏季运动项目如山地自行车、射箭、徒步旅行和冲浪。

提供替代服务

当对某种服务的需求过高时，可以将其中的一部分需求指定给一种替代服务。例如，当出现对亚热带游泳场的高峰需求时，度假胜地在这个时候向孩子们提供木偶剧和其他娱乐表演。

改变产品

当努力改变需求模式时，不需要将价格看做唯一的变量。所谓"营销组合"的其他要素——产品、渠道和促销也应该给予考虑。一个有趣的例子是由一个美国避暑胜地所提供的。[21] 面对远远高于其在高峰期能够处理的对网球设施的需求，该胜地通过创造如今已很有名的早起者俱乐部，将一部分需求转移到早晨的时间。在早晨打网球的人们在网球场上获得一顿免费早餐，并且开始结识其他人，进行单打或双打游戏。这种产品已变得和原本的形式完全不同。

推广

促销在改变需求模式中也许也是有效的，例如，通过宣布一天、一周或一年的某些时期即将非常繁忙。在美国，邮政服务行动很早，感恩节一过就发起活动刺激人们寄送圣诞卡片。这使人想起20世纪50年代和60年代由煤炭行业发起的为了促使人们在夏季买煤的夏季运动。

在贝尔蒙案例中能够发起的一人促销运动就是让公众知道早晨是业务非常忙的时候。

安装预约系统

一个影响需求模式的有效方式是引入一个预约系统。一个预约系统可以预售潜在的服务。通过预约可以将额外的需求转向同样设备的其他时间空当或者转向组织内的其他服务设施。预约也通过减少消费者的等候时间和承诺服务的可获得性而使消费者获利。预约系统存在的一个问题就是消费者可能未能履行预约。我们将在本章的后面部分讨论这个问题。

另一个问题当然就是处理固有的不确定性——那些与到达模式以及与服务时间有关的不确定性。在许多服务组织中服务时间的变动相当大。由于服务时间的（表面上的）的随机变动，到医院或者牙科诊所看病的人们有时很难安排开。这甚至是一个较严重的问题，因为一个已经预约了的消费者不期望等待，当他不得不在安排的时间范围外等候时很快会变得不满意。

收益管理

何谓收益管理？

下次当你坐在飞机里时，问问你的邻座为这次旅行支付的价格。极有可能为同样的座位和环境服务包支付了不同的价格。如果你支付的价格较高，你可能对此很不高兴。然而，不要开始写投诉信给你的地方消费者保护协会。航空公司的差别定价并不像看起来那样不公平。你恰好是那个航空公司收益管理的受害者。如果你稍微进一步询问你的邻座，你可能会发现他比你预订要早很多，并被要求度过周末，或者是一名鸟类观察家协会的成员，去参加协会在佛罗里达的奥兰多举行的每年一次的大会。

如果你住旅馆、租一辆汽车甚至去医院看病都可能会有同样的经历。这些都是实行所谓"收益管理"的服务组织的例子。

当航空公司为某一航线的某一天安排一架飞机时，那条航线的那一天的能力已经固定。尽管航空公司想把全部的座位都卖给愿意支付全价的乘客，它可能了解到在那一天没有足够的愿意支付全价的乘客。考虑到能力的固定性和航空公司维持经营的成本的固定性，以及低水平的变动成本，航空公司当然会被诱惑降低售价以使剩余的座位塞满。然而必须确保那些愿意支付全价的乘客不利用这种降价，而另一方面要确保他们不会感到被航空公司欺骗或受到不公平的对待。这个问题在航空公司这种环境中比较复杂，因为它通常不能采取一种等着瞧的态度（也就是说，等待着看航班载客的情况，并且根据这种占用率决定降低价格）。它必须预先决定对哪一种类型的消费者要确定什么样的价格。这意味着必须预先决定为较低水平支付的群体留出的最大能力水平。图表15.5描述了一个关于收益管理系统的简单例子。

更加准确地定义收益管理

收益管理被这样定义：

向合适类型的消费者分配合适类型的能力以最大化收入或收益的过程。

图表 15.5

国际航空公司的收益管理

让我们假定国际航空公司在某一天已经安排一架班机从伦敦飞往悉尼。这架飞机具有容纳300个乘客的能力。航空公司了解到有两类消费者对这次旅行感兴趣。我们把其中的一类称为A类，这类乘客愿意支付1000英镑，而为这类乘客服务的边际成本只有100英镑。第二类我们称之为B类，该类乘客只愿支付500英镑，而边际成本是80英镑。航空公司也了解到在那一天平均有175个乘客愿意支付全价。然而，实际的数量可能会变动。让我们假定实际数量服从于正态分布，标准差是50个乘客。同样地，航空公司也知道平均有150个乘客愿意支付较低价格而这类人的需求标准差是25。国际航空公司应该为B类留出多大的服务能力？可以证明为低价格支付群体留出的座位的最佳数量应该是使两种群体的预期边际收入相等时的座位数量。如果我们为B类固定分配120个座位，剩余的180个分配给A类。A类的需求超过180的可能性是46%。因此，A类座位的期望边际贡献是0.46 × 900 = 414英镑。B类的需求超过分配的座位数量的可能性是88%。因而B类的120个座位的期望边际贡献是0.88 × 420 ≈ 370英镑。后者的边际贡献低于前一类别的边际贡献，因而分配给B类的座位应该减少。当我们将B类的座位减少到116.1个时，两个类别的边际收入相等（= 405英镑）。因而

最佳的（静态的）政策是给A类分配184个座位，给B类分配116个座位。这架飞机的总能力是300个座位，每个座位的最大收益或者最大总收益是900 × 300 = 270 000英镑或者说达到100%的能力。如果在某一时间，飞机装有200个支付全价（900英镑）的乘客和90个支付低价（420英镑）的乘客，收益变为：

$$\frac{200 \times 900 + 90 \times 420}{300 \times 900} = 80.6\%$$

在这个简单的例子中，收益管理表现出是一个相当静态的过程。只要全部乘客的数量（300）和预先留给低价格类别的座位的数量没有被超过，低价格支付乘客就将被接受。对于高水平支付乘客，准则是简单的，只要有一个空的座位这类乘客就被接受。

然而事实上，问题是更为动态的。预留的界限（留给支付低价格的类别的座位的数量）随着时间的推移根据对高价格支付类别的需求的预测而变动。如果预期的高支付乘客的数量低于最初计划的数量，预留的界限将提高。而当对高价票的需求比预期高很多时，预留的界限将降低。增加这种问题的复杂性的是，可能有两个以上的类别。复杂性的另一个来源是已经预约的消费者未能到场。这说明了开发收益管理系统是多么困难。我们建议读者阅读更为详细的文献。

收益被定义为：

实现的收入占潜在的可能的收入的比例。

让我们以国际航空公司一例进行解释。

在如下几种情况下，服务组织的收益管理成为一个问题：

1. 当组织以一个相对固定的能力运营时，也就是说能力不能被迅速改变时。

2. 当能够进行市场分割时。组织必须有可能有效地将市场分割成不同类型的消费者。例

如，航空公司通过提供专门针对周末这一时间段的折扣机票来区分出时间敏感型消费者和价格敏感型消费者。[22] 一个旅馆区分出暂时寄住的旅客和其他类别的旅客如团体旅客，前者会走进旅馆并要求住宿，后者则通常预订房间。前者相对于后者愿意支付较高的价格。

3. 当能力容易失去时。这是服务的一个基本特性。当没有被利用时能力是一种容易丧失的存货。恰恰是这种特性使收益管理与服务业相关。正是因为没有被利用的能力将会永远失去，才使服务组织情愿以低价将能力卖出去，这样至少可以赚取一些边际收入。

关于顾客放弃预订座位和超额订出的问题

航空公司允许消费者无须承受任何惩罚而取消未付费的预订座位。甚至在已经买了机票之后，也允许旅客取消他们的航班并且至少收到部分退款。平均起来，一次航班的大约一半的预订座位被取消或者预订座位的客人没有到场。美国航空公司估计如果预订受限于飞机的容纳能力，则已经售完机票的航班的大约 15% 的座位将是空置的。[23]

因此，航空公司像旅馆一样，除了设置高于它们能力的预订水平外别无选择。当然问题是超额预订水平应该为多高。如果这个水平太低，将会有大量的空座位没有被利用；如果水平太高，前景可能是令人失望的，并且经常会使那些已经预订座位但被打发走的消费者非常生气。航空公司或者旅馆必须为给他们带来的不便给予补偿，并且将他们安排到其他航班或旅馆。

超额预订水平可以再次根据前面所描述的边际分析来作出决定。为了说明这种方法，让我们看图表 15.6 中的案例。

图表 15.6

旧金山盖兹旅馆

盖兹旅馆[24]是旧金山的一个非常受商业旅行者欢迎的奢侈旅馆。近来旅馆经常由于为一个放弃预订房间的客人保留房间而失去这个房间的租金收入，经理巴恩斯感到应该检查旅馆的预订政策。他想知道应该维持多大的额外能力以适用这种约定。

如果一个客人预订了某个房间而旅馆不能履行这个约定，那么一个房间每晚平均失去的贡献额为 20 美元。在已经预订房间但不能得到承兑的露面的客人中，大约有 10% 的人可以不需旅馆花费成本而作出和解，另外 30% 的人通过旅馆将其"过户"给另一家旅馆而得到满意

解决，此时旅馆的成本是每次 3 美元的预订成本。剩余的客人对这种情况是如此沮丧，以至于旅馆能够预期一种失去未来生意的损失，如果以贡献额表示，大约是 50 美元。

巴恩斯先生复核了他的记录，发现当旅馆几乎满负荷运营时，有如表 15.6 所示的客人放弃预订房间的经历。

让我们假设旅馆在它能接纳的客人之外再接受五个客人。一天结束时一个空闲房间的成本（C_o）是 20 美元。短缺一个房间的预期成本（C_s）可以这样计算：

$$C_s = 0 \times 0.1 + 3 \times 0.3 + 50 \times 0.6 =$$

$30.9

只要五个或更多的旅客不出现，超额预订就没有成本，但是旅馆不得不承担空闲房间带来的成本。从表 15.6 能够看出这种情况出现的概率是 27%。因而，未占用的边际期望成本是 $0.27 \times 20 = \$5.40$。另一方面，如果四个或更少的客人没有出现，旅馆将担负超额预订成本。这种情况发生的概率是 63%（见表 15.6），所以超额预定的边际期望成本是 $0.63 \times 30.9 = \$19.50$。鉴于后面的成本高于前面的成本，旅馆应该超额预订较少数量的客人。可以证明最佳的超额预订水平（L）应该满足这个关系：

$$P(D>L) = \frac{C_s}{C_s+C_o} = \frac{30.9}{30.9+20} = 0.61 \text{ 或 } 61\%$$

在这里 D 代表没有出现的客人数量。那么 $P(D>L)$ 表示未出现的人们的数量高于 L 的概率。我们能够从表 15.6 看到最佳的 L 水平大约是在 2～3 之间。我们可以建议这个旅馆将它的超额预订水平保持为 2 个旅客。

表 15.6 盖兹旅馆的关于客人放弃预订房间的经历

放弃预订的客人	经历百分比	累积经历百分比
1	10	10
2	21	31
3	19	50
4	13	63
5	10	73
6	5	78
7	6	84
8	4	88
9	3	91
10	2	93
11	1	94
12	2	96
13	2	98
14	1	99
15	1	100

事实上，确定超额预订水平通常比较复杂。首先，很少能以一个静态的方式把握它，超额预定水平随时间的推移而变化。一个乘客或一个客人预订座位或房间越早，他将来取消预订的可能性越大。这意味着提前一个月的超额预订的水平要高于提前一个星期的超额预订的水平。此外，超额预订的成本并不与乘客的数量成比例。当预订过多时，美国航空公司向那些愿意放弃座位的乘客提供优惠购物券。操作起来有点像一种拍卖：优惠券的价值不断提高直到找到足够数量的愿意放弃座位的乘客。超额预售的数量越多，公司不得不提供的优惠购物券的平均价值越高。

等候心理学和管理结果

等候并不是等候

表 15.2 说明了我们大多数人的亲身体验。我们不喜欢等候。我们在被服务之前不得不等候的时间的数量影响着我们的满意水平和重复购买行为。

我们从图 15.3 看到在等候与提供的能力水平之间有很显著的关系。当面对一个等候问题时，似乎由服务组织改变（即提高）能力水平是非常合乎逻辑的一件事。然而提高能力水平并不总是具有可能性、足够或者是最有效的选择。如果等候成为一种问题，那么存在着由经理支配的多种其他的选择。改善消费者的对等候经历的感知可能和减少等候时间的长度一样有效。

或者说，我们应该将精力集中在管理感知上，就像管理能力一样。

在考虑这样的行动之前，经理应该知道人们如何感知等候以及影响人们的等候感知的因素。大卫·梅斯特（David Maister）[25] 把这个问题归结为"等候心理学"。

等候心理学

当我们去一个陌生的地方旅行时，大多数人可能会有相似的经历。当你第一次驱车去拜访住在一个你从未去过的地方的同事或朋友时，通往陌生目的地的旅行总是好像要比返回的路程长。当你越来越熟悉这条路时，这种印象就消失了。如要你有这样的经历，那么你已经为"梅斯特定律"作了证明。[26] 大卫·梅斯特——他那个时代的一名哈佛商学院的教授——阐明了许多表达我们许多人在等候情景中的体验的定律（然而没有证实它们）。我们将简洁地描述这一系列定律（的一个改写本）。

多数人过高估计实际的等候时间

许多研究指出消费者不能准确地估计他们已经等候了多长时间，并且通常情况下，他们认为的已经等候的时间要比他们实际等候的时间长很多。例如，在前面提到的佛罗里达电力与照明公司进行的电话研究中 [27]，实际上已经等候不到 30 秒的消费者中的 40%认为他们已经等了 30 秒~1 分钟这么长时间，而 28%的人甚至认为他们已经等了 1 分钟还要多。该项研究指出在真实的等候时间（以秒表示）和主观的或感知的等候时间之间存在如下关系：

$$真实的时间 = 11.9\ 秒 + 0.276 \times 主观时间$$

其他一些涉及至少等候 5 分钟左右的研究也得出同样的结论。在一个超市研究中，感知时间之间的平均差异百分比在 21%~40%之间。[28] 在一个银行中进行的研究得出的结论是，78%的消费者过高估计等候时间，并且大约高估 30%（实际等候时间 3.6 分钟，消费者感知的等候时间是 4.7 分钟）。[29] 显然在所有这些情景中都有时间扭曲的成分。有许多可以解释这种时间扭曲的因素：或者因为人们总体上很不善于估计时间，或者等候是一种期待的状态，因而使人们将注意力放在等候本身以及等候所处的环境上。然而不管是什么原因，这样的时间扭曲存在，而且对讨论消费者的估计的主题没有意义。

未占用时间长于占用时间

萨斯等人描述了关于一家被消费者报怨等候电梯时间的旅馆的奇闻。[30] 由于不能立即提高电梯设备的能力，旅馆的管理者在电梯门旁边安装了镜子。结果投诉者的数量明显下降，虽然实际上等候时间并没有改变。结论是，当人们被分散注意力时，他们较少注意等候的时间或者比较能够容忍等候。例如，前面提到的对银行的研究中，银行安装了一个电子新闻板。这个电子板显示长达 15 分钟的最近的新闻和信息，其间点缀银行的广告。结果，消费者发现等候更加可以容忍。当请消费者对他们的等候体验按照从 1 到 10 的级别（从非常厌烦到非常有趣）

进行描述时，兴趣水平显著提高。在超级市场的研究中 [31]，琼斯和佩皮特 (Jones and Peppiatt) 发现当消费者被收银台处的电视屏幕分散注意力时，实际的和感知的等候时间的平均差异从 71.8 秒下降到 48.1 秒。

过程前等候长于过程中等候

梅斯特指出"等候与服务组织进行首次人际接触的人们比那些已经'开始'的人们更加不耐烦"。这与人们等候时"焦虑"的水平紧密相关。一般来讲，一个人在等候接受服务时的焦虑水平要远远高于正接受服务时的焦虑水平。想象进入一个拥挤的咖啡屋或茶室，当侍者表现出非常忙，忽略了你的出现和暗示时，你可能非常焦虑，因为担心被忘记或被后进来的消费者越过。当侍者用眼睛与你接触，并且以某种方式确信你自己已被注意到后，你的焦虑如魔法般地消失了。你一旦有了"在系统内"的感觉而不是"在系统的前面"的感觉，你对等候的容忍程度就会提高。

哈佛大学的医疗门诊部在启动一个检伤分类护士系统后，注意到由于等候引起的不满意水平明显下降，虽然事实上启动这个系统之后的实际平均等候时间增加了。这种矛盾可以通过观察这样的事实后得到解释：一个未经预约的来访者在他看到一个有医学资格的人（资深护士）专心于他的问题之前的等候时间下降了。在新系统中平均时间是 19.7 分钟，而在原来的没有检伤分类护士的系统中，在首次与一个护士或一个医生接触之前花费的平均时间是 23 分钟。此外，在新系统中，时间的分布比旧系统的时间分布狭窄得多。

焦虑使人感到等候时间较长

到一个陌生的目的地的旅程似乎比返回的路程长，这种感觉与许多由未知因素、担心迟到等引起的焦虑有关。如上面所提到的，对自己是否会被遗忘的焦虑也是感觉到过程前的时间长于过程中的时间的原因。另一个焦虑的来源可能是对等候时间的长度和服务时间的不确定性。许多开车的人在交通拥堵中等候的不耐烦更多与等候时间的不确定有关，较少与等候时间本身有关。也有关于其他消费者在排队时越过你而没有得到公平对待的担心。我们都曾有在一个超市中选择一列排队或者在高速公路上选择一个通道，然后担心是否作了正确的选择的经历。

关于超市的研究支持这样的假设。研究发现消费者对超市越不熟悉，他们越过高估计等候时间。经常光顾的消费者高估等候时间约 28 秒，而不常光顾超市的消费者对同样的等候时间高估 167 秒。感觉不确定的等候要长于已知的、有限的等候。

对于未解释的等候相对于得到解释的等候的忍耐程度低

除了因为不知道你必须等候多长时间以外，不知道为何等候也会使你较少有耐心，并且使你感觉到的等候时间较长。等候登机的旅客被告知因为天气状况飞机晚点比仅仅被告诉飞机晚点时生气的程度小一些。你可能在得到关于你的医生因为意外被耽搁的通知后原谅他的迟到。

个人控制的程度越低，对等候的忍耐度越低

尽管消费者知道为什么等候对特别的等候体验有益，但信息对消费者的全面的长期的满意的影响还将在很大程度上取决于消费者对等候原因的归咎。这由两个因素决定：

1. 消费者对自己的作用的认知。知道一个服务传递系统的高峰时间的消费者仍然在这个时间到来，只能怪他们自己使自己等候或耽搁，当然前提是他们有机会在不同的时间到来。一般来讲，消费者越是感到他们自己有控制权（即便是在等候中），他们越是能够忍耐等候。这个方面也可以通过前面提及的未经预约的门诊部的例子得到解释。在新的系统中，并非只有一个检伤分类护士，而是有许多医生或护士可供选择，虽然在这之前根据先来者先被服务的原则，已经将其分配给某个医生或护士。这一点同一个快速的首次接触一起解释了新系统中的病人为什么在客观等候时间更长的情况下更为满意的现象。

2. 等候的原因是否处于服务传递系统的控制范围内。当造成耽搁的原因在服务组织可控范围之外时，大多数人们能够容忍等候。当一辆旅游汽车停在一家餐馆前，在其后面到来的顾客可能会理解并接受等候不可避免的现实。而如果这家餐馆已经接纳了一个婚礼宴会，并以此作为使其他顾客长时间等候的理由，则不会被接受。因为对于婚礼宴会的预约是预先进行的，餐馆应该早做安排以解决增加的需求。当飞机由于天气状况而不是维护故障而晚点时，我们比较能够容忍。

不公平的等候长于平等的等候

一个本来有着非常文明的公民的安静的等候室突然之间会转变成愤怒的人们骚乱的场面，原因就是有人成功地"加了塞"。即便是最有耐心的消费者在这种情况下也会变得愤慨。我们一些人可能甚至目睹过街道上驾车者之间的打架，因为一个驾车者没有遵守交通规则插入到另一辆车的前面。

在那些没有明确的或强制的规定，或者当人们能够很容易地违反"先来者先接受服务"的规则的等候情境中，消费者不能够放松，而是处于一种紧张的状态，担心他在排队中的位置是否能够保持。

服务越有价值，对等候的忍耐程度越高

如果你去一家超市买一份报纸或者一块面包，你不会愿意在那些推车装满物品的消费者后面等上 10 分钟。超市已经意识到这个问题并已经设置了快速结账柜台。航空公司为那些没有任何行李需要登记的旅客提供了特殊柜台。不仅仅存在货币价值期望——对支付高价的服务期望获得高价值回报，而且也有等候时间的价值。这个原则不但适用于服务本身的价值，而且也适用于服务提供者的感知"价值"。一个在银行里等候的消费者，当等着见经理或等着被经理服务时，比等着与一个职员打交道更有耐心。梅斯特借助于学术界的一个惯例解释这种原则，即"花费 5 分钟等候一个助理教授，花费 10 分钟等候一个副教授，而花费 15 分钟等候一个正

教授"。

实施这个原则的一个有趣的结果是服务结束之后与等候有关的难耐性。过程后的等候也许甚至比过程中的等候更不能忍耐。当服务结束，也就没有了进一步的期望价值。这就解释了为什么着陆之后的航班旅客匆匆忙忙，并且飞机一着陆就找他们的行李，或者旅馆客人和到餐馆就餐者在结账时那么不耐烦。

感觉单独等候的时间长于群体等候的时间

前面提到的超市研究是检验单独等候似乎长于群体共同等候这个命题的少数研究中的一个研究。在这项研究中发现一个在独自等候的消费者感觉到的等候时间比实际的等候时间平均长75.6秒。高估的水平显著高于与另一个人或与更多人一起等候的消费者对感知时间的高估水平。在后一个类别中，感知的时间与实际的时间的平均差异是49.3秒。这在一定程度上可以这样解释：在群体等候中，消费者处于"占用"状态，并且或许担忧较少。也有这样的现象：当耽搁被公告时，即使彼此不认识的消费者，也会转向彼此表达他们的愤怒。在群体等候中有某种形式的安慰而独自等候没有这种安慰。

有时在排队中能比较建设性地发展起一种群体共同感，正如梅斯特所阐述的那样：

> 排队凭其自身的特点几乎转变成一种服务接触：部分是娱乐，部分是服务。

然而，有时候群体能够扩大不舒服的感觉并因而成为消费者不满意的来源。

控制消费者对等候时间的感知

上面所介绍的每一个建议都能帮助经理人员积极影响一个消费者对等候时间的感知，并借助于此影响这个消费者的满意度。不同的建议之间是相互依赖的，单独执行每一个建议甚至有可能是反生产力的。例如，在排队的地方安装电视的思想。一家荷兰的医院确实那样做了，但之后不得不终止，因为对消费者满意度没有产生一点作用。大多数人不看电视，而那些看电视的人们也只是在他们已经浏览完了杂志或者已经结束了与其他人的闲聊之后才这样做。那些看电视的人不可能是那些不得不作最长时间的等候的人或那些最没有耐性的人——对等候最不能忍耐的人。

因此必须发展一种综合的观点。两个荷兰人，斯米德兹和傅恩（Smidts and Pruyn）[32]，开发和检验了这样一种模型（见图15.13）。这个模型的目的在于解释消费者对某服务的不满意感。根据这个模型，全面满意或不满意受对等候的满意或不满意的影响。当然，是受实际等候时间的影响，但是在这里还有其他一些起作用的因素。第一个因素就是消费者所认为的他可接受的等候时间——他的"忍耐区"；第二个因素是"以后预测的时间"；第三个因素是感知的等候环境。

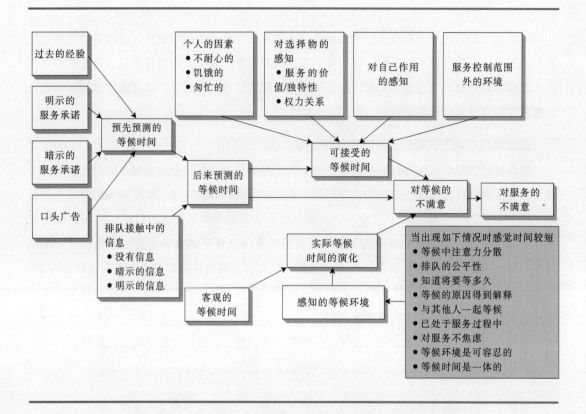

图 15.13 对消费者的等候时间感知进行管理的综合观点 [34]

资料来源：Pruyn, A. T. H. and Smidts, A. (1993) *De Psychologische Beleving van Wachtrijen*. Erasmus Universiteit, Management Report Sciences, 126.

可接受的等候时间

毫无疑问消费者认为零等候时间是最理想的。然而他们承认这总是不可能的，因为这样的价格会太高。图 15.13 描述了影响可接受的等候时间的一些因素。

1. 暂时的和个人的因素。当你急急忙忙赶火车时，你对造成交通堵塞的人们较少容忍；当你饥饿时，你对未能立即考虑你的订餐的侍者的不耐烦要多一些。某些人生来没有其他人有耐性。凯特兹（Katz）和她的同事在他们的银行业研究中 [33]，将消费者分为三类：观察者、急躁者和中性者。观察者喜欢观察银行里的人和事；而急躁者认为没有比排队等候更令人厌烦的事情；中性者的感觉处于上述两种之间。

2. 与对选择物的感知有关的因素。如果服务很有价值和具有独特性，那么对等候的忍耐程度比较高。某些餐馆，某些内科医生，甚至某些管理咨询顾问的工作通常伴随着以月衡量的等候时间列表。同样，在上面情境中的消费者在其他情况中等候时，如果他们为等候一个人回复电话花费 30 秒以上的时间，或者在超市的队列中等候 5 分钟就会变得很不耐烦。独特性和价值当然与权力关系有关。如果作为一名消费者的你很明显地处于一种从属的位置，你对等候的耐性就会比较高。这就是为什么在比利时大学里，学生们不得不尊敬学术一刻钟，意思是在学生们离开班级前，给予教授 15 分钟的宽限时间。有哪个学生敢照样子去做，敢在考试时迟到 15 分钟？

　　同样的结论可以从许多如同政府的或政府控制的系统这样的垄断情境中得出。然而消费者别无选择因而"被迫"忍耐并不意味着他的满意水平不会受等候时间的影响。应该重视消费者在多大程度上感到被迫要利用某一服务提供者。

3. 与"自我感知的作用"有关的因素。当一个消费者感到他的控制权力很小时，忍耐区就比较小。这就是复杂的排队系统比单一的排队系统更可取的原因之一：消费者可以选择一个排队，并且至少如果他们的队列看起来比其他的队列移动较慢时他们只能责备自己。

4. 由于不可控环境产生的因素。这涉及消费者的关于等候是由服务提供者可控范围之外的环境造成的感知。不可控的因素如天气状况或罢工。

后来预测的等候时间

正如图 15.13 所说明的，影响等候耐性的一个更为重要的因素是斯米德兹和傅恩所称的后来预测的等候时间。不过，这个因素对满意水平有较为直接的影响并且需要特别关注。

后来预测的等候时间是指一旦你进入了服务系统预期的等候时间。它是一种"意愿"的预期而不是一种"应该"的预期（也就是标准）。它是预先预测的等候和在服务接触中具体的排队信息的结合。例如，在出发去邮局之前，你可能对等候时间作了一个明确的或隐含的预期。当你到达时，你看到许多汽车和自行车停在邮局前面。你可能会立即调整你的预期等候时间。在这个例子中，你接收到关于等候时间的隐性的信息。在一些情况下，你能收到关于预期排队的明示的信息。这种情况发生在迪斯尼乐园，在排队场地的不同方向，竖立的显示板以分钟表示在你前面的队列有多长。一些呼叫中心采取同样的做法。它们不但告诉你在你的前面有多少个消费者，而且有时告诉你预期的等候时间。

预先预期的等候时间

预先预期等候时间（也就是在收到具体情境的信息之前你预期的等候时间）首先是以过去的关于相似的或者"貌似相似的"的情境的经验为根据的。我们用"貌似相似"意思是指那些情境严格来讲不相同，但是我们能够据此进行推断。例如，根据我们在银行业的经验，能够推断在邮局的预期等候时间。再比如，即使你没有在纽约肯尼迪机场接受移民服务的经验，但根据你在其他国家的移民经验或者甚至根据乘车跨越国界时的海关服务，你能够作一个等候时间的预先预期。

另一个因素是明确的服务承诺，或者是因为在预订时对等候时间明确地进行了宣传或许诺。例如，一些超级市场承诺决不会有 4 个以上的消费者在收银台前等候。一家比萨餐馆对消费者在拿到比萨之前的时间作了明确的许诺。即使没有明确的许诺也有一些暗示的许诺。如同其他一些质量维度一样，价格经常是一个与等待有关的隐性的许诺。如果你在一家昂贵的旅馆预订房间，你肯定期望登记和结账的时间简短，比较概括地说就是简短服务过程。对于航空公司也是如此。购买比较昂贵的机票的旅客期望较短的登记时间，期望能够在其他乘客之前离开飞机。

最后一个影响一个人的预先预期的等候时间的因素是由朋友、亲戚、消费者等传播的口头信息。

感知的等候环境

在图 15.13 的模型中所描述的最后一个因素是感知的等候环境。在这一类中包括所有影响消费者的等候时间的感知、等候时的感知、感知时间偏离实际时间的因素，就是所谓的"梅斯特定律"的运用。图 15.13 对它们进行了概括。

结论

对服务传递系统的能力管理要确保达到能力与需求尽可能密切地匹配，在本章中，我们对能力管理必须涉及的不同方面都进行了论述，并且着重指出服务行业的管理比工业企业的管理更要同时重视等式的两边：供给（也就是服力）和需求。因此能力管理不仅是一个"操作"问题，也是一个市场问题。我们已经证明了能力是产品的一部分。

虽然有许多合理的方法可以用于能力管理，但是重视消费者对能力管理的结果的感知仍然很重要，因为消费者并非总是有理性的。在消费者对能力管理效果的感知中有许多主观的因素，例如对等候时间的感知。

复习和讨论题

- 陈述一个有如下特征的高速公路的能力：
  ——单行车道，有标明"公里"的里程碑。
  ——速度限定在每小时 120 公里。
  ——所有的汽车以这个速度行驶。
  ——汽车平均长度为 5 米。
  ——汽车间的平均距离：40 米（包括车长）。
- 取号操作系统（number-taking）如何影响你的等候体验？
- 讨论你在迪斯尼乐园发现的迂回入口与你在其他地方遇到的漏斗型入口相比的优缺点。
- 将图 15.2 的模型应用于一个（非快餐）餐馆，能力以及能力管理如何影响你对服务的感知？
- 在银行例子中（见图 15.5），尽管利用能力接近 95%，但消费者却要等待 30 多分钟，其原因是什么？在不增加雇员数量的情况下如何减少服务时间？

- 在圣路加（St. Luke's）医院有四个电梯为来访者服务。尽管这四个电梯的平均承载能力足以满足一天当中对来访者的运输，来访者仍然必须平均等候 3 分钟才能进入电梯。安装第五个电梯将会使等候时间降低到 1 分 30 秒。已知第五个电梯的年折旧费和运营成本是 30 000 欧元，又已知每年大约有 70 000 个来访者，你是否建议医院安装第五个电梯？

- 在一个超市中对出纳人员的需求是独立的、非独立的、虚假独立的还是虚假非独立的需求？对这些资源的管理意味着什么？为一个超市开发一个资源计划系统。

- 解释在图表 15.2 中描述的麦当劳的计划系统如何被看做一个拉动系统。拉动信号是什么？

- 将需求管理政策实施于一种邮递服务中。

技术说明

技术说明 2 中对服务环境中的等待系统和多种形式的等待理论进行了分析。在技术说明 3 中讨论了模拟作为一种工具在服务设计中的作用。这些技术说明安排在本书的最后。

注释和参考资料

[1] See 'Queuing for flawed services', *Financial Times*, 14 June 1992, p. 13 and *EuroDisney Case* (1981) Harvard Business School, 9–681–044.

[2] Belmont case in Hill, A. (1991) *Minnesota Pollution Control Agency*. University of Minnesota.

[3] This figure was inspired by Jaime Ribeca at IESE, Spain.

[4] Pruyn, A. and Smidts, A. (1992) *De Psychologische Beleving van Wachtrijen* (The psychological experience of waiting lines) Erasmus Universiteit, Management Report Sciences, no 126.

[5] Graessel, B. and Zeider, P. (1993) 'Using quality function deployment to improve customer service', *Quality Progress*, Nov, 39–63.

[6] Based on simulation.

[7] See Davis, M. (1991) 'How long should a customer wait?', *Decision Sciences*, Vol 22, 421–34.

[8] In normal distribution tables we can see that the z-value corresponding with 20 per cent is equal to 0.85. Therefore the additional number of rooms above the average should be equal to: 0.85×20, or 17.

[9] This description is based on the McDonald's Corporation Case, pp. 156–74 in Sasser, W. E., Clark, K. B, Garvin, D, A., Graham, M. B. W., Jaikumar, R. and Maister, D. H. (1982) *Cases in*

Operations Management. Homewood, Illinois: Richard D. Irwin.

[10] Based on an article of Wacker, J. (1985) 'Effective planning and cost control for restaurants', *Production and Inventory Management,* Vol 26, 55–70.

[11] For further information on the MRP concept the reader is referred to J. Orlicky (1975) *Materials Requirements Planning.* New York: McGraw Hill.

[12] Khoong, C. M. (1996) 'An integrated system framework and analysis methodology for manpower planning', *International Journal of Manpower,* Vol 17, No 1, 26–46.

[13] Siferd, S. P. (1991) The Ohio State University Hospital Nurse Staffing and Scheduling Survey Results, a document sent to the respondents, June.

[14] Source: Khoong, C. M. (1996), op. cit.

[15] Pue, R. O. (1996) 'A dynamic theory of service delivery: implicatio n s for managing service quality', non-published dissertation, Sloan School of Management, MIT, June.

[16] See, for instance, for a review of these models, Smith-Daniels, V. L., Schweikhart, S. B. and Smith-Daniels, D. E. (1988) 'Capacity management in health care services', *Decision Sciences,* Vol 19, 898–919.

[17] Siferd, S. P. (1991), op. cit.

[18] Marriner-Tomey, A. (1992) *Guide to Nursing Management,* p. 238.

[19] Easton, F. F., Rossinm, D. F. and Borders, W. S. (1992) 'Analysis of alternative scheduling policies for hospital nurses', *Production and Operations Management,* Vol 1, No 2, Spring, 159–74.

[20] Smith, B., Leimkuller, J. and Danon, R. (1992) 'Yield management and American Airlines', *Interfaces,* Vol 22, No 1, Jan–Feb, 8–31.

[21] See Sasser, W. E. (1970) 'Match supply and demand in service industries', *Harvard Business Review,* Nov–Dec, 113–41.

[22] Some of the commonly used fare restrictions are: advanced purchase requirements, required Saturday night's stay over, and so on.

[23] Smith, B., Leimkuller, J. and Danon, R. (1992), op. cit.

[24] 'The Gates Hotel', p. 101, in Sasser, W. E., Olsen, R. P. and Wyckoff, D. D. (1978) *Management of Service Operations: Text, cases and readings.* Boston, MA: Allyn and Bacon.

[25] Maister, D. H. (1998) 'The psychology of waiting lines', in Lovelock, C. H. (ed.) *Managing Services: Marketing, operations and human resources.* London: Prentice-Hall.

[26] Ibid.

[27] Graessel, B. and Zeider, p. (1993), op. cit.

[28] Jones, P. and Peppiatt, E. (1996) 'Managing perceptions of waiting times and service queues', *International Journal of Service Industry Management,* Vol 7, No 5, 44–61.

[29] Katz, K., Lawson, B. and Lawson, R. (1991) 'Prescription for the waiting-in-time blues: entertain, enlighten and enjoy', *Sloan Management Review,* Winter, 44–53.

[30] Sasser, W. E. et al. (1982), op. cit.

[31] Jones, P. and Peppiatt, E. (1996), op. cit.

[32] Pruyn, A. and Smidts, A. (1992), op.cit.

[33] Katz, K. et al.(1991), op. cit.

[34] Pruyn, A. and Smidts, A. (1992), op.cit.

进一步阅读资料

Crandall R. E. and Markland, R. E. (1996) 'Demand management–today's challenge for service industries', *Production and Operations Management,* Vol 5, No 2, Summer, 106–20. This article provides an overview of demand management strategies which can be used by service firms. A comparison is made between the use of different strategies in different service sectors.

Davis, M. (1991) 'How long should a customer wait?', *Decision Sciences,* Vol 22, 421–34. This article attempts to qualify the cost of waiting for the customer.

Kimes, S. E. (1989) 'Yield management: A tool for capacity-constrained service firms', *Journal of Operations Management,* Vol 8, No 4, Oct, 348–63. This article gives a review of the literature regarding the concept of yield management. Several techniques are presented along with the managerial implications of yield management.

Maister, D. H. (1988) 'The psychology of waiting lines', in Lovelock, C. H. (ed.) *Managing Serives: Marketing, operations and human resources.* London: Prentice Hall, pp. 176–83. Everybody reading this article will certainly have encountered many if not all, of the scenarios or feelings described when waiting. It is the definitive article on how to influence the customer perception of waiting.

Makane, J. and Hall, R. W. (1983) 'Management specs for stockless production', *Harvard Business Review,* May–June, 84–91.

Orlicky, J. C. (1975) *Materials Requirements Planning.* New York: McGraw Hill.

Smidts, A, and Pruyn, A. T. H. (1993) 'Customer reactions to queues: towards a theory of waiting and delay', in Chias, J. and Sureda, J. (eds) *Marketing for the New Europe: Dealing with complexity,*

Vol 2. Barcelona: ESADE, pp. 1383 –402. This article provides an excellent discussion on how customer satisfaction is influenced by customers' evaluation of waiting, and which factors mediate these evaluations.

第 16 章

设施管理

洛兰德·范·迪耶多克   保罗·格默尔   史蒂文·戴兹米

引言

莱斯特大学的一项研究发现背景音乐对消费者购物特别是对产品的选择有十分显著的影响。这个研究结果被发表在受人尊敬的科学期刊《自然》[1]上。

1995 年仅英国用于音乐的非商业性广播使用的特许使用费就达到 5 380 万英镑[2]，但是关于音乐和消费者行为的研究[3]几乎全部忽视了背景音乐对消费者购物特别是对产品选择的影响。通过调查德国和法国消费者的葡萄酒购买行为，研究者发现音乐的恰当使用对产品的选择有一种复杂的作用。

特殊的音乐可以激活上位知识结构[4]，暗示了背景音乐如何能够影响产品选择。例如，古老的法国音乐应该激活有关法国的上位知识结构，因而引起对像法国葡萄酒这样的产品的选择。与此类似，古老的德国音乐应该激活有关德国的上位知识结构，并促动对诸如德国葡萄酒这样的产品的选择。

为了检验这个问题，在一个超市的饮料区摆放着法国葡萄酒和德国葡萄酒。这些葡萄酒在价格上和甜味上适合它们各自国家的人们的口味。

在为期两周的试验期中间对架子上葡萄酒的位置作了改变。在架子上方的大型录音机里每天替换播放法国手风琴曲子和德国的啤酒馆曲子。从这个陈列架购买葡萄酒的消费者被两个试验者要求完成一张调查表格，这总共得到 44 个消费者的同意。

表 16.1　音乐类型影响的结果 *

	当播放法国音乐时		当播放德国音乐时	
卖出的法国葡萄酒瓶数	40	(79.9%)	12	(23.1%)
卖出的德国葡萄酒瓶数	8	(26.7%)	22	(73.3%)
音乐使回答者想起法国的程度	6.25	+ / – 3.34	2.5	+ / – 3.68
(0 = 一点没有想起；10 = 非常想)				
音乐使回答者想起德国的程度	1.52	+ / – 2.08	6.08	+ / – 3.73
(0 = 一点没有想起；10 = 非常想)				

* 根据调查问卷获得的分数位于 0~10 之间，并给出标准差。

资料来源：Reprinted by permission from *Nature* (1997), No 390, p. 132. Copyright © Macmillan Magazines Ltd.

尽管总体上法国葡萄酒销售量占上风（见表 16.1），但当播放法国音乐时，法国葡萄酒的销售量高于德国葡萄酒的销售量，而当播放德国音乐时，德国葡萄酒的销售量高于法国葡萄酒的销售量（p＜0.001）。调查表的回答表明法国音乐使他们想起法国（p＜0.001）。回答者对这两个国家的葡萄酒的总体喜好上没有不同（P＞0.05），而且只有六个回答者对"音乐是否在你选择葡萄酒时起了作用"这个问题回答"是的"。看起来消费者没有意识到音乐对他们的选择行为的影响。

英国玛莎百货公司的总裁劳德塞夫指出，"在零售业中有三个重要的因素，即场所、场所，还是场所"。这个陈述突出了服务组织的设施管理中的一个主要因素。人类学家霍尔（E. Hall）在他的《无声的语言》[5] 中陈述了"空间会说话"，从而强调了另一个方面，也就是服务所发生的物理环境被消费者所观察并且"告诉"他所期待的是什么和如何行动。服务过程发生的物理环境 [或者如玛丽·乔·比特纳 [6]（Mary Jo Bitner）所称的"服务背景"] 不但是服务传递系统的一部分，而且实际上也是服务本身的一部分。

在本章中我们将讨论这些重要的问题，特别是那些产生于服务的两个主要特征——无形性和同时性的服务部门特有的问题。首先我们讨论设施管理的本质，以及这个任务对于服务行业相对于工业行业如何不同。然后我们将焦点放在关于在后台能够和应该发生什么活动，而在前台部门又能够和应该发生哪些活动的基本决策上。接下来我们讨论选址决策，考察了一些有助于我们决定个体服务单元的地点的模型。最后，我们论述了一个给定的服务单元——所谓的服务背景内的设施管理问题。

目标 到本章结束，读者应该能够讨论如下问题：

- 服务业设施管理的本质，特别是设施管理决策如何影响消费者。
- 为什么设施管理不是一个纯粹的技术问题或者运营决策，而是涉及营销以及人力资源实践的问题。

- 后台与前台过程的区别。
- 确定一个服务单元的位置时涉及的不同考虑和一些基本的位置概念。
- 服务背景的定义和在设计服务背景时要考虑哪些因素。

服务业设施管理的本质

设施管理涉及服务传递系统的所有物质方面的决策，从迪斯尼应该在哪里建造它的下一个主题公园这样的重要战略决策，到一个餐馆的关于在女士洗手间布置标志的详细决策。在一个生产环境中，设施管理属于生产或运作管理的领域，并且包括像工厂选址、过程选择和设计、自动化、布局和任务设计。而在一个服务组织中，将这个责任分配给一个传统的职能部门比较困难，因为设施管理的活动跨越了组织结构、市场营销、组织行为、产品开发和运作管理的界限。这些领域的决策影响着人力资源目标（如工人的动机）、运作目标（如服务过程的质量和效率）和营销目标（消费者吸引和保持）。

与设施管理决策有关的方面是在所谓的科学管理运动中被研究的首要问题之一。在 20 世纪初，费雷德里克·泰勒和弗兰克·吉尔布雷思（Frederic Taylor and Frank Gilbreth）开始关注任务和过程设计，包括时间和动作研究。稍后，罗特利斯伯格（Fritz Roethlisberger）研究了环境因素对诸如动机和生产率等方面的影响。在第二次世界大战期间发展起来的运作研究模型中，工厂和仓库的选址模型最先得到应用，布局模型特别是在工业管理领域得到许多研究者和实践者的关注。而人因工程学是另一个相关领域，在这里对工作环境对于工人的心理和生理需求进行了研究。

这些研究已经创造出洞悉、概念和模型，并且可能被有效应用到解决服务部门的设施管理问题中。然而，在这些传统的方法中，很少或没有关注消费者。这在制造环境中完全可以接受，在那里消费者没有介入、感兴趣或者甚至没有认识到与设施有关的决策。然而，在服务运作中情况并非如此，在这里，正如前面我们曾经讨论过的，生产与消费的发生总是具有某种程度的同时性。消费者出现在"服务工厂"中，参与服务传递过程。当进行涉及位置、有形安装和过程设计的决策时，公司必须考虑消费者和他的明示或暗示的需求和期望，并且认识到这些决策的结果实际上是产品的一部分。几乎所有的服务管理领域的研究者都提到整体服务包中"有形体现"的重要性（见第 1 章）。除了这种直接的影响，设施对服务包的其他要素如方便性（尤其是易接近）或者功能性也有间接的影响。

在传统的营销组合中，产品、促销和渠道构成 4P 的三个方面（第四个是"价格"）。显然设施管理对"渠道"要素将会产生直接的影响。设施对产品（从关于"空间能说话"推断）和营销组织的传达或促销也有一种影响。毫不奇怪，市场商人们不但发现了设施管理的重要性，而且最近在重视消费者方面增加了一些有趣的维度。

服务的无形性也使在这种环境中的设施管理不同于在一个工业环境中的服务管理。如前面曾经阐述的，许多服务具有高度的体验和信任的属性。它们具有较少的能够据以评价质量的固有特征。因此，建筑物、装饰、雇员的服装、背景音乐、物理环境和位置都被消费者利用以推断质量。

结论很明显，在服务业中，必须将一个重要的附加要素——消费者引入到设施管理中。当然通常这样会使那些决策更加复杂。过分关注运作优先权经常会导致与追求消费者满意背道而驰（反之亦然）。正如拉夫洛克 [7] 所提到的，设施管理中的运作目标包括：

- 控制成本。
- 通过在布局决策中确保相关联任务的操作上的接近来提高效率。
- 在选址决策中达到规模经济。
- 在工作设计决策中增强保险、安全和标准化。

然而，这经常导致消费者：

- 变得困惑。
- 被不必要地搁置。
- 发现设施不吸引人和不方便。
- 发现雇员不响应个别消费者的需求。

这恰恰是简·卡尔松在其任职于斯堪的纳维亚航空公司总裁时发现的情形。在他的《关键时刻》 [8] 一书中，他描述了许多设施管理决策，如哥本哈根航空终点站的布局和飞机类型的选择，这些是斯堪的纳维亚航空公司内部及运作导向文化的结果。他不得不实现的文化变革通过其著名的口号"我们使人们飞翔，而不是使飞机飞翔"得到最好的表达。

后台与前台

并非所有的服务活动都应该在消费者的面前执行。鉴于消费者为设施管理决策带来了一种附加的复杂性因素，在"后台"和"前台"之间进行区分是有益的。

- 后台是由那些能够在空间上或时间上与消费者分离的活动构成。
- 前台是由那些不得不或者服务组织想在消费者在场时执行的活动构成。

如表16.2描述的那样，与后台运作有关的设施管理决策在很大程度上不同于与前台运作有关的设施管理决策。从这个表我们能够得出结论，至少以运作管理的角度来看，设计后台活动是"比较容易的"。一个主要的原因是在进行与后台有关的设施管理决策时不必直接考虑消费者的目标：

- 可以根据熟练或便宜（人力）资源的可获得性决定如何选址。

表 16.2　后台和前台活动设计中的主要考虑事项

	后台活动	前台活动
选址	可能在接近熟练或便宜资源和设备的地方进行操作	必须在接近消费者的地方进行操作
过程设计	强调通过规模经济达到效率 一种平稳的服务传递过程的支撑	关注消费者的需求和要求 将消费者视为合作生产者
物理环境的设计	使工厂对雇员有吸引力	使工厂对消费者和雇员有吸引力
运营战略	低成本战略	差异化战略

- 可以通过集中活动达到规模经济；这使计算机化成为可行，因为进行这样一种投资所必需的交易量可以通过计算机获得。
- 劳动力不必拥有与消费者交互作用所必需的社交和沟通技能。
- 公司不必要处理需求的波动，也就是可以在较高的水平上组织生产。
- 不必要为吸引消费者而建造"工厂"以至于投入通常很大的额外资金。

通常来讲，当不必考虑消费者时运作经理有较大的自由，并因此不必以牺牲消费者满意度而达到运作效率和雇员满意（反之亦然）。

此外，在后台活动中，不确定性的一个主要来源——消费者（行为、到达模型、处理时间等等）被从大部分活动中排除。换句话说，"技术的核心"能够被从环境波动中隔离。因此，在后台活动中能够达到传统上的效率，这支持了成本领先的战略。

然而前台活动经常支持某种形式的差异化战略。正是在前台活动中服务才得以适应消费者的特定需求。前台人员与消费者相互作用，并且借助于此，能够在消费者满意方面产生影响。物理环境也是在前台活动中被用来影响消费者期望的，稍后我们将在本章看到这一点。在这里也能够对消费者行为进行更为有效的影响。最后一点就是不但能够在过程前影响消费者的质量感知，更为重要的是也能够在过程中和实际的过程后影响消费者行为。

不过，不应该将后台和前台的区别看做在低成本战略和差异化战略之间的一种选择。例如，让消费者自助服务可能意味着扩大前台活动，但是也有助于减少成本。另一方面，后台活动本身也是差异化的一个来源。布鲁塞尔的"科姆谢苏瓦餐厅"是一个法国以外有米其林三星的为数不多的餐馆之一，在这里贵宾客人被邀请在厨房里进餐，这被看做一种特权。这是对后台的一种精妙和有创造性的利用。

后台的低成本战略应该与前台的差异化战略一致。避免后台与前台成为两个分离的有着不同规则和服务文化的世界很重要。例如，结算部门寄错了账单会对公司的形象产生负面影响。一项研究报告了电信公司后台的混乱如何伤害消费者。[9] 存在的主要问题是缺少信息系统的整合，结果没有一个系统拥有完整的客户信息。一个明确的服务理念（见第 2 章）应该保证后台与前台活动的一致。

与后台有关的前台的规模，也就是在与消费者直接接触的过程中执行的相关活动数量，是设计过程和物理环境时必须仔细分析的主要变量。高接触性服务（那些在与消费者的直接接触中执行很多活动的服务）比低接触性服务更受制于不同的规则。

选址

图表 16.1

欧洲迪斯尼乐园的选址 [10]

在第 15 章，我们描述了沃尔特·迪斯尼公司（Walt Disney Corporation）的管理高层在 20 世纪 80 年代面临是否在欧洲开立一个新的主题公园的决策。除了其在加利福尼亚的世界著名的主题公园外，公司已经在佛罗里达和日本都开立了主题公园，并且已经被证明是成功之举。尽管估计每年有 200 万人到美国的场所观光，迪斯尼公司仍然认为欧洲市场有更大的潜力。尽管欧洲面积约为美国面积的一半，但其人口超过美国 1.5 亿（见图 16.1）。然而这两个大陆之间的距离被看做一种障碍。如果迪斯尼想获得这个巨大的市场，必须来到欧洲。

一旦投入欧洲市场的决策已定，又一个同等重要的决策必须要进行。像美国一样，欧洲有着巨大的领土，因而有许多地点可以考虑。迪斯尼乐园应该建造在哪里呢？

在这个决策中迪斯尼的管理层将要考虑哪些因素呢？即便这个决策是关于在哪里设置制造工厂也有同样的几个因素：如，运输基础设施的质量、政府的支持或可获得的空地。然而，既然这个决策涉及一种服务，一个很重要的新的变量开始出现：消费者。既然消费者将旅行到欧洲迪斯尼，一个中央位置将是有利的。将欧洲迪斯尼乐园的位置定在欧洲的一角，如希腊的南部或芬兰的北部，对于大多数游客将意味着旅行路程要远很多。毋庸置疑，管理层考虑潜在的游客的地理分布，作出分析和使用模型以粗略地估计最优选址。

显然气候是决定地点时的另一个重要因素。由于在温暖的充满阳光的天气里在迪斯尼乐园散步将更是一件令人愉悦的事情，许多国家没能进入可行性的名单中，如那些在斯堪的纳维亚半岛上的和中欧的国家。最后，选择落在西班牙的一个地点和法国的一个地点上。虽然西班牙有更好的天气上的优势，最终还是选择了法国，因为这个地点接近消费者的大量市场，有更好的基础设施和政府鼓励。

图表 16.1 解释了服务设施的选址如何不同于制造企业的选址：必须明确地考虑消费者。在服务业中，消费者和服务提供者必须在一个服务环境中被集合在一起。一个大型的制造商品的设施能够被建立在一个国家，而商品则出口到另一个国家，但是这种情况对于服务业是不可能的。服务是无形的，既不能储存也不能运输。因此，或者消费者必须能够去往服务提供者那里（如去餐馆就餐），或者服务提供者必须去消费者那里（如比萨的送货上门）。

对于同一种服务的不同的选址可能导致一种完全不同的服务体验，就像在一个有温暖气候

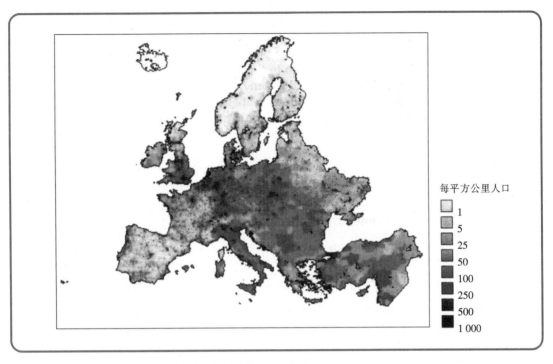

图 16.1 (a) 1995 年欧洲人口密度

每平方公里人口
- 1
- 5
- 25
- 50
- 100
- 250
- 500
- 1 000

资料来源：Center for International Earth Science Information Network (CIESIN), Columbia University; International Food Policy Research Institute (IFPRI); and World Resources Institute (WRI), 2000. Gridded Population of the World (GPW), Version 2. Palisades, NY: CIESIN, Columbia University. Available at *http://sedac.ciesin. columbia. edu / plue / gpw*. Copyright © 2003 The Trustees of Columbia University in the City of New York.

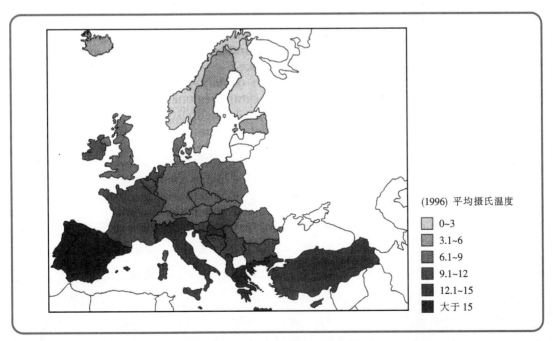

图 16.1 (b) 1996 年欧洲一些国家平均温度

(1996) 平均摄氏温度
- 0~3
- 3.1~6
- 6.1~9
- 9.1~12
- 12.1~15
- 大于 15

资料来源：Royal Meteorological Institute, Belgium.

的国家建造迪斯尼乐园和在一个寒冷的多雨的国家建造迪斯尼乐园给人们的不同感受一样。这强调了服务发生的环境和气氛是服务本身的一个必要组成部分的事实,这是我们将在本章中所要讨论的问题。

现在我们将探讨一个服务组织如何为它的服务设施选址。

影响选址决策的因素

可以在几个层级上对选址问题进行处理。一个服务设施的地点可能必须在另一个大陆、国家、州、城市、街区和街道找到。根据所考虑的区域的大小,决定最终的地点选择的因素的重要性也将变化。我们还记得迪斯尼的管理者决定在欧洲建造一个新的主题公园时所考虑的因素。这些因素对于考虑在巴黎的何处开设一个新的提供快速服务的麦当劳有什么不同?迪斯尼的管理层考虑诸如是否可获得充足劳动力和运输基础设施,以及气候和政府支持的程度等,但是麦当劳的当地管理层所考虑的则与此不同。像业务量密度、竞争者的地点、包括分区和建筑规章的法律考虑、可利用的空间和便利的通路等因素更为重要。

下一步是微观等级的选址,这些决策涉及在选定的城市中心、区域购物中心、市中心干线、次一级的购物区或者是零售货栈范围内的精确位置的选择。[11] 在这个详细等级上,例如,商店出口和入口指示对消费者流通模式的影响,以及商店之间的最大行走距离这些因素起何作用。这种微观层次方面的问题不属于本书的讨论范围,因此我们将仅限于对较高层次选址问题的讨论。

在 1994 年美国中西部的 5 个州的代表了几乎 100 000 个雇员的 926 个服务企业中进行了一项大规模的调查,对选址决策的影响因素进行了研究,这些决策首先是选择一个大致的区域,然后是更为明确地对特定地点的选择 (见表 16.3)。[12]

在一个比较笼统的水平上影响选址决策的最重要的因素是一个良好的国家基础设施的可用性 (例如,可用的公路和通讯)、吸引劳动力的能力和接近消费者。然而,这些因素的重要性根据行业的类型表现出一些不同。总体上来讲,位置因素对于像医院、教育、社会和私人服务要比对于像运输、仓储和批发等部门的重要性小一些,表明相对来讲前者不受地区因素的影响。例如,既然消费者总体上不太愿意为了较为普通的服务而走较远的路,显然像食品零售或银行这样的服务业比专业服务或教育服务更需要选择接近消费者的地点。

就选择一个特定地点来讲,许多具体的、实践性的因素起作用。足够的停车场是最重要的因素,接下来的三个因素是与建筑物及其成本有关的因素。另外,像商店、银行、餐馆这样比较零售导向的服务将重点放在选址影响因素上,而医院和公用事业被分配的权重较小。

显然,服务的本质对选址的决定因素的相对重要性有重要影响。一个提供维护式交互作用类服务的组织在它的选址决策中担负不起过多关注劳动力因素或政府支持的费用。因为便利和舒适是关键,这样的公司常常选择消费者所在地,除此以外别无选择。而大多数的专业服务没

表 16.3　影响选址决策的因素

大体的区域			特定地点		
因素（按重要性排列）	受因素影响的程度高于平均水平的服务	受因素影响的程度低于平均水平的服务	因素（按重要性排列）	受因素影响的程度高于平均水平的服务	受因素影响的程度低于平均水平的服务
良好的国家基础设施	运输—仓储、批发	教育—社会	足够的停车场	餐馆—零售	建筑、批发
与消费者和购买者靠近	汽车销售—服务、银行、医院、零售、批发	教育—社会、专业服务、公用事业	有吸引力的建筑物	银行、保险—房地产	建筑、公用事业
吸引好劳动力的能力	医院、私人—商业服务	零售、公用事业	有吸引力的租金费用	零售	银行、建筑、医院、旅馆、公用事业
对生活有吸引力的地方	私人—商业服务		专门的空间需求在这里得到满足	运输—仓储	零售
低租金和建造成本		银行、医院、公用事业	雇员容易变换	专业服务	汽车销售—服务、教育—社会、旅馆
优惠税收政策	汽车销售—服务	银行、教育—社会、医院、私人—商业服务	区域内消费者的高交易量	汽车销售—服务、银行、旅馆、餐馆、零售	建筑、专业服务、公用事业、批发
优惠的政府政策	运输—仓储	私人—商业服务	经理和业主容易变换	专业服务	汽车销售—服务、教育—社会、医院
接近供应者和服务	运输—仓储	零售	有利的政府政策（分区、交通等）	餐馆—批发	专业服务
劳动力成本	运输—仓储、批发	娱乐、私人—商业服务、公用事业	所处地点的税收优惠	汽车销售—服务、批发	医院、专业服务
劳动力"气候"	私人—商业服务、餐馆、批发	娱乐、公用事业	靠近供应商和服务		公用事业
靠近竞争者	汽车销售—服务、银行	娱乐、教育—社会、私人—商业服务、公用事业	靠近竞争者	汽车销售—服务、银行	娱乐、教育—社会、私人—商业服务、公用事业
与公司其他设施靠近		医院、私人—商业服务	处于完全开发的位置	批发	建筑、保险—房地产、餐馆、公用事业

资料来源：Schmenner, R. W. (1994) 'Service firm location decisions: Some midwestern evidence', *International Journal of Service Industry Management*, Vol, 5, No 3, pp. 49 and 52.

有必要恰恰在消费者附近选址，在其选址中有较多的自由。

　　一个公司必须提出这样的问题："服务对于消费者的价值是什么？"以及更重要的问题："那个服务与竞争者相比的额外价值是什么？"

当一家连锁店只有五分钟路程时，没有理由期望一个消费者驱车一个小时去另一个快餐店就餐，不管它的三明治的味道有多美。然而这个消费者可能愿意驱车一个小时去一个有名的三星级酒店。因此设施的选址将受到消费者的服务质量感知的影响。

不过，正如我们曾提到的，信息技术的进步也发挥了作用。信息技术有时能够创造出运输的替代品，这意味着消费者和服务提供者不必总是进行实质的接触。这些进步并非对所有的服务部门带来相同的影响。这种进步对于诸如有自动提款机的银行、电话银行、零售部门、流动商店购物网络等维护式交互作用类服务的影响大于对建筑师和理疗家等提供的任务式或个人式交互作用类服务的影响。

选址模型

有许多具有不同程度复杂性的模型被开发出来，用以帮助公司进行有关最优选址的决策。因为我们的目的不是对所有这些模型给出一个综合的观点，所以我们将仅限于对已经使用选址技术和模型的三个服务环境的例子进行讨论。 [13]

选址模型基本上能够帮助公司回答两个简单的问题："应该建立多少个场所？"和"应该在哪里建立？"

多少个场所？

由于一个服务设施只能占用某一地理区域，服务提供者必然想以一个最小数量的服务设施取得最大数量的消费者。这个数量是多少很难确定。它依赖于提供给消费者的服务的类型、传递服务所需的基础设施和服务组织的战略。

为了找到场所的最佳数量，必须达到设施的数量和成本与集合服务提供者和消费者的运输成本的平衡（见图 16.2）。当服务设施增加时运输成本下降，因为服务的提供者和消费者的距

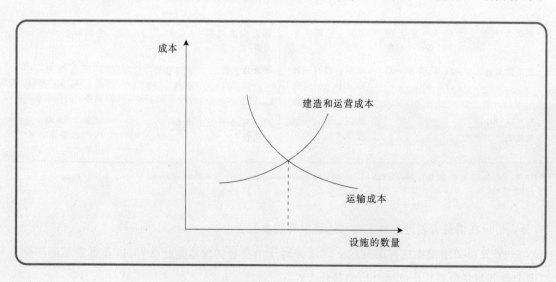

图 16.2　确定服务设施的最佳数量

离减少。此外，收益可能上升，因为一个公司能够预期当距离缩短时消费者较为频繁地访问这个场所。另一方面，设施的建造和运营成本随着设施数量的增加而增加。

我们已经看到，服务对于消费者的价值与消费者愿意购买这项服务所付出的努力之间存在一种关系。因此，一个公司不能期望仅用一个速食品销售点服务于整个都市地区，而劳斯莱斯修车厂可能有这个能力。

大多数情况下涉及单一场所的服务设施选址问题能够很容易地通过数学方法解决。当选址模型涉及多种场所时问题变得复杂得多。数据收集过程本身也很困难，因为消费者的访问模式变得复杂。

在哪里建立？

在表 16.3 的调查中显然靠近消费者是选址决策的一个主要的决定因素。在这里认为最好的服务设施选址是使消费者和设施的距离最小化的选址。其他模型——所谓"引力模型"更倾向于以利润为导向；它们以具有吸引消费者的最高潜力为标准检验地址。不过，在我们利用其中任何一个模型前，首先考虑存在的两个问题[14]：

- 如何优化我们的模型？我们是否应该使用最小化距离、最大化利润标准或其他一些标准？
- 如何评价服务的地理要求（或者从哪里获得）？

1. 最优化标准

我们立即想到两个标准。一个是最小的运输距离或最短的时间。例如，快递服务中心建立一个新的分发中心以处理包裹就是这样一种情况。另一个标准是最大化利润，例如，一个零售店努力找到有最高市场潜力的地区。

也可以作出较多基于社会角度的考虑，特别是在公共部门。例如，一个公立医院可能以让所有的病人在 30 分钟内到达医院为目标，或者一个消防队可能想将火警报警箱设置在使所有人来到火警报警箱的最大距离都最小化的地方。

标准的选择是一个重要的决策，因为不同的标准将指向不同的最优选址。例如，全部路程最小化标准可能会指向一个中心位置，而消费者数量的最大化标准可能会建议选择一个人口密集的地区，而不一定是靠近消费者的地区。

2. 确定服务的地理要求

如前所述，将设施设置在目标人口的邻近地区几乎对所有的服务部门都很重要。估计一个地区的消费者潜力的能力对选址分析的正确度至关重要，对服务组织的成功也很重要。在一个主要居住着退休人员的乡村地区开设一个新潮的迪斯科舞厅，或者将汽车旅馆设置在没有夜间通行车辆的路边是非常愚蠢的。

彻底的市场调查应该能够确定谁是消费者、消费者的地点、消费者将如何到达设施。在第 2 章中已经论及与识别消费者有关的指导原则。对消费者进行定位包括几点。当然消费者信息的最广泛的来源是人口普查资料，它给出了整个国家关于年龄、婚姻状况和孩子数量等变量的信息。其他一些可行的来源有发布关于人口购买力的年调查的杂志或期刊，或者从私营机构获得的计算机化的数据库。[15]

在迪斯尼的选址决策中，靠近消费者的中心位置是一个重要的考虑因素。迪斯尼已经估计出1 700 万人居住在距离巴黎的选址两个小时行车路程的地区；10 900 万人居住在距离巴黎的选址 6 个小时行车路程的地区；而 31 000 万人可以乘飞机在不到两个小时的时间内到达这个地点。另外，1994 年欧洲隧道的开通使从英国到欧洲迪斯尼只需 4 个小时的行车里程。[16] 可以获取这样巨大的市场是迪斯尼决定将它的主题公园设置在巴黎附近的一个主要的原因。

有几种选址技术和模型可供使用，使用哪一个更合适将取决于设施选址问题的性质。下面的三个例子解释了选址理论的一些概念。

餐馆选址的定性模型 [17]

考虑这样一个例子，一个餐馆经理必须为一个新餐馆的位置在四个可行的地点中作出选择（见表 16.4）。经理将影响他的决策的重要因素一一列出来，如从露台上看到的风景，可得到的停车空地和靠近消费者。他给这些因素赋予不同的权数以描绘它们的相对重要性。然后所考虑的每一个地点在这些因素方面都被给予一个得分（见表 16.4），最后，计算出每一个地点的加权平均分。例如，地点 A 得分为：

$$\frac{5\times7+10\times7+15\times9+20\times9+30\times8+20\times7}{5+10+15+20+30+20} = 8$$

在这个例子中，显然地点 A 是四个地点中最具有潜力的一个。

尽管这个选址模型具有考虑多种因素的优点，显然它相当笼统和简单化。因此需要利用其他模型进行较为复杂的选址决策。

贸易区（trading areas）在分行选址中的使用

比利时的人们有时候开玩笑说在每一个街角都有一个分行。维持这样大的一个银行网络不但要耗费大量的资金，而且导致不同的银行之间的激烈竞争。看起来靠近消费者是银行的一个

表 16.4　选择餐馆的地点

因素	权重	地点 A	地点 B	地点 C	地点 D
在街道上是否显眼	5	7	8	8	6
可利用的停车空地	10	7	9	8	4
与供货方是否靠近	15	9	6	7	8
乘车易到达这里	20	9	5	6	8
从露台上看到风景	30	8	7	5	8
靠近消费者	20	7	6	7	8
总分数		8	6.5	6.35	7.5

基本信条。但是我们如何界定"靠近"呢？距离与消费者去特定分行的心甘情愿有什么关系？

在一个有 7 个城镇的地区的一家比利时银行中进行的针对其 246 个农村消费者进行的调查提供了较多的信息。[18]

如果我们考虑营销组合（产品、价格、地点/渠道和促销），那么地点是消费者选择银行的唯一的最重要的因素：246 个回答者中有 88% 的人选择在他们小镇有分行的银行。对于 90% 以上的消费者，从家里到分行的距离还不到 10 分钟的路程。以距离的术语表示意思是不到 5.5 公里。73% 的消费者位于不到 5 分钟路程的距离内。看到 78% 的消费者乘车去他们选择的银行也是很有趣的事。多数消费者不会接受超过 10 分钟的行程去他们的银行办理一个标准交易，或者超过 15 分钟的行程去办理一项特殊交易。

居住在距离银行某一距离的消费者也去往该银行的概率能够利用赫夫公式（Huff formula）计算出来。这个公式阐明了在需求点 i 去往服务设施 j 的期望消费者数量等于在需求点 i 消费者的总数量乘这些消费者去往服务设施 j 的概率[19]：

$$E_{ij} = P_{ij} \times C_I$$

或者

$$P_{ij} = E_{ij} / C_i$$

表 16.5 表明了每一类旅行时间的期望消费者数量（根据对 246 个消费者的调查）。如果行驶时间是 0~5 分钟，100% 的消费者仍然会来这个分行，而如果行驶时间是 5~10 分钟，则有 72.4% 的消费者会来到这个分行。这意味着 27.6% 的消费者不接受超过 5 分钟的行程。

利用表 16.5 中的概率可以确定分行的贸易区。一个贸易区是指：

一个地理描绘的区域，包含潜在的消费者，这些消费者购买一个特定公司或一个特定的企业集群所提供的服务或一个给定级别的产品的概率大于零。[20]

表 16.5　概率

旅行时间（分钟）	标准交易	特殊交易
0~5	100%　*	100%
5~10	72.4%	90.4%
10~15	25.4%	66.0%
15~20	5.6%	33.9%
20~25	2.8%	17.2%
>25	0.9%	6.2%

* = 仍然去这个分行的消费者的百分比

表 16.6 显示了当前的贸易区分行 F（在地点 F）的压倒多数的（83.9%）消费者居住在距离分行不到 5 分钟车程的地方，而 16.1% 的消费者接受 5~10 分钟的车程。在确定银行的贸易区时考虑的其他方面是产品的类型（例如标准交易还是特殊交易）和竞争程度（是否有其他银行分行）。在其他服务环境中（如零售），服务设施所提供服务的宽度和深度也是被考虑的重要

表 16.6　7 个分行当前的贸易区

分行（城镇）	<5 分钟	5~10 分钟	10~15 分钟
A	96.0%*	4.0%	0.0%
B	96.3%	3.7%	0.0%
C	78.2%	16.4%	5.4%
D	62.0%	30.0%	8.0%
E	69.3%	29.9%	0.8%
F	83.9%	16.1%	0.0%
G	64.2%	26.8%	9.0%

* = 住在距离分行 x 分钟路程的消费者的百分比

因素。如何将其中几个因素结合到一个定量模型中以确定最佳选址将通过下面的零售业中的选址例子进行解释。

一旦已经确定了贸易区，就可以执行对消费者的人口统计的和社会经济特征的透彻分析。地理市场在这里能够有所帮助。促销和其他一些宣传措施可以朝向正确的人口统计区域努力。[21]

零售管理中的引力模型

引力模型在零售管理中得到广泛的使用。这些模型建立在一些假定前提之上：当商店或购物中心的规模增长时和距离或行进到这个商店或购物中心的时间减少时，给定的一个消费者将到这个商店或购物中心购物的概率变大[22]。

使用最频繁的模型是赫夫模型（Huff Model）。[23] 这个模型确定了一个位于某一区域（i）的消费者将到一个特定商店或购物中心（j）购物的概率（P_{ij}）。

$$p_{ij} = \frac{\dfrac{S_j}{T_{ij}^{\,b}}}{\displaystyle\sum_{j=1}^{n} \dfrac{S_j}{T_{ij}^{\,b}}}$$

在上式中：

P_{ij} = 一个消费者在一个给定的原始点 i 去往一个特定商店或购物中心 j 的概率；

S_j = 设施 j 的规模（以平方尺表示）；

T_{ij} = 从消费者的地点 i 到设施 j 的行进时间（或距离）；

b = 参数，基于市场调查的经验估计，反映了行程时间或距离对消费者到不同类型设施购物的可能性。

根据这个模型，一个设施将吸引消费者的概率取决于三个因素：

1. 购物中心（S_j）同与之竞争的购物中心相比规模越大，某一特定消费者来这个购物中心的概率越大。从消费者的观点来看，一个较大规模的购物中心比较有吸引力，因为这意味较大的选择余地和更多的品种。

2. 消费者与购物中心之间的行程时间或距离与竞争者相比越长，消费者将在这个地点购物的可能性越小。

3. 参数 b 基本上与距离或时间的影响有关。正如我们已经提到的那样，一个服务的价值与一个消费者为了购买这项服务愿意接受的距离或行进时间之间有一种关系。如果你为了买衣服所愿意接受的距离可能在你想买一份报纸时就变得不可接受。总体来讲，路程对于便利品相对于奢侈品更为重要。因此，专营便利品的商店获得一个较高的 b 值，反映了由于距离原因因而减少了对消费者的吸引力。

通过将一个消费者将要在这个地址购物的概率乘上这个消费者的估计支出，这个模型就能够用来预测某一地址的一个设施的销售额。将不同的潜在的地址的预计销售额进行比较有助于公司作出决策。

因而这个模型在反映选择性与多样性的设施规模和靠近消费者之间进行一种平衡。通过一个简单的例子可以阐明这一点。

想象你是一家流行服饰连锁店的经理。你正在考虑在你认为是你的主要市场的大学校园附近开立一个新店。在邻近的地方（B 和 D）已经有了两个相似的商店，而且你选择了两个可行的位置（A 和 C）。你最终将选择哪一个？

由于商店 A、B 和 C 在它们提供的服务的性质上十分相似，我们假定三者的 b 值一样，例如为 2。而商店 D 有较大范围的较高档的衣服，因而假定这个商店的 b 值小一些，为 1，因为消费者将会比较心甘情愿地走较远的路来这里。

图 16.3 以平方米描绘了每个商店的规模，以千米描绘了距离大学校园的路程。利用公式

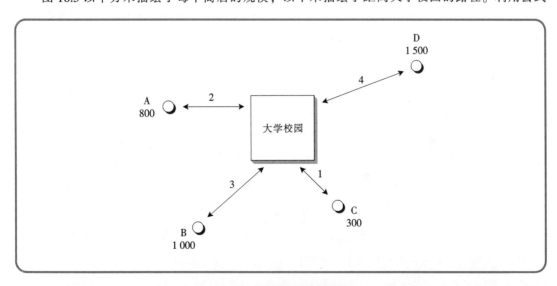

图 16.3 依照赫夫的选址模型

资料来源：From *Journal of Marketing*, published by the American Marketing Association, Huff, D.L., 1964, Vol. 28. pp. 34–38.

（1）能够计算一个消费者访问 A 或 C 的概率。因为 B 和 D 已经处于市场中，而且这个经理想在 A 和 C 两个位置中作出抉择，所以最终只有三个商店争夺大学校园的消费者。因此分母只由三个商店构成。

$$P_{iA} = \frac{\frac{800}{2^2}}{\frac{800}{2^2} + \frac{1\,000}{3^2} + \frac{1\,500}{4^1}} = 29\% \quad 或者 \quad P_{iC} = \frac{\frac{300}{1^2}}{\frac{1\,000}{3^2} + \frac{300}{1^2} + \frac{1\,500}{4^1}} = 38\%$$

如果我们假设这个大学有 10 000 个学生，每个学生每年平均花费 400 美元用于购置衣服，则 A 和 C 的年预计销售额计算如下：

地点 A：0.29 × 10 000 × \$400 = \$1 160 000

地点 C：0.38 × 10 000 × \$400 = \$1 520 000

如果这些商店只从大学吸引消费者，那么地点 C 将是最能获利的。然而，尽管这个大学代表了最大的市场，其他一些潜在的需求地区确实存在，对这些地区要再次进行这种分析。只有当将所有这些地区的预计销售额加在一起时才能作出正确的决策。

设计服务背景

"服务工厂"的环境对消费者对于服务体验的感知有很强的影响。甚至在进入服务设施之前，消费者一般要寻找关于这个公司的服务能力和质量的线索。当你下次到一个陌生的城市旅行时，观察你自己寻找一个吃饭的地方的行为表现。由于服务是无形的产品，外部和内部的物理环境对传播一种形象以及对你的期望的形成有很大的影响力。我们曾经提到过，服务提供了较少的据以形成关于服务质量甚至服务本身的概念的线索，特别是在首次购买决策时更是如此。因此消费者寻找替代的指示器。

另外，服务被传递时的"环境"成为服务的一部分（也就是产品）。当消费者处于服务背景中，服务提供者不但要满足他的"实质的"需求，而且也要考虑他整体的需求和感受。例如，在普罗旺斯的一个家庭式经营旅馆的充满阳光的、安静的露台上享用某一餐的感觉将会完全不同于在巴黎的一个热闹的国际旅馆享用的同样的一餐的感觉。乘坐从伦敦飞往纽约班机公务舱的旅客其实收到了和经济舱的旅客同样的"核心服务"——在某一数量的时间内将旅客从伦敦运往纽约，但是公务舱的旅客情愿支付两倍或三倍的票价，主要原因就是"服务背景"不同。

由于这些原因，显然物理环境影响着消费者对服务的"最终的满意"。因此当设计环境时，公司应该明确地考虑消费者这个因素。环境应该对满足消费者的需求和喜好有支撑作用。比特纳 [24] 是最早发现物理环境的重要性及其同消费者的相互作用的营销专家之一。她开发了一个模型使我们能够看到环境如何被消费者感知，以及环境如何影响消费者的行为、满意度和忠诚

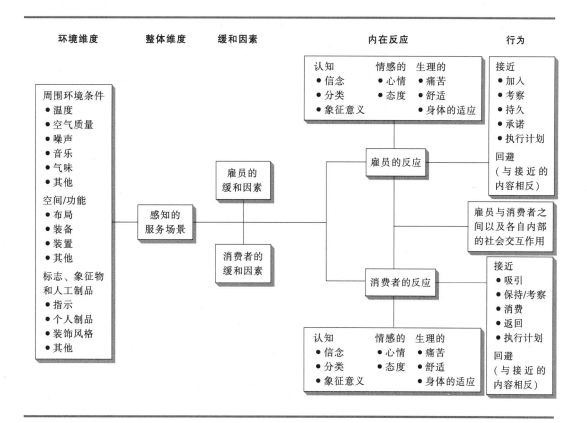

环境维度　　　整体维度　　　缓和因素　　　　　　　内在反应　　　　　　行为

图 16.4　认识服务组织中的环境—使用者之间关系的框架

资料来源：Bitner, M.J. (1992) 'Servicescapes: The impact of physical surroundings on customers and employees', *Journal of Marketing*, Vol 56, April, 57–71.

度。图 16.4 解释了这个概念模型。

在这个模型中，不但消费者而且雇员也涉及认知。雇员的反应很重要，因为前面我们已经论述雇员满意对取得服务成功很重要。此外，物理环境将会直接影响消费者与服务提供者交互作用的性质和质量，而且是"服务包"的一个重要构成要素。社会学家贝内特（Bennett）[25]这样阐述：

>　　所有的社交都将受它所发生的物理环境的影响。

理想上，物理环境应该不但支持消费者的需求和喜好，也应该支持雇员的需求和喜好。不过在这里我们将重点放在讨论消费者这一方面。

服务背景的要素

比特纳这样定义服务背景：

>　　一切能够被组织所控制的用来强化（或约束）雇员和消费者的活动的客观的物质因素。

消费者是从整体上感知服务背景的。当感觉到明显的刺激时，是刺激的整体构造决定了反应。当我们在普罗旺斯餐馆享用正餐时，我们可能会注意到不同的个别的要素，如落日、熏衣草的芳香、宁静的风景和适中的温度，但是我们也有一个整体的感知。在引言中的葡萄酒试验是对这一点的最好解释。不过，在设计服务背景时我们必须采取一种解析的方法。图 16.4 提出了三个（合成的）维度：周围条件、空间布局和处理以及标志、象征物和人工制品。

- 周围条件指背景特征，如噪声、温度、气味、光线、美景和色彩，简言之，就是所有影响我们五官感觉的环境要素。购物商场的背景音乐，或者当我们在餐馆里坐得距离厨房太近时听到的盘子的哗啦声，在一个法国面包店里闻到的新鲜烤面包的香味，或者在一个大热天坐在一个老城的咖啡馆的露台上时闻到的污浊河水的气味，夏天在巴塞罗那的国际旅馆的大厅里感受到的凉爽，或者冬季当我们漫步在巴黎迪斯尼乐园时的寒冷都是积极的或消极的环境条件。

- 空间布局和处理包括与服务的核心要素紧密相关的要素。包括传递服务所必需的机器、装置、配备等。这个维度指它们被安排的方式以及它们对消费者身体的和心理的（间接的）影响。一个状态不好的电梯，巴黎的一个小餐馆里放得过密的桌子，候机室里不舒适的椅子，以及路线明显混乱和无效率都是对消费者产生消极影响的例子。传统上这是运营管理的研究领域，但是要注意，这些要素不但影响过程的效率和产出的质量，而且也直接影响到消费者。

- 标志、象征物和人工制品指在物理环境中被用来明示或暗示地向使用者传达关于这个地方的信息的许多项目。标志如门上的指示或者被用来提示目的地方向的指示（例如，指示去洗手间的路），或者传达一种行为规则（例如，为伤残人保留停车空地）。当然标志也间接地向消费者传达了关于公司的专业化程度或尊重消费者的程度的信息。

环境的其他要素如旅馆接待处的设施的外观和给人的感觉、银行经理办公室的装饰、咨询顾问的办公室的地毯、餐馆的桌布、快餐店的塑料餐具，以及律师办公室墙上的奖状传达的信息不太直接，但是在传达关于服务提供者的服务价值、标准和期望行为或可信赖性的信息中是有效的。

消费者如何反应？

正如图 16.4 所指示的那样，消费者的（以及相类似的雇员的）关于环境刺激的反应由认知反应、情感反应和生理反应共同构成。

认知反应

认知反应是指环境对消费者的认识、信念和确信产生的影响。必须将刺激看做一种非口头形式的传达。地毯、接待员或职员的着装和使用的电话用语"告诉"消费者关于公司和预期结果的相关信息。这些刺激影响着消费者的感知，如这个公司如何成功或者具有全球性。比特纳发现旅行社办公室的装饰影响消费者对旅行社行为的感知。来自于服务背景的刺激帮助消费者在内心对服务组织进行分类，这也是认知反应的一种显示。人们总是对事物或其他人进行分类。服务背景的要素帮助人们对服务组织及预期质量进行分类和"识别"。对于比利时的大多数人，刚刚烤制出来的饼或面包的香味是所谓热心的面包师的正确的信号，热心的面包师也就是亲自烘烤面包的面包师。蔬菜上的泥土有助于人们感觉蔬菜的新鲜。一个穿着奇特服装的侍者使我们将这个餐馆划分至"别致"和体面的类别。

情感反应

情感反应可能不太合乎理性，但是在影响消费者行为中具有效果。似乎就所涉及的情绪反应，环境能够以两种质量维度为特征。第一个是所感知的环境"令人愉快或不愉快"的程度。显然，人们愿意在一个令人愉快的环境中花费时间，而只要有可能就会离开令人不愉快的环境或者完全回避。第二个质量维度是指激励的程度，也就是环境产生的兴奋的数量。研究表明激励的环境被看做积极的环境，除非这种兴奋与不愉快结合在一起。这意味要特别避免那些有较高刺激性的令人不愉快的环境。这里的关键是消费者感觉他们自己有个人控制权的程度。人们喜欢去拥挤的市场，只要他们不感觉到"不得不去那里"。根据比特纳的观点，复杂性（视觉丰富程度、装饰品、信息速率）与增强的情感唤起一致，而一致性（秩序、清晰、统一）能够强化积极的评价。

生理反应

服务环境也以具体的生理方式影响消费者。如果餐馆里的椅子是舒适的，人们就会在这里多坐一会儿。旅馆里的噪声可能会产生身体上的不适。教室里的温度和潮湿将会对学生和他们的行为产生影响。除了纯粹的舒适和不舒适，生理反应也会影响不相干的信念和感觉。例如，当太热或太潮湿时，消费者会感到更加拥挤。不舒服的感觉也会传递到服务系统的其他方面。例如，当存在一个令人不愉快的装饰物时，很难享用一顿饭或欣赏一个展览。

如图 16.4 所指出的，这些反应同刺激并不是自动地或决定性地相关。我们曾经论述过，对等待的忍耐程度随消费者的情境的或个人的特征而变化。对于服务背景的刺激也是如此。换句话说，这里有一些缓和因素。当个体消费者进入服务背景时的心情、对控制程度的感知和处于服务环境时的计划或目的都是影响消费者反应的情境因素。像寻找刺激行为还是回避刺激行为这样的个性特征和特定的文化因素将会影响人们的反应，如影响人们如何对噪声、装饰物 [27]、温度和其他一些刺激作出反应。

社会的相互作用

到目前为止讨论的都是消费者的个人反应。然而，服务背景可能也影响消费者之间以及消费者同雇员之间的社会交互作用。这一点在空间和布局的情形中很明显。如果消费者之间的社会交互作用是服务理念的一个重要方面，物理环境应该鼓励这种交互作用，阻止人们将自己与"陌生人"隔离的自然倾向。教室里的座位的 U 形设置鼓励参与者进行交互作用，也从一开始就让人们明白应该采取积极的交互式的行动。银行的用防弹玻璃作防护的高高的窗户表明不需要长时间交谈。

　　然而，环境的其他要素如周围条件或者标志可能有相似的影响。公交车前部的一条黄线很明确地表明司机同乘客的交互作用应该仅限于功能语言。迪斯科舞厅的噪声和灯光使人们不能进行长时间交谈。作为一个大学教授，设定办公时间也许提高了这个教授的效率，但是必定也给学生一种信号，即交谈应该简短且严格保持谈话与事务的相关。而如果指导学生是服务理念的一部分，应该使学生比较容易接近教授。

服务背景和经营成果

　　正如我们已经论述的那样，服务背景不但会影响消费者的首次购买行为，也影响对最终的质量体验的感知和消费者的满意水平（见图表 16.2）。鉴于在服务利润链中确立的消费者满意水平（和雇员满意水平）和利润的关系，服务背景与经营成果之间的联系看起来很明显。不过，在这里能够获得关于两者关系的更为直接的证据。图 16.4 表明总体上个人对物理环境以两种相反的行为进行反应：根据麦赫拉柏和拉塞（Mehrabian and Russell）的观点 [28]，接近行为包括在一个特定场所所有可能被指引的积极行为，如停留、考察、工作和加入的愿望。回避行为反映了相反方面，也就是指不停留、考察、工作或加入的愿望。

图表 16.2

航站楼的衰败 [29]

　　也许伦敦希思罗机场好于纽约机场，但是无论是否准时，到达那里依然是个严酷的经历。乘客面对的是简陋的航站楼建筑物、长长的走廊、散发臭味的洗手间和一个塞满行李的大厅。到伦敦市中心或者太昂贵或者太慢。这不是乘客对这个世界"最大"机场之一的机场的期望。

　　但是航空公司关注英国机场管理局（British Airport Authority，BAA）改善设施的承诺是对的。管理者应该确保其服务传递，特别是确保现在希思罗的第五航站楼已经得到放行信号。否则 BAA 也许需要解散，以形成较强的竞争、较敏捷的机场和较快乐的乘客。

资料来源：*Financial Times*, 21 August 2002.

　　一个有关零售商店的研究已经证明了这些行为和它们的影响。在这里，发现了环境感知与接近/回避行为之间的清晰的关系，这通过购物享受、重复购买、消费额、花费在浏览上的时间、对商店的考察等所有对经营成果有积极影响的因素得到证明。接近/回避行为有两个次一级的构成内容：一方面，吸引或阻止消费者进入；另一方面，一旦进入，影响消费者的成功程度。

结论

设施管理的重要性在多数服务组织中都被低估。人们常常以一种过于肤浅的水平或过于技术的方式对等待这个问题，而忽视了消费者。在一些部门如零售业中，选址在决策中会得到高层管理者的注意，但是在其他一些部门中，这种决策没有得到适当的处理，更不用说其他设施管理决策。

在本章形成了两个明确的启示。首先，各种设施管理决策是战略决策，因为它们影响着经营——也就是提供给消费者的产品类型和所吸引的消费者的类型。当制定设施管理决策时，公司对理想的服务理念和它所要服务的目标市场有一个明确的认识。这些决策也对诸如质量感知和服务的成本效率等竞争性战略变量有影响。

我们希望传达的第二个启示是，不存在单独的部门或职能应该由其独立作出这些决策。设施管理需要一种涉及多学科的方法。因此，市场营销和运作管理专家、建筑师、组织行为专家和其他人都应该参与到这种决策中。

复习和讨论题

- 在后台和前台活动中运作管理、营销管理和人力资源管理有什么区别？
- 在确定一个服务组织的一个具体地点时最常用的因素是哪些？服务业中选址模型的决策变量有哪些？
- 服务业的"空间会讲话"是什么含义？

注释和参考资料

[1] North, A., Hargreaves, D. and Mckendrick, J. (1997) 'In-store music affects product choice', *Nature,* 13 Nov, p. 132.

[2] *The Value of Music.* London: National Music Council, 1996.

[3] North, A. C. and Hargreaves, D. J. (1997) in Hargreaves, D. J. and North, A. C. (eds) *The Social Psychology of Music,* Oxford University Press, pp. 268-89; and Areni, C. S. and Kim, D. (1993) *Advanced Consumer Research,* Vol 20, 336-40.

[4] Martindale, C. and Moore, K. J. (1988) *Exp. Psycholo. Hum. Percept. Perform.,* Vol 14, 661-70.

[5] Hall, E. (1959) *The Silent Language.* New York: Doubleday and Co, p. 158.

[6] Bitner, M. J. (1990) 'Evaluating service ecounters: The effects of physical surroundings and employee responses', *Journal of Marketing,* Vol 54, April, 69-82; and Bitner, M. J. (1992) 'Service-scapes: The impact of physical surroundings on customers and employees', *Journal of Marketing,* Vol 56, April, 57-71.

[7] Lovelock, C. (1988) *Managing Services: Marketing, operations and human resources.* London: Prentice Hall.

[8] Carlton, J. (1989) *Moments of Truth.* London: Harper Collins.

[9] Adshaed, A. (2002) 'Telecoms firms' back office chaos is hurting customers', *Computer Weekly,* 06/06/2002, p. 4.

[10] Based on 'Euro Disney: The first 100 days', *Harvard Business School case study,* 9–693–013.

[11] Brown, S. W. (1994) 'Retail location at the micro scale: Inventory and prospect', *The Service Industries Journal,* Vol 14, No 4, Oct, 542–76.

[12] Schmenner, R. W. (1994) 'Service firm location decisions: Some m idwestern evidence', *International Journal of Service Industry Management,* Vol 5, No 3, 35–56.

[13] For the reader interested in a comprehensive overview of location models, we refer to Brandeau, M. L. and Chiu, S. S. (1984) 'An overview of represented problems in location research', *Management Science,* Vol 35, No 6, June, 645–74.

[14] This paragraph is in part based on Fitzsimmons and Fitzsimmons (1994) *Service Management for Competitive Advantage,* McGraw-Hill.

[15] The magazine *Sale and Marketing Management* annually release a survey of buying power which measures the overall retail demand in an area as a percentage of total demand in the US. CONSU-DATA is an example of a computerized database. It contains information data such as social class, type of car or house, composition of the household and so on of more than four million Belgian households.

[16] 'Euro Disney: The first 100 days', op. cit., p. 8.

[17] Waters, D. (1996) chapter 19 *in Operations Management: Producing goods and services.* Harlow, Essex: Addison-Wesley Longman.

[18] This part is based on a student project on location in services performed by Mieke Van Oostende under the supervision of Roland Van Dierdonck, Faculty of Economics and Business Administration, University of Ghent, 1997–1998.

[19] Huff, D. Z. (1964) 'Defining and estimating a trading area', *Journal of Marketing,* Vol 28, 34–8.

[20] Ibid.

[21] Berman and Evans (1983) *Retail Management: A strategic approach.* London: Macmillan.

[22] Levy, M. and Weitz, B. (1992) *Retailing Management.* Homewood, Illinois: Irwin, pp. 364–9.

[23] Huff, D. L. (1964) 'Defining and estimating a trade area', *Journal of Marketing,* Vol 28, 34–8; and Huff, D. L. (1966) 'A programmed solution for approximating an optimum retail location', *Land Economics,* Aug, 293–303.

[24] Bitner, M. J. (1992), op. cit.

[25] Bennett and Bennett (1970) 'Making the scene', in Stone, G. and Farberman, H. (eds) *Social Psychology Through Symbolic Interactionism.* Waltham, MA: Ginn Blaisdell, pp. 190–6.

[26] Bitner, M. J. (1992), op. cit.

[27] Victor (1992) makes a distinction between olfactory cultures and non-olfactory cultures. In non-olfactory cultures, like most of the western cultures, 'smell' is not considered a major source of messages. Odours are masked as much as possible. In olfactory cultures, including most Arabic societies for instance, smells communicate emotions, such as fear and tension, relaxed friendliness. See Victor, D. A. (1992) *International Business Communication.* New York: Harper Collins.

[28] Mehrabian, A. and Russell, J. A. (1974) *An Approach to Environmental Psychology.* Cambridge, MA: MIT.

[29] *Source: Financial Times,* 21 August 2002.

进一步阅读资料

Bitner, M. J. (1992) 'Servicescapes: The impact of physical surroundings on customers and employees', *Journal of Marketing,* Vol 56, April, 57–71. Bitner is the founder of the servicescape notion, so this is a definitive article on the impact of the environment on the customers' and employees' perception of the service.

Brandeau, M. L.and Chiu, S. S. (1984) 'An overview of representative problems in location research', *Management Science,* Vol 35, No 6, June, 645–74. For readers wanting to dig deeper into the mathematical location models, this is an excellent paper. It includes a literature review on the most relevant models indicating which models are best suited for which situations.

第 17 章

信息技术进步及其
对服务业的影响

蒂姆·杜哈明   巴特·范·路易   弗莱德·格罗曼   维姆·格瑞兰斯

尼尔斯·斯盖利威尔特   佩德罗·麦森斯

引言

未来的计算机可能只有 1.5 吨。

——《大众机械师》（Popular Mechanics），1949

没有任何理由，所有人在家里都将需要有一台电脑。

——肯·奥尔森（K. Olson），1997

服务是具有同时性和无形性的过程；它们在信息交流方面也很丰富。同样它们受到与信息技术有关的发展的较高程度的影响，这一点在整本书中多次得到证明。在本章中，我们比较详细地研究了信息技术在管理服务交易中发挥的作用。

首先我们总括地介绍了信息技术的不同发展阶段，并讨论网络时代的经济意义，正如今天其自身所表现出来的那样。接下来我们检验信息技术进步可能对服务交易带来的影响：以"市场空间"取代和/或补充传统的、有形的"集市场所"。我们将证明这些信息技术进步对服务交易的影响取决于许多因素：消费者和服务提供者的行为以及服务交易本身的性质。维护式交互作用类服务最容易"数字化"，这种数字化过程对于任务式交互作用类服务则比较困难，而对于个人式交互作用类服务的可行性最小。这一点将通过"媒体丰富度"的概念得到解释，也就是通常新技术对于面对面接触的交互作用的可能性较小。因此复杂的服务交易仍然包含在服务提供者和消费者之间的大量的直接接触中。

同时，谨记复杂的社会适应过程总是围绕着每一种技术变革是很重要的。我们将考察过去的技术发展（在 19 世纪最让人激动的是自行车），并且通过将这些与当前的信息技术进步相联系以获得洞悉。

最后，我们将讨论相关行动策略的构成因素，这些行动策略使有形市场与市场空间的活动能够被结合到连贯的服务传递系统中。

目标 到本章结束，读者应该能够讨论如下问题：

- 为什么信息技术对于服务业很重要？
- "虚拟价值创造"的含义是什么？在市场空间中的运作意味着什么？
- 哪些因素影响集市场所与可能的相关市场空间结合的程度和范围？
- 当转移到虚拟服务交易方向时可以展开的相关行动策略。

网络时代我们何去何从？

在第 1 章中我们已经清楚地认识到，对于多数发达国家，服务部门是经济发展中最大的和最快速的部门。在技术方面，信息技术占支配地位：信息技术占服务部门企业所购买的技术的 80% 强，并且成为服务部门研发人员的主要关注点。 [1] 这并不意味着其他技术不相关；只要想想由医疗人员使用的用于诊断或预防的技术就能明了这一点。不过这并不为本书关注信息技术及其可能影响服务传递过程的方式提供证据。近年来我们已经目睹了一些动荡，这与网络技术的爆炸式增长和扩散直接相关。这种增长曾经如此壮观，以至于人们事后认识到，泡沫的爆裂是不可避免的。让我们简略地看一看网络时代意味着什么以及在今天如何被利用，这为更深入地考察信息技术进步对服务传递过程的影响打下了基础。

网络时代

信息技术的发展在经过了批处理时代、分时机时代和正在进行的客户/服务机时代之后，一个新的阶段开始了。网络计算开始成为多数组织必不可少的组成部分，网络计算也就是利用电子媒体增加进行交易的可能范围。像服务器、主机或个人计算机这些工作站正在一个比以往都要大的级别上，通过网络电缆、人造卫星或者红外线连接等联结起来（见图 17.1）。

批处理是指在同一时间只处理"一批"通常很复杂的交易。分时处理引入了在不同工作之间进行转换的可能性。但是在所有的计算机应用中仍然能够识别出三个不同的逻辑：显示、应用和数据逻辑，它们都在每一个操作单元中被紧密地集成在一起。 [2] 客户/服务系统开始将这些不同的逻辑分开。从而有可能使数据、应用程序和显示处于不同的工作站。不过发生交换的

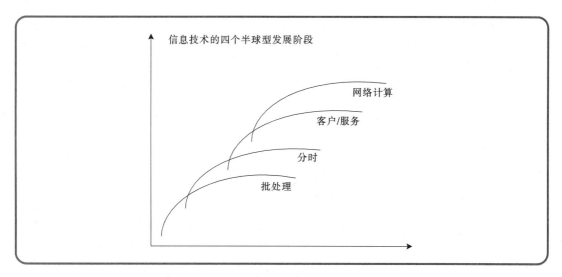

信息技术的四个半球型发展阶段

网络计算

客户/服务

分时

批处理

图 17.1　网络计算

规模仍然相当有限，而网络计算减少了这些局限性。

　　基本上，网络计算扩展了可执行或能够电子化的交易范围（传达、宣传、方案制定、订购、解决方案传递或履行、付款、满意度分析和后续措施），减少了发起、执行和结束这些交易的时间。此外，网络计算扩展了交易主体的影响范围，使他们不受距离和时间的约束与参与者进行交互作用。简言之，它为提供者和消费者扩大了市场，从地区扩展到全球，而花费的成本只是传统市场开发的一小部分。[3] 这种发展产生于构成网络计算突破基础的接口的组合。这些年来，许多创新被用来开发不同信息模块之间的标准化通信以创造平台的独立。TCP/IP 协议组的应用已经加速了这些发展。这个"组"绑定了与信息模块接口标准有关的协议（在产业部门以及政府内部主要的执行者之间制定）。HTML [4] 也许是最有名的一个协议。这个协议同其他协议一起在过去的几年中对互联网的壮观发展起了极大的刺激作用。HTML 协定被定义为：描述文本和包括与其他文本"链接"数据的"电子"标准。

　　互联网的化身万维网可以被看做网络计算的一种特殊形式。万维网的一个具有区别性的特征是它对极大的在线文本和图示资源的通用标准的浏览界面。目前正向声音和动画（类似于录像的数据流）扩展。除了在媒体类型上的增加，互联网也提供了越来越多的实时在线交易的可能性，在这里对个性化要求的动态的和用户化的响应成为可能。作为一种网络资源，互联网向那些不希望投资建立私有的网络基础设施的组织提供了与其目标合作者建立链接的能力。

互联网：事实与虚拟

　　"既然这样一种在全世界的所有民族之间进行思想交流的工具已经被创造出来，那些陈旧的偏见和敌意不可能再存在。"（1858 年维多利亚时代的狂热者称赞第一个大西洋海底电缆的到达。）

正如经济学家所观察到的，互联网确实对某些事情起了极大的促进作用，而在另一些事情上根本不或至多是很小部分地发挥作用。[6] 带来世界和平无疑属于后一类，尽管几个主要的学者近期曾主张过这一点。被表达的类似的期望还有互联网技术应该帮助减少能源消耗和与能源消耗有关的污染，以及在减少不平等的同时促进民主。虽然互联网技术可能对发展解决这些问题的方法有所贡献，但是技术发展的复杂的多面的轨道只是舞台上的表演者之一，正如我们在本章中所表明的那样。

不过这并非意味着应该把近年来信息技术的总体发展特别是网络技术的发展看做一件普通的事。互联网已经改变了许多事情。可以说对于工业化社会的许许多多人，E-mail 是自从电话出现以来用于个人交流的最重要的新形式。而且虽然互联网的普及仍然存在很大的不同，在一些国家里（例如挪威、新加坡和美国）50%以上的家庭在家中上网，而大多数工业国家的这个数字在 15%~50%之间，但是其普及率仍然在显著增长。大量的公司也将它们的系统与其供应商和合作伙伴的系统链接起来，使它们得以连续不断地进行交易。与此同时，一些公司大量地使用互联网技术以影响和引导与终端消费者的交易，戴尔公司是在这方面的最有名的一个例子。

至于电子商务，在新千年伊始（2001 年）[7] 美国在线销售额大约占零售销售额的 1%。在企业与企业交易的领域实现的经济价值估计数倍于企业与消费者交易环境中实现的经济价值。在 2~3 年内，工业化国家的在线销售的经济价值预期将增至 3 倍。

然而，显然电子商务并没有实现在 20 世纪 90 年代中期人们所表达的期望。一个主要的原因是对互联网的利用即商业目的与通过互联网进行实际的交易相混淆。一个例子可以阐明这一点：1999 年美国在互联网上发生的新车销售额只有 2.7%，而 40%的新车销售额在某种意义上涉及对互联网的利用。消费者利用互联网获取信息和对比价格，而不是实际购买汽车。同样，由全球著名市场调查公司 Forrester 操作的一项调查（2000 年的第二季度）揭示了大约一半以上的北美在线家庭每周利用互联网搜寻与购买决定直接有关的信息。真正在网上购物的家庭大约只占这些在线家庭的 25%。

此外，尽管使用互联网购物有一些有趣的好处（例如，可选择范围的扩大和进行价格对比的机会的增加 [8]），应该认识到网上交易没有成功地复制购物的社会功能。在线购物既不能产生意外发现珍宝的运气也不能产生来自于一个去往购物中心的冲动购物。[9] 另外，互联网没有提供许多购买"有形"产品的消费者追求的即时满意感，因为这种分离的传递过程需要迟滞。大多数人们也喜欢对所谓"高度接触性"产品的身体接触，例如对鞋子或者衣服，以及蔬菜或者肉食，人们喜欢在购买之前看、摸、试穿甚至品尝。对于像书刊、电脑或者光盘这样的产品则差很多。甚至可以认为商品或服务越是"数字的"，越是能够利用互联网实现对它们的传递。

同时能够看到在这个战线上并非所有的情况都是好的。例如，音乐能够以一个合理的质量很容易地在互联网上被传递，并且由于文件共享站点的令人惊骇的增长，大量的需求随之产生。但是唱片公司并没有找到方法使人们为那些以这种方式分发的音乐付费。音乐、消费类电子产品和软件行业正在一个保护版权的密码系统上努力达成协议。

使人们为内容付费也是其他商业存在的一个问题。一些报纸的在线版本开始允许免费订阅，但是其中的大部分报纸已经放弃了这种模式。它们发现太多的竞争服务能够免费获得。另一方面，免费供应服务或商品恰恰不是一个能够持续下去的经营事业。所以，协议将会以某种方式在消费者、内容提供者和网络以及其他服务提供者之间被开发出来，从而达到比较持续的价值创造事业。当达到使技术（与安全、付款和包括定位的鉴别有关）可用的程度时，这样的安排比较可行。要注意到，这些技术当中的一些虽然已经是可用技术，但是它们的表现形式常常被大多数消费者认为是不公正的或者不方便的。 [10]

这些观察给我们的启示

首先，正如最后的例子所阐明的那样，大体上，信息技术特别是互联网技术仍然"发展不完全"。这不但意味着技术有时是不稳定的甚或是笨拙的 [11]，也意味着在很多情况下缺乏清晰的商业模式和规则。有关知识产权的当前情况说明了我们的观点。尽管每个人都同意当前的情况对于较长的时期不可行，但是仍然没有出现清晰的方案或者商业模式。因此，积极利用互联网技术需要模糊性或"解释的可塑性"（interpretative flexibility）（我们将在后面详细解释这个概念)，这是实际利用互联网所表现出来的特色。

其次，已有的情况似乎建议我们应该在其做得好的方面利用互联网技术。在某些情况下，这可能意味着在一个完全的交易循环中，从定位到结束（购买）和评价，即在服务传递过程的所有阶段都使用信息技术。 [12] 然而，在许多情况下，信息技术只对服务传递过程的某些部分有用。这激发我们的灵感，提倡市场的空间和场所的结合。此外，当决定两者适当的组合时，我们强调重视服务传递过程的性质以及使用的特定环境的重要性。

信息技术进步对服务接触的影响

图表 17.1

IT 与证券经纪业

1974 年，查尔斯·施瓦布（Charles Schwab）[13]在美国组建了一个证券经纪公司，目的是赚取证券交易中的固定佣金。他相信消费者将会被贴现交易诱惑。公司利用高技术远程服务传递手段，并且由于它的较低成本基础使价格下降。施瓦布是 20 世纪 70 年代中期新一类证券经纪人的第一人，他在进行广泛市场调查的基础上，通过建立一个拥有一批证券经纪人的全服务公司降低了强制的高额收费。证券经纪公司似乎注定要以一种不可预知的方式改变自身。

华尔街巨人，如美林（Merrill Lynch）和史密斯·巴尼（Smith Barney）突然间似乎受到这种零售经纪行业的演化的威胁。[14]零售经纪业务中有着更低成本基础的新一类进入者的加入，由于一种远程服务，似乎注定增加了随之而来的另一个技术变革的可能性：较快的通信，PC机，个人电脑，调制解调器，语音识别和互联网。股票价格信息和分析软件这些从前旧式巨人公司的特权领域成为免费服务，并且1996年，新一代的经纪人通过虚拟贴现经纪业务如嘉信理财（Schwab）、欧洲朗伯德（Lombard）争相提供在线电子股票交易服务。

竞争和技术发展是发现完成交易和提供价格信息等基本金融服务的新的、更为有效方法的革新者。这些零售经纪行业的公司是否打倒了它们的守旧的同行？初看起来，似乎没有理由认为它们最终不能主导零售经纪市场。

正如所发生的，这些新一代的经纪公司未能在进入市场后占领零售市场。20年后，像嘉信理财这样的贴现经纪公司在零售市场上只占25%的份额，在线账户大约只占美国股票经纪市场全部账户的1%[15]。这种相对的失败与技术的缺陷无关；问题出在它们误解了消费者与服务提供者间交互作用的本质，或者至少它们低估了其服务过程的信息贫乏程度。它们把证券经纪作为一种商品服务，执行交易并且提供价格信息。由嘉信理财和其他公司所定义的商品服务，只对一小部分投资者有吸引力。大部分投资者不仅想执行一个交易，而且想要得到关于交易执行的建议和帮助。这就是为什么他们属于传统的、更为昂贵的服务媒体的原因。

像嘉信理财和美国著名的贴现票据经纪商奎克 & 瑞利（Quick & Reilly）现在重新定位了它们的服务提供，合并了下列内容：

- 一个借助于计算机提供分析和建议的、主旨比较丰富的服务。
- 分销渠道的组合，包括电话连接、计算机连接，甚至是办公室（!）。

革新的经纪公司现在与它们的传统的对手展开直接的竞争。然而，作为回应，传统的、提供全服务的对手如美林和培基证券（Prudential Securities）将其服务扩展到提供在线核查账户，查看价格信息和给经纪人发送电子邮件的能力。由这些公司所提供的传统的服务包变得越来越透明，原因是服务媒体的差异化：这些公司的服务的低价值商品要素逐渐同像投资研究（如投资观念）这样的高价值要素以及高级产品（如私权软体）进行分类交易，并且通过不同的渠道进行分销。新旧两代之间的界限是模糊的。

那么下一个问题可能就是全服务经纪公司的每一个服务要素本身的价值是多少，而这可能进而又导致传统机构的分裂和服务的分离，以专注于较小数量的高价值服务。

市场空间：在虚拟世界创造价值

图表17.1清楚地阐明，新的信息技术的引入能够塑造服务交易过程，并且因此影响经营的方式。现在，互联网在全球的展开导致许多人相信如果没有利用这个媒体，他们的事业可能遇到麻烦。我们将比较详细地讨论在"虚拟世界"做生意或者在市场空间做生意所包含的内容。

虚拟价值创造：三个阶段

在"虚拟世界"中创造价值需要有效利用信息，因为在新式媒体中流动的是信息。可以以

三种方式对全球性的信息合作进行描述；它们经常出现在连续的阶段中。 [16]

1. 在第一个阶段，即"看得见"阶段，公司需要"看到"借助于信息使有形的操作更加有效率。在这个阶段，开动大规模的信息技术系统以监控和协调有形价值链上的活动。信息在这里被作为增值过程的一个支撑要素，而不是一种价值本身的来源。也就是说，管理者利用信息监督或控制他们的服务过程，但是很少利用技术为他们的消费者创造新的价值。

2. 第二个阶段被称作"反射"阶段，在这个阶段中，公司以虚拟活动取代了有形活动。它们开始在市场空间里创造一个平行的价值链。不过这些活动是对那些发生在物质世界的活动的一种反射。例如，提供欣赏一张新 CD 的机会，这在以前只有在当地音像商店里才能做到，而现在借助于互联网也能做到。在这里经常的情况是，去除中介角色（disintermediation），包括将中介角色（intermediaries）从价值链中切除。在多数情况下"反射"将意味"虚拟"分销系统的一个成本优势（见下面）。

3. 在第三个阶段，信息被用来建立新的服务以及新的与消费者的交互作用和关系。管理者通过追求"虚拟价值创造"，在他们的虚拟价值链中利用信息流以一种新方式向他们的消费者传递价值，所谓虚拟是指价值创造过程是经由或利用信息得到执行。在一个虚拟价值链中创造价值包括五个连贯的活动：搜集、组织、挑选、综合，以及发送信息。 [17]

关于对信息进行重新构思和结合以创造新式服务的一个很好的例子是太平洋公司（Pacific Pride），这是一个销售卡车用柴油的公司。 [18] 该公司已经创造了一个包括地方加油站的高级交通管理系统的分销系统，地方加油站的交通管理系统使卡车司机能够快速有效地取得燃料。同时，以这种方式搜集到的信息被用来向运输公司提供关于燃料购买和关于每个客户的会计报告的详细信息。这在较高质量信息方面为消费者创造了附加值，这些信息帮助运输公司控制运输活动，并且能够提高运输活动的效率。太平洋公司甚至向一些消费者提供了赊账最高限额。这些新式服务使公司得以根据相当于行业平均水平两倍的利润要价。

其实，信息合作使我们能够重新构思我们提供服务的方式以及服务本身。一个服务供应可以被看做内容、环境和基础设施的一个组合。 [19] 新的信息技术向我们提供的是对我们的服务进行配置的新方式：内容、环境和基础设施可以以不同方式被组合。这些新的可能性使我们得以重新配置服务提供物并设计新的服务。联邦快递明白它的消费者需要关于递送包裹的即时和准确的回馈，因此在网上建立了一个容易使用并且非常有效率的服务。现在，联邦快递的消费者如果需要的话，可以在递送过程的每一个阶段跟踪他们的包裹，并查看接收信号。联邦快递节省了一笔相当大的消费者免费拨打电话的费用，但是它最大的收益看起来是一种消费者忠诚。消费者不会放着手头拥有的完美服务不要，而转向联邦快递的竞争者。 [20]

这样在市场空间内或者利用虚拟价值链进行买卖意味着新的信息结合与发送方式，也需要掌握关于真实的市场的全面知识，以及无缝信息流的知识。

虚拟世界的价值创造彻底采取"真实"世界的知识；正是消费者的真实的行为和喜好使设计新的服务提供物得以成功。只要我们回过头想一想图表17.1所描述的嘉信理财案例就会明白这一点。太平洋公司（上面第三点中所描述的）如果从来没有意识到监控服务提供将会增加价值，那么它永远不会提供这样的服务。然而，不能将这种知识看做仅对传统集市场所的有形活动进行反射的出发点。相反，应该把这种知识作为设计新的补充活动的出发点。

充分认识公司的价值链和消费者的情形还不够，还必须有无缝的信息流。最近出现的中间设备信息软件、数据储存和数据采集软件使一个公司能够整合信息岛，将这种信息构造成不只一种副产品。那么下一步将是寻找创造价值的新机会。

去除中介人或者再中介化？

市场空间这一概念的引入将对进行买卖的方式有所启示。一个最有争议的问题集中于去除中介的概念上。辛西亚·摩尔（Cynthia Moore）这样描绘"去除中介人" [21]：

> ……从行业价值链中去掉中介物。换句话说，将环上的中介人切掉。

这意味着对某些工作的一个即将来临的威胁。像书籍、CD、某些现货金融产品和航空旅行这样的商品或服务将不再需要中介人或经纪人的服务。除非消费者认识到中介人的活动是增加价值的活动，否则中介人的位置将处于待研究的范围之内。新近的信息技术进步将促进许多中介人追求在他们的服务中增加更多的价值，否则他们的职业将被迫废弃。

然而，中介人可以遵循一种比较激烈的方法抓住新信息技术进步的机会为消费者创造额外的或新的价值。通过开发新的信息技术如互联网，在生产者和消费者之间的新的价值创造被称作再中介化。像那些由雅虎开发的入口站点就是这样一个例子。

集市场所或市场空间的驱动力量

没有人能否认每天都有越来越多的市场空间出现，而且，在许多情况下，它们取代了已有的集市场所。

然而对于所有类型的服务，这种代替发生的程度和速度并不一样。在这部分中，我们将提供一个框架，帮助我们估定最近的信息技术进步带来的影响。我们将着眼于发挥作用的不同力量：

- 消费者的喜好和实际行为。
- 服务提供者。
- 服务过程的性质。

消费者的喜好和行为

消费者将会采用新技术，并达到使其更适合他们需求的程度。然而，新技术也需要一些行动和行为的新方式。同样地，它们意味着一种以不确定性为特征的学习和开发阶段。预测这样一种适应和学习过程的结果总是一种冒险的事。我们并不绝对地预言什么，而是将要讨论一些已经看得见的主要趋势。这些趋势将对正在进行的适应和开发过程发挥影响作用。

变化的消费者喜好：寻找便利

在一个快速变化的社会里，消费者正在改变他们的生活方式：自由时间概念在本质上有了很大的差异 [22]，大部分可自由支配时间被花费在做他们真正想做的事情上（而不是在超市里排队）以及和所处社会和环境里的其他人进行交流上。此外，消费者在可供选择的品牌、商店、购物方式和沟通渠道上有很广泛的选择范围。公司现在向消费者提供更多的便利，因为消费者要求便利。消费者的新态度在下面几个领域表现得最为普遍：

- 即时的满意。当一个消费者今天购买一件新产品时，他想要产品在"昨天"送货。像宜家公司这样的销售者的成功是闪光的榜样。你在星期六早上买了一个新的餐桌，而邀请你的朋友在同一天的晚上进餐。在不到三个星期的时间内交付一辆汽车的汽车制造商拥有很大的竞争优势。商品或服务的预先选择在不久的将来会变得越来越虚拟化。产品的预选将在一个市场空间里发生。这种现象可能将集市场所和市场空间结合的"混合的"结构置于一个有利的位置。这种现象也有可能导致集市场所"胜过"市场空间的情形。例如，一个星期六下午的"趣味购物"只有在你带着新的物品回家时才显得有趣。只有当这些潜在产品能够尽可能被数字化时，互联网技术才能够满足这种要求。

- 消费者控制。消费者想决定什么时候应该发生与其他人（和其他公司）的交互作用。没有广告的收费电视台越来越成功。消费者要求被保守秘密（而且法律站在他们一面）。消费者决定他们是否想被记入数据库。消费者对交互作用的控制以有利于他们自己的方式变动。

- 一个更加个人化的交互作用，返回到原始状态。提到公司能够通过技术搜集关于个体消费者需求的知识，我们可以先返回到屠宰师和面包师亲自了解他们客户的时代。在那种环境中，客户服务关系建立在面对面交易的基础上。[23] 在技术的帮助下使这种个别式交易恢复过来，不但因为私人的接近产生了竞争优势，而且也是一种搜集市场信息的渠道。

正如上面所讨论的，消费者的变化的需求提供了关于公司必须在不久的将来关注的一些事情的指示。那些不重视消费者需求的公司毫无疑问将失去市场空间。当我们考察消费者的变化的需求时，我们注意到信息技术能够提供对这些需求的解决方案。准确的信息越来越能够从一个公司传递给消费者，反过来也是如此。然而最重要的是，在某种意义上，及时的信息变得有价值，消费者愿意为其付费，这将在本章中表现得很明显。

开发新行为：处理服务提供和媒体的不确定性

我们曾经讨论过，在一个购买过程中，消费者表现出对产品或服务本身的某种程度的不确定。在很多情况下购买一种产品或服务意味着承担一种风险。消费者购买一种产品或服务的感知风险越低，其真正购买这个产品或服务的可能性越大。在决策过程中，各种类型的问题出现在消费者的脑海中。这个产品是否适合我的特别需求？服务质量是否有保证？这种产品会以何种方式被损坏？

在市场空间里提供产品或服务时，与在集市场所提供产品或服务相比，对于产品的不确定甚至是一个更大的问题，因为缺少降低风险的因素。在市场空间，消费者不能充分地触摸、感受、闻甚至看一个产品。可以说在一个市场空间购买产品或服务时的风险感知要高于在集市场所中的风险感知。

当然，提供的服务的性质极为重要。例如，购买 CD 盘是一个相对低风险的过程。这种产品的质量全世界都差不多；这里不存在兼容性问题，因为唱盘在一个中国的播放器里播放和在一个美国的播放器里播放的效果会一样好，而且除了一些现场录音的不完美，唱盘上的音乐质量是有保证的。在一个市场空间里购买一张 CD 比购买一台 CD 播放器的风险要小得多。对于后者有较多的质量上的不确定。

因此当使用一种像互联网或其他在线计算机媒体用于沟通或销售的目的时，我们必须处理消费者对新媒体的接受和使用问题。实际上普通消费者不会意识到一种以计算机为媒体的环境的可能性和丰富度。此外，即使消费者认识到一种媒体的特征和能力，也不能保证能够认识到它的便利和及时性。一个消费者在了解这种服务的利益之前必须认识这些特征。那么关于被递送的产品或服务的不确定在市场空间里比较高。这里的挑战是提供风险降低因素以消除消费者的风险感知，例如，通过传递信息、品牌化、提供服务承诺等来达到这个目的。[24]

服务提供者追求成本效率

许多服务能够通过多媒体被传递。将销售媒体同服务分开是不可能的。在许多情况下，分销渠道是服务的一部分，无论是从全部服务成本中媒体的份额上看，还是从消费者的角度来看都是如此。

所有的分销渠道都有一个基本的固定成本（投资）和运营成本。在过去的 20 年里，服务传递中的革新已经显著降低了建立和运营一个分销渠道的成本。启动和运营一个使用互联网作为一种媒体的虚拟服务公司，与一个有着大理石地面和高薪雇员的在办公室里销售他们的服务的公司相比便宜很多。因此服务分销经济学在过去的 20 年里已经从根本上发生了改变，并且在未来的 10 年中可能还要改变。许多暂时还存在的服务供应商建立起有不同成本结构的多样的和广泛的分销渠道。

经常存在这样的情况：小部分的消费者为大部分消费者资助了比较昂贵的销售媒体的费

用，也就是说，从盈利的观点来看，大部分消费者并不真正值得使用昂贵的销售媒体，但是他们享用着这个渠道，因为小部分消费者使渠道在整体上有利可图。

这样一种分销模式不能够持久，特别是在一个行业内部发生竞争性的战乱时。竞争者们开始互相削低媒体成本，新进入者只有使用低成本媒体提供服务，高成本的媒体匆匆采取防御措施。具有收益性的消费者将不能忍受计入他们的服务费用的高渠道成本，而转而寻找便宜的替代服务商，而不是留下来为那些不具有收益性的消费者资助渠道费用。留给这个疏忽的服务提供者的是损失了大量资金的销售媒体。

此外，许多服务行业的经营者不知道他们从服务传递投资上能够获得什么回报。现代成本/收益比率诊断在这里发挥了作用。虽然成本结构是服务媒体选择中的一个重要因素，但不能把它看做行动的唯一基础，而必须把它看做服务于消费者和他们的特定行为、需求的一种历史观点和收益动态学的一部分。

对今天银行业的观察揭示了银行在重新安排它们的零售分销系统时所面对的复杂性。消费者能够通过多种渠道同他们的银行进行交易，如分行、呼叫中心、电话、个人电脑、自动取款机、数码电视、智能卡等。媒体的数量稳步增长。电子交易比以人为基础的或以文件为基础的交易便宜得多。然而这不是行动的简单基础。银行意识到驱动它们成本的是消费者的行为而不是一个服务交易的成本。安排大部分服务传递媒体的第一步是理解消费者的变化的行为：消费者如何变化以及这些变化对零售银行意味着什么。此外，增加一条新的便宜的电子分销渠道本质上并不会降低全部分销渠道的成本；消费者开始利用较便宜的分销渠道，但是并非必定减少对比较昂贵的分销渠道的使用。由于银行使用较多的媒体，它们体验到总体活动的增加。消费者将会自己做主积极利用全部范围内的传递渠道。此外，在一种服务媒体中的一个服务交易可能转化为另一种媒体中的多服务交易。例如，当消费者到达分行时并不一次性提取大额款项，而是多次到自动提款机提取小得多的数额的款项，并更为频繁地检查余额情况。这在总体上增加了活动，隐藏了渠道间活动的替代。银行经常为了不冒失去消费者的风险而投资于每一种服务传递渠道，而不是为它们的投资进行基于成本考虑的公正评价。

因此，尽管从长期来看，增加便宜的服务传递渠道可能导致对银行的比较昂贵的传递渠道的利用的减少，但由于很多原因也很难预测这种减少的速度和数量。从而，银行喜欢关注如何优化消费者对它们的服务媒体的利用，而不是决定不投资或关闭一个渠道。

银行应该关注那些使用多种分销渠道并且花费高于他们为银行贡献的收益的消费群体。然后银行应该定义这些消费者的服务需求（较少危害底线的）和满足他们的方式。接下来银行开始创建一个由适合的媒体组合构成的为消费者和股东工作的服务传递系统。[25] 服务的类型也就是服务传递过程的性质也必须给予考虑，我们将在下面的部分中说明这个问题。

服务过程的性质

当然，市场空间接管了一部分传统市场的活动这个事实并非对所有的服务有同样程度的影响。如果你正在寻找关于执行一个重组的方式的建议，如果你需要一些关于如何发展你的事业的个人咨询和建议，或者如果你正在寻求支援以改善和你的配偶的关系，你可能想和一个顾问面对面地交谈。另一方面，当你想租一个录像机或者当你查看你的银行账户时你不会寻找一个私人交谈的机会。

这样，服务根据它们需要的消费者同服务提供者之间交互作用的亲密和深入的程度而不同。显然，服务提供者和消费者之间交互作用的程度和性质这个维度，与信息技术进步的程度相联系，影响服务传递和消费的方式。那些包含简短的、标准化信息交易的服务比那些需要一个较为复杂形式的交互作用的服务更容易以新媒体传递。事实上，在较为复杂的情况中，媒体是服务的一部分。如果通过其他媒体传递将会改变服务本身。

重新考察在第1章中由米尔斯和麦奎利斯发展的服务分类有助于看清这个问题。[26] 在这里对三种基本的服务类型和服务组织作了区分：维护式交互作用类服务、任务式交互作用类服务和个人式交互作用类服务。

- 维护式交互作用类服务的操作可以在像银行和保险公司等金融机构中找到。服务提供者和消费者之间的交互作用通常是可预测和标准化的（如一个银行出纳员和一个消费者之间的交互作用）。这类服务是以服务提供者负责维护消费者的某种物品或资产为基础。

- 任务式交互作用类服务的例子可以在工程和广告业中找到。在这里消费者和服务提供者之间的交互作用是以技术问题解决为基础的，这些问题的解决与找到达成或完成某些事情的方式有关。消费者寻求帮助，并且与服务提供者进行交互作用以获得供他们支配的专业化的知识和技能。复杂的金融工程也可以被看做一个任务式交互作用类服务的例子：公司将提供多种多样的服务。这种银行不但执行大量的维护式交互作用类服务，而且也传递任务式交互作用类服务。

- 第三个类型的服务操作被描述为个人式交互作用类。在这里，服务提供者与消费者共同工作，这些消费者不但不确切地知道如何解决他们的问题或者如何满足他们的需求，而且也想知道如何能最有利于他们自己的利益。当然精神治疗医师是一个例子，不过这种类型可能也包括全部范围的专业性服务，如律师或顾问提供的服务。

服务提供者和消费者之间的交互作用将随着这三种类型服务交易变化（见图17.2）。在任务式或个人式交互作用类服务中的交互作用比维护式交互作用类服务中的交互作用的复杂性大，这进而将影响到对最近的信息技术进步的敏感性；以"虚拟的"的交互作用类服务代替"有形"的交互作用类服务要容易得多。

这个模型的基本思想是所谓的"媒体丰富度理论"。不过这个框架没有说明任何内容。我

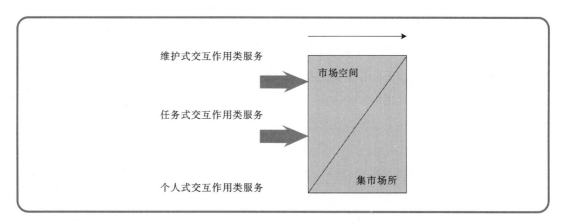

图 17.2 服务性质与市场空间相关性的关系

们需要再向前行进一步，将新媒体的特征置于它们的具体使用情境中，这将把我们引至虚拟社群（virtual communities）概念上来。我们将在下面的部分中详细地考察这两个思想。

将服务交易与媒体渠道连结起来

媒体丰富度理论是在 20 世纪 80 年代 [27] 被发展起来的帮助公司在给定的信息处理需求下，规定合适的渠道。可以将信息处理需求理解为个体在交互作用中追寻的不确定或模糊减少的程度。沟通渠道根据丰富度而不同；面对面沟通要比电子数据输入（EDI）交易丰富。例如，如果你只需要知道你的银行账户的状况，就不需要和当地银行经理进行面对面的会见；一台自动取款机或者一个电子银行链接将向你提供所有这些必要信息。而如果你想在考虑财务状况等方面的前提下，讨论如何进行投资，面对面的沟通将是最有效的方式。

让我们更为仔细地考察两个因素：交互作用的类型和媒体丰富度。

交互作用类型和媒体丰富度的定义和联结

正如我们曾经讨论过的，交互作用可能意味着一些不确定和模糊不清的情形。不确定可以被看做"需要的信息和已经拥有的信息量的差距"。[28] 不过，这个定义暗示评价所需信息的程度和内容的能力。对于模糊的或模棱两可的情形则不属于这种情况，模糊的或模棱两可的情形也就是以多种的、可能的甚至是冲突的解释的存在为特征的情形。给定某一情形，不可能决定什么输入是必须的。那么不确定被看做是对一个变量值不了解的量度，而模糊是对一个变量是否存在不知道的量度。模糊或模棱两可意味着仍然没有找到正确的问题，而不确定与对明确界定的问题的回答有关。

如果你想知道你银行账户的状况，你发现你自己处于不确定的情形中：你知道这个变量，即这个问题，而且你正在寻找对那个问题的准确回答，然而，如果你正在寻找如何更好地管理你的存款的建议，你不知道所有涉及的不同的要素，例如，可行产品的范围和它们的收益率，或者税法的影响。你不但在寻找答案，甚至你不确定要问什么问题。这种情形就是模糊或模棱两可。

媒体在它们传递丰富的信息的能力上不同。如果你在一个面对面的情境中和一个人会面，你不但能通过从他的声音，而且从手势或者表情中获得更多的信息。因此，在面对面会见中比通过电子邮件或传真能够传递更多的信息。同样地，一个面对面的会见被看做一个较为丰富的媒体。一个信息处理媒体的丰富度可以通过以下特征表示：

1. 及时回馈的机会。

2. 传达多种提示的能力。

3. 针对个人环境特制信息。

4. 语言种类。[29]

根据这些标准，可以将不同的媒体划分成丰富度不等的几个级别（见图 17.3）。

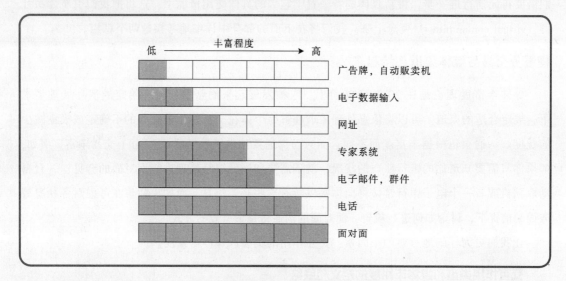

图 17.3 任务式交互作用类服务的丰富度

媒体丰富度理论告诉我们，当在媒体特征（丰富水平）和信息处理需求（不确定或模糊）之间存在一种相称或匹配时会出现有效的沟通或交互作用。因此当我们传递减少不确定所需要的简单信息时，我们可以使用一个精练的媒体。对于复杂的、含糊的或模棱两可的信息的传递需要像打电话或面对面会见这样的丰富媒体，即最适合减少模糊的媒体。

可以将这个框架与前一个联结服务性质和市场空间相关性的框架结合在一起。图 17.4 描述了服务的性质、在信息丰富度方面的需求和市场空间的相关性之间的关系。

这个框架是否使我们能够预言哪些服务将会成为虚拟的，哪些不会成为虚拟的？这个框架当然为我们提供了很好的洞悉。然而，像那些在这个简化的模型中描绘的一对一的关系在实践中很少表现得这么直截了当；生活要复杂得多。信息丰富度理论是以假定关于各种媒体的特征和适用性的理性认识最终驱动了它们的使用。然而，人们的行动或交互作用并非必定仅仅以

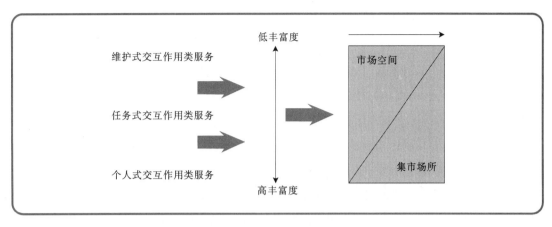

图 17.4 服务性质、信息丰富度需求和市场空间相关性的关系

"理性"考虑为基础，环境约束和象征性考虑也会影响对特定媒体的选择和利用。人们使用某种媒体是因为：这些媒体是唯一可获得的媒体；他们已经掌握了这些媒体；他们对这些媒体附加了某种象征意义或情感，或者被允许使用这些媒体，而不仅仅是因为这些媒体最有效率。只要想想你每天收到的电子邮件就会明白这一点。有多少你收到的信息是相关的或者是准确的？一些信息可能只是被放入资料库中，以便于当你需要时能够查看，而不是每天都胡乱应付一系列相关信息。其他一些人对内容是如此灵敏，以至于他们只提出问题，并且可能比较适合于会见或讨论。

更重要的，每天的实践越来越明显地来源于社会行为，因而媒体的使用也将受到环绕这些媒体的社会实践的强烈影响。效率总是意味着在某一社会群内部的效率。

如果人们不能很快地采用或根本不使用电话和电子邮件，那么为了加速办事而在各处设置连接是没有用的。之所以这样说是因为这个事实：交互作用是一种双向路。一个呼叫者或者一个发送者不能通过某种媒体成功地完成一种传达，除非想要接收的人也使用这种媒体。[30] 当确定一种媒体渠道时，不但考虑某一媒体对一种沟通任务的恰当性，而且重视意欲接收者是否会在理想的时间框架内使用、反应和响应那种媒体中的信息很重要。这带给我们"实践社群"这个概念。新技术进步可以被看做一种将其置于特定使用情境的过程，在这个过程中，表演者塑造了技术特征的可行性，也被技术特征的可行性塑造。比杰克（Bijker）等人的研究工作明确地阐释了这个问题。对他们的发现结果和概念进行考察能够为这方面的讨论增加见识。

技术的社会维度：自行车的例子

今天很难估定目前的信息技术进步对于未来意味着什么。仅仅根据技术特征做预测，并且进而确定行动和战略可能是一种危险的前进方式。然而，这并不意味我们应该坐等，看发生什么事情。从对技术进步的本质的识别中能够获得很多见识。不仅将这个过程看做一种"技术"故事，而且也将其看做一种固有的社会协商与建构过程。

仅仅从技术的或理性的观点看待信息技术进步和它们的影响将是错误的。技术进步可以遵照奇特的模式。我们的 PC 机个人电脑的键盘仍然沿袭着最初的打字机将键挤在一起的 Azerty 或 Querty 设计模式，这种模式"避免"了快速键入。在这期间，提高速度和准确度的设计被开发出来，但是没有一种设计成功地取代"美好的老式的"键盘。[31] 靠近我们的例子是苹果或微软。在 20 世纪 80 年代，苹果已经在提供使用户界面友好成为现实的装置，这些装置得以对个人电脑 PC 机功能进行操纵。微软只是发布了 Window95 后才提供了这些特征。但是，在过去的几十年里，微软成为最成功者。

引入社会维度将带给我们一个比较丰富的技术发展的观点，因为这个观点考虑了社会实践和使用群体的概念。将这种社会维度包括进来将在行动策略方面产生较大的生成潜能，这种行动策略与个体在事件发展的长河中的角色和位置有关。但是它并不总是导致轮廓鲜明的回答，因为技术不是唯一的考虑事项。稍后当我们阐发虚拟社群的概念时将解释这一点。不过，在我们开始考察可行的行动策略之前，让我们先看看当我们将技术进步描绘为一种社会协商和构建过程时我们的用意。让我们回到 19 世纪末，自行车是"最热烈的"事情的时代。[32]

比杰克 [33] 通过追溯到由达·芬奇的一个学生所画的一幅自行车的图画重建了自行车的发展过程。（图表 17.2 包含详细的历史的分析）。通过对发展过程的叙述，能够明显地看到技术特征不是自行车的使用和发展的唯一驱动因素。首先是有低轮子的祖先，然后是有较高前轮交通工具，最后是平稳的、再次有着低轮子的自行车。我们如何解释这种演化过程？

需要考虑的第一个要素是相关社会群体的概念。相关群体可以是最初使用者、生产者、非使用者，或"即将"使用者。在自行车的历史中，初始使用者是年轻的、健康的、上流社会的运动家或冒险家。最初的车没有踏板，双脚蹬在地面上前进，这种方式以平坦的路面条件为基础，存在一些严重的安全方面的缺陷，并给使用者的鞋子造成严重损耗。初始使用者对最初的自行车感兴趣，把它作为可用以向女士们显示他们运动力量的一种体面的消遣工具。这个群体特别对速度感兴趣，所以生产者通过增大前轮的尺寸使自行车的速度更快。高高的前轮也将驾驶者置于高于其他市民的位置，这对于这类群体是另一个令人激动的角色。安全不是一个主要的关注事项，因为掌握这样一个高危险机器首先是一种挑战。然而，其他人开始注意新技术并被新技术所影响。至少最初的骑脚踏车的人是使用踏板而不是路面。图表 17.2 包含了一些关于像安全性、妇女的衣服和价格等方面的有趣的讨论。

不同的社会群体对同样的一种机器的感受不同。不同的群体对于自行车意味着什么、它的使用和它存在的问题及解决方法持不同的观点。因此不存在关于自行车是什么的唯一的明确的观点。骑自行车的运动者、骑自行车的旅游者、年老的男人和妇女对速度、安全、外观等方面的看法和体会不同。

正如比杰克所阐明的，可以将这种状况归属于"对技术制品的解释的可塑性"。对问题和

图表 17.2

自行车的发展：一个社会技术的传说

"自行车：唤醒了一个新时代……自行车化：自行车的时代，那是一个有更为丰富的、广泛的和运动文明的新时代……"[35]

自行车开始是作为"公园王子"的工具的。在 19 世纪 70 年代和 80 年代的海德公园里，贵族青年骑着轮子很高的自行车向他们的女朋友炫耀。直到 10 年之后才出现"安全的"自行车，这种自行车较低的车轮上带有菱形框架，后面的车轮上有一个传送动力的链条（与我们现在所知道的相似）。如比杰克所解释的那样，自行车的演变表现为前车轮直径的增加和随之而来的减少，开始和结束于 22 英寸并且最大时达到 50 英寸。

所有这些技术要素应该从一开始就将这种非常快速的自行车——所谓"奔跑的机器"修改成今天我们知道可用的自行车。为什么花费了这么长时间，并且为什么发明者和制造者避开技术进步的可靠路径而绕道而行？比杰克通过证明这不仅仅是一个"技术"故事来解释这些问题：它涉及使用者，也涉及非使用者，这些人对与自行车的发展有关的一系列事件发挥了不同的作用和影响。简言之，应该将自行车的演化理解为技术的社会构筑过程。

早在 1493 年，达·芬奇的一个学生制作了一幅自行车的图画，但是这种想法停留在休眠状态，直到 1791 年，人们看到一些行为古怪的人在巴黎的公园骑着一种类似于现代自行车祖先的东西。这种东西被制作成木马的样子，两个轮子被安排在一条线上，并且依靠双脚蹬地前进。第一个掌握方向的装置是在 1817 年由德莱斯（Karl von Drais）增加的。他的这个被称作"徒步木马"的交通工具速度很快，但是对鞋子的要求很苛刻并且仍然存在很难驾驶的问题。1839 年，麦克米伦（Macmillan）增加了曲轴，通过一种前后来回的运动驱动，双脚能够被抬起来，离开地面。在 19 世纪 60 年代的法国，米歇尔（Michaux）为徒步木马增加了一些改良并开始大量生产这种改进的交通工具。他的"脚踏两轮车"取得了商业成功，虽然米肖自己既不是最先生产脚踏两轮车的人，也不是最先发明它的人。他的成功与经常的较小的改进以及一种积极的促销政策有关。1870—1871 年法德战争使脚踏两轮车在法国和德国的发展暂停，而英国人成为带头人。罗利·特纳（Rowley Turner）是他叔叔的公司——考文垂缝纫机制造公司——在巴黎的代理商，他买了一辆脚踏两轮车带回考文垂并说服他叔叔开始生产。

应该注意的是，原始的脚踏两轮车的轮子在尺寸上稍有区别。当 1870 年斯塔利和赫尔曼（Starley and Hillman）（那时为考文垂缝纫机制造公司工作）在英格兰为"羚羊"模型申请专利时，反映出扩大前车轮的趋向。因为脚踏两轮车有前轮曲轴，这提高了它的速度。为了促销他们的自行车，斯塔利和赫尔曼进行了一次值得纪念的旅行，在一天之内从伦敦到考文垂共行驶了 96 英里。这一不平凡的骑车旅行推进了自行车作为一种运动机器的形象。在整个英格兰纪录被创立和挑战，并且田径比赛也在整个大陆开始展开。骑自行车被看做一种运动追求，因为这既需要力量也需要平衡技巧。由于爬上一个车轮很高的自行车不容易，扩大前车轮只能增加挑战。不过一旦就座，骑自行车的感觉既令人愉快又很舒服。骑自行车的人笔直地坐着，高出地面很多。骑自行车有炫耀的因素，但是也与进步和现代化的时代有关。

在那个时代真正骑自行车的唯一的社会群体是年轻人，但是这并不意味其他人没有关于自行车的意见或没有对自行车的演化有影响作用。反对骑自行车的情绪逐步上升。其中一个原因是骑自行车的人把自己提高到高于伙伴市民的位置。他们的行为也被看做对步行者的一种威胁。骑自行车者和步行者或赶四轮马车者之间的对质经常以互相侮辱为结果,这是很平常的事了。

当时仍然存在两个问题。首先,许多人们买不起自行车,其次,安全问题是一个障碍,特别是对于上了年纪的人更是如此。那时的自行车的设计暗示了一种严重的危险,因为重心处于前轮上方。碰到一个小障碍物如路面上的一块石头或一个坑时,骑自行车的人会头向下脚朝上扑倒在地上.

女士还面临额外的一些问题,《慕尼黑报》于1900年关于一个男人和一个女士骑一个双人座自行车的一段报道颇具代表性:

> 昨天中午在马克西姆大街散步的许多市民目睹了一个引发大量愤慨的让人气愤的场面……厚颜无耻地,自豪得像一个女战士,这个体面的女士在男人们的目光下展示了自己。我们不禁要问:这是最新形式的自行车运动吗?是否应该对这种公众礼仪以一种非惩罚的方式给一记耳光?最后:这是最新的对某些女人进行推销的形式吗?警察在哪里?

尽管这篇文章报道了1990年的一种不安全的低车轮双人座自行车,你可以想象出比这早20年的英国维多利亚女王时代的气氛。一些自行车生产商努力解决"着装问题",通过在自行车的侧面安装两个踏板和手把(使其中一个比其他的长)以便于能够"侧骑"。也尝试其他一些较少技术性的解决方法,并且取得了较大成功:对妇女服装设计的改变引导了新的时尚标准。

安全问题通过几种方法得到解决。一种方法由三轮车的发明构成,这种三轮车有两个前轮。这也有助于解决妇女的着装问题,特别是在维多利亚女王形容女性骑自行车者的表演是"真正很优雅的和无论怎么想象都不能说不像贵妇人"之后。三轮车的引入使妇女和老人能够从事骑自行车的运动,而且许多人还在继续这种运动。这使自行车生产商真正意识到其他潜在市场,他们开始生产除三轮车外的新式的和不同的自行车。虽然在一个三轮车上很容易保持平衡,它还是保留或引入了一些安全性问题。三个车轮的存在使一个三轮车更会遭受到路面危险。缺乏有效的刹车(骑车人必须"倒转机器的行动")也会造成严重问题。努力解决这些安全方面的问题包括改进自行车的基础设计的努力。这主要通过将鞍座向后移和修改车轮的尺寸来完成。其他尝试包括以杠杆装置代替踏板,引入齿轮,增加一条只与前轴连接的传送动力的链条,甚至是颠倒前后车轮,使后面的车轮成为较大的一个。

在1879年,劳森(H.Lawson)为一个带有更类似于我们所熟悉的驱动器的自行车申请专利,这种自行车的驱动装置包括一个向后轮传动的链条。这种被称作"脚踏车"的机器,虽然被许多研究自行车历史的学者誉为"走在时代的前面",并被极力促销,但是从来没有获得商业成功。因为它有一个比较大的前轮,被认为是"奇形怪状的",并且因为它的拉长的框架被比喻为鳄鱼。斯塔利——斯塔利公司先驱者的侄子,在1884年取得了成功。他和他的伙伴萨顿(Sutton)一起将"流浪者"投入市场,它有36英寸的前后轮,并且有一个向后轮传送动力的链条。当"流浪者"开始打破纪录和在比赛中获胜后其销售开始激增。

在1888年,有人这样写道:

> 在过去的数年里,自行车的构造上没有

取得根本改变，趋向是致力于三种类型的机器的制造：普通的自行车（在那时有一个较大的前轮的自行车）、后轮驱动的安全自行车（像"流浪者"那样）和直接前轮驱动的三轮车。[36]

然而，在那年年底之前，多洛浦（Doulop）已经为他的充气轮胎申请了专利[37]并立即把它应用于他自己的自行车的设计中。尽管在专利文本中强调这种轮胎的抗摆动的效果，但是在实践中这种轮胎也相当程度地提高了一个自行车的速度。装满空气的轮胎赢得了比赛，并因而开始了对自行车的充气轮胎的商业性生产。最早的充气轮胎很贵（相当于整个自行车或三轮车成本的四分之一），很容易被刺穿，而且使

骑自行车的人在侧滑时受伤。不过，这种充气轮胎在田径比赛上的成功是巨大的，而且在一年内认真的参赛者没有为其他任何项目的竞争苦恼过。

就这样这种"安全"自行车诞生了。这种自行车将安全性与速度结合在一起，而在那以前占支配地位的设计是快速，所以较大的自行车前车轮带来的是不安全。在接下来的几年里进行的改进包括通过构造有效的链条保护外壳解决传送动力的链条问题，在脚部动作上达成一致（是上下动作还是旋转动作），以及出现了菱形框架。一个结束和稳定时期开始了，带有大尺寸前车轮的自行车很快消失。

解决方法的看法和体验根据观点、使用环境和情境不同。这种围绕同一技术装置的解释的可塑性对社会的协商与构建过程很重要。在一系列连贯的阶段中，不同的群体明确地表达意见，采取行动，作出和检验对技术设计的适应。生产者通过宣传和推广这个最好的交通工具努力创造一种"有支配地位的"的设计。自行车的设计终于稳定下来，正如它在不同社会群体中的使用那样。

最后出现了关闭和稳定性阶段。充气轮胎的引入使自行车的发展进入关闭和稳定性阶段。充气轮胎被认为是解决摇动问题的方法，并因而只与低车轮自行车的使用者相关。摇动对于使用高车轮的运动群体是比赛内在的一部分，而不是一个问题。然而当轮胎对速度的意义变得明显时，运动者们的感知开始变化。充气轮胎被重新定义，即它解决了一些社会群体的问题。运动者们对高速度满意，而广大的公众对它解决了摆动问题满意。这消除了安全的低车轮自行车的最严重的缺陷。

显然，在这个社会过程中，在某种意义上实现了一致性。关闭导致解释的可塑性的降低。此外，在不同相关社会群体之间出现了关于技术的主导意义和使用的意见上的一致。关闭手法可以是带有修辞色彩的（通过声称某种自行车具有完美的解决方法或者通过大量的促销和广告，尽管自行车在这些方面并不很成功），或者采取对问题重新定义的形式（就像这里的情况一样）。这样不同的群体能够从同一个科技的解决方案中获得好处。权力对这种社会协商过程也有影响。一旦出现关闭，很难理解甚至很难看到在最初阶段表现的多样性。

这个事例教导我们的是，我们必须不但考虑技术特征，而且应该考察涉及的不同社会群

体、他们对技术的使用和喜好、问题和解决方法的范围。主体、喜好和问题的多样性将导致一个"解释的可塑性"时期，并通过一个复杂的协商与构建过程朝向关闭和稳定阶段发展。仅考虑技术而忽视不同的主体、他们的问题、偏好和使用环境是危险的。这让我们想起十年前的关于计算机和通信媒体的引入，"无纸化办公"将如何终止造纸行业的所有预言。而在今天我们周围的纸从来都没有这么多过。

或许在十年之内人们将会很惊奇，在 20 世纪 80 年代人们怎么能够利用文字处理软件（数字媒体）制作文本，然后通过传真传输，而在传真机的另一端传出的信息通常利用计算机储存起来。另外的能阐明我们观点的例子可以在今天的银行业中找到。在 20 世纪 80 年代初期，欧洲的银行正在探索借助于信息技术进步已成为可行的新的分销渠道。与此同时，自动提款机被开发出来，也有了家庭银行、电脑化银行业务和自助银行的机会。

- 家庭银行需要在家里有一些硬件，通常是一个终端和一个调制解调器。
- 在电脑化银行业务情况下，消费者只需要一部电话，显然是一个数字媒体：他们通过使用数字键指出命令、银行账号和金额。
- 在自助银行情况下，消费者访问一个根本没有人员的分行。然而，消费者可以在一天中的任何时间访问它并且依靠可利用的终端执行他们希望的所有操作。

随着这些不同类型的新的信息技术的出现发生了什么？到目前为止，自助银行已经被证明在比利时是最成功的。不过只有一个主要银行从一开始采用了这种分销渠道。其他银行错误地判断了消费者的偏好和使用环境。在家庭银行情况下，只有有限数量的消费者在家里有个人电脑。一些银行计算错了消费者即将获得这些技术并把它们用于日常生活的速度。在电脑化银行业务情况下，消费者经常为键入全部这些数字（包括他们自己的钱）而没有获得任何看得见的关于正确性的回馈而感到不可靠。在自助银行情况下，能够收到即时回馈，甚至以书面形式收到回馈。因此，尽管自助银行被认为是对消费者不太方便（消费者必须去"自助银行"），但看起来它最适合今天的大多数消费者的关注和习惯。

对新媒体的行动策略

迄今为止我们已经考察了最近的信息技术进步，并且已经看到价值创造越来越成为与信息技术合作的问题——搜集、组织、选择、合成和发送信息。这个价值创造过程采取"真实"世界的全面知识。在这里可以找到提供新式服务的机会。第二个论点有关近来的信息技术进步对管理服务递送过程的适宜性。我们提出虚拟价值创造的相关性将依据服务的类型而变化。不过，要注意的是最终所发生的事情将取决于消费者、生产者和权威的行为。即使是"硬"技术的执行也是内含于一种社会的协商和构筑过程中。

现在我们可以开始考虑行动策略。可以把它分成两部分，一部分是那些反射"物质"世界已有的行动策略的策略，另一部分是那些特别需要可用新技术的策略。在后一种情况下，虚拟价值创造是基本的；新技术和新媒体将被用来开发与消费者的交互作用的新形式，这导致"新式"服务，因为新形式的协调和合作生产得到实施。例如，在利用网络计算提供"网上购物"服务（借助于此，消费者能够在家里挑选他想买的东西而不用去超级市场）的情况下，超市通过屏幕做实验，使消费者能够"虚拟地"在商店里走一遍。然而，这导致将时间浪费在屏幕前，一种替代方法是消费者直接购买他正在寻找的东西。帮助消费者进行选择和提供不同种类的建议、方法等，意味着一种全新形式的购物对于超市成为可能。

我们将讨论如何开发创造价值的新的"虚拟"方式的行动策略。这些策略包括分销的新形式，这些新形式通常以将服务与他们的组成部分捆绑或分类的思想为基础，还包括学习关系的开发。我们将论证所有这些"新"概念和方法，只要能够创造价值并且也被感受到的确如此时就是起作用的。虽然这听起来似乎阐明了特别是互联网首创者们关注的一些问题，但是这个价值等式已不平衡，也就是已经投入的远远大于能够被后来产生的价值创造证明是正当的范围。因此我们将对重建这方面的平衡的方法给予特别关注。而且在这里，我们所拥有的关于开发一个相关市场方法的"旧"知识被证明非常重要。实际上，市场分割和聚焦目标市场（和建立品牌），这些在第2章中讨论服务理念时所指出的战略依旧相关。所以我们将简要地讨论这些战略。

分割市场和聚焦目标市场

分割市场有许多利益，而聚焦目标市场的利益更多。一个公司将一个明确的细分市场作为目标市场，能够提升对消费者提供服务的水平。分类越小，对消费者的营销方法越用户化，因为明确的市场分割能够而且在某种程度必须做到这些。很小的和定义明确的分割市场就是大家所知道的细分市场，提供了在一个非常个人化的基础上对待消费者的利益。然而，以一个非常小的分割市场为目标市场意味着向很少的消费者供应产品或服务，这暗示着所赚到的钱很少。信息技术可能帮助解决这个问题。非常小的地区（细分）分割市场正变成巨大的全球性的分割市场。例如，美国的一个较大的金融公司已经建立一种银行服务，以处于离婚过程中的妇女为目标，直接向她们的特殊需求提供服务。在一个区域供应这种银行服务是负担不起费用的，但是如果它们能在互联网上提供这种服务，就意味着它们能够在整个国家范围内递送这种服务。

创建品牌

品牌可以被定义为：

一个名字、术语、标记、符号或图案，或者由这些要素的组合构成，用作识别一个销售者或销售者集团的商品或服务，并与竞争者的商品或服务区分开来。[38]

由于包围我们的信息量日益增加，创建品牌将变得越来越重要。淹没在信息中的消费者将会倾向于选择速度、便利和/或容易到达，这对许多消费者意味着将选择他们所熟知的或已经有所耳闻的服务提供者。因此创建品牌将会有某种关于新媒体的利益。此外，创建品牌将会去掉消费者固有的对某一服务或服务提供者的不确定。当我们在互联网上寻找新闻或时事时，我们将会在美国有线新闻网（CNN）停下来，因为它是人们所熟知的提供信息和新闻服务的网站。然而不能将这种利益看做绝对的。当涉及发展服务提供者和消费者之间的信任时建立品牌也是一个基石。最后，在这里的一个要点是，将建立品牌的思想向新媒体延伸。例如，创立一个有吸引力的网站将会诱惑"冲浪者"群体有规律地查看这个网站。人们登录不仅仅是因为提供的商品或服务，而且也为了在这个网站中的经历和网站本身。

开发学习关系[39]

一个立志向它的消费者正确提供他们所需要的商品或服务的公司必须以一种新的眼光看世界。它必须利用技术来担当两种角色：一个有效率地提供用户化商品和服务的大众定制人；一个从每一个消费者得到关于他的需求的信息的市场商人。这两个概念使生产者和消费者走到一起，我们将这种关系称作一种学习关系。这种关系随着时间的推移变得更加容易引起响应，因为双方彼此交互作用，共同合作满足消费者需求。

在学习关系中，个体消费者教给公司越来越多的关于他们的喜好和需求的知识，给予公司巨大的竞争优势。消费者教给公司的越多，公司就越能够准确地以消费者想要的方式提供他们所需要的商品或服务，而竞争者想要引诱消费者的难度越大。即使一个竞争者也会有同样的能力，一个已经投入到与最初的公司的学习关系中的消费者，也不得不花费大量的时间和精力让竞争公司了解那些最初的公司已经知道的知识。一个能够培育与消费者之间的学习关系的公司实际上应该能够永葆事业。

学习关系与数据库营销不同。大众市场商人利用信息技术确定最有可能购买他们所销售的产品的购买群体。在很大程度上，这些信息取自于简单的交易记录和专业公司汇编的公众信息。大众市场商人根据这种资料生成关于最有希望购买其产品的购买者的名单。仅仅推测潜在消费者口味的公司经常充满了信息。与此形成对照，一对一的市场商人执行与每一个消费者的对话，一次一个人，并利用这种越来越详细的反馈发现适合那个消费者的最好的商品或服务。美洲银行在互联网上向它的消费者提供"建立你自己的银行"特色。消费者能够开发他们自己的银行站点以适应他们的特殊需求。他们不需要仔细查看美洲银行网站上所有的资料和特色;，他们只接收他们感兴趣的那些。

虽然很多公司正向这种模式发展，很少有公司已经完全实现这种模式或将它与大规模定制结合起来。

商品和服务的捆绑或不捆绑

> 产品绑定几乎在每一个行业中被使用，但是它常常不是一个明确的有意图的战略的一部分。不幸地的是，未能将捆绑作为一个战略营销变量考虑可能不必要地降低公司的绩效。[40]

网上旅游代理服务台是通过互联网传递的一种服务，在那里商人能够为商业旅行进行预定。通过代理服务台不但预定飞机票，而且借助于代理服务台菜单你能够预定旅馆房间、租用的汽车和音乐会的票，并且说明你是素食者，以便能供应适合的饭菜。在旅游行业捆绑商品和服务做得更深入。如果你们有兴趣去度过一个冒险的假日，"延伸的"服务可能意味旅行社决定你们应该去哪里，预订不同的旅馆、机票、滑水和/或乘筏工具，甚至为你们购买合适的度假服装。

通过捆绑商品和服务能够提升递送服务的水平，但是降低了消费中从中进行选择的可能性水平。理想的交互作用媒体不仅仅向消费者提供一个广泛的可能性，也提早知道消费者可能要哪些可能性；同样地，特制的捆绑（和不捆绑）对于许多服务业成为可能，如上面提到的美洲银行的例子。

分销的新形式

随着交互作用媒体的快速发展，消费者正面临一种购买商品和服务的广泛的可能性。我们已经看到，日益增加的不同形式的分销渠道正向消费者提供广泛的产品。

传统上，分销者为他们的消费者执行不同的功能：

- 为生产者和消费者架起桥梁。
- 规定送货时间。
- 调整产品的形式。
- 指定数量。
- 提供分类。
- 提供信息。
- 售后服务。
- 销售本身。

上面提到的许多功能能够在一个市场空间里被提供，而不是在集市场所被提供。问题是零售商或生产商是否将会执行这些功能。例如，考虑既弥合了位置差距又弥合了时间差距的送货上门的情况。能够传递这种服务的主要有三方：准备改变其程序的零售商，去除在价值链中的链接的生产者，或专营分销的第三方。因此，可以预期在不久的将来，将会出现新的价值结构，借助于此向消费者提供相关信息将是一个重要的竞争主题。

依靠市场空间提供信息在某种意义上是最容易的，在另一种意义上又是最难于实现的功能。通过电子媒体提供建议可能比在那些想要控制轨迹的消费者面前提供建议要好一些并且更有效率。然而，电子媒体只能传递我们的两种官能，而将闻味、触摸和品尝从挑选过程中去除。对某些消费者这可能导致对场所和空间的双重使用：借助于电子媒体对服务或商品的可能的提供者进行预选，而对最后的供应者的选择可能在"真实"世界里进行。

避免日用商品磁石：价值、价值、价值

上面的讨论已经表明了存在着一种危险，即公司在草拟它们的互联网配置行动计划时，将不能达到所提出的期望。虽然在一些情况下，大量准备投入到某一网站的消费者使服务交易被过高估计，但是最普遍的错误似乎存在于一种被称作"日用商品化"的现象中。图 17.5 在两个轴上描绘了商品或服务：价格，即在给定的主要市场环境下某一服务价值的反映；以及"服务成本"，它与一个组织递送手头的服务所需要的实际资源的数量和成本有关。

日用商品磁石（commodity magnet）是由兰根和鲍曼（Rangan and Bowman）提出来的概念 [41]，反映了某些力量正在将"高价值、高成本"服务拉到服务的成本实际上超过了市场价格要求的水平的区域。这样一些力量包括竞争、不愿意为额外服务和选择权支付费用的消费者的出现，以及提供低成本或无成本替代服务的竞争者的出现。尤其互联网已经犯了不认真对待最后被证明是一种"痴心妄想"的形式的所谓"新经济法则"之罪。[42] 就一个公司来讲，"新经济"意味着几乎完全不关注那些实际上评价公司的价值创造的量度，如利润。让我们回想亚马逊的 CEO 贝佐斯（Jeff Bezos）几年前所说的一段著名的话："如果亚马逊在不久的将来在任何地方都是有利可图的，那将纯属意外。"片面地强调增长量度，反对价值创造指示器，的确

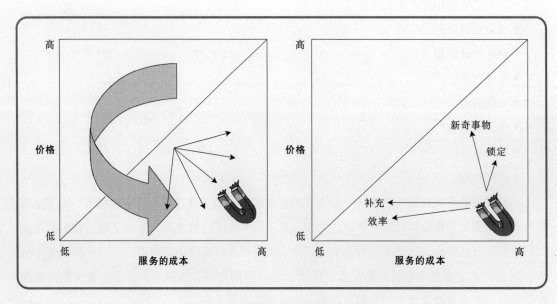

图 17.5 日用商品磁石和如何对其进行处理

促进了"磁石"的发育。虽然对于某种增长阶段，按低于"服务成本"临界点的价格销售具有意义[43]，但是显然从长期来看需要有人工送货的服务支付费用。而看起来所缺乏的恰恰是这种比较长期的观点，包括考虑为成功实现"撇取浮沫策略"所需要的资源。公司在后台基础设施、个性化软件及类似的方面投放巨资，而没有强调价值等式：谁将愿意为哪种服务的什么内容支付价格？服务的提供是免费的，基于一种假定，就是首先要夺取消费者，一旦成功就能够开始考虑收入和利润；首先"锁定"消费者，之后提出问题。因此在这个阶段出现这种情况并不奇怪，不仅当定义和设计服务理念（见第 2 章）时价值创造是一个中心思想，而且当考虑在服务传递系统内使用互联网技术价值创造也是一个中心思想。关于这方面有一些好消息：通过互联网技术进行价值创造的确可行。最近，阿米特和佐特（Amit and Zott）指出四种创造"电子商务价值"[44] 的方式。他们通过分析在今天有利可图的真实的实践得出这四种模型。这四种方式与这些方面有关：提高效率水平、捆绑导致较高的价值、提高消费者保持力和产生新奇事物。效率这个首要的策略是直截了当的，互联网技术相对于其他离线交易导致效率的增加。效率可以通过消费者获得，因为消费者经历改良探求和交易过程；服务提供者也能获得相当大的节约。低成本航空公司如维尔京快运公司（Virgin Express）和瑞恩航空公司（Ryan Air）在很大程度上依赖互联网售出机票恰恰是这个原因。思科（Cisco）在 B to B 交易环境中是非常著名的；通过安装连接 32 个供应商的外联网，思科能够重新部署曾经在过去一直忙于搜集各组成部分信息的 50 个代理商。此外，思科现在能够在几个小时内制定出供应链决策，而在过去几乎需要一个星期。[45]

我们已经讨论过捆绑的思想；让我们把这个思想加到这里，捆绑不局限于在线提供物。可以很容易地定义"包"的概念，即将市场空间的要素与集市场所的成分结合在一起，就像在线定购而在一个有形商店里挑选商品一样。同样地，报纸和杂志开始通过在线访问和服务提供订阅印刷版本的捆绑。提高消费者保持力意味着找到驱动消费者重复购买的方法和/或加强他们的联合。提高消费者保持力的最明显的方法是采取对重复购买给予奖励的形式。消费者对网站界面的熟悉也能够有助于提高消费者保持力。使用某个界面意味着学习，而一旦已经开始使用，会产生继续进行这种交互作用的刺激，特别是如果这样做产生的节约很可观的时候。最后，关于新奇事物可以追溯到本章前面所讨论的虚拟价值创造的第三个阶段。在这里一个服务提供者通过提供如果没有互联网技术将不可行的全新服务来创造价值；相关的例子有由美国 e 湾网上拍卖公司（E-bay）引入的消费者到消费者的允许成功拍卖低价值商品的拍卖规则。

结论

在本章中，我们以简单回顾与网络计算有关的技术发展为开始。然后我们着眼于当越来越多的服务通过电子媒体被传递时，能够形容为从集市场所向市场空间转变的相关内容。首先我们讨论了这种虚拟价值链的特性，使新的方式处理和结合信息至关重要。当我们讨论影响这种转变发生的程度和速度的驱动力量时，我们清楚地看到这种转变不像有时使一个人相信那么普通。消费者的喜好和行为，站在服务提供者立场上的成本考虑，以及服务过程的性质在这里都发挥部分作用。为了阐明服务过程的性质在这方面的作用，我们引入了关于媒体丰富度的一些见识。在这里，维护式交互作用类服务相对于任务式和个人式交互作用类服务在较大程度上受到影响的事实变得很明显。最后，我们粗略勾画了当公司开始进入到虚拟交易领域时能够部署的一些相关行动策略。

<table>
<tr><td rowspan="1">复
习
和
讨
论
题</td><td>

- 显然，某些商业模式在互联网上实际能够运作，而且有一些公司借助于此已经获利。著名的范例有 e 湾网上拍卖公司（拍卖）和雅虎（入口/电子媒体）。亚马逊也报告了它的最近的经营利润。你能否说出其他严重依赖互联网技术的获利的公司？是什么使它们与众不同？它们如何避免"商品磁石"？这些公司在何种程度上将市场空间和集市场所结合在一起？

- 怀疑论者可能认为电子商务永远只不过是像邮购销售这样的现象，吸引了市场的某一分割部分，但总而言之是一种朴实的现象。你是否同意？在哪些情况下同意或不同意？

- 未来学家指出现在互联网上所发生的恰恰是"数字时代"的开始；在 20 年内，我们将被"智能环境感知技术"包围，到处存在的计算将会使我们今天工作和生活的方式成为非常"过时的"。你是否同意这样的观点？什么样的技术将是必需的？它将如何明确地改变人的行为？为什么？

</td></tr>
</table>

注释和参考资料

[1] *The Economics of a Technology-Based Service Sector.* NIST Report prepared by TASC, Inc., January 1998.

[2] Within every computer application or program, one can always make a distinction between three different 'logics': presentation, application and data. Presentation logic involves all 'dialogue', features and codes that allow for interaction between machine and user: the user interface. Think about all the screens you have seen passing when entering data into a certain program; you were interfacing with the presentation 'logic'. With application logic the build-in intelligence of a program is referred to; all 'algorithms' that make computations or transactions within a particular program possible. Data logic finally refers to all codes applied to handle and manage the data used within the program.

[3] The network era has become possible because certain discrete developments started to combine. There is increasing compatibility among the main players in the field, especially with regard to interfacing issues. Bandwidth is expanding and more and more actors are becoming linked by integrating the development of networks with new and complementary developments in the fields of processors, security technologies and the like.

[4] Hyper Text Mark-up Language.

[5] Likewise, the more recent XML, Extensible Markup Language, is an open standard that allows to extend the use of 'tags' so that content and form can become transmitted in a much more refined way.

[6] *The Economist,* August 19, 2000.

[7] Notice, however, that this figure varies heavily from industry to industry; the online share in 1999 for toys amounted to less than 0.5% (US & Europe), and for travel varied between 0.5% (Europe) and 1.5% (US), but the online share services like financial brokerage amounted to over 14% (US) and 5% (Europe). Likewise, online shares for computer hardware and software went to nearly 10% (US). Source: 'First America, then the world. E-Trends', *The Economist,* 2001.

[8] Armstrong, A. and Hagel, J. (1996) The real value of on-line communities, *Harvard Business Review,* Vol 74, No 3, 134.

[9] Of course, using electronic catalogues has advantages as well. One can bring different products to the attention of customers in a customized manner, while at the same time other items of interest can be pointed out. This can be done by preferences expressed by customers themselves, or derived from analysing purchasing behaviour of other customers.

[10] Look at, for example, 'Digital Rights Management' systems. Several of them imply some kind of 'box' which contains both the content (e.g. a software package or music) and the rights you have acquired on this content (e.g. installing it once, or playing it endlessly). In order to actually enjoy the use of the content, consumers need specific software that allows decoding. Few customers are willing to install such systems, especially when the same content can be acquired relatively easy by walking a different route.

[11] Just imagine introducing cars on the market with as many 'bugs' as software packages include upon launch.

[12] See Figure 5.5 as discussed within the chapter on promotion.

[13] See www. software. ibm.com/eb/schwab: schwab-fullstory.html.

[14] Whereby big professional customers dealing with full-service firms would get discounted prices.

[15] 'Turning digits into dollars, a survey of technology in France', *The Economist,* 26 Oct., 1996.

[16] Rayport, J. F. and Sviokla, J. V. (1994) 'Managing in the market space', *Harvard Business Review,* 141–50.

[17] Rayport, J. F. and Sviokla, J. V. (1995) 'Exploiting the virtual value chain', *Harvard Business Review,* Nov.–Dec.

[18] See Rayport, J. F. and Sviokla, J. V. (1994), op. cit.

[19] The newspaper provides us with an example: here the information (content) can be consumed by reading it at home, or at the office (context), and is delivered via a complex infrastructure, involving typesetting, printing, distribution, and so forth.

[20] Rayport, J. F. and Sviokia, J. V. (1995), op. cit.

[21] Moore, C. (1996) 'Disintermediation: Communications technologies are having some impact', *Dataquest,* June.

[22] For some people less free time tends to be the case, for others free time becomes the rule (e.g. the elderly).

[23] McKenna, R. (1995) Real-Time Marketing, *Harvard Business Review,* Vol 73, No 4, 87–95.

[24] Still one has to realize that adaptation will not happen overnight. In this respect, the well-known distinction between innovators (about 2.5% of the market), early adopters (13.5%), early majority (34%), late majority (34%) and laggards (16%) as developed by Rogers in the 1960s can be kept in mind: it takes time to get the majority of customers to make the shift.

[25] Here cost considerations should be matched with the customers' perceptions of value; see also Chapter 8 on pricing. However, as a service provider, every sound policy starts with a clear insight on the cost structure of the activities contained in each service transactions.

[26] For a full discussion of this service classification, see Mills, P. and Margulies, N. (1980) 'Towards a core typology of service organisations', *Academy of Management Review,* Vol 5, No 2, 255–65.

[27] Leading authors here were Daft, R. H. and Lengel, R. H. (1986) 'Organisational information requirements, media richness and structural design', *Management Science,* Vol 32, No 5, 554–71.

[28] Galbraith, J. (1977) *Organisational Design.* London: Addison-Wesley.

[29] See Huber, G. P. and Daft, R. H. (1987) 'The information environments of organisations', in Jablin, F., Putnam, L., Roberts, H. and Porter, L. (eds) *Handbook of organisational Communication: An interdisciplinary perspective.* Newbury Park: Sage Publications, pp. 135–48.

[30] See for a more extended discussion Lee, A. (1995) 'Electronic mail as a medium for rich communication; an empirical investigation using hermeneutic interpretation', *MIS Quarterly,* June, 143 –57; and Markus, M. L. (1994) 'Electronic mail as the medium of managerial change',

Organisation Science, Vol 5, No 4, 502–27.

[31] For an account on the historical developments here, see David, P. (1985) 'Clio and the economics of Qwerty', *Economic History,* Vol 75, 227 –32. The original Qwerty and Azerty formats were developed so that typing would not go too fast as this might lead the mechanical devices to run into trouble. Despite the change from mechanical to electronic technology, more efficient formats have not been able to replace the Qwerty and Azerty formats.

[32] The following illustration is adapted from the work of Pinch, T. and Bijker, W. For a complete overview of this view on technology development, see Pinch, T. and Bijker, W. (1987) 'The social construction of facts and artifacts: or how the sociology of science and the sociology of technology might benefit each other', in Bijker, W., Hughes, T. and Pinch, T. (eds) *The Social Construction of Technological Systems,* MIT Press; and Bijker, W. E. (1995) *Of Bicycles, Bakelites and Bulbs.* Cambridge, MA: MIT Press.

[33] See Bijker (1995, 1987), op. cit.

[34] This tale is based on the extensive descriptions as given by Bijker. Interested readers can find the 'full' story as well as an extensive discussion of the development process of bakelite and bulbs in Bijker, W. (1995), op. cit.

[35] Ibid. p. 40.

[36] *Engineer* (1888) in Bijker, W. (1995), op. cit.

[37] In 1845 in fact William Thomson had already patented a form of air tyre. They were used on carriages at that time but never became a success, as they were expensive and other anti-vibration alternatives were available. However, it meant that Dunlop's patent was invalid, as he was informed in 1890. Using complementary patents, Dunlop and his company prospered after all.

[38] Kotler, P. (1983) *Principles of Marketing* (2nd edn). Englewood Cliffs, NJ: Prentice-Hall.

[39] Pine II, B. J., Peppers, D. and Rogers, M. (1995) 'Do you want to keep your customers forever?', *Harvard Business Review,* Mar./Apr., 103–14.

[40] Paun, D. (1993) 'When to bundle or unbundle products', *Industrial Marketing Management,* Vol 22, 29–34.

[41] Ranga, V. K. and Bowman, G. (1992) 'Beating the commodity market', *Industrial Marketing Management,* Vol 21, No 3, 215–24.

[42] Whether or not 'new' economic laws prevail in the information or knowledge society remains a highly-debated issue. The authors of this chapter are doubtful. For a recent overview of the debate, see for instance 'New Economy? What's left?' Special Report, *The Economist,* May 2001.

[43] See chapter 6 on pricing strategies for new products/services.

[44] Amit, R. and Zott, C. (2001) 'Value creation in e-business', *Strategic Management Journal,* Vol 22, 493–520.

[45] See 'Trying to connect You: A supply side revolution'. *The Economist,* E-trends (2001).

进一步阅读资料

Amit, R. and Zott, C. (2001) 'Value creation in E-business', *Strategic Management Journal,* Vol 22, 493–520. This article discusses in depth a variety of strategies one can deploy to use Internet technology in a sustainable way.

Rayport, J. F. and Sviokla, J. V. (1994) 'Managing in the market space', *Harvard Business Review,* Vol 72, No 6, 141–50.

Rayport, J. F. and Sviokla, J. V. (1995) 'Exploiting the virtual value chain', *Harvard Business Review,* Vol 73, No 6, Nov–Dec.

These articles provide an excellent overview of what the market space implies.

Daft, R.H. and Lengel, R.H. (1986) 'Organisational information requirements, media richness and structural design', *Management Science,* Vol 32, No 5, 554–71.

Markus, M. L. (1994) 'Electronic mail as the medium of managerial change', *Organisation Science,* Vol 5, No 4, 502–27.

People interested in information richness theory and its (social) extensions are advised to read these two works.

Bijker, W.E. (1995) *Of Bicycles, Bakelites and Bulbs. Cambridge,* MA: MIT Press.

We highly recommend this work on the, often neglected, social side of technology development.

Pinch, T. and Bijker, W. (1987) 'The social construction of facts and artifacts: or how the sociology of Science and the sociology of technology might benefit each other', in Bijker, W. E., Hughes, T. and Pinch, T. *The Social Construction of Technological Systems.*

Cambridge, MA: MIT Press.

第五篇

一种综合的方法

洛兰德·范·迪耶多克　保罗·格默尔　巴特·范·路易

在第五篇我们论及较具有综合性质的问题：如何建立一个综合的绩效评估系统以确保组织实现定义的服务理念？当更新服务理念（即创新）或者将服务理念延展到传统界限以外（即国际化）时应该牢记在心的要点是什么？最后，我们深入地探讨了服务战略的概念，这是讨论所有问题的出发点。这样，最后一篇的目的就是使读者回到实践中去，并把通过研读本书获得的见识应用到实践中。

环境的动态变化和服务传递过程的变化性使服务企业不断面临偏离焦点的险境，因此，如第 2 章所阐述的那样，定义一个清晰的服务理念很重要。然而定义服务理念只是其中的一方面，确保组织的雇员对服务理念作出承诺和给予支持是另一个（更重要的）方面。实现服务理念的一个基础条件是绩效评估系统的设计和执行。如果一个绩效评估系统能够指导组织走向正确的方向，同样，当所选用的绩效指标与服务理念不一致时，这样的绩效评估系统同样也会误导组织。由于绩效评估系统具有深远的意义，第五篇的第 1 章（即第 18 章）集中讨论如何设计和执行这样的绩效评估系统。

依靠一个绩效评估系统推行服务理念时要避免落入这样的陷阱：仅仅依赖财务绩效指标。纵观本书，我们一再强调财务绩效只是雇员和消费者满意的结果，这与服务传递系统的设计交织在一起。在第 18 章，我们将勾画出一个基于服务的绩效评估系统的框架，在这个框架中能够看到这些动态关系。由于关注执行过程同样至关重要，我们也把精力集中在这个领域的重要方面。

然而，没有一个单一服务的理念是永远持续的，因而在第 19 章我们探讨给服务注入新活力或创新服务的过程。在这里我们介绍了价值星系的概念，以便将消费者和解决其问题的方法置于创新过程的核心。尽管这看起来似乎是最普通的方法，其实包含着复杂的内容，既有严格的直线型创新过程，也有多次反复的和体现了更为全面观点的创新过程。此外，我们还讨论了与在服务企业内管理和锚定创新过程有关的特殊的关注要点。

另外一个可能有助于服务企业长期生存的方面就是服务企业国际化经营的能力和意愿。在第 20 章我们比较详细地描述了国际化的推动力，以及服务企业开发国际化战略时需要注意的事项。毫无疑问，服务的无形性和同时性等基本特征在这里发挥着至关重要的作用。

在最后一章，我们讨论了服务战略的定义，把它作为一种接合框架，将运作、人力资源、营销与服务理念结合在一起。尽管比较传统的方法给我们提供了开发服务战略的有意义的观点，较新的基于胜任能力的方法似乎对研究今天的服务企业面临的特殊战略挑战更有价值：对有形性的要求，在创造和维持竞争优势中对无形资源的利用，对服务传递中的价值创造和价值感知的管理，对技术的利用，创造时空竞争优势时对连续性的管理。

我们简直想不出一个比这更适合的章节来结束本书：要想将这里呈现出来的有用见识和观点转化为日常的实践活动，首先要知道你在市场上想做什么，这意味着你要定义一个服务战略，包括一个恰当的服务理念。只有这样做你才可以开始设计一个适合的运营系统（第四篇），创造良好的氛围和接近雇员的方法（第三篇），并建立起同消费者的忠诚关系（第二篇），重视服务的特殊本质（第一篇）。我们希望阅读这本书有助于读者正确理解实践，这是一项如同设计恰当的服务战略一样复杂的任务。

第 18 章

服务性企业的绩效评估系统

保罗·格默尔　　库尔特·沃威尔　　季诺·范·奥塞尔　　沃纳·布鲁格曼

洛兰德·范·迪耶多克　　巴特·范·路易

引言

今天的组织正在面临着复杂的快速变化的环境，它们必须正确地认识自己的目标以及为达成这些对生存至关重要的目标的方法。为了确保组织朝向预定的目标前进——实现它的服务理念，必须开发一个绩效评估和报告系统。这种系统在激励管理者采取与组织战略一致和促进组织目标的行动中发挥着重要作用。绩效评估和报告系统将管理者完成他们的目标的程度进行了量化并且成为报酬系统的基础。因此这种评估系统对管理行为有重要影响。它也是关于那些目标以及如何实现它们的重要沟通工具。曾经有人提出"评估什么，就得到什么成果"的说法。[1]

显然，绩效评估仅仅是提高组织的绩效的手段。不过，只有当绩效评估和服务理念紧密相联系时这种提高才成为可能。在服务组织中将绩效评估与服务理念紧密结合非常重要，没有关注焦点是危险的。没有对服务理念的很好的认识，消费者可能建立起与这种服务理念不适合的期望，最终需要一种不适合这种服务理念的服务交付。这可能会使服务员工漠视这种理念。同样，如果内部的服务员工不知道目标是什么，很可能产生行为上的分歧，例如，后台活动和前台活动之间的分歧。绩效评估和控制是战略绩效管理的一部分，也是帮助组织将注意力集中在焦点问题上的一个重要工具。

虽然绩效评估在服务业中很重要，但是它的成功完全依赖于评估系统被设计和执行的方式。在本章中，我们首先论证一个综合的平衡的方法对设计一个绩效评估系统是必需的。然后着眼于绩效评估的一些特定服务方面。另外还要阐明要想实现服务理念，必须如何执行作为绩效管理一部分的绩效评估系统。

目标 到本章结束，读者应该能够讨论如下问题：

- 如何设计一个绩效评估系统，如何将其与战略、目标和服务理念结合起来。
- 开发一个"平衡的"绩效评估系统（包含几个绩效领域的评估的系统）的重要性。
- 如何使用平衡计分卡和欧洲质量管理基金会优秀模型作为设计一个绩效评估系统的出发点。
- 与服务企业相关的消费者、雇员和过程等方面的绩效领域的重要性。
- 将吞吐时间、质量和生产率作为最重要的过程指标的意义。
- 执行一个绩效评估系统包括的步骤。

为服务组织设计绩效评估系统

在许多组织中，绩效评估系统阻碍了管理者和雇员采取通往理想的战略方向的行为。有时，这种绩效评估系统将他们指引到错误的方向上。例如，有这样一个企业，它的服务战略的要旨是质量和消费者满意度，但是业绩报告只关注成本。这样，雇员将注意力放在提高生产率以降低成本上，而忽视了可能给服务质量造成的消极影响。有人称这样的业绩报告与服务理念不一致。

因此设计一个综合的绩效评估系统的出发点是定义服务理念（见第 2 章）。服务理念是一个服务企业的存在理由的明确表达，因而目标的定义也要与这个理念一致。但是服务理念的定义并不保证服务理念被成功地执行。许多企业甚至不知道它们是否正在做它们打算做的事情。一个力争成为世界领先者的公司应该规则地报告它实际上正在以何种程度成为一个世界领先者。一个想使其消费者愉快的组织应该评估和报告消费者愉快的水平。

太多的组织缺少固定在服务理念和企业目标范围内的绩效评估。它们过于依赖或者更糟糕的是完全依赖财务数字来评估做得如何。这样做的原因有很多。例如投资者对上市公司的判断主要通过它们的季度财务成果。然而，一些非上市公司也将利润和/或财务稳定作为主要的目标，因此它们的管理控制系统强调财务指标。此外，评估财务状况比评估比较定性的雇员满意程度要容易得多。然而，依赖财务评估来管理一个组织就像只利用后视镜驾驶自己的汽车一样。事实上，今天的财务成果是昨天的绩效结果，但并非明天成功与否的晴雨表。[2]

绩效评估系统应该能够提供潜在的财务状况下降的预警。我们还记得服务利润链的基本思想：雇员满意驱动消费者满意，而这最终影响财务绩效。像雇员满意度和消费者满意度等非财务数字不但向公司提供了关于绩效的信息，而且可能也给出潜在的财务状况下降的警戒线。只依赖财务评估可能导致采取一些预防性措施，也就是只要考虑到财务绩效，某些事情就不能做。因此我们需要绩效评估系统给出一个关于绩效的平衡的观点。这里的一个重要的问题是在计分卡中需要包括哪些绩效评估以便于它得到"平衡"。组织可以使用一些鼓舞人心的综合的框架作为设计一个平衡的绩效评估系统的出发点。在下面的部分中，我们将讨论两个经常被使用的反映了综合和平衡观点的模型，也就是平衡计分卡和欧洲质量管理基金会优秀模型。

不过这两个模型是总括设计的：它们不一定反映服务组织所面临的特定方面，因此我们在设计一个绩效评估系统的过程中继续开发一些特定的服务方面。

平衡计分卡

平衡计分卡（BSC）是由卡普兰和诺顿（Kaplan and Norton）开发的，帮助管理者将组织的使命、目标和战略转化成一组全面的绩效评估指标，以获得竞争的成功。[3] 因此，平衡计分卡主要是一种战略实施机制。图 18.1 解释了一个大型的美国卫生保健系统的平衡计分卡的使用。[4]

平衡计分卡是围绕四个不同的维度组织起来的：

- 财务。
- 消费者。
- 内部经营过程。
- 创新、学习和成长。

这四个维度都在当前的评估、短期经营绩效和驱动未来的竞争绩效和成长中提供了一种综合平衡。应该将平衡计分卡的维度看做一种模板，而不是一件"紧身衣"。虽然没有数学定理证明这四个维度都是必需的和充足的，这四个维度仍然对许多公司都具有意义，因为股东、消费者和雇员是所有公司的非常重要的利益相关者。根据行业环境和公司战略，可能需要增加一个或多个维度，使其他重要利益相关人如供应商、社区和环境等的利益合并进来。

开发一个平衡计分卡的关键是构造多样的计分卡指标，以使它们能够恰当地连结在一起，并用来指导实现唯一的综合的战略。这组目标和指标应该具有内在的一致性并且相互补充。这种联系应该将存在于这四个方面的重要指标之间的因果关系合并起来。例如，提高雇员技能（在学习和成长方面），对内部过程（在内部经营过程维度中）的质量和效率有积极的影响，导致命令的准时传递，作为其结果，产生高水平的消费者忠诚（在消费者观中），而最终影响财务绩效，在上述这几方面之间能够建立一个因果关系链。这样，平衡计分卡"讲述了一个战略故事"，这个故事以长期的财务目标开始，并将这些目标与为传递理想的价值必须在消费者、内部过程、雇员和系统方面所采取的行动联接起来。

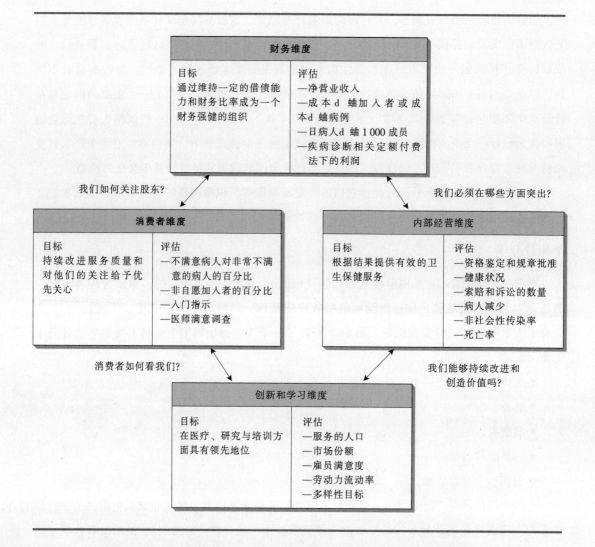

图 18.1 亨利·福特健康中心（Henry Ford Health System）开发的平衡计分卡

资料来源：General framework of the balanced scorecard based on 'The balanced scorecard–measures that drive performance', Kaplan, R. S. and Norton, D. P., *Harvard Business Review*, Jan.–Feb., 1992. Reprinted by permission of *Harvard Business Review*.

　　虽然平衡计分卡最初是作为在业务单位级别上的一种战略工具设计的，它也能够在组织职能级别、辅助职能级别和共享服务中被执行。一个职能计分卡将职能战略（例如，市场营销、人力资源和运作）转化成一组紧凑的绩效指标。一个共享服务单位（如一个人力资源部）将服务单位的绩效指标与它的目标和战略连结在一起，并与企业的（或经营单位的）服务理念相结合。因为许多这样的共享服务单位在后台部门中，在这些单位级别上展开的平衡计分卡将保证后台与前台活动的较好的匹配。

　　平衡计分卡实现了下列各方面之间的平衡：

● 定量的结果指标与驱动绩效的比较主观的、非财务指标。

● 股东和消费者方面的外部指标与关键经营过程、创新、学习和成长的内部指标。

当将平衡计分卡嵌入到用来贯彻一种政策的方法中时，能够很明显地看到它的全部能量，这种政策是指使组织成为聚焦于战略的组织的政策 [5]　（见第 21 章）。

用于全面质量管理的欧洲质量管理基金会优秀模型

另一个可以用来设计一个综合的绩效评估系统的模型是欧洲质量管理基金会优秀模型（EFQM Excellence Model），这是欧洲质量奖（European Quality Award）的基础，由欧洲质量管理基金会（EFQM）提出。这个奖项非常类似于日本的戴明奖和美国的鲍德里奇奖。EFQM 奖是最新近的一个奖项，是以美国和日本的经验为根据，并且被认为是最综合的模型。

EFQM 优秀模型是以九个标准为基础，这九个标准被分为两个较大的组：条件标准和结果标准（见图 18.2）。[6] 五个条件标准是领导、政策与战略、人员、合作与关系、过程。RADAR 方法对于在 EFQM 优秀模型中使用这些条件标准很重要。依照这种四阶段的方法，一个组织需要：

● 确定所追求的结果（result）。

● 计划和开发为达到这些结果的合理的方法（approach）。

● 以适当的方式展开（deploy）这种方法。

● 最后，评估（assess）和复核（review）这些方法。[8]

四个结果标准是消费者结果、人员结果、社会结果和关键绩效结果。根据这些结果标准，EFQM 模型中的问题的目的在于确定组织实际绩效，也将组织的绩效同其自己的目标对比，如果有可能，同竞争者和最优秀的组织进行对比。[9]

在这些条件标准和结果标准之间有一种动态的关系：条件标准的优秀将在结果中看得到。

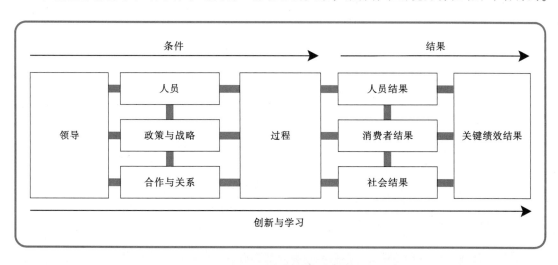

图 18.2 欧洲质量管理基金会优秀模型 [7]

资料来源：The EFQM Excellence Model has been reproduced with the permission of EFQM, Avenue des Pleiades 15, 1200 Brussels.

一个使用 EFQM 模型的记分档案的组织能够获得分布在这九个类别中的高达 1 000 的分数。

EFQM 优秀模型是一个关于标准的非规定性的框架。换句话说，它承认存在许多达到优秀的方法。与组织能够沿着不同的路达到优秀的看法一致的是，在 2001 年，欧洲质量管理基金会引入了对组织通往质量管理的努力和进步的不同级别的认可。现在组织可以申请优秀实现认可和承诺认可奖，而在以前只能申请欧洲和国际质量奖。[10] 欧洲质量奖是对任务模式组织追求卓越的一个重要的刺激物。优秀实现认可是为那些立志成为同类组织中最好者的组织设计的。这种认可项目的实施步骤花费时间较少，并且对评估进行修正。承诺认可是为那些从开始已处于通往卓越路途上的组织设计的。重点在于帮助这些组织认识它们当前的绩效水平和确立改进的优先次序。

在 EFQM 模型的发展过程中出现了一些问题，这些问题与这个模型与其他"模型"如平衡计分卡和 ISO 9000 的关系有关。平衡计分卡是为沟通和评估战略绩效而设计的，而 EFQM 优秀模型集中于鼓励组织在所有的管理活动中采用良好的做法[11]：

"通过 EFQM 模型所进行的一个自我评估寻求确定一个组织在定义和管理战略计划过程方面做得有多好。而平衡计分卡有规律地频繁地测试战略的合理性，监控组织传递服务的绩效。"[12]

在第 14 章讨论了服务组织中将 ISO 9000 作为一种质量保证体系来使用。传统上 ISO 9000 主要关注于 EFQM 模型的过程领域。ISO 与 EFQM 的主要不同在于前者是规定性的而后者不是。EFQM 模型的宽阔性引入了较大的创造空间，而且它的全盘考虑的方法使它比较复杂。相反，对于 ISO 程序可以在没有复杂的全盘考虑的方法的情况下展开。[13] 在商业实践中，EFQM 和 ISO 被认为具有很大的互补性：

EFQM 模型和 ISO 程序都被用作管理工具。ISO 使生产过程管理更加完善，而优秀模型被用来自我评估而且具有长期导向。[14]

新 ISO 9001:2000 包括一些新的特征，这些特征也包含在 EFQM 模型中。这些新的特征主要有消费者反馈、业绩改进、戴明环（Deming Cycle）思想（策划—实施—检查—处置），以及在涉及消费者和供应商的管理方面的新要求）。[15] 新 ISO 9001:2000 朝向一个综合的业绩管理系统更进一步地发展。

所有这些不同的模型激励一个想要改进业绩的公司寻求一种综合的方法，激发公司开发具体的反映不同的业绩构面的业绩指示器。

设计一个特定服务环境的绩效评估系统

尽管平衡计分卡和 EFQM 优秀模型毫无疑问都具有它们的优点，但是这两个模型都不是为具体的服务行业设计的。既然我们知道一个好的绩效评估系统必须与服务理念联系起来并且需要对其进行平衡，我们不禁要问对于一个特定服务环境的绩效评估系统最重要的成分是什么。

服务利润链给予我们为服务企业设计一个绩效评估系统的灵感。我们已经讨论过服务利润链如何意味着在下列因素之间的因果关系：服务理念和组织能力作用于雇员满意度，进而影响雇员的保留率以及服务生产率和质量，导致为消费者的价值创造。为消费者创造价值最终将产生消费者满意感并导致消费者忠诚和收益性。这个框架明确了在一个服务业的平衡计分卡中应该包括哪些关注领域（除了收益性）：

- 组织能力，包括技能、技术和操作。
- 雇员。
- 消费者和为消费者创造的价值（见图 18.3）。

在图 18.3 中，我们强调服务理念的概念，意味着以使用某种能力要素为焦点。应该明确定义这些要素，这些要素将决定关于雇员、消费者和过程的具体评估的相关性。

一旦我们理解了服务理念和目标市场的焦点所在（见第 2 章），我们开始考虑"服务传递系统"应该拥有的必需的能力。

使一个企业完成传递服务的主要资源是技术和人员（技能和知识）。知识工人是今天的服务企业的关键资源，发挥这些知识工人的最大功效是 21 世纪的主要挑战。[16] 虽然为了更好地认识绩效，特别是体力劳动者的生产率已经花费了多年的时间，但是对于知识工作的绩效（生产率）的关注仍然很有限。评估知识的生产率困难得多，因为它是无形的，也因为质量要比数量重要。[17] 对于一个教授，不应该仅仅根据有多少个学生参加他的课程而且也要根据有多少学生已经学到了知识来对他进行评价。这是一个质量问题。在第 21 章我们将更多地讨论管理知识这样的无形资源的问题。一旦定义了能力，就能够开始设计绩效评估系统了。在设计

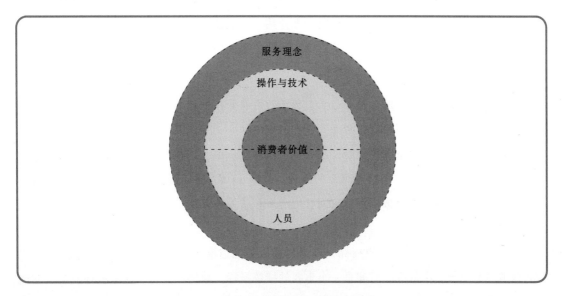

图 18.3 作为指导框架的服务理念

服务企业的绩效评估系统时，需要对雇员、消费者和过程给予特别关注。

评价雇员和消费者

在第 9 章中我们清楚地看到雇员在服务操作中的重要性不能得到足够的重视。与雇员有关的不同要素可以被置于一个综合的绩效评估系统中。雇员满意是绝对必需的。满意等级可以从调查中获得。[18] 雇员保留率可以很容易地从有关资历的资料中获取。然而，还应该考虑更多的其他要素。胜任能力和授权的概念是下一个被包含在内的维度。在胜任能力开发情况下，在这个领域所付出的努力和取得的进步应该给予考虑。虽然在这种情景下评价绩效可能常常采取描述性的和定性的形式，指标也是相关的，例如，为执行特定的新任务接受训练的人员的数量，由这种情形产生学徒的速度和数量等。对于授权的评价可以从两个级别上进行：一个公司在何种程度上投入到使其雇员参与的活动中，以及就个体员工来讲的授权的水平。这两个概念都已经在第 12 章中进行了广泛的探讨，所以我们在这里不再重复。[19]

从消费者的维度来看，一个核心概念是消费者（感知）价值（见图 18.3）：

消费者将根据由品质的结合所提供的效用减去由最终支付的价格所象征的无效用得出价值。[20]

价值似乎在服务质量和消费者满意度之间起一种缓和作用。[21] 高水平的服务质量只能产生较高水平的消费者满意度，此时消费者相信价值正在提高。只要消费者接受的价值是高的，与一个高价格的旅游项目相比，消费者可能对去往同样的目的地的一个低价格的一揽子旅游非常满意，只要所获得的价值是高的。

关于消费者满意和保留率，有广泛的评估工具和方法可用。我们在第 7 章已经详细地讨论了这个重要方面。

消费者和雇员在服务传递过程中进行交互作用。很明显服务传递过程的绩效将对消费者和雇员的满意度（进而保留率）有很大的影响。因此，衡量和评价过程绩效很重要。

评价过程绩效

雇员执行构成服务过程的活动。自然过程绩效由雇员在过程中的绩效决定。但是聚焦于个体雇员是远远不够的，组织也应该考虑人们在过程中如何交互作用。过程绩效也是其他资源的一个函数：有形资源如设备或建筑物，还有提供的信息。它也是各种活动交互作用的方式、过程如何被改进和过程如何被消费者感知的函数。在第 14 章我们已经讨论了过程评估。一般而言，看起来过程能够也应该根据吞吐时间、生产率和质量被评价。

衡量吞吐时间

吞吐时间是一个重要的绩效指标，因为传递服务的速度决定了服务企业的竞争地位。例如，快餐店和维修中心的吞吐时间是一个重要的绩效指标。像保险公司、金融机构，甚至咨询公司如果能够提供一个短的"传递时间"，也能够赢得竞争优势。

在服务部门存在一些特殊的进步，从而使短吞吐时间成为消费者的一个基本需求 [22]：

- 消费者想要在他们喜欢的时间、地点，以他们喜欢的方式接受服务。像个人电脑银行这样的技术使今天的消费者有可能在他们喜欢的任何时间（和场所）享受服务。消费者正在成为时间和场所的"流浪者"。

- 同时，消费者越来越要求服务传递中的快速响应。快速响应并不一定意味服务必须即时传递，而是与消费者进行"时间接触"，指明必须在哪个时间传递服务。这些"时间接触"的例子可以在场地服务协议中找到，在这里陈述了在什么时间范围内将执行对一个机器的维修。

- 消费者越来越需要服务企业是永久可利用的。例如，计算机企业向消费者出售备份软件，如果这个用户企业的计算机系统出了故障，可以立即被安装好这些备份软件，并且继续他们的工作。

雇员的作用在这些以时间为基础的服务传递环境中完全地改变了。管理消费者的接触时间成为服务传递中的一个主要关注点。管理消费者接触时间包括如下行动要点 [23]：

- 使等待时间尽可能短一些。

- 以消费者的观点衡量时间。

- 在时间绩效方面定义一个服务契约（承诺或协议）（见第 8 章）。

- 指明如果不能遵守服务契约中的诺言将给予消费者的赔偿。

- 使营业时间与消费者能够访问服务企业的时间一致。

- 对服务传递中的首次接触和最后接触给予额外的关注。

- 使服务传递的水平与消费者的要求一致。

- 注意是谁在服务传递过程中陪伴消费者。

- 预期服务传递过程中的过失。

- 保证服务过程的每一个关键时刻都能被消费者感到是一种质量体验。

相应地，订货期或交货期被包括在质量要素中。不过，即使消费者不知道或不重视短促的吞吐时间，衡量过程的吞吐时间，或更具体一点，衡量真正增加价值的过程步骤的操作时间占整个过程花费时间的比率可能还是值得的。小于 1% 的比率并不少见，因为像保险公司这种环境中，处理一个人寿保险政策所实际花费的时间是 10 天，其中只有 7 分钟（= 0.16%）是真正增加价值的时间。其余的时间（主要）是等待时间、运输时间、检查一个人的工作的必需的时间等等。根据以时间为基础的竞争原理，减少吞吐时间将帮助公司同时 [24]：

1. 降低成本。

2. 提高质量可靠性。

3. 增加弹性。

4. 提高传递可靠性。

5. 通过缩短新产品推向新市场的时间提高创新性。

因此吞吐时间看来是包含许多绩效标准的通用指标。同时，它能产生重要的杠杆作用。例如，坚持将吞吐时间缩短 50% 的公司将会更大幅度地改进它们的过程。

衡量生产率

生产率是指产出与投入之比。服务业至少部分地具有无形性，这使确定产出更加困难，更不用说衡量产出。此外，在许多服务组织中没有一个能够概括整个活动的产出衡量指标。一个商学院教授的产出可以根据发表的作品的数量、教学时数、讲授本身的质量、管理培训项目的成功等来衡量。将这些衡量指标浓缩成一个（财务的）产出数字确实不可能。

另外，服务过程中消费者的在场带来了服务的变化性。消费者以其独特的需求和行为为服务过程引入了高水平的变化性，这使达到统一的生产率标准很困难。当护士们每小时为 5 个病人提供护理是否可以说是多产的？虽然在这个例子中不能提出绝对的生产率标准，可以在假定这些护士处理了相同类型的病人的前提下对她们的生产率进行比较。绝对生产率标准的不存在使相对效率定点赶超在服务环境中很流行。在这样的定点赶超中，利用多种产出衡量指标的要求已经使一些新的用于相对效率定点赶超的技术产生，如数据包络分析。数据包络分析是一种基于线性规划的技术，这种技术方法通过同时对比几个输出和输入指标对服务单位根据绩效进行排列。图表 18.1 列示了一个银行使用数据包络分析方法评估 24 个分行的柜台操作人员的相对绩效。那些想更详细地了解数据包络分析技术的读者应该首先阅读技术说明 4。

图表 18.1

使用数据包络分析的某银行的雇员相对绩效

这项研究是由比利时银行进行的。和大多数银行一样，这家银行（尤其是它的分行网点）正面临着对消费者的服务传递进行大量改进的问题。

自动分销渠道如自动提款机、家庭银行和电话银行等的越来越多的利用导致分行交易数量减少。另一方面，在消费者与柜台人员的越来越复杂的交互作用的性质上有了转变。焦点转向建议和销售上，从低服务接触转移到较高服务接触。

银行不确定这两种发展将带来什么样的净效应。管理层最初假定交易数量的下降将导致人员的较低的工作量，使员工有可能从交易事务中摆脱出来处理较为复杂的交互作用。然而，这与分行职员的工作量显著增加的感觉正好相反。这里有几种解释：大量的建立关系的活动如向消费者提出建议并没有像交易那样进行登记；交易数量的下降只是些微地增加了员工的自由时间，这些自由时间不一定得到有效的利用，等等。换句话说，技术的发展引发了关于职员安排的讨论，更具体地说引发了对可利用人员的重新分配。

鉴于关系银行业（relationship banking）对银行业发展的日益增长的重要性，需要重点讨论这个问题。考虑到战略人力资源管理的概念，这种朝向关系银行业发展的趋势意味着在银行内部人力资源管理政策的改变。

该银行想更详细地考察这些发展所带来的影响。尽管所有的分行都经历着这些发展，一些分行相对于其他分行能够较好地处理这些发展带来的影响。显然需要详细地洞察每一个分行的实践，并且更为明确地洞察工作任务的划分、人力资源的分配和在效力、效率和质量方面的配备职员的绩效。

为此，银行管理层启动了一个方案，从 24 个分行搜集了数据，目的是对这些分行的绩效进行对比（初步研究）。在这里使用了三个指标：

1. 工作在柜台、与消费者接触的专职雇员的数量；
2. 为柜台业务做一些管理工作的专职雇员的数量；
3. 以分行的终端、自动提款机、结单打印机和点钞机的数量的总和表示的基础设施。

产出指标是以交易为基础的指标，包括交易的数量、投资的数量和准予贷款（向个人、专业的小公司）的数量。因为管理层格外担心柜台雇员的生产率，他们在第一阶段将商业活动排除。表 18.1 显示了所搜集的数据。表 18.2 是利用数据包络分析产生的结果。技术说明 4 给出了关于这种方法的较为详细的技术信息。

表 18.1　用于数据包络分析的 24 个分行的输入数据

分行	ACCOUNTS	GRCUST_9596	GGM_9596	FTE_COOP	FTE_COAD	INFRASTR
1	917	184	6 278.85	0.79	1.10	6
2	585	124	3 830.21	1.49	0.85	4
3	1 088	130	3 339.95	1.48	1.34	9
4	918	231	4 026.29	2.02	1.23	5
5	1 469	129	5 783.78	2.42	1.54	8
6	1 309	139	1 262.69	2.27	0.67	8
7	1 417	303	6 656.47	2.66	2.00	8
8	1 058	265	−981.52	2.71	1.25	8
9	460	75	304.81	0.91	0.22	3
10	1 023	297	4 608.12	1.75	0.66	5
11	1 254	199	4 514.81	2.20	0.65	5
12	880	173	3 793.39	1.44	0.69	7
13	231	79	5 027.55	0.81	0.40	3
14	1 589	359	7 568.34	3.71	3.04	10
15	948	44	577.46	1.50	0.80	4
16	786	102	7 987.37	2.10	1.39	7
17	663	105	1 369.14	1.57	0.67	7
18	388	95	3 552.80	0.98	0.61	2
19	500	146	2 746.54	1.05	0.39	2
20	1 344	256	6 767.75	3.50	2.08	8
21	720	162	8 792.14	1.63	1.37	7
22	597	161	4 366.91	1.21	0.41	5
23	868	195	−2 014.65	2.48	1.01	8
24	472	113	3 893.03	1.16	0.69	6

ACCOUNTS：1995 年该分行账户的数量
GRCUST_9596：从 1995 年到 1996 年消费者数量的增长（绝对数）
GGM_9596：从 1995 年到 1996 年毛利的增长额（绝对额，千元）
FTE_COOP：在柜台业务中与消费者接触所花费的时间（如 money transfers）
FTE_COAD：柜台业务管理所花费的时间（除了出售）
INFRASTR：分行的终端、自动提款机、结单打印机和点钞机的数量总和从这个结果列表中我们看到，分行 1 与效率总是 100% 的其他 3 个分行（分行 10、18 和 21）的参考集相比，其效率是 96.60%。将专职雇员的数量减少一个单位，分行 1 的效率将提高 34.8%。然而分行 1 只需要提高 3.4% 就能达到 100% 的效率。这仅仅为 34.8% 的 1/10。那么，分行 1 通过将专职雇员的数量减少 0.1% 就能得到满足。

表 18.2 对 24 个分行进行的数据包络分析

分行	Efficiency score (%)	Efficiency reference set	FTE_Coop (%)	FTE_Coad (%)	Infrastructure (%)
1	96.60	10,18,21	34.80	0.00	6.30
2	78.60	10,18,21	45.10	0.00	8.20
3	100				
4	81.70	10,11,19	23.90	0.00	10.40
5	99.44	10,15	32.40	0.00	2.70
6	100				
7	91.61	3,10,21	32.10	0.00	1.80
8	65.63	3,10,15	30.90	0.00	2.10
9	100				
10	100				
11	100				
12	100				
13	100				
14	76.32	10,18,19	16.70	0.00	3.80
15	100				
16	85.21	10,13,18,21	29.20	1.00	5.30
17	69.60	3,6,10	52.10	27.10	0.00
18	100				
19	100				
20	73.94	10,11,19	18.70	0.00	4.30
21	100				
22	100				
23	58.57	3,6,10,11	33.00	16.80	0.10
24	81.20	10,12,21,22	74.00	20.00	0.00

FTE_Coop：在柜台业务中与消费者接触所花费的时间（如 money transfers）
FTE_Coad：柜台业务管理所花费的时间（除了出售）
Infrastructure：分行的终端、自动提款机、结单打印机和点钞机的数量总和

总体上，当执行内部效率定点赶超时，服务企业相对于制造企业有一种优势，因为服务企业拥有一个更大的服务传递场所的网络。数据包络分析是用于多场所服务环境中的内部和外部效率的定点赶超的非常流行的工具，多场所服务环境面对着多种输入和输出。[25] 这样的环境有银行、医院、法院和大学的部门等。

我们得出的结论是，在服务环境中相对于在制造环境中衡量生产率更有难度也更加复杂。然而，显然仍然应该对其进行衡量，不能将服务生产率遗漏在一个综合的绩效评估系统之外。

衡量质量

关于如何衡量质量已经在第 7 章和第 14 章进行了广泛的论述。现将在这些章节中讨论的

要点总结如下：

- 可以在一个特定的服务环境中识别出一些服务质量维度，以及期望服务质量同感知服务质量的区别。像 Servqual 这样的工具有助于衡量不同服务质量维度的这种差距。服务企业应该努力理解为什么会存在期望质量与感知质量的差距。
- 识别服务传递过程中的关键时刻和潜在的失误点很重要。服务设计图可以作为进行这种分析的起点。有较多的方法，如关键事件技术和服务事务分析能够被用来更好地洞悉为什么会存在这些特殊的失误点。
- 衡量过程的变动性是必要的。

综合不同的绩效指标

在前面的段落中我们识别出与雇员、消费者和操作能力有关的不同绩效指标。正如本章开头已经指出的那样，综合的绩效评估意味着同时着眼于这些不同的绩效指标，并且从这些不同的绩效指标的关系中获得较多的认识。虽然服务利润链给出了雇员满意度、价值、消费者满意度等绩效指标之间关系的概念模型，但是要想真正获得关于特定服务组织的综合的观点，必须保证每一个概念的绩效标准的可操作性。表 18.3 说明了一个银行如何进行这种操作化。

接下来要做的是搜集关于表 18.3 中的每一个绩效指标的数据。拥有一个包含所有这些指标的（从内部服务质量到外部服务质量）大规模的样本数据是建立一个综合的绩效评估系统的主要障碍，这样一个绩效评估系统使这些绩效指标之间的关系能够被看清楚。在本章后面的进一步阅读资料中给出了在不同服务环境（如售后服务和银行业）中进行的对绩效指标之间关系进行经验测试的研究。

不同绩效指标的重要性取决于传递的服务的类型。个人式交互作用类服务的价值一般高于维护式交互作用类服务的价值。这意味着消费者更愿意为前者而不是为后者而等待，或者说个人式交互作用类服务相对于维护式交互作用类服务的时间敏感度较低。

在维护式交互作用类服务中，生产率也是一个重要的问题。较高的生产率被看做与较好的质量正向相关。在这些服务环境中利用数据包络分析进行的内部定点赶超得到普遍接受。在任务式和个人式交互作用类服务中生产率与质量之间的关系很不明显。以每小时治疗的病人数量表示的较高的护理生产率会导致较低的服务质量，因为护士不再有充足的时间照顾每一个病人。在个人式交互作用类服务中，知识的生产率被认为是下一世纪的主要挑战。

一旦服务理念被转化为很具体的绩效指标，如表 18.3 所示，服务理念就能够通过一个综合的平衡的绩效评估系统的引入而得到实施。在讨论这样一个系统的实施之前，我们应该看看图表 18.2 中约翰·布朗在基玛特（G-Mart）的故事。他为什么没能成功地使公司走上正轨？

表 18.3　一套综合的绩效指标和它们在银行中的操作 [26]

概念上的绩效指标	子类别	操作化
收益性指标		每个专职雇员每户收入 每户收入
消费者忠诚指标	经常账户保留率	在该银行从第一年保持到第二年的经常账户的消费者数量 在该银行从第一年保持到第二年的经常账户的消费者数量的变化百分比
	存款保留率	在该银行的存款从第一年保持到第二年的消费者数量 在该银行的存款从第一年保持到第二年的消费者数量的变化百分比
	平均可供投资的资产	在该银行保存的消费者可供投资资产的平均比率 在该银行保存的消费者可投资资产从第一年到第二年间的平均比率的变化百分比
	交叉销售	每户的平均服务购买数量 每户的平均服务购买数量的变化百分比（从第一年到第二年）
消费者满意指标		把分行列为第 6 级或第 7 级的消费者的百分比（从 1 到 7 共划分为 7 个等级） 把银行列为第 6 级或第 7 级的消费者的百分比 银行平均等级 分行平均等级
雇员忠诚指标		专任经理平均服务月份 平均雇员任期（年） 据调查为整个地区的成功主动承担任务的雇员的比率 据调查如果其他地方提供同样的薪水将离开这里的雇员的比率
雇员满意指标		对"你如何评价作为你工作场所的这个组织"的回答结果的平均水平 对"你如何评价你的岗位——你所做的工作类型"的回答结果的平均水平
内部服务质量（在如下各类中将银行列在第 6 或 7 级的雇员的百分比）		沟通　　出色完成任务的可用资源 协作　　公司高层管理者 培训　　经营层管理者 报酬/机会　地理营销管理者 　　　　　直接上司

资料来源：Based on Loveman, G. W. (1998) 'Employee satisfaction, customer loyalty and financial performance: an empirical examination of the service profit chain in retail banking', *Journal of Service Research*, Vol 1, pp. 18–31.

执行一个综合的绩效评估系统

　　和基玛特一样，许多公司都在它们的企业使命中声明它们正在为"消费者和雇员满意"而奋斗。到处都建立了消费者导向的项目，并且到处都执行着雇员满意度评估系统。然而，虽然

图表 18.2

基玛特的绩效评估

约翰·布朗自从他在三年前接任基玛特的总裁职位以来第一次休假，但这不是令人愉快的一天。在经过深刻地反思之后，一个星期前他已经决定辞职，因为他未能将基玛特这艘漂泊的大船转到提高消费者满意度和恢复收益率的新航线上。

基玛特经营着 100 多家超市，成为国家第二大食品零售商。但是大约已经有 10 年了，基玛特的利润率逐渐地被侵蚀，因为其市场份额缓慢而稳固地丧失。平价超市的进入和经济不景气，已经使所有的市场商人遭受损失，而基玛特被证明是损失最大的一个。结账处前排着长队，经常性的缺货，不友好的员工，肮脏的商店，简言之，基本上是一个令人不愉快的购物环境使基玛特陷入了一个艰难的竞争处境中：人们认为它的商品比其他平价超市的贵，而同时提供的服务又比所谓的"价值零售商"的服务质量低下。

因此，大约三年前，寻求转变的基玛特董事会请求约翰·布朗出任执行总裁。布朗认为这是一生中仅有的一次机会，于是接受了这个挑战，并且给自己三年的时间将基玛特推上正确的轨道。

他尽心竭力的首要的一步是重新设计基玛特的服务战略。经过 6 个月的与高级管理层的激烈地商讨后，达成了一致意见，即最先考虑的问题应该是提高消费者忠诚度和保留率，以阻止基玛特市场份额的逐渐丧失。同时也同意基玛特应该把自己定位为一个价值零售商而不是一个折扣商。这种战略基于的观点是，平价超市经营着较窄范围的产品，因而产生了结构成本优势，因此基玛特将以其他价值零售商作为自己的赶超标准。所有的高级管理者都同意

只有提供世界级的服务公司才能获得一种竞争优势。公司的目标将是增加消费者忠诚度和消费者满意度。

作为第二步，布朗发起了一个重要的内部沟通运动。在真正起动运动之前，他对所有的雇员进行了调查，这些调查将显示出他们是否付出了努力。目的是评估雇员的动力和参与程度，也评估雇员关于基玛特的战略和服务理念的观点。然后将来的调查将表现内部沟通运动的效果。毫不奇怪，第一次调查的结果表明关于基玛特应该采用的战略的看法是极为分散的。一些人认为基玛特应该立即调低价格，而其他人想采取某种"价值"的途径。

然而，雇员的确表达了他们对公司的未来的信念。他们看起来真正具有一种紧迫感，并且调查的结果清楚地说明约翰·布朗拥有雇员的支持。

他担任执行总裁一年后，想评估他取得的成绩。为此他又进行了一次内部调查，这个调查表明对新战略的认识程度非常高。几乎所有的雇员坚决同意基玛特要向它的消费者提供世界级的服务。布朗也组织了对消费者满意度进行衡量的初步调查。调查结果表明全面满意度指标在 10 个等级中属于 7.2 这个等级。比较令人担忧的是，14%的能够被确定为不满意的回答者将基玛特列为 6 甚至更少的等级。此外，市场份额和收益率都在下降。

约翰·布朗考虑着这些调查结果，想在担任执行总裁的第二年期间稳定基玛特的市场份额。约翰·布朗充分认识到雇员和雇员动力对服务质量、消费者满意度和保持率的重要性，完全相信消费者满意度指标将会上升，经营成果将开始提高。

在整个一年之内，他和他的员工在个体商店级别上，也在产品类级别上，小心翼翼地监控销售额、市场份额和成本的发展情况。商店经理和部门领导同样密切监控他们的经营成果。

然而，虽然付出这么多的努力，很快清楚地看到市场份额的下降并没有停止。在他任期的第二年年底，基玛特的收益率达到空前的最低点。这在第三次雇员调查中反映出来，调查表明雇员仍然支持世界级服务战略，但是他们关于组织的未来的信心已显著下降。另一方面，消费者满意度指标已经从 7.2 上升到 7.5，而样本中不满意消费者的数量从 14% 稍微下降到 12%。

在约翰·布朗任期的第三年，他不得不喝下这杯苦酒。令人失望的财务结果迫使管理层采取一些激烈的措施，包括降低工资和裁员，这导致一些商店发生罢工。这种社会的动荡不安在那一年的关于雇员的调查中显现出来。消费者满意度指标从 7.5 下降到 7.1 点，而不满意消费者的数量从 12% 上升到 16%。此外，雇员的动力处于有史以来的最低点，对世界级服务战略的承诺也大大下降。最后，罢工造成市场份额的额外丢失。投资者似乎对基玛特的未来失去了信心，因为公司股票的价格已经在这之前的 6 个月内下降了 30%。

约翰·布朗没有补救办法，只有承认他已经失败。他向基玛特董事会提出辞职，并决定在至少 6 个月内不再接受任何一个新的任命或工作。他想公休一段时间，试图评估自己在哪里做错了，以及本应该采取何种不同做法。约翰·布朗花费了大量时间思考他作为基玛特执行总裁的三年经历。他开始明白是哪里出了问题。方案的起动很顺利，因为所有的雇员都有一种紧迫感。此外，选择的战略也是正确的战略。因为通过内部沟通，他已经使所有雇员确信交付世界级服务是恢复力量的唯一的方法。

他的失误存在于根据明确定义的优先次序建立一个改进服务的体系上。在重获市场份额的热切中，他和他的下属只讨论销售数据、营业额、执行的交易数量和市场份额。他们向他们的人员重复着相同的信息。最后，基玛特变成以销售驱动的组织。想得到低价格或高质量的消费者什么也没有得到。

显然，消费者满意度提高了，因为不满意的消费者干脆停止了同基玛特的交易。剩余的消费者看起来很高兴到基玛特购物，但是他们的数量下降了。

最后，那些曾经有很高期望的雇员（可能过高了）看不到真正的改进，所以最初的动力和无法抵抗的力量变成同约翰·布朗和基玛特敌对的力量。导致的罢工吓跑了消费者并最终导致他的辞职。

现在他认识到自己的错误所在：他的方法已经构建起激情，但是缺少综合的体系指导这些动力通往设定的目标。

一些公司在初级阶段经历了提高，但是大多数运动仍然没有超出只是说得好听的阶段。此外，建立起来的评估系统常常只是产出一些吸引人的报告，而没有其他。因此，大量使用标语口号和提高认识显然只能在边缘上提高消费者和雇员的实际满意度以及最终的收益率。除非以实现理想的服务理念为目标的绩效评估系统与公司的经营实践和过程联系起来，否则它不会影响公司经营的方式，不会对消费者的满意度、雇员的士气或较长时期的收益率有显著的作用。

图 18.4 说明执行一个综合的平衡的绩效评估系统所包括的步骤。[27] 接下来我们详细讨论

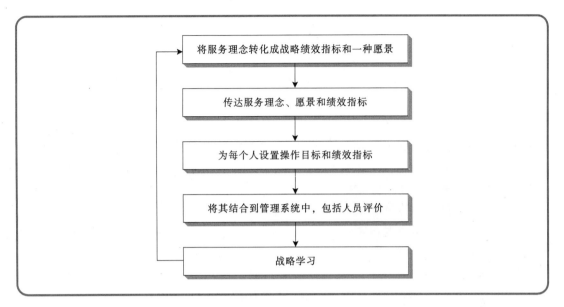

图 18.4 绩效评估系统的执行过程

这其中的每一个步骤。

步骤一：以行动术语定义服务理念

第一个挑战是使服务理念可执行。特别是如果服务理念在言辞上相当笼统时这样做更有必要。如果服务理念在言辞上很笼统，将会有很大的解释空间，这可能会导致关于服务理念真实含义的模棱两可和有差异的看法。判断组织传递服务理念和达成它的战略目标的程度变得很困难。[28]

因此最重要的是高层管理者要挑选有限数量的战略绩效指标。如果所有的高层管理者都认同目标和指标，他们将愿意在整个组织内展开服务理念。这样的组织通常写下一个所谓"使命书"。

服务理念的笼统措辞

如果我们看一看许多组织的使命书和/或服务理念，能够看到想胜过其他同行组织的意向。服务提供者们想成为最好的一个，提供最优秀的质量和服务，最具有革新精神，以及雇佣最好的员工。然而问题是，许多服务理念没有精确地描述"成为最好"所暗含的真正意思。在图表18.3可以看到对一个服务战略的不同解释。

评估长期的战略绩效

服务理念具体化可以通过建立长期的战略绩效评估达成。利用这些评估达成目标意味着组织正在实现它的服务理念。

关于这种方法的一个好例子是第一个获得欧洲质量管理奖的兰克施乐的管理会计系统。兰

图表 18.3

鲁汶根特的国际化

在 20 世纪 50 年代，比利时第一商业学院——鲁汶根特管理学院（Vlerick）——由鲁汶根特教授建立起来。他想帮助与美国管理者合作的佛兰德的商人，但他发现这些欧洲人热衷于采用他们的美国对手的现成的技术方法。看到缺少欧洲方法，鲁汶根特教授决定建立欧洲管理培训。为此，他建立起欧洲大陆最早的商学院之一，他希望借助于生产率学习与研究论坛（SPSO），在佛兰德建立和培育一种管理文化。几十年后这个愿景被转化为一份正规的使命书，指出鲁汶根特学院（即 SPSO 的重新命名）应该将其资源集中在佛兰德的管理开发上。然而，在 20 世纪 90 年代初期，鲁汶根特学院经受着企业管理内训市场的冲击。商学院董事会对使命书进行了调整，同意商学院应该致力于获得认可，成为国际化的而非佛兰德的管理开发领袖。几乎全体人员支持这种被称作"国际化"的新思想。然而，虽然在国际化努力中的一些首要措施得到执行，结果证明，董事会的成员进而雇员对"得到国际化的认可"的真正含义持不同的看法。一些人认为，瓦隆是学院的训练项目的首要市场，因为比利时的说法语的人不能享受（那时）学校的荷兰语课程的服务。其他人强调探索荷兰市场，因为它是一个与佛兰德有相同母语的邻国。第三类人认为首要的目标群应该是工作在设在比利时的许多欧洲总部的数以千计的脱离国籍的人。还有一些人认为学院应该以欧洲的甚至是全球的经理和市场为目标，因为享有声望的商学院都是从全世界范围招收学生和参与者的。

同样地，出现了一些关于将在何种程度上使教员成为国际性的讨论。一些人认为学院应该限于寻觅与其他商学院的亲密合作上，将自己的博士生送往国外的学校至少一年以使教员国际化。其他人认为应该通过学院自己使教员国际化。最后，问题变得明晰，国际化过程的第一步必须在董事会成员中就国际化学院的真正含义达成一致。

克施乐的例子表明消费者和雇员满意使公司提高了市场份额，而这推动了财务成果。该公司的平衡计分卡由四个战略绩效指标构成：

- 雇员满意度。兰克施乐每年对其员工进行一次全面满意度调查。总共有 110 个调查指标，主要涉及雇员与他们的上级和同级别的人的关系，对他们的基本工资和薪水的满意水平。这些匿名的调查信被寄送到白领工人的家庭地址，信件的回答率大约 80%。蓝领工人在上班时间填写这些问卷，例如在餐厅填写，以使回答率接近 100%。
- 消费者满意度。施乐向它的消费者邮寄一份消费者满意调查问卷，然后通过电话征集回答。这样做将书面调查的完整性与电话调查的高回答率结合在一起。这个评估由一个代表施乐的独立调查机构执行。满意度数据可以供施乐及其竞争者用来研究消费者如何影响服务传递过程。
- 市场份额。这被看做推动收益率的重要因素之一。
- 资产回报率。通过增加这个财务维度完成了这个战略管理控制系统。

兰克施乐的高层管理者在走访中基层管理者时强调，"只有在有剩余时间时才讨论经营成果"。绝对优先权被给予消费者满意和雇员满意方面。施乐的高层管理者通过在训练员工时强调战略绩效指标，将他们的战略转化为行动。

将服务理念转化为一个愿景

简明是一个好的服务理念的特征之一。对服务理念的陈述过多，会使服务理念因为冗长不易传达，并且不易被所有员工记住。因此许多组织已经通过将较为复杂的和详细的服务理念转化为一种简短的鼓舞人心的愿景而获益。

一个好的愿景陈述将注意力集于每个人都认同的崇高目标上。同样地，这样的愿景将服务理念的最基本的成分和关键的战略优先安排以及方向转化成指导性的信仰。[29] 作为一种沟通工具，其措辞应该容易理解、清楚、简洁和易于记忆。内容应该是野心勃勃的、具有挑战性的但是仍然可以实现的。简言之，一个愿景陈述必须是鼓舞人心的。

或许最有力的愿景陈述之一曾经是总统约翰·肯尼迪关于美国太空项目的愿景陈述：

> 在十年之内，我们将把一个人放在月球上。

在服务组织中类似的例子很多。我们已经提及的敦豪国际航空快件公司的服务理念是：

> 敦豪将成为在文件和包裹快递方面的公认的全球领袖。

尽管这个信息并不长，但是敦豪认识到这个愿景并不容易向所有的雇员传递。因此敦豪又制作了一个简单而清晰的愿景：

> 实现百分之百的隔夜递送。

ABB 服务公司也在使组织内部的所有雇员理解其已经很简明的服务理念上遇到了麻烦：

> 通过交付专业的、与消费者近距离的、全面的服务提高消费者满意水平。

像敦豪一样，ABB 提出一个简短的愿景陈述，以便在内部同时向外部传达信息：

> ABB 服务公司要成为世界范围的工业维护专家。

一旦每个人在愿景陈述的本质含义上达成了共识，组织将准备开始它的内部沟通努力，这是执行以消费者为导向的程序的第二步。

步骤二：传达服务理念、绩效指标和愿景

作为以消费者为导向的方案的一部分，一个重要的航空公司决定向它的乘务员授予权力，在飞行中无论何时食物或饮料偶然地溅到乘客的衣服上，由乘务员向乘客分发用于干洗衣服的钱。[30] 这种授权训练的目标是双重的：

1. 航空公司想借助于此留住那些否则可能会不满意的消费者。对这种损失的赔偿将减少消费者争端并进而可能产生某种善意。

2. 这种主动行为被认为是向雇员传达关于消费者满意度和保留率是一个主要的优先考虑事项的手段。雇员必须认识到申请正式的服务恢复要求的旧时代结束了：不管什么时候航空公司发生服务过失，都要努力对其消费者进行损失的弥补。

当一个乘务员首次向一个乘客实际支付了用于干洗衣服的赔偿款时，显然她必须上交这个乘客的收条。经理收到这个收条后将向她询问一个简单的问题：

"你是否有可以避免这项赔偿的其他方式？"

这个例子解释了中层管理者在任何发起消费者导向行为中的重要作用。不管组织在内部沟通努力行为上投资多大，最终还是由直接上司向其下属给出正在传达的一切信息的具体含义。

经验一再告诉我们中层管理者能够制作或打破任何计划。如果中层管理者对服务理念和愿景作出承诺，他们将通过传达和支持服务理念和愿景，经由下级管理者为所有雇员树立一个好榜样。然而，如果他们不赞成服务理念或者没有清楚地理解服务理念的真正含义，他们将通过行动和语言向下级管理者传递错误的信息。

中层管理者在那些地理上分散、有较高人员流动率和高比例的低技能、兼职工人的组织中的作用尤其重要。在比利时最重要的汉堡连锁餐馆——奎克（Quick）的案例中能够清楚地看到中层管理者的重要作用（见图表18.4）。

图表 18.4

在奎克激活愿景

奎克的绝大部分雇员是兼职者，如努力赚取额外收入的学生。因此服务员工认为在奎克餐馆的工作是一种临时工作而不是一种职业。这种情况使奎克的管理者面临着在这些雇员中间创造一种归属感的重要挑战。大量投资于以兼职雇员为目标的培训和内部沟通不是一个解决问题的办法，因为雇员流动率很高，太多的雇员将在这种投资开始有回报之前离开这里。

奎克意识到中层管理者的重要作用，并因而将它的内部沟通集中于它的餐馆经理上——这以假设经理应该完全理解和承诺奎克组织的服务理念和文化为基础。这样经理们将会根据奎克的服务战略行动，将服务战略的含义向他们的职员传递。通过"实践愿景"，他们为所有其他雇员树立了行为榜样，并且为奎克的不可阻挡的成功贡献了重要的作用。

显然，任何内部沟通计划都应该考虑中层管理者的重要作用，有时这个问题仍然被忽视。这对内部沟通努力的内容和时间都具有影响。

1. 既然下属总是向他们的上级寻求关于服务理念的解释，经理们值得采取一个较为深入的方法。尽管以其他雇员为目标的沟通可能主要由非个人的媒介构成，经理们还应该参加一种激烈的情况汇报。在这里应该有充足的时间用来提问和讨论。只有那样高层管理者才可能确信信息不但被清晰地理解而且被接受。

2. 任何内部沟通的发送都应该按照层级进行，因为经理们应该总是在他们的下属知悉之前被通知。这避免了经理们在那些不是他们同级的人的面前议论和/或拒绝服务理念，尤其是在较大的组织中应该避免这种情况。

一些公司为中层和基层管理者设计了不同的训练方案；其他组织则没有这样做。后者认为将中层管理者和基层管理者同时置于同一个训练项目中有助于在这些经理之间建立团队精神和达成共识。另外一些组织先训练中层管理者，然后让他们出席基层管理者的训练项目。同样的原则也被用于服务员工，即基层管理者参与服务员工的训练项目，对传递信息提供支持。

步骤三：为每个人设置可操作的绩效指标

除高层管理者以外的雇员不认为他们自己对组织的平衡计分卡中定义的战略绩效指标有影响或有直接的责任。因此组织应该为每个人和/或小组设立与战略目标一致的操作目标。由此产生的个人计分卡 [31] 对战略平衡计分卡是一种补充。

在开发这些个人计分卡时，建议确定组织的最先考虑的事项。从上至下部署这些优先考虑事项，并从下至上开发这些个人计分卡，这意味着将所有的努力结合到组织执行其战略的努力中。

接下来我们首先讨论这种个人计分卡，然后讨论设定优先次序的重要性。

个人计分卡

一个平衡计分卡，包括组织的战略绩效指标，帮助高层管理者监控实现组织的目的和目标的程度。组织中的所有其他雇员不能对达成这些目标负有责任，因为他们对组织的过程和输出只有较小的影响。总体上，一个人所处的层级越低，他被卷入综合的绩效指标的程度越小。

这就是处于领先地位的公司激发它们的所有雇员将那些战略绩效指标转化成他们自己的操作绩效指标的原因。所有的雇员必须详细说明为了帮助组织实现目标，他们将要采取的行动。这些行动必须与可以计量的目标、期限和绩效指标相联系。

这种过程被称作政策展开，也被归类于目标管理（MBO）。 [32] 在这方面兰克施乐又一次为我们树立了一个好榜样。如前面所提到的，这个公司使用四个战略绩效指标：消费者满意度、雇员满意度、市场份额和资产收益率。这些指标也作为高级管理层的绩效的重要指示器，因为高级管理层能够也应该对组织做得如何承担责任。然而，从个体雇员的角度，他们很难看到他们的绩效如何与施乐的整体绩效指标相联系，而这种整体绩效事实上完全依赖于所有个人的努力。因此存在的问题是如何整合所有这些努力。

这就是施乐为什么激发它的每一个员工或小组为他们自己开发出如何对整体战略目标作出

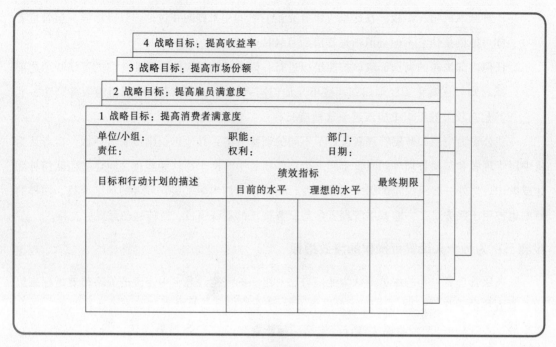

图 18.5 兰克施乐的平衡计分卡

贡献的计划。他们必须设计自己的行动计划、自己的目标和自己的绩效指标（见图 18.5）。

例如，一个直接下属的满意水平降至平均水平之下的经理，可以建立一个能够提高他自己的员工的满意水平的行动计划。这个经理将对达成他自己的目标负有责任，而不对组织的全面雇员满意负责。

设定优先次序

当按照设定的优先次序开发行动计划时，政策展开过程能获得最高的成果。这些优先考虑事项是从上至下确定下来的，借助于此，每个经理按照他的直接上司的优先考虑事项设置自己的优先事项。高级管理层设置战略的优先考虑事项，然后将这些优先考虑事项在组织内向下铺开，为每一个层级开发优先考虑事项。施乐坚定地相信，将精力集中于"少数至关重要的"优先考虑事项要比为"许多有用的"事项分散力量值得。

设置这些优先次序有双重的一体化效果：

- 水平方向。组织内的所有工作在同一层级的人们设置他们自己的优先事项时不得不与另外一个人协商。他们的上司可以起缓冲作用。这样，在单个层级上所有的优先事项得到综合。

- 垂直方向。每一个经理都证实他的下属所确定的优先事项符合他自己的优先考虑事项。同样地，这个展开过程保证所有设定的优先事项与高级管理层的少数至关重要的战略优先事项一致。

此外，从上至下的方法允许过程改进和过程再造。如果这个方法是自下而上的，在这种政策展开努力范围内几乎不可能实现过程再造。实际上，在一个自下而上的情形中，处于最低层级的每个经理或小组都将根据日本的持续改进技术，以改进他们自己的过程提出方案，排除超出个别小组或经理范围的方案。而在自上而下的方法中，任何一个经理都能决定他是否应该考虑努力为他所负责的一组过程进行理想的过程再造，或者决定是否放权让处于他的下一级的经理们在他们所负责的次一级过程中独立工作。

如果设定优先次序基本上是一种自上而下的工作，开发具体的行动计划则应该是一种自下而上的过程。雇员的参与在很大程度上取决于给予他们构思自己的行为、绩效指标和目标的自由程度。在一个专业性服务环境中，确保找到个人发展计划与设定的优先事项之间的平衡极其重要。

只有引入了政策展开技术才能证明设定的优先次序是正当的。那时，首要的目标是动员力量，使每个人都参与到设计和执行行动计划中。为了使成功的机会最大化，只是简单地邀请雇员参与，而不考虑优先事项。只有当雇员掌握了政策展开的哲学和方法后，才利用至关重要的少数优先考虑事项聚焦于个人行动计划。

步骤四：将个人计分卡综合到管理系统中

一旦组织已经建立了一个政策展开系统，有必要将这种个人计分卡结合到管理系统中。在进一步阐述员工评价的最重要因素和这个步骤的固有风险之前，先解释为什么有必要改变人员评价的标准。

改变人员评价的标准

时常，组织不愿意改变评价它们雇员的方式。有时通过政策展开而加强的内部沟通项目强调消费者满意，以关注消费者作为第一优先事项，而同时仍然在使用旧标准评价雇员，因而发送出模糊的信号。

最近十年来，一些汽车制造商已经开发出聚焦于消费者的创新行为，产生了启动会、训练尝试和其他类型的内部沟通以及广泛的消费者满意调查。某制造商的伴随着调查的一封信这样写道：

> 在 20 世纪 90 年代制造优秀的汽车已经不再足够。消费者期望他们的经销商提供杰出的服务。

一般的规则是，制造商培训它们的区域经销商总监训练经销商分析和利用消费者满意调查结果，目的是鼓励经销商启动服务质量改进项目以提高消费者满意水平。

许多汽车制造商认识到不调整评价系统的呆板方式将会破坏消费者满意方面的努力。更多地使用销售量作为重要战略绩效指标、更多地使用广告来努力增加销售量将导致关注短期销售成果的行为，而这将以长期的消费者满意为代价。例如，一个汽车制造商认识到，当向消费者交付新车时，如果消费者意识到厂商的这种关注会非常失望。在签订销售合同前，销售员给了他们优待。销售员们想完成一次交易，因为他们靠这个拿奖金。然而，几个星期后当消费者来取新车时，那个曾经卖给他汽车的销售员根本很难给他任何关心，优厚的待遇已给予了新的目标。

公司必须改变它们的人员评价系统，使它反映出对消费者满意的关注，这已经得到反复的证明。否则，它们可能陷入一种综合征中，高层管理者规律性地发起一个个新的方案，而雇员不会改变自己的行为，因为他们认为新发起的方案将不会持久。

管理者通过改变评价系统，能够证明这就意味着生意。

人员评价的最重要因素

管理者为了证明他们能够与众不同地经营组织可以使用几种工具。我们将简要地讨论这些最重要的评价因素的优缺点。

- 走动式管理。对经理的评价是根据他们的行为而不是言语。因此，人员评价的最重要的工具是经理们与他们下属的日常接触中的言论和适当的行为。这就是消费者导向的方案必须从高层开始的本质原因。中层管理者将以上级管理者的言论和行为作为榜样。

- 奖金方案。奖金体系是驾驭人们行为的一种很有力的工具。因此，建立与消费者满意度联系的奖金方案是一个绝对必备的条件。一般来讲，人们很不情愿设置广泛的可变报酬体系，特别是欧洲人更不情愿。当公司已经使用一种奖金方案，但是方案不包括消费者满意度指标时是危险的。

- 定期的评价座谈。许多组织利用定期的、正规的评价座谈。其特征就是邀请雇员评价他自己在过去一段时期内的绩效，指出改进的领域和设置下一期的目标。由这个雇员的主管对雇员自评产生的备忘录进行讨论。最后，雇员和直接主管坐到一起努力达成一种协议。这种评价座谈可以作为奖金方案和/或提高工资和/或晋升的一种参考。

传统上没有将评价座谈与战略目标联系起来。然而，通过将员工计分卡与系统结合起来，使雇员开始认识到他的"正式的"评价与消费者导向标准相联系。此外，评价座谈传统上只限于经理们；应该将这个体系扩展到全体员工。

例如，英国零售商阿斯达（ASDA）组织了关于所有员工（包括车间的员工）的定期评价座谈。为了简化过程，低技能的工人不必写自评备忘录，但是要求他们完成一张自评问卷。这个问卷包括封闭式问题，并为实际的回答提供两栏。例如：

	自己的	赞同的
我对顾客是有帮助的	总是　经常　有时　很少	总是　经常　有时　很少

第一栏是由雇员自己来完成。第二栏是由上司和雇员共同完成，反映了"赞同的"绩效。

问卷中列举了对雇员绩效重要的所有标准。其目的是评估优点和弱点，也为处理需改进的领域提出行动计划。

- 晋升标准。管理者通过明确地传达关于挑选晋升人选的标准已经变化的信息，能够向雇员传达这不是一件开玩笑的事。显然，只有严格实施新标准的情况下这种方法才可信。

    关于这种方法可以在一个被美国竞争者收购的比利时公司中找到。这个美国母公司想让这个新获得的"女儿"采用英语作为正式公司语言。为此，所有还没有掌握英语的雇员被要求参加广泛的培训课程。然而，一些顽固分子拒绝学习英语。因为他们中的一些人在组织内的级别很高，他们不感到这样做会受到责难。最后，管理层决定没有通过英语测验的人不能得到晋升。从而使每个人逐渐地开始遵照执行新规则并学习英语。

- 非财务奖励。作为对一个奖金方案的代替或对奖金方案的补充，公司可以使用非财务奖励以激励关注消费者的行为。这些非财务奖励与雇员之间的竞争有关，例如，"本月最佳员工"奖励。不过这里存在一种风险：只有最具有动力的雇员参与，因为其他人感到他们从来都不会赢。这可能导致反生产力，因为其他人可能变得气馁。如果这些雇员怀疑给予奖励的评奖团的客观性时，这种士气消沉会加剧。克服这个问题的一个可行方法是激发消费者酬劳员工。

    另一种避免士气消沉和确保人人参与的方法是选出一个以上的获胜者，也就是区分出不同级别的奖项。例如达到最高标准的人能够获得白金奖；属于中间类别的人获得金奖；而那些达到最低标准的人获得一枚银质奖章。

    非财务奖励不一定仅仅是象征性的，也可以采取小礼物的形式。某些公司提供培训作为一种奖励。传统上区分开两种培训。一种培训是对所有的员工提供岗位绩效需要的培训，例如，邀请所有的秘书参加有关升级的文字处理软件的课程。另一种培训不是一个雇员目前的岗位所需要的培训，而是使他得以在组织内部成长的培训。同样地，参加这样的培训获得了晋升的机会。

显然，通过将这些种类的奖励与战略绩效指标和个人计分卡联系起来，使人们开始调整他们的行为。虽然目的是这样，但是这种方法仍然存在固有的严重的危险。因为人们现在将改变他们的行为以获得一个积极的评价，如果标准不正确，那么结果将是灾难性的。

一个比较普遍的问题是标准是正确的但不平衡。公司可能变得被消费者困扰而不是以消费者为导向。例如，由于提高电话响应速度而能够获得一种奖励的秘书可能以快速接电话为目标，而在所有其他方面做得不好。

步骤五：战略学习

履行服务理念的最后一步包括分析不同绩效指标间的关系。这种战略学习过程使组织得以估定战略的正确性和优化选择路径。一个公司可以努力提高它对如下这些要素之间关系的认识：

- 提高雇员满意度是否能够产生较高生产率、较低雇员流动率和高水平的消费者满意度？
- 提高消费者满意度是否导致较少的摩擦、较高的保留率和较多的推荐？
- 提高雇员满意度和消费者满意度是否导致较高的收入和较低的成本，以及因而产生较好的经营成果？
- 这些关系的显著性如何？

在一家荷兰大型办公设备公司进行的一项关于售后服务在开发同消费者的关系中的作用的研究表明 [33]，技术质量（最终结果的质量，也就是适当地修理机器）对情感承诺有直接影响，而功能质量（也就是过程的质量，质量发生的方式）通过消费者满意对情感承诺有间接影响。所以现场工程师与消费者交互作用的方式影响满意水平，也影响承诺，进而影响消费者保留率。

在这项研究中，研究者也试图找出解释消费者质量感知的要素。雇员的高角色冲突和高角色模糊导致较低的工作满意水平，并进而导致低质量。角色冲突意味着管理者的期望与消费者的期望不一致。现场工程师面临着这种冲突。例如，一个直接上司可能期望一个现场工程师服务的消费者尽可能多，而那些消费者中的每一个都需要个性化的关注。当一个人没有获得足够的关于充分地执行他作为服务员工的角色的信息时就产生了角色模糊。如果没有以正确的方式进行处理，新方案可能会遭受角色冲突。

组织应该对个人计分卡和平衡计分卡的关系进行监控。如果所有雇员履行他们的行动计划，并达到他们的目标，例如，关心消费者满意度的提高，那么全面消费者满意能否提高？

这些分析将帮助组织调整他们的优先考虑事项，并调整设定的战略。估算改进方案的成果也成为可能。

结论

为服务业设计一个绩效评估系统所需要的整合和平衡构成了本书的内容：在服务管理中，运作、营销和人力资源不能够彼此孤立。它们是一艘大船的发动机的构成部分，并由一个指南针设定方向，指南针即服务理念。我们也已经明白拥有一个指南针是不足够的。它必须被用来推动大船向正确的方向行进。因而我们需要船长和船员。如果他们不了解这条船，或者不知道最终的目的地所在，这条船将不能以有效率的和有质量的方式前进。人员的动机和他们的个人计分卡与组织的平衡计分卡的结合在履行服务理念中是至关重要的。因而必须以一种简单易懂的方式传递服务理念，并且必须关注员工评价系统；这些是执行一个综合的平衡的绩效评估系统的最重要步骤。

复习和讨论题

- 像平衡计分卡、EFQM 优秀模型和 ISO 9000:2000 这些综合的绩效模型之间有哪些相同点和不同点？

- 利用表 18.1 检验有效率的分行比无效率的分行有较好的产出/投入比。在表 18.2 中的无效率分行如何变得有效率？哪些分行是经常被用作参考的？

- 利用表 18.3，开发关于不同操作绩效指标之间关系的假设。进一步阅读资料推荐的由洛夫曼（Loveman）所写的文章，并评价你的假设在何种程度上得到他们的研究的支持。

- 一个服务理念在执行一个综合的绩效评估系统中的重要作用是什么？

技术说明

关于本章可以参见技术说明 4。它详细说明了数据包络分析的方法。

注释和参考资料

[1] Bruggeman, W., Bartholomeeusen, L. and Heene, A. (1988) 'How management control systems can affect the performance of service operations', *International Journal of Operations and Production Management,* Vol 8, No 3.

[2] Kaplan, R. S. and Norton, D. P. (1993) 'Putting the balanced scorecard to work', *Harvard Business Review,* Sep–Oct, 134–47.

[3] See the following articles and books of Kaplan, R. S. and Norton, D. P. (1992) 'The balanced scorecard –measures that drive performance', *Harvard Business Review,* Jan –Feb, 71 –9; (1993) 'Putting the balanced scorecard to work', *Harvard Business Review,* Sep –Oct, 134 –47; (1996a) 'Using the balanced scorecard as a strategic management system', *Harvard Business Review,* Jan– Feb, 75 –85; (1996b) *The Balanced Scorecard: Translating strategy into action.* Boston: Harvard Business School Press; (1996c) 'Linking the balanced scorecard to strategy', *California Management Review,* Vol 39, No 1, Fall, 53–79.

[4] Based on Griffith, J. R., Sahney, V. K. and Mohr, R. A. (1995) *Reengineering Health Care: Building on CQI.* Ann Arbor, Michigan: Health Administration Press.

[5] Kaplan, R. S. and Norton, D. P. (2001) 'Building a Strategy-Focused Organisation', *Ivey Business Journal,* Vol 65, No 5, May–June, 12–19.

[6] European Foundation for Quality Management (1999) *The EFQM Excellence Model,* Pabo Prestige Press.

[7] Source: EFQM.

[8] European Foundation for Quality Management, 1999.

[9] Porter, L. J. and Tanner, S. J. (1996) *Assessing Business Excellence—a guide to self-assessment.* Oxford: Butterworth-Heinemann.

[10] EFQM (2001a) 'The EFOM in action', European Foundation for Quality Management.

[11] Lamotte, G. and Carter, G., 'Are the Balanced Scorecard and the EFOM Excellence Model mutually exclusive or do they work together to bring added value to a company?' Prepared for the EFQM Common Interest Day, 17 March 2000.

[12] Lars-Erik Nilsson and Peter Samuelsson, 2000, Self-assessment for Business Excellence in Large Organisations: the EFQM Excellence Model as a tool for continuous improvement, Masters Thesis, Chalmers University of Technology, Sweden.

[13] EFQM (2001b) 'ISO 9001:2000: a new stage on the journey to excellence', *Excellence Network, European Foundation for Quality Management,* Vol 1, Issue 2, Feb—March, pp. 4–7.

[14] Hans-Friedrich Bühner, Manager of Business Excellence, and Klaus-Peter Bastian, Vice-President of Processe & Corporate Culture, Infineon Technologies, as quoted in EFQM, 2001.

[15] EFQM (2001b), op.cit.

[16] Drucker, P. F. (1999) 'Knowledge Worker Productivity: The Bigger Challenge', *California Management Review,* Vol 41, No 2, pp. 79–94.

[17] Ibid.

[18] Readers interested in job satisfaction scales that were developed rigorously and according to scientifi c standards are referred to Miller, D. (1991) *Handbook of Research Design and Social Measurement.* Sage; as well as Ferry, D. and Van de Ven, A. (1979) *Measuring and Assessing Organisations.* New York: John Wiley.

[19] Relevant reference for assessing levels of empowerment are Spreitzer (1996) and Van Looy et al. (1998b). See Spreitzer, G. (1996) 'Social structural characteristics of psychological empowerment', *Academy of Management Journal,* Vol 39, No 2, 483–504; Van Looy, B., Desmet, S., Krols, K. and Van Dierdonck, R. (1998b) 'Psychological empowerment in a service environment', in Swartz, T., Bowen, D. and Brown, S. (eds) *Advances in Services Marketing and Management,* Vol 7, JAI Press.

[20] Caruana, A., Money, A. H. and Berthon, P. R. (2000) 'Service quality and satisfaction –the moderating role of value', *European Journal of Marketing,* Vol 34, No 11/1, 1338–53.

[21] Ibid.

[22] Fessard, J. and Meert, P. (1994) *De tijd van de klant* [The customer time], Roularta, 216 pp.

[23] Ibid.

[24] Stalk, G. and Hout, T. (1990) *Competing Against Time.* Free Press.

[25] The following article gives a very good insight into the technique of DEA and also shows that DEA is frequently used in efficiency benchmarking of banks and bank branches all over the world: Avkiran, N. K. (1999) 'An application reference for data envelopment analysis in branch banking: helping the novice researcher', *International Journal of Bank Marketing,* Vol 17, No 5, 206–20.

[26] Based on Loveman, G. W. (1998) 'Employee satisfaction, customer loyalty and financial performance: an empirical examination of the service profit chain in retail banking', *Journal of Service Research,* Vol 1, No 1, 18–31.

[27] The overall thinking in this section is inspired by Kaplan, R. S. and Norton, D. P. 'How the balanced scorecard changes your management system', *Harvard Business Review,* Jan–Feb.

[28] Heene, A. (1995) *Bruggen Bouwen naar de Toekomst.* Tielt: Lannoo.

[29] Belasco, James A. (1990) *Teaching the Elephant to Dance.* New York: Plume, pp. 99–104.

[30] Project Klachten & Luchtvaart (Complaints and Aviation Project).

[31] We first came across personal scorecards at Rank Xerox, but the name itself was found in Kaplan, R. S. and Norton, D. P. (1996b), op. cit.

[32] See, for an excellent and systematic account on MBO, Reddin, B. (1989) *The Output-oriented Manager.* Gower Publications.

[33] Martin Wetzels, doctoral dissertation, Maastricht University, The Netherlands.

进一步阅读资料

Loveman, G. W. (1998) 'Employee Satisfaction, customer loyalty and financial performance', *Journal of Services Research,* Vol 1, No 1, 18–31. In this article, Loveman tests empirically the relationships between the different components of the services profit chain. Table 18.3 is based on this article.

Soteriou, A. and Zenios, S. A. (1999) 'Operations, quality and profitability in the provision of banking services', *Management Science,* Vol 45, No 9, 1221–38. In this article a series of efficiency benchmarking models is developed guided by the service-profit chain. The efficiency benchmarking models are based on the technique of Data Envelopment Analysis. The use of the models is illustrated using data from the branches of a commercial bank.

Van Looy, B., Gemmel, P., Desmet, S., Van Dierdonck, R. and Serneels, S. (1998) 'Dealing with productivity and quality indicators in a service environment: Some field experiences', *International Journal of Service Industry Management,* Vol 9, No 4, 359–76. In this article, a service-specific approach to performance measurement is described using process mapping, activity-based management and quality function deployment. The approach is used to develop a balanced scorecard for two case sites: a hospital and a health insurance company.

Wetzels, M., De Ruyter, K. and Lemmink, J. (1999) 'Role stress in after-sales service management', *Journal of Services Research,* Vol 2, No 1, 50 –67. Martin Wetzels has written a doctoral dissertation where he empirically tests the service profit chain in an after-sales service environment. In this article, the first part of the relationship (starting with internal service capability and ending with quality) is investigated. The managerial recommendations are very interesting.

第 *19* 章

服务环境中的创新管理

寇恩拉德·迪拜科瑞　　巴特·范·路易

引言

"虚拟"银行和股票经纪业务正在出现，它们仅仅由一个电子网络及其消费者构成。而其他金融服务公司供应这些产品。建筑、总部、分支机构逐渐消失。

一个小型的个体旅馆同其他小型的个体旅馆构成一个网络，它们在互联网上开发了一个预订系统以赚取现在它们必须向公共预订系统如 Sabre 支付的酬金。消费者将通过电话进行预订而不用麻烦旅行社。

一个出版商和电子数据交换工具的主要供应商结成联盟。它获得了必要的多媒体能力并使其实施内在化，目的是成为数字化信息的供应商。今天，从前的出版商管理着它的主要客户的信息和市场数据。它应消费者的要求印刷个性化的邮购目录，并且通过它的消费者所喜欢的信息载体处理邮购和分销。

今天的任何一个管理者都清楚变化的日益增长的速度。技术的、竞争的和文化压力相碰撞。根本性地改变竞争规则的创新能力开始普遍得到承认和赏识。管理层陷入这种漩涡。有时管理层创造了变化，但时常又反抗这种变化，或者更坏的是被这种由竞争者鞭打而产生的无休止的创造性毁灭所伤害。

我们通过比较全面地讨论关于创新过程的观点开始本章。传统上认为创新过程是一种直线型的有顺序的过程。反复和螺旋型创新过程的观点充分地支持了管理公司的价值星系（value constellation)而不仅仅是价值链的趋势。这种从价值链向价值星系转变的趋势值得服务组织的特殊关注，因为价值星系的概念将消费者和对消费者问题的解决办法置于创新过程的中心。以这种方式看待创新，把创新的动力学引入到了服务理念的概念中：一切以着眼于一种特定的消费者需求和以一种综合的方式靠近这种需求为起点。此外，在服务业中，消费者参与创新过程并不限于解释需求；服务的无形性和同时性意味着消费者也真正参加设计和开发阶段。鉴于从一种价值星系的观点看待创新对服务业的重要性，我们将在第一部分中首先讨论这个思想。

创新也许是一个行业中最具有破坏性的力量。[1] 理论研究和实践都已经强调创新过程的自相矛盾的本质。一方面，创新通过开发提高产品、过程和服务的能力而促进内生的公司成长。这些增强能力的创新很重要，因为它们在公司级别上和行业级别上巩固和优化了商业和技术能力。这就是众所周知的扩展和更新已有产品和服务平台的渐进式创新（incremental innovation)。可是另一方面，创新可能具有高度的破坏性，破坏一个公司的商业和技术能力。例如，桌面印刷系统的到来已经宣告传统印刷业的许多已经确立的能力的毁灭。

因而创新过程的双重的本质使管理关注成为必要。公司需要平衡它们的创新努力带来的增强能力和破坏能力的两种力量。创新组合（innovation portfolio）为管理这种战略的自相矛盾提供了一个有力的工具。创新组合和组合管理过程因而成为本章的重要问题。

创新既可能提高能力也可能破坏能力的事实自然带给我们另外一个问题：给定公司已有的技术和市场能力，如何处理这种双重挑战？是否应该寻求内部开发（"自制"）或者寻找包含理想的新能力的合作者（"外购"）？我们认为一个平衡的创新方法包括自制和外购。

最后我们讨论了关于在操作层面上管理创新项目以及如何在广泛的组织内部启动创新项目的主要见解和指导方针。

目标 到本章结束，读者应该能够讨论如下问题：

- 借助于创新这种螺旋型过程考虑价值星系。
- 为什么这种思想尤其对服务业相关？
- 组合方法如何有利于平衡目前存在于创新过程中的矛盾。
- "自制"和"外购"如何与组织创新组合相关。
- 就项目来讲如何认识创新过程以及如何在组织内启动创新项目。

螺旋型过程的创新：价值星系方法

早期的创新活动对创新过程采取一种线性观点。创新被认为是按照一种前后有序的方式执行的一系列阶段或活动。这种线性过程开始于调查活动的执行，接下来是开发和设计活动，导致试制生产。一旦试制生产阶段结束，就能够进行大规模生产和商品化。然而，在 20 世纪 70 年代和 80 年代的关于创新管理的研究指出，创新过程本质上是非线性的重复的过程，包含了许多所涉及的不同活动之间的反馈环。例如，在设计阶段发现的问题能够引发一种新的研究活动。工程师改变命令是对这种非线性过程的另一种解释。他们发出改变设计的信号，即使产品已经投放市场。

然而，即便考虑到这种非线性，对创新进行管理的方法仍然依赖基于阶段的模式，在这些模式中创新变得更为精细和清晰有力。在不同的阶段或进程中，发生重要的设计复核时刻，产生至关重要的应变决策。

不同的模式 [2] 强调了区别创新过程中的不同阶段、进程或活动所表现出的不同的必要性。这些仍然以顺序的方式被管理，例如，产生思想阶段、定义概念阶段、解决问题阶段、样品—设计—检验—纠正循环、制造和商品化阶段。然而，在不同阶段中插入了应变决策和评估并且去除不确定性。

近来，重点被放在各种阶段的"并发"，目的是使回馈和迭代达到最佳化。在创新的旅程中所涉及的不同活动和职能之间的相互依赖和交叠增加。然而，组织和人力资源实验以及信息传递能力的有限成为实现完全"并发"尝试中的重要限制。

"并发"范例的出现表明仍然需要开发和设计新产品的一种交互和迭代方式。创新过程现在变得更加动态和具有适应性。这可以通过软件开发的交互式设计方法的出现得到很好的解释。新软件越来越多地通过一系列的短周期的迭代方式开发出来，在这其中，分析者、测试者、程序师和使用者提供输入量，对快速开发原型的连续过程评估和监控。我们不再花费大量时间研究一种基础软件设计，然后进行详细地设计，进而对这种设计进行编程、检测和调试，现在我们正面对着一种完全不同的软件开发方法。首先，软件越来越被模块化。其次，针对每一个模块设计出小规模的原型，快速地制造并朝向全面实施升级，规格和功能性在小模块设计小组和用户间的一个交互式循环中得到精确定义。支持和设计新技术的技术，如辅助开发工具和面向对象（object orientation）进一步促进了这种演变。

因此，我们可以开始谈论一种创新螺旋（innovation spiral）而不是一个创新链。创新螺旋指推敲和明确表达企业产品、服务和解决消费者需求的过程平台的连续不断的迭代。以这种方式支持企业的价值星系而不是价值链。[3] 看起来这种开发和设计新产品的交互和反复的模式对服务业特别具有相关性。鉴于服务的无形性（例如制成原型不可能），服务提供者必须几乎是立即从概念设计进入到消费者面前的测试。此外，通过让消费者参与新产品开发和补充性开发的最早阶段，使思想突然出现，导致一种解决消费者需求的综合方法而不仅仅是一种新产品。

在采用价值链思想的情况下，有一种趋势就是关注企业目前所执行的价值链上游或下游活动。沿着价值链结合或消除步骤被证明是许多企业的创新的源泉。例如，航空行业的一个重要创新就是去掉机票和座位预订活动。当然这些类型的创新是重要的，尽管这仍然表现了一种对公司操作所遵循的价值链的线性观点。

价值星系采取一种更为全面的观点，在这里创新过程为最终消费者创造价值。价值星系激发创新经理充分认识和明确表达他们的组织如何与其他（补充性）产品和服务交互作用，开发新产品，为消费者创造价值。这种分析方法能够导致进入新产品和新服务的跨价值链（而不是沿着价值链）的活动的综合。因而，一个服务组织例如一个汽车协会可能认识到，对于它的下一次服务创新，不但应该关注顺着提供旅行挂车的价值链的传统活动，而且可能开始综合那些与它传统的提供旅行挂车相关的补充性活动。这可能会导致共同开发与一个汽车广播设备结合使用的智能卡，以获取最近的交通和旅行挂车。价值星系的思想因而刺激了跨服务界限的和服务界限内的创新（见图表 19.1）。

图表 19.1

卡车运输的梦想 [4]

一个法国发明家的想法能够节约时间和金钱。
——**阿尔卡季·奥斯特罗夫斯基**（Arkady Ostrovsky）

一个 26 岁的法国发明家塞巴斯蒂安·莱恩（Sebastian Lange）认为，悠闲地凝视学校的窗外是有益的。原因是当凝视学校外面的火车和卡车时，莱恩开始思索将卡车放到火车的上面。

这个结果被声称是能够减少欧洲公路的拥堵的运输设计的一个突破。在这个月初，这个开发项目在摩纳哥的一个欧洲发明竞赛上获奖。

莱恩先生已经提出克服由火车运载卡车存在的一个最大问题的方法——如何使铁路货车通过狭窄的低顶的隧道运载卡车。他已将这个系统许可给德地氏公司（De Dietrich）——一家小型法国全部车辆公司，这个系统能够使结合公路和铁路的"联合运输"的缓慢发展的市场获得一种推动力。一些欧洲和美国的铁路公司一直在开发联合运输。例如，英格兰、威尔士与苏格兰这个最大的英国铁路货运经营商目

前在试验所谓的"在背上的"拖车，它能够被装载到特殊设计的铁路货车上。然而，这个系统限于运载拖车，而不能用于卡车，并且需要特殊的起重设备。瑞士和澳大利亚铁路公司巧妙地利用小车轮的火车携带货车通过隧道，然而，小车轮降低了速度而增加了维修成本。

莱恩先生的发明允许卡车和拖车在带有标准尺寸的车轮和不需要起重设备的平台货车上被运输。这项发明包括降低平台货车的中间部分，放置一辆卡车，而较高的两端用于容纳货车的轮子。这个系统允许货车的中间部分与两端分离以便于向旁边回转，使卡车上下开动。莱恩先生估计在大约 30 分钟内一个有 28 辆货车的火车能够装卸 56 辆卡车。

在欧洲，要求远程司机在 9 小时轮班中间休息 10 个小时，但是莱恩先生说他的发明将允许司机在他们的卡车被运载时能够在附随的卧

铺货车上休息，从而节省时间和资金。他说，这个创新将使从英国到意大利的旅程从两天的时间减少到 24 小时。

但是建立一个关于他的发明的真实大小的原型需要 500 万英镑。"德地氏公司说对于这个项目还没有足够的现金，而像法国国营铁路公司（SNCF）这样的大公司不喜欢年轻的大学毕业生带着想法并告诉他们如何建造铁路，"莱

恩先生这样说，"当你告诉他们你的发明是实用的时候人们仍然视你为疯狂的发明家并且不相信你。"英国皇家物流与运输学会的丹·哈杰斯说："这个提议允许一个完全的单位一起被运输，并且以我们的成员能够利用的更有效率的联合运输方式进行。我们希望以我们能做的任何方式支持和推广它。"

仔细地考察创新螺旋的概念，我们发现突破创新经常是显著增加功能多样性和实施可能性的全部范围内的新产品和服务的基础。例如，将大豆加入到食品中并且将其与身体健康相联系的创新突破，引发了多种多样的产品平台的开发，如豆油、大豆乳酪和大豆饮品等，结果产生了一系列新的关于产品推向市场的可能性。不但所提供的推向市场的产品分类的深度增加，而且由于根本性的过程创新使产品推向市场的可能性的广度和多样性显著增加。

尽管任何人都同意，一旦实现了这样一种突破，下一步应该是收获所提供的可能性，然而创新的矛盾本质在这里又一次出现。事实上，由于没有积极的管理干预，本来是一种突破的创新最终将产生很渐进的创新。例如，在较长时期内，大豆饮料产品范围内的创新最终可能以向各分类产品中增加越来越多的香味为结束。不幸的是，这种渐进式创新严重地受到来自于竞争者的模仿行为的影响，这种模仿行为以日益增加的速度侵蚀公司初始的竞争优势。此外，这种倾向经常导致由其消费者和竞争者引导的渐进式创新，而不是由公司引导它的消费者和竞争者。

因此，管理者必须力争达到针对现有产品—市场平台的短期渐进式改进需求与新经营领域的根本性开发的长期需求之间的平衡。

虽然这种基于价值星系分析的螺旋型模型比"传统的"线型和价值链导向的模型更能够使我们正确地模拟和理解创新过程，但是它仍然有一个重要的缺陷：如果不加注意地使用，它可能会再次导致依赖单一路线的思想。一个公司受困于所选择的技术路线是危险的，这样的路线随着时间的推移必然会被侵吞。

为了最小化这种单一路线思想的危险，可以使用创新组合的概念。这种组合方法促使管理者以几个维度明确其创新行为，这几个维度决定着一个企业长期和短期的生存和健康。

创新组合的管理

组合管理促使管理层确定组织创新活动的使命和本质。金·克拉克和史蒂夫·惠尔赖特（Kim Clark and Steve Wheelwright）[5] 在哈佛商学院开发的一个框架对研究、突破、平台和衍

生项目进行了区分（见图 19.1）。这些不同类型的项目支持了企业创新努力所必需的不同使命。

创新战略的目标 [6]

首先组合的概念提醒我们创新活动服务于几个目标。最明显的（也是风险较小的）目标是为现有的经营项目提供支持。当然，这是一种短期的目标，导致对现有产品和服务的渐进式改进——所谓的"衍生"项目。

除了这个短期目标，创新也以延伸和扩大组织现有产品范围为目标（平台项目）。通过为现在市场创造新一代产品或通过在新的市场上对现有的服务进一步扩充、适应和修正达成这个目标。创新活动也携带着创造性的破坏的种子。突破式创新打破或改变了竞争的游戏规则。它们具有在一个行业内根本性地破坏和重新定位科技能力和市场能力的潜力。例如，互联网技术的突破将根本性地重新定位我们的商业模式，从组织角度、技术角度和商业角度看都是如此。

最后，创新的公司也认识到它们必须持续地更新和调整它们的能力基础。因此，一个创新战略的最后一个目标是将企业的技术能力（或者知识经济）与它未来的产品—市场需求适时地结合。

因此可以将一个企业的创新战略的四个目标概括为：

● 支持现有的业务和产品。

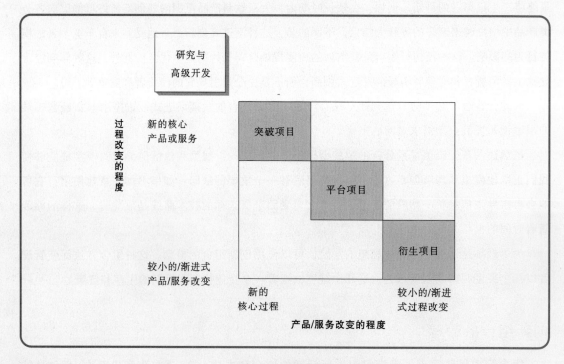

图 19.1 创新组合

资料来源：Adapted with the permission of the Free Press, a Division of Simon & Schuster, from *Revolutionizing Product Development: Quantum leaps in speed, Efficiency, and Quality* by Wheelwright, S. C. and Clark, K. B. Copyright © 1992 by Wheelwright, S. C. and Clark, K. B.

- 延伸和扩展产品范围。

- 突破性产品和过程的创造。

- 企业的能力基础的更新和结合。

必须随着时间的推移对企业创新的战略目标进行平衡。每一个目标在企业的战略过程中的相对重要性和地位随着时间的不同而变化。例如，竞争的压力可能迫使企业（暂时地）将大量的创新投资集中于对现有产品范围进行渐进式改进的支持上。然而，高层管理者应该充分认识这种注意力的分配，而且要估定没有投资于（或过分投资于）特定创新目标和结果的长期后果。

前两个目标（支持现有的业务和产品以及扩展和延伸产品范围）尝试在组织的创新过程中探索有力的学习曲线作用。其他目标（创造产品和服务创新的突破以及对能力基础进行更新和结合到未来的需求中）具有较强的破坏性，使"不"学习成为必要，并表明新的学习曲线的开始。

图 19.1 中显示的由惠尔赖特和克拉克开发的项目类型为经理们提供了一种工具，借助于此能够开发出确保创新过程的战略目标处于平衡的过程。

创新项目的类型

如图 19.1 所显示的那样，创新项目的分类在服务提供和服务传递过程之间进行了区分。将各种类型的创新活动置于一个矩阵中，突出了服务提供和服务传递过程相关联的事实。 [7]

对现有服务提供进行补充的新服务的创造能够通过金融服务部门的例子进行解释。在过去的 10 年中，银行与保险公司之间的界限已经模糊不清。这导致市场上所有的参与者付出很大的努力以开发新的服务，产生了典型的银行和保险服务的新式结合。创新也在服务传递过程级别上发生：银行在电子银行设施上进行投资，超级市场安装了与现金出纳机相连接的激光扫描器。尽管在一些情况下这些过程创新并没有影响银行或超级市场提供的基本服务，但是它已经改变了传递过程，并明显地影响了结账柜台前的等待的队列。它也使超级市场更好地认识到消费者的喜好，并使直销、库存控制和采购策略更加有效率。

将横轴和纵轴所代表的服务提供的内容和服务传递过程结合起来，使我们得以更为精确地定义三种类型的创新项目。

- 衍生项目意味着对服务本身或对服务传递过程或者对两者同时进行的很小的或渐进的改变和提高。例如，银行为忠诚客户开发一种新的储蓄账户，或者超级市场开发一种特殊结账柜台。

- 突破项目意味着对现有服务，也对传递过程进行彻底的改变。从突破性创新中产生的提供物从根本上不同于它们的前辈。例如，在几个场所出售的二手汽车。在 20 世纪 80 年代后半期，日本目睹了拍卖网（Aucnet）的出现。Aucnet 是由藤崎（Masataka Fujisaki）建立起来的，它利用了一种计算机和卫星通信系统。每个星期，售货者能够与 Aucnet

就所售汽车情况进行通话，然后 Aucnet 的工作人员来到售货者的地点，核实关于汽车的信息并收集汽车的图片。所有这些信息被数字化并发送给通过系统预订的交易商。消费者能够评估这种系统并且选择比以前任何时候种类都多的汽车。这种创新对出售二手汽车所利用的"技术"和用来组织商业交易的"客户关系"都有显著的影响。

- 平台项目填补了突破和衍生中间的地带。它们来源于突破，意味着就服务本身和服务传递过程或者同时在两方面的重大的产品—市场延伸和新式服务的开发。例如，电子银行的突破创新导致多种平台项目的副产品，例如跟随面对大公司的电子银行的是中小型企业电子银行，最终产生在家庭中应用的电子银行。这些电子银行平台之后又被一些应用平台给予补充，如计算税款服务、准备投资项目等。

从一个战略的角度来看，将企业的创新努力分布于突破、平台和衍生项目中至关重要。图19.1 表明突破项目意味着产品/功能的维度和操作/过程的维度上的根本性的改变。新的核心产品和新的核心服务被创造出来。它们支撑了企业长期的竞争地位。平台项目被置于新产品创造的起源位置。它们象征公司正在追求的产品—市场差异化和多样化的程度。因此平台项目多数属于中期导向。最后，衍生项目指渐进式改变，这种改变进一步加强了企业现有平台的绩效。它们在本质上是短期导向的。

显然，公司大量的创新应该进入到平台项目的执行中，因为它们代表公司中期的生存。实际上，试验表明企业 50%~60%的创新应该投入到新平台的创造中。衍生项目是重要的，因为它们维持着现有的市场关系。然而，进行组合管理应该认识到过分强调衍生项目活动包含着危险，因为它们很快会退化为模仿行为（因为它们经常被短期的消费者要求或者被竞争者的鼓动驱使）。

除了上面描述的三种类型的项目，还有被称为研究与开发项目的基础研究活动。这些活动包括：研究者承担新科学的或技术的带头作用，从而探究出基础的知道怎么做和知道为什么的知识，这些可能会导致组织的新能力领域的开发。但是这些项目不以创造具体的产品为目标。然而，公司被建议在一个价值导向思想的情境中设计这些研究与开发活动。换句话讲，当定义、选择和跟踪这些研究与开发项目时不应该忽略对价值创造做贡献的潜力（即使仍然按照相当抽象和主观的维度进行定义）。研究与开发项目或活动从这个组合模型中被挑选出来。这是因为它们的不确定和不可预测的本质造成在一个已定的时间框架和预算约束下预测具体的产出和结果极为困难。因此建议把它们看做一个独立的、长期的投资，不能根据明确的和预先确定的标准和规格衡量其进步。当然，这并不意味不能衡量和监控创新努力的质量。不过在未来的经营绩效方面，结果的可预测性会降低。

创造一个平衡的组合

这个框架的利益与它使企业管理所执行的创新活动的方式有关。它允许同时考虑经营战略的短期和长期需要来设计一个平衡的创新战略。因此，沿着许多维度将创新组合中提议的不同项目进行描画引起人们的注意，这些维度使这些项目对企业战略的贡献更加清晰。有如下几个典型的维度：

- 报酬与风险的分布状态。当将新产品引入集市场所可能收获的报酬是什么（这些报酬经常以定性的术语来描述，如适度的、可接受的和杰出的）？这些报酬与达到一个组合市场和商业成功的风险相比的结果如何？该类型的标准背后的逻辑是：项目的风险越高，在报酬和利益方面的前景越好。这样的典型项目是突破性项目。平衡行为要求在具有风险的但是在报酬和利益方面具有潜力的杰出项目同风险较低但同时报酬也较低的项目之间进行均衡。

- 市场时间的分布。我们不想使组合过于以长期为导向，而忽视达到短期的最低结果。然而，同时，我们应该制止项目的分布过分倾向于短期导向，因为它们表明无能力发展和维持企业的长期经营开发过程。因此，谨慎地监控组合中市场时间分布是必要的。

- 构成项目基础的产品和技术生命周期。产品和技术表现出典型的 S 形曲线生命周期。经过一个导入（胚胎）阶段之后，它们快速发展，表现出销售额的显著增长（产品生命周期）或技术绩效的显著提高（技术生命周期）。然而无论是从一种产品或一种技术的角度来看，绩效增长是有限的。结果是成熟阶段（不可避免地）到来。成熟产品和服务常常遭遇利润侵蚀和销售停滞。成熟技术明显地表现出技术绩效的边际利润的减少。成熟产品和技术或者被新的产品和技术取代，或者通过突破创新得到更新。例如，尽管预言以硅为基础的半导体产品的"成熟"期很长，但作为硅处理技术中取得的突破性的结果，硅技术的绩效增长表现出点式跳跃，因此，有必要对组合中的开发项目获取的产品和技术的成熟度分布进行监视。成熟组合易受到替代品和其他竞争压力的攻击。处于导入期的技术、产品或服务所占比例不合理的组合含有高程度的风险，因而再一次需要平衡成熟度分布。

- 对市场和技术的熟悉程度。组织对项目中将要展开的技术能力或项目所要服务的市场越不熟悉，所陷入的风险越高，越需要与外部合作者进行合作。因此，市场/技术的熟悉度分布提供了另一种关于公司的创新组合的本质的见识。

到现在为止，我们已经讨论了与创新环境中的组合管理有关的一些考虑事项。正如在熟悉度标准的讨论中所提到的，组合也突显了与公司的技术和/或市场能力有关的弱点。这些弱点可以通过对"自制"和"外购"决策的管理得到解决。

组织创新组合：自制或外购的决策

通过组合方法开发新经营活动可以通过以下几点完成：

1. 内部开发活动（"自制"决策）。

2. 依靠其他合作伙伴执行部分开发活动（"外购"决策）。

3. 将内部与外部开发能力结合起来（"合作"决策）。

表 19.1 反映了自制与外购决策的选择。

罗伯特和贝瑞（Robert and Berry）[8] 指出不同方法的相关度取决于对新经营领域的技术要求和市场要求的熟悉程度，必须从分析创新组合的公司的角度解释熟悉程度。例如，一个银行可能还不熟悉某一新型的芯片技术。然而，这种技术可能已经存在了很长时间，这样对于整个社会来讲可能根本不是"新"技术。所以，熟悉程度指在公司范围内的能力（相关的市场与技术能力）呈现的程度。

通过强调技术与市场的熟悉度，进一步丰富了突破、平台和衍生项目之间的区别：

- 突破项目意味着提高了新奇程度，并因而通常意味着不熟悉。

- 衍生项目是对现有能力基础的较小的扩展；公司对市场和技术都很熟悉。

- 平台项目介于两者之间。

因此，在熟悉程度与风险之间有一种直接的联系：公司对新经营领域的市场或技术构面越不熟悉，失败的危险越大。

表 19.1　自制或外购的决策范围 [9]

内部开发	这意味着对现有资源的利用和开发，也意味着发生突破的时滞可能是长的，特别是当这些新的开发与突破项目有关时。
内部合资	将已有的资源聚合成一个新的企业单位。
许可	许可方式允许快速获得验证知识、体系、过程或技术，并减少财务风险。然而，受许可方在整个过程中保持着对许可方的依赖。
风险资本投资	通过向一些从事有关的新开发项目的刚刚起步的小企业提供风险资本，企业能够获得一个"技术窗口"。尽管这种战略考虑到低水平的承诺，但是这种外购决策不无问题。在资本提供者和资金接受者之间达成关于时间范围的协议不容易，平衡财务和非财务目标经常造成紧张状态，与财产权有关的法律问题经常显露出来。
合资或联营	将企业的能力基础与另外一个具有补充性资产的公司连结起来。尽管这种方法允许一个公司在创新中平衡风险，它也需要为开发一个合资的共同基础设施以及在属于合资各方的创新员工的级别上建立操作关系进行投资。
收购	在这种模式中，一个公司通过收购另一个公司获取新的能力。通过这样做，它获得权利使用它不拥有的技术能力和市场能力。然而，熟悉新能力和在母公司和新收购的公司之间建立起合作关系的挑战通常很高。时常，核心能力在过渡时期消失。母公司无力适应这种收购，经常导致核心员工离开新收购的公司。一种特殊形式的收购是"教育性"的收购。在这里重点是获得熟悉新经营领域的人员。虽然这种方法虑及对新经营领域的技术和市场构面的快速熟悉，但其成功在很大程度上还是依赖于保持住关键人员的能力。

资料来源：Reprinted from Roberts, E. B. and Berry, C. A. (1985) 'Entering new business: Selecting strategies for success', *Sloan Management Review*, Vol 23, No 3, by permission of the Publishers. Copyright (1998) by Sloan Management Review Association. All rights reserved.

所以现在可以按下面的方式将表 19.1 与熟悉度概念联系起来。公司对技术和/或市场越熟悉，就越依赖内部的机制（如"自制"内部开发和内部合资所使用的技术），或者越远离技术转让和许可的模式（如通过许可证"外购"技术）以开发新产品或服务。

组织可以展开这些模式，因为熟悉水平确保一个组织能够认识和处理项目涉及的技术和功能（或者与市场有关的）变量。

然而，如果这种能力发展不完全（或者从市场角度或者从技术角度），只有调整环境才能使项目成功。换句话说，只有当存在与成功完成项目有关的发育完全的市场和技术能力时，组织的创新项目才会成功。如果环境不是这样，公司必须取得和开发这些能力。当严重缺少熟悉性时，组织必须参加一种物化技术转移模式，不但包含技术或市场结果的黑匣子转移，还包括较强的、合作的转移模式（这个模式涉及作为所需能力的主要载体的人流）。因此，当熟悉水平下降时，我们目睹了对许可证和合资方式的利用的上升。

然而，在所有情况下，关于熟悉程度的讨论证明了为了成功地"外购"和综合"新"能力，公司也必须拥有或开发一个内部能力基础。这个内部能力基础以公司的吸收性能力为特征。因此，我们不能再讨论外购还是自制的决策；更正确的做法应该是参考自制与外购决策。事实上，只有当得到内部能力的支撑和补充时才能成功地购买能力。

显然，随着时间的推移，对不同的自制与外购机制展开的方式或顺序也在演化。当进入一个新经营领域时，重点应该是物化转让模式。在内部开发的能力越多，公司越能够从事非物化转移模式并充分地支持内部开发方法。因此，表 19.1 讨论的各种机制的展开也是变化的，包括对不同的组织方法的利用，因为内部能力共同发展、共同演化。表 19.2 对这种共同演化及其与组合管理的联系作了进一步的解释。

表 19.2　组合管理和自制与外购决策

目标	创新类型	转让机制	侧重点
开发新能力	研究与高级开发	物化购买模式	探索
创造新一代产品和服务	突破项目	物化和非物化购买模式	战略业务开发
扩展目前的产品	平台项目	非物化购买和自制模式	维持当前的竞争地位开发
改进/调整已有的产品和服务提供	衍生项目	自制模式	快速响应市场和扩散

既然我们已经达成了共识，组合管理是支持关于产品和服务创新的战略决策制定过程的工具，涉及平衡内部与外部能力的开发，那么我们可以开始着眼于创新管理中的操作的自相矛盾。

创新的操作管理

在图 19.2 中，我们提供了与操作层面的创新过程相关的重要绩效变量的总的看法。信息

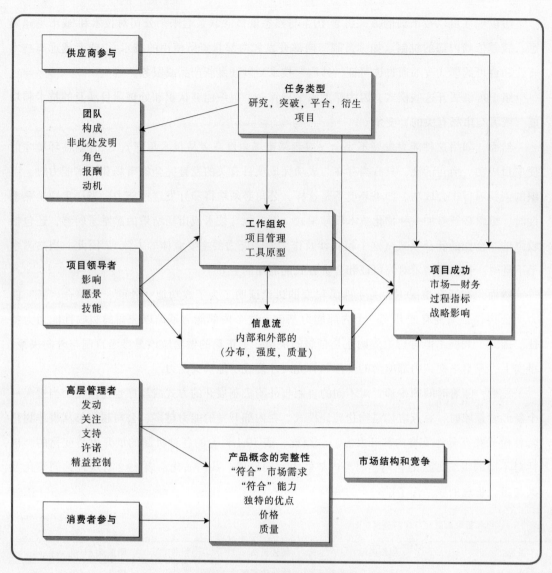

图 19.2 创新项目的决定性绩效 [11]

资料来源: Debackere, Van Looy and Vliegen, 1997. Reprinted with permission of Blackwell Publishers Ltd.

流和沟通模式对创新活动的关键性影响得到明确地描述并成为主要的研究问题。不但组织内的跨职能的信息流和沟通模式在创新过程中是必要的，而且创新的组织也必须紧密地与它的广阔的（外部的）技术环境相连结。这种紧密的关系以创新过程中特殊的"网络"角色的出现为象征，在这些角色中看门人（gatekeeper）的角色是显著的。以新产品的开发和营销为起点的相关研究进一步指出设计和实施为实现创新绩效所需的恰当的工作组织技术和方法的重要性。[10] 这些包括：

- 以流程图为基础的决策和创新过程的监控模型的使用。
- 项目管理技术的实施。

- 激发创造力和思想产生的技术方法的引入，如头脑风暴法。

- 开发选择方法体系以响应创新对容忍和处理不确定和模糊的需求。

- 使用及设计格栅方法和技术以定义和监控创新机会（例如产品成熟度格栅、经营增长格栅和质量机能展开矩阵）。

工作组织技术和信息流的交互作用和共同演化是创新过程的核心。信息流将由恰当的工作组织方法体系启动和支持。不过，为了成功地展开这些工作方法，必须开发必要的非正式和正式的信息流以及沟通模式。

正如图 19.2 所表明的那样，创新的绩效是复杂的和多维度的。绩效与理性的、财务的指标有关，如产生于创新活动的市场份额和收入。然而市场份额和收入仅仅表现了绩效概念的一个维度。第二种类型的绩效维度与概念性指标有关，如创新对组织使命的贡献。第三种是衡量与创新过程的内部效率有关的绩效。它重视创新过程在某些方面被有效管理的程度，例如在创新轨道的不同阶段的吞吐时间方面（举例来说，概念形成的时间，解决问题周期，等候周期）。

创新绩效的这些维度（经常在项目层面上被操作而在组合级别上得到综合）受到图 19.2 进一步表明的大量的变量的影响。沟通模式、信息流和工作组织技术构成这个框架的核心。此外存在一些重要的角色。高层管理者的态度和承诺、项目领导者的特性和行为以及团队成员的个性特征对创新活动的绩效都发挥着重要影响。另外，必须将所有这些元素都嵌入到一种恰当的动机情境中，利用激励机制培育"项目的主人感"而不是绩效的"控制"。因而应该将鼓励创新环境中的企业家身份感和"主人感"的激励机制与项目成果的实现联系起来，也与以消费者的观点出发的项目的全面成功联系起来，例如，如果项目成员取得了成功的结果，提供给他们实质性的奖励计划。当然，如图 19.2 所表明，项目的复杂性对刚刚描述的关系有一种重要的影响。更确切地说，在衍生项目或渐进项目的情况下进行绩效关系的管理比在研究活动或突破项目的情况下更多地采用结构性和正规化的方法。例如，在一个突破项目中，创造主人翁感可能涉及开发一种能见度很高的奖金计划，从而给予项目成员在项目成功上的富有意义的赌注。对于衍生项目，情况不应该是这样。在这种情况下，激励体系应该对"传统的"绩效控制标准如项目成员的活动的响应性和及时性进行评价。

外部各有关方面特别是供应商和消费者的参与，是众所周知的决定创新成功与否的另一个因素。[12] 它们带来的影响的相对重要性不同，这取决于从创新投资中获取回报最大的一方。尽管这是一个很简单的尺度，确定谁将从一个特定的创新中获益最多可能很困难，当然它属于新兴行业。

例如，电信行业处于一种涨潮状态。产品和服务的创新越来越互相交叠，并且对我们的日常生活产生了显著的影响。然而，直到现在都无法看清谁将从这些创新中收获最多。五年前，MCI 是这个行业的一个最大的创新者。今天，它已经被世界通信公司 WorldCom 收购，

WorldCom 比 MCI 小得多，但是现在它是这个行业中最让人羡慕的服务创新者之一。然而，我们仍然不能确定是否像 WorldCom 这样的公司最终能够从这些创新中获利最多，或者是否它们将在这个行业中产生另一个现在还不知道的参与者。只有价值星系被清晰地表达，我们才能开始分析谁应该从创新过程的参与中获取利益最多。在新兴行业，价值星系不清楚的情况最多，并因而很难确立使用者和供应商的相对重要性。

从图 19.2 可以看到，市场的结构或者集市场所的竞争程度是创新旅程中影响成功的另外一个重要变量。以高程度的垄断竞争为特征的市场结构强有力地抑制了创新过程的"优化"组织。这样的例子大量存在，例如美国昆腾硬盘生产商（Quantum Corporation）的事例。[13] 昆腾活跃于计算机磁盘驱动器的领域，伴随着以轻微差异化的产品特征为基础的激烈竞争它经历了骚乱的、快速演化的市场环境。这种竞争环境需要创新功能，以对市场中的频繁变化作出高程度的响应。作为一种解决方案，昆腾以基于团队的结构、巧妙的功能或能力以及合适的激励体系为基础组织它的创新过程。这需要每一个团队成员担当一个"跨职能的专家"，力争在团队绩效与个人绩效、技术专长与经验之间达到平衡。合适的激励体系得到开发和执行。

矩阵结构中出现的进退两难或者紧张关系需要"跨职能专家"，这种紧张关系是大多数创新组织的特征。一个创新者始终需要平衡能力的开发（比如满意的吸收能力的开发）以实现组合中的项目和计划的期望结果的需要。这种进退两难经常是由创造矩阵式组织结构引起的，在这种结构中，能力领域与项目团队互相交叠和平衡。如图 19.3 所显示的，成功的创新需要"坚固的"

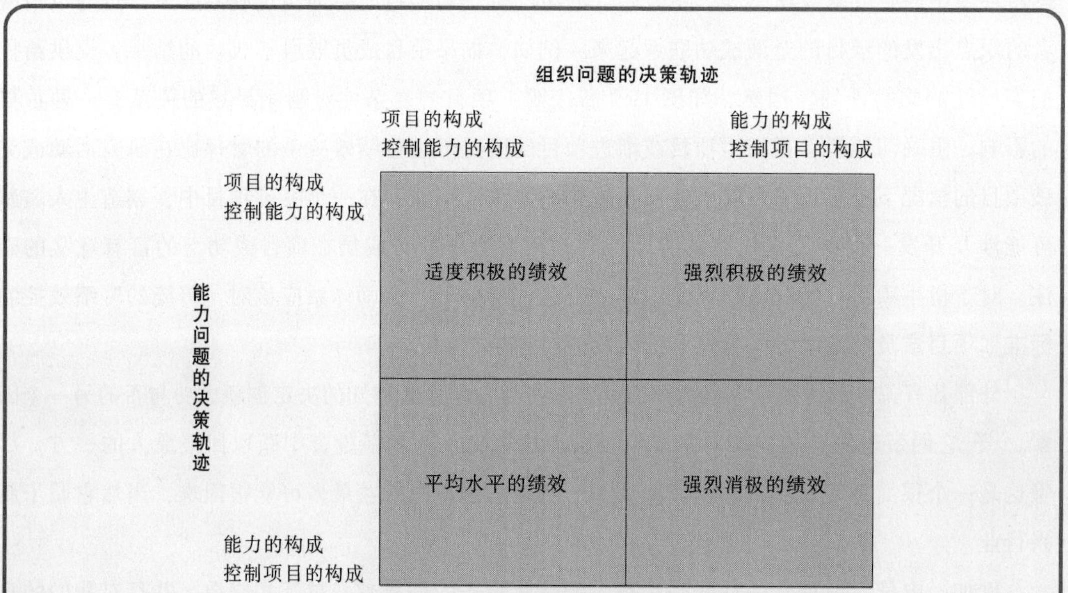

组织问题的决策轨迹

	项目的构成 控制能力的构成	能力的构成 控制项目的构成
项目的构成 **控制能力的构成**	适度积极的绩效	强烈积极的绩效
能力的构成 **控制项目的构成**	平均水平的绩效	强烈消极的绩效

（左侧纵向标签：能力问题的决策轨迹）

图 19.3　创新矩阵中的项目绩效 [14]

资料来源：Adapted from Katz, R. and Allen, T. (1985) 'The locus of control in the R&D matrix', *Academy of Management Journal*, Vol 28, No 1, 67–87.

矩阵式结构。

为了使能力在一个突破或平台项目中得到分配和展开，它们必须是新式的和巧妙的（我们有意漏掉衍生项目，因为它们通常只需要最小的项目组织形式）。因此，成功的突破式和平台式项目必须被置于发展良好的能力领域，这被称为"坚固的"矩阵结构，在这里能力领域和项目管理在资源的积累和调度上结盟，而不是一方由另一方决定。双方都需要在它们各自的技术和经验领域达到最先进的水平。

显然，两强相遇必然产生冲突。然而，这并不一定是问题，因为一个"坚固的"矩阵必然在它的项目和能力构成内容上存在某种冲突。一个"坚固的"矩阵所拥有的是解决那些冲突的能力。换句话讲，这些组织形式不是通过避免冲突来处理发生在它们的能力与项目构成之间的紧张关系，而是通过它们的能力管理来解决必然发生的冲突。这是管理创新矩阵的一种关键能力。某些公司如英特尔在这方面已经非常擅长。

图 19.3 报告的研究结果进一步证实了这个论点。这里必须强调与创新矩阵中的决策有关的两个主要维度：

1. 必须制定关于能力问题的决策，例如，像开发一种新服务所使用的通讯协议这样的与技术问题有关的决策，是采用 Internet 通讯协议 TCP/IP 还是其他？

2. 必须制定与组织或管理问题有关的决策，例如，关于向项目分配（追加）资源或对项目团队成员的绩效进行评估的决策。

对每一个决策领域，我们必须询问什么是最有影响力的构成，是组织的能力构成还是项目构成？图 19.3 所报告的研究结果概要阐明当实现了能力与项目的构成之间的平衡时会取得最高绩效。由此项目构成决定组织的/管理的决策，而能力的构成决定与能力有关的或技术的决策。当能力构成控制组织的/管理的决策和项目的技术决策时，产生最低绩效。在其他情况下（见图 19.3），项目的绩效处于平均水平或者是适度积极的。

因此创新矩阵中的紧张要求能力和项目得到很好的和最先进的管理，而不是一个控制另一个。然而，组织拥有的可用资源总是有限的状况使事实并非总是如此。时常，通过在决策制定过程的两个维度上允许创新矩阵中的一个成分控制其他成分来解决能力有限的问题，这导致次优绩效，正如图 19.3 显示的那样。

甚至更糟的是，时常通过在两个维度上使传统的职能（也就是以能力为基础的）组织控制决策来解决有限能力的约束。正如在图 19.3 中所表明的那样，这是最坏的方案。实际上，在这样的情况下，一个公司不可能成长和保持良好的项目管理技术和领导能力。总体结果就是组合表现不如预期，并且在对公司成长的战略支持方面没有达成目标。

我们已经熟悉了创新及其向实践的转化，那么在服务环境中创新管理是否不同，以及在何种程度上不同呢？

关于这方面必须首先观察研发费用的数量。总体上，服务企业相对于生产企业的这方面的费用要低一些。[15] 最近的经济合作与发展组织的数据指出研发（research & development, R&D）企业的研发支出（BERD）的15%左右发生在服务行业内。鉴于生产企业创造了大约70%的国内生产总值，似乎它们在这个领域比服务企业做得好。有几个原因造成了这种差别。第一个原因与服务业创新的特征有关。服务业的大部分创新是非技术性的创新，涉及较小的和渐进的变化，通常很少需要研发。此外，创新调查已经表明研发费用仅仅是一个企业创新费用的一个要素。与过程中的变化、组织的安排和员工的培训有关的费用看起来相当于服务环境中创新费用的较大份额。[16] 同样，我们经常能够看到特别是在服务业内，创新直接源自一个消费者的特殊要求[17]，这很少导致一个"集中的"研发部门的形成。因此，在服务环境中，研发活动比较"隐蔽"，并且它们的程度不太容易证明。不过很明显，在过去的几十年中，制造业中发生了较多的研发活动。从而服务业倾向于发挥"领导使用者"的作用，借助于此，关于传递服务的新想法和要求导致了服务企业的供应商对新技术的开发，而不是由服务企业自行开发这些技术。IT业在这方面发挥了一个至关重要的作用，这一点在第17章已得到明确的阐述。

这可能引起一种关于服务企业内创新是"被动的"的看法，不过也能够获得一些重要的细微差别。首先，在过去的10年中，服务企业的研发费用已稳步上升，比较接近于制造业的观测数据。[18] 其次（在第3章已经讨论过这种现象），制造业与服务业的界限趋向于消失。服务化意味着生产企业将在越来越大的程度上供应产品和服务的捆绑；同样地，服务业经常很有兴趣地用产品来补充它们的服务提供（见第21章）。因此，服务业与制造业之间在创新的组织方式上的差别正逐渐消失。

另外，在行业之间，甚至在一个行业的不同企业之间能够观察到在创新的任务和重要性进而在研发活动上存在着相当大的区别。看起来这些不同点与服务业之间或制造业之间的边界不再符合。像工程和通讯这样的行业在研发强度上比许多制造业做得好。在这方面，关于服务传递过程的本质的考虑可能与解释一个服务企业（或行业）的研发强度较为相关。我们将利用第1章中米尔斯和麦奎利斯提出的服务分类解释这个思想。维护式交互作用类服务由于具有可预测的和程序化的特征，最容易受标准化的影响并且最容易转化为技术（见第17章）；因此毫不奇怪，这样的服务企业的研发强度相似于生产企业的研发强度。[19] 至于任务式交互作用类服务，其服务传递涉及的专门知识意味着两种类型的技术共同发挥着一种关键作用，这些技术是专业化才能（如医学的）和比较普通的支撑知识技术（例如数据库、专家系统和允许信息在行家之间进行交流的通讯技术）（参见第11章和第17章）。最后，个人式交互作用类服务似乎主要从最后一种技术中获益；服务交易本身至少存在部分的模糊性，这就导致引入一种用于补充服务提供者个人的内在能力的工具或技术极为困难。因此可以说，上面概括的研发活动对于个人式交互作用类服务可能有点不相关。对于任务式和维护式交互作用类服务，组织创新的过程非常相似于在制造环境中发生的过程。

在这方面必须强调两个要点。首先，与创新有关的组织活动需要一个明确的研究与开发投资战略。如上面所阐述的，将一个创新方案组合转化为一系列新式服务需要资源，这不仅仅是人力资源。正如将要在第 21 章所解释的那样，服务业可能会遭受"由于销售能力的限制而导致的有限的收入"。这只不过意味着你所能够赚得的可能受到服务组织内可用时间（能力）的限制。例如，如果你是一个顾问，你的收入等于你的工作小时数乘每小时的收入。如果你决定投资于研发项目，这可能意味你提前支出短期收入，希望从新项目的未来收入中得到补偿。然而，服务的无形性（因为它们主要由技能、诀窍构成）造成特殊的问题；一些学者已经指出服务的知识产权有疑问的性质。虽然专利为许多制造业提供了坚实的基础，保护了投资产生的未来收益，但是服务的无形性使有效的保护不太容易。 [20] 而商标和版权的确存在，它们一般比专利的取得容易得多。因此，在服务业中，需要较少资源的短期导向的研发项目，比那些有较长期限和需要大量资源的项目受欢迎。换句话说，为了达到一切创新战略的有效实现，服务企业必须提出一个设计良好的计划，致力于如何使这些投资的结果最适当。我们将在服务战略一章更为详细地讨论这个问题。

其次，与创新和服务有关的一个特别现象已经由巴拉斯（Barras，1986）提出 [21]，即"相反的产品周期"思想。虽然制造业环境中的主导思想是产品创新继而过程创新，但对于服务业事实可能正好相反。在制造业环境中，以模型的提议者命名的所谓厄特巴克-艾伯纳西（Abernathy-Utterback）模型 [22] 被认为很有价值。这个模型解释了当一个企业成长和成熟时其创新活动的性质如何变化。在最初阶段，一个新奇的产品设计受主要的变化支配；因为产品的特征不确定，所以产品创新很多。这些创新以提高产品的功能绩效为焦点，而不是以减少它的（生产）成本为导向。过了一段时间（这是与引导使用者频繁地交互作用的结果），一种"主导"设计开始出现，暗示一种稳定了的产品概念。产品变得标准化，生产系统越来越有效率和可靠，因为产品设计不再发生根本性的改变。第二个阶段的创新以过程改进和适应为焦点。巴拉斯所提出的关于服务的观点认为这些阶段的顺序是相反的。在某些服务业如银行业、保险业和行政管理中，巴拉斯观察到一种与传统的工业周期相反的产品生命周期。最初是采用某一项新技术，例如计算机设备，这首先引发渐进式过程创新的出现，导致提供服务的效率提高。接下来，在服务质量方面进行比较激进的改进，最后，基于这些新科技的新产品出现。一个明显的例子是家庭银行的引入，在这里，个人电脑和网络被用来将银行的消费者同其服务连接起来。尽管它最初只是建立了不太昂贵的分销渠道，但同时也意味着取得了新的质量成就（可用性、速度）。今天电子银行平台被越来越多地使用以引入新式服务。尽管所有的服务行业并非在同种程度上掌握这种过程 [23]，不过它再次引起我们的注意，我们应该设计与特定的服务本质相符合的特殊的创新轨道，并且在这个轨道中包括相关的路标。

结论

在本章中，我们提供了关于在新产品和服务的开发中发挥作用的主要战略和操作需要的总的看法。创新应该以解决消费者的需求和问题为目标。在服务业中，企业牢记价值星系的概念尤其重要；创新努力在某种意义上应该与公司力争达到的服务理念相一致。

此外，创新是一种自相矛盾的过程；需要对增强能力和破坏能力这两种力量进行平衡。我们特意以产品和服务为焦点，因为服务行业近来的创新趋势表明这两者越来越相互交叠。因此，服务行业要想取得成功的创新实践，需要开发联合的产品/服务提供。

为了开发这些产品/服务平台，企业必须平衡它们的创新组合。这种平衡行为有一个横剖面维度也有一个纵剖面维度。从横剖面维度来看，组合管理需要在较长期限（突破项目）和较短期限（衍生项目）之间达到一种平衡。因此，管理者必须发展关于开发新产品和服务平台的次序和时间的战略远见。

给定创新过程的双重性质，自制与外购行为对于获取能力都是相关的。

接下来，我们讨论了管理创新方案的操作性问题和战略创新组合所嵌入的组织结构。我们已经提出，这种结构必须是"坚固的"，维持一个"强的"方案成分，也维持一个"强的"能力成分。这种平衡行为是创新型服务组织的操作绩效的中心。最后，我们讨论了制造业和服务业环境在定义和执行一个适当的创新战略方面的差别。

复习和讨论题

- 创新对服务企业的长期生存和成长有多重要？为什么？你能给出实例吗？你是否认为这种重要性对于所有的服务行业是一样的？为什么一样/不一样？

- 假设你是一个大型生产企业的研发经理。你被要求开发一个大型国际银行的研发活动。虽然出价很吸引人，但是你仍然有你的疑虑。你是否有相关的经验？你是否知道如何做才能成功？换句话说，在一个大型服务企业管理一个研发部门与在一个生产企业管理这样一个部门有什么不同？你是否认为这些不同是程度上的不同？

注释和参考资料

[1] See, for instance, Kay, J. (1993) *Foundations of Corporate Success*. Oxford: Oxford University Press.

[2] See, for instance, Saren, M. (1984) 'Models of the innovation process', *R&D Management,* Vol 14, No 1, 11–24; Roberts, E. B. and Frohman, A. (1978) 'Strategies for improving research utilisation', *Technology Review,* Vol 80, No 5; Wheelwright, S. C. and Clark, K. B. (1992) *Revolutionising Product Development.* New York: The Free Press; and Twiss, B. C. (1992) *Managing Technological Innovation.* London: Pitman Publishing.

[3] See Normann and Ramirez (1996) 'From value chain to value constellation: Designing interactive strategy', in Champy, J. and Nohria, N. (eds) *Fast Forward: The Best Ideas on Managing Business Change.* Boston, MA: Harvard Business School Press, pp. 39–60.

[4] Source: Ostrovsky, A. (1997) 'Dream ticket for truck transport', *Financial Times,* 23 Dec.

[5] See Wheelwright, S. and Clark, K. (1992), op. cit.

[6] Ibid.

[7] However, both process and product innovations do not have to coincide. Just think back to the issues discussed in relation to information technology. Here we have seen that process innovations (e. g. self-banking facilities) do not necessarily imply new services; they simply mirror an existing bank office. However, in practice, new processes will often lead to new services as well; just think about the extensions of services made possible through self-banking (e.g. tax calculations).

[8] Roberts, E. B. and Berry, C. A. (1985) 'Entering new businesses: selecting strategies for success', *Sloan Management Review,* Vol 26, No 3, 3–17.

[9] Ibid.

[10] We refer to the work of Bergen, S. A. (1986) R&D *Management: Managing new projects and new products.* Oxford: Basil Blackwell; Cooper, R. G. and Kleinschmidt, E. J. (1995) 'Benchmarking the firm's critical success factors in new product development', *Journal of Product Innovation Management,* 12, 374–91; Crawford, C. M. (1983) *New Products Management.* Boston, MA: Irwin; Souder, W. E. (1987) *Managing New Product Innovations.* Lexington, MA: Lexington Books; Twiss, B. C. (1974) *Managing Technological Innovation.* London: Longman; or Wheelwright, S. and Clark, K. (1992), op.cit.

[11] Source: Debackere, K., Van Looy, B. and Vliegen, J. (1997) 'Quality as a process during the creation of technical innovations: Lessons from field research', *R&D Management,* Vol 27, No 3, 197–211.

[12] For instance, von Hippel's research has documented well the important role played by lead users and suppliers. See von Hippel, E. (1988) *The Sources of Innovation.* New York: Oxford University Press.

[13] Quantum Corporation (1992) *Business and Product Teams.* Harvard Business School Case 9–692–023.

[14] Adapted from Katz, R. and Allen, T. (1985) 'The locus of control in the R&D matrix', *Academy of Management Journal,* Vol 28, No 1, 67–87.

[15] Although differences are considerable between industries.

[16] Pilat, D. (2001) 'Innovation and Productivity in Services', Paris, *OECD Proceedings.*

[17] As such, a consequence of the simultaneity and heterogeneity that characterizes services.

[18] For exact figures, see Edwards, M. and Crocker, M. (2001) *Innovation and Productivity in Services: major trends and issues.* OECD Report.

[19] Whereby for services, suppliers will take care of the development of technology more often.

[20] For a more in-depth discussion on this topic, see Howells, J. (2001) 'The nature of innovation in services'. OECD *Proceeding o n Innovation and Productivity in Services;* and Andersen, B. and Howells, J. (2000) 'Intellectual property rights shaping innovation in services', in Anderson et al. (eds) *Knowledge and Innovation in the new Economy,* Edward Elgar Publishers.

[21] Barras, R. (1986) 'Towards a theory of innovation in services', *Research Policy,* 15, 161–73.

[22] Abernathy, W. and Utterback, J. (1975) A dynamic model of product and process innovation. Omega, Vol 3, No 6, 639–656.

[23] See for instance the arguments outlined above with respect to the relevancy of organizing R&D in relation to the nature of the service delivery process. See as well Gallouj, F. and Weinstein, O. 'Innovation in services', *Research Policy,* 26, 537–56, on this topic.

进一步阅读资料

Champy, J. and Nohria, N. (1996) *Fast Forward: The best ideas on managing business change.* Boston, MA: Harvard Business School Press.

Kay, J. (1993) *Foundations of Corporate Success.* Oxford: Oxford University Press.

We recommend these two works as they discuss the crucial role of innovations for a firm's strategies and long-term survival.

Wheelwright, S. C. and Clark, K. B. (1992) *Revolutionising Product Development.* New York: The Free Press.

Readers looking for more details on the portfolio model should not hesitate to consult these books.

Allen, T. J. (1977) *Managing the Flow of Technology.* Cambridge, MA: The MIT Press.

Katz, R. and Allen, T. (1985) 'The locus of control in the R&D matrix', *Academy of Management Journal,* Vol 28, No 1, 67–87.

Worthwhile reading for people interested in issues related to the innovation process, and how it can be embedded within the organization.

Innovation and Productivity in Services. (2001) OECD Publications.

第 20 章

跨国界的服务管理

洛兰德·范·迪耶多克

引言

图表 20.1

沃尔玛进入欧洲

传说中的山姆·沃尔顿（Sam Walton）和他的兄弟巴德（Bud）于 1962 年在阿肯色州开立第一家沃尔玛折扣商店。自那以后的 35 年中，强大的沃尔玛以其折扣商品占领了美国，至今已经成为全国最大的零售商。

现在，它转向了欧洲。本周，沃尔玛以未对外泄露的数字从德国的曼家庭（Mann family）收购了沃特考夫大卖场，开始了其进入欧洲零售市场的第一步。在本质上，收购规模并不大，沃特考夫只有 21 个商店，而且去年它的销售额大约是 14 亿美元，相比较于沃尔玛的 1 050 亿美元的销售额简直是微不足道。但是沃尔玛毫不怀疑地认为这次收购是向欧洲扩张的起步。

"当我们进入新的市场，我们首要的事情是更多地了解消费者，引入沃尔玛的理念，并且考验我们自己，"沃尔玛国际分部总裁马丁说，"如果我们服务我们的消费者并超越他们的期望，随之而来就是经营的增长。"

据最近一次统计，沃尔玛在美国拥有 1 904 个外地折扣商店，另外有 436 个销售食品和一般商品的特大购物中心。其在美国取得的成功归因于几个因素，但是首要的是以顾客服务为焦点的企业文化，每一个零售商都应该将顾客服务放在第一位。

商店雇员要遵守所谓的"十英尺准则"，这个准则要求雇员要主动上前迎接距离他们十英尺以内的任何一个来访顾客，看着他们，面带微笑欢迎他们，并询问是否需要他们的帮助。

购物者一进入商店就被迎接和问候，并且当他们询问在哪里可以买到他们所要的物品时，沃尔玛要求雇员无论如何要陪同顾客到达正确的地点，而不是指引方向或者口头告诉他们。

沃尔玛也因为其先进的零售技术得到高度重视，这种技术使它能够在恰当的时间、恰当的地点保持正确数量的货物，而同时保持最小限度的昂贵商品。该公司是美国第一个在其所有商店安装结账柜台扫描仪的公司。今天，雇员携带手提电脑使他们能够补充订货，而后台计算机将每一个商店与一个复杂的卫星系统联接起来。

自从 1991 年启动它的国际扩张以来，沃尔玛已经成为加拿大和墨西哥最大的零售商。它也涉足一些新兴市场，在阿根廷、巴西、印度尼西亚和中国开办了为数不多的商店。然而零售业的名声传播极为不佳。在本国市场已经发展起成功理念的零售商通常发现需要调整它们的规则以符合海外市场状况。然而，这样做使它们冒一种风险，即破坏了使它们最初取得成功的任何东西。

在此以前的来欧洲的美国冒险者有不同的经历。麦当劳和美国玩具反斗城有限公司（Toy 'R' Us）可能是增长的，但是伍尔沃斯公司（Woolworth）卖掉了它的英国商店，西尔斯·罗巴克（Sears Roebuck）撤离了西班牙，彭尼公司（J. C. Penney）卖掉了它在比利时的萨尔马提亚商店，塞夫威（Safeway）卖掉了它的英国超级市场。如果沃尔玛要取得欧洲冒险的成功，那么必须克服那些曾经使其他美国零售商气馁的障碍：比美国高很多的房地产、劳动力和分销渠道的成本，加上不同国家间的人们喜好的极大不同。

然而，欧洲的零售分析家们认为沃尔玛选择德国作为扩张的起点可能是正确的决策。尽管竞争是激烈的，但是市场是大的，而且在某些方面德国的零售业不如其他国家那样先进。伦敦高盛公司（Goldman Sachs）的一位分析家尼古拉斯（Nicholas）说，德国超大购物中心的商品分类的深度和广度较差，店铺布置和有形展示也是如此。极少有相关的零售商配备这样的体系和后勤，而这些恰恰是沃尔玛的一个实力。"沃尔玛的关键挑战是保护关键多数，以便能够尽快提供有吸引力的价格，"尼可拉斯先生说，"如果它们能够将此与它们的广告推销技术结合起来，那么它们将非常显著地脱颖而出。"

图表 20.2

海外扩张是一个坟墓

海外扩张是葬送许多英国重要零售商的坟墓，玛莎百货正是其中一个。现在它必须使自己从那些从来没有完成它的期望的世界范围内的经营中解脱出来。

那看起来远远不是一个容易的事。玛莎百货在 1972 年开始到海外探险，与一个加拿大零售商组建一个合资企业，并设立了与它的英国分部相似的商店。

最近，西爱福（Sieff）——那时的主席，在他的自传中悲伤地回忆："我们以为我们熟知关于零售业的一切，而且玛莎百货在英国的法则和实践能够应用到我们在加拿大的操作中。"

本来希望可以利用这一步作为进入美国的跳板，但不管希望有多高，在加拿大的经营失败了20 年。在 20 世纪 90 年代合资散伙，1999 年最后一个商店关闭。

事实证明欧洲的扩张没有取得更大的成功。约翰·理查德（John Richards）——这个从20世纪60年代就跟踪玛莎百货故事的经验丰富的零售业顾问说："他们被多佛商店里的法国购物者围困，所以他们以为在法国对玛莎百货也有需求。"

1975年在巴黎的奥斯曼林荫大道上开立了第一家商店。"在最初的两个星期经营状况非常出色，"西爱福写道。但是很快得知那些购物者是备货的英国移民。西爱福继续写道，"在那之后，营业额急剧下降，但是这并没有阻止我们。"因而欧洲扩张继续。

然而，直到1984年雷纳（Rayner）成为总裁时，玛莎百货在英国之外的扩张才变得比较坚决。

1988年玛莎百货收购了美国的布鲁克斯兄弟公司（Brooks Brothers），这是一个拥有47家连锁商店的经营略微有些乏味的运动用品的公司。玛莎百货支付了7.5亿美元，这被认为是一个过多的数目。

雷纳当时说这笔交易是"我们为实现成为国际零售商的目标而进行的一个重要步骤"。

同年，玛莎百货以10800万美元收购了Kings超级市场，雷纳说："对Kings的收购使我们能够在美国建立起意义非凡的食品零售业务。"但是事实并非如此，1999年，玛莎百货任命摩根斯坦利（Morgan Stanley）努力卖掉这项业务。现在仍然在努力。

按照理查德先生的观点，玛莎百货的海外扩张的失败是由于管理层的"令人难以忍受的傲慢态度"，他们认为能够将其英国的成功在国际范围内复制。理查德先生说，实际上玛莎百货的英国利润受益于拥有一流的无须支付高额租金的位置。

在英国以外的国家里，他们不拥有那样的优势，也不知道如何根据英国以外的消费者的口味调整商品。

资料来源：*Financial Times*.

在1997年的《金融时报》发表了关于沃尔玛进入欧洲市场的报道。[1]

2002年，即图表20.1中的资料发表五年之后，沃尔玛在德国成功地经营着拥有16 500名员工的95家商店。同年，在美国以外的九个国家经营着12 000多家商店，创造了3 740亿美元的收入和140亿美元的经营利润，比前一年度增长了33.1%。

沃尔玛的成功与图表20.2描述的玛莎百货的艰难形成鲜明的对照。2001年，这个英国公司结束了大量的海外业务。比较这两个案例，必然得出结论：服务企业的国际化是一个巨大的机遇，但同时也是一种极大的风险。跨国界服务管理成为一种严重的管理挑战。

服务性行业越来越国际化。图20.1表明了服务业与商品贸易相比在国际贸易中日益增长的份额。这对于传统的观念是一种挑战，传统观念认为服务业与生俱来是当地的、不可运输的，因而不能够出口。即便这种观念被接受，也不意味着不存在服务业的国际贸易，因为消费者可以跨过国界来"消费"他们的服务。当然最明显的例子就是与旅游有关的服务业。因而毫不奇怪，有坚固的旅游业基础的国家在国际服务贸易中做得很好。在某些情况下服务提供者也可以跨越国界。例如，ABB在广泛的行业内有维护专家，但不是在每一个国家都有。当一家荷兰造纸厂面临一个维护问题时，它可能召来一位芬兰的专家。

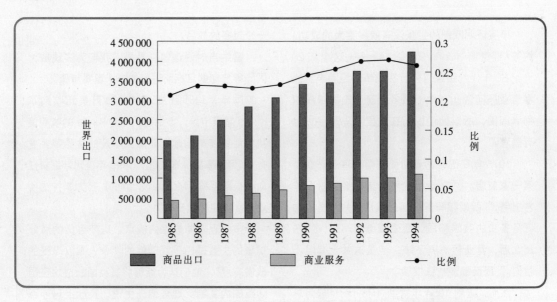

图 20.1　商业服务出口对商品贸易出口的比例，1985——1994 年（百万美元）[2]

资料来源：World Trade Organisation (1995).

　　然而，国际化不仅仅指出口。正如制造业一样，出口只是国际化战略的初级阶段。在本章中我们将考虑服务业的特性，探索国际化的不同途径。

　　消费与生产的同时性是服务的主要特征。这给国际化带来三个主要的结果：

1. 消费者到达服务传递系统的问题。这意味着尽管不排除出口的可能性，也只能在少数情况中或以非常局限的方式考虑出口。服务企业将不得不在其生命周期中比生产型企业更早地建立国外业务。如果迪斯尼想在它们的主题公园业务上有所增长，除了在日本和欧洲建立主题公园外别无选择。

2. 对消费者与服务提供者间的个人接触的需求。这不仅有第一点所描述的结果，而且需要服务提供者有特殊的技能：语言、文化适应性、对当地环境的敏感性和关于当地环境的知识。

3. 文化差异问题。在大多数服务"接触"中，服务交付系统与消费者之间存在着一种交互作用，有时是深入的交互作用。例如，在某些服务环境中，预期消费者的行为符合某特定方式。这种类型的行为通常是依赖文化背景的。例如，在一个使用互动式教学方法的商学院中，期望学生参与并为他们自己的观点进行辩护。然而，这可能与非西方文化的价值观和准则相冲突。在西欧国家对投诉的态度与美国截然不同。因此，在美国运转良好的质量控制系统在欧洲可能行不通。这里不仅有消费者所重视的文化（举例来讲，价值观和准则），而且也有个人文化。例如，组织能够在何种程度上"控制"个人行为（服务的一个重要部分）在不同国家之间是不同的。欧洲人相对于北美人可能更快速地将某事看做属于他们的私人"空间"，因而他们将拒绝对他们认为是私人空间的方面进行过多的控制。这意味着"转移"一个完好的服务理念并非总是可能。

在本章的其他部分，我们将首先研究公司国际化的动因。我们将会看到，国际化的动因总体来讲具有战略性质；企业之所以想国际化是因为它们想提高或保护当前的竞争地位。国际化的必要和国际化机遇对所有的服务部门并非一样。一个服务企业决定国际化之前，必须识别和分析其所在产业部门的国际化驱动因素呈现的程度。我们将以一个独立部分描述最重要的驱动因素。

正如前面提到的那样，服务业对文化非常敏感。我们总结了一个框架，用以评估或至少认识跨国界或区域的文化差异。以前面获得的认识为基础，在本章最后描述一种模型在服务部门的应用情况，这个模型描绘了实现国际化的不同途径。

目标 到本章结束，读者应该能够：

- 理解服务业为什么以及如何变得越来越国际化。
- 理解总体的国际化趋势的驱动因素和使能条件并把它们应用到特定的部门。
- 理解国际化战略的范围并根据部门、服务类型和当地环境选择一个合适的战略。
- 理解服务的文化维度和服务企业认识道德规范和企业文化差异的必要性。

为什么国际化？

服务行业国际化的基本动因与制造业的国际化动因差异不大。企业本性上想增长，它们没有在自己的国家进行多样化投资，而是向海外扩张。在很多情况下，在另一个国家销售同样的产品比制造和在现有市场上销售另一种产品容易。前一种情况相对于后一种情况下的公司，保持与核心业务的紧密关系的机会更大一些。在沃尔玛的情况中，它几乎没有在北美扩张的机会。

增长不是企业到海外经营的唯一原因。时常，企业通过做大规模，更能够开发静态和动态的规模经济。像 SAP 和微软这样的公司为开发软件所做的努力（无论是为国内市场还是为国际市场所做的努力）就属于这种情况。这与驱动那些制药企业进入全球市场的动因区别不是很大。动态的规模经济或者学习曲线优势对于麦当劳企业（例如，建立和经营一个新餐馆）和对于汽车企业一样相关。

可以说国际化的通常动机是从一种竞争资产中获取杠杆利益。这种资产可以是一个设计很好的服务理念和/或一个设计和运转良好的服务传递系统，如一个迪斯尼主题公园或一个沃尔玛零售理念。它可以是特殊知识或技术秘诀，如像麦肯锡这样的大型咨询公司就属于这种情况。它也可能是一种形象或声誉，如哈佛商学院或欧洲工商学院（INSEAD）。

除此以外还有其他一些关于企业国际化的原因。

- 正如稍后我们将看到的那样，有一些趋势或驱动因素使服务企业进行国际化经营比较容易。因而，许多外国服务企业正在进入我们的国内市场，例如，银行、维修组织、商学院甚至大学。比利时的鲁汶根特管理学院一直到 1998 年以前主要以其 MBA 项目聚焦当地市场，它得出结论：与其说它正在与（其他）当地商学院争夺最好的（本地）学生，不如说正面临着与那些在学校的当地市场侵略性地招生学生的国际商学院的竞争。因此这些企业时常为了保护它们自己的市场也开始国际化，除此以外别无选择。这个原因当然具有较强的自卫性质。

- 企业也通过国际化为它们的产品增加价值。像联邦快递、赫兹（Hertz）、ABB 服务企业或者安永（Ernst & Young Consulting）一样，越是国际性的，其服务越有吸引力。鲁汶根特管理学院通过成为国际化组织和接收外国学生也更好地服务了它的当地市场。班级里的其他学生通过每天与外国学生的交往而不是通过参加一组国际经营的课程，学习到更多的关于外国文化和国际经营的知识。

- 消费者变得国际化。这对于像咨询、会计、市场调查和维护这样的服务型行业更是如此。不过，对于百货公司、卫生保健等消费性服务可能也是如此，即使这样的企业只是迎合移居国外的经理和他们的家庭的需要。

- 一个企业可能希望获得比较便宜的或更有价值的当地资源。生产企业在低工资水平的国家已经建立起工厂的传统原因就是利用便宜的劳动力资源。这种趋势越来越多地在信息密集型服务组织中找到，如软件开发（在印度）和保险后勤（在爱尔兰，甚至在菲律宾群岛）。企业建立国外业务不但能够涉入比较便宜的领域而且也获得了稀有资源。例如，在比利时建立呼叫中心和翻译服务是因为比利时拥有多种语言的劳动力资源。同样地，多数银行在伦敦或纽约这样的金融中心有办事处，因为在那里有可以利用的专门技术和信息。

- 一个企业可能想从国外业务中学习。这种趋势在制造业中越来越盛行。企业建立和管理工厂网络，能够获得在不同工厂之间进行学习的交流和传递的机会。尽管对于服务组织来讲以此作为在海外建立业务的最初原因很稀有，有相当多的组织在世界各地跨"办事处"传递知识、经验和实践。例如，狮王食品公司（Food Lion）——美国第二大连锁超市德尔海兹（Delhaize）在美国的子公司——对于德尔海兹是一个获得关于美国超市创新实践的第一手资料的前哨基地。

国际化的驱动因素 [3]

越来越多的服务企业开始国际化经营的事实绝非偶然。有一些因素（经常彼此相互关联）刺激或至少是促使服务企业国际化。其中一些因素是所有类型行业的共同因素，而其他一些因素对于服务业更为特别。下面我们对这些国际化驱动因素进行描述。

可支配收入的增长和同质化

正如在第 1 章中所提到的，服务部门在我们的经济中的出现和增长与总体经济发展有关。服务业出现在比较发达的国家中。因此，已经达到经济发展的某一阶段的国家越多，服务活动将越多，并且"输入"服务的空间也越多。不但较多的国家享受一个较高的生活水平，而且这种生活水平在这些国家中也被越来越多的人们分享。40 年前在多数欧洲国家中，去餐馆就餐是一种高收入阶层的奢侈活动，简直不存在到外面吃饭的"文化"，因而没有餐馆的市场，更不用说国际饭店。

社会经济的变化

有其他一些社会经济变化引导了在多种国家中对服务业的较大需求，并因而导致了对服务业的需求伸展到不同国家。世界人口老龄化导致对医疗卫生服务的较大需求，这与该类人口的较大的国际迁移率有关。妇女比较广泛地参加到劳动力大军中也刺激了对各种各样的家务和日托服务的需求。

消费者需求的同质化

服务产品的市场不但随着日益增长的经济的发展而增长，而且这些市场也越来越同质化，也就是不同国家间的消费者的需求已经越来越具有共性。需求模型在世界各地会聚。消费者需求和喜好的全球"标准化"（或者像一些人愿意称谓的"全球化"）在软饮料（如可口可乐）、香烟（如万宝路）、巧克力（如 Godiva）和服装（如利维·斯特劳斯）这样的产品中很明显，不过无疑这种标准化也发生在餐馆（如麦当劳）、电视机系列（如 X 档案、地狱邻居）、广告（如盛世）或者会计（五大会计师事务所）等服务部门内。服务越是变得"远离个性化"，这种标准化就越会发生，因为消费者与服务传递系统之间的深入的交互作用使标准化不可能。因此，一个服务组织越接近于服务分类框架的顶端（见第 1 章），这个部门越国际化，因为"产品"通常有助于标准化。此外，位置靠近服务分类框架的右下角（举例来说，专业性服务企业）的服务组织有时处于最先国际化的行列，因为它们所致力的需求具有相当的全球通用性（如管理咨询或者医疗）。

全球性的消费者

许多专业性服务企业在它们的市场和业务上的国际化可能与它们的客户越来越国际化有很大关系。这类服务企业除了跟随它们的消费者别无选择。由于大型企业消费者变得全球化，它们经常寻求标准化和简化所消费的服务。SAP 的成功被认为在很大程度上由于跨国公司想标准化在世界不同地点的软件和信息处理。像英国电信和 MIC 这样的电话公司正在国际化是因为跨国公司不想依赖多种国家的电话经营公司。许多跨国公司中坚持外购内部服务的趋势越强，那么服务企业提供而且在一个国际规模上提供这些服务（如维护、饮食、清洁、招募）的机会就越多。

不仅仅经营越来越全球化，而且那些经常为这些全球化的国际组织工作的个人消费者也正在全球化。因此，医疗服务、保险、搬运公司、银行、学校及其他组织非常仔细地跟踪商业服务，特别是与旅游有关的服务业。这些服务业以运输为出发点（例如航空和汽车租赁）并向信用、通讯、紧急服务支持、餐馆、旅馆和许多其他领域扩展，并在非常大的规模上达到国际化。

全球的渠道

许多服务业拥有具有价值的信息处理组件（见第 17 章）。由于信息处理技术革命，企业能够很容易地在世界范围内分销并因而在一个接近于全球的规模上提供服务。一个美国公民可以在日本的任何一个被联接的自动提款机中提款或将资金从他的美国银行账户中转移，例如利用 CIRRUS 网络。互联网使我们能够在线参考美国国会图书馆（American Library of Congress）或者哈佛商学院案例目录。此外，互联网为我们提供了许多在世界范围内获得服务的途径。例如，如果我们计划到澳大利亚度假，我们不但能够在家里或办公室预订到澳大利亚的飞机票，而且甚至能够进行关于旅馆和租用汽车的预订，并且获得关于旅游景点的信息，更快地计划我们的游览，比任何旅行社以前所做的都要快。

这些趋势确保许多服务能够得到即时分销，或者至少能够在一个世界范围内被获得。

有利的后勤

我们曾经讨论过，信息技术对像医疗保健等这样的个人式交互作用类服务产生极小的作用。然而，降低运输成本，特别是在航空旅行的情况下，能够使该类型的服务经营比较全球化。例如，一个分析家声称巴黎迪斯尼乐园的竞争不如其他欧洲或法国主题公园的竞争强烈，但是佛罗里达的奥兰多的主题公园的竞争确实如此。从伦敦或阿姆斯特丹到佛罗里达的旅行费用是如此便宜，以至于一些人可能喜欢佛罗里达的这个对巴黎"复制"的"真实的"的事物。伦敦医院正吸引着中东和亚洲的病人，就像迈阿密医院正在吸引越来越多的拉丁美洲病人一样。英吉利海峡隧道已经使伦敦的圣诞购物在比利时人、法国人和荷兰人中非常流行。

信息技术

信息处理技术的巨大演变已经促成了一些趋势。正如所描述的那样，这对信息密集性服务的影响很明显，不过对于信息处理较少的服务也是如此。关于新服务的信息比以往任何时候的扩散都要快。除了互联网技术，也有卫星电视和全球新闻站如 CNN，这些技术使全球营销比较容易。

一个重要趋向是信息处理技术使服务处理链的不同阶段分解开。后台活动可以在远离前台活动的不同地点发生而不会浪费时间。银行或保险公司可以在劳动力成本低得多的国家设置中心办事处。维修服务企业也可能将它们的呼叫中心设在比较有财务吸引力或富有多种语言技能的地方。印度在吸引服务于全球市场的呼叫中心上的成功在很大程度上归功于低工资。印度雇员每年获得3 000美元的薪水，而他们的美国同事的年薪为30 000美元。[4]

全球市场细分

在这之前我们指出市场总体上变得比较全球化，从而使企业值得在其他国家提供服务。但是，有另外一种类似但稍有不同的现象，我们称之为全球市场细分。我们意指对于某些服务业，不同的国家存在小部分（潜在的）感兴趣的消费者，但是每一个国家中的这部分人数量太小不值得分别接近。然而，如果以同样的或相似的方式靠近所有那些局部细分市场，可能是值得的。在这之前的三种趋向单独或者结合起来，通常能形成这样的一种方法。CNN是一个很好的范例：以全天24小时的新闻广播服务于全球的一个小市场。

变化的政府政策和规章

政府对服务业的控制相对于制造业要多。政府本身或者是一个积极的经营者（如在交通运输业、信息供应和卫生保健方面），或者严重地控制和/或资助某些服务业。此外，为了保护当地企业或者加强国家安全性经常对外资在一些服务部门的投资作出限制。然而，存在一种不可否认的朝向私有化和自由化的趋势。例如，乌拉圭回合已经将焦点放在服务业自由市场的创造上。欧洲目前的经济被认为正遭受巨大的损失，因为欧洲未能建立一个单独的服务业市场。人们认识到，"欧洲将不能实现到2010年形成世界最有竞争力的经济的目标，除非它移除跨国界提供服务的国家障碍。"[5]因此欧洲人权委员会正在艰难地废除各种形式的国家垄断，而许多政府正意识到像航空业这样的国家垄断行业规模太小因而没有效率。因此，我们预期在从事航空旅行、电话服务、电视和其他媒体、银行等不同领域的公司中将出现较多的并购、合资和网络组织。

外部采购

组织正在应用"核心业务"理念，向外部采购许多服务活动，而这些服务活动在这以前是在组织内部进行的，例如，维修、清洁、计算机网络支持、人力资源管理和伙食供应等。这种趋势为服务企业特别是那些传达可信赖和专业化形象的公司创造了机遇。由于一些国家中服务企业通常"发育不完全"，某国的具有该类型服务经验的企业就拥有快速进入这些国家的机会。此外，当跨国公司外部采购时，它们想减少与许多当地服务企业交易的复杂性和不确定性，因而实际上喜欢与能够在全球规模上提供这些服务的企业合作。

在前面的部分中所描述的动机和驱动力帮助一个服务企业确定是否有强大的国际化的牵引力或推动力。不过，在企业开发行动战略之前，应该认识到世界不同地域的文化差异。

文化与文化差异

服务，特别是个人式交互作用类服务，既不受文化影响也不是文化中立的。交易通常远远不止在特定的地点、特定的时间的一种具体的交换。一种服务理念不但期望雇员的行动或行为举止符合某一种方式，而且也期望消费者的行动或举止符合某一方式。如果雇员和消费者的行为举止没有遵照"地中海俱乐部"的方式，那么对其服务的体验就不是一种地中海俱乐部产品，消费者不但损害了他们自己的体验质量，而且也损害了其他游客的体验质量。人们的举止、行为和相互之间的交互作用都受到文化的控制，文化也就是价值观、信仰和心理水平状态等。

例如，在美国家庭主妇通常让超市雇员为她们的食品打包。比利时人痛恨这样做，因为他们把这种做法解释为对他们隐私的侵犯。如果一个服务员不知道顾客有什么计划和如何储存这些不同的商品，怎么能为顾客打包呢？在法国，如果一个汽车出租代理商在写消费者姓名时用他姓名的第一个字，被认为是粗鲁无礼的。另外，在一些法国餐馆，男人和女人共用洗手间的惯例对于美国客人是未曾听说过的。迪斯尼要求其雇员坚持某种卫生和着装标准的政策被法国雇员看做对私人空间的侵犯因而遭到他们的抵制。让法国消费者和雇员理解一个没有葡萄酒的晚餐（甚至是午餐）体验是不可能的。拉夫洛克和叶普（Yip）[6] 解释"麦当劳"对于美国人和非美国人的含义是不同的。当一个美国人去外国的一个麦当劳餐馆时意味着"我们"，有一种回家的感觉。对于非美国人来讲，去当地的一个麦当劳餐馆时意味着"他们"，一种外国的体验。

一个在南泰米尔纳德（South of Tamil Nadu）（位于印度）的 Tiruchchir 客服中心工作的员工，在和一个抱怨来自于当地共用事业公司的煤气账单的美国人交谈时，如果不使用得克萨斯口音，也应该使用美国口音，而且也应该对昨天超级杯决赛的结果有所了解。[7]

一个想建立海外经营的服务组织应该从文化角度认识所有这些原因。现在我们描述一个框架以帮助企业理解和分析多样的文化。

文化的概念

在本章中当我们提到文化时，并非意指公司文化的概念而是国家的或者更确切地说是种族文化，实际上，公司文化的概念是产生于人类学家定义的种族文化的概念。或许这些人类学家中最著名的是马尔加雷特·米亚德（Margaret Mead）[8]，他将文化定义为"行为的共同模式"，后来定义为"一种驱动行为的共同意图或认识的系统"。这个定义自然非常接近早期所定义的"公司"文化的概念，也就是"一种群体成员的共同信仰和期望的模式"。在一切群体中，这种信仰和期望产生规范，强烈地塑造着个体成员的行为。

文化借助于人们的人工制品和行为可以看得见。人工制品可以是一种艺术，如音乐、诗歌、绘画和建筑，但是也可以是一个用做装饰的圣诞树、一个布谷鸟时钟、一部枪支控制法规、一种大蒜调味料或者带有调味番茄酱的法国油煎食品等。另外一个可看得见的构面是人的行为，例如左侧驱车，一只手放在膝盖上吃饭或者想着"No"而说"Yes"。

图 20.2 说明了三个不同的国家对同一种手势的不同解释。

人工制品和行为是我们到达一个外国立刻能够注意到的。它们可能使来访者或者惊讶、愤怒，或者迷惑不解。当被问到关于这些方面的问题时，内部人通常不知道他们为什么以他们正在遵循的方式进行他们的行为，或者看不到关于这些人工制品的任何特别之处。实际上，他们因为被问及一系列看起来愚蠢的关于他们的文化的问题而吃惊或愤怒。

稍作深入一点的研究，会看到人工制品是以人们持有的基本信仰和价值观或规范为基础的。信仰是关于事实的陈述——事物存在的方式。价值观是关于应该是什么或关于观念的偏好情形的表达。日本人说同意，尽管事实上他们的意思是不同意，是因为他们发现这是合适的做法，因为他们不想冒犯他人或者不想使他们丢面子。法国人不能想象没有葡萄酒的就餐经历是基于他们所持有的与酒有关的价值观。

然而一个人只有在知道基本假设（basic underlying assumption），即一些人称谓的基本世界观（underlying world view）时才能理解这些信仰和价值观。这些潜在的假定规定了自己和他人认知、思考和评价世界的方式。它们经常是暗示的。因而，当我们讨论文化时，我们应该知道这种复杂的结构（见图 20.3）。因此如果我们真的想鉴赏文化，应该努力理解内部的核心。文化在这里体现出根本的不同。也是在这个层面上很难引起文化变化。人们可能劝说改变他们的行为，或者改变信仰，但是要改变根本的假定不是不可能就是困难得多。

文化差异维度

不同群体的这些基本假定如何不同？许多研究者使用虽然有关联但不同的维度描述这些差异。我们在这里介绍由托本纳斯（F.Trompenaars）[10] 定义的维度（对于其他学者，我们建议读者参考阅读资料）。表 20.1 对这些维度进行了概括。

1. 第一个维度关于一个社会如何安排它的规则。一个人是否认为存在一种放之四海而皆准的真理？或者真理是否总是取决于特定的场合或情形？在这些维度上，北美人或许还有荷兰人倾向于存在普遍真理的观点，而越往美洲大陆和欧洲大陆南部移动，人们越倾向于特殊性观点。巴黎迪斯尼乐园最初决定不供应葡萄酒可能是基于北美人的关于葡萄酒（或者一般的酒）对孩子们有害的普遍观点。正如托本纳斯所阐释的：

   "普遍主义者的社会倾向于认为常规和职责是道德参考的强大源泉。即便有朋友参与时，普遍主义者也会遵循这些规则，而且寻求平等地公正地对待所有情况的方法。他

埃及
患者

意大利
你究竟是什么意思？

希腊
那是完美的

永远不要低估地方知识的重要性

为了真正认识一个国家和它的文化，你必须成为其中的一员。

这就是为什么在汇丰银行（HSBC），世界各地的办事处配备的职员是当地人。实际上你会发现我们在其他国家中所拥有的优秀的当地人员比任何银行都多。

是他们的见识使我们得以识别外来人看不见的财务机会。

但是那些机会不仅仅使我们的当地消费者获益。

创新和思想在整个汇丰银行网络内形成，使每一个在我们的银行中存款的人都能获益。

把它看做发生在跨全球范围的地方知识。

汇丰银行 ◀▶
环球金融，地方智慧

图 20.2 三个不同的国家对同一种手势的不同解释

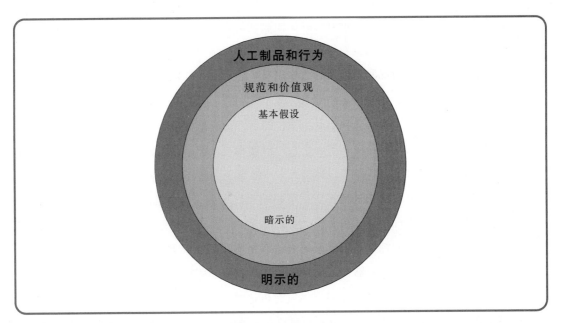

图 20.3 文化的结构

资料来源：From Organisational Culture and Leadership.1st Edition, Schein, Edgar H., Jossey-Bass Publishers, Copyright © 1985 Edgar H. Schein, this material is used by permission of John Wiley & Sons, Inc.

表 20.1 刻画基本假定特征的维度

1. 普遍主义 普遍地应用规则和程序以确保公平和一致性。	⟷	**特殊主义** 鼓励通过适应特殊情况达到灵活性。
2. 个人主义 鼓励个人自由和职责。	⟷	**集体主义** 鼓励个人为大家认同的集体利益工作。
3. 情感中立 我们必须控制我们情绪的表达以便能够客观地考虑问题。	⟷	**情感的** 能够公开地自由地表达我们所想的或感觉到的一切。
4. 明确的 保持经营与其他生活方面的独立是重要的。	⟷	**扩散的** 承认对整个人的不同方面的综合能够稳定和加深关系。
5. 成就 我们必须赏识和奖励我们的员工以技能和知识为基础所做的和达成的事情。	⟷	**归属** 尊重我们的员工是"谁"，要以他们自己的经历和履历为依据。
6. 未来 我们能够通过将经营的现状与理想的未来相联系而关注我们目前的经营。	⟷	**现在—过去** 我们目前的经营建立在对过去的学习之上。

资料来源：Trompenaars, F.and Hampden-Turner, C. (1998) *Riding the Waves of Culture: Understanding cultural diversity in business.* London: Nicholas Brealy.

们假定他们所持有的标准是最好的并试图改变他人的态度以符合这些标准。特殊论者的社会认为特殊情况比规则重要得多。特殊关系的联结（家庭、朋友）比任何抽象的规则坚固，并且能根据情况和所涉及的人作出反应。"

2. 在个人主义社会里，主要的定位是倾向于"自我"。在集体主义社会里，定位朝向共同的目的和目标。在个人主义社会里，根本的信仰是应该鼓励个人自由和责任。在集体主义社会里，根本的信仰是应该鼓励个人为群体利益工作。北美洲人可能属于高个人主义者，而许多远东社会（日本人、韩国人）可能属于高集体主义者。

3. 这个维度与一个人表达或被允许表达情感的程度有关。这个维度将社会从"情感中立"到"情感关系"进行划分。在情感中立的社会中，根本信仰是应该以理智而不是情感控制关系。"我们必须控制我们情感的表达以便使我们能够客观地考虑问题。"而在另一端的信仰是我们应该"能够公然地自由地表达我们的所想和所感"。在北部/西部国家倾向于情感中立，而在南部/东部国家通常有表达情感的较大空间。

4. 这一维度稍微有点复杂，并且与我们同别人关系的深入程度有关，据此区别出明确和扩散的文化。在基于明确性的文化中，一个人与其他人的关系是被隔离的并且依赖于"任务"或者依赖于这个人可能与那个人进行的商业行为。私人的和职业的关系被严格地分开。在其他国家中，每一个生活空间和每一个水平上的个性都向所有其他人渗透。与这个维度有些相关的是私人空间的大小。我们在多大程度上让其他人洞察我们的私人空间？谁被允许使用我们姓名中的第一个字？当人们拜访我们的家时，我们向他们展示我们的卧室吗？总体上，我们认为北美洲人的私人空间比较小（公共空间比较大），而公共空间是被划分的（也就是明确的）。在较多的南部国家中，空间是更加扩散的。在比利时，可能有一个比较有限的空间，但是它要比日耳曼民族扩散。

   以这个维度和前面的维度为基础，形成低接触和高接触文化。在高接触文化中，人们不介意与另一人站得很近，并且进行频繁的接触。而低接触文化中的人们更愿意站得远一些和较少进行接触。

5. 第五个维度与身份的重要性有关，或者说与对身份的态度有关。在一些社会里，身份与人们的实际成就相符。在另一些国家里，人们依年龄、性别、受教育情况或社会等级获得身份。托本纳斯在成就型身份和归属型身份中进行了区分。在成就导向文化中，人们因为以技能和知识为基础所做的和所完成的事情而被赏识和奖励。在归属导向文化中，人们因为他们是谁而受到尊敬，以他们的经历和履历为基础。

6. 最后一个维度是组织时间的方式。这首先包括对过去、现在和未来给予的相对重要性。在图 20.4 中，以象征重要性的圆圈的大小表达了这三个要素各自的重要性。根据托本纳斯的观点，在美国，过去相对不重要，未来是有价值的。这与法国形成对照。请注意

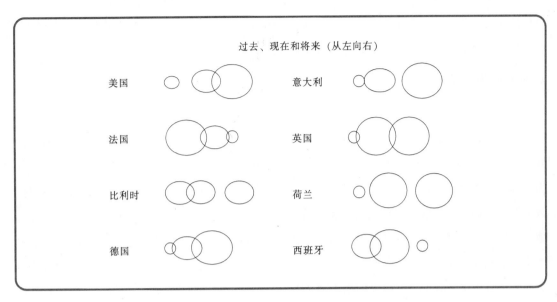

图 20.4 关于过去、现在和将来的国际观点 [11]

资料来源：Trompenaars, F. (1993).

西班牙对现在给予的相对重要性和对未来几乎不重视的态度。这个维度的第二个要素是人们如何看待过去、现在和未来的关联。这种时间观可以是连续的、一连串经过的事件，或者可能是限于一时的，"过去，现在和未来都相互关联。"后一个观点意指关于未来的看法和关于过去的记忆两者共同塑造了现在的行动。

托本纳斯的六维度帮助我们理解不同文化中的基本假定。然而，谨慎地应用这些维度很重要。谨慎的第一个原因是尽管看起来关于文化差异有显著的一致意见，当谈及维度本身时不存在这样的一致意见。另一个在这个领域著名的研究者，吉尔特·霍夫斯泰德（Geert Hofstede）使用了不同的维度。 [12]

也存在模式化的人。我们将着眼于极端并根据这些极端情况推及所有人。实际的情况非常像图 20.5 所述，在某一维度上的人口分布状态是宽的，而且在不同人口之间存在大量的交叠。

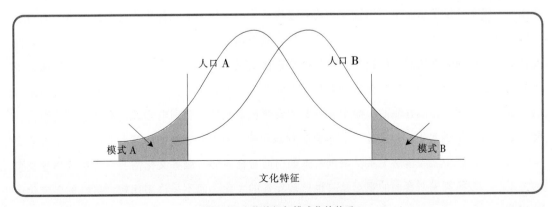

图 20.5 文化特征与模式化的关系

也应该注意人们不一定总是根据一个极端的立场保持始终如一的行为。他们根据附近的情形，在多种立场之间变动，并努力找到这些极端之间的平衡。

对服务行业的管理启示

像许多研究者所争论的那样，一个适当和坚固的文化对于服务组织的成功非常重要。沃尔玛的以"十英尺"法则为象征的"顾客服务"文化是一个很有说服力的例子。组织文化也就是共同的信仰和价值观，是"控制"人们行为的一种方式。我们已经阐述过，对员工的活动或行为不容易给予明确规定，因而应该给予联络员工较多的判断力和授权。服务越是需要用户化，越需要这样做。一个服务组织的管理者或许应该比行业内组织的同行对文化投入更多的关注。他们不但应该确保发展一种坚固的文化，而且应该确保适合的文化生存下去，也就是所谓的服务文化。此外，他们应该了解员工和消费者的（种族）文化。因此组织应该寻求不但来自于雇员而且来自于消费者的足够数量的关于文化的一致意见。后者对于一个从事国际经营的服务组织是比较困难的任务。

种族文化差异反映了消费者对同一服务特别是对服务背景的感知方式。在法国，消费者对在一个家庭主题公园里是否供应葡萄酒的服务感知将不同于美国消费者的感知。同样排队和管理排队的程度也是如此。一个比利时人相对于一个美国人，对于初次来访以他姓名的第一个字称呼他的汽车销售人员的反应大大不同。一个德国人在一个日本餐馆里与完全陌生的人共用一张餐桌可能会有困难。世界某个地方的学生对被邀请参与课堂讨论的反应可能与其他地方的学生不同。法国和美国的雇员当被告知每天早上要淋浴并每天换洗内衣裤时，他们的反应是不同的。目标管理在亚洲国家中没有在美国的效率高，等等。当我们描述服务背景时，我们会讨论色彩对于消费者对环境的感知如何才能发挥一种决定作用；但是某种色彩对不同的文化有不同的含义。例如，黄色在中国与皇权联系，在希腊象征成熟，在意大利代表堕落，而在埃及意味着饥饿。

上面所描述的例子是行为或人工制品上的差异，但是它们是以我们曾经解释的基本假定为基础的。巴黎迪斯尼乐园决定不供应葡萄酒或许是美洲文化中的"普遍主义"的表现，而对于法国人晚餐没有葡萄酒是一个严重的质量过失。他们期待饭桌上有葡萄酒。对排队的可接受性无疑受到人们对时间的态度的影响。参与的积极性受到个人主义还是集体主义的维度影响，或者受到等级在一个社会中的重要性的影响。大多数北部国家认为在银行或公共服务中与所服务的消费者站得很近是不礼貌的，而中东国家的看法正好相反。美国电影院使电影院里的温度保持在20℃或以下的水平，以便使人们不会感到他们的（陌生）邻座的体温。或许对于服务业更重要的是"情感中立与情感关系"维度。正如前面所描述的，服务文化需要一个更为情感类型的关系——按照霍夫斯泰德的观点是一种比较女性的文化，而不是许多比较"男性的"文化中的规范。

国际服务运作的管理启示

当一个公司建立国际服务运作时，应该意识到在企业文化和雇员的种族文化之间可能存在冲突。这样一种冲突不但阻碍了企业发展一种坚固的企业文化，而且将影响服务理念，也就是产品本身。因此企业应该检查它的服务理念和服务传递系统中的文化偏见。另一个管理启示关系到企业文化与消费者的"种族"文化之间的冲突。在这里给出同前一点同样的建议。应该对服务理念和服务传递系统进行细察以考虑文化偏见。显然迪斯尼的服务理念是非常美国化的，只要不与东道国的基本价值观和基本假定冲突就是良好的。

在一种冲突情况中，必须使服务理念和服务传递系统适应。麦当劳在比利时招待啤酒就是一个好范例。不过一个重要问题是企业能够和应该在多大程度上参加这种适应过程。对于某些一般的核心价值观或者特定公司的价值观不能或不应该折中。如果这样做会失去服务理念的精髓或牺牲服务过程的基本特征（见第2章）。由此引出一个结论，除非聚焦于一个与初始市场有共同文化特征的明确的细分市场，否则无法简单地转移某种服务。例如，玛莎百货国际化的决策在根本上是以其他国家存在英国人或亲英派人士的细分市场为基础的。

国际化战略

当一个服务企业决定国际化时，应该认识到可以采取多样化战略。当然最好的战略基于公司努力完成的目标，但是也在很大程度上取决于产品的类型，也就是服务。巴特里特和哥施尔（Bartlett and Goshal）[13] 开发了一个总体框架，对各种国际化战略进行分类并将这些战略与不同的条件联系起来。这个框架可以普遍地应用于任何类型的行业中，但是它尤其适用于服务组织（见图20.6）。

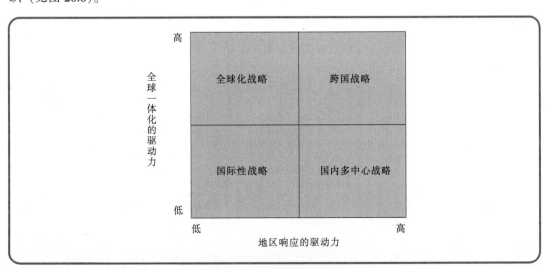

图20.6 国际化战略的一般框架 [14]

资料来源：Bartlett, C. A. and Ghoshal, S. (1989).

当思考一个国际化战略时有两个基础力量必须予以考虑：全球一体化的驱动力和地区响应
(local responsiveness) 的驱动力。合适的国际化战略应该依赖这两种力量，如图 20.5 所示。

- 在本章前面的部分中已经描述了全球一体化的驱动力。这种驱动力是指规模经济的呈现，
  对某种资产、胜任能力或竞争优势的全球性利用这样的因素。前面描述的全球化驱动力
  刺激了向全球一体化的发展或消除全球一体化障碍的发展。这种力量使越来越多的服务
  组织即将走向全球一体化。我们所提到的例子有航空公司、电影制片厂和电力公用事业。
- 在另一端是地方响应的驱动力。一个服务越个性化和/或用户化，它越有必要适应于地
  方的需求。尤其对于那些依赖文化的服务业更是如此，例如有显著语言内容或涉及地方
  口味和传统习惯的服务。虽然毫无疑问有一些"世界性的"电影剧本，可能也有一些组
  织致力于满足世界性的教育需求，但是大多数教育体制仍保持着本土性。对地方响应的
  需求可能也产生于高度的政府控制。政府通常不但要求企业制造像汽车这样的产品以
  满足地方需求，也包括像电视和电台广播这样的产品。

全球化战略

当对地方响应的需求低而全球一体化的驱动力量强时，企业将发展一个完全的全球化战
略。表 20.2 中概括了全球化战略的特征。世界基本上被看做一个大市场。评价某个企业在一
个国家中的地位不是依据企业自身的价值，而是依据企业对全球竞争地位的贡献。几乎没有哪
个服务企业使用完全的全球化战略。由于服务企业对易接近性和几乎是必然的交互作用的需
求，总是有一些本土化的内容。然而，像英国航空、新加坡航空或者荷兰皇家航空公司这样的
国际航空公司，像麦当劳这样的快餐店，以及像联邦快递这样的包裹快递非常接近于全球化战
略的情形。像欧洲工商学院或者洛桑管理学院（IMD）这样的国际商学院也接近于这种情形。
所有这些类型的服务都致力于满足一种世界性的同质的需求。按照拉夫洛克和叶普[15]的说
法，美国花旗银行（Citibank）已经将自己定位于一个独一无二的全球的消费者银行，它的目

表 20.2　组织模式

	全球的	国际的	跨国本土化	跨国的
占优势的战略能力	全球效率	在世界范围内学习	地方响应	全球效率、地方响应、学习
资产和能力的配置	中央集权的和全球规模	对核心能力资源集权，其他分权	分权和全国范围内的自足	分散的、互助的和专门化的
国际运作的任务	执行母公司的战略	适应和利用母公司的胜任能力	认识和开发当地机会	使位于某一国的战略单位对整条运作/供应链的贡献差异化
知识的开发和扩散	由中心开发和保持知识	中心开发知识并向海外运作传递	每一个单位开发和保有知识	全世界范围内联合开发和共享知识

资料来源：Bartlett, C. A. and Ghoshal, S. (1989).

标是允许其消费者"以任何方式，在任何地方，任何时间"存款。

国际家具零售商宜家 [16] 遵循一种全球化战略。宜家驻外国业务经理对每天的活动进行控制，并且被给予一些权限，增大宜家的产品的基本范围以满足当地口味。产品开发和采购的责任属于瑞典宜家这个最初倡导北欧风格家具和陈设品的公司。集团在丹麦的国际总部监控对新市场的投资和用于现有店铺的重新布置或扩张的投资。宜家有一个强有力的中央派定的布局和程序，还有一个独特的后勤系统，将产品从批量购买操作中汇入个体商店。

跨国本土化战略

当对地方响应的需求高而同时几乎没有全球一体化的驱动力时，最好的国际化战略可能是跨国本土化战略。实际上有不少国际企业将会首先在这样的情形中操作。虽然有许多为国际企业服务的国际律师事务所，在大多数国家中对个人的法律服务还是非常地方化，而且不存在国际的"桎梏"。对于今天的卫生保健服务提供者也存在同样的情况。这些服务部门通常在本质上更为国内化。表20.2概括了这样一种战略的特征。如果存在总部，那么来自于总部的控制是非常弱的。办事处的人员主要来自于当地，办事处的管理也由当地人进行，而且这些办事处共同构成一个非常自治的松散联盟。每一个地方单位对整个组织贡献利润，最多是声望。

跨国战略

在某些服务业中，对本土响应和全球一体化同时存在需求。服务和服务传递系统必须适应当地的需求，但同时通过变得大一些或者通过某种企业资产的杠杆作用能够获得重要的优势。在这种情况下，就需要一个一体化的网络战略，或者其他人所称呼的跨国战略。这就是鲁汶根特管理学院和许多其他在当地比较强大的商学院所处的有些不稳定的位置。对于这些学院摆脱困境的唯一办法就是它们共同组成一个联盟。然而如果看到表20.2中的这种战略的特征，这样做存在的困难就显而易见了，必须达到某种全球的和谐；必须有经验的分享；必须有关于基本价值观和方法的一致等等。这对于以前独立自主的机构或许是一个不可能的事情。然而，有一些公司成功执行了这种战略。像美国互联网安全系统公司 ISS 这样的公司已经收购了许多小型当地服务企业，从而成功地实现了从跨国本土化战略向跨国战略转移。在多数当地企业中已经进行了巨大的文化变革以达成这个目标。然而，那些公司的管理者已经成功地突显了全球一体化的优点：可获得许多行业的世界范围内的专门技术和专业化管理。在一些情况下，为了能够与强大的当地企业竞争，一些企业正在从全球化战略的位置向跨国的位置转移。例如，麦当劳在比利时供应啤酒，而在印度供应素食三明治代替汉堡包。

例如，美国玩具反斗城有限公司与宜家不同，正在遵循一种跨国战略，正如在《金融时报》 [17] 中所描述的那样：

孩子们的选择变化无常的本质需要当地经理们的较多的自由幅度。不同文化之间的玩具爱好显著不同。例如，亚洲的家庭喜欢教育性的玩具，而美国的孩子们受到星期六电视节目的严重影响。

在这里，经理们被给予管理他们的经营业务的很大的自由幅度。像宜家那样，美国玩具反斗城有限公司也有一个共同的商店布局和分销程序，但是为了适合于当地市场，这些是灵活的。在日本，为了考虑大型仓库的局限和成本，将一些商品直接送到商店，并且对所有商品的递送比在美国的递送更频繁。为了与当地的需求情况保持联系，美国玩具反斗城有限公司的管理者经常去往地方商店。该公司的国际部总裁斯泰利先生这样说：

> 我们认为我们的总部组织应该能够在它们自己的赛马场上会面，处理它们的日常问题，而不是坐在这里试图合理化它们的经营问题。

"国际性"战略

最后是图 20.6 的左下角分区的战略。在这里描述一种战略很难，也许服务组织"事实上的"战略就是这种属于该分区的战略。这是一个不稳定的位置，在这个位置的企业应该认真考虑向右移动并通过调整它们的服务和服务传递系统而更为本土化。这样做，它们也许能够使自己防御遵循全球化战略的外国竞争者。如果这样做不可能或不可行，那么它们应该向上朝向全球战略位置移动。这意味着它们应该仔细地分析它们的服务传递系统，并寻找能够通过在一个国际规模上开发而产生杠杆作用的要素。

选择正确的战略

我们上面所描述的三种战略（我们不认为"国际性"战略是一种可行的选择）对于一个服务企业是一种广泛意义上的一般定位。然而，应该将这个总体框架在一个比较详细的水平上应用于服务和服务传递系统的不同部分。例如，后台服务使用一种全球化战略或者前台服务使用一种跨国本土战略是可行的。我们已经提到由于对易接近性的需求，许多以服务为基础的经营需要它们的下游活动有本土化的表现。因此，就有了将地方响应嵌入当地业务的一种机会。在这里需要进行的一种权衡是：在多大程度上通过集中设计的操作程序和/或通过创造一种共同的企业文化进行集中控制，或者在不牺牲服务理念的"诚实性"的前提下应该给予地方办事处多少回旋余地。

对这三种战略中的每一个的应用都在很大程度上依赖具体情形。然而，很明显，在某些服务部门，某些战略比其他战略更适用。例如，拉夫洛克和叶普 [18] 对人员处理、信息处理和占有处理进行了区分。他们指出全球化战略对后两个比较客观的服务最适用，而对于人员处理类服务，跨国本土战略和跨国战略比较合适。转向我们所熟知的服务分类，我们可以说服务越是靠近交互式一边，全球化战略越是适合它。而当服务具有个人式和维护式交互作用本质的情况下，需要一个跨国本土战略或跨国战略。

这两个作者也将给予服务核心的权重与给予服务的较为外围的要素的权重进行对比，从而在不同的服务中进行了区分。给予服务核心的权重越多，全球化战略越是合适。这解释了许多以服务为基础的经营为什么遵循一种全球化战略。

另外两个学者，瓦利坎格斯和莱斯嫩（Välikangas and Lethinen）[19] 提供了稍微深入的关于国际化战略的见识。他们在服务业的三种国际（"营销的"）战略之间进行了区分：标准化、专门化和用户化（见表20.3）。这样的战略包括五个要素：

1. 服务概念化：服务概念的定义，这意味着对三个基本的商业定义问题提供回答：谁（市场）、什么（功能）和如何（技术）。

2. 服务差异化：服务如何不同于竞争者的服务，也就是企业用来竞争的服务特征。

3. 市场聚焦：关于企业目标消费者（在第1点中定义的）的一个比较详细的描述。

4. 服务可用性：选择广泛的或者有选择性的服务可用性。

5. 国际经营的模式。

表20.3概括了这三种国际化战略在每一个维度上的不同。这两个作者将这些战略与他们

表 20.3　国际化战略的要素

	国际化战略		
	标准化	专门化	用户化
1. 服务概念化	以程序/技术为基础的概念化	以服务功能/专门知识为基础的概念化	以消费者为基础的服务概念化
2. 服务差异化	服务履行的一致性	在服务履行的独特性上占优势	服务履行的个性化
3. 市场聚焦	广泛的	狭窄的/广泛的	狭窄的
4. 可用性	延伸的可用性	有选择性的可用性	有限的/专有的可用性
5. 国际经营的模式	生产单位的网络（如许可经营、特许经营）	高成本的国际专门知识的网络（如子公司、合资公司等）	有合作特征的国际性服务网络

资料来源：Välinkangas, L. and Lethinen, U. (1994).

所称谓的一般或标准化、专门化和用户化服务联系起来。不过我们可以将这些战略与之前已经开发的框架连结起来。

显然标准化战略与前面讨论的全球化战略很接近。回过头来查阅服务三角形概念＊（见第1章），这个战略基本要求的是在三角形顶端的一个投资战略。因为规模经济在这里是一个重要因素，快速和广泛的可用性至关重要。由于在一个广阔的和/或未细分的市场上销售服务，因而必须开发国际性的运作，形成一个生产单元的网络。需要像许可经营或特许经营这样的规则来达到必要的增长速度。这些规则之所以可行是因为关键的竞争能力处于三角形顶端，而且

＊经查第1章无服务三角形概念。——译者注

鉴于以标准化为重点，对特许经营单位的控制相对容易。

专门化战略也倾向于靠近全球化战略，但是企业并不寻求规模经济，而是倾向于在国际范围内开发优于竞争者所能获得的特殊种类的服务、技术专长或技能的独特性。事实上，服务理念在一个消费者要求比较多或具有环境因素的独特结合（如美国的旅馆服务或西欧国家的餐馆服务）的较高级的市场上得到开发。这种开发可能的确对那些比较高级的消费者很必要，例如美国的企业服务通常属于这种情况（也有消费者服务，如沃尔玛的例子），或者与像欧洲"大陆"的高劳动力成本这样的因素协力。在细分市场上提供服务意味着聚焦一个狭窄的市场。通常可用性必须是可选择的，以确保一个有知识的和受过充分训练的服务员工的充足储备。因此，企业可以对它的国际网络实行一种相对高程度的控制，从而通过建立国外附属机构趋向于国际化。企业的名称和形象得到很大的提升以使服务著名，并在一种国际环境中创造可信性。虽然最初知识是从企业向附属机构流动，为了保持网络的增长，企业应该确保知识也能够在不同的附属单位之间有效地传递。

回到服务三角形概念，这种战略也意味着在顶端的大量的投资，但是在系统或程序上的投资并不如在知识和技术开发上的投资大。一个企业的研究与开发中心和/或培训很重要，就像企业形象的开发和企业文化的提出和建造一样重要。然而，企业不一定总是被看做"中心"。通常它意味着分散单位组成的一个网络，彼此交互作用以便于也能够在不同的单位之间产生学习。换句话讲，它看起来更像一个联合工作的地位平等的计算机网络，而不是一个与其他较小单位连接的主机或服务器。国际咨询公司的战略属于典型的这种战略。ABB 的分部环球信息网属于这一类，它的不同类型的技术分布在世界范围内的大量国家中。其他的地理单位能够访问这种技术并从中学习。

第三种战略是用户化，更趋向于巴特里特和哥施尔开发的框架的右侧（见图 20.6）。围绕目标消费者的需求对服务进行概念化，并培育与消费者的长期关系。国际服务网络有时在范围上有局限性（也就是它们适合于跨国本土战略）。然而，有时形式上独立的单位的松散网络将形成链，共同分担一些服务传递活动（举例来说，与公共预订网络链接的旅馆）。有时通过服务提供者旅行到消费者所在地使服务得以出口。

结论

关于服务与生俱来是地方的因而不能得到国际化的观点越来越与我们所看到的周围情况矛盾。实际上，关于服务越来越国际性的原因有很多。因此服务企业应该开发一个国际化战略。合适的战略依赖于特定的情形和企业提供的服务类型。

在本章中，我们已经描述了多种多样的战略和决定合适战略的因素。在开发一种合适的战略过程中，企业应该给予潜在的文化差异以特别关注，因为服务不是文化中立的。在设计服务和服务传递系统时，企业应该小心谨慎，避免企业文化同服务理念和雇员的文化（暗示的）偏见以及消费者文化之间的冲突。本章描述了一些可能有助于我们理解和评价这样潜在冲突的有用的维度。

复习和讨论题

- 以本章开头描述的沃尔玛和玛莎百货案例为基础，识别零售业部门国际化的驱动力。对这两个案例进行对比。为什么沃尔玛成功而玛莎百货失败？
- 分析所有与国际化有关的呼叫中心部门所面临的挑战机遇。阅读 2001 年 4 月《金融时报》的一篇报道《印度学习顾客服务语言》。

注释和参考资料

[1] Tomkins, R. (1997) 'Wal–Mart comes shopping in Europe', *Financial Times,* 21 Dec, p. 23.

[2] World Trade Organisation (1995) *International Trade: Trends and statistics.*

[3] This part has been inspired to a large extent by an article written by Lovelock, C. H. and Yip, G. S. (1996) 'Developing global strategies for service businesses', *California Management Review*, Vol 38, No 2, Winter, 64–86.

[4] For more information on call centres in India see Merchant, K. (2001) 'India learns Language of Customer Service', *Financial Times,* 4 April, p. 11.

[5] For more information see the recent report by the European Commission on this topic. See also the article by Guerrer, F. (2002) 'EU Economy hit by lack of single market in services', *Financial Times,* 31 July, p. 1.

[6] Ibid. See also Roberts, J. (1999) 'The internationalisation of business service firms: a stages approach', *The Service Industries Journal,* Vol 19, No 4, 68–88.

[7] See Merchant, K. (2001), op. cit.

[8] Mead, M. (1978) *Culture and Commitment: The new relationships between the generations in the 1970s.* New York: Columbia University Press.

[9] Source: Schein, E. (1985) *Organisational Culture and leadership.* San Francisco: Jossey -Bass Publishers.

[10] Readers who want to know more about this are referred to Trompenaars, F. and Hampden-Turner, C. (1998) *Riding the Waves of Culture: Understanding cultural diversity in business.* London: Nicholas Brealy.

[11] Ibid.

[12] The four dimensions used by Hofstede are power distance, uncertainty avoidance, individualism and masculinity. The main difference is that Hofstede limits his framework to work-related values:

- Power distance is the extent to which a society accepts that the power in institutions and organizations is distributed unequally.

- Uncertainty avoidance is the extent to which a society lacks tolerance for uncertainty and ambiguity.

- Individualism is the extent to which a society believes that people are supposed to take care of themselves and remain emotionally independent from groups, organizations and other collectivities.

- Masculinity is the extent to which 'masculine' or ego values of assertiveness, money and things prevail in a society, rather than 'feminine' or social values of nurturing, quality of life, and people.

For more information, see Hofstede, G. (1980) *Culture Consequences: International differences in work-related values.* Beverly Hills: Sage Publications.

[13] Bartlett, C. A. and Ghoshal, S. (1989) *Managing Across Borders: The transnational solution.* Hutchinson Business Books.

[14] Ibid.

[15] Lovelock, C. H. and Yip, G. S. (1996), op.cit.

[16] Burt, T. and Tomkins, R. (1997) 'Case Study: Ikea and Toys 'R' Us', *Financial Times,* 8 Oct.

[17] Ibid.

[18] Lovelock, C. H. and Yip, G. S. (1996) , op. cit.

[19] Välikangas, L. and Lethinen, U. (1994) 'Strategic types of services and international marketing', *International Journal of Service Industry Management,* Vol 5, No 2, 72–84.

进一步阅读资料

Hofstede, G. (1980) *Culture Consequences: International differences in work-related values.* Beverly Hills: Sage Publications. Basic book on internationalization.

Lovelock, C. H. and Yip, G. S. (1996) 'Developing global strategies for service businesses', *California Management Review,* Vol 38, No 2, Winter, 64 –86. This excellent study provides a framework for developing global strategies for service businesses. It integrates existing, separate frameworks on globalization and on service businesses and analyses which distinctive characteristics of service businesses affect globalization and which do not.

Trompenaars, F. and Hampden-Turner, C. (1998) *Riding the Waves of Culture: Understanding culture diversity in business.* London: Nicholas Brealy. Basic book on internationalization.

第 21 章

定义服务战略

艾米·希尼　　巴特·范·路易　　洛兰德·范·迪耶多克

引言

在本章中我们探索了为服务企业定义一个服务战略所涉及的问题。我们以全面地考虑与战略有关的方面为起点。战略管理的本质是什么？当定义一个组织的战略时必须回答哪些问题？相关的框架和最新的洞悉有哪些？在这种背景下我们讨论一些定义服务战略所涉及的特殊挑战：管理无形资源、考虑附加价值载体和价值创造的动力学、连续性管理和技术的作用。

目标 到本章结束，读者应该能够讨论如下问题：

- 当定义一个服务战略时必须处理的基本问题或方面。
- 竞争优势的概念和竞争力量如何侵蚀这种优势。
- 从关于战略的以资源和胜任能力为基础的观点中得到的最新见识如何增强我们对战略过程的洞悉。
- 服务企业所面临的具体问题和挑战：有形化、无形资源的利用、价值创造和感知的动态学、技术的作用、对时间和空间的连续性管理的方法。

战略管理的本质

定义战略涉及的基本问题

我们的出发点是假设维持长寿是一个组织的基本目标。在一些行业如航空公司中，在某个时刻这可能意味着简单的生存，然而，一般来讲，长寿意味着成功，甚至像经济学家所表达的那样，获取"超出平均水平的地租"。一个企业为了维护其长寿必须定义一个战略，这需要在四个基本要素方面的决策：企业的目标，企业的环境，企业的资源和资源分配模式，企业的价值观、道德规范和伦理。图 21.1 对这些要素进行了概括。为了达到有效性，一个平衡的战略需要以一种一致的方式着眼于这些要素。

目标：我们想要做什么？

开发一个战略，首先由关于企业想做什么和成为什么的决策组成。这意味着管理层必须为企业定义一个理想的未来。这种理想的未来通常以企业的目标——它的"业务定义"、它的使命和愿景——来概括。

让我们首先以宜家作例子。宜家定义的理想未来是这样的 [2]：

> 我们愿意帮助您装饰您的家，并创造一个更好的日常生活。为了达到这一点，在我们的商店里提供广阔范围的、有出色的设计和功能、让尽可能多的人能够支付得起的低价的优

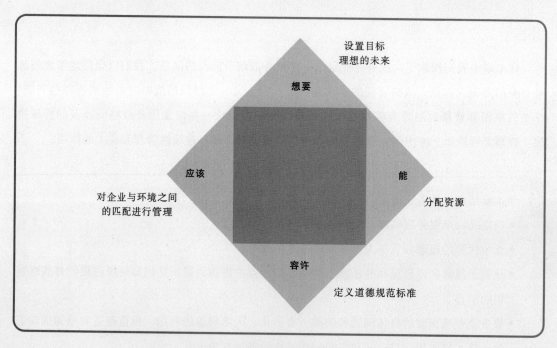

图 21.1 战略制定的区域 [1]

资料来源：Reprinted from *Long Range Planning*, Vol 30, No 6, Heene, A., 'The nature of strategic planning', p. 934 (1997), with permission from Elsevier Science.

质家具。

环境：我们应该做什么？

当然战略不仅仅是管理者的一系列简单的愿望。一个企业应该考虑它所要做的是否符合市场的情况，因此战略也意味着对企业环境的分析，因而企业需要在既定的环境下定义应该追求什么。

在环境分析中，消费者和他们的需求和偏好将是一个关注的焦点。其他要素包括现有的竞争者、可能的替代品、与供应商议价中所处的地位以及法律规章因素。 [3] 环境分析使公司与其环境结合起来，并确保公司和它的环境结盟，通过使公司适应它的环境或者通过一种"改变"环境的过程使环境的需求更好地符合企业的目标和能力。

在宜家案例中，存在着这种结盟。较大的细分市场对便宜的、功能性的和有吸引力的家具感兴趣。也要注意宜家向其消费者提供的产品实际上也塑造着这个市场。家具的概念及其如何适合消费者的购买行为发生了改变。过去，购买家具是一种一生只发生两次的事情：青年时购买一套比较便宜的家具，一旦事业稳定，而且孩子们已经长大，过了"到处搞破坏"的阶段，再买一套设计豪华的能用几十年的家具。现在灵活性和内部较为频繁的变化成为大群消费者掌握的一种选择。

资源和资源分配模式：我们能做什么？

一个企业必须考虑在给定资源的情况下能做什么。一个企业是否能够成功地从事所定义的行动路线依赖于它的资源和对这些资源的调度。资源和资源的调度决定了组织能做成什么。如果我们再次着眼于宜家，我们不应该忘记，在上面陈述的相当简单的目标后面隐藏了一个复杂的资源分配模式。宜家与大约 2 000 个供应商签订了合同，从中进行选择以满足需要的生产标准。低价格成为生产过程的一部分；扁平集成电路允许合理的分销；销售界面的设计保证大多数产品的自助服务和即时取走成为可能。

在资源方面，重要的是要注意，除了像设备、厂房等传统的有形资产，两种类型资产日益变得重要：无形的资源（如知识、智能、态度、声望、形象和品牌等）和厂商可寻（firm-addressable）资源。后一种资源是指在法律上不归企业所有，但是在产品设计、开发、服务传递或者是营销和销售过程中被企业使用的资源。因为企业开始在网络中运作，所以厂商可寻资源的概念越来越重要。战略不能局限于单一企业，而需要着眼于整个网络。这方面的好榜样是那些所谓的虚拟商学院。这样的学院不拥有自己的教员，但是能够使在各处雇佣的一群（访问）教员教授课程。这当然也是供应链管理的精髓：不拥有但是可以"控制"整条供应链。

企业价值观：我们被容许做什么？

在过去两年中位于企业丑闻影响之下的定义企业战略的一个深层要素已经得到了重视，因而需要事先考虑，这就是企业的价值观，包括企业规范和价值观以及"商业道德"，管理者利用这些来确定通过企业的合作被允许完成什么。

"节俭、创造力、努力工作、谦逊和意志力，我们彼此之间和我们同周围环境的关系，合作与分享，以及我们共同获得的和相互之间需要的知识"。

这些就是宜家的价值观，它激发公司关注社会生态学的考虑，与全世界（在 60 多个国家）的制造商合作，并开发合适的人力资源技术和方法。

不应该把这样的价值观看做仅仅停留在表面的东西。一个企业持有什么样的价值观影响着它的日常操作。想想巴林银行或最近的安然公司和 World.com 所发生的事情就能看到这一点。

重视潜在的冲突

任何企业的任何战略，包括服务企业的战略需要致力于四个不同的方面：什么是合意的，应该实现什么，能够实现什么，以一种与组织的价值观一致的方式。虽然这四个级别听起来简单，以一种一致的方式处理通常在实践中很复杂。特别是，在定义战略内容的过程中，战略的四个构成方面之间的许多潜在的冲突需要得到解决。

与环境的冲突

在定义战略内容中，一个典型的冲突是企业的目标同环境给予服务的价值之间的冲突，也就是，在企业销售一种服务想要采取的价格水平上，市场可能对提供的服务理念不感兴趣。可以在比利时快餐店的发展历史中找到一个有趣的例子。20 世纪 60 年代后期，从美国引进的概念开始在欧洲有所体现。在 20 世纪 70 年代早期第一个汉堡连锁店遭遇了灾难性的结果，仅仅因为消费者感到汉堡包的价格太高。正当一些主要的当地经营商考虑放弃这个市场时，一个主要分销商发动了一个所谓最后机会的营销计划。这个计划大体上包括大幅度的降价，并且如果销售额上升，将进行大规模的操作。

与可利用资源的冲突

另一个"传统的"冲突领域源于企业的可用资源和企业想要去往的方向之间的不平衡。例如新业务的开发可能受到企业的历史和随时间的推移已经建立起来的资产的限制。特别是较大的组织受到时间的限制时，作出改变会很困难。曾经的资产可能变成债务。在第 17 章中讨论过，新的分销模式对于金融服务变得可能：一个有较大的分行网点的银行应该认识到将来如果消费者开始大规模地使用电子银行服务，这个网络可能变成一种负债。有较低成本的分销网络的竞争者可能开始胜过比较传统的银行。关于变化或改革很难实现的其他解释随处可以找到。组织结构和文化、随着时间的变迁而发展的程序和技术都是抵制变革的因素。十几年来，欧洲的国家铁路一直在讨论改变成一个消费者导向的服务企业，但是很少有取得成功的。实际上改变方向以实现目标相对于定义这些目标是一个艰难的工作。这种战略变革使管理者面临一个最

严峻的挑战。 [4]

长期生存和收益性的关键：竞争优势

定义一个正确和可持续战略的挑战是对管理者想做什么、应该做什么、能够做什么、被容许做什么的基本战略问题提出的一个一致的、完整的回答。当这个回答意味着一种竞争优势的创造时能够有利于企业的长寿。

一种竞争优势首先是企业的"与众不同的能力"。如果一个企业以被其（潜在的）消费者认可和赞赏的方式成功地使自己与竞争者不同，则创造了一种竞争优势。宜家无疑具有一种竞争优势：企业成功地使自己的产品提供明确区别于竞争者的产品提供，而且消费者对宜家的产品赋予价值，因为它明确地致力于满足他们的需求和偏好。

一种竞争优势也必须是可持续的。它必须创造一种"时限"，能够持续足够长的时间以允许企业收获这种差异产生的利益，在财务利润以及建造和利用资源的机会方面创造一种"新的"竞争优势。

现在战略理论公认一个企业可以采取如下三种战略 [5]：

* 成本领先战略。

* 差异化战略。

* 聚焦战略。

成本领先战略以最小化传递到集市场所的产品或服务的成本为目标。像阿迪（Aldi）和利德（Lidl）这样的折扣零售商应用这种一般战略，英国便利航空公司（Easyiet）和瑞恩航空公司也是如此。限定产品范围、提供非品牌的商品或服务、正规划、标准化、自动化或者收获规模经济、简化经营过程这些政策都属于这种战略。

差异化战略不但通过力争达到最低可能的成本结构，而且通过最大化为消费者创造的价值来创造竞争优势。像玛莎百货和德尔海兹这样的公司拥有在零售业的差异化优势，而汉莎航空和新加坡航空则在航空业中有这样的优势。这种战略背后的基本原理是已经创造的较高的价值能够在市场上通过足以弥补较高成本的高价格得到回报，这种高成本必然已经创造了增加的价值并使这种较高的价值引起（潜在的）消费者的注意。在这种战略中，典型的政策包括扩展产品范围、供应品牌产品、高度个性化的"现场"工作程序和获得范围经济。 [6]

在一个聚焦战略下，企业以一种专门的方式在一个特定的细分市场内应用一种成本领先或差异化战略，这种聚焦战略使企业获得一种竞争优势，超越那些在一个广阔市场上实施一般战略的企业。地方零售商店经常实施这种类型的战略。专科医院实施一种聚焦战略，并因而获得超越普通医院的竞争力。这让我们回想起当我们讨论人力资源实践时所考察的苏第斯医院。苏第斯医院通过集中于一种类型的医疗和相应地组织整个医院，成为有最低价格、最高服务质量和最短吞吐时间的疝气治疗的领导者。在比利时的金融行业中，Van Breda 银行将焦点放在

"企业家"身上并为这个细分市场开发了特别的产品。

竞争：将竞争优势侵蚀成竞争的必要条件

我们可以看到，几乎在任何行业中，产品和服务都是越变越好，更加符合消费者的需求，并且被以一种比较可靠的方式传递，甚至随着时间的推移变得更便宜。例如，随着时间的推移汽车在技术上明显先进了而且价格便宜了。只要想一想个人电脑的价格如何在快速地下降而性能在持续地提高这一点就清楚了。

这都是竞争力量将竞争优势侵蚀成竞争的必要条件的结果，这种竞争的必要条件可以被定义为企业为了保持经营不得不维持的最小临界值。一种竞争优势和一种竞争的必要条件之间的区别相似于人们在获胜者和合格者之间所做的区别。[7] 企业可以利用四种机制来侵蚀或破坏竞争优势：模仿、替代、资源调动（resource mobilization）和资源麻痹（resource paralysis）。[8]

- 模仿无疑是最为人所熟知的侵蚀机制，而且在过去通过"定点赶超"这样的实践得到了加强。以分销为例：在过去的十年中，阿迪已经引入一种低成本方法，吸引了大量的消费者。通过提供一个很朴素的外观展示和最小化雇员数量，阿迪已经能够以一个很低的价格提供产品。此刻，阿迪所遭受的竞争不是来自于传统的分销商，而是来自于应用同样的逻辑并且试图将其（较少的产品，商店内较少的"舒适"等）推得更远的企业。

- 替代通常包括产品创新，借助于此，现有产品或服务被新的产品或服务代替。替代的本质是利用一种基于新的或不同技术的新产品或服务完成有同样消费者群的同样的功能。在制造业这方面的例子很多：如数字的与机械的手表、电子类型复写器等。在服务行业中，例如传统的手术方法被内窥镜检查方法所代替。有趣的是，替代也可能是最终导致"竞争规则的改变"的"过程创新"的结果。[9] 许多在线证券经纪人采取的路线是彻底重新设计分销渠道。[10] 有趣的是，在服务行业中，一些被看做过程创新的创新实际上同时是一种产品创新，因为消费者面临着新的过程。例如课程的电子传递（一种过程创新）是为了学生进行远程学习（一种产品创新）。

- 一些形式的资源调动如猎头公司（headhunting）是最普遍的和为人所熟知的。只要对一种竞争优势创造贡献的资源开始移动或者当资源的拥有者改变时，这种资源调动机制就起作用。资源调动可能有不同的原因：它可能产生于一种内部的损失，例如当一个拥有一种重要知识的重要雇员离开企业时；它也可能产生于涉及一种竞争者行为的外部原因，例如，当一个雇员受到竞争者的邀请而离开企业加入竞争者时。

- 资源麻痹是一种竞争者减少企业资源的价值创造潜能的一种直接企图。资源麻痹是一种正面进攻，呈现出的形式是竞争者散布流言，挑拨虚假的投诉，使用消极的比较广告，或者进行游说以加强阻碍它们的竞争者使用自己的资源的法律，例如利用进口壁垒、实施标准或者环境法规等。英国便利航空公司正面进攻英国低成本航空公司的方法是在它的广告中极佳地利用了资源麻痹。政府在教育领域的规章（如鉴定）被有效地用来麻痹英国开放式大学在许多领域的课程的远程学习能力。

寻求可持续性

战略的基本目的不是仅仅建立竞争优势，而是建立"可持续的"竞争优势。苹果电脑几乎在整个 20 世纪 80 年代的个人电脑市场上拥有一种竞争优势，但是它看起来并不具有可持续性。因此，定义和执行一个战略时的一个重要方面是消除侵蚀机制，或至少减缓它们的作用或影响。反侵蚀行动的目标是扩展时限，在这个时限中竞争优势"继续存在"，并允许企业赚取维护其长寿所需要的利润。

随着时间的推移，战略管理理论已经开发出一些用于概念化和开发这样的反侵蚀决策的框架。已开发出来的第一个方法是以早期讨论的竞争力模型为基础的。[11] 以这个模型为基础可以认为创造和维持一种竞争优势包括：设立进入壁垒，掌握可能的替代品的线索，减少敌对强度，以及建立一个较强的与购买者和供应商的结构性协商的位置。

- 可以通过不同手段创造进入壁垒：

  1. 使用规模经济：如汽车出租业。

  2. 产品差异化：如哈佛商学院将重点放在其教学项目中的案例研究和案例教学方法中。

  3. 资本需求：如迪斯尼通过其模型公园大大增加了对资本需求的要求。

  4. 转换成本（消费者从一个供应商转移到另一个供应商的成本）：如，当一个消费者从他的传统理发师转换到一个新的理发师时所面临的（主要是心理上的）成本。

  5. 分销渠道或一般的场所的进入：例如，由于在超市货架的空间上的激烈竞争，想说服传统分销渠道将一种新产品合并进来，将需要大量的投资。

  6. 财产权：如技术专利、某种资源的独占或许可协议，甚至是麦当劳的有利位置。

  7. 政府法规和政策：如在大部分欧洲国家中的能源供应。

- 应该监控潜在的替代品。保险公司或者房地产代理商是证券经纪商的竞争者，它们所提供的服务在某种程度上是可以交换的，是带有某种回报的长期投资。保安公司在 20 世纪 80 年代面临着比以往都要先进的电子报警系统技术的威胁，这种系统能够以低得多的收费接管防卫工作。这些企业别无选择，只有开发捆绑守卫员和电子系统的服务包，借此使守卫员成为高度熟练的操作者。

- 竞争的影响强度本身意味着复杂的战略和行动，这一点非常像国际象棋比赛。决定采取什么行动是最重要的（如在广告或价格方面着手，或者通过收购较小的竞争者努力提高市场份额）——这一决策依赖于具体的行业，也就是依赖于竞争者的数量、行业所处的生命周期阶段、行业内主要的全面成本结构等等。[12]

- 竞争优势以及威胁竞争优势的来源也存在于与消费者和/或供应商的关系中。企业、消费者和供应商之间相对的力量平衡将影响竞争优势的实力和可持续性。有限数量的消费者意味着在利润率和长期成果方面的脆弱；只要在这样的消费者根基上出现问题就会感觉到这一点。

在以资源和能力为基础的战略管理理论中也可以找到防卫侵蚀竞争优势的另一种观点。[13] 这些理论基本上认为用来创造竞争优势的资源系统的复杂性决定了所创造的竞争优势的可持续性。协同资源在本性上可以免遭侵蚀，因为协同资源有三个特征：它们包括某种程度的无形性；它们具有时间上的依赖性；由于它们是协同作用因而很复杂。

隐性知识、品牌、声誉、网络（社会资本）、组织的风气和企业文化都是由于无形性而很难模仿的资源。麦肯锡（咨询公司）、沃尔玛或者地中海俱乐部在这里树立了榜样，像文化、声誉和较为隐性的工作方式这样的特征是随时间的推移而建立的，并非仅通过将一些高智商的人们集合在一起而诞生的一个新的麦肯锡。同样，仅仅将一群有激情的年轻人置于一个海边风景胜地并不意味着地中海俱乐部就得开始担心它的长远未来。对于一个分销商可能要花费即使不是十年也要多年的时间使他的雇员像沃尔玛的雇员那样做事。另外，通常涉及不同种类的资源协同的复杂过程是很难模仿的。这是我们在更深入地考察无形资源的管理时所要讨论的一个问题。

现在我们对建立一个一致性战略所涉及的问题有了一种认识。让我们转向服务企业所面对的一些特殊挑战。

服务企业战略管理的挑战

服务企业的战略管理涉及的一般问题并非从根本上不同于制造业企业。不过，由于服务的特殊本质，特别是无形性和同时性，服务企业面临一些特殊问题。

识别"附加值载体"

创造一种可持续的竞争优势意味着以一种可持续的方式为企业的消费者创造与众不同的附加值，并将这种附加值"物化于"企业的输出：它的产品。按照这种路线推理，产品可以被看做"附加值的载体"。正如我们在早期所讨论的（见第 3 章），大多数产品是货物和服务的结合体，也就是有形和无形要素的包。从这个观点出发企业必须确定：

1. 将何种附加值物化于其向市场所提供的有形要素之中。

2. 将何种附加值物化于其向市场所提供的纯粹的（也就是无形的）服务中。

3. 如何在有形要素和无形要素中的附加值之间创造协同作用。

4. 有形要素和无形要素的组合本身是否和如何成为附加价值。

正如阐述的那样，这应该是任何类型的企业关注的一个问题。然而，这样做的理由对于服务企业和生产企业是不同的。生产型企业这样做的目的可能是为它们的产品增加服务成分，对竞争的动态引发的价格侵蚀作出反应。服务企业可能采取相反的做法，为它们的服务增加有形要素。通过这样做它们可能克服服务企业在销售"能力"中不得不面对的收入局限。此外，通过这种方式，服务企业的服务提供能够锚定，而且固定了所谓的消费者"转换成本"。

由于销售能力的限制产生的收入局限

能力管理是服务企业的一个重要的关注点。正如以前已经论述的那样，能力供应和市场需求的平衡和协调是服务企业能力管理的一个核心问题；在很多情况下它也决定了服务企业的生存机会。

一个重要的因素是一个服务组织特别是一个专业服务组织总体上能够使它的可用能力发挥杠杆作用的程度。鉴于对服务提供者和消费者之间的交互作用的需求，服务提供者的可用时间是限制企业收入潜能的"稀有"资源。

一个服务企业的收入可能这样表示：

总收入 = 在服务传递中可用时间的单位 × 每单位时间收入

如果一个企业想提高收入它可能增加服务传递的可用时间单位或者增加每单位时间的收入。第一个选择意味着增加可用能力，当然，至少只要存在积极的规模经济这是一个选择。而另一个选择是提高服务过程的生产率（也就是每个时间单位获得更多的产出）或者提高每单位时间为消费者创造的价值，也就是发挥杠杆能力。

使能力发挥杠杆作用的一个方法是我们所称谓的产品有形化。有形化实际上意味着以"商品"代替"销售的时间"以便于物化的价值较少依赖时间。这将引导公司在商品—服务的连续体中占有一个新的位置（见图21.2）。实际上根据在第3章所讨论的服务化趋势，在这里可以谈论"产品化"现象。这种有形化过程的恰当的例子可以在软件公司观察到，在"专业代工"(body-shopping) 劳务情况下，人员被服务提供商供应给一个消费者。在这里，非常受收入局限支配的活动被销售软件包取代。

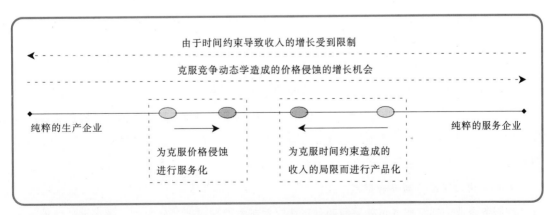

图21.2 生产企业和服务企业彼此靠近

那么，为消费者创造的附加价值就是有形要素中的附加价值、服务要素的附加价值和两种要素的结合创造的附加价值总和。

软件包的附加价值相对专业代工劳务较少受到时间的限制，从而使软件公司提高每人收入并最大化所花费时间的收入。同样，在维修服务业，提供给消费者的诊断工具取代了技术人员的干预。

毫无疑问，通过增加要素（有形的或者无形的）扩展企业的供应物应该伴随着适当的定价。时常，企业为了差异化而发生这种扩展，并且不因额外的价值创造而向消费者收费。这种方法（不对额外服务收费）会在两个方面产生危险：

1. 消费者没有感受到这种附加价值或者开始发现免费提供额外的服务是很正常的；他们"被宠坏"并开始要求更多。

2. 传递附加的服务需要资源，所以一些人最后必须为此而支付费用。如果不承认这一点，企业以其未来的发展作抵押的可能性很高。

当然合理的定价需要彻底地认识价值对于消费者意味着什么；它将意味着合适的信息系统和政策（例如，基于活动的成本计算），以及在培训消费者上的一些努力。

最后，注意到服务的有形化构成了向服务三角型上部的一种移动。这样，服务和服务企业变得比较独立于它的雇员和他们对组织的忠诚（或缺乏忠诚）。这将我们引至有形化的第二个问题，即在企业内锚定服务的问题。

在企业内锚定服务提供

越来越多的企业为了提高竞争力和对抗由竞争导致的产品"标准化"甚至是"庸俗化"，而不断扩展它们的服务构成内容。例如，越来越多的银行正在朝向财务咨询发展。人们期望增加这种服务要素将对企业的竞争力作出贡献，并帮助企业克服由竞争压力导致的侵蚀过程。

必须"锚定"增加的服务要素

尽管初看起来这种推理的思路似乎可以接受，但是在实践中有很大的可疑之处。实际上只有当一个企业能够在其内部"锚定"服务要素，并且阻止消费者使用由那些从竞争者那里获得更好条件的企业提供的服务时，通过增加服务要素提升竞争力才能成功，竞争者倾向于供应这些较好的条件是因为它不必传递所提供的服务（建议）。

如果消费者能够"消耗"被提供的（额外的）服务要素，并用来获取一个较有利的价格或者从竞争者那里获得稍微好一些的产品，这种为了提高竞争力而扩展服务的战略担负着提高竞争者竞争力的风险。只有当企业能够在其自身内部"锚定"服务并且企业因此能够"锁住"消费者时，通过增加或扩展服务提高竞争力才能成功。

在企业内锚定服务的两种形式

在服务企业内锚定服务可能采取两种形式。在所有锚定服务的情况下，消费者的转换成本被提高，因而企业成功地"锁住"消费者：如果消费者利用传递的服务想从竞争者那里廉价获得较好的服务条件，则不得不克服这样做产生的额外成本。

一个众所周知的例子是药剂师。在多数欧洲国家里，药剂师是一类具有很高技能的专业人士。药剂师的附加价值是他关于各种类型的药物的知识和准备特殊药方的专门技术。毫无疑问，服务要素在这种"产品"中非常重要。然而由于越来越多的标准化的药由医生开出，准备药方变得不太重要。因此药剂师的附加价值（实际的或感知的）在下降，必然的结果就是价格的侵蚀。然而，药剂师可以通过确保所有的药物只由药剂师分销来限制这种侵蚀。换句话讲，他作为一个药剂师的服务与一种锚定在药房的产品联系起来。消费者不会受到诱惑使用了一处的服务却到另一处去买药，因为所有地方的价格都是一样的，并且在任何情况下只能在药房里找到这种药，由于法律的规定，药房的数量是有限的。

总的来说，至少有两个锚定服务的战略方法值得考虑：

- 提高由服务传递支撑的产品要素的独特性。
- 为消费者创造因果关系的模糊性。

如果企业成功地将提供的服务（建议）与独特的商品联合起来，传递的服务要素的价值只能在企业自身内收获，而服务要素的附加价值只能通过消费"物化"了服务要素的产品才会被"消耗"。这实际上就是我们的药剂师正在做的事情。虽然初看起来服务能够被用作"升级"和"剥离庸俗"的商品，实际上这里会发生相反的情形：这种增加价值和剥离庸俗的服务只有当它们与独特的商品或服务相结合并由其支撑时才可以维持下去。让我们以一个投资建议为例。不管这个建议有多好，不能够适时地交付必要的股票交易将会给投资顾问留下一个重要的缺陷。消费者将会努力使建议成为免费的并到其他地方花费这些钱（交易成本和经纪人佣金）。当提供这两种服务时（交易和建议），收获提供的附加服务价值将会容易得多，特别是当它们被混合在一起从而产生"因果模糊性"时更是如此。

第二种方法是创造因果的模糊性，这意味着服务企业不揭示附加服务将要与哪个要素结合。消费者没有获得任何关于解决问题的详细说明；所传递的服务只是揭示了解决问题的潜能而没有揭示要素本身的特征。让我们再次考虑投资顾问的情形：当一个投资顾问对一个潜在的消费者谈起他应该投资哪种股票时，该消费者可能"采纳"这种建议，并且经过几次这样的讨论后决定从事什么样的交易以及在哪里进行交易。当没有提供这样的关于产品的明确指示，但是给出关于方法、消费者基础或以前的成果的信息时，消费者不能对这种"要素"作出决定。因此，关于如何达成结果的不确定性在消费者的脑中建立起来。这阻止了消费者"驾车兜风"。

当然，尽管在服务提供中引入有形要素可能是创造一种竞争优势和/或创造较高收入的显著方法，但对服务中的无形要素给予慎重考虑也是重要的，这带给我们下一个话题。

管理无形资源

无形资产与竞争优势

无形资产对于在一个服务企业中创造可持续竞争优势很重要。表 21.1 对有形资产和无形资产在创造竞争优势的过程中表现出来的不同特征进行了概括。利用无形资产建立竞争优势，保护竞争优势不被模仿，主要是由于资产的无形性和产生的因果模糊性。外部人不清楚企业利用哪些资产创造竞争优势和如何利用这些资产完成竞争优势的创造。例如，精确和完全地理解迪斯尼的竞争优势来自哪里是困难的。可以认为这种竞争力是具有有形和无形本质的许多资源协同作用的结果：场所、吸引物本身、气氛、雇员的行为等。

虽然无形资产能够得到很好的保护而不被模仿，但是同时，它们不一定同样很好地得到保护而不发生"资源调动"。例如，当"重要雇员"由于内部或外部原因而流动或离开企业时，知识很容易地"离开"企业。许多劳务服务企业，如律师事务所非常脆弱，因为重要员工离开公司通常同时失去那些对服务提供人员而不是对服务企业忠诚的消费者。

那么在这种情景下，"知识管理"的挑战是：

- 减少自身的流动。
- 当流动发生时保护企业的知识储藏（knowledge stock）。
- 防止流动的知识储藏在企业外部展开。企业可能采取限制重要雇员离开企业的法律行动，它们可能将知识明确表达并收录于大型数据库中，像咨询公司所做的那样；它们可能将知识在不同的人群中分散开，就像开发小组所做的那样。

减少资源的流动过程

例如，一个商学院或一个律师事务所如何能够预防或阻止它的"知识载体"（主要是员工）离开组织？在这里可以遵循两种方法：

- 提高员工的依赖性。
- 提高企业对员工的吸引力。

提高依赖性可能通过法律措施来达到，如签订合同阻止知识载体离开企业。然而，应该注

表 21.1 有形资产和无形资产的不同特征

有形资产	无形资产
建立时间是可预测的	建立时间可预测性较小
相当容易模仿	很难或不可能被模仿
固定的再生产成本	再生产的规模经济
通过使用而贬值	通过使用而增长
如果不使用则保持	如果不使用则消失
容易占用	难以占用
容易控制	难以控制；难以拒绝其他人获得

意这种方法的价值是有限的：通过合同（和合同的强制）使人们依赖企业通常并不能增强人员动机，提高企业的吸引力在这方面更为明智。显然人力资源政策在创造这样一种吸引人的内部环境中发挥着重要作用，例如，提供不能从竞争者那里获得的事业机会，或者创造一种激发雇员行动和激发他们证明自己对企业忠诚的企业文化。简而言之，人力资源管理在服务企业战略中的重要作用必须集中在以一种经济术语所表达的提高上，即通过创造一个非常有吸引力的内部环境而产生的"转换成本"。

保护知识储藏

完全阻止雇员离开企业永远不可能。因此当雇员将要离开企业时想出措施以保护呈现在企业的知识很必要。保护企业知识的措施包括：

- 知识在雇员间的散播。
- 知识（主要是隐性知识）的明确表达和整理，例如编入计划、手册、绘图、步骤和数据库中。这是主要的咨询公司的共同做法，在这些公司中建立大型数据库以积累由顾问们所发展的经验和知识。

知识在雇员间的散播当然确保了企业在发生资源调动时在产品和价值创造过程中能够继续使用这些知识储藏。传播知识意味着在组织内部建立起学习过程并因而将企业作为一个"学习型组织"进行管理。[14]

知识的明确表达和收录整理是一种使知识（主要是隐性知识）成为明示的和"可理解"的过程。[15] 这恰恰是麦当劳的标准操作程序手册所完成的事情。初看起来，似乎这种明示的经过整理的知识与"隐性"的知识相比有一些重要的缺点，因为有人可能会认为知识越是明示的和经过整理的就越容易被外部人"观看"并因而越容易被竞争者模仿。然而也有人认为知识的明确表达和整理并不一定意味着用于创造可持续竞争优势的知识的价值会受到影响[16]：

- 如果一个人的知识被在组织内部明示，我们无法推测出外部人理解这种知识的全部含义的能力。
- 即便当明示了的知识能够被外部人完全理解和领会，关于该知识对创造竞争优势的重要性的因果模糊性可能使外部人不清楚该种知识的价值。
- 无论是隐性还是明示的知识，其价值是时间依赖型的，并随着时间的推移而消逝。
- 隐性知识非常难以在组织内部传播和转让。
- 隐性知识相对明示的得到整理的知识难以利用。

因此可以认为明示和整理知识比让知识保持隐性有更大的好处，而且即便明示知识的可模仿性看起来高于隐性知识的可模仿性我们也建议这样做。

防止在企业外部展开知识和使知识产生杠杆作用

不仅应该散播、明示和整理知识，而且也应该在组织内部"锚定"知识。锚定知识阻止了在企业外部展开知识和利用知识。只有将企业内部知识作为构成企业的资源储藏和知识流量系统的一部分进行管理时才能达到这一点。

例如，"锚定"意味将技术知识与计算机硬件和由发展研究工程师处理的软件这样的有形资产以及组织结构结合起来；所谓组织结构，例如定义工程技术和营销部门的界面的结构。

从这个角度来看，"组织的知识管理"成为显著不同于"个人的知识管理"的一个意义深远的概念。一个知识管理的战略方法不但合并了个人基础上的知识管理，而且将"个人知识管理"看做更大的管理主题的一部分。

控制服务传递中的价值创造和价值感知的动力学

到现在读者可能会认识到，任何企业的战略管理都围绕着为消费者创造价值。我们知道，服务意味着消费者积极地参与服务传递过程。这种现象导致出现了一些与特殊价值有关的难题。

- 服务企业必须致力于一些特别的问题，这些问题可能产生于对其消费者的一个或更多的价值创造活动的接管。这些问题与源于"交织的"的价值系统的相互依赖性有关，但也可能属于这样一种情形，即消费者不能正确地评价服务企业所传递的附加价值。关于消费者的价值系统的深入知识以及对价值信号的恰当使用将被证明是非常相关的。

- 服务企业也必须确定消费者在服务传递过程中的参与是否和如何为消费者创造附加价值。这意味着服务企业必须管理消费者对服务的"实际使用"，这是一个始于定义服务理念的过程。

接管价值创造活动：处理相互依赖性和确保消费者能够评定服务的附加价值

服务企业建立的与其消费者的交互作用明显不同于生产企业。尽管生产企业将输入传递到它们的消费者的"价值系统"[17] 中（原材料、零部件等），但服务企业接管了一个或更多的价值创造活动并因而与其消费者的价值系统相互交织。在许多情况下，服务企业"接管"了消费者没有足够资源（如知识）的价值创造活动。

服务企业卷入到其消费者的价值系统并可能执行其消费者没有"精通的"活动，这个事实对服务企业的竞争力和对这种竞争力的感知带来严肃的后果：

- 既然价值系统中的一个价值创造活动的绩效受到同一个价值系统中其他活动的影响，那么服务企业的绩效可能在其他价值创造活动中受到消费者的绩效的影响。

- 缺少关于服务企业正在执行的价值创造活动的知识的消费者可能不能正确评估服务企业所创造的附加价值。

为了克服第一个后果，建议服务企业致力于对消费者的价值系统进行广阔而深入的参与。一个在财富管理方面提供服务的私人银行家必须对消费者的全部财产有一个彻底的认识，包括他的房地产的位置、他的风险预测、家庭情况、生活模式等。如果不这样做，银行家最终可能会陷入这样的情形，即给予消费者错误的投资建议。有竞争能力的服务企业应该不但能够接管其消费者的有限部分的价值创造活动，而且也能够接管发挥连接作用的价值创造活动，或者至少能够"管理"所接管的价值创造活动和消费者自己继续执行的起连接作用的价值活动之间的"界面"。至少，服务企业能够对其消费者的价值系统进行非常详细和深入的分析，以便于服务企业和消费者都能清楚他们应该如何合作以最大化附加价值。

毫无疑问，这是任何一个服务企业接管由其消费者在内部完成的活动（如薪水册管理、信息技术服务等）时应该关注的一个要点。对于这类服务，做好关于应该如何传递信息的明确安排很重要……

其次，消费者评估服务企业正在传递的价值以及以这种价值为基础的企业竞争力可能很难甚至不可能，特别是当消费者缺乏关于服务企业所执行的价值创造活动的知识时更是如此。正如在第1章所讨论的那样，在所谓的任务式和个人式交互作用类服务部门中这种情况是典型的。在这些情况中，明智的做法是，事先尽可能精确地、详细地定义绩效标准和规范，并且就如何对企业所传递的服务进行"基于产出的"评价达成一致。在这里我们参考早期所讨论的在服务水平协议上达成一致意见的做法。"无效果、无报酬"合同的出现非常符合这种情况。这可能需要一些努力，但是在这些情况中，应该防止消费者只根据服务过程评价服务企业的竞争力（因为它们可能缺乏这样做的知识）。此外，通过引入"主观的评估"来弥补消费者关于服务企业的价值的个体感知的缺乏可能很重要。在这方面"口碑"营销是一个对服务企业非常有价值的战略工具，而且在一个支撑关于服务企业竞争力的感知的关系网络中建立"形象"（作为一种无形资源存量）对于服务企业成为一种必要。

服务企业也应该通过对"价值信号"的广泛使用引导消费者对服务传递中的附加价值的感知。这些价值信号能够也应该物化于服务企业的服务提供的实体要素中，即它的有形资源或它的输出。例如，漂亮的和书写工整的报告对于一个咨询公司或者干净的卡车对于一个运输公司是重要的价值信号；那些令人愉快的舒适的分行可能是一个银行的重要的价值信号；或者，着装整洁的技术人员对于维修公司是一种价值信号。

依靠价值信号，服务企业影响消费者对服务提供的价值感知。通过深入地参与消费者的价值系统，服务企业能够保证它的服务竞争力，保证对服务的"实际使用"和"打算使用"对等。

附加价值产生于消费者在服务传递过程中的参与

毫不奇怪，我们认为服务企业提供的价值直接产生于消费者的过程参与。显然商学院属于这种情况，在这里学生有机会积极参与学习过程。在苏第斯医院，病人在他们恢复过程中的积极参与也为病人创造了额外价值。因此，任何服务企业的竞争力将依赖于如何组织这种参与。一般来讲，可以说在传递服务过程中，应该采取一种详细的"知识和专门技能的分析"，用以确定哪些活动应该由服务企业提供，哪些由消费者来执行。这是应该在第2章讨论定义服务理念时所做的。服务企业通过开发一种服务理念能够获得竞争力，在这个服务理念中，服务企业为消费者创造一个应用其自己的知识和技术的最有利的条件。

所以定义服务理念应该谈及消费者和服务提供者双方执行的角色，因而意味以下几种活动：

- 分析在服务传递活动中需要哪些知识以最大化附加价值。
- 确定哪一方拥有这种知识。
- 为成功应用这些知识创造条件。

这再次强调了服务企业的知识管理的重要性，同时指出知识管理也包括消费者。

技术对维持服务企业的长寿的作用

通常服务传递是高度的"人因驱动的"，然而，在服务传递中人不但为过程增加了价值，而且也能够"减去"价值。从一个竞争的观点来看，人因驱动的服务传递的主要缺点可概括如下：

- 一个传递者的参与限制了服务在时间和空间的可用性，因为服务传递意味着服务传递者在为消费者提供服务的时间和地点出现。这一点在前面讨论"有形化"对克服能力局限的相关性时已经提出。作为对"人的"教学活动的替代的计算机软件允许学生随时随地并且在最适合他的需求时"消费"这种教学。

- 如果没有通过实施严格的程序而实现高度结构化和控制，服务传递过程的可重复性处于被服务传递人损害的危险中，也就是受到他的"当场的"主动性和创造性的程度的损害。当这种首创性导致"次优"结果时就属于这种情况。有人可能预期未来利用人工智能和专家系统来解决问题将变得比较普遍。这样的系统允许不依赖于一个麻烦解决者的特殊的（和有限的）知识发现问题和解决问题，并因而产生适用于具有相同问题的情形的纠正措施。一个恰当的例子是手术环境中专家系统的使用日益增多；这样的系统使一个人能够拥有在所有手术室时都可利用的最高级的专门知识。

- 服务传递者这一方的"当场的"的创造性和主动性能够影响服务传递的成本效率。技术的引入允许消费者以一种具有成本效率的方式参与服务传递过程。例如，完全自动化的家庭和电话银行能够节约成本。

以技术代替人的因素鼓励企业明确地决定服务提供者在什么方面什么程度上为服务传递过程增加价值，以及只有服务传递者才能传递的"人员接触"如何和在哪里为提供的服务增加价值。服务提供者应该以"人员接触"没有增加价值的服务传递过程的特征为基础，研究技术对人的因素的替代是否和如何为提供服务的竞争力作出贡献。那么从一个战略观点来看，技术通过影响建立和支撑竞争优势，在保护企业的长寿中发挥一种重要作用。总的来说，技术能够通过降低服务企业的成本或提高其竞争性绩效来增加企业的竞争力。技术在服务传递过程中的引入和应用（如信息技术）允许一个企业：

- 优化服务传递过程。

- 标准化服务传递过程，并因而确保服务质量的可靠性。
- 确保不依赖于空间和时间的服务的输送能力。

通过引入技术，"人的因素"有时会略微介入服务传递活动，但在所有情况中这一因素对服务传递都会有不同程度的介入。如果技术导致减少或消除服务传递中人的因素介入的非价值创造特征，这种对人的因素介入服务传递的重新定义为消费者创造了附加价值。

前述的推理并不必然意味服务企业应该采纳一种标准化方法。引入技术可能允许服务企业重新定义人的作用和影响，如果它真的能够增加服务传递过程的价值，那么这样一种重新定义导致的将不是减少人员配备水平，而是通过不同方式的资源分配创造优良的价值。

通过扩充服务企业的技术基础提出的基本战略问题是识别技术和人因对价值创造的贡献。明确地定义以相互补充和增强的方式传递服务的技术和人员的作用能够增强服务企业的竞争力，进而增强它的成长、繁荣、保护其人员就业能力的潜能。

通过创造可持续的竞争优势管理连续性

正如在前述的部分中反复证明的那样，知识管理对于服务企业高度相关，因为它允许服务企业通过创造一种竞争优势而管理连续性。连续性对于竞争力至关重要。

然而服务企业不仅必须确保它们的竞争力在时间上的持续性，对于许多服务企业，确保竞争力在空间上的连续性至少同等重要。快餐店、保洁公司、银行、咨询公司、运输公司和所有通常带有一种地理分布特色的服务传递的服务企业，必须确保其地理上分散的同事以一种可比较的方式和在同等水平竞争力的基础上传递服务，即使它们可能在完全不同的情况下和针对完全不同的消费者作出行动和传递服务。企业可以通过以下途径达到服务传递的连续性：

- 服务传递过程的标准化。
- 服务传递输出的标准化。

在第一种情况下，使服务的传递不依赖于服务被传递的特定环境。过程和程序是标准化的，并且不考虑特定环境或者只允许对这些特定环境作较小的调整。这种方法对在服务传递过程中执行一种差异化战略非常有效，并且同时通过减少甚至消除不确定和波动产生经济。过程标准化可以在顾客没有实际参与服务传递（如保洁公司）的任何情况下应用，或者在标准化和顾客的交互作用能够为顾客增加价值的情况下使用，如，通过确保质量可靠性。快餐连锁经营是这方面的最恰当的例子。总的来说，这种方法可以被认为适合所有的维护式交互作用类服务（见第1章）。对于这类服务，增长变得比较容易，就像许可和特许经营变得比较可行一样。在输出标准化的情况下，服务传递的竞争力的连续性不是在传递过程本身的级别上达到，而是在传递过程的结果这一级别上达到。如果服务企业在为消费者产出的结果方面能够成功地明示和明确地表达服务理念，这就是可行的。在这种方法中，根据用来评估服务绩效的尺度和判断质量是否为"优"或"有竞争力"的标准来描述"服务质量"。例如，电梯维修的服务质量是这样被描述的：容许的故障的最大持续时间或者电梯故障和维修的间隔期。如何组织服务传递过程是服务提供者的一个挑战。

如果服务传递过程涉及较高程度的不可预言的消费者的参与，标准化输出通常是必要的。教学是一个最好的例子。由于教学发生时所处的不可预测和特殊的环境，在这种情况中标准化服务传递过程不是不可能就是很难。每一组学生都有其自己的独特性。为了确保这类服务过程的竞争力的连续性，就需要使输出标准化，即学生在课程结束时应该掌握有关的知识和/或技能。这种"输出标准化"经常与强调能力和授权的"输入"并进。教师需要一个相当长的培训时期和学徒年限以开发充足的教学知识和技能，配备了这些技能之后，他们被赋予相当大的关于如何教授的权限。另一个例子是内科医师：这里的"技能"标准化与如何处理一个特殊病人的决策自由度匹配。一般地，对于任务式和个人式交互作用类服务通常存在输入与输出标准化的结合，而过程是远远不能"决定的"。

结论

在本章中，我们一开始提出对相关战略问题和需要致力解决的方面的总的看法。战略问题回答了为了维护自身的长寿企业应该做什么和如何做等问题。对于长期生存和获利至关重要的是与众不同和可持续竞争优势的创造。最近兴起的以资源和能力为基础的理论在这里提供了新的见识：通过配置为消费者创造价值的复杂的星系能够实现可持续性。

服务企业面临着特殊的战略挑战，这些挑战产生于服务过程固有的无形性和同时性。我们系统地考察了这些挑战：如何克服由于能力约束而产生的收入局限，如何在服务企业内锚定所提供的无形服务要素，如何利用无形的本质和技术创造并支撑在时间和空间上的竞争优势，以及如何看待消费者在价值增加过程中的作用。

在这种背景下一种关于服务管理的综合方法越来越明朗，必须将消费者、雇员和整个运作系统结合到一个连贯的服务理念或价值星系中，因而战略既简单又复杂。

复习和讨论题

- 一个服务企业的战略书中包括哪些主题？
- 为什么航空业的领袖为了与低成本运营商竞争实行独资？他们为什么将低成本战略整合到他们高度传统的服务战略中？
- 针对竞争者的模仿的最好防卫是什么？利用三个具体的例子解释说明。
- 服务企业的三种典型的战略问题是什么？
- 像麦当劳和迪斯尼这样的公司开发了用以进行职业培训的"大学"来培训他们的雇员。这种做法如何与本章中所描述的关注点相适应？

- 识别和叙述在你所处的环境中遵循本章所描述的三种一般战略（成本领先、差异化和聚焦）的三个零售企业。它们曾经如何进行战略选择？

- 越来越多的商学院开发了基于网络的 MBA 项目（也就是利用了远程学习的概念）。从一个传统商学院的观点出发，你如何看待这种现象？可以利用本章所提出的概念进行解释。

- 回想我们在整本书中一直利用的在维护式、任务式和个人式交互作用类服务中进行区分的服务分类框架。你是否认为这些不同类型的服务在本章中所概述的战略挑战（如资源流动问题，或者跨时间和空间的连续性管理等）方面有区别？有哪些区别？为什么？企业可能遵循哪些战略来处理这些问题？你如何看待人的因素在这方面的重要性？如何看待一个企业与其消费者交互作用的方式和企业如何设计其服务传递系统的方式（过程、设施和运作管理）？

注释和参考资料

[1] Source: Heene, A. (1997) 'The nature of strategic planning', *Long Range Planning*, Vol 30, No 6, p. 934.

[2] See www.ikea.com

[3] For a systematic framework for analysing environments in relation to defining strategy, see Porter, M. E. (1980) *Competitive Strategy: Techniques for analysing industries and competitors.* New York: Free Press.

[4] For a more comprehensive discussion on strategic change, we recommend Pettigrew, A. and Whipp, R. (1992) *Managing Change for Competitive Success.* Oxford: Blackwell Business.

[5] Porter, M. E. (1980), op. cit.

[6] If value is defined as the ratio between (perceived) quality and price, it could be said that both of the above strategies result in 'similar' value propositions, but cost leaders and differentiators work for different segments （D'Aveni, R. (1994) *Hyper-Competition: Managing the dynamics of strategic manoeuvring.* New York: Free Press). The trouble starts when a company deviates from the 'value line' and becomes 'stuck in the middle'. Being stuck in the middle means that for the same price someone else offers more quality or that the same quality can be found elsewhere at lower prices, which is not a very stable starting point for sustainable competitive advantage. Of course, a company can deviate from the value line in an opposite direction as well; this involves 'changing the rules of the game', By introducing new ways of working –often involving new technologies–a company starts to offer the same or higher quality at lower prices than previously available. Ikea is a good example; the firm's operations managed to completely change the market of furniture distribution and sales. By

combining production processes that allow for flexibility with, among other things, well thought out distribution practices and a specific surface layout, Ikea is able to offer what in the past seemed an impossible marriage between opposites: a broader range of furniture characterized by an appealing design at reasonable prices. In this way, Ikea started to break the industry rules, offering more value in comparison with other low-price producers. The price comparison with producers of more exclusive designed furniture is favourable, and so Ikea even attracts customers from this segment.

[7] See T. Hill's work on manufacturing strategy.

[8] Rotem, Z. and Amit, R. (1997) 'Strategic defence and competence-based competition', in Heene, A. and Sanchez, R. (eds) *Competence-Based Strategic Management.* New York: Wiley, pp. 169–91.

[9] See, for example, Hamel, G. and Prahalad, C. K. (1995) *Competing for the Future.* Boston: Harvard Business School Press.

[10] See as well the work of Barras in this respect as discussed in Chapter 19.

[11] Porter, M. E. (1980), op. cit.

[12] For a more detailed overview of possible relevant action strategies, see Porter, M. E. (1980), op. cit.

[13] For more details, see Technical Note 5.

[14] Senge, P. (1990) *The Fifth Discipline.* New York: Doubleday.

[15] Sanchez, R. and Heene, A. (1997) 'A competence perspective on strategic learning and knowledge management', in Sanchez, R. and Heene, A. (eds) *Strategic Learning and Knowledge Management.* New York: Wiley, p. 7.

[16] Sanchez, R. (1997) 'Managing articulated knowledge in competence-based competition', in Sanchez, R. and Heene, A. (eds) *Strategic Learning and Knowledge Management.* New York: Wiley, pp. 166–9.

[17] The chain of activities by which the firm builds values.

进一步阅读资料

For readers interested in the recent insights related to resources-and competence-based models of the firm and their particular relevance to service firms, we recommend the following works:

Hamel, G. and Prahalad, C. K. (1995) *Competing for the Future.* Boston: Harvard Business School Press.

Heene, A. and Sanchez, R. (eds) (1997) *Competence-Based Strategic Management.* New York: Wiley.

Porter, M. (1980) *Competitive Strategy: Techniques for analyzing industries and competitors.* New York: The Free Press. This book is very worthwhile reading, when discussing strategy in general.

Sanchez, R. and Heene, A. (eds) (1997) *Strategic Learning and Knowledge Management.* New York: Wiley.

技术说明

如下的注释中包含了与需要与本书一起阅读的比较具有技术性的补充资料。

1. 如何收集消费者满意度数据

2. 服务环境中的排队系统分析

3. 服务设计中的模拟工具

4. 数据包络分析

5. 从新兴资源和基于胜任能力的管理理论中得到的见识

如何收集消费者满意度数据

格诺·范·奥塞尔 (Gino Van Ossel)

这篇技术说明应该与第 7 章内容一起阅读。

在第 7 章中，我们已经探讨了消费者满意度的测量和如何建立综合的消费者满意度测量系统。一旦决定了测量什么，对哪些组织单位以及哪些顾客进行测量，构想消费者满意度测量指标的最后一步就是决定如何收集数据资料。因为测量消费者满意度仅仅是市场调查的一个特殊类型，它们的数据收集方法在许多方面都很相似。在这部分中我们将描述一个数据收集系统的基本要素，并且着重突出那些对一个满意度测量系统尤其重要的细节。将要讨论的内容如下：

- 数据收集中利用的沟通方法；
- 问题的形式，包括所使用的等级；
- 调查的频率；
- 自制—购买决策。

（如果想更为深入地探讨数据收集问题，应该阅读大量的市场调查方面的优秀书籍。）（读者可以参考第 7 章结尾处的阅读资料。）

沟通方法

可以通过电话、邮件、面对面或接合使用这三种方法对消费者进行调查。决定沟通方法的主要标准如下：

- 需要收集的信息的性质和数量；
- 样本控制和实地工作的管理；

- 响应率;

- 关于时间和成本的考虑。

电话调查

电话调查是一种非常好的快速收集有限数量的相对简单的信息的方法。这使电话调查成为衡量消费者满意度的一种很好的工具。不过，这种方法也有一些缺点：

- 问题可以自由回答。例如请求消费者就公司应如何改进其服务这样的问题给予回答，往往导致简短的相当肤浅的回答。稍后在本部分内容中我们将讨论这些问题对于实际的绩效评估为什么是一种非常重要的补充。

- 调查不是真正的匿名形式。即使会见者向被调查者保证公司不会知道他或她的私人意见，被调查者明白会见者一定知道他或她的身份。显然这只是一个是否需要匿名的问题。

通过使用计算机辅助电话访谈使质量控制和现场控制相对容易。计算机能够自动挑选电话号码，在没有得到回应的情况下可以重拨。此外，如果电话得到回应，但是被调查者不在场或当时没有时间，访谈者可以指令计算机在另外的时间再次拨打电话。所有的问题和备选答案都显示在电脑屏幕上。访谈者只需很快地读完并将被调查者的回答输入计算机。计算机自动跟踪一个电话持续的时间和每个访谈者的点击率。

与电话访谈相关的问题有如下几个：

1. 绝大多数人在上班时间不在家里，从而使这种调查方法成本较高。

2. 人们不喜欢在空闲时间被人打扰，而且可能认为这种电话访问是对个人隐私的侵犯。这可能不但导致拒访和较低的回答率，而且可能损害消费者的满意感。

3. 并非所有人都有电话，特别是上了年纪的人，受教育水平低的人和低收入家庭在样本中很少出现。

4. 当调查公司时出现了各种不同的问题。在目标调查者出现前可能要拨打好几次电话，假定他们愿意回答这些问题。

另一方面，由于只有消费者被调查，回答率相当高，因为他们对商品或服务的兴趣通常相对很高。根据我们的总体经验来看，电话访谈最适合于企业对企业的情境，而在测评个人消费者的满意度时不太有用。

邮寄调查

邮寄调查方法的主要优点是能够以相对较低的成本向所有类型的人提出问题。与电话访谈相比，这种方法不但可以提出数量更多的问题而且可以提出更为复杂的问题。

这种方法完全可以承诺匿名和提出开放式问题。此种方法的另一个优点是现场控制相对容易。因为访谈者除了将被调查者的答案输入计算机并不真正介入调查过程，所以质量控制能够实现。此外在一个较长时期内标准化的调查能够自动进行。如果调查的数量足够多，细查在经济上是可行的。

存在的主要挑战是回答率。即使当调查自己的顾客时回答率也可能非常低，特别是当调查公司时更是如此。回答率实际上与被调查者需要付出的努力及其对服务和/或公司的参与程度相关。这种努力在很大程度上取决于调查问卷的长度和复杂性。在考虑收集什么样的信息时我们讨论了问卷过长的不利之处。附寄信封能够减少被调查需要付出的努力。贴上一张邮票或在信封上标明邮资已付对回答率也有积极作用，特别是对个人消费者调查时更是如此。对附寄信封的替代做法是将调查设计成传真形式。虽然这种方法失去了匿名的好处，但是企业越来越倾向于通过传真返回问卷。

当问卷只分发给用户时，他们对服务和/公司的参与程度通常相对较高；但是并非总是高得能够产生良好的回答率。一个比利时快餐连锁店曾经获得 5% 的回答率。向其顾客进行邮寄调查的汽车分销商们通常取得 25%~50% 的回答率。产生这样跨度的主要原因有两个：

1. 似乎生产昂贵汽车的制造商相对于其他汽车制造商获得的回答率低。可行的解释就是，昂贵汽车通常是公司汽车（导致被调查者参与程度低），这些汽车通常由商界人士驾驶，而这些人又是繁忙的工作者，并且一般需要面对较多的访谈。

2. 回答率依调查的时机不同而不同。汽车分销商传统上在顾客购买了汽车之后不久向他们询问对购买过程和汽车递送的满意情况。两年后再次对售后服务进行调查。

提高参与程度并进而提高回答率的一个非常重要的因素是附随在调查问卷上的请求信。信中应该表明调查的目的，说明执行调查的公司，解释被调查者为什么和如何从调查中获益以及将要花费多少时间（希望花费的最少时间）。

如果通过考虑上述因素能够取得可以接受的回答率，那么通过邮寄方式发送问卷就是最好的选择。经验表明，对个人消费者的调查相对于对公司的调查更适宜采用这种方法。而简短的传真形式的调查问卷能够获得来自于公司的高回答率。

最后，服务的性质和被调查者同服务提供者之间的关系也影响到回答。提高回答率是有可能的，但是代价较高。预先通过邮寄或打电话宣告调查以及当人们不回答时发出催函被证明是有效力的。然而由于消费者满意度测评本质上是持续进行的，这样做可能成本太高。

人员访谈

最有力的数据收集方法是人员访谈。这种调查提出的问题是复杂的开放式问题，经历的时间较长，能够产生高回答率和详尽的回答。然而由于消费者满意度测评传统上采用相对简单便捷的问卷，使这种方法在很大程度上具有一种理论上的优势。鉴于其成本较高这个缺点，在实际工作中很少被采用。

人员访谈按地点分为四类：服务场所访谈、街头访谈、第三方场所访谈以及在被调查者家里或办公室访谈。在服务场所内访谈消费者是唯一的最普通的方法。因为消费者高度集中有助于控制成本。如果调查者仅仅分发问卷并在事后收集答案，则成本相对较低，但是如果访谈者实际上必须与顾客讨论这些问题，则成本就会上升，上升多少取决于访谈时间的长短和回答率的高低。在某些服务行业，这是一种非常普遍的方法，特别是对于参与程度低的个人。这种方法的可行性取决于服务的性质。例如，在快餐店，这种方法通常不是一种好方法。因为快餐店里的顾客肯定没有闲余时间。那些确实有时间的人不一定是这个顾客群体的代表。在这种情景下对消费者进行调查，只有当问卷非常简短时才会恰当。一种替代做法是分发问卷和标明"邮资已付"的信封。

某些服务场所如火车或飞机，完全适合面对面访谈。另外的例子就是旅馆，在晚上询问其客人是否介意第二天早上用餐时回答数量有限的几个问题。通过事先通告，能够获得很高的回答率。这是管理训练项目中测评顾客参与者满意度的最普通方法。

应该明了的是在上述所有例子中访谈者的作用主要就是分发书面调查问卷以提高回答率。很少有机会询问更多数量或更为复杂的问题。

这种方法的一个重要缺陷就是很难控制质量和现场。在飞机上，乘务人员不得不分发和收集调查问卷。如果公司对他们的评价取决于这种满意度测评的结果，那么他们可能会操纵调查结果。他们可能自己填写一些调查表，抽掉带有不满意答案的调查表，把问卷分发给不同的顾客或者监视顾客以影响他们的回答。在商店或餐馆不大可能随机抽样，除非访谈者提问一些筛选的问题。访谈者通常倾向于选择吸引他们的群体作为调查对象，比如选择相同年龄段的人。

在服务场所内很少使用面对面访谈以外的技术方法测评消费者满意度。街头访谈是一种非常无效的抽样技术。因为行走在街上的目标顾客的百分比太有限。在第三方场所的访谈（通常是市场调研机构的办公室）或者在消费者的场所内进行的访谈通常成本很高。因为必须说服消费者到第三方场所接受访谈，这样做导致较高的招徕费用和低回答率。在被调查者家里或办公室进行访谈涉及到访谈者的交通费用问题。

这些方法的确为更为定性的非结构化的或半结构化的调查（见后面）提供了重要机会。不过，对于通常使用简明的调查问卷的定性的消费者满意度测评来说，这些方法的成本过高。

结合使用不同的方法

当讨论人员访谈技术时我们指出访谈者的作用可以限定为分发和/或收集书面问卷。可以把这看作是综合使用不同数据收集方法的做法。其他更为先进的综合方法也是可行的。例如，企业已经尝试事先打电话给被调查者通知他们将要发送给他们一种纸张式调查问卷。回答率因而显著提高。但是不幸的是，这是一种成本很高的做法。

兰克施乐使用一种相反的方法。它向被调查者邮寄问卷，并说明将要打电话给被调查者以帮助被调查者回答这些问题。真正的数据收集工作是通过电话完成的，但是被调查者能够看到和阅读问题和备选答案。兰克施乐选择这种方法是因为这种方法使其能够在企业对企业情境中将书面调查问卷的长度和电话访谈的高回答率结合起来。

回答率

当涉及到有关回答率的问题时，经理们总是关注是否调查的参与者代表了整个总体。换句话说他们怀疑如果没有回答的那些人做了回答的话，是不是会产生完全不同的结果。他们的关注仅仅在部分上是合理的。实际上我们有必要区分开代表性和稳定性这两个概念。

如果回答率没有接近100%，消费者满意度测评很少具有代表性。正如前面所解释的那样，被调查者介入程度越高，他们越倾向于参与调查。确切地说，不满意的和愉快的消费者的参与程度相对于那些曾被我们描述为对服务及其提供者"漠不关心"的有几分满意感的消费者的参与程度高。因此，可以有把握地认为不满意的和愉快的消费者在样本中具有代表性。所以对那些经理们关心的问题的回答就是：是的，没有回答的人们可能会给出不同于已经回答的人们的答案。这意味着将这样一种测评结果作为绝对事实是危险的。一个公司的消费者满意度测评在10分制下得了8.2分，这否定了这样的事实，也就是如果回答率不同，得分几乎必然不同。相类似地，对于不同公司间的分数比较，应该持最大限度的谨慎态度。即使问题的措辞和划分等级相同，回答率不同也能说明计算分数上的不同。

当然，通过电话测评消费者满意度可能获得高回答率，从而能够获得代表性，但是如果没有这些高回答率就不能有真正的代表性。

管理者在关注代表性时常常忽略绩效评估的真正目的。正如本章开篇所阐释的，绩效评估指标只在和一个基准进行比较时才具有说明力。因此绩效评估的稳定性比其代表性更重要。稳定性意味如果重复调查将获得相同的结果。向不同的样本分发相同的问卷应该产生相同的结果。这不是是否有测量偏差的问题，而是关于测量偏差是否不变的问题。

因此，分权的服务组织必须监控所有的组织单位的回答率是否相同。例如，一个零售业务银行不仅要报告对每个分支机构的测评结果，而且也要报告其回答率。一般来讲，所有分支机构的回答率大约相同。对于任何例外情况要非常谨慎地进行研究，因为回答率不同通常是一些暗藏问题的征兆。相类似地，对测评结果进行时期对比或与竞争者对比时，稳定不变的回答率则表明了存在稳定的测量误差。因此，将测评结果与基准进行比较是公正合理的，而这最终是绩效评估的目的。

以我们的经验，真正的挑战不是获取代表性或稳定性。也不是使直接介入满意度测评的管理者或那些对组织运营绩效负责的人信服，代表性相对于稳定性更不是一个问题。那些对运营不善的组织单位负责的经理们总是怀疑样本的代表性和测评工具的有效性，而对自己不能满足顾客期望视而不见，这是一种悲剧，因为恰恰是这些经理们将会从满意测评中获利最大，因为他们改进绩效的机会最大。真正的挑战是如何使这些经理们看到改进事业单位绩效的机会。当消费者满意度测评结果对评价管理者的关系越重大时，代表性就越会遭到质疑。将人员评价和绩效评估联系在一起，使管理者只有两种选择：或者离开组织或者放弃他们的抵制，集中力量提高绩效。

问题的形式

问题的形式必须能够反映收集数据所依赖的沟通方法。应该使问题尽量简单，特别是对于电话调查更是如此。下面是两个必须做出的与问题形式有关的选择：

1. 列出服务要素，请被调查者就他们的满意程度划分等级，或者描绘服务要素，询问被调查者是否感到服务提供者的服务达到了所描述的程度。

2. 更为重要的是必须选择量表。我们建议使用一种 7 分制平衡量表，只在两端有极端性的描述，而以数值 "0" 表示中立态度。如果组织想使其分析仅限于计算用的平均数，可以使用不平衡的 5 分制量表。

现在我们更为详细地讨论问题的措辞和对消费者回答强度的量化问题。

问题本身的措辞

测评消费者满意度的最普通方法是直接提问：

你觉得这一餐的质量如何？满意/不满意

有时将 "满意" 和 "不满意" 替换成其他描述性词汇从而使问题更为精确：

你如何评价这一餐的质量？好/不好

另外可以将问题转化成一种描述性语句，并询问被调查者是否同意这个陈述：

这一餐的质量良好。同意/不同意

一些人认为直接询问消费者的满意感是最中立的方式，因而是最好的选择。另一些人则倾向于描述性陈述，因为更为明确。这些人声称，我们所举例子中将食物的质量仅仅描述为好或不好是不充分的，而像好吃或新鲜这样的形容词则要有用得多。通过提出那些比较具体的问题，收集的信息更加相关。不过直接询问消费者对新鲜度或味道的满意度也是可以的。因此，关键不是选择哪种形式的问题，而是详细的程度问题（问什么而不是如何问）。需要明了的是为了获得理想的结果必须非常仔细地斟酌问题的措辞。在这种情况下唯一的关注点应该是精确的措辞在不同调查中是通用的，以保证可比性。最后，必须强调一点，在真正地大范围使用一种问卷前进行试验绝对必要。

确定量度

确定量度同问题的措辞同样重要。实际上，所选用的量度在很大程度上影响事后的分析。当决定采用何种量度时，必须考虑到消费者平均来讲是满意的这个事实。不满意的消费者的比例总是有限的，因为长远来看，不满意的顾客背离组织成为曾经的消费者，而不再是被调查群体的一员。显然在垄断情景下情况不是这样的，在这种情景下消费者别无选择。根据这一点，必须做出关于如下特征的决策：

- 数字评分量表，文字描述评分量表还是图解评分量表

- 量表上采取较多的还是较少的刻度

- 奇数还是偶数分数

- 平衡量表还是不平衡量表

数字评分量表，文字描述评分量表和图解评分量表

数字量表意味以数字表示答案类别，以便于被调查者必须给出量化的答案。这种量表的优点就是使统计学的应用成为可能。特别是使用所谓"等距量表"时，每个位置之间的距离相等，得以计算均值或进行相关分析或回归分析，从而间接地评估服务要素的重要程度。缺点是同样的分数对于不同的回答者的含义可能不同。

您如何对这种食物的质量鉴定等级？

1	2	3	4	5

另一方面，文字描述评分量表不对这种回答分配数字，而是描述这种答案。这种方法的优点是使回答者更加清楚。不过，只有在每个位置之间的距离相等时（等距量表）才能应用统计方法。在下面的例子中，很难判断"很糟糕"与"糟糕"之间的距离是否同"糟糕"与"中立"之间的距离一样。

您如何对食物的质量鉴定等级？

很糟糕	糟糕	中立	好	很好

第三种选择是图解量表。这些量表能够吸引被调查者，可能获得较高的回答率。对于某些被调查群体，如孩子们或外国人，这种量表也许是唯一可行的量表。例如，法国航空（Air France）使用了图解式量表，因为他们不可能使用他们所有乘客的母语执行调查。这种量表的缺点就是很难使量尺有很多的刻度。

您如何对这种食物的质量评定等级？

显然将这些种量度结合起来使用是可以的，也就是在描述性量表或图解量表上增加数字，

反之亦然。虽然这样做似乎是将描述量表转化为等距量表的简便方法，严格来讲，每一个描述性标注之间的距离必须相同，好像没有使用数字标注一样：

您如何评定食物质量的等级？

很糟糕	糟糕	中立	好	很好
1	2	3	4	5

这个问题可以通过仅在两个极端性类别上添加描述性标注解决。有时，也在中间类别上增加一个标注：

您如何评定食物质量的等级？

很糟糕		中立		很好
1	2	3	4	5

量表上采取较多还较少的刻度

在一个量表上采用数量有限的刻度，如两三个，对回答者要求的努力较少。这样能积极地影响回答率。然而存在一个主要缺点，即当分析结果时这样的刻度提供的可能性有限。由于回答者看不出 1 分与 2 分之间的距离同 2 分与 3 分之间的距离相等，所以不能把它们当作等距量表对待，而且答案的覆盖面也有限。

您如何评定食物质量的等级？

糟糕	中立	好
1	2	3

您如何评定食物质量的等级？

糟糕	好
1	2

正如我们所解释的那样，平均的消费者是满意的，所以在一个三分制量表中，"3"或者"好"这个答案类别可能会吸引最多的回答。因而这些量表仅允许监控不满意消费者的百分比，而不能或不能很好地反映出愉悦消费者的百分比。因此三分制量表在消费者满意度测评中的使用很不普遍。

对两分制量表的使用比较频繁，但是通常只是作为比较详细的和临时性问题的一部分。它们通过增强回答者的专心和阻碍他们自动描绘，有利于打破调查问卷的单调。这些量表很少用于重要的问题上。

使用过多的刻度不是一种有效的选择。例如，使用 11 分制量表的顾客可能在调查问卷的开始使用"8",而在后来使用"7"表达同样的感受。显然不能把这些量表看作是等距量表。

根据所考虑的这些事项,消费者满意度测评中的多数量表包含至少是 4 分制,至多是 10 分制。这样的量表可以被用作等距量表,并且能够产生足够的答案覆盖面。

奇数还是偶数分数

当回答者面对一张有偶数分数的量表时,不能给出中立的回答,因为他们被迫或者选择满意的或者不满意的类别。使用一种偶数分数量表的理由是它阻碍了回答者因为懒惰而选择中性答案,而这种情况往往在使用奇数分数量表时发生。当然也存在缺陷。一些被调查者的确持一种中立的观点,这样的偶数分数量表迫使他们偏袒向一边,这样就不能得到关于他们观点的正确反映。

和其他类型的市场调查不同,由于懒惰而选择中立答案的趋向在消费者满意度测评中远远不那么普遍。正如早些我们所解释的那样,平均来看消费者至少是满意的,所以他或她会倾向于给出一个高于中性分数的分数。这种现象被所谓的"仁慈效应"加剧。一些了解和使用一种产品或服务的被调查者不想说一些关于产品或服务的消极的话。在一个满意度测评中,可以把中性答案解释为略微消极。

由于这些原因,奇数量表使用得较为普遍。如果选择了一种奇数分数量表,通常为中立位置赋值为 0。不满意用负数表示,支持不满意的"形象"。此外,间距稳定性较大,因为量表中包含较少的绝对值。请比较下面两个例子:

您如何评定食物质量的等级?

很糟糕				很好
1	2	3	4	5

您如何评定食物质量的等级?

很糟糕				很好
−2	−1	0	+1	+2

平衡量表与不平衡量表

我们知道消费者一般来说是满意的,并且正如我们刚刚解释的,多数消费者或多或少不情愿打一个中立分数。因此,在一张平衡的五分制量表中多数答案将会落在"+1"或"+2"类别中:

您觉得食物的质量如何?

很不满意				很满意
−2	−1	0	+1	+2

如果多数回答仅仅落在两个类别中，覆盖面相当有限。所谓"居中趋势效应"会增强这种现象，居中趋势指消费者不愿意选择极端的位置。他们想把自己看作是"正常的"，因而可能不容易作标记于"+2"。在那种情况下，平均分数可能在"+1"左右，带有相对较小的标准差。

这就是在消费者满意度测评中更为普遍地使用不平衡量表的原因，即中间的等级不是中立位置：

您觉得食物的质量如何？

不满意	既非满意 也非不满意	略微满意	满意	很满意
1	2	3	4	5

当然问题是忽略了构建一个最好的等距量表时所要考虑的所有上述事项。中性分数不是以零分表示，正值和负值代表满意和不满意类别，并且以前只出现在两端和中立位置的语意标注现在出现在每一个位置上。

如果分析仅限于平均数，这可能不会导致错误的管理决策。然而如果组织想进行相关分析和回归分析以便间接地评估不同服务构面的相对重要性，我们建议使用 7 分制量表。这种量表结合了两方面的优点–足够的答案覆盖面和等距量表：

您觉得食物的质量如何？

很不满意			既非满意 也非不满意			很满意
−3	−2	−1	0	+1	+2	+3

开放式问题

在一个基于特别基础进行的和与特殊管理问题相关的调查中，经常在一系列有提示答案的封闭式问题之外增加"其他"类别，以使回答者做出非标准答案。如果问卷设计得很好，反映出定性调查的洞察力，那么只有非常少的回答者会选择"其他"类别，因为（几乎）所有相关答案都已经列示出来。

然而，比较有规律地进行的不断发展的调查不能够达到像特别调查那样的详细程度，因此可能有些概括性的询问问题。对这个问题的解决方法就是在整个问卷中始终加入开放式问题。例如，如果一个被调查者在一个封闭式问题中表明他或她对飞机上的用餐不满意，那么一个措辞清晰的开放式问题（如"你喜欢或不喜欢这种食物的哪些方面？"）能够揭露更多的细节。另一个典型的开放式问题是"我们能做些什么以便于将来更好地服务于您？

调查的频率

一旦设计好了调查问卷，就可以开始对消费者进行调查了。多久进行一次调查是另外一个必须做出的重要决定。应该根据如下一些考虑事项做出决定：

- 人口规模。数量日益增加的调查可能会导致消费者饱和状态。他们可能厌倦这些频繁的调查。特别是当人口数量有限时更是如此。最后他们可能不但拒绝合作，而且他们的满意度可能也受到消极影响。例如，如果一个公司有 500 个顾客，它想调查其中 200 个顾客，那么每个顾客平均 2.5 年接受一次调查。如果顾客的数量再少一些或者调查的频率再高一些，调查可能产生对顾客的过度要求。

  当人口被分割时这种现象加剧。如果那 500 名顾客中的 100 名被看作是大客户，他们可能会厌倦更高频率的调查。关于测评哪个组织单位的顾客满意度的选择可能具有相似的结果。初看起来，一个服务于 2 000 个用户的组织以相对较高的频率调查不同顾客应该没有问题。但是如果组织通过四个不同的服务中心对这些顾客进行服务，那么取得每个服务中心的有意义的统计结果必然会增加样本总体，既然每个服务中心的群数本可以降到 500。

  相类似地，调查内部客户满意度可能不容易。在一个有 500 个分部的零售业务银行中，总部的一个部门应该能够每年一次向几个分部客户发出调查问卷。然而通常情况是总部的所有部门采取相同的主动行为，这损害了整体的努力，因为分部接受了一种内部客户满意度调查。

  显然，情况也可以是相反的。服务于几千个客户的分部能够在总部办公室发出标准化问卷的同时，容易地发出他们自己的关于改进项目的调查问卷。

- 使用服务的频率。一个顾客使用服务的次数越多，他或她的满意度能够或即将改变的可能性越大。由于调查的频率应该服从于顾客满意度自身的波动性，使用服务的强度将会影响调查频率。

- 服务质量的可靠性和/或服务改进的速度。类似地，当执行改进方案时，或者最坏的情况是服务质量不稳定时，消费者的满意度比较有可能改变。在那些情况下，满意度测量的频率应该高一些。然而，如果服务质量的可靠性很高，而且没有改进项目进行，消费者满意度一夜之间改变非常不可能，即便消费者高频率地接受服务。

- 消费者对服务及服务提供者的介入程度。一个消费者介入程度越高，他或她越愿意参与消费者满意度测评。不幸的是，大客户通常对其服务提供商的介入程度很低。这是因为大客户通常似是而非地从供应商角度定义概念。一个大客户并非理所当然是这个供应商的一个重要客户，反之也是如此，也就是说这个供应商也并不必然是那个客户的一个重要供应商。

如果大客户视你为一个重要供应商，他或她就会不但对高频率的消费者满意度测评感兴趣，而且如果你不对他或她的兴趣表示出关注，他或她就会感到被忽视。

并非只有消费者与服务提供者之间的关系决定了高频率是否可行和/或理想。服务类型本身也发挥作用。消费者更愿为他们的医生填写一张满意度测评表而不愿意为水管工作填写调查表。

- 成本。显然发放调查问卷要花费金钱。调查频率越高，资料越新，但是消费者满意度信息成本越高昂。

通常，企业会竭尽全力每年一次地在企业对企业的情境中努力地对大客户进行测评。当然，只有当他们自己认为自己是关键供应商时才会那样做。对于所有其他客户，每年一次或半年一次是很普遍的频率。一个有趣的替代方法是使调查持续进行，但是把每年的样本分割成较小的群，每月一次对 1/12 的顾客或每三个月一次对 1/4 的顾客进行调查。通过计算移动平均值，使信息总是能反映最新状态，而无需增加预算。

自制—购买决策

在构思和执行消费者满意度测评时，公司必须决定是否利用市场调研机构。除非公司有自己的市场调研专家，否则利用外部帮助是理想的做法。不过，即使公司有可利用的内部专家，消费者满意度的特质使雇佣外部顾问成为更为合理的选择。然而，对外部顾问的选择并不是一件容易的事。即使出色的市场调研机构也并不必然拥有指导消费者满意度测评所需的技术。

一般来讲，并不是所有的市场调研机构都是持续调查方面的专家。尤其是在满意度测评方面。对于持续型调查，构思与执行的区别极为重要。

构思与执行调查

构思一个持续型调查需要脑力，而执行一个这样的调查（包括分析）在很大程度上是操作的事。因此，对一个市场调研机构的任何询价都应该将重点放在这两个要素之间的区别上。

公司也必须要求取得关于调查和问卷的版权，这样做使公司获得在必要时雇佣另一家机构执行测评或自己执行测评的弹性。

在构想阶段，关于持续调查的深入知识，特别是关于消费者满意度测评的知识是必需的。如果有内部调研专家，那么雇佣的外部顾客应该能够展示出他们出色的在满意度测评方面的专门技术。

然而在执行阶段，效率很重要。我曾经碰到过这样一些公司，他们向一个调研机构支付报酬，而只是简单地重复着同样的调查。这个机构实际上能够使调查自动地进行，但是仍然向公司索要脑力报酬。此外，合同上非常清楚地指定该调研机构是此调查的知识产权拥有者，从而

使该公司受制于调研机构，

应该明确的是，在外部专家帮助下构思调查并不自动地产生出色的调查。另一方面，调查的执行可以由任何优秀的现场调查代理处理，既然邮寄、电话或书面调查需要有限的现场控制，并且对样本质量控制相对容易。此外，关于成本的考虑在这里很重要。

特别调查、持续调查与消费者满意度测评

在特别调查中，一个特殊的管理问题被转化成一系列调查问题。为了深入研究那个管理问题，开发出一个量身定制的调查计划。那个特别的计划通常只执行一次。现场调查和分析都是独一无二的，并且可能不再重复。因此每个问题的成本是有限的。此外，几乎不可能把构想同调查的执行（尤其是分析）分开。

在最传统的形式中，特别调查由两阶段组成。第一阶段或者称为定性阶段的目的是盘点所有可能的看法和关于调查问题的观点。在第二阶段也是定量阶段要汇总所有那些看法和观点，并提出有代表性的答案。

然而，持续调查在很多方面与特别调查不同。这类调查必须执行几次，并且经常持续很长时期。这将产生许多影响：

- 从预算角度来看，执行和分析阶段在持续调查中的重要性大于其在特别调查中的重要性。由于同样的调查被执行好多次，总体现场调查工作多得多。因而对于持续调查，在构思阶段需要对现场调查的成本仔细地做出计划。这通常导致相对较短的能够自动进行的调查。有时调查被设计成计算机辅助电话访谈，并且有时能够将书面问卷扫描入计算机。
- 分析本身也是标准化的。同样的计算工作被执行，从而使简单的事实和数字也能自动生成。由于学习曲线效应出现，对事实和数字的解释也容易很多。
- 最后，调查问卷本身也应该是足够普通的，从而使其能够在相对较长的时期内被利用。

此外，消费者满意度测评是一种性质很独特的持续调查，对下列问题的反复强调很重要：对不平衡量表的需要，测量哪个组织单位的顾客满意度，不满意和愉悦顾客的百分比更重要，而不是平均满意度分数更重要。

关于服务环境中的排队系统的分析

保罗·格默尔

本篇技术说明应该与第 15 章一起阅读。

排队系统及其特征

在我们的日常生活中的许多时候，我们都在为各种服务等候。在超级市场、邮局、银行，我们加入队列，等待被服务。在服务业，排队是使供给与需求匹配的机制。像存货一样，队列是一种缓冲器，但不是保持库存水平，而是使消费者保持等待状态。必须避免排队，因为排队既不会给消费者带来好处，也不会有利于提供服务的组织。"花费在排队上的时间是永远浪费掉的时间。" [1] 让我们更为仔细地考察排队行为。

在超级市场中，当在结账处服务于一个购物者的时间超过了相继到达者之间的时间距离时队列就形成了。同样，在一个电话呼叫中心，当电话打进来的速度快于处理电话的时间时也形成了排队。同样的情况适用于交通拥塞和医生的手术。换句话来讲，我们能够区分出不同排队情景中的共同要素。存在一个服务者，以某种速度提供服务，另外有一些顾客以某种速度到达。关于服务者我们将谈到服务递送过程，而关于顾客，我们将要涉及到达过程。在到达过程和服务递送过程的交叉处就形成了排队。顾客及其到达过程、服务者及其服务递送过程以及产生的队列是每一种排队情景的基本的共同要素。识别这些基本的构成部分意味着能够将排队看作是一种系统，并且能够开发出分析模型来描绘这个系统。我们称之为"排队"（或等候线）理论。

到达特征

我们来考虑超级市场的例子。顾客挑选出要买的商品后,推着各自的购物车到达结账处。前后两个购物者到达的时间间隔称为到达间隔时间。到达间隔时间可测量出来并计算出平均值。表 TN2.1 表明了到达时间的记录和 12 个购物者的到达间隔时间。第一个购物者在超级市场开门 4 分钟后到达,第二个购物者在超级市场开门 10 分钟后到达,两个购物者之间有 6 分钟的时滞。这个时滞就是到达间隔时间。11 个购物者的平均到达间隔时间为 5 分钟,这也意味着每 5 分钟有一个购物者到达,或者每小时有 12 个顾客到达。单位时间到达的顾客数量称作到达率 λ,用来表示平均到达率。必须考虑到到达过程进而平均到达间隔时间受日、周或季节到达模式的影响。在超级市场中,星期六传统上是一周最繁忙的一天,而周五晚上比一天当中的其他时刻都要忙。

表 TN2.1 12 个购物者的到达时间、到达间隔时间和服务时间

到达	从 0 分钟开始计算的 到达时间	到达间隔时间	服务时间
1	4	6	3
2	10	3	5
3	13	6	6
4	19	1	4
5	20	9	7
6	29	2	3
7	31	3	6
8	34	9	7
9	43	4	2
10	47	4	3
11	51	8	3
12	59	—	8
合计		55	58
平均		5	4.8

对超级市场里的购物者的到达模式我们不能够安排,因为是不可控制的。在医院里安排病人的时间表是控制到达模式的例子。虽然多数购物者是单独到达的,但是他们能够以团体形式到达(如一家人)。团体行为对排队系统的绩效能够造成重要影响。例如,在许多大学的餐厅,学生们大批到达,这取决于下课时间。

最后,到达者所来自的人群可以是无限的也可以是有限的。超级市场的人群就是无限的。当下一个顾客到达的概率独立于已经到场的购物者数量时,人群就是无限的。如果一个小商店只有 10 个常规顾客,一个顾客到达的可能性在很大程度上取决于已经有多少个顾客出现在商店(有限的人群)。

服务者的特征

表 TN2.1 也表明了服务于顾客所花费的时间。在超级市场一例中,服务包括扫描商品,结

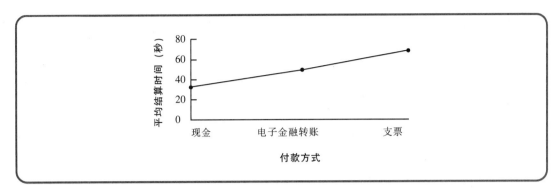

图 TN2.1 超级市场中的付款方式与结账时间的关系

算账单和将商品放入袋子等整个过程。在这个例子中，平均服务时间是 4.8 分钟。这意味着平均每 4.8 分钟一个顾客或每小时 12.5 个顾客的服务率。例如，图 TN2.1 表明了付款方式与结账时间的关系。当然，当同时使用优惠购货券和电子金融转账方式时，结账时间明显增加。服务过程的另一个特征是可利用的服务台的数量和服务台是否处于并列的或顺次的位置上。

队列的特征

在超级市场中，有几个结账处可供使用。这也意味着会形成几个队列。在另外一些服务组织如银行中，对于多服务台形式只有一个队列。这些是不同的服务台组织形式的例子。在银行里关于如何组织队列存在不同的争论。多个并列服务台/单一队列似乎比各自拥有自己的队列的同等数量服务台工作得快速。前者也被顾客认为是最公平的，并且增强了服务的隐秘性。另一方面，使用多个并列服务台/多队列的公司能够使服务差异化，并且能够将比较有经验的服务人员分配到有复杂交易的工作线上。顾客能够选择他们喜欢的服务人员。

在许多排队情景中，必须关注为顾客提供服务的顺序（排队规则）。在只有一个结账处的情况下，使用一种有名管道（FIFO）系统。当开放另外一个结账处时，这个先入先出规则可能被打破，因为排在最后的顾客最先转移到新开设的结账处。不耐心的顾客可能转换到其他队列中（移动）。如果队列太长，一些顾客可能在接受服务前离开等待队列（脱离）或者决定不加入队列（返回）。购物者的购物车里的商品价值越小，离开或返回的可能性越大。这就是为那些只购买数量有限商品的顾客开设快速通道的原因。当使用快速通道时不同顾客有不同的优先权。

总而言之，所有的排队问题都能够分解，正如表 TN2.2 显示的那样。[2]

将到达模式、服务模式和排队联系起来

到达率 λ 对服务率 M 的比例称为平均利用率或服务台占用率。用符号 σ 表示。在超级市场一例中，结账处的平均利用率为 96%。

$$\sigma = \frac{到达率}{服务率} = \frac{每小时 12 个顾客}{每小时 12.5 个顾客} = 96\% \qquad (1)$$

表 TN2.2 一个排队系统的不同要素

1. 到达特征
   1.1 到达率或到达统计量之间的时间
   1.2 可控或不可控
   1.3 团体（单一或成批）
   1.4 有限或无限的人群

2. 服务特征
   2.1 服务率或服务时间/服务台
   2.2 服务台的数量
   ——一个
   ——并列
   ——顺次

3. 队列特征
   3.1 队列组织
   ——一个或一个以上队列
   ——有限或无限容量的队列
   3.2 排队规则
   3.3 顾客的排队行为
   ——离开
   ——返回
   ——无行动

正如我们接下来将要看到的那样，平均利用率决定了队列的长度。为了使系统稳定，σ 必须小于 1。 [3]

排队论

如前所述分析模型已经被开发出来用以分析排队系统。分析模型通常受假定的约束，有时严格受其限定。在排队论中基本假定可以概括为 a/b/c/d 符号，也就是所谓肯德尔符号 (Kendall notation)，其中：

a = 到达间隔时间的分布

b = 服务时间的分布

c = 服务台的数量

d = 队列中等待顾客的最大数量

M/M/1/∞ 系统

在 M/M/1/∞ 等待系统中：

a = M = 到达间隔时间的负指数分布，用 M 表示

b = M = 服务时间的负指数分布，用 M 表示

c = 1 = 一个服务台

d = ∞ = 一个能量有限的队列

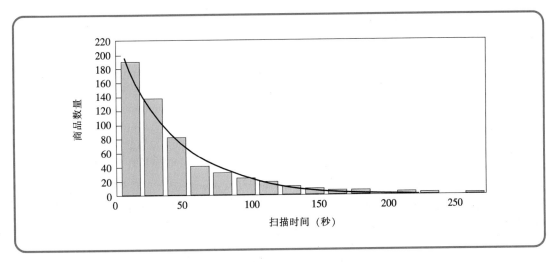

图 TN2.2 一个负指数分布的例子

一种经常在排队模型中使用的分布是负指数分布（见图 TN2.2）。指数分布的一个重要特征是无记忆。这意味着距离下一个事件（到达）的时间不取决于自从最近一个事件（到达）发生已经过了多长时间。当服务组织的顾客到达事件彼此独立时可以把到达间隔时间模拟成负指数分布。例如，医院急救病人的到达独立于另外一个急救病人的到达，其到达间隔时间能够通过负指数模型描绘出来。与此形成对比，时间安排好的病人的到达不独立于其他病人的到达事件，而且在这种情况下不能使用指数分布模型。不过，许多服务情景是无记忆的等待系统。

指数分布的一个有趣特征是它是单一参数模型，均值和标准差相等。另外需要说明的要点是到达间隔时间的指数分布意味着单位时间到达数量的分布是一种泊松分布。泊松分布产生于泊松过程。可以根据其群体（即潜在的顾客群）观察泊松过程。如果群体规模大（无限的），那么顾客独立到达的概率要比群体有限情况下的概率大，而且一个特殊顾客在任意小的间隔时间内到达的概率很小，可以看作是常数。[5] 在这种情况下，可以使用泊松概率分布。

对于 M/M/1/∞ 等待系统，可以证明系统中有 n 个顾客的概率等于：[6]

$$P(n) = (1-\sigma)\ \sigma^n$$

其中 n = 0, 1, 2   (2)

在我们使用的例子中，系统中有三个购物者的概率为：

$$P(3) = (1-0.96) \times (0.96)^3$$

$$P(3) = 0.035\ \text{或者}\ 3.5\%$$

系统中顾客数量的均值（"期望值"）等于：

$$L_s = \frac{\sigma}{1-\sigma}$$

$$L_s = \frac{0.96}{1-0.96} = 24 \hspace{3cm} (3)$$

队列中顾客数量的均值等于：

$$Lq = \frac{\sigma^2}{1-\sigma}$$

$$Lq = \frac{0.96^2}{1-0.96} = 23 \tag{4}$$

非常明了的是，在我们的例子中，队列较长（每小时平均 23 个顾客），主要由于较高的占用率（96%）。假定只有 70% 的占用率。用公式 4 计算出来的队列中顾客的平均数等于 1.6。

顾客在队列中的期望时间和在系统中的时间并不仅仅由 σ 决定，它们也取决于到达率。实际上，在系统中顾客数量平均值 Ls 和顾客在系统中的平均时间 Ws 之间以及队列中顾客数量的均值 Lq 和顾客在队列中的平均时间 Wq 之间存在重要的关系：

$$Ws = \frac{Ls}{\lambda} \tag{5}$$

$$Wq = \frac{Lq}{\lambda} \tag{6}$$

在我们的基础例子中（96%的占用率）这意味着在系统中的平均时间等于 2 小时，而在队列中的平均时间等于 1.9 小时：

$$Ws = \frac{24}{12} = 2 \text{ 小时}$$

$$Wq = \frac{23}{12} = 1.91 \text{ 小时}$$

Ls（Lq）同 Ws（Wq）之间的关系就是所谓库存规律，意味着如果把利用率 σ 看作是常数，那么 Ws 和 Wq 是到达率 $1/\lambda$ 的直接函数。

其他排队系统

如果到达事件之间的平均时间和平均服务时间不呈负指数分布或者可利用的服务台不止一个，那么会发生什么事情？

排队论已经开发出一些更为先进的分析方案或方法，考虑了来自于 M/M/1 排队系统的偏差。我们建议想使用这些模型中的一种模型的读者阅读更为专业的关于排队系统的文献（参照参考资料）。

注释和参考资料

[1] Hall, R. W. (1991) *Queuing Methods for Services and Manufacturing.* Englewood Cliffs, New Jersey: Prentice–Hall, p.3.

[2] Partially based on Chisman, J. A. (1993) *Introduction to Simulation Modelling Using GPPS/PC*. Englewood Cliffs, New Jersey: Prentice–Hall, p. 9.

[3] A system is not stable if a queue continuously grows over time.

[4] Hall, R. W. (1991), op. cit., p. 61.

[5] Ibid., p. 54.

[6] Readers who wish to know how p(n) is calculated are referred to Appendix 2.

进一步阅读资料

Hall, R. W. (1991) *Queuing Methods for Services and Manufacturing*. Englewood Cliffs, New Jersey: Prentice–Hall. This is a reference book on queuing. The different queuing models and the application of queuing in manufacturing and services are extensively discussed. Several strategies to avoid queuing or to reduce waiting lines are suggested.

服务设计中的模拟工具

保罗·格默尔

本篇技术说明应该与第 15 章一起阅读。

离散事件系统仿真

在超级市场的例子中，有几个结账处（服务台）可使用，当顾客到达结账处时，一些人会选择快速通道，因为他们的购物车中商品少于 10 件。其他购物者可能从一个队列退出转到另一个队列中等待。每个顾客的服务时间是所购买货物的数量和付款方法的函数。分析性地研究这个（较复杂）排队系统和使用排队论的公式确定平均等待时间是不可能的。实际上，纯粹的 M/M/M/1、M/M/n 和 M/G/1 排队系统在日常生活中相当少见。当分析性方法不可用时，可以使用计算机仿真技术来求取等待系统的数值。

与服务环境中的排队问题有关的计算机仿真模型有随机的、依时的和离散事件模型。

- 在一个随机模型中，不能估计出一些变量的精确值，但是可以估计每一个可能值出现的概率。例如，我们不能确定一个结账处的服务时间。在随机模型中的服务时间属于这种情况，并且以一种分布描述。

- 在一个排队的例子中，通过时间很重要。这里有一系列时间上继起的事件，如超级市场中的购物者的到达、结账和离开的时间。

- 在一个离散事件模型中，事件在时间上是跳跃的。如果第一个顾客在上午 9 点到达，而第二个顾客在上午 9:05 到达，在这两个事件中间无其他相关事件发生，离散事件模型在时间上表现为从第一个顾客的到达跳到第二个顾客的到达。换言之，这种仿真是由事件驱动的。

在服务组织中有许多问题可以用这样的模型研究。离散事件模型是比较和评估用于设计服务递送过程的不同方法的必备工具。服务设计的基石是："产品"、设施、过程和服务人员与顾客的交互作用。对设计替代产品进行仿真就是分析当自动提款机接管了一些种类的业务时银行出纳员的服务绩效所受到的影响。可以利用仿真工具解决服务设施设计问题，例如，为了使结账处每个队列保持不多于5人的长度，超市经理需要设置多少个结账处的问题。在银行部门能够发现类似问题。关于服务过程设计问题的例子，如处理大厦中的电梯运作问题。对顾客与服务人员的交互作用产生重要影响的设计研究就是关于大学食堂布局的设计研究。食堂是应该选择连续线性布局还是分散型布局呢？在每一个事例中，等待时间都部分地取决于如何设计服务递送过程。

离散事件仿真模型的构成要素

在超级市场的例子中，队列中的人员数量（每个结账处前的）和可用的服务台数量是变量，表明系统的状态。任何出现的改变这种状态的事情都是一个事件。购物者到达结账处或者一个购物者从结账处离开都是事件，因为它们使结账处的状态从空闲变为繁忙或者反过来。

每个仿真模型都有一个定时程序和时钟，允许从一个事件跳到另一事件。要注意的是相继事件之间的时间增量是一种变量。[2] 在某些时间点上的事件安排驱动着这个系统。一个购物者到达结账处的瞬间，仿真程序立即为这个购物者排定下一个事件–他或她的离开。如果在这个有时间增量变量的仿真逻辑中没有排定后继事件，这个系统就会关闭。没有新的购物者到达，超级市场的动力学也就结束了。

要从仿真模型中得到输出量，必须定义统计计数器。统计计数器使那些为了设计超越顾客期望的服务所必须定义的绩效指标可操作。有两种可行的计数器：以观察为基础的和与时间结合在一起的。平均等待时间是一个基于观测的计数器。它是指观测到的每个购物者的平均等待时间。与时间结合在一起的计数器考虑某一状态延续的时间。例如，队列的长度是一种随时间推移而改变的状态变量。为了测量队列的平均长度，必须知道当一个或多个购物者排队时的时间长度。延续3分钟的三人队列对一个延续2分钟的三个队列对队列平均长度的影响大。使用报告发生器使统计计数器的最终值能够以数学的或绘画的方式呈现出来。

由于在任何程序中，都有必要对系统进行初始化。比如，初始化就意味在一天开始时就要确定所需开放的结账处的数量。

最后，所有的随机仿真模型都需要随机数。因而它们使用一种能随机产生数据流的随机数产生器，以便于随机变量不会以任何方式受到过去值的影响。[3] 这是因为所有的随机仿真建模语言都使用蒙特卡洛方法生成到达、服务时间和其他输入变量。[4]

概括来讲，一个离散事件随机动态仿真模型的最重要构成要素包括：

1. 追踪系统状态的变量；

2. 系列事件;

3. 排定事件的机制（定时程序）;

4. 时钟;

5. 统计计数器;

6. 报告发生器;

7. 初始化程序;

8. 随机数发生器。

为了说明随机数发生器的概念和解释蒙特卡洛方法如何操作，我们将设计出超级市场的案例。让我们假定有一个只有一个结账处的超市。到达间隔时间和服务时间分布分别在表 TN3.1 和 TN3.2 中描述出来。现在把随机数直接分配到每个分布中，使其与每一个频率等级里的相关概率成比例。例如，我们把随机数 "00" 分配到第一个频率等级中，代表到达间隔时间为零秒这个事件。换言之，如果我们从一个两位数字的随机数表中抽取一个数（数值范围为 0 到 99）（见表 TN3.3），则我们从这些数中抽取一个数的机会为 100 个机会中的一个（或者 1% 的概率）。"01~40" 代表到达的间隔时间为 20 秒的机会为 40%。同样的推理适用于服务时间分布。

为了产生到达，我们从表 TN3.3 的第 2 列开始（随意地）并向下移动。服务时间的产生将从第 9 列开始。第一个事件是一个购物者的到过。随机数 92（即表 TN3.3 的第 2 列的第一个数）代表两个到达之间的时间为了 80 秒，因为 92 处于 91 和 99 之间（见表 TN3.1）。因此，第一个购物者在超市开始营业的 80 秒后到达。为了确定对这个购物者的服务时间，我们挑选表 TN3.3 第 9 列的第一个数。"41" 位于 05 和 59 之间。与之对应的服务时间是 40 秒钟。表

表 TN3.1　到达间隔时间分布

到达的间隔时间	概率	累积概率	随机数
0 秒	0.01	0.01	00
20 秒	0.40	0.41	01–40
40 秒	0.30	0.71	41–70
60 秒	0.20	0.91	71–90
80 秒	0.09	1.00	91–99

表 TN3.2　服务时间分布

需要服务时间	概率	累积概率	随机数
20 秒	0.05	0.05	00–04
40 秒	0.55	0.60	05–59
60 秒	0.20	0.80	60–79
80 秒	0.15	0.95	80–94
100 秒	0.05	1.00	95–99

表 TN3.3　两位数的随机数表

26	92	96	04	84	03	48	38	41	35
44	46	47	20	04	71	81	44	07	58
75	41	72	88	54	33	06	87	63	59
71	13	45	61	26	53	27	37	89	30
15	91	81	39	86	41	43	46	57	34
18	11	80	97	33	16	75	26	93	29
50	56	19	00	95	88	00	70	90	93
10	15	33	70	05	13	08	29	75	43
72	69	75	95	56	15	73	27	72	99
10	02	26	69	12	64	99	18	78	19

TN3.3 的第 2 列的第二个数是 46，这意味第二个购物者将在第一个购物者之后 40 秒到达。到达时间就是 120 秒（开始营业后）。应该注意的是，在这个时间第一个购物者离开结账处，所以对于第二个购物者没有等待时间。挑选表 TN3.3 第 9 列的第二个随机数 "07"，可以推断第二个购物者的服务时间为 40 秒。反复进行 10 次这样的程序，形成表 TN3.4。

随机数表是蒙特卡洛仿真的一个必不可少的要素。随机数不能再生（定义），所以一些数学模型被定义为模拟随机行为。这解释了在仿真中使用的术语 "伪随机数"。仿真结果的有效性在很大程度上取决于伪随机数发生器的质量。[5]

离散事件仿真建模工具

总的来说，有三类用于离散事件随机动态仿真的工具：[6] 一般程序语言、仿真语言和仿真器。

与一般编程语言相比，仿真语言和仿真器有一些特殊的内置函数：[7]

1. 推进模拟时间的机制；

表 TN3.4　银行出纳员问题的蒙特卡洛仿真

No.	TBA[a]	TOA[b]	ST[c]	WT[d]	Idle[e]	Queue[f]
× 1	80	80	40	0	80	0
× 2	40	120	40	0	0	0
× 3	40	160	60	0	0	0
× 4	20	180	80	40	0	1
× 5	80	260	40	40	0	1
× 6	20	280	80	60	0	2
× 7	40	320	80	100	0	2
× 8	20	340	60	160	0	2
× 9	40	380	60	180	0	3
×10	20	400	60	220	0	4

a 到达的间隔时间
b 到达时间
c 服务时间
d 等待时间
e 服务台空闲的时间
f 到达的购物者在队列中的位置

2. 排定事件的方法；

3. 统计计数器；

4. 描述资源约束的方法；

5. 报告发生器；

6. 调试和探测偏差的工具；

7. 随机数发生器和相关的工具；

8. 建模的总体框架。

尽管一个编程代码在仿真语言环境中仍然是必需的，对于仿真器却不再是必需的。仿真器向使用者提供大量的行为模组，例如描述到达过程和服务过程的行为模组。

要选择一个特殊工具，必须考虑两个重要标准：提供的灵活性和建模努力。[8] 编程语言比仿真语言需要较多的建模努力，例如，必须模拟定时机制（仿真语言的一个一般特征）。一个仿真器的基本特征是它减少了建模努力。使用预先确定的构造，使使用者在一个仿真模型的整个开发过程中被操纵。这降低了建立一些具有特殊或不普通特征模型的灵活性。多数仿真软件包将仿真语言的灵活性和仿真器的建模努力结合在一起。它们在不同级别上发挥作用。在第一级别，非常聚合的行为模组被确定。这是仿真器级别。在一个较低级别上，可以使用仿真语言。有趣的是这些级别可以结合在一起。

在选择一种仿真工具时，其他参数如随机数发生器的价格和质量必须予以考虑。也应该注意一些仿真器是为特殊应用而设计的。

今天市场上有 100 多种仿真语言和仿真器。例如，仿真器有 ARENA [9] 和 Entreprise Dynamics。我们必须强调的是其中一些仿真器实际上是为生产环境制造的。根据我们的经验，ARENA 对服务环境的模拟功能是肯定的。此外，ARENA 仿真器和仿真语言结合在一起（SIMAN）。

多数仿真器和仿真语言具有用于电脑模式动画制作的内嵌模块。[10] 动画制作是在电脑上使用图形界面动态地表现实物和活动。动画的优点是可以用来强化模型的可信赖性（表面效度）。同时动画也有缺点，那就是未经过彻底的统计分析授予模型过多的可信赖性。图 TN3.1 是关于一个超市的动画的例子。

模拟一个超级市场中的服务接触

如前面所指出的那样，可能用仿真技术来设计服务过程以改善服务接触。在超级市场的例子中，经理怀疑能否在不降低服务接触的质量的情况下提高结账处职员的生产力。一些提高生产力和策略被提出来，例如，使用专业"包装工人"，将登记和结算分解开，而由一个出纳员服务于几个扫描服务台，根据付款方式区分开结账处（如只有少数柜台接受电子资金转账付款

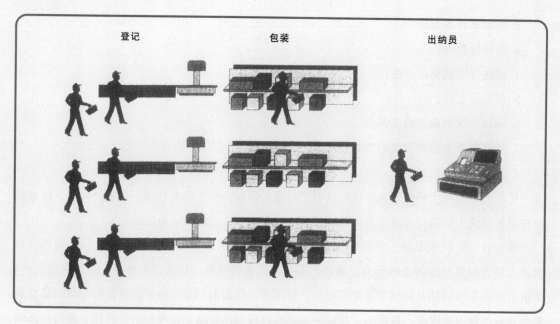

图 TN3.1 一个超级市场的动画片

方式）。超级市场的经理想知道使用职业工人是否能够减少在结账柜台的产出时间，从而增加产出量。经理已经观察到有时扫描过程因为购物者不能足够迅速地登记过的商品放入袋子而耽搁。

为了弄清楚使用职业包装工人是否有意义我们设立一个仿真研究。研究的第一步是确定需要建模的系统。必须定义这个系统的构成要素，各要素之间的相互联系和系统的范围。

为了减少模型的复杂性我们把研究对象限制为一个标准结账处，同时为了管理这个结账处，设立一个视情况而开放或关闭的机动结账柜台。购物者推着各自装满食品或非食物商品的手推车来到结账柜台。如果正规的结账柜台很繁忙，他们需要排队等待。购物者应尽可能快地将他或她要购买的商品放到柜台上。扫描时间取决于商品数、种类和购物者的经验。商品包装之后购物者付款，付款时间与使用的付款方式有关。有可能这个顾客在付款之后继续包装货品，那么就耽搁了这个职员对下一顾客的商品进行扫描，直到当前顾客离开结账柜台。

在定义系统时指明要使用的绩效指标也很重要。在这种情况下，我们感兴趣的是，在一些事先确定的时间段内（如 1 小时）购物者的产出时间或平均产出时间。另外只记录正规结账柜台的绩效。

为了建立起这个系统的模型，我们也需要一些关于购物者到达模式，扫描时间，包装时间和付款时间的数据。因而进行了实验，经过 8 个小时的时间，收集了有关上述情景和有一个专业包装工人情景的不同时间要素的数据。在后面的实验中，一个学生在商品一被扫描后就开始进行包装。与此同时，购物者准备好付款的钱。没有收集关于到达模式的数据。我们决定"理论的"泊松分布，其带有单位时间平均到达数量，允许有连续不断的顾客流到达结账处。如果

表 TN3.5　有包装工人和无包装工作情况下不同变量的统计描述

		商品数量	包装时间	付款时间	顾客时间 *	扫描时间 *	交易时间 **
无包装工人	平均值	20	12	29	41	74	115
	标准差	16	10	13	17	57	69
有包装工人	平均值	21	5	29	34	65	99
	标准差	18	6	17	20	51	65

* 平均顾客时间指平均包装时间和平均付款时间之和。
** 平均交易时间指平均顾客时间和平均扫描时间之和。

常规结账处的等候队列少于 10 人，第 11 个购物者被分送到机动结账柜台。表 TN3.5 显示了这些实验的结果。应该注意到，当使用一个专业包装工人时，包装时间减少了 50%。

在这个仿真研究中，我们使用了交易时间这个概念，它被定义为扫描时间、包装时间和付款时间的总和。为了能够在仿真中使用这些数据，我们需要描述如表 TN3.6 中的分布。尽管有可能在仿真模型中使用经验分布（如表 TN3.6 所描绘的），我们更愿意将现有理论的分布（如正态分布或指数分布）与经验数据"匹配"。主要原因是经验分布"受限于"观测，每个实验历时 8 小时就属于这种情况。很有可能许多不同的值落在经验分布之外。如果我们能够证明经验分布类似于一种理论分布的概率很高，那么我们有较大的把握认为这个分布覆盖了所有值。此外，多数理论的分布在仿真语言或仿真器中预先程序化，从而足以确定分布的相关参数如正态分布情况下的平均值和标准差。图 TN3.2 显示了无包装工人情景下理论的伽玛分布与交易时间的经验分布的配合。用柯尔莫哥洛夫–斯米诺夫检验和卡方检验检查了伽玛分布与经验数据的拟合度。多数仿真语言或仿真器有一些输入模块，允许使用者将理论分布与经验数据结合起来并确定分布的参数。图 TN3.3 显示出使用专业包装工人情况下，对数正态分布与交易时间的

表 TN3.6　有包装工人和无包装工人情景下的可变交易时间的频率分布对比

类别（秒）	无包装工人情况下的频率（%）	有包装工人情况下的频率（%）
0–27	4	5
27–54	13	19
54–81	16	23
81–108	21	21
108–135	15	10
135–162	10	6
162–189	6	5
189–216	5	5
216–243	5	1
243–270	1	1
270–297	1	2
297–324	2	1
324–351	1	0
351–378	0	1
总计	100	100

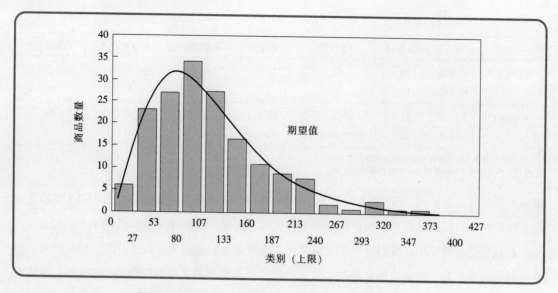

图 TN3.2 伽玛分布与变化的交易时间的按拟合（无包装工人）

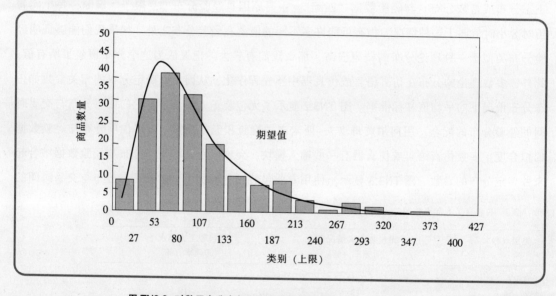

图 TN3.3 对数正态分布与可变交易时间的拟合（有一个包装工人）

经验数据的结合。[11]

在继续研究之前，我们必须确信之前的数据充足和精确，并且模型所依据的假定可接受。员工是否一直等到当前的顾客离开再继续对下一个购物者的商品进行扫描？如果不是，那么这个假定对研究结果有什么影响？伽玛分布是不是一个拟合很好的分布？如果不是，结果是无效的。这个过程叫做确认。有一些方法可以用来提高模型有效性，如观测真实的系统或者与专家对话。

一旦模型已经确定和验证，必须使用上面所提出的仿真工具之一把它转化为计算机程序。

精确地执行这个转化过程非常重要。所以,我们必须仔细地编写程序和使用结构化程序设计的技术。编程结束后,我们必须能够检查程序设计中遵循的路径。顾客是否遵守先到者先服务的规则而等待?扫描是否先于包装?动画有助于研究这些行为。总之,我们必须仔细地检验这个程序。

接下来,我们进行一些试运行工作以进一步确认这个模型。此时,我们根据仿真研究的目的研究试运行的输出量,并验证如果改变输入量,模拟输出量是否适当变化。例如,当超市的到达模式表现为常规结账处的占用率只有 50%,那么产出时间一定比 100%占用率情况下的产出时间低得多。在 50%占用率情况下结账处职员有大量的闲暇时间。

如果存在类似的"真实的"系统,可以将仿真模型的输入量/输出量与真系统的输入量/输出量进行比较。

在确认和检验之后,我们开始生产运行。在这里需要做出两个重要决策:

1. 为传送可信赖的结果,仿真必须运行的次数;

2. 仿真运行的时间长度。

必须认识到每一个实验都要重复进行几次以便取得有效的结果。通过从一个分布中抽样(用蒙特卡洛方法),将随机行为引入模型中。这意味任何一次运行的输出量都不是可以考虑的精确值。结果可能存在于一些信赖区间内。

为了确定一个仿真运行的时间长度和分析输出量,区分不同类型的仿真很重要:[12] 终端系统仿真或者非终端(或者不变的)系统仿真。一个终端系统是一个具有非常确定事件的系统,在这些事件之外不会获得有用的信息,或者是一个在一个时点就会被清除的系统。例如,一个超级市场在特定的时间关门;这就是该系统明确地被清除的时刻。在一个非终端系统中,这样的事件不会发生。例如,既然医院的床位是持续被占用的,一家新医院的开办在所有床位都空闲时,并不代表这个系统的运行。因此,在进行深入分析时,必须排除在系统的建立过程中收集的输出量。

表 TN3.7 显示出仿真实验的结果。在每一种情景中,我们运行了 5 次仿真。每次运行模仿一个 8 小时的工作日。如果没有专业的包装工人,在一个 8 小时工作日中,常规结账柜台的平均产出量是 317 个顾客。标准差是 9 个顾客。在有一名专业包装工人的情况下,平均产出量是 353 个顾客,标准差为 10 个顾客。

在结账处的占用率大约为 50%的情况下,我们重复进行这两个实验。在这种情况下,有无

表 TN3.7　关于职员在一个 8 小时工作日中所服务的顾客数量的相关结果

到达间隔时间的均值	无包装工人	有包装工人
50 秒（100%的占用率）	317	353
200 秒（50%的占用率）	177	176

包装工人情形下都具有大约180个顾客的产出量。这意味只有当结账处的占用率很高时使用专业包装工才有意义。

研究得出结论，在高占用率情况下，专业包装工的使用会显著地提高产出量。

结论

仿真是一种用于解决服务组织内的操作或排队问题的有力工具。它允许具有新概念或新构造的实验法，而无需介入真实的系统。它使对许多不同的诸如"如果……怎么样"的问题的回答成为可能，就像在超级市场一例中那样。虽然如此，仿真不是服务业的每一个运作问题的万能药。要记住，"输入垃圾"意味"产出垃圾"。当不可能收集到精确的输入数据时，必须持非常谨慎的态度对输出数据进行研究。任何情况下，没有一个仿真模型能够给出精确的结果。这就是仿真建模与排队理论相比的一个主要弱点。因此，使用分析模型更为可取（如果这个模型能够应用）。

执行一项仿真研究的最重要步骤包括：

1. 定义和描述系统，系统的构成要素和系统的边界；

2. 定义绩效指标；

3. 建立实验设计，即描述为在服务设计中达到更好的绩效所需要的备选方法；

4. 收集和确认输入变量的数据；

5. 整理所收集的数据，以在仿真模型中使用；

6. 检验模型所依据的假定；

7. 将概念模型转化为计算机程序；

8. 验证计算机程序；

9. 试运行以便进一步检验模型；

10. 运行；

11. 分析输出量；

12. 撰写报告。

本章指出执行一个仿真研究并不容易。有许多能够彻底折中仿真研究的结果的陷阱。例如，为每个实验进行多次运行很重要。一般来讲，建模阶段比编程阶段重要得多。在发起一个仿真研究之前，必须投入大量的时间熟悉仿真和建模技术。选择一个好仿真器能够以许多方式支持这个学习过程。好的仿真器是指能够最小化建模努力和最大化适应特殊情景的灵活性。仿真工具在当前发展允许个人在没有仿真专业技术的情况下模拟系统。此外，为了设计一个能够超越顾客期望的服务过程，可以考虑几种设计方法，特别是在具有较高的到达和过程的不确定的服务环境中。仿真是一种实用工具，它使公司能够在决定是否为一个未经测试的设计投入巨资之前进行这样的评估。

注释和参考资料

[1] Ramaswany, R. (1996) *Design and Management of Service Processes*. Engineering Improvement Series. Massachusetts: Addison–Wesley.

[2] There are discrete–event simulation models with fixed time increments, although they are not so common.

[3] McHaney, R. (1991) *Computer Simulation: A practical perspective*. San Diego, California: Academic Press, p.92.

[4] Chisman, J. A. (1993) *Introduction to Simulation Modeling Using GPPS/PC*. Englewood Cliffs, New Jersey: Prentice–Hall, p.27.

[5] For a discussion on the different methods of generating (pseudo–)random numbers, we refer to Kleijnen, J. P. C. and Van Groenendaal, W. (1992) *Simulation: A statistical perspective*. Chichester: John Wiley & Sons.

[6] Chaharbaghi, K. (1990) 'Using simulation to solve design and operational problems', *International Journal of Operations and Production Management*, Vol 10, No 9, 89–105.

[7] McHaney, R. (1991), op. cit., p. 19.

[8] Chaharbaghi, K. (1990), op. cit.

[9] Systems Modeling Corporation (1994) *Arena Getting Started Guide*.

[10] McHaney, R. (1991), op. cit., p. 27.

[11] A gamma distribution is characterized by a shape and a scale–parameter. The shape parameter is in this case 2.83 and the scale parameter is 40.49. This is the same as a mean purchasing time of 114.66 seconds and a standard deviation of 68.13 seconds. A log–normal distribution is characterized by a mean and standard deviation. In the example of Fig. TN2.3, the mean is 100.26 seconds and the standard deviation is 73.32 seconds.

[12] Thesen, A. and Travis, L. E. (1992) *Simulation for Decision Making*. St. Paul, MN: West Publishing Company, pp. 158–9; see also Law, A.M. and Kelton, W. D. (1991) *Simulation Modeling and Analysis*. New York: McGraw–Hill, p. 527.

进一步阅读资料

Chaharbaghi, K. (1990) 'Using simulation to solve design and operational problems', International

Journal of Operations and Production Management, Vol 10, No 9, 89–105. Different application of simulation in changing processes are discussed. Some insights are given on how to select an appropriate simulation tool.

McHaney, R. (1991) *Computer Simulation: A practical perspective*. San Diego, California: Academic Press. This book is written for practitioners. It describes very clearly the different steps which must be performed in order to develop a simulation model.

数据包络分析

保罗·格默尔

本篇内容应与第18章一起阅读。

有一些方法可以用来进行决策单元之间的相对效率比较。最基本的方法是比率分析，即比较几个决策单元的输入输出比。在银行的例子中，效率被定义为：

$$效率（分行 1）= \frac{输出}{输入}$$

所以，分行 1 的相对效率是将分行 1 的效率与另一个分行（如分行 2）的效率进行比较的结果：

$$相对效率 = \frac{效率（分行 1）}{效率（分行 2）}$$

如果分行 2 是最佳实践者（即在这种情况下，分行 2 在与分行 1 具有相同输入的情况下创造较多的输出），则分行 2 形成分行 1 的边界，而且确定了分行 1 边界效率。依据为边界设定的形态的多少可以区分开参数边界和非参数边界。非参数边界分析法，如数据包络分析，不设定任何特定的函数形态以预示边界形态。

利用数据包络分析法，能够利用观测到的输入和输出建立起最佳实践函数。线性规划被用来推导这个最佳实践函数。目标是通过将一个特定决策单元的效率与一组递送相同服务的相似决策单元的绩效进行对比，从而最大化一个决策单元的效率——以输出与输入之比表示。一些决策单元在与其他决策单元对比时被评价为100%的效率。这些具有100%效率的决策单元被假定位于有效生产边界上。另一些决策单元的效率低于100%，被认为相对无效率。数据包络分析进一步指出一个无效率的决策单元能够提高其绩效。通过为每一个无效率的决策单元鉴别出有效率决策单元的参考集，能够确定如何以有效率的方式，减少一些输入要素的量以获取同样水平的输出。这样，有效生产边界代表那些不在有效边界上的决策单元经过努力能够达到的绩效标准。换言之，有效边界包络（封住）所有的数据点。这就是"数据包络分析"名词的由来。

最基础的数据包络分析模型是由查恩斯、库珀和罗得斯（Charnes, Cooper and Rhodes, CCR）在 1978 年开发的。[1]

CCR 模型允许每一个决策单元采用一组权数表示其与其他决策单元相比所处的最有利位置。每个分部用不同数量的输入 n 产生输出 m。对于每个分行 j，y_{rj} 和 x_{ij} 分别表示输出 r 和输入 i 的观测量。目标决策单元 j_0 的效率能够在下面的代数模型中得到描述（Charnes et al., 19942）：

$$\text{Max } E_0 = \frac{\sum_{r=1}^{m} u_r y_{rj_0}}{\sum_{i=1}^{n} v_i x_{ij_0}} \tag{1}$$

$$\text{约束条件} \quad \frac{\sum_{r=1}^{m} u_r y_{rj}}{\sum v_i x_{ij}} \leq 1 \quad \text{每个决策单元 } j = 1,\ 2,\ 3,\ \cdots\cdots,\ k$$

$$\text{和} \quad u_r \geq \varepsilon \quad r = 1,\ 2,\ \cdots\cdots,\ m$$

$$v_i \geq \varepsilon \quad i = 1,\ 2,\ \cdots\cdots,\ n$$

$$x_{ij} \geq 0,\ y_{rj} \geq 0$$

上面的模型（1）是用于求取一组权数（u_r，v_i）的分数模型，它赋予目标决策单元最高的可能效率等级。"最高可能"意味当同样的权数被用于其他决策单元 j，j=1，2，……，k，其他决策单元的效率级别不能大于 1。此外，所有的输入和输出的权重必须大于或等于一个不确定最小值 ε。这样确保每个输入和输出变量都包括在模型中。但是，正值 ε 如此小，以至于不能干扰任何只包含真实数字的方法。

由于并非总能求解像模型（1）这样的非线性分数模型，查恩斯和库珀提出将这个模型转化成线性非分数模型，这个模型能够用线性规划求解（Charnes et al., 1994）。[3]

$$\text{Max } \omega_0 = \sum_{r=1}^{m} u_r y_{rj_0} \tag{2}$$

$$\text{约束条件} \quad \sum_{i=1}^{n} v_i x_{ij_0} = 1$$

$$\sum_{r=1}^{m} u_r y_{rj} - \sum v_i x_{ij} \leq 0; \quad j = 1,\ 2,\ \cdots\cdots,\ k$$

$$u_r \geqslant \varepsilon \quad r = 1, 2, \cdots\cdots, m$$

$$v_i \geqslant \varepsilon \quad i = 1, 2, \cdots\cdots, n$$

$$x_{ij} \geqslant 0, \ y_{rj} \geqslant 0$$

因为模型（2）是一个典型的线性规划模型，也有一个对偶问题方程（Charnes et al., 1994）：

$$\text{Min } z_0 = \theta - \varepsilon \ \left(\sum_{r=1}^{m} S_{rj_0}^{+} + \sum_{i=1}^{n} S_{ij_0}^{-} \right) \tag{3}$$

约束条件

$$\sum_{j=1}^{k} \lambda_j y_{ij} - S_{rj_0}^{+} = y_{rj_0}; \quad r = 1, 2, \cdots\cdots, m$$

$$\sum_{j=1}^{k} \lambda_j x_{rj} + S_{ij_0}^{-} = \theta j_0 x_{ij_0}$$

$$\lambda_j \geqslant 0; \quad j = 1, 2, \cdots\cdots, k$$

$$S_{rj_0}^{+} \geqslant 0; \quad r = 1, 2, \cdots\cdots, m$$

$$S_{ij_0}^{-} \geqslant 0; \quad i = 1, 2, \cdots\cdots, n$$

在这个双重模型（3）中，S_{rj}^{+} 和 S_{ij}^{-} 表示自由变量，λ_j 是强度权数，它定义了用来与单元 j_0 相比的最佳实践的线性组合。前一个模型（2）属于乘积形式，而（3）则是包络形式。可以用线性规划的对偶定理来确保 $Z_0^* = \omega_0^*$，在这里，上标 $*$ 表示在强度权数 $\lambda_j *$ 下的最优值。强度权数的最优值取决于有输出和输入的假定效率银行的成分，以使复合的决策单元水平有不超过 j 的输入水平，和至少和 j_0 一样高的输出水平。最优值 Z_0^* 产生一个效率级别，衡量 j_0 相对于有效生产边界的距离。因而如果并且只有 $Z_0^* = W_0^*$ 时 j_0 是有效率的。如果这个最优解中的自由变量的任何成分，和不是 0，则 j_0 是无效率的。这些非零成分的值鉴别出无效率的来源和数量。[4] 变量 θ_0 表明为了变得有效率，分行 j_0 必须如何使所有的输入成比例地减少。当把模型的关注点放在通过成比例减少输入而通往有效生产边界的最大运动时，我们谈及到一种输入导向的 CCR 模型。也可能将关注点放在借助于成比例地增加输出通往边界的最大运动，此时我们谈论到输出导向的模型。

注释和参考资料

[1] Charnes, A., Cooper, W. and Rhodes, E. (1978) 'Measuring the efficiency of decision making units', *European Journal of Operational Research*, Vol 2, 429–44.

[2] Charnes, A., Cooper, W., Lewin, A. Y. and Seiford, L. M. (eds) (1994) *Data Envelopment Analysis: Theory, metholology and application.* Kluwer Academic Publishers.

[3] In transforming the fractional programming model (1) into a linear programming model (2), μ_r is set equal to tu_r and $v=tv_i$, where $t^{-1}=\sum_i v_i x_{ij_0}$.

[4] Charnes et al. (1994), op.cit., p. 26.

技术说明 5

源于新兴资源和基于胜任能力的战略管理理论的见解

艾米·希尼 （Aimé Heene）

在以胜任能力为基础的战略管理中，企业被模拟成开放的系统，这个系统由相互依赖的资源储备分层级地组成，这些资源储备如图 TN5.1 所显示的那样通过资源流动连接起来。

这个开放的系统模型主要表明：

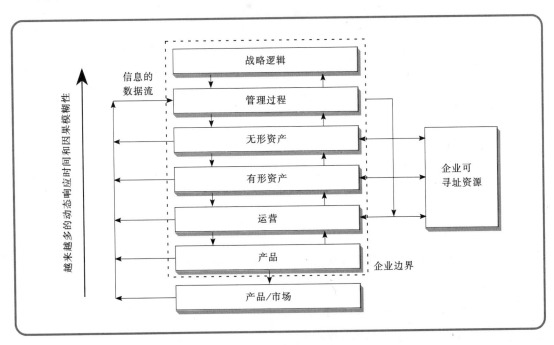

图 TN15.1 被模拟成开放系统的企业 [1]

1. 在企业的资源内部，能够确定不同的级别，从而使不同级别的资源相互影响。这种影响表现在两个方向上：自上而下和自下而上。

2. 由上而下的相依可以描述为：

   - 产品是（四个）运营的结果：产品设计、产品开发、生产和营销。

   - 这些操作由有形资源决定，有形资源如建筑物、设备和工厂投资货物。

   - 像知识这样的无形资源被应用于这些有形资源上。

   - 管理过程对数据流和信息处理结构和过程进行组织。

   - 企业的战略逻辑表明这样的资源配置如何促进企业达成目标的基本原理。

3. 为适应变化的内外部环境对不同资源储备或资源流的调整受制于越来越多的"因果模糊性"和"动态响应时间"。调整组织的战略逻辑意味并导致管理团队中的争论和讨论更多，并且所花费的时间要比调整企业的产品或运营所需时间多得多。[2] 由于因果模糊性和动态响应时间增加，企业喜欢在调整较高级别系统要素之前对较低级别的系统要素进行调整，并因而导致战略过时，减少了生存的机会。当市场上出现断裂性变革时，这种现象尤其明显。Philips、IBM、Digital 和 Apple 这样的公司花费多长时间废弃使它们变大但如果继续在今天的市场上竞争将会变得过时的战略逻辑呢？这种也被称为路径依赖的现象将意味特殊的挑战。尽管企业不得不创造一种因果模糊性—如图 TN15.1 所描绘，以创造一种持续竞争优势，不要忘记今天的财产有可能成为明天的债务。因此管理者面临着挑战，他们不但要以一种缠结的方式建造资源，而且要重新配置甚或（部分地）替换掉资源。我们已经在第 20 章更为详细地讨论了这个主题。

4. 企业处于同其环境经常"交换"资源的过程中。在合作协议情境中（如联盟）企业共享它们的知识库和顾客的（甚至是竞争者的）知识库，并以这种方式创造（新的）产品或服务。

5. 联合和协调部署不同或所有"级别"的资源储备建立了对侵蚀机制的障碍。"胜任能力"被定义为"一个组织持续地协调配置资源以确保组织达成目标的能力"。[3]

6. 开放的系统模型内的战略决策涉及到建造资源储备或资源流的决策，利用资源储备或资源流的决策，和替换资源储备或资源流以避免变为封闭的决策。正是通过建造、利用和替换资源使企业实现长寿。

7. 开放系统模型中的战略因而包括关于如下方面的决策：

   - 建造哪种资源；

   - 如何组织建造过程；

   - 如何连接资源和如何配置资源；

   - 利用哪种资源（一直到产品/市场级别）；

- 如何制定资源采用过程；
- 如何以及何时重新配置甚或替换资源。

注释和参考资料

[1] Adapted from Sanchez, R. and Heene, A. (eds) (1997) Strategic Learning and Knowledge Management, New York, Wiley.

[2] Empirical evidence for this was presented at the 1996 Strategic Management Society Conference: Heene, A., Sanchez, R. and Bartholomeeusen. L. (1996) 'Managing dynamic response times and causal ambiguities in the firm's strategy', *Proceedings of the Strategic Management Society 16th Annual International Conference*, Nov.

[3] Sanchez, R. and Heene, A. (1997), op. cit., p. 7.

广告中信息要素的重要性—商品和服务的对比

下面的详细结果——本书第 5 章所讨论的——是由巴特勒（Butler）和艾伯纳瑟（Abernethy）在他们 1994 年的研究中获得，研究的题目是"信息消费者从商品广告和服务广告中所寻求的有什么不同？"，发表在《专业服务营销期刊》（*Journal of Professional Services Marketing*, 10(2)，75–91）中。

	信息要素	服务的平均值 （标准差）	商品的平均值 （标准差）	关于两者区别的 显著性的 t 检验（p 值）
1	电话号码	6.37(1.30)	5.79(1.67)	S > G (.001)
2	开业时间	5.86(1.36)	5.59(1.55)	S > G (.002)
3	不同的服务	5.60(1.28)	5.23(1.53)	S > G (.001)
4	有能力的职员	5.60(1.28)	4.70(1.86)	S > G (.001)
5	（多年的）经验	5.38(1.57)	4.36(1.88)	S > G (.001)
6	关心顾客的员工	5.35(1.66)	4.80(1.85)	S > G (.001)
7	有帮助的员工	5.12(1.70)	4.91(1.89)	S > G (.030)
8	独立资格	4.93(1.73)	4.02(1.96)	S > G (.001)
9	保险性/安全性	4.56(1.90)	4.33(2.18)	S > G (.030)
10	解决问题的能力	4.51(1.79)	4.08	S > G (.001)
11	价格	5.04(1.82)	6.32(1.91)	G > S (.001)
12	质量	5.88(1.45)	6.21(1.13)	G > S (.001)
13	特别促销	4.02(1.90)	5.70(1.44)	G > S (.001)
14	承诺	4.97(1.91)	5.66(1.63)	G > S (.001)
15	绩效	5.19(1.40)	5.45(1.72)	G > S (.001)
16	付款方式	4.96(1.88)	5.31(1.78)	G > S (.001)
17	详细的解释	3.86(1.77)	4.22(1.89)	G > S (.002)
18	与竞争者的比较	3.96(1.87)	4.13(1.71)	G > S (.060)
19	送货上门	3.55(1.93)	3.82(2.19)	G > S (.020)
20	插图	2.72(1.74)	3.65(2.15)	G > S (.001)
21	地址	6.26(1.21)	6.32(1.08)	S = G (0.180)
22	送货速度	4.92(1.67)	4.84(1.83)	S = G (.250)
23	免费样品/试用	4.42(2.05)	4.45(2.13)	S = G (.420)
24	财务	4.67(1.88)	4.75(2.02)	S = G (.270)
25	成分	4.21(1.77)	4.16(1.89)	S = G (.320)

附录 2

状态概率（p（n））

系统中有 n 个顾客的概率被称为状态概率 P(n)。为了找到这个状态概率 P(n)，有必要定义并求解一组平衡式，这组平衡式使出现在状态中的比率与出现在状态外的比率相等。在状态中的比率必须等于在状态外的比率以达到一种稳定状态的情景。一种稳态情景对于分析性地求解 M/M/1/∞ 排队系统是必需的。在建立这些平衡式时，要记住只有一个顾客在一个时点到达而且只有一个顾客在一个时点离开服务台。系统中有两个顾客的概率 P(2) 可以通过将系统中有一个顾客的概率 P(1) 与到达率 λ 相乘获得，或者通过将系统中有三个顾客的概率 P(3) 与一个顾客在接受服务后离开的概率相乘来获得。在状态外的概率 P(2) 是一个到达或一个离开事件的结果。将状态内和状态外的概率 P(2) 进行平衡，产生如下的等式：

$$\lambda P(2) + \mu P(2) = \lambda P(1) + \mu P(3)$$

如果我们为不同状态重复前述的推导，能够得到如下一组平衡式：

状态

0      $\mu P(1) = \lambda P(0)$

1      $\lambda P(0) + \mu P(2) = \lambda P(1) + \mu P(1)$

2      $\lambda P(1) + \mu P(3) = \lambda P(2) + \mu P(2)$

…   …

n $\lambda P(n-1) + \mu P(n+1) = \lambda P(n) + \mu P(n)$

很容易将上面这组等式转化成如下一组等式：

状态

0      $\mu P(1) = \lambda P(0)$

1      $\mu P(1) = \lambda P(1)$

2      $\mu P(3) = \lambda P(2)$

…   …

n $\mu P(n+1) = \lambda P(n)$

这组等式给出如下关于两种状态概率之间的总体关系：

$$P(n) = \lambda/\mu P(n-1) = \rho P(n-1)$$

对上述关系式一直推导，直到得到一种状态概率 $P(0)$ 时：

$$P(n) = \rho^n P(0)$$

为了确定 $P(0)$，需利用一个正确的概率分布的另一个特征，也就是状态概率之和必须等于 1：

$$\sum_{n=0}^{\infty} \rho^n P(0) = 1$$

这是一个几何级数之和。用标准差作为一个几何级数之和，我们得到：

$$P(0) = \frac{1}{1-P} = 1$$

或者 $P(0) = 1-\rho$ 且 $\rho < 1$

这将导致：

$$P(n) = (1-\rho)\rho^n \text{ 且 } \rho < 1$$

《服务管理》出版销售信息

欢迎洽谈出版发行事宜

中国市场出版社：中国经济、管理、金融、财务图书专业出版社

中国市场出版社发行部　010-68021338

中国市场出版社读者服务部　010-68022950

中国市场出版社网站　www.marketpress.com.cn

中国图书团购网：中国企业图书采购平台，为学习型组织服务

www.go2book.net

当当网　www.dangdang.com

全国各大新华书店

各大城市民营书店

北京博士德文化发展有限公司　010-68487630

北京卓越创意商务管理顾问中心　010-82577281

精品管理图书推荐

全球商学院的权威管理教程，国际商业管理人士的成功指南

商学院高级管理丛书

《供应链致胜》

[美] 大卫·泰勒博士 著

沈伟民 王立群 译

出版：中国市场出版社

定价：60.00 元

供应链竞争决定成败

◆ 权威出版机构推荐

◆ 全球商学院核心课程

◆ 供应链领域权威著作

◆ 高层经理人进修快速通道

- 本书旨为企业经理人提供供应链管理指南。
- 书中包含多达 148 幅精心设计的插图。
- 新时代竞争的本质是供应链之间的竞争。
- 供应链管理是商业中最具挑战的领域。
- 不同的供应链管理方式可以成就一家公司，也可以毁掉一家公司。
- 商业成功在于找到把货物送到客户手里的更有效的方法。
- 本书有助于企业经理人制定供应链策略以及进行供应链设计和管理。

本书出色总结了 21 世纪的供应链状况，深入浅出地介绍了供应链之间的竞争，从基本运作到最高层次的战略提供了清楚解释和实际建议，同时研究了相应的信息技术并从管理层关注的角度抓住了其重点，为高层经理人提供了成功所需的基本技术，能够帮助高层经理人精确、经济、灵活地运作即使是最复杂的供应链。

本 书 预 览

本书是供应链领域的权威著作,由权威出版机构推荐,是全球商学院的核心课程和高层经理人进修的快速通道,旨在为企业经理人提供供应链管理指南。

精彩提炼

本书文前部分提供了对书中重要观点的内容提炼,简要地向读者阐明全书的主要内容。

供应链致胜

成功不但取决于深刻的认识,而且取决于仔细的计划和精确的执行。《供应链致胜》给你提供了所有需要的基本的技术,这些技术能帮助你精确地、经济地、灵活地运作即使是最复杂的供应链。但是如果你试图过快超越基本的技术,常常会带来坏处而不是好处。供应链管理最常见的失败是由于把注意力过分集中在先进的技术上面而忽视了在供应链中协调需求流、供应流和现金流的移动所造成的。先进的技术当然让你比竞争对手获得更多的优势。但是如果一家公司,或者是一个国家,没有掌握基本的技术,那么它甚至没有资格来参加这场竞争,世界上任何先进的技术都帮不了它。

供应链致胜

对本书的评论

此书对进入21世纪的供应链状况进行了出色的总结。清楚地解释了重要的概念并对怎样使供应链更有效率更有适应性提供了切实可行的建议。对挣扎在供应链之间日趋激烈的竞争中的经理主管来说,这是本真正的生存指南。

——克里斯蒂安·基诺 (Christian Knoll)
SAP 副总裁, 主管全球供应链管理

通过实际案例和图片说明, 大卫·泰勒清晰地展示了有效管理供应链的真正好处。尽管本书是写给经理人的, 我推荐从经理人到仓库员工都读一下本书, 因为所有这些人员都需要紧密合作来掌握供应链。但是要注意! 你可能会碰到这样的情况: 读了这本书后, 许多员工会充满热情地要求对贵公司的供应链进行改革。

——戴维·梅尔斯 (David Myers)
视窗信息软件公司 (WinfoSoft) 总裁, 国际供应链协会前董事

这本书中作者进行了全面彻底的研究和出色的计划, 以简单明了的方式提供给经理人所需的信息。我就已经开始使用本书提到的技术来改善我们公司的全球配送系统。

——吉姆·穆勒 (Jim Muller)
超级新鲜产品公司 (SoFresh Produce) 副总裁, 主管产品销售

我对数据压缩的座右铭是 "压榨到窒息为止"。在当今的商业环境下, 那就是你需要对待成本的方式。泰勒展现给你许多在供应链中压榨节省成本的方法。他写这本书也用了同样经济的方式: 这本书包括你需要有效管理供应链的知识; 不多也不少。

——查尔斯·阿什巴赫 (Charles Aahbacher)
查尔斯·阿什巴赫技术公司总裁

商业评论

"对本书的评论"提供了全球知名商业人士从自身感受出发对本书出色内容的总体评价。

关于作者

大卫·泰勒博士在加利福尼亚大学获得认知心理学博士学位, 并在著名的位于曼哈顿的洛克菲勒大学从事了两年的博士后工作。然后在纽约的洛彻斯特大学任终生教授, 研究方向是记忆和决定过程的科学。他的第一本书, 就是在那里写成的。

1982年他离开教职, 在加州成立了预测系统公司 (Predictive Systems Inc.)。公司的经营范围是为个人电脑开发适合商业管理人员的友好界面。在这期间他推出了他的第二本书《对象技术: 经理人指南》, 这本书迅速成为这一领域最畅销的专著, 直到今天还是如此。由于此书的成功, 泰勒博士的准时制生产应用和产able管理的方法被美国库存管理协会认证, 他的团队的产品被 EDS 和通用汽车公司采用, 在商业工程设计过程中生产率提高了14倍, 取得了巨大的成功。他的第三本书《用对象技术进行商业工程设计》总结了其成功经验。

1991年泰勒博士又成立了企业引擎咨询公司 (Enterprise Engines), 提供商业和系统设计的服务。接下来的几年他发展了协同工程的设计技术并出版

作者信息

"关于作者"全面介绍了大卫·泰勒博士的相关情况, 包括其资深经历、科研成就、商业绩效和学术著作等。

本书结构

"本书的结构"以图表和框架的形式为读者列出了全书的结构布局，有助于读者对全书整体结构的把握。

商业模型

本书提供了简化而功能庞大的供应链模型，帮助读者理解复杂的供应链系统并有效地管理供应链。

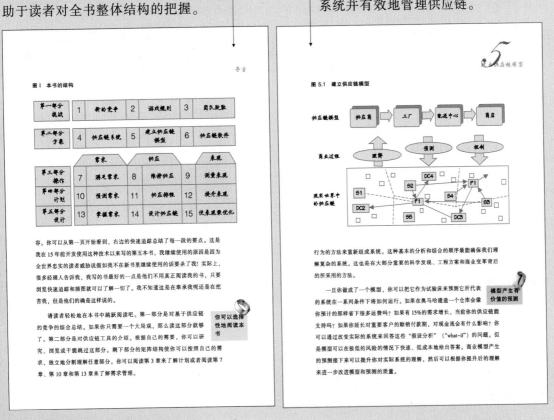

快速追踪

"快速追踪"是本书的一大特色，在全书每段文字的旁边都用方框列出了每段文字的要点，便于读者快速理解书中的内容。

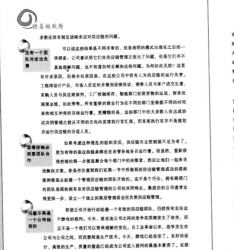

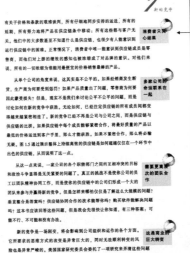

源头的设施按照等级划分

这种模式是采购网络

朝上游看只能看到相反的模式。尽管一家工厂有可能从单一供应商那儿获取所有的材料，现实中这样的可能性很小。通常工厂要从许多供应商那儿收到货物，每家供应商也从许多家它们的供应商那里收到货物，依此类推到原材料，它直接来自于最初的供应商（见图 2.10）。这个供应链模式的连续的层次叫做等级（tier）。像梯次编队一样，等级也是从工厂开始往外编号的。

支持这部分供应链的商业功能是采购，它涉及到以及时、节省成本的方式规划从供应商开始到工厂的原材料和部件的流动。正如图 2.10 所示，采购网络和配送网络相比，似乎要缺少一点秩序，供货来源的重叠性是日常的规则而不是例外。

和配送一样，当供应源增加时采购的管理就变得更困难了。成功的采购

图 2.10 采购中的等级

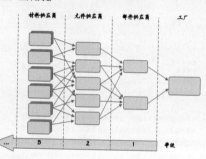

的关键是安排所有的材料尽量在生产日期接近时才到达，这样就不用支付额外的成本。根据偶然性的理论，涉及到越多供应商，就越有可能至少有一个供应商延期交货。另外付款和订单的成本也随着供应商的数量增加而增加，这是因为需要更多的管理费用来管理这些额外的联系。和配送的层次一样，在采购这里增加等级也会增加把生产材料送达工厂的时间和费用。

本节所描述的基本的配送和采购模式可以有许多配置。最重要的是，源头和终点可能都是工厂本身，每个工厂都有自己的配送和采购网络。当工厂有许多层次时，配送和采购网络会重叠，其中的区别会变得模糊起来。对任何一家工厂来说，图画十分清晰，但是对整个供应链来说，就会变得很复杂。

在分析供应链时的一个重要考虑是区别所有权的边界。同一家公司拥有的一系列工厂形成了它自己的内部供应链（internal supply chain），在所有权边界之外的环节是外部供应链（external supply

供应商越多，采购的难度就越大

这些模式相互广泛地交叉

所有权的边界影响了流动

图 2.11 内部和外部供应链

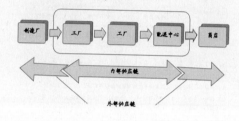

示意图

本书结合实际内容提供了大量精心设计的说明性示意图，便于读者形象而直观地理解书中的内容。

参考文献

"参考文献"列出了书中各章的参考资料，便于读者参考查阅。

供应（链）致胜

参考文献

第 1 章 新的竞争

1 The story of Siemens CT is from Industry Week's profile of its winners of the Best Plants Awards, 2002, which can be found at www.industryweek.com/iwin-print/bestplants.

2 Gillette's revamping of its chain is described in "10 Best Supply Chains," Supply Chain Technology News, October 2002.

3 The definitive study of Chrysler's SCORE program is the article by Jeffrey H. Dyer, "How Chrysler Created an American Keiretsu," Harvard Business Review, July-August 1996.

4 Apple's reconstruction of its supply chain is described by Doug Bartholemew in "What's Really Driving Apple's Recovery?" Industry Week, March 15, 1999.

5 The improvements in Amazon.com's chain are described in "How Amazon Cleared That Hurdle," Business Week, February 4, 2002.

6 The figure for Dell's 5% margins is from a must-read article by Miles Cook and Rob Tyndall, "Lessons from the Leaders," Supply Chain Management Re-

精品管理图书推荐

全球商学院的权威管理教程，国际商业管理人士的成功指南

商学院基础管理丛书

《零售管理》

[英] 保罗·弗里西　著

文红　吴雅辉　译

出版：中国市场出版社

定价：68.00 元

成功的零售业取决于能否满足顾客的需要

◆ 全球知名零售企业的战略核心

◆ 权威而资深的专业论述

◆ 国际知名企业的典型案例分析

◆ 全球动态的前沿展望与探讨

◆ 零售理论与管理实践现实结合

◆ 核心战略与实施的全面操作指导

环境、战略、开发、营销、人员、采购、产品、物流……

- 以领先的零售专家和实践人员的知识和经验为基础
- 结合实际案例研究和分析
- 全面阐述了零售管理这一全球知名零售企业的战略核心问题
- 概括出零售的主要战略功能
- 提出了有关零售管理的全面的策略性和操作性的方法

零售是独特、多样并动态变化着的行业，是连接生产和消费的纽带，日益成为众所关注的焦点和核心。本书基于全球的激烈竞争，全面介绍了零售行业的特点和最新的发展动态以及所涉及的众多方面的精细化的操作细节，针对零售管理这一具有挑战性的前沿课题，提出了切实可行的高效的实施方案。

本 书 预 览

本书全面阐述了零售管理这一全球知名零售企业的战略核心问题,涵盖了有关零售管理的方方面面的内容,从理论概览到案例研究,再到分析总结,图表与文字相结合,学习与讨论相结合,具有其他同类书籍所无法比拟的特点,能够引发读者的兴趣和激发读者的创造性。

"目的"

"目的"简要阐明各部分的核心章节的内容框架和主旨,使读者能够目标明确地阅读各章内容。

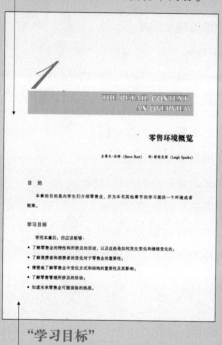

"引言"

"引言"引出对每章内容的论述,简明地陈述主题,指出每章旨在阐述的核心内容以及章节布局。

"学习目标"

"学习目标"以要点的形式列出读者在读完每部分的核心章节后应该了解的内容。

案例

书中提供了与各章内容密切相关的实际案例,从实际出发探讨问题和提出解决方案,便于读者加深对有关零售内容的理解。

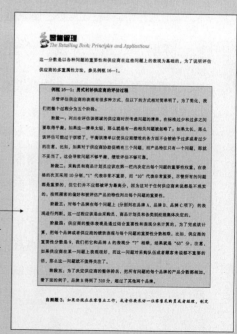

"自测题"

"自测题"结合内容阐述适时向读者提出实际问题，方便读者边阅读边思考，以测试读者对各部分内容的理解，全书最后给出了一些主要自测题的答案。

们安排好把某一产品送货上门，但是零售商无法确定到达时间，我们可能不得不整天都待在家里。由于这一系统的不足，我们的价值很有可能会无法得到满足。

因此系统应能够使得顾客最方便地以最大限度得到服务。对使用者友好的系统能够传递顾客价值，而不友好的系统会有损顾客价值。

- 人：在探讨客户服务的时候将进一步讨论关于人的问题。在商业中很多情况下，产品和顾客传递的品质都体现在那些与之接触的人当中。如果顾客希望得到较高水平的产品知识、良好的客户服务技巧和礼遇，那么这些都是在价值循环的这一阶段被创造出来的。通常的培训项目、进修课程和专业资都有助于发展能干的员工，并最终传递与顾客相关的价值。

    自测题 3：参考以下利维特（Levitt, 1986：77）的论断，回答下面的问题：

    一个产品是为了迎合潜在购买者意愿的价值满足集合而创造出来的。一般所说的"东西"或者"樱桃"本身并不是该产品，产品就像设计克牌时表面上的赌注，是在商店中允许生产商进入游戏的最少必需品。但它仅仅是一次"机会"，仅仅是进入游戏的一个权利。一旦真正进入，之后的结果就要依赖于很多其他的事情了。

    企业绩效最终依赖的很多其他事情是什么呢？如果零售产品就是以竞争性的价格得到一系列物品的实用性，那么影响零售商绩效的其他因素又是什么呢？

沟通价值

了解了顾客价值，并尝试创造出一系列的产品和服务来满足这些要求之后，下一个阶段中零售所要做的就是要制定一个沟通战略，来创造出对企业和产品的普遍认知。（如果只有你自己知道的话，那么再好的捕鼠器也是无用的。）沟通作为一个目标领域是十分广阔和多变的。这是因为一种沟通是什么样的、怎样沟通，以及以怎样的方式进行沟通是很复杂的，并且会因企业的类型和需要的不同而不同。

不过营销沟通的一般目标是为了便于交易和顾客分享一些价值。为了达到这个目标，企业首先必须制定出自己的沟通目标。（与顾客进行沟通的唯一目标是为了进行销

表格

"表"以列表的形式说明各种对比情况和统计数据，便于读者结合各部分内容鲜明地了解所列举的情况。

ANSWERS TO SELF-ASSESSMENT
QUESTIONS

自测题答案

第 4 章

自测题 3

绩效评估往往往包括财务和非财务两方面。而且它们通常是可计量的并可用于确定一个确定期间的量值。

财务方面的绩效评估指标包括：

- 毛利润/净利润；
- 总盈余/净盈余；
- ROI；
- ROCE；
- 销售额；
- 同比销售额。

非财务方面的绩效指标包括：

- 员工流动率；

零售管理
The Retailing Book: Principles and Applications

表 14—11　员工喜欢的地方

排名	喜欢的地方	占总答卷者的百分比
1	同事	
2	与大众打交道	
3	工作时数	
4	薪资	
5	工作经历	
6	我们的管理层	
7	公司的声誉	
8	培训	

表 14—12　员工不喜欢的地方

排名	不喜欢的地方	占总答卷者的百分比
1	工作时数	
2	薪资水平	
3	员工水准	
4	缺乏对员工价值的认知	
5	员工服务设施	
6	员工制服	
7	工作本身	
8	在压力下工作	
9	公司的沟通	
10	缺少培训	
11	顾客	
12	店内安全	

表 14—13　如何提高员工保持率

排名	如何防止员工离开所希望的期	占总答卷者的百分比
1	提高薪资	
2	改善工作时数	
3	改善对员工价值的认知	
4	提高员工水准	
5	促进沟通	
6	不作任何改变	
7	改进员工服务设施	
8	增加员工的机会	
9	改善培训	
10	降低对员工的期望值	

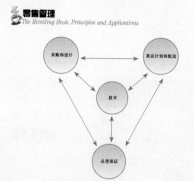

图 17—1 采购周期

闲夹克、毛衣、针织服装/内衣、运动装。这样的中心控制具有以下优点：能产生规模经济，品质一致性，服饰的风格和设计各不相同，以及保持标准化，这是 Next 获得成功的关键。

设计展示（出样）

每年产品周期按照标准方式循环两次（见图 17—3）。首先，设计师参加米兰、巴黎和纽约的时装秀，研究新产品的趋势和获得灵感。之后就是一系列的"灵感碰撞会"，使得选择人员能够找到最符合消费者需求的产品种类和各个主题的"感觉"；最近引入 Next 的产品种类是由电影《红磨坊》（Moulin Rouge）激发出来的灵感。设计师带着颜色样本、印刷思想和主题细节的"圣经"——实际上是当前的时尚潮流的组合来参加这些灵感碰撞会。在即将发布的时装展演会上，采购者们仔细地研读，以确保 Next 领先于国际潮流。

研究：互联网花店失利母亲节

洛丽·伊诺斯（Lori Enos）
E-Commerce Times
2001 年 5 月 15 日

随着母亲节的临近，5 月的第一周在线花店的点击量翻了一番——但网站的送货表现不佳。

根据周二尼尔森/NetRatings 和 Keynote 系统发布的数据，对于那些上网买花的人来说，这是个令人失望的母亲节。

根据互联网监控公司的报告，25%的母亲节订单来自三大花店网站——1-800Flowers.com、Flowerdirect.com 和 Proflowers.com——都有着时付交货。

相比之下，所有被评估的四个糖果网站——Chocaholic.com、Ethel M、Godiva 和 See's Candies——百分之百完成了母亲节订单，该公司说。

"在线购买用户关注他们能进入网站，提供地址，并且确信他们的订单能按时送货"，Keynote 的公共服务首席技术专家丹尼尔·托德（Daniel Todd）说，"网站需要做好准备"。

图 23—5 在美国的付货失败

资料来源：www.Ecommercetimes.com (2001)。

图 23—6 家庭接收箱

资料来源：Homeport (2001) (http://www.homeport.info/index.asp)。

图和图片

图和图片以各类形式说明比例、层次关系以及过程、模型和结构框架等，便于读者直观地了解所要阐明的内容。

产品监控

至此，产品的整个周期并没有完成。甚至是在商店中已经能够买到商品的时候，各个团队还在对各个服装品种的表现、畅销性和可获量进行评估。采购人员通过参观商店并与顾客和商店店员谈话来完成这些。在这一后期所获得的任何信息对于新销售季都有可能成为重要的"秘诀"。

小 结

Next的目的是要销售"价格适中的产品"。这就是说，产品的价格有竞争力，质量可靠，并蕴涵着"流行款式"和"经典的良好品位"。设计师和采购人员的目标是要生产出今年和下一年看起来都不错的产品。公司的优势在于能够解读时间而不是引导或者追随时尚。Next 设计师把时尚的细节加入到了经典的设计当中。

以在高效、友好的环境中为顾客提供富有个性、风格、高品质，并且物有所值的产品为基础，公司在过去的十多年中一直在不断获得成功。采购和商品计划团队对于确保公司保持这种声誉起了关键性作用。

讨论题

1. 找出影响库存水平的因素并强调这些因素可能会对销售额产生怎样的影响。

2. 公司计划要增大商店平均规模。这会如何影响到公司的采购和商品库存？

3. 你认为在制定新销售季的产品品类的时候，采购和商品计划人员会考虑哪些因素？

4. 设立中央采购和商品计划部门会给顾客和公司带来什么好处？

5. 公司如何应对非常的天气状况，比如潮湿的夏天或者干燥的暖冬？

"小结"

"小结"对每章内容进行概括和总结，让读者更加系统地了解每章的主旨。

"讨论题"

"讨论题"针对每章论述及案例分析，以要点的形式列出读者需要思考和讨论的问题，强化读者对每章内容的理解。

精品管理图书推荐

全球商学院的权威管理教程，国际商业管理人士的成功指南

商学院高级管理丛书

《设计创造企业》

[英] 玛格丽特·布鲁斯

约翰·贝萨特 著

宋光兴　杨萍芳　译

出版：中国市场出版社

定价：68.00 元

用创新设计实现蓝海战略

- 设计是企业做事的一种方式，而不仅是企业做的某些事
- 设计是企业战略化资源
- 设计比价格更具有关键性
- 设计是企业的核心业务过程
- 设计是企业创新的关键因素
- 设计是企业产品与服务差异化的根本方式

　　设计是人的创造力的有目的的应用，是一个核心的业务过程，是所有企业、服务、制造和零售的主要特征。设计不仅是与产品相联系的过程，而且是传递思想、态度和价值的有效方式。未来的企业必须进行创新，否则就会衰退，必须进行设计，否则就会消亡。设计是企业保持竞争力、活力和效力的重要因素。企业通过创新设计，可以实现蓝海战略。

本 书 预 览

未来的企业必须进行创新,否则就会衰退,必须进行设计,否则就会消亡。设计是企业保持竞争力、活力和效力的重要因素。企业通过创新设计,可以实现蓝海战略。

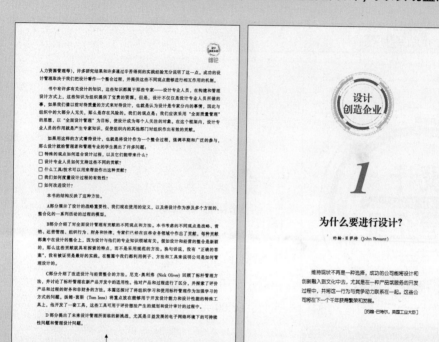

摘录

全书每章的不同部分都适当引用了一些知名人士的有关设计的观念或言论,读者通过这些摘录的观点,可以加深对设计的重要性的认识。

本书结构

书中提供了全书整体结构的总体介绍,概括出了每部分阐述的主要内容。

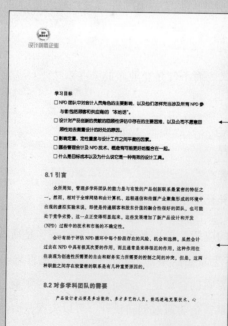

"学习目标"

"学习目标"以要点的形式列出每章旨在向读者介绍以及需要读者掌握的内容。

"引言"

"引言"作为每章章首部分的论述,简明地指出每章旨在阐述的核心内容。

DFM理论体系的实施还与"并行工程"的使用有关，在这种重叠过程中，关键设计、工程和制造方面的人员在产品设计的早期阶段就提供和整合他们的输入，这种输入可以减少下游环节的困难，从一开始就考虑质量、成本和可靠性。产品和过程设计并行且在同一时间背景下发生，使得过程约束能作为产品设计的一部分来考虑。

小型案例研究 6.1　雀巢 Polo 薄荷糖——带孔的薄荷糖里还有小的带孔的薄荷糖

Polo薄荷糖是英国历史悠久的著名品牌，这是一个相当家庭式的名字。正是因为在这种优势的地位，雀巢公司才决定冒险进入品牌扩展。公司的开发团队感觉到一种无糖的、呼吸清新的薄荷糖具有一定的市场，这就是所谓的Polo高级薄荷糖，其质量只有传统Polo薄荷糖的十分之一，但与它的大小相比，薄荷油的含量却是四倍。

公司对这种高级薄荷糖的口味、尺寸、包装和外表作了大量市场研究，通过使用与原来的薄荷糖相同的外表形式，以及采用众所周知的较大的塑料包装形式，可以提高这种新薄荷糖的品牌认知。

较小的薄荷糖意味着开发新的机器，这种机器能以压榨较大薄荷糖的同一精度来压榨微小的薄荷糖，另外，必须增加速度和能力来满足市场的需求。这种高级薄荷糖的销售超出了所有期望，通过品牌创新以及在Polo薄荷糖包装形式的基础上添加有趣的要素，再加上体积较小而薄荷味浓所带来的极大便利，这种薄荷糖吸引了大批年轻消费者。

从一开始，营销和生产工程就紧密联系在一起，以确保始终概念在技术上是可行的——薄荷糖的尺寸意味着必须满足特别严格的说明书。

[www.designcouncil.org.uk]

精简的实际案例

"小型案例研究"提供了一些精简的实际案例，便于读者结合文字阐述理解相关内容。

详细案例分析

"案例研究"以较详尽的篇幅列举了很多创新设计的例子，读者可以通过对这些详尽案例的分析获得一些更深入的信息。

发自己的产品。他坚信自己的想法一定会获得成功，因为从世纪之初以来，市场提供的产品就只有一种，一直没有改变过，消费者别无选择。他的早期实验并不是成功的，但逐渐地获得了成功，并于1980年申请了采用旋风技术的吸尘器专利。

后来他又花4年时间设计了5127种原型，但以胡佛（Hoover）、飞利浦（Philips）和伊莱克斯（Electrolux）为代表的现有吸尘器行业对他发明的这种技术不感兴趣，于是戴森开始了艰难的筹资活动，力图开办自己的公司，这一做法逐渐获得了成功。他的公司建于1993年——产生最初想法14年后，工厂设在威尔特郡的马尔斯伯里（Malmesbury），目前雇用了1800名员工，日产吸尘器10000台。公司总价值高达5.3亿英镑，并形成了吸尘器产品系列，正在开发的其他产品也试图打入国内家电市场，例如洗衣机、洗碗机等，这些产品的设计也采用了类似于吸尘器开发的新思路。

（3）Anywayup 杯子

这种杯子是一位母亲在寻找解决问题的答案时设计出来的。她用一种标准的杯子教那学走路的小孩练习使用杯子，碰到液体溢出的问题，于是她在杯口处安装一个单向阀门，解决了这个问题。接着她开始寻找制造商，在遭到20多次拒绝后，她终于找到了一家——V&A销售有限公司，该公司认识到了这项发明的潜在价值，因此买下了这位母亲的设计思想，开始生产新型杯子。现在，这位母亲每周可以获得大约20000英镑的专利收入。谁说发明不赚钱呢？

销售部门能够预见到将这种杯子卖给父母们（甚至真正的用户——刚学走路的小孩）带来的巨大好处。该公司决定生产这种杯子后，必须解决将这位母亲的设计付诸实施的技术问题。尽管他们确信这种杯子会满足消费者的需求，但是在详细考虑生产问题之前，

戴森双基旋风 DC02 圆形清洁器——戴森设备有限公司

该公司还是做了一些市场研究。

虽然22家大公司有机会生产这种杯子，但它们还是拒绝了。尽管需要克服许多技术上的困难，规模较小的V&A公司在获得设计想法六个月后，就着手生产这种杯子了。该公司将传统的带有永久小孔的硬杯口替换为带缝隙的软杯口，只有婴儿吸吮时缝隙才会打开，这样婴儿既可以喝到液体，又避免了液体流过牙齿，减少了液体对牙齿的腐蚀。当然，不使用杯子时里面的液体是不会溢出或泄漏的。

为了使产品在市场上获得成功，该公司不得不充分利用其分销网络，他们对销售情况进行跟踪，并与自己的其他产品相比较。现在，这种产品通过主要商店、药店及零售店进行销售，用户也可邮购该产品。这种杯子畅销大约70个国家，公司的目标是在世界范围内销售1000万个杯子。他们还发现，采用新的颜色使订货量增加为原来的4倍。公司根据顾客的反馈意见，开发出一种清洗杯子阀门的刷子，并希望在第一年内销售2000万个这种刷子，这些刷子都是用回收材料制成的。

公司将生产外包了一部分，但发现仍然不能满足不断增长的需求。当他们使用另外一个制造商时，带来了一些产品质量问题。因此他们断然决定自己生产，这样比在中国生产要便宜（运输成本的关系）。结果是自己能做的都自己做，包括生产工具的制造。

这种杯子的成功以及从实施设计思想所获得的经验，对公司在其他产品上进行积极创新起到了鼓舞作用，并在公司内形成了积极敢言的文化氛围，只要有人提出新想法，公司都会考虑，这样每周都有六七种方法出现。公司对新想法的10%进行研发（R&D），其中20%~30%的想法能进入产品开发阶段。

下面是一些设计失败的例子。

设计创造企业

☐ 使用哪些设计专业领域；

☐ 设计对他们的业务所作出的贡献；

☐ 培养获得、描述、联系和评估设计的技能。

管理设计的细节随设计内容的不同而不同，同时也依赖于设计是在内部进行还是外包出去。图 5.1 阐述了设计过程和营销专业人员与设计者一起工作时需要管理的若干问题。设计过程基本上可以分解为 4 个类别——规划、进化、转移和反应。

☐ 规划涉及到识别设计需求和进行问题定义。

图 5.1 设计过程的四个阶段
来源：Bruce and Cooper (1997).

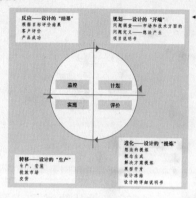

示意图和表格

"图"和"表"提供了各种分类、对比关系以及流程、结构等的说明，便于读者直观、快速地了解书中各部分的内容。

11 设计工具

表 11.3 开发"设计计划"能力的工具

工具名称和描述	引进该工具对"设计计划"能力的影响	进一步的信息
场景计划——这是一种在提议行动之前，识别影响未来的因素，逆向构建潜在行动的工具。	场景计划是扩展企业计划范围的特别有用的方法，它为规划未来提供结构化技术。这种方法能应用到任何设计活动当中，无论是产品开发还是视觉身份。	Crawford (1994)
创新层次——这是一种帮助提精细创新创新层次上的创新想法，使之形成若干类，然后辅助决策的工具。	在进行设计时，常常出现一些令人迷惑的想法。将这些想法分为不同的创新层次，将有助于设计计划团队对未来的方向达成一致。	Inns and Pocock (1998)
组合图解——这是一种适当前和未来目得到分析，以便评价它们对公司整体经营政策的贡献的工具。	计划设计活动时，常常难以获得所有有效的和潜在的设计项目活动的整体审查性。组合图解能够提供获得这些有益的工具，设计新产品和服务对这类工具特别有用。	Cooper et al. (1998)
感知图解——这是一种主观心选的坐标轴上绘制顾客对产品和服务的感知情况的工具。	这是界清有关竞争者的产品、服务、感知的形象等方面位置的一种有效方式，是任何企业设计计划的必须要少算。	Urban and Hauser (1993)

表 11.4 开发"设计过程"能力的工具

工具名称和描述	引进该工具对"设计计划"能力的影响	进一步的信息
设计任务书——这是对负责制定设计要求的人员进行提示的工具（通常以一览表的形式出现）。	使得在设计过程中较早地建立要求清单是有用的。在设计过程的适当阶段，可以按这份设计要求清单列论设计输出。	Pugh (1990)
原型计划——这是在设计过程中对原型的应用进行控制的一种实用工具。	原型在管理设计过程中具有重要的作用。它充当着里程碑、沟通设备和信息整合者的角色。原型计划可用于任何形式的设计计划。	Ulrich and Eppinger (1995)
故障模式和效果分析——这是在仍有可能补救的情况下，较早地预测用于设计活动的所有领域和设计过程的不同阶段。	这是一个有关工程方面的工具的例子，这样工具用于设计活动的所有领域和设计过程的不同阶段。其他许多有用的工具都存在一规定下存在的。	O'Connor (1991)
评估筛——这是一种用于构建设计过程的决策提供结构的卓越工具，使我们有助于对设计过程进行风险管理。便用者可以很容易地按照核心企业的需要对这工具作顾客化处理。	这是负责穿设计过程的决策提供结构的卓越工具，使我们有助于对设计过程进行风险管理。便用者可以很容易地按照核心企业的需要对这工具作顾客化处理。	Cooper (1993)

设计创造企业

动是人们所期望的。霍林斯指出："那些积极地为自己所在公司的未来进行规划的人，认为大部分事件都是可以预测的，唯一困难之处是预测产品的详细说明书和美观性"。

那些设计未来、为创新和设计管理开发了系统的公司，能够分配组织的未来工作所需要的资源——将梦想变为现实。

12.6 结论

☐ 企业必须注意技术的未来趋势、消费者行为的变化模式和市场趋势。对未来进行计划需要开发一套创新管理系统，该系统将有利于资源的配置，从而创造企业的未来。

☐ 可持续性在过程和产品中是变化的主要领域。将可持续性设计作为最重要的关注对象，就是为开发技术和美观性提供了机会。围绕可持续性重新思考过程，能够获得成本和时间方面的额外收益。

☐ 电子商务正影响着消费者 (B2C) 和企业 (B2B)。我们正利用电子商务来探索新的服务、产品和工作方式。因特网为消费者和企业都提供了大量信息。交易活动——通过因特网订购、交付产品——正日益得到普及，通过这种方式，消费者能购买到更便宜的商品（例如书和食品），公司能拍卖多余的库存物资，跟踪正在制造和运输的产品的状态。因为不同领域之间的沟通（例如营销、生产和设计）是透明的，所以针对设计管理和产品开发的企业内部网正在得到实施，它有助于减少产品进入市场的时间。

☐ 本章最后一节讨论了基于拟人方法的趋势分析在新消费者趋势识别中的应用。服装行业中处于优势的主导公司需要为材料变化、消费者如何选择商品的搭配以及不同市场风格如何彼此参照和影响等方面敏锐作准备。例如，饭店的室内布景会影响产品的色彩、形状、质地，这些可能需要反映在时装的装饰上，反过来也是这样。对于易变的社会来说，即刻进入市场和相互沟通又会带来对时装及附件的需求，如何将移动通信构建到织品和时装中去呢？

"结论"

"结论"对每章内容进行有条理地归纳和总结，对全章内容分层次进行全面分析，能够帮助读者系统地了解每章的主旨。